KONKRETE BEWEISE

CONCRETE EVIDENCE

Übersetzt von
STEFANIE MILLS

RACHEL GRANT

Impressum

Für Dave,
Weil du immer an mich geglaubt hast.

Beweise

Konkrete Beweise

Eindeutige Beweise

Vorenthaltene Beweise

Belastende Beweise

Brennpunkt

Pulverfass

Auslöser

Feuersturm

Inferno

Prolog

November 1952
US-Armee-Garnison Fort Belmont, Maryland

Er erreichte das Haus von Regina Guerrero zur üblichen Zeit. Als er die Auffahrt hinaufging, winkte er ihrem Sohn Ricky zu, der im Garten spielte. Der Vierjährige grinste, seine großen braunen Augen waren der einzige Teil seines Gesichts, der nicht mit Schmutz bedeckt war. Gina musste sich besser um den Jungen kümmern.

Sie kam ihm an der Tür entgegen und stolperte dann, als sie ihn in das Wohnzimmer ihres beengten Armeehauses führte. Verdammt noch mal. Sie war bereits betrunken. Er hatte mit ihr über ihre Zukunft reden wollen, aber wenn sie betrunken war, ging der Sex schnell, und sie schlief normalerweise danach ein.

Umzugskisten stapelten sich an der Wand. Eine quälende Welle der Hoffnung ließ ihn innehalten. „Du hast deine Meinung geändert. Du verlässt Claudio und kommst mit mir, wenn meine Versetzung durch ist.“

„Du dummer Junge.“ Sie lachte, ein kaltes, hartes Lachen,

und ging in die Küche, wahrscheinlich um das leere Glas in ihrer Hand aufzufüllen.

Er folgte ihr, sein Gesicht brannte angesichts ihrer Beleidigung.

Sie griff nach der Whiskeyflasche auf dem Tresen und füllte ihr Glas. Sie nippte an ihrem Drink, musterte ihn über den Rand hinweg und griff dann nach seiner Hose. „Wir haben nicht viel Zeit. Mein Babysitter für Ricky hat abgesagt." Sie spürte seinen Ständer und lächelte. „Manchmal ist dein Alter ein Vorteil."

Er hätte ihr nie sagen dürfen, dass er über sein Alter gelogen hatte, um in die Armee zu kommen. Jetzt, wo sie wusste, dass er erst sechzehn war, machte sie sich ständig über sein Alter lustig, egal was er tat, um ihr zu beweisen, dass er ein Mann war. Er stieß sie weg. „Wir müssen reden."

„Ich habe dich nicht zum Reden eingeladen." Sie griff wieder nach ihm.

Er schloss die Augen, als ihre Hand ihn umspannte. Sie konnten später reden ...

Nein. Regina wäre bis dahin betrunken eingeschlafen, und er würde als Babysitter für Ricky enden. Schon wieder. Er öffnete seine Augen und trat von ihr weg. „Warum packst du?"

„Wir werden bei meinen Eltern in Montreal wohnen, während Claudio in Korea ist."

Ihre Worte zerstörten seine lächerliche Hoffnung. „Aber ich werde nach San Diego versetzt. Ich will, dass du mit mir kommst." Er wollte es. Brauchte es. Ihm wurde schlecht bei dem Gedanken, so weit weg von ihr leben zu müssen.

„Wir werden bei meinen Eltern wohnen." Sie leerte ihr Glas in einem langen Schluck.

„Bitte, Gina. Ich liebe dich. Ich kann mich um dich und Ricky kümmern. Du kannst dich scheiden lassen, mich heiraten, und wir werden glücklich sein."

„Claudio wird nie zulassen, dass ich ihm Ricky wegnehme. Und er wird mich nicht gehen lassen, weil er eine Mutter braucht, die seinen Sohn aufzieht." Durch das Küchenfenster starrte sie auf den Jungen. „Solange ich Ricky habe, habe ich keine Wahl." Als sie sich ihm wieder zuwandte, waren ihre Augen feucht von Tränen. Er zog sie in seine Arme.

Ihre Küsse waren ebenso gierig wie ihre Hände, und er fragte sich, ob Sex so kämpferisch sein sollte. Sie saß auf der Frühstückstheke und biss hart auf sein Ohr, als sie kam, während ihr Sohn vor dem Fenster spielte.

Nachdem sie fertig war, schob sie ihn weg und rutschte von der Theke. „Ich muss mich hinlegen", sagte sie und wankte ins Schlafzimmer.

Er zog den Reißverschluss seiner Hose zu und starrte durch das Fenster. Der Junge, völlig mit Schlamm bedeckt, spielte mit dem Gartenschlauch. Er schob die Glasscheibe hoch. „Ricky", sagte er. „Du musst baden. Deine Mutter will, dass ich mit dir ins Kino gehe."

Dreißig Minuten später war Ricky sauber, angezogen und auf dem Weg zum Truck, während er nach Regina sah. Sie schlief fest und hatte den Mund weit aufgerissen. Er schrieb einen Zettel, auf dem stand, dass sie sich *Aschenputtel* ansehen würden.

„*Cine?*" sagte Ricky, nachdem sie eine halbe Stunde lang gefahren waren.

Es dauerte einen Moment, bis er begriff, was der Junge fragte, der besser Spanisch und Französisch als Englisch sprach. „Statt ins Kino gehen wir an einen ganz besonderen Ort." Er hoffte, dass der Junge ihn verstand, aber es war eigentlich egal.

Sie fuhren eine weitere Stunde, bevor er an dem verwitterten Schild abbog, das die Einfahrt zur Carleton School for Indian Boys markierte. Er fuhr die lange Auffahrt hinunter und parkte vor dem alten Gebäude. Das Internat in Pennsylvania war Sammelstelle für indianische Waisenkinder und der perfekte Ort für Ricky Guerrero. Auf diese Weise konnte Gina Claudio ohne Angst verlassen, und sie würden nicht länger mit einem Kind belastet sein, das sie nicht wollte.

Der Schulleiter, ein hagerer älterer weißer Mann, empfing sie an der Eingangstür. „Ist das ein neuer Schüler? Ich kann keine Jungen unter fünf Jahren aufnehmen."

„Er ist fünf", log er. „Er ist klein für sein Alter." Er hielt den Atem an und betete, dass der Junge nichts sagen und alles ruinieren würde. Aber Ricky sah nur verwirrt aus.

Er schubste den Jungen vorwärts.

„Ist er ein Waisenkind?"

„Seine Eltern starben vor zwei Wochen bei einem Autounfall."

Der Schuldirektor machte sich nicht die Mühe, den Jungen noch einmal anzuschauen. „Wie ist sein Name?"

Sein Name? Ach, Mist. Er brauchte etwas, das sich indianisch anhörte, und suchte den Eingangsbereich ab. Über der Eingangstür war das Wappen der Schule angebracht: ein Adler, der zur Landung bereit war, mit ausgebreiteten Flügeln und ausgefahrenen Krallen. „Talon", sagte er und kämpfte um einen Vornamen. Wer war dieser berühmte Häuptling? Ach ja. Joseph. „Joseph Talon."

Der Junge sprach in einer Kombination aus piepsigem Spanisch und Französisch.

Der Schuldirektor runzelte die Stirn. „Wir erlauben es nicht, dass hier indische Sprachen gesprochen werden."

„Er scheint Englisch zu verstehen, spricht es aber nicht."

„Von welchem Stamm ist er?"

„Menanichoch", sagte er leichthin und nannte den Namen des Stammes, der einst das Land von Fort Belmont bewohnt hatte.

Der Schulleiter nickte. „Hat er eine Geburtsurkunde?"

Er schüttelte den Kopf. „Er wurde in einem Tipi geboren. Keine Papiere."

Der Schulleiter schaute ihn seltsam an, und ihm wurde klar, dass er sich geirrt hatte. Zum Teufel, hätte er Wigwam sagen sollen? Iglu? Hütte? In was zum Teufel lebten die Menanichoch? „Er hat keine Familie, und die Kinder im Waisenhaus haben ihn gehänselt, weil er Indianer ist. Der Staat Maryland dachte, er wäre hier besser aufgehoben, bei seinesgleichen."

„Niemand hat mich angerufen."

Er zuckte mit den Schultern. „Dann hat jemand wohl etwas vermasselt. Hören Sie, ich bin nur der Lieferant. Meine Anweisungen lauteten, den Jungen hierher zu bringen, und das habe ich getan." Er wandte sich zum Gehen.

„Warten Sie, ich nehme ihn, aber Sie müssen ein Formular unterschreiben, in dem Sie bezeugen, dass er Indianer ist, sonst zahlt die Regierung nicht für seinen Unterhalt."

Ein weiterer Schüler bedeutete ein größeres Budget, das der Kerl ausnutzen konnte. Er unterdrückte ein Lächeln. Einer seiner Kameraden war von der Carleton-Schule abgehauen; man konnte nie wissen, wann eine in der Kantine aufgeschnappte Information sich als nützlich erweisen würde.

Er füllte das Formular aus und unterschrieb am Ende mit einem falschen Namen. Er hatte Joseph Talon eine weiße Mutter und einen indianischen Vater gegeben, um zu erklären, warum er nicht wie ein Indianer aussah.

Er tätschelte dem Jungen den Kopf und ging in Richtung seines Trucks, kaum zu glauben, dass es so gut geklappt hatte. Dann begann der Junge zu weinen und rannte hinter ihm her. Ricky, der jetzt Joseph hieß, schlang seine Arme um sein Bein und klammerte sich an ihn. Er zog die kleinen Hände des Jungen auseinander, er hatte Mitleid mit ihm, aber es gab keinen anderen Weg.

Auf der Rückfahrt hellte sich seine Stimmung auf. Ihre Probleme waren gelöst. Gina sah besser aus als Rita Hayworth und die Frau seines Feldwebels zusammen, und Gina würde mit ihm nach San Diego kommen, und alle Soldaten dort würden ihn respektieren und bewundern, weil sie ihm gehörte. Er lachte laut auf und wünschte, er hätte früher daran gedacht, Ricky zu der Schule zu bringen. Seit Wochen war er krank vor Angst, Gina zu verlieren.

Als er zurückkam, kniete sie vor einem Karton. Ihr Kleid war frisch gebügelt, ihr Haar und Make-up perfekt, die Rötung ihrer Augen das einzige Anzeichen dafür, dass sie vorhin etwas getrunken hatte. „Wo ist Ricky?", fragte sie müßig, ihre Aufmerksamkeit auf die Bücher gerichtet, die sie gerade einpackte.

„Draußen."

Sie stand auf und strich die Falten aus ihrem Rock. Sie sah nicht nur aus wie ein Filmstar, sie bewegte sich auch so.

„Gut. Ich hole dir einen Drink." Sie ging in die Küche.

Er folgte ihr, kaum fähig zu glauben, dass sie für immer ihm gehören würde.

Sie reichte ihm ein Glas. Er nahm einen großen Schluck und spuckte es fast aus. Es war reiner Schnaps und brannte den ganzen Weg hinunter.

Sie grinste.

Sie machte immer so einen Scheiß und versuchte, ihm das Gefühl zu geben, ein Kind zu sein. Als ob sie mit dreiundzwanzig so viel älter und weiser wäre. Wenn sie so klug war, warum musste er dann ihre Probleme für sie lösen?

Er war sein ganzes Leben lang von dem fiesesten Drecks- kerl provoziert worden, den es gab. Gina Guerrero konnte seinem Vater nicht das Wasser reichen. Er schüttete den Drink hinunter und stellte das leere Glas auf den Tresen.

Sie lachte, und ihre Augen leuchteten vor Bewunderung.

Er spürte einen Anflug von Stolz, und die Worte, auf die

er so lange gewartet hatte, sprudelten aus ihm heraus. „Deine Sorgen sind vorbei. Ich habe ein Zuhause für Ricky gefunden. Du kannst mit mir nach San Diego kommen."

„Ich habe dir doch gesagt, dass wir zu meinen Eltern ziehen werden."

Manchmal war sie so einfältig. So begriffsstutzig. „Du brauchst dir keine Sorgen um Ricky oder Claudio zu machen." Er sprach langsam, damit sie es verstand. „Ich kümmere mich jetzt um dich."

„Du? Du bist doch nur ein Junge. Du kannst dich nicht um uns kümmern."

Er spürte einen Anflug von Wut, die Art, die er so angestrengt zu kontrollieren versucht hatte, während sein Vater ihm sagte, er sei dumm und nutzlos. „Schweine sind sauberer als dein Sohn."

Sie gab ihm eine Ohrfeige, einen schnellen, harten Schlag mit der Hand, genau wie sein alter Herr.

Er hob den Arm, um sie zu schlagen, aber er bremste seinen Schwung und schüttelte den Kopf, um die Erinnerungen an harte Fäuste und Ledergürtel zu verdrängen. Er würde nicht wie sein Vater werden. Er war jetzt ein Mann, ein Soldat. „Du liebst mich, Gina. Ich weiß, dass du mich liebst."

„Für ein Wunderkind auf der Überholspur zum Officer bist du wirklich dumm. Ich liebe dich nicht. Du bist nur ein Fick, solange Claudio weg ist."

Das musste der Alkohol sein, der da aus ihr sprach.

„Du fummelst im Bett zu viel und kommst zu schnell. Du bist kein Mann wie Claudio."

Du bist kein Mann. Er hörte, wie sein Vater ihn verspottete. Irgendetwas in ihm zerbrach. Er schlug zu, das ganze Gewicht seines Körpers lag in seiner Faust, die auf ihren Kiefer prallte.

Sie flog nach hinten und prallte gegen den Kühlschrank.

Ihr Kopf schlug gegen den Griff, und sie rutschte langsam zu Boden. Eine Blutspur lief vom silbernen Griff an der weißen Tür hinunter und endete dort, wo ihr Kopf in einem unnatürlichen Winkel gegen den Kühlschrank lehnte.

„Gina!" Er berührte ihr Gesicht, dann richtete er ihren schlaffen Hals auf, als ob das sie wieder in Ordnung bringen würde. „Es tut mir leid!"

Ihre Augen waren leer.

Ein Schluchzen stieg in seiner Brust auf. „Ich liebe dich, Gina. Ich liebe dich."

Aber er wusste, dass sie ihn nicht hören konnte. Mein Gott, was sollte er nur tun?

Kapitel Eins

Juli 2011
Bethesda, Maryland

Die Musik pulsierte durch Erica Keslings Kopfhörer, als sie ihren Fuß hochstieß und den hängenden Boxsack genau dort traf, wo Jake Novaks Gesicht sein sollte. Ihre behandschuhten Fäuste trafen dieselbe Stelle, zwei Schläge in rascher Folge, die Jakes imaginäre Nase garantiert zertrümmern würden. Der nächste Tritt traf ihn in die Leiste. In ihrer Vorstellung krümmte er sich und flehte um Gnade.

Sie zeigte ihm das gleiche Maß an Gnade, das er ihr entgegengebracht hatte. Wäre das hier echt, hätte ihn der Roundhouse-Kick erledigt.

Die wiederholten Tritte rieben die Haut an ihrem Fuß auf, bis Blutspuren den blauen Sack zierten. Sie ignorierte den Schmerz. Jede Wunde, jeder blaue Fleck machte sie nur noch stärker. Sie würde bereit sein, wenn sie dem diebischen Schatzsucher wieder gegenüberstand.

Während sie den imaginären Jake misshandelte, spürte sie

echte Hoffnung, zum ersten Mal, seit sie vor einem Jahr aus dem Dschungel gekommen war. Sie hatte Jake gerade in den Magen getreten, als die Tür aufging und ein sehr großer Mann in Trainingskleidung den Raum betrat. Er nickte ihr zu und ging direkt zu den freien Gewichten.

Sie nickte zum Gruß in seine Richtung und ärgerte sich, dass ihr privates Training beendet war. Sie hatte ihn noch nie im Fitnessstudio der Firma gesehen, aber Talon & Drake beschäftigte über zweihundert Mitarbeiter in Bethesda und mehrere hundert weitere in anderen Büros. Er könnte der Hydrologe aus dem Bostoner Büro sein, der für einen Monat in Bethesda aushelfen sollte. Eine der Chemikerinnen hatte ihr gesagt, der neue Hydrologe sei heiß, und hatte Interesse angemeldet.

Sie spürte seinen Blick auf sich, während er Gewichte hob. Sie wartete, bis er wegschaute, bevor sie ihn musterte. Beeindruckende Deltas und Trizeps, eine schöne Ergänzung zu seinem hübschen Gesicht. Er hatte sich nicht rasiert, und sein kurzes, hellbraunes Haar war so zerzaust, dass sie dachte, er käme direkt aus dem Bett. Er musste der Hydrologe sein, denn selbst sein zerzaustes Haar und sein stoppeliger Kiefer waren sexy.

Sie blickte zurück auf den Sandsack und versetzte Jake einen weiteren Tritt in den Unterleib. Der Kerl mochte ein nettes Gesicht und einen schönen Körper haben, aber sie wünschte sich immer noch, sie hätte das Fitnessstudio der Angestellten für sich allein.

Sie trat und schlug zu, bis der Schweiß tropfte und ihr Atem vor Erschöpfung stockte. Aus dem Augenwinkel sah sie, wie der Mann die Gewichte weglegte und auf sie zukam. Sie drehte sich und trat von hinten gegen den Sack. Er blieb auf der gegenüberliegenden Seite des Sacks stehen und hielt ihn fest. Er war imposant, sogar größer, als sie anfangs gedacht hatte.

„Sie sollten eine Pause machen", sagte er.

Mit einer behandschuhten Hand tippte sie auf ihre Kopfhörer und log: „Ich kann Sie nicht hören!" Sie trat nach links, dann drehte sie sich und trat nach rechts, ganz in ihrem Element, ihr Blut pumpte, ihre Aggression voll aufgedreht. Keiner sagte ihr, wann sie fertig war.

Ihr Fuß kam ihm gefährlich nahe, aber er rührte sich nicht. „Ich würde den Sandsack gerne benutzen", rief er.

„Ich krieg den Sack jeden Morgen bis sieben." Abgelenkt verfehlte sie ihr Ziel und streifte mit dem Fuß nur das glatte Vinyl. Die Wucht des Aufpralls ließ sie hart auf den Boden fallen. Die Kopfhörer klapperten neben ihr auf die Matte. *So ein Mist. Könnte ich noch lächerlicher aussehen?*

Sie schnappte nach Luft und zuckte zusammen, dann versuchte sie, sich die Haare aus dem Gesicht zu streichen, aber der dicke Schaumstoffhandschuh war unangenehm und gab ihr das Gefühl, noch ungeschickter zu sein, was ihre eigene Frage beantwortete. Niedergeschlagen blies sie sich die Haare aus den Augen und sah zu ihm auf. „Und manchmal kriegt er mich."

Warme Hände umschlossen ihre Handgelenke knapp oberhalb der Handschuhe, und er zog sie auf die Beine, wobei das Licht in seinen Augen ein Lächeln andeutete. „Ist nicht Ihre Schuld. Der Sack ist einfach aus dem Weg gesprungen."

„Das verdammte Ding hat es auf mich abgesehen."

Er hob ihre heruntergefallenen Kopfhörer auf und zog sie am Kabel zu sich heran. Seine Handlungen waren sanft und selbstbewusst. Sie zögerte nicht, näherzutreten, und wusste nicht, warum.

Ein knapper Meter trennte sie, als er sagte: „Sie haben einen fantastischen Hintern. Es ist eine Schande, Sie darauf fallen zu sehen." Seine Augen leuchteten spielerisch herausfordernd - als wolle er, dass *sie Einspruch erhebt* -, dann grinste er, setzte ihr die Kopfhörer auf und ging davon.

Verblüfft starrte sie ihm nach. Wäre das neckische Grinsen nicht gewesen, hätte sie es ihm übelgenommen. Aber wie du mir … dachte sie und hielt inne, um ihrerseits seinen Hintern zu bewundern, der ihrer Meinung nach verdammt gut aussah. Sie schüttelte den Kopf, als wolle sie ihn klären. Sie musste Artefakte finden, einen Ruf wiederherstellen und einen Schatzsucher ins Gefängnis bringen. Wie ein Teenager mit dem neuen Hydrologen zu flirten, stand auf ihrer Prioritätenliste ganz unten.

Sie flüchtete unter die Dusche. Eine halbe Stunde später, angezogen und bereit für die Arbeit, ging sie zur Saftbar in der Lobby des großen Bürogebäudes und gönnte sich einen Smoothie. Das Fünf-Dollar-Getränk war extravagant, aber heute war ein besonderer Tag. Zumindest wäre es das, wenn ihre Chefin ihr die Umweltverträglichkeitsprüfung des Thermo-Con-Projektes für den Menanichoch-Stamm zuteilen würde.

Mit dem Smoothie in der Hand fuhr sie mit dem Aufzug in den achten Stock und steuerte direkt das Büro ihrer Chefin an. In der offenen Tür hielt sie inne und nahm einen Schluck, um sich Mut zu machen.

„Oh, gut, dass Sie da sind", sagte Janice Rabinowitz. „Wir müssen reden."

Janice' Tonfall löste eine Welle der Angst in ihr aus. Wenn Janice von den Fehlern erfahren hatte, die sie vor einem Jahr gemacht hatte, würde sie Erica feuern. Sie holte tief Luft und zwang sich, ruhig zu bleiben. „Was gibt's?"

„Ein neuer Archäologe fängt heute an. Oder morgen. Um ehrlich zu sein, bin ich mir nicht ganz sicher."

Okay, Janice wollte nicht über Mexiko reden, aber ihre Erleichterung war bedingt. Der Klatsch und Tratsch in der

Archäologie wurde von Grabungshelfern verbreitet - der archäologischen Version von Wanderarbeitern. Ein neuer Archäologe - vor allem, wenn er von der Westküste kam - hätte durchaus von Jakes verdrehter Version der Ereignisse in Mexiko hören können.

Jake konnte nicht die Wahrheit sagen, ohne sich selbst zu belasten, aber die Wahrheit würde sie genauso ruinieren, wie es seine Lügen getan hatten. Bislang hatten diese Lügen die Rocky Mountains noch nicht überquert und Janice erreicht. Dank der Kluft zwischen den Küsten und der Tatsache, dass Unterwasserarchäologen nicht im selben Sandkasten spielten wie ihre Kollegen an Land, hatte Erica es sechs Monate bei Talon & Drake ausgehalten, und jetzt, wo das Projekt, auf das sie gewartet hatte, endlich in greifbare Nähe gerückt war, konnte sie wegen eines neuen Mitarbeiters gefeuert werden. „Sie haben am Wochenende jemanden eingestellt?"

„Er wird uns von der Zentrale aufgedrängt. Er soll ein sechswöchiges Praktikum hier machen. Ich möchte, dass Sie ihn beaufsichtigen. Er wird Ihr Büro mitbenutzen."

Ein Praktikant würde kaum über praktische Erfahrungen verfügen und hätte wahrscheinlich noch nie von ihr gehört. Aber die gemeinsame Nutzung ihres Büros würde ihre Pläne ernsthaft durchkreuzen. „Ich habe keine Zeit, irgendwelche verwöhnten Praktikanten auszubilden. Ich bin mit den Funkmasten überlastet, und ehrlich gesagt hatte ich gehofft, Sie würden mir die UVP für das Thermo-Con Projekt geben."

Janice rückte ihre Brille zurecht. „Deshalb brauchen Sie einen Assistenten, Erica. Ich habe gezögert, Ihnen die Menanichoch UVP zu geben, weil Sie so viel zu tun haben. Aber der Praktikant kann helfen. Lernen Sie ihn an, damit er die Funkmasten übernehmen kann."

Erica stöhnte. „Ich würde lieber Alufolie kauen, als noch einmal die Projekte für Funkmasten zu erklären."

Janice lachte. „Dann hoffe ich, dass Sie keine Füllungen haben."

„Müssen die uns wirklich diesen Kerl aufhalsen?"

„Er wurde von ganz oben geschickt - und ich meine ganz weit oben. Der Anruf kam von der Chefsekretärin von Joseph Talon, Jr. höchstpersönlich. Dieser Junge ist zufällig der Nachbar einer guten Freundin des Großcousins eines ganz hohen Tieres - oder sowas in der Art."

Erica seufzte. „Na toll. Ein verhätscheltes reiches Kind, das hofft, einen Schatz auszugraben."

„Das mag stimmen, aber wir müssen ihn nehmen. Wenn mich jemand aus der Zentrale um einen Gefallen bittet und, was noch wichtiger ist, die Kosten dafür übernimmt, kann ich nicht nein sagen."

Zum tausendsten Mal wünschte sie sich, sie hätte den Mut, Janice von Mexiko zu erzählen. Es bestand immer die Möglichkeit, dass Janice ihr glauben würde: Dass sie versucht hatte, die Artefakte zu retten, nicht sie zu stehlen.

Die Worte formten sich in ihrer Kehle und blieben dann an einer Stelle hängen, die ihr das Atmen erschwerte. Wegen Jake war sie aus der Unterwasserarchäologie ausgeschlossen worden. Erica hatte Glück, dass Archäologie ein Fachgebiet war, in dem eine umfangreiche Liste von Projekten in ihrem Lebenslauf ausreichte, um zu zeigen, dass sie sich mit einer Grabungskelle auskannte. Wenn es darauf ankam, überprüften Arbeitgeber nur selten ihre Referenzen, und Janice war nicht anders gewesen, als sie dringend Leute gebraucht hatte.

Erica hatte sich den Arsch aufgerissen, um die Arbeit im Gelände in eine Vollzeitstelle im Büro umzuwandeln, und jetzt war sie hier. Sie konnte nicht riskieren, jetzt gefeuert zu werden, nicht, wenn sie fast ein Menanichoch-Projekt hatte. „Okay", sagte sie und tröstete sich mit der Tatsache, dass ein Praktikant jung, unerfahren und gefügig sein würde. „Aber wenn er sich nicht gut mit Computern auskennt, wird er die Projekte für die Mobilfunkmasten nicht anfassen. Ich habe Stunden gebraucht, um die Datenbank auf Vordermann zu bringen, nachdem die Biologen es vermasselt hatten."

„Dann kann er Ihnen mit der Menanichoch UVP helfen."

Sie holte scharf Luft. „Ich bekomme Thermo-Con?"

Janice lächelte. „Ja. Sie brauchen mehr Erfahrung mit Umweltprojekten, wenn Sie im September mit dem Post-Grad Programm beginnen wollen. Aber die schlechte Nachricht ist, dass die UVP heute in einer Woche fällig ist."

Ihr Herz schlug schneller als Kolibri-Flügel, und sie unterdrückte ein Lächeln, das zu viel verraten hätte. Doch als die schlechte Nachricht durchsickerte, war es nicht mehr schwer, sich ein Lächeln zu verkneifen. „In der Projektbeschreibung stand, wir hätten einen Monat Zeit, um die UVP zu erstellen. Was hat sich geändert?"

„Die linke Hand wusste nicht, was die rechte tat. Die Umweltbeauftragte des Stammes hat am Freitag spät angerufen und mir die Änderung des Projektzeitplans mitgeteilt. Ich habe dagegen argumentiert, und sie sagten, wenn wir die Frist nicht einhalten können, würden sie jemanden finden, der es kann." Janice reichte ihr eine Manila-Mappe. „Hier sind alle Informationen, die wir über Thermo-Con haben."

Sieben Tage. Sieben Tage, um die verdammt beste Umweltverträglichkeitsprüfung zu erstellen, die je das Logo von Talon & Drake getragen hat, und um beim Stammesvorsitzenden Sam Riversong einen Fuß in die Tür zu bekommen. Sieben Tage, um einen Hinweis auf die Artefakte zu bekommen.

„Morgen möchte ich, dass Sie im Nationalarchiv über Thermo-Con recherchieren", sagte Janice.

„Aber morgen muss ich den Praktikanten einarbeiten. Wir sollten die Neueinstellung verschieben, bis die UVP fertig ist." Sie lächelte, weil sie das perfekte Argument gefunden hatte, um den Praktikanten loszuwerden.

„Oder Sie können den Praktikanten heute einarbeiten und trotzdem morgen ins Archiv gehen", sagte eine tiefe Stimme aus dem Türrahmen.

Sie drehte sich um und sah den Mann aus dem Fitnessraum, der sich mit entspannter Anmut gegen den Türrahmen lehnte, wobei seine große Gestalt die Öffnung ausfüllte. Er hatte geduscht und sich rasiert. Jetzt stand sein kurzes braunes Haar in feuchter Unordnung ab. Sein frischgebügeltes Hemd und seine Hose bildeten die perfekte Mischung für den Business Casual Stil und ließen ihn auf eine sexy Art autoritär wirken. Er stieß sich mit einer geschmeidigen Bewegung vom Türrahmen ab, die zeigte, dass er sich mit seiner überlangen Gestalt wohlfühlte, und sie spürte ein unwillkommenes Flattern in ihrem Bauch.

Dies war kein pickeliger College-Student.

„Lee Scott." Er reichte Janice die Hand. „Verwöhnter Praktikant, verhätscheltes reiches Kind."

Wie lange hatte er dort gestanden? Sie versteifte sich und dachte an mehrere weitere Adjektive, die sie auf ihn anwenden könnte.

Er ließ sich auf den Stuhl neben ihr fallen, und sein Lächeln verriet ihr, dass er es genoss, sie aus dem Gleichgewicht zu bringen ... schon wieder. „Tut mir leid, ich habe Ihren Namen nicht verstanden."

„Erica Kesling." Sie wappnete sich innerlich dagegen, dass er sie wiedererkennen würde, sah aber nichts in seinen grünen Augen.

„Jetzt, wo Sie hier sind, Lee", sagte Janice, „wird Erica Sie über unsere Projekte auf den neuesten Stand bringen, und Sie beide können sich in die Umweltverträglichkeitsprüfung von Thermo-Con vertiefen, die wir für den Menanichoch-Stamm schreiben."

„Ich habe keine Ahnung, was Thermo-Con ist", sagte er.

„Nur wenige Menschen wissen das", sagte Janice. „Thermo-Con war eine Art von Beton, der nach dem Gießen wie Brotteig aufging und aushärtete, nachdem er das Zweieinhalbfache seiner ursprünglichen Größe erreicht hatte. Das einzige bekannte Haus aus Thermo-Con wurde in den frühen fünfziger Jahren gebaut und befindet sich auf einem Grundstück, das von der Menanichoch Nation treuhänderisch verwaltet wird. Erica wird Ihnen das alles erklären."

„Ich verstehe nicht, was das mit Archäologie zu tun hat."

„Auch das wird Erica erklären. Aber erzählen Sie uns erst einmal von sich."

Er zuckte die Achseln. „Ich bin Student an der Columbia. Mein Hauptfach ist Englisch, aber ich habe beschlossen, dass ich etwas Spannenderes studieren möchte. Ich dachte, es wäre eine gute Idee zu sehen, ob Archäologie das Richtige für mich ist, bevor ich eine weitere Fehlentscheidung treffe. Ich habe bereits von Medizin über Politikwissenschaften zu Englisch gewechselt."

Großartig. Ein zielloser Karrierestudent und Möchtegern-Indiana-Jones. Der mehrfache Wechsel des Studienfachs erklärte sein Alter, das näher bei dreißig als zwanzig liegen musste. Die gute Nachricht: Er wusste nichts und hatte wahrscheinlich keinen Kontakt zu den Grabungshelfern. Die schlechte Nachricht: Er wusste nichts und wäre als Assistent nutzlos. „Und was wissen Sie über Archäologie?", fragte sie. „Außer, dass Sie Dinosaurier cool finden, meine ich."

Amüsement blitzte in seinen Augen auf. „Netter Versuch. Ich interessiere mich nicht für *Paläontologie* - auch wenn ich mit sechs Jahren Dinosaurier cool fand."

Janice lachte.

Erica gab ihm einen Punkt dafür, dass er ihre abfällige Frage gekonnt abwehrte. „Welche Archäologiekurse haben Sie belegt?"

„Bisher keine, aber ich habe mich über das Thema informiert. Ich interessiere mich für die Überschneidung von Archäologie und Umweltrecht. Ich weiß, dass der National Environmental Policy Act Hand in Hand mit dem National Historic Preservation Act geht, weshalb ich mich frage, ob ich ein Doppelstudium - Biologie und Archäologie - in Betracht ziehen sollte. Ich vermute, dass ich mit Fachwissen in beiden Bereichen für potenzielle Arbeitgeber am nützlichsten wäre."

„Sie haben sich tatsächlich informiert." Sie fühlte einen seltsamen Schauder. Seine Worte hätten direkt aus ihrer Bewerbung für das Graduiertenprogramm für Umweltwissenschaften der American University stammen können, das sie im September beginnen würde. Das Weiterbildungsprogramm von Talon & Drake würde ihr die Studiengebühren bezahlen, ein weiterer Grund, warum sie an diesem Job festhalten musste.

„Das ist ein ausgezeichneter Plan, Lee", sagte Janice. „Es war richtig, ein Praktikum zu machen, um zu sehen, ob Sie die richtige Wahl treffen. Sie werden gute Erfahrungen mit unseren Funkmastenprojekten machen. Sie sind eine perfekte Mischung aus Umwelt- und Denkmalschutzrecht."

„Worum geht es bei den Funkmastenprojekten?", fragte er.

„Wir sorgen dafür, dass neue Türme gebaut werden, ohne historische Gebäude oder die Umwelt zu schädigen", antwortete Janice. „Erica, kluges Mädchen, das sie ist, hat eine Datenbank für die Verwaltung der Projekte entwickelt. Man füllt die entsprechenden Felder in der Datenbank aus, und voilà, schon ist der Bericht erstellt."

„Ich komme nicht gut mit Datenbanken aus." Sein Lachen verwandelte sich in ein verlegenes Husten.

„Wie ‚nicht gut'?" fragte Erica.

„Ich habe die letzte, an der ich gearbeitet habe, versehentlich gelöscht."

Eine Welle des Entsetzens durchfuhr sie. Sie konnte ihn nicht in die Nähe der Datenbank lassen.

„Ich kann aber gut mit Word umgehen", sagte er. „Na ja, die alte Version. Bevor sie all diese blöden Änderungen gemacht haben."

„Erica kann Ihnen alles beibringen, was Sie wissen müssen." Janice lächelte sie mit mütterlichem Stolz an. „Sie werden ihr Büro mitbenutzen. Ich habe bereits einen Computer für Sie angefordert."

„Ich brauche keinen Computer. Ich habe meinen eigenen mitgebracht."

Janice hielt inne. „Der muss erst vom technischen Support überprüft und die Netzwerk-Firewall geladen werden."

„Ich habe ihn bei denen gelassen, bevor ich hierherkam."

„Ausgezeichnet. Erica kann Sie zur Personalabteilung bringen, damit Sie sich einen Ausweis besorgen. Morgen gehen Sie beide zu den Nationalarchiven. Sie haben Glück, Lee. Recherchen in den Archiven sind ein seltenes Ereignis und eine gute Lernerfahrung."

Erica stand auf und hielt die Projektmappe in der Hand. „Ich möchte heute zum Thermo-Con-Haus gehen, um Fotos zu machen."

„Nehmen Sie Lee mit." Janice winkte sie aus dem Zimmer.

Sie hatte ihr Projekt. Endlich. Sie hielt sich die Akte an die Brust, als sie den Flur hinunterging, Lee an ihrer Seite. Sie spürte eine Blase der Hoffnung und lachte erleichtert auf.

„Was ist so lustig?", fragte er.

Sie blieb stehen und drehte sich zu ihm um. Er war mindestens dreißig Zentimeter größer als sie selbst. Seine meergrünen Augen musterten sie. Sie spürte seinen rohen Sexappeal und verfluchte ihn dafür, dass er diesen Samen im Trainingsraum gepflanzt hatte. Jetzt war es schwer, ihn anders zu betrachten. Er war ein Kollege, ihr Praktikant, und sie hatte es aufgegeben, sich mit Kollegen anzufreunden, geschweige denn eine tiefere Beziehung zu entwickeln. Ihre Freunde an der Uni hatten sie alle aufgrund von Halbwahrheiten und Lügen hart verurteilt. Sie würde sich dieser Art von Ablehnung nicht noch einmal aussetzen.

Er schnippte mit den Fingern vor ihrem Gesicht. „Hallo?"

Verlegen sprach sie die Sorge aus, die sie quälte. „Sie sind nicht das, was ich erwartet habe."

„Was haben Sie erwartet?"

„Jemand jüngeres. Wie alt sind Sie eigentlich?"

Er zuckte mit den Schultern. „Spielt das eine Rolle?"

„Schon, wenn man glaubt, man sei zu alt für die niederen Arbeiten eines Praktikanten."

„Ich bin fünfundzwanzig. Wie ich schon sagte, habe ich mein Hauptfach ein paar Mal gewechselt."

Seiner Haltung nach zu urteilen, hätte sie ihn eher auf dreißig geschätzt, vielleicht sogar auf älter. Er musste selbstbewusst zur Welt gekommen sein. „Wie lange sind Sie schon auf dem College, sieben Jahre?"

Er nickte.

„Sie könnten inzwischen drei Abschlüsse haben." Sie hatte einen Master-Abschluss, den sie nicht gebrauchen konnte, und kam gerade so über die Runden, während er sieben Jahre als *Student* an der verdammten *Columbia* verbracht hatte.

„Ich mag die Schule. Warum also die Eile, einen Abschluss zu machen?"

Verwöhnt traf es wohl nicht mal annähernd.

Der Mann, den sie im Fitnessraum getroffen hatte, hatte nicht den Eindruck gemacht, dass er faul wäre. Selbst jetzt hatte er eine ansprechende Energie, die ihn geradeso umschwirrte. Was für eine Verschwendung.

Sein Blick wanderte an ihrem Körper hinunter, und sie

bewegte sich unbehaglich. Sie wünschte sich, sie würde ihn nicht attraktiv finden. Anziehung machte sie dumm.

Er neigte den Kopf und murmelte: „Das hier wäre einfacher, wenn Sie nicht so schön wären."

Oh. Oh.

Sie konnte es sich jetzt nicht leisten, dumm zu sein.

Es war eindeutig an der Zeit, ihn in seine Schranken zu weisen. „Sie waren vorhin im Trainingsraum ein Fremder, aber jetzt bin ich Ihre Vorgesetzte und erwarte, dass Sie mich mit Respekt behandeln. Wenn Sie das nicht können, kann ich veranlassen, dass Sie an einem Sensibilitätstraining der Personalabteilung teilnehmen."

Sie machte auf dem Absatz kehrt und ging in Richtung ihres Büros. Ihres gemeinsamen Büros. *Verdammt.* Sie erreichte den stickigen, fensterlosen Raum und riss die Tür auf. Der heutige Tag verlief ganz und gar nicht wie geplant.

Sie zeigte auf den großen Labortisch. „Dort können Sie arbeiten." Nachdem sie ihre Handtasche auf den Schreibtisch gelegt hatte, fuhr sie ihren Computer hoch und ignorierte den Mann, der in ihrem peripheren Blickfeld schwebte und darauf wartete, dass sie ihm alles erzählte, was sie durch harte Arbeit und teure Ausbildung über Archäologie gelernt hatte.

Sie klickte auf das E-Mail-Programm von Talon & Drake, um sich abzulenken. Er war verwöhnt, und sie war neidisch. Sie würde darüber hinwegkommen; sie brauchte nur eine Minute, um sich zu beruhigen.

Sie überflog die Liste der neuen E-Mails, die vom Server heruntergeladen wurden. Eine stach ihr ins Auge, und ihre Wut auf ihn war vergessen. Sie legte ihre Hände auf beide Seiten der Tastatur, um sich zu beruhigen, während sich ihr Blick verengte und kalter Schweiß auf ihre Stirn trat.

Jake Novak hatte sie kontaktiert. Die Betreffzeile war leer.

Sie ließ sich in ihren Sessel sinken und klickte mit zitternden Fingern auf die E-Mail.

Seine Botschaft erschien in klarem Schwarz und Weiß: *Du hast einen guten Job bei Talon & Drake, aber ich kann ihn dir jederzeit wegnehmen.*

Kapitel Zwei

Lee ging seine Liste der geforderten Persönlichkeitsmerkmale durch: unzuverlässig, abgehakt; Möchtegern-Indiana Jones, abgehakt; nervig für seinen neuen Vorgesetzten, Doppelhäkchen. Nicht schlecht für seine erste Stunde im Büro. Seine Coverstory stand, und Janice und Erica hatten sie ihm voll und ganz abgenommen.

Erica hatte einen scharfen Blick. Das könnte zum Problem werden. Ihr war sein Alter sofort aufgefallen. Er wollte der Frage erst ausweichen, hatte dann aber beschlossen, dass das ihren Verdacht wecken könnte. Sich sieben Jahre jünger zu machen, war eine notwendige Improvisation gewesen. Ein zielloser Fünfundzwanzigjähriger war glaubhaft, und sie hatte keinen Grund, seine Geschichte anzuzweifeln, zumindest vorerst nicht.

Er lehnte sich an den Tresen des Pausenraums. Sie erklärte ihm, was sie von ihm erwartete, während sie darauf warteten, dass der Kaffee fertig gebrüht wurde.

Frisch geduscht sah sie sogar noch besser aus. Er hatte sie schön genannt, um sie zu ärgern, aber er meinte es trotzdem. Selbst das grelle Neonlicht des Pausenraums konnte ihre hohen Wangenknochen, die schlanke Nase und die glatte, blasse Haut nicht schmälern. Und er könnte sich in diesen großen, winterlich grauen Augen verlieren. Im Trainingsraum hatte ihn ihr glänzendes, dunkles Haar fasziniert, das in einem verschwitzten Pferdeschwanz gesteckt hatte und jetzt zu einem so festen Dutt zurückgebunden war, dass er sich fragte, ob es wehtat, wenn sie ihren Kopf bewegte. Hätte er sie nicht beim Training beobachtet, dann hätten ihn ihre Kleidung, ihr Haar und ihr Auftreten glauben lassen, sie sei die personifizierte Unterdrückung.

Vorhin war er von der sofortigen Anziehungskraft überrascht worden, die er für die Frau empfand, die sich mit unbändiger Energie auf den schweren Sack stürzte. Jetzt fragte er sich, wo sie das Feuer unter ihrem eisigen Äußeren versteckte, und der Gedanke, es herauszufinden, hatte einen masochistischen Reiz.

Ein älterer Mann mit silbernem Haar und scharfen blauen Augen betrat den Pausenraum. „Ich habe Sie schon überall gesucht", sagte er an Erica gewandt.

Sie sah erschrocken aus. „Mich? Warum?"

„Janice sagte mir, dass sie Ihnen die Thermo-Con-UVP zugewiesen hat."

Sie stieß sich von der Theke ab und straffte die Schultern. „Ich bin zwar keine Architekturhistorikerin, aber ich habe mich über Bauten im internationalen Stil informiert und-"

Der Mann unterbrach sie mit einer scharfen Handbewegung. „Meine einzige Sorge ist der Zeitplan des Projekts. Sam Riversong hat mich heute Morgen angerufen. Der Stamm hat es vermasselt, und sie brauchen eine schnelle Lösung für die UVP. Er bat mich, dafür zu sorgen, dass Sie den Zeitplan einhalten."

„Was wollen Sie also von uns?" fragte Lee, um sich in das Gespräch einzuschalten.

Der Mann richtete seinen scharfen Blick auf Lee. „Und Sie sind?"

„Entschuldigung", sagte Erica. „Rob Anderson, das ist unser neuer Praktikant, Lee Scott."

Rob Anderson. Der Projektleiter, der alle Irak-Verträge beaufsichtigte. Der Mann war der zweite auf seiner Liste der Verdächtigen und einer der Gründe, warum Lee hier war und vorgab, ein archäologischer Praktikant zu sein.

Erica wandte sich wieder Rob zu und schloss Lee aus dem Gespräch aus. „Warum sollte Riversong Sie anrufen, wenn Sie nicht einmal zum Umweltteam gehören?"

„Sam und ich kennen uns schon lange."

Aus seinen Recherchen wusste Lee, dass Rob vor Jahrzehnten mit Sam Riversong und Edward Drake in der Armee gedient hatte.

„Ich möchte täglich über Ihre Fortschritte informiert werden", sagte Rob. „Ab heute."

„Heute gehen wir zum Haus, morgen zum Nationalarchiv", sagte sie.

„Gut." Er wandte sich zum Gehen, hielt aber in der Tür inne. „Was halten Sie als Archäologin von Ed Drakes Plan, einen Antrag vorzulegen, um das historische Marineflugzeug aus der Chesapeake Bay zu bergen?"

Alarm blitzte in ihrem Gesicht auf. „Ich höre zum ersten Mal davon, aber ich halte es für eine schreckliche Idee. Unterwasserprojekte sind unglaublich gefährlich und teuer, und wir haben niemanden, der sich mit Unterwasserarchäologie auskennt."

Damit erregte Erica Lees Aufmerksamkeit. Sie hatte gelogen.

Gestern hatte er sich in ihre Bewerbung an der American University gehackt. Ihre Akte enthielt eine Abschrift der Universität von Hawaii, wo sie einen Master-Abschluss in Unterwasserarchäologie erworben und an ihrer

Promotion gearbeitet hatte, als sie das Programm verließ. Die Frau galt als Expertin auf diesem Gebiet, doch in ihrem Lebenslauf fand er keinen Hinweis auf ihren Abschluss, und nun sagte sie nichts, um einem der ranghöchsten Ingenieure von Talon & Drake ihr Fachwissen zu beweisen. Interessant.

„Das habe ich befürchtet, aber Ed ist fest entschlossen, die Sache weiterzuverfolgen." Rob fuhr sich mit der Hand durch sein schütteres graues Haar. „Ich werde mit ihm reden. Machen Sie sich an die Arbeit mit Thermo-Con. Schicken Sie mir eine E-Mail mit Ihren Fortschritten, wenn Sie von Ihrem Ausflug zu dem Haus zurück sind." Er verließ den Raum.

Lee lächelte. Rob hatte ihn völlig ignoriert. Es war, als wäre der Titel „Praktikant" ein Tarnumhang. Vielleicht konnte er das tatsächlich durchziehen. Er goss den frisch gebrühten Kaffee in zwei Tassen und reichte ihr eine. „Wer war das?"

„Er ist ein Ingenieur. Er leitet unsere Irak-Projekte."

Genau die Überleitung, die er anstrebte. „Talon & Drake hat Projekte im Irak?"

Sie sah ihn fragend an. „Lesen Sie keine Zeitung?"

„Ich bin Student. Ich habe keine Zeit zum Lesen."

„Haben Sie denn Talon & Drake nicht einmal gegoogelt, bevor Sie das Praktikum angenommen haben?"

Ausgezeichnet. Nichts schrie inkompetent wie die Unfähigkeit, Google zu benutzen. „Daran habe ich nicht gedacht."

Sie rollte verärgert mit den Augen. „Talon & Drake war in letzter Zeit oft in den Nachrichten. Aus verschiedenen Gründen, aber hauptsächlich wegen Senator Joseph Talon - Sie wissen doch, wer Senator Talon ist, oder?"

Besser als Sie sich vorstellen können. „Ja." Er legte Beleidigung und Verzweiflung in dieses eine Wort.

„Dann wissen Sie, dass er so gut wie offiziell angekündigt hat, dass er für das Amt des Präsidenten kandidieren wird."

„Ist er ein Demokrat oder ein Republikaner?" Es war leicht, sich dumm zu stellen. Zu leicht.

„Zu wissen, dass Ihre uninformierte Stimme genauso viel wert ist wie meine", murmelte sie.

Er fragte sich, wie sie wohl reagieren würde, wenn sie wüsste, dass er das Abstimmungsverhalten des Senators auswendig aufzählen könnte.

Sie trank einen Schluck Kaffee, dann nahm sie die Tasse in die Hand und starrte ihn über den Rand hinweg an. „Wenn Sie hier arbeiten wollen, sollten Sie ein paar grundlegende Dinge wissen. Erstens: Senator Talon ist der Eigentümer von Talon & Drake."

Die genauen Eigentumsverhältnisse und das Management von Talon & Drake waren wochenlang von Fachleuten durchkämmt und kritisiert worden, und ihre Zusammenfassung in einem Satz war bei weitem nicht ausreichend. „Was ist mit Drake?", fragte er, nur um sie zu ärgern.

Sie runzelte verärgert die Stirn. Auftrag erfüllt.

„Ich korrigiere", sagte sie, „Edward Drake besitzt einen Teil des Unternehmens, aber Senator Talon ist der Hauptaktionär." Sie hielt zwei Finger hoch. „Zweitens: Der Senator leitet das Unternehmen nicht. Joseph Talon jr. leitet das Unternehmen, seit sein Vater Senator geworden ist."

„JT", sagte Lee und beschloss, seinen IQ um ein paar Punkte zu erhöhen.

„Was?"

„Joseph Talon, Jr., genannt JT."

Sie neigte ihren Kopf fragend zur Seite.

Er grinste und zeigte auf das zehn Jahre alte Titelblatt des TIME-Magazins, das vergrößert an der Wand des Pausenraums hing. JT lächelte zuversichtlich neben einer Schlagzeile, die lautete: JT TALON, 27-JÄHRIGER

WUNDERKNABE UND CEO; DER DIE FIRMA SEINES
VATERS REVOLUTIONIERTE.

Ericas Lippen verzogen sich zu einem kleinen Lächeln. Er
spürte, wie der Frost, der sich gebildet hatte, als er sie schön
genannt hatte, ein klein wenig auftaute. „Was mich zu Punkt
drei bringt." Sie hielt drei Finger hoch und fuhr fort, die
Fakten aufzuzählen. „Weil *JT* die Firma leitet, hat der
Senator seit zwölf Jahren keine Managemententscheidung
bei Talon & Drake getroffen."

Er war nicht überrascht, dass diese Tatsache wichtig
genug war, um einen Platz auf ihrer Liste zu erhalten. Die
Medien hatten sich bis zum Überdruss darüber ausgelassen.
Wenn der Senator an der Leitung des internationalen Inge-
nieurbüros beteiligt wäre, würde er damit gegen die Ethikregeln des Senats verstoßen.

„Viertens: Das Unternehmen hat mehrere Verträge mit
dem Verteidigungsministerium für Arbeiten im Irak und in
Afghanistan. Fünf: Die Konkurrenten des Senators um die
Präsidentschaftskandidatur seiner Partei vergleichen Talon &
Drake mit Halliburton und behaupten, er habe für den
Einmarsch in den Irak gestimmt, um von dem Krieg zu
profitieren."

Ihre Stimme senkte sich zu einem weniger lehrerhaften,
feierlichen Ton. „Und der letzte Grund, warum Talon &
Drake in letzter Zeit in den Nachrichten war: Einer unserer
Mitarbeiter wurde letzte Woche in Bagdad durch eine
Sprengfalle getötet."

Und da war er - der wahre Grund für seine Anwesenheit.
JT Talon hatte eine E-Mail erhalten, in der behauptet
wurde, dass Mitarbeiter von Talon & Drake etwas - wahrscheinlich Artefakte - aus dem Irak schmuggeln würden.
Eine Stunde später war der Informant tot. Lee musste die
Schmuggler finden und den Mörder entlarven. Und er
musste es tun, bevor es zu einem Skandal wurde, der die

Präsidentschaftskampagne von Joseph Talon ruinieren würde.

A ls Erica ihren alten Honda-Kombi die Straße entlangfuhr, die die Grenze des Menanichoch-Reservats markierte, ignorierte sie sowohl ihren beunruhigend gutaussehenden Beifahrer als auch die drängende Angst, die Jakes E-Mail ausgelöst hatte. Stattdessen konzentrierte sie sich auf die Überreste, die darauf hindeuteten, dass das Land bis Mitte der 1990er Jahre im Besitz der US-Armee gewesen und von ihr genutzt worden war. Versteckt am Straßenrand stand ein altes, von Ranken überwuchertes und von Einschusslöchern übersätes Schild; die verblasste Schrift verkündete, dass der Haupteingang zu Fort Belmont eine Viertelmeile entfernt lag.

Sie wusste, dass Sam Riversong und Joseph Talon jahrelang dafür gekämpft hatten, dass die Bundesregierung den Menanichoch-Stamm anerkannte. Fünf Jahre nach diesem Erfolg überzeugten sie die Armee, Fort Belmont zu schließen und das Land an den Stamm zurückzugeben.

Erica parkte auf der Straße vor dem Haus, das den ersten Schritt in ihrem Plan darstellte, die Artefakte zu retten und sie der mexikanischen Regierung zurückzugeben. Sie schaute an Lee vorbei und starrte auf das Haus, wobei sie von Aufregung durchströmt wurde. „Das ist es", sagte sie leise.

Lees Profil war alles, was sie sehen konnte, als er das Haus betrachtete, und sie fragte sich, was er davon hielt. Schließlich stieß er einen leisen Pfiff aus und sagte: „Whoa."

Sie lächelte. „Nicht das, was Sie erwartet haben?" Ihr gefiel alles an dem flippigen zweistöckigen Haus mit Flachdach und Kastenform. Sie reichte ihm das Photolog und stieg aus dem Wagen. „Schreiben Sie auf, was ich Ihnen sage." Mit der Kamera in der Hand knipste sie ein Foto und überprüfte dann das Bild. „Foto 26: Thermo-Con-Haus, Südfassade. Vergessen Sie nicht, das Datum einzutragen."

Sie gingen zur Westfassade, und sie machte ein weiteres Foto.

„Welche Seite ist die Vorderseite?", fragte er.

„Alle von ihnen. Oder keine, nehme ich an." Jede Seite des Hauses hatte eine Tür und eine kleine Veranda, so dass es aussah, als gäbe es vier Vorderseiten. Außerdem hatte das Gebäude schräge Fenster in verschiedenen Größen. Nichts war symmetrisch oder ausgeglichen, so dass es fast wie ein Irrenhaus aussah.

„*Das* wurde vom Militär gebaut?", fragte er ungläubig.

„Das ist eine der Fragen, die wir beantworten müssen." Sie lächelte, seltsam erfreut über seine Reaktion auf das Haus. „Wir haben zwei Zeitungsartikel, beide aus dem Jahr 1952, aber in keinem der Artikel steht, wer Thermo-Con entwickelt hat oder warum. Wir wissen nur, dass dieses Haus ein Prototyp für militärische Unterkünfte sein sollte."

„Und was genau ist unsere Aufgabe?"

„Wir müssen mehrere Forschungsfragen beantworten. Zunächst einmal wollen wir herausfinden, wer das Haus in Fort Belmont gebaut hat und warum."

„Ich verstehe die Verbindung zwischen Fort Belmont und dem Menanichoch-Stamm nicht."

„Dieses Land gehörte den Menanichoch bis 1935, als der Stamm die staatliche Anerkennung verlor und die Armee das Land übernahm und Fort Belmont baute. Vor zehn Jahren wurde der Stützpunkt im Rahmen des Programms ‚Base Realignment and Closure', kurz BRAC, geschlossen, und die Menanichoch erhielten ihr Land zurück."

„Warum schreiben wir eine Umweltverträglichkeitsprüfung?"

„Das Haus kann in das National Register of Historic

Places aufgenommen werden und benötigt größere Reparaturen. Im Rahmen von BRAC treten Umwelt- und Denkmalschutzgesetze in Kraft, die eine UVP erfordern, bevor die Arbeiten abgeschlossen werden können."

Er starrte auf das Haus, und sie hatte das Gefühl, dass er viel mehr aufnahm als das Gebäude vor ihm; dann verzog sich sein Mund zu einem warmen, vollen Lächeln, das seine grünen Augen zum Leuchten brachte. „Das Haus ist cool."

Ihr Bauch flatterte, und sie wusste nicht, ob dieses Gefühl von seinem Lächeln herrührte oder von der Tatsache, dass er das Haus genauso schätzte wie sie. Sie wandte sich ab. Sie musste arbeiten, ohne sich in mädchenhafte Fantasien zu flüchten, die auf prächtigen Brustmuskeln und einem gemeinsamen Geschmack für Architektur beruhten.

Sein gutes Aussehen erklärte seine Orientierungslosigkeit. Wohlhabende, gutaussehende Jungs wie er bekamen alles auf dem Silbertablett serviert und wussten nicht, wie man für seinen Lebensunterhalt arbeitete. Er war das Gegenteil von allem, was für sie wichtig war. „Ja, nun, Archäologen erforschen skurrile Häuser. Wir reisen selten an exotische Orte. Und wir suchen nie nach Schätzen oder werden von bösen Jungs beschossen." *Bis auf das eine Mal, als ich all diese Dinge getan habe.*

Sein Lächeln verblasste. „Verdammt, ich wünschte, Sie hätten mir das gesagt, bevor ich meine Peitsche und meinen Filzhut gekauft habe." Er bog um die Ecke des Hauses, und sein Zorn zeigte sich in seinem schnellen Schritt.

Schuldgefühle überkamen sie, weil sie ihn beleidigt hatte, obwohl er nichts anderes getan hatte, als sich für das Projekt zu begeistern. Sie eilte ihm hinterher, um sich zu entschuldigen, aber als sie um die Ecke bog, sah sie den Kleintransporter eines Klempners und blieb stehen. „Die sollen doch noch gar nicht arbeiten." Sie ging zügig auf die nächste Tür zu und betrat die Küche. „Hallo? Ist hier jemand?" Wenn sie ohne eine unterschriebene Genehmigung mit den Arbeiten am Haus begonnen hatten, hatte sie den perfekten Vorwand, sich beim Stammesbüro und bei Sam Riversong zu beschweren.

Sie warf einen Blick auf Lee, der ihr ins Haus gefolgt war. Sein Mund war zu einer festen Linie verzogen.

„Es tut mir leid, dass ich so zickig war", sagte sie.

Er zuckte mit den Schultern. „Kein Problem."

Eine Stimme rief aus dem Keller. Oben an der Kellertreppe roch es nach etwas Verfaultem und sie muss würgen. Lee verzog das Gesicht und hielt sich die Hand vor den Mund, dann sagte er: „Aber bitte, Ladies first." Sie sah das Lächeln hinter seiner Hand.

Sie lächelte zurück, akzeptierte ihre Buße und ging voran. Im Keller beugten sich zwei Männer in schmutzigen Overalls über eine Öffnung in einer Ecke. „Sind Sie wegen der Haussanierung hier?", fragte sie. „Die Arbeiten sollen nicht vor nächster Woche beginnen. Die Genehmigung muss erst unterschrieben werden."

Einer der Männer warf ihr einen Blick über die Schulter zu; sein dunkler Bart war von demselben Grau durchzogen, das auch seinen Kopf bedeckte. „Ich weiß nicht, wovon Sie reden. Wir wurden hierher gerufen, um den kaputten Pumpensumpf zu reparieren."

„Es riecht, als wäre hier etwas gestorben", sagte Lee.

„Ratten", antwortete der jüngere Klempner. „Der Sumpf war wochenlang kaputt, bevor es jemand bemerkte, und heute Morgen schwammen Ratten in dem Dreck, den wir abgepumpt haben."

Ihre Ausrede, sich beim Stamm zu beschweren, erlitt das gleiche Schicksal wie die Ratten; niemand konnte es ihnen verübeln, dass sie einen überschwemmten Keller reparierten, bevor die UVP unterzeichnet war. „Wir sind von Talon & Drake, dem Ingenieurbüro, das mit der Sanierung des

Gebäudes beauftragt ist. Wir sind hier, um das Haus zu fotografieren."

Der bärtige Klempner musterte sie von Kopf bis Fuß. „Sie sind Ingenieurin?" Sein Unglauben war offensichtlich.

In welchem Jahrzehnt hat dieser Typ gelebt? „Nein. Ich bin Archäologin."

„Sie sind dann der Ingenieur", fragte der Mann an Lee gerichtet, offensichtlich erleichtert, dass die natürliche Ordnung nicht in Gefahr war.

„Ich?" Lee quietschte das Wort wie eine ängstliche Maus heraus, so dass es ihr schwerfiel, eine neutrale Miene zu bewahren. „Nein. Ich bin ihr Lakai."

Sie gingen wieder die Treppe hinauf, und als sie außer Hörweite waren, sagte sie: „Danke."

Er grinste. „Sie schulden mir was. Wann kann ich das Geld abholen?"

Sie rollte mit den Augen. „Wenn Sie mein Chef sind."

Sein Grinsen wurde breiter. „Bei meinen Verbindungen sollten zwei Wochen ausreichen."

„Bei meinem Glück werden Sie wie JT Talon enden und den Job bekommen, weil Sie der Sohn von jemandem sind."

Er hielt inne. „Sie glauben nicht, dass er den Job verdient hat?"

„Er war fünfundzwanzig - so alt wie Sie - als er Leiter des Unternehmens wurde. Sie können mich nicht davon überzeugen, dass diese Entscheidung etwas anderes als Vetternwirtschaft war." Sie öffnete einen Schrank, sah aber in dem morschen Holz nichts von Interesse. „Es spielt eigentlich keine Rolle. Nach allem, was man hört, hat JT gute Arbeit geleistet." Sie hielt inne und fügte dann hinzu: „Ich glaube, ich mag Vetternwirtschaft nicht, weil ich nicht in der Lage bin, davon zu profitieren."

„Und was jetzt?", fragte er und schaute sich in der Küche um.

„Wir sind nicht nur zum Fotografieren hier, sondern auch zum Herumstöbern. Ich suche nach allem, was wir googeln können, um mehr über das Haus herauszufinden. Namen, Daten. Papierschnipsel, die hinter dem Ofen liegen. Niemand weiß etwas über dieses Haus."

Sie wanderten durch die Zimmer, spähten in Schränke und Schubladen. Sie machte Fotos und hoffte die ganze Zeit, etwas zu finden - irgendetwas, mit dem sie um Zugang zu den Stammesarchiven bitten konnte. Alles, was sie fand, war Enttäuschung.

Sie wollten gerade gehen, als einer der Klempner rief: „Yo! Archäologen-Lady. Ich habe ein Artefakt für Sie."

„Großartig", sagte sie. „Schauen Sie zu. Er wird mir einen Stein zeigen und behaupten, es müsse ein Werkzeug sein, weil er so gut in seine Hand passt."

Lee berührte ihren Arm. „Wenn ich mich erniedrigen muss, um Sie wieder gut dastehen zu lassen, wird Sie das was kosten."

„Eh. Sie sind billig."

Er lachte. „Wie können Sie so sicher sein?"

Sie lächelte. „Sie sind ein Kerl." Sie stieg die Treppe hinunter.

Der bärtige Klempner hielt ihr etwas Braunes und Durchweichtes hin. „Sehen Sie sich das an."

Zuerst dachte sie, es sei ein Stück Holz, aber die Art und Weise, wie der nasse Klumpen in ihren Fingern zerfiel, veranlasste sie, ihn genauer zu untersuchen. „Es ist ein Knochen." Eine Blase der Hoffnung bildete sich in ihr. Das konnte sie nutzen. „Wo haben Sie das gefunden?"

„Unter der alten Pumpe. Da unten gibt es noch mehr."

Sie beugte sich über das Loch im Boden und sah, wie ein Haufen bröckeligen Materials aus dem durchnässten Boden ragte. Die Blase dehnte sich aus und war kurz davor zu platzen. „Lee, holen Sie mir bitte mein Grabungsset? Er ist im Auto, der blaue Rucksack."

Sie griff nach unten und berührte ein sichtbares Knochenfragment. Es könnte sehr alt sein. Da es unterhalb des Grundwasserspiegels vergraben war, wäre es hervorragend erhalten geblieben, solange es nicht aus dem feuchten Boden entfernt wurde, der es so lange konserviert hatte.

Lee kehrte zurück. Sie schnappte sich ihre Kelle und kratzte die Seitenwand ab, um einen sauberen Blick auf den ausgetrockneten Boden zu werfen. Keine Anzeichen für eine Grabgrube, aber der schwankende Wasserstand könnte die Spuren einer Grube vor Jahrhunderten verwischt haben.

„Was für ein Knochen ist das?" fragte Lee.

Sie drehte einen weiteren Erdklumpen um und förderte einen Knochen zutage. „Könnte alles sein, vom Hund bis zum Menschen. Reichen Sie mir einen Ziplock. Sie sind in der Vordertasche."

„Was ist ein Ziplock?"

„Eine Plastiktüte."

„Oh. So ein Ziplock."

Der Klempner schmunzelte, und Lee zwinkerte ihr zu. Sie wandte sich wieder der Grube zu, um ihr Lächeln zu verbergen. Er war clever - und witzig. An Lee Scott könnte mehr dran sein als ihre erste Einschätzung des hübschen Karrierestudenten.

Sie ließ das ein Zentimeter lange Knochensegment in den Beutel fallen, packte feuchte Erde darum und wandte sich an die Klempner. „Könnten Sie den Sumpf reparieren, ohne die Knochen zu beschädigen?"

„Ich glaube schon. Die neue Pumpe ist kleiner als die alte."

„Sie könnten tiefer graben und versuchen, ein identifizierbares Stück zu finden", sagte Lee.

„Wir haben keine Ausgrabungsgenehmigung, und es

könnte sich um eine prähistorische Bestattung der Ureinwohner handeln. Wir müssen mit dem Stamm abklären, wie sie das handhaben wollen." Sie wandte sich an die Klempner. „Bitte lassen Sie die Knochen in Ruhe, für den Fall, dass sie menschlich sind."

Endlich hatte sie, was sie wollte: einen Vorwand für ein Treffen mit dem Stammesvorsitzenden Sam Riversong.

Kapitel Drei

Lee wischte sich die verschwitzten Handflächen an seiner Hose ab, als er neben Erica im Wartezimmer saß. Eine Frage quälte ihn: Würde der Vorsitzende der Menanichoch ihn erkennen?

Er war Riversong einmal begegnet, vor zwanzig Jahren, als er zwölf Jahre alt war, und es bestand die winzige, aber verheerende Möglichkeit, dass Riversong sich an ihn erinnerte und seine Tarnung auffliegen ließ.

Er sah sich in dem luxuriösen Wartezimmer um. In den Jahren seit ihrem letzten Treffen hatte sich der Stamm verändert. Sie besaßen jetzt Land und ein Kasino, und Riversongs Erfolg als Stammesvorsitzender war in seiner Designer-Bürosuite sichtbar, die die Noblesse der Wall Street mit den spielerischen Vorzügen eines Dot-Com-Unternehmens der späten neunziger Jahre verband. Der Raum war mit Tischtennisplatten, Airhockey und Billardtischen ausgestattet, die Lee beunruhigend ruhig erschienen, während er wartete und sich Sorgen machte.

Erica wippte mit dem Fuß und umklammerte den Plastikbeutel mit fester Faust. Auch sie war nervös, und er wollte wissen, warum. Wenn er sie dazu brachte, sich zu entspannen, würde sie ihm vielleicht sagen, warum der Knochen so wichtig für sie war. Airhockey oder Billard? Er hatte es genossen, zu sehen, wie sie sich im Fitnessstudio bewegte. Billard, definitiv.

Er stand auf, schnappte sich ein Dreieck, sortierte die Kugeln und wählte einen Queue aus. „Schön", sagte er, als er den teuren Stock bewunderte. Mit einem glatten, schnellen Stoß eröffnete er das Spiel. Eine Volle landete in der Ecktasche. Der Spielball rollte in die richtige Position, und er versenkte eine zweite volle Kugel. Als Nächstes positionierte er eine Kugel so, dass sie den Spielball hinter einer gestreiften Kugel in perfekter Ausrichtung für die Seitentasche rollen ließ. Keiner konnte dem Ruf dieses einfachen Stoßes widerstehen. „Sie sind dran."

Sie schaute einen Moment lang unsicher, dann stellte sie den Beutel auf einen Tisch und griff nach einem Stock. „Ich habe schon lange nicht mehr gespielt."

„Zielen Sie niedrig."

Sie sah ihn an, ihr Mund verzog sich zu einem spielerischen Lächeln. „Ich weiß. Ich war auf dem College - natürlich nicht so lange wie Sie - aber ich weiß, wie man Billard spielt." Sie stieß die Kugel an, zielte tief, um einen Backspin zu erzeugen, damit der Spielball der Neun nicht in die Tasche folgte. Sie versenkte drei weitere Kugeln, bevor ihr Zug damit endete, dass der Spielball die ganze Länge des Tisches von einer guten Chance auf eine volle Kugel entfernt war.

„Verdammt. Sie sind gut." Er musterte den Tisch. Er wusste genau, wo er die Weiße hinbringen wollte, um sie zu einem Hinter-dem-Rücken-Versuch zu zwingen. Er verfehlte seinen langen Stoß absichtlich und platzierte die Kugel strategisch.

Sie entschied sich für den kniffligen Stoß und sah mit

ihrem über den Queue gestreckten Rücken gut aus. Aber ihr nächster Stoß war noch besser. Sie lehnte sich über den Tisch, die Hüften an die Bande gepresst, den Hintern nach oben gewinkelt, während sie sich auf die Zehenspitzen stellte. Er wurde augenblicklich hart.

Verdammt! Er war ein Narr, der mit dem Feuer spielte.

Eine Bewegung erregte seine Aufmerksamkeit, und Sam Riversong betrat den Raum. Er musste gesehen haben, wie Lees Blick auf Ericas Hintern fixiert war, denn ein wissendes Lächeln breitete sich auf dem Gesicht des Chairman aus. *Ertappt.*

Sie versenkte ihren Ball.

„Guter Schuss", lobte Riversong.

Erica wirbelte überrascht herum. „Mr. Riversong. Es tut mir leid, ich wusste nicht, dass Sie hier sind." Sie legte ihren Queue zurück in die Wandablage.

„Nein, beenden Sie Ihr Spiel", sagte der Stammesälteste. „Wir können hier reden. Sieht so aus, als wären Sie im Begriff, diesem Mann hier sein Ego auf einem Tablett zu servieren."

Als Lee an der Reihe war, landete er einen Volltreffer, um seinen Stolz zu retten, aber der Queue rutschte am Ball aus, als Erica ihn mit seinem vollen Namen vorstellte.

Würde sein Nachname das Gedächtnis des Mannes wachrütteln? Der Nachname seiner Mutter war nur zwei Jahre lang Scott gewesen, bevor sie den Namen ihres zweiten Ehemanns angenommen hatte. Der Mann würde den Namen nur erkennen, wenn er ein gutes Gedächtnis für Details hätte.

Aber der Moment verging ohne Zwischenfälle, und Erica kam an die Reihe. Sie versenkte die schwarze Kugel und gewann. Der Vorsitzende forderte Erica zu einem Spiel heraus. Lee tat sein Bestes, um in den Hintergrund zu treten,

während sie spielten und über das Thermo-Con-Haus disku-
tierten.

Riversong setzte einen Schuss an und sagte: „Warum
sollte ich mich um die Knochen unter der Pumpe
kümmern?"

„Ich vermute, dass sie menschlich sind. Es könnte eine
prähistorische Bestattung sein."

„Sie werden nicht mehr gestört werden. Die Pumpe ist
repariert."

„Nach dem, was ich über den Sanierungsplan gelesen
habe, soll der Keller neugestaltet werden. Die Pumpe ist eine
vorübergehende Maßnahme, um die Überschwemmung zu
stoppen, aber was ist, wenn Sie drastischere Veränderungen
vornehmen wollen? Die Tatsache, dass es dort eine Begräbnisstätte geben könnte, würde Ihre Möglichkeiten stark
einschränken, es sei denn, Sie planen im Voraus. Es ist
möglich, dass die Armee das Haus inmitten eines prähistorischen Gräberfeldes platziert hat. In den fünfziger Jahren
hätte jeder weggeschaut."

„Was schlagen Sie also vor?"

„Ich würde den Knochen gerne untersuchen lassen, um
das Alter zu bestimmen und festzustellen, ob er menschlich ist
oder nicht."

„Und wenn der Knochen nicht menschlich ist?"

„Dann gehen wir davon aus, dass wir die Überreste eines
prähistorischen Mittagessens gefunden haben."

„Und wenn es ein Mensch ist?"

„Wir werden im Hof Testschnitte durchführen, um festzustellen, ob es in der Nähe weitere Gräber gibt."

Riversong schwieg einen Moment lang und dachte nach.
Schließlich sagte er: „Nein. Das ist nicht nötig."

Erica richtete den Queue und die Acht aus. „Ich habe die
Vereinbarung des Stammes mit der Regierung gelesen, die
Sie verpflichtet, Verwaltungspläne für das gesamte Menani-

choch-Treuhandland zu erstellen", sagte sie. „Sie müssen wissen, wo sich Ihre kulturellen Ressourcen - einschließlich der Gräber - befinden. Ihr Land wurde dem Stamm nicht durch einen Vertrag zugewiesen, ist also kein Reservat und als solches vor Beschlagnahmung geschützt. Die Regierung könnte jede vermeintliche Misswirtschaft nutzen, um Ihre Vereinbarung zu annullieren und das Land zurückzunehmen." Sie hielt inne, ohne ihren Blick vom Tisch zu nehmen. „Der Stamm würde alles verlieren, auch das Kasino."

Der Schock fuhr Lee in die Glieder, als Riversong die Kiefer sichtlich zusammenbiss und seine Augen hart wurden. Erica hatte gerade einen Mann bedroht, der solche Törtchen wie sie zum Frühstück verspeiste.

Verdammte Scheiße. Sie hatte gerade das Kasino bedroht. Das Treffen verlief nicht nach dem Drehbuch, das Erica sich vorgestellt hatte. Er ließ sich von ihrem vernünftigen Argument nicht umstimmen, also musste sie schärfere Geschütze auffahren. Sie war schockiert über ihre eigene Dreistigkeit.

Sie hatte guten Grund, jemanden aus der Führungsebene des Stammes zu verdächtigen. Sam Riversong, ein ehemaliger Museumskurator, der alle Beteiligten kannte, blieb ihr Hauptverdächtiger. Seit einem Jahr hatte sie sich gefragt, ob ein Stammesältester gestohlene Artefakte kaufen würde - der Handel mit Artefakten lag so weit außerhalb des Wertesystems aller amerikanischen Ureinwohner, die sie je kennengelernt hatte -, aber jetzt, nachdem sie den Mann endlich persönlich getroffen hatte, glaubte sie, dass es möglich wäre.

Die Knochen waren zwar ein merkwürdiger Fund, aber sie drängte nicht auf die Tests, weil sie vermutete, dass sie menschlich waren. Nein, ihre Motive waren eigennützig, und sie würde die Schuldgefühle, die das in ihr auslöste, zu der Last hinzufügen, die sie im Laufe des letzten Jahres angehäuft hatte. Eines Tages würde ihr Gewissen sie zur Rechenschaft ziehen, aber im Moment wollte sie nur wissen, was Sam Riversong wirklich wichtig war: Knochen, Haus, Stamm oder Casino?

Sie konzentrierte sich auf den Tisch und machte ihren Spielzug. Der Spielball traf die Acht, die gehorsam in die Ecktasche rutschte, aber die weiße Kugel folgte ihr. Sie schluckte einen Klumpen des Schreckens hinunter. Bei dem wichtigsten Stoß des Spiels hatte sie vergessen, tief zu zielen.

„Sie haben verloren." Riversongs Stimme war eisig, der Blick in seinen Augen noch kälter. „Sie mögen glauben, dass mein Sieg aufgrund Ihres Fehlers kein wirklicher Sieg für mich ist, aber ich mag es zu gewinnen, und es ist mir egal, wie ich es mache."

„Ich war unvorsichtig." Sie sah ihm in die Augen, ohne mit der Wimper zu zucken. „Und habe klar und deutlich verloren."

Riversongs kalte braune Augen durchbohrten sie, dann lächelte er plötzlich. „Gut." Er holte einen Ball aus der nächstgelegenen Tasche. „Lassen Sie uns eine Wette auf dieses Spiel abschließen."

„Großartig." Lee griff nach einem Queue. „Wenn ich gewinne, dann bekommt Shortcake ihre Tests, um die Art und das Alter des Knochens zu bestimmen."

„Shortcake?", fragte sie und ärgerte sich über den Spitznamen.

„Und wenn ich gewinne?" fragte Riversong.

„Legen wir den Knochen zurück in das Loch und vergessen ihn", sagte Lee.

„Lee, so betreibt man keine Archäologie!" Panik schoss durch sie hindurch. Lee war eine Niete im Billardspiel.

Würde sie diese Gelegenheit, mit Riversong zu arbeiten, verlieren?

Der Vorsitzende grinste. „Das gefällt mir. Legen Sie die Kugeln. Ich mache den Anstoß.“

Sie zuckte zusammen, als Riversong drei Kugeln versenkte, bevor Lee überhaupt an der Reihe war. „Versuchen Sie es nicht mit dem Weitschuss, sondern mit der Ecke“, sagte sie. Ihr wurde übel. „Sie sind lausig mit den langen.“

Lee drehte sich zu ihr um. Seine grünen Augen musterten sie von Kopf bis Fuß in einer unverhohlenen Liebkosung. „Ich kann die langen mit geschlossenen Augen versenken. Vorhin habe ich absichtlich danebengeschossen. Sie sahen übrigens großartig aus, mit dem Rücken über den Stock gebogen und dem Hintern auf dem Tisch.“

Der Mistkerl hatte sie gerade vor einem Kunden zu einem Lustobjekt degradiert. Sie würde ihn auseinandernehmen. Bei der erstbesten Gelegenheit. „Schießen Sie einfach“, sagte sie mit zusammengebissenen Zähnen.

Lee lehnte sich nach unten, legte den Ball in die Mitte und schloss die Augen.

„Mit offenen Augen!“

Er zwinkerte ihr zu und machte seinen Zug. Riversong bekam keine weitere Gelegenheit.

Kapitel Vier

Mit der Erlaubnis von Sam Riversong kehrte Erica zum Thermo-Con-Haus zurück, um Knochen für die Arten- und Kohlenstoff-14-Tests zu bergen. Sie kniete über dem Loch im Boden und untersuchte ein Fragment, das die richtige Größe und Form hatte, um ein menschlicher Handwurzelknochen zu sein. Sie lächelte. Dies war mit ziemlicher Sicherheit ein Mensch; der Experte brauchte vielleicht nicht einmal einen Gentest durchzuführen. Wenn sich herausstellte, dass es sich um ein Begräbnis handelte, würde Riversong sich noch einmal mit ihr treffen müssen, und mehr als alles andere wollte sie Zugang zu dem Chairman haben.

Sie packte die Knochen in einen weiteren Beutel, verabschiedete sich von den Klempnern und verließ das Haus. An ihrem Auto ließ sie sich auf den Fahrersitz gleiten und sah Lee an, der dort gewartet hatte, während sie die Proben nahm. Sie hatte immer noch nicht herausgefunden, wie sie ihn ermorden konnte, ohne verhaftet zu werden. Sie schaute nach vorne und drehte den Schlüssel im Zündschloss.

„Hören Sie mit dem Schmollen auf und sagen Sie es einfach", sagte er.

Sie starrte ihn an. „Sie sind ein Schwein.“

Er lächelte. „Und, war das so schwer?“

Sie legte den Gang ein, aber seine Hand bedeckte ihre am Schaltknüppel. „Sie sind sauer, aber die Wahrheit ist, dass ich es Riversong schwergemacht habe, Sie oder Ihre Drohungen ernst zu nehmen, indem ich Sie herabgesetzt habe. Ich habe Ihnen den Arsch gerettet.“

Der Blick in seinen Augen bestätigte, dass er es ernst meinte. Die Hand, die ihre umschloss, drückte sie leicht, und sie hatte die verrückte Vorstellung, dass er sie so beruhigte, wie er eine aufgeregte Katze beruhigen würde.

Wer ist dieser Mann?

„Haben Sie das wirklich mit Absicht gemacht?“, fragte sie.

„Genau das habe ich gerade gesagt.“

„Nein, ich meine, dass Sie den Schuss verfehlt haben. Haben Sie mich für den Schuss von hinten reingelegt?“

Er sah sie ungläubig an, dann lachte er. „*Darüber* regen Sie sich auf?“

Sie riss ihre Hand von seiner weg und fuhr auf die Straße, angewidert von sich selbst, weil sie eine so freizügige Frage gestellt hatte.

„Okay, ich gebe es zu“, sagte er. „Ja. Und das war es wert.“

Sie ignorierte die winzige Welle der Freude, die seine Worte auslösten, und konzentrierte sich auf die Flutwelle der Frustration. „Sie sind mein Praktikant. Ich bin Ihre Vorgesetzte. Das hört hier und jetzt auf.“

„Okay, *Boss*, als Ihr Praktikant versuche ich, etwas über Archäologie zu lernen und möchte wissen, warum diese Knochen so wichtig sind, dass Sie das Casino bedroht haben, um eine Genehmigung für die Tests zu erhalten.“

„Ich habe nicht *gedroht*. Ich habe *erklärt*, warum mein Kunde das Umweltrecht einhalten muss.“

„Wenn Riversong glaubt, dass Sie eine Bedrohung für das Casino sind, wird er dafür sorgen, dass Ihr perfekter Arsch gefeuert wird."

Ihr Griff um das Lenkrad wurde fester. „Ich sagte, Sie sollen damit aufhören."

„Ich habe Sie nicht angebaggert. Ich habe nur eine Tatsache festgestellt: Ihr Arsch ist perfekt."

Sie spielte in den Knöpfen des Autoradios herum und drehte die Lautstärke auf, bis ein liebeskrankes Mädchen, das über einen verlorenen Jungen sang, eine weitere Unterhaltung verhinderte. Zu schade, dass die Musik sie nicht davon abhalten konnte, sich Gedanken über das verstörende Vergnügen zu machen, das sie aus Lees gefühllosem Kompliment zog.

Zurück bei Talon & Drake, verpackte sie die Knochen für die Tests und warf sie dann in den Briefkasten für die Nachtpost. Sie kehrte in ihr Büro zurück und beobachtete Lee, der den Papierkram für die Personalabteilung ausfüllte. Wenn sie ihn zu Tode langweilte, würde er sie vielleicht in Ruhe lassen.

Sie räusperte sich, um seine Aufmerksamkeit zu erregen. „Ich muss einen Mobilfunkmast besichtigen. Während ich weg bin, möchte ich, dass Sie die Vorschriften lesen, auf denen unsere Arbeit basiert. Schlagen Sie sie online nach. Beginnen Sie mit dem National Historic Preservation Act von 1966, in seiner aktuellen Fassung. Konzentrieren Sie sich auf Abschnitt 106 - er ist die wichtigste Grundlage für unsere Arbeit. Wenn Sie damit fertig sind, lesen Sie den Native American Graves Protection and Repatriation Act, kurz NAGPRA, und den Archaeological Resources Protection Act, oder ARPA." Sie unterdrückte ein Lächeln. Er würde einschlafen, bevor er mit Abschnitt 106 fertig war.

Lee wandte sich wieder seinem Papierkram zu und ignorierte sie. „Gut. Wir sehen uns morgen."

Morgen. Das Nationalarchiv. Lee stand in Verbindung

mit einem hohen Tier, und es war ihre Aufgabe, ihn auszubilden. Schlimm genug, dass sie ihn jetzt abwimmelte; Janice wäre sauer, wenn sie ihn morgen auch noch den ganzen Tag hier alleinließe. Sie konnte ihren Job nicht vermasseln, nicht jetzt. „Wir treffen uns im Archiv, sobald es geöffnet wird. Ich möchte, dass Sie sich deren Forschungsprotokoll online ansehen."

„Was meinen Sie?"

„Ich war noch nie dort. Finden Sie heraus, wann sie öffnen und was wir mitbringen dürfen - Computer, Papiere, Bleistifte, Geldbörsen und so weiter. Rufen Sie mich auf meinem Handy an, und lassen Sie mich wissen, was Sie herausgefunden haben." Sie gab ihm ihre Nummer.

„Der technische Support hat meinen Laptop immer noch, und ich brauche eine Netzwerk-ID, um auf das Internet zuzugreifen."

Sie zögerte, aber eigentlich hatte sie keine Wahl. „Benutzen Sie meinen Computer." Sie zog ihren Firmenausweis von dem Schlüsselband um ihren Hals. „Der Ausweis wird in den Kartenschlitz gesteckt und ermöglicht Ihnen den Zugang zum Netzwerk." Sie legte eine Hand auf den Tisch und lehnte sich über ihn. „Wenn Sie meinen Ausweis verlieren, mache ich Sie zu meinem neuen Sandsack."

Das warme Funkeln in seinen Augen verriet, dass er bereits begann, sich das bildlich vorzustellen. „Ja, Ma'am."

Er ging zu ihrem Schreibtisch und steckte die Karte ein, während sie ihre Handtasche und die Projektunterlagen zusammensuchte.

„Wie lautet Ihr Passwort?", fragte er.

Oh, verdammt!

Er sah sie an und wartete.

„Riversong. Ein Wort, klein geschrieben." Sie machte auf dem Absatz kehrt und ging, bevor er noch weitere Fragen stellen konnte.

Kapitel Fünf

Am Dienstagmorgen stand Lee vor dem Gebäude des Nationalarchivs in College Park, Maryland, und sah zu, wie Ericas Auto auf den Parkplatz fuhr. Er wappnete sich für den kommenden Tag und wünschte sich, er hätte Schauspielunterricht genommen. Vielleicht könnte er dann besser in seiner Rolle bleiben.

Wenigstens war der gestrige Tag erfolgreich gewesen. Nachdem sie das Büro verlassen hatte, hatte er sich mit ihrer ID in den Bethesda-Server gehackt und einen Netzwerk-Client erstellt, der nicht auf ihn zurückgeführt werden konnte. Auf die Dateien des Irak-Projekts hatte er nicht zugreifen können, aber er hatte die Sicherheitsvorkehrungen überprüft. Er würde ein paar Tage brauchen, um die Firewall zu durchbrechen. Weniger, wenn Erica aufhören würde, ihn auf diese lästigen Exkursionen mitzuschleppen.

Ericas dunkle Sandalen machten ein gleichmäßiges Klopfgeräusch, als sie den Parkplatz überquerte. Ihm gefiel, wie sich ihr knielanger schwarzer Rock und die enganliegende burgunderrote Bluse an ihre Hüften und Brüste schmiegten. Schade, dass sie dieses Outfit nicht getragen hatte, als sie sich über den Billardtisch gebeugt hatte. Er wusste ihr Aussehen zu schätzen und genoss ihre verbalen Wortgefechte, aber er durfte nicht aus den Augen verlieren, dass seine sexy Vorgesetzte die Hauptverdächtige war, einem internationalen Schmuggelring für archäologische Artefakte in den USA anzugehören.

Fragen schwirrten ihm im Kopf herum, aber er hatte seine Deckung gestern bis zum Äußersten ausgereizt und wusste, dass es ein schwerer Fehler wäre, sie heute wegen ihres Passworts zu befragen. Sie war nur wenige Meter entfernt, und so brach er gleich ihren ersten Streit des Tages vom Zaun. „Sie sind spät dran."

Ihr zaghaftes Lächeln wurde durch einen verärgerten Blick ersetzt, und sie schaute auf ihre Uhr. „Es ist neun Uhr dreißig. Ich bin genau pünktlich."

„Das Archiv öffnete um acht Uhr fünfundvierzig."

„Sie sagten mir, das Archiv öffnet um halb zehn."

„Nein, ich sagte, der *erste Zug* sei um halb zehn." Was er wirklich gesagt hatte, war ein sehr vorsichtig formuliertes *„Wir können um halb zehn mit den Recherchen beginnen"*, denn wenn er vor ihr ankam, konnte er seinen Ausweis zeigen und seinen Forscherausweis bekommen, ohne dass sie seinen Führerschein sah und sein wahres Alter erfuhr.

„Was bedeutet ‚erster Zug'?"

„Die Archivare ziehen die Unterlagen nur zu bestimmten Zeiten. Wenn Sie rechtzeitig hier gewesen wären, hätten wir unsere Anträge für die erste Abfrage stellen können. Da Sie zu spät kommen, werden wir bis zur nächsten Abfrage um halb elf keine Dokumente mehr bekommen."

„Verdammt, Lee! Davon haben Sie nichts erwähnt. Und was zum Teufel haben Sie seit acht Uhr fünfundvierzig gemacht? Sie hätten auch ohne mich einen Antrag auf Akteneinsicht stellen können."

„Ich weiß nicht, welche Unterlagen Sie anfordern möchten."

Sie starrte ihn mit offensichtlicher Frustration an, sagte aber kein Wort. Stattdessen holte sie eine Flasche Mylanta gegen Sodbrennen aus ihrer Handtasche und steckte sich zwei Tabletten in den Mund.

Jedes Mal, wenn ihre Zähne auf den Antazidum-Tabletten knirschten, stach ihn die Schuld in den Bauch.

Sie seufzte. „Gehen wir. Wir haben eine Menge Arbeit vor uns."

Schuldgefühle waren das Letzte, was er empfand, nachdem er stundenlang in dem hellen, klimatisierten und kameraüberwachten Raum gesessen hatte, umgeben von Dutzenden schweigsamer Forscher, die über Kisten gebeugt waren. Neben ihrem Tisch stand die letzte Ladung Kartons aus dem Fort Belmont-Archiv. Noch eine Stunde und sie wären fertig. Er öffnete eine weitere Schachtel voller brüchiger, muffiger Papiere und murmelte leise: „Das ist der langweiligste Tag meines Lebens."

Erica warf ihm einen Blick über ihre Schulter zu und schenkte ihm ein halbes Lächeln. „Nicht Indiana Jones genug?"

Er biss sich auf die Wange, um nicht zu lächeln. „Indy hat nie Stunden in einem Archiv verbracht und sich am Papier die Finger zerschnitten."

„Hat er wohl. Das wurde nur nie gezeigt."

„Machen Sie so etwas wirklich ständig?"

„Nein. Heute ist ein besonderer Tag."

Er erwartete ein neckisches Lächeln, aber sie meinte es ernst. „Macht Ihnen das *Spaß*?"

„Ich bin zum ersten Mal in den Nationalarchiven, und wir durchsuchen Kisten, die bis vor ein paar Jahren noch geheim waren. Wer weiß, was wir finden werden?" Aus ihren

Augen sprach eine Begeisterung, die ihm viel über sie verriet. Er musste ihre Hingabe an ihre Arbeit respektieren.

„*Ich* weiß, was wir finden werden. Papiere, die alt, muffig und voller militärischer Akronyme sind." Er beschloss, sich mit ihr anzulegen. „Wie lautet das Akronym, nach dem wir suchen sollen, noch einmal?"

Sie warf einen Blick auf das halbe Dutzend Kisten, die er gerade durchgesehen hatte, und ihre Augen weiteten sich vor Sorge. „ERDL, Lee. E-R-D-L. Es steht für Engineer Research and Development Laboratory."

Sein Gesicht blieb ausdruckslos. „Und warum interessieren wir uns dafür, nochmal?"

„Das Labor befand sich auf Fort Belmont, und Thermo-Con könnte von ERDL-Ingenieuren erfunden worden sein." Sie sprach mit ihm, als sei er nicht ganz helle, was er auch verdient hatte. Ihre Stimme stieg eine Oktave höher. „Muss ich diese Kisten noch einmal durchgehen?"

Eine Frau zwei Tische weiter gab ein leises zischendes Geräusch von sich.

Er grinste und flüsterte: „War nur ein Witz."

Sie ließ ihren Kopf in die Hände sinken. „Das habe ich nicht verdient."

Er sprach mit ruhiger Stimme. „Stimmt. Aber es macht mehr Spaß, Sie zu ärgern, als eine Kiste nach der anderen mit ERDL-Forschungsunterlagen durchzusehen. Soweit ich gesehen habe, haben die ERDL-Ingenieure nur an Tarnungen und Amphibienschiffen gearbeitet."

„Haben Sie etwas gesehen, das darauf hindeutet, dass sie mit Beton experimentiert haben?"

„Nein. Sie?"

„Nein." Sie schüttelte den Kopf, sichtlich enttäuscht, und er wusste eines über Erica Kesling ganz genau: Sie wollte alles über die Geschichte des Thermo-Con-Hauses herausfinden. Er wusste nicht, ob ihr Antrieb darin bestand, ihrem

Kunden zu gefallen, oder ob sie wirklich von den mysteriösen Ursprüngen des Hauses fasziniert war.

Verdammt, es war nur ein Haus. Es sah seltsam aus und war aus hefeartigem Beton, aber es war eben ein Haus.

Ihre säuberlich ausgedruckte Liste mit Forschungsfragen lag auf dem Tisch neben einem angespitzten orangefarbenen Bleistift Nr. 2. Weder der Bleistift noch das Papier waren angerührt worden, seit sie vor einigen Stunden die erste Schachtel geöffnet hatten. Der Tag war für sie beide ein totaler Reinfall. Er sollte im Büro sein und sich in das Netzwerk hacken, nicht hier. Morgen, beschloss er, würde er sich völlig inkompetent verhalten, damit sie ihn nicht mehr auf Exkursionen mitnehmen würde.

„Das ist seltsam", sagte sie.

„Haben Sie etwas gefunden?"

„Nicht über Thermo-Con. Aber sehen Sie hier." Sie reichte ihm ein Notizbuch. „Das ist das Logbuch von Fort Belmont aus dem Jahr 1952. Jemand hat jedes Ereignis auf diesem Posten festgehalten - Eiskremfeste, Softballspiele und so weiter - aber sehen Sie sich den achtundzwanzigsten November an."

Lee las laut vor: „ ‚Mrs. Claudio Guerrero und ihr Sohn Ricky wurden heute als vermisst gemeldet.' Und?"

„Es ist einfach seltsam. Eine vermisste Frau und ein vermisstes Kind werden mit dem gleichen Nebensatz erwähnt wie die Luau-Geburtstagsfeier des Colonels", sagte sie. „Warum wird nicht erwähnt, wohin sie gegangen sein könnten oder ob die Polizei ermittelt hat? Und wo war der Ehemann, Claudio Guerrero? War er ein in Fort Belmont stationierter Soldat?"

„Ich weiß, dass die Thermo-Con-Suche langweilig ist, aber ich denke, wir sollten die Nachforschungen zu Ende bringen, bevor Sie sich in eine geheimnisvolle Nebensache verrennen."

„Ich habe gesagt, dass ich es merkwürdig finde, aber nicht, dass ich versuchen werde, das Rätsel zu lösen."

Sie griff nach dem Buch, aber er hielt es von ihr weg und las einige der Protokolleinträge. Er blätterte die Seite um, und ein Wort sprang ihm ins Auge. „Ich habe Thermo-Con gefunden!"

Mehrere Leute machten Shhh-Geräusche, während Erica versuchte, ihm das Buch aus der Hand zu reißen. Er nutzte die Aufforderung der anderen Benutzer, sich still zu verhalten als Ausrede, um näher an sie heranzurücken, und fragte sich dann, ob das nicht ein Fehler war. Ihr subtiles, sexy Parfüm hatte ihn schon den ganzen Tag über gequält.

Er hielt das Buch zwischen sie, so dass sie den wichtigen Eintrag im Logbuch sehen konnte. „*29. November 1952: Heute wurde mit dem Bau eines Higgins-Thermo-Con-Hauses begonnen.*"

„Eine Seite", murmelte sie. „Nachdem ich sechs Stunden lang nach den Worten ‚Thermo-Con' gesucht habe, habe ich Ihnen das Buch eine Seite - einen Eintrag - zu früh übergeben."

Sie war süß, wenn sie frustriert war.

„Nun, es ist ja nicht so, dass wir etwas Neues erfahren hätten. Es ist nur ein Satz."

Sie schlug ihm spielerisch auf den Arm. „Machen Sie mir das nicht kaputt. Erst sorgen Sie dafür, dass ich zu spät komme, dann stehlen Sie mir meinen Moment der Entdeckung. Das sind Sie mir schuldig."

Seine Lippen kitzelten ihr Ohr, als er flüsterte: „Shortcake, wann immer Sie diese Schuld einfordern wollen, bin ich bereit." *Verdammt.* Gestern hatte er sie angemacht, um sie zu ärgern, aber das ... das hatte er ohne Gedanken und Absicht getan. Es war ihm ganz natürlich gekommen, ein neckischer Flirt, weil er ihren Witz und ihre Gesellschaft genossen hatte. Dies war eine Komplikation, die er nicht gebrauchen konnte.

Ihre Pupillen weiteten sich, und er spürte den Schauer,

der sie durchlief. Sie war auch interessiert, was das Problem nur noch verschlimmerte.

Sie wich zurück. „Benimm dich", sagte sie. Es war bezeichnend, dass sie nicht mit Empörung reagierte, nachdem ihr Praktikant sie - wieder einmal - angemacht hatte. Sie ließ ihren Blick auf das Buch fallen und räusperte sich. „Hier steht: Higgins. Ich frage mich, ob Higgins ein Stil oder ein Hersteller ist?" Sie nahm den Bleistift und schrieb den genauen Eintrag des Logbuchs auf das Notizpapier. Wäre sie ein Computer gewesen, hätte er gesagt, dass sie im abgesicherten Modus lief.

Sie beendete die Lektüre des Logbuchs und legte es in die Archivbox zurück. Sie gingen die übrigen Kisten durch und fanden keinen weiteren Hinweis auf Thermo-Con. Um sechs Uhr verließen sie das Archiv. Alles, was sie nach einem ganzen Tag vorzuweisen hatten, war ein Satz, der Thermo-Con mit dem Namen Higgins in Verbindung brachte.

Er steckte die Hände in die Taschen, als sie den Parkplatz überquerten. „Darf ich Sie zum Essen einladen?"

Sie blieb auf halbem Weg stehen und sah ihn an. „Das ist keine gute Idee."

„Warum?"

„Sie sind ein Praktikant und nur sechs Wochen hier. Lassen Sie uns die Dinge nicht kompliziert machen."

„Freundschaft ist kompliziert?"

„Für mich schon." Sie wandte den Blick ab und seufzte. „Ich hatte einen langen Tag, und ich bin müde. Ich gehe nach Hause."

Woher war ihre plötzliche Melancholie gekommen? Er verspürte den Drang, sie gegen ihr Auto zu drücken und zu küssen. Wenn er das tat, würde er sich dann in dem Workshop für sexuelle Belästigung wiederfinden, mit dem sie ihm gestern gedroht hatte, oder würde sie sich öffnen und ihn die Frau kennenlernen lassen, die sie in sich eingeschlossen hatte?

Er ließ den Drang vorübergehen und beobachtete stattdessen, wie sie in ihr Auto stieg.

Die heiße Sommerabendluft trug nicht dazu bei, seinen Verstand zu kühlen, also nutzte er stattdessen die Logik. Aus unbekannten Gründen hatte Erica über ihre Qualifikationen als Unterwasserarchäologin gelogen und gestern den Stammesvorsitzenden der Menanichoch bedroht. Sie war nicht seine Freundin. Sie war nicht seine Vorgesetzte. Sie war eine Verdächtige.

Er eilte zu seinem Auto. Er würde ihr folgen und herausfinden, ob sie wirklich auf dem Weg nach Hause war. Sie war eine Verdächtige, erinnerte er sich selbst. Er musste alles hinterfragen, was sie tat.

Er war ihr schon ein paar Minuten gefolgt, als sie ihn mit der Ausfahrt von der Umgehungsstraße überraschte. Sie war auf dem Weg ins Herz des Stammesgebietes der Menanichoch Nation.

Ja, Erica Kesling war definitiv eine Verdächtige.

Kapitel Sechs

Ein Jahr zuvor
Vor der Küste von Oaxaca, Mexiko

Die unbarmherzige Mittagssonne brannte auf das Deck und saugte die Farbe aus allem außer dem leuchtend blauen Wasser. In der Ferne konnte Erica eine Yacht sehen, die über einem Korallenriff vor Anker lag, wo Urlauber wahrscheinlich Piña Coladas tranken und Salsa-Musik hörten. Hier, auf Jakes Boot, der *Andvari*, reichte die sechsköpfige Besatzung gestohlene Artefakte herum und fragte sich laut, wie viel sie wohl für den exquisit geschnitzten Jaguar aus Obsidian, den großen Affen aus Jadeit und den Pulque-Becher mit dem Kaninchenmotiv aus Onyx bekommen würden.

Trotz der Hitze fröstelte sie und fühlte sich seltsam hohl, als sie am Rande stand. Jake hatte das Schiffswrack geplündert, und sie hatte es möglich gemacht.

„Du hast die Halsketten nicht hochgeholt", sagte Marco, Jakes rechte Hand, als er den Pulque-Becher in die Konservierungswanne stellte, die das Artefakt vor dem Austrocknen schützen sollte.

Jake fuhr sich mit den Fingern durch sein kurzes, sonnenbeschienenes Haar, schüttelte das Wasser ab und besprühte sie dabei mit ein paar Tropfen. „Ich war zu lange auf dem Grund. Ich bringe sie heute Nachmittag hoch, wenn der Stickstoff wieder vollständig aus dem Körper ist."

Die distanzierte Kälte verschwand. Im Nu spürte sie die brütende Hitze, und mit ihr die ebenso heiße Wut. „Ja, es wäre eine echte Schande, wenn dir beim Plündern des Wracks auch noch Deko-Probleme holen würdet."

Jake lachte. „Schmollst du immer noch, Erica? Ich dachte, du wärst pragmatischer."

„Lass Erica die Halsketten hochholen", schlug einer aus der Crew vor. „Dann kann die Eiskönigin nicht mehr so tun, als sei sie unschuldig."

Aber sie war bereits genauso schuldig wie der Rest von ihnen. Sie war diejenige, die das Versteck mit den aztekischen Artefakten gefunden und Jake dummerweise davon erzählt hatte, in der Erwartung, dass er sich an die Ausgrabungsgenehmigung halten würde, die ihm das Recht gab, die aus dem Schiffswrack geborgenen spanischen und asiatischen Artefakte zu verkaufen, aber ausdrücklich die Entnahme und den Verkauf präkolumbischer mexikanischer Artefakte untersagte. Sie hatte ihm geglaubt, als er sagte, sie müsse um die Artefakte herum graben, damit sie an Ort und Stelle fotografiert werden könnten. Die Fotos sollten an die mexikanische Regierung gehen, damit diese entscheiden konnte, wie sie mit dem unglaublichen Fund umgehen wollte.

Aber Jake hatte gelogen und sie seinen Köder geschluckt, mit Haken, Leine und Tauchgewichten. Jetzt hatte er die Artefakte, die sie praktischerweise für ihn ausgegraben hatte, an sich genommen, die Genehmigung und ihr Vertrauen verletzt und ihren Ruf als Archäologin gefährdet. Und da sie auf seinem Boot anderthalb Meilen vom Ufer entfernt gefangen war, konnte sie nichts dagegen tun.

„Ja. Schick sie runter, Jake", sagte Marco. „Zeigt der Schlampe, wo ihr Platz ist." Sein Blick sagte, dass ihr Platz zwanzig Meter tief auf dem Grund des Ozeans war.

„Lasst uns allein", befahl Jake der Besatzung. Als die Männer durch die Luke verschwanden, zog Jake seinen Neoprenanzug aus und enthüllte den muskulösen Körper eines Schwimmers. Vor Wochen hatte sie seinen Körperbau noch attraktiv gefunden, aber jetzt wirkten seine Muskeln nur noch einschüchternd auf sie - ein Effekt, von dem sie vermutete, dass er ihn beabsichtigt hatte. Bis auf seine nasse Badehose und seine tiefe Bräune entkleidet, setzte er seine Sonnenbrille auf und starrte sie an. „Was soll ich nur mit dir machen, Cream Puff?"

Als sie sein Jobangebot angenommen hatte, hatte sie ihn gewarnt: „*Wenn Sie ein Cremeschnittchen suchen, das nur Ihre Entscheidungen abstempelt, stellen Sie jemand anderen ein.*" Er hatte gelacht, und Cream Puff wurde sein Spitzname für sie.

Sie schaute unbeirrt auf seine Sonnenbrille, wünschte aber, sie könnte seine Augen sehen. „Hör auf meinen Rat als professionelle Unterwasserarchäologin, und bring diese Artefakte zum Schiffswrack zurück."

„Nein. Aber ich rechne es dir hoch an, dass du es versucht hast." Er streichelte den fünfhundert Jahre alten Jaguar. „Du wusstest, als du den Job angenommen hast, dass wir vorhatten, alle gefundenen Artefakte zu verkaufen."

„Ich bin nicht dumm. Ich habe meine Hausaufgaben gemacht, bevor ich deinen verdammten Vertrag unterschrieben habe. Diese Galeone aus Manila ist auf dem Weg nach Acapulco gesunken. Die Ladung des Schiffes sollte aus Handelswaren von den Philippinen bestehen - Elfenbein, Porzellan, Quecksilber, vielleicht sogar Edelsteine und Gold - und nicht aus kulturellen Relikten aus Mexiko. Handelswaren sind alles, was du verkaufen darfst." Sie zeigte auf die Konservierungswannen. „Diese aztekischen Artefakte stammen aus der Zeit, als die spanischen Eroberer die aztekische Kunst zerstörten, weil sie sie für das Werk des Teufels hielten. Sie stehen für eine zerstörte Kultur."

„Und sie sind viel Geld wert."

Von dem Moment an, als sie den Job annahm, stand sie bedenklich nahe an einer ethischen Grenze, die sie nicht zu überschreiten gedachte. „Du verstößt gegen die Genehmigung - eine Genehmigung, die *ich* für dich besorgt habe."

„Und vervierfache meine Einnahmen für den Sommer." Er hob den Jadeit-Affen aus der Wanne.

Das Sonnenlicht durchdrang die Jade. Die Skulptur glühte wie meergrünes Feuer, ein Anblick, der zugleich schön und beunruhigend war, denn transparenter Jadeit war der wertvollste von allen. „Allein dieser kleine Kerl wird locker eine Million einbringen - und die Halsketten sind doppelt so viel wert."

Ihre Hände wurden zu Fäusten. „Sie gehören dem mexikanischen Volk."

Er legte den Affen zurück in die Wanne und trat einen Schritt näher. „Das glaubst du wirklich, nicht wahr?" Er umfasste ihren Kiefer und fuhr mit dem Daumen über ihre Lippen. „Wie weit würdest du gehen, um mich zu überzeugen?"

Sie riss sich von ihm los. „Ich bin keine Hure."

„Das hätte ich aber annehmen können. Du hast deine Glaubwürdigkeit ziemlich billig verkauft."

„Du hast meine Legitimation gekauft, ja. Nicht meine Moral. Die hast du gestohlen."

„So oder so, deine Moral ist dahin. Was ist denn so schlimm an einem Fick unter Partnern?"

„Marco ist dein Partner. Fick ihn."

Er lachte. „Ich habe einen Vertrag mit deiner Unterschrift

darauf. Du steckst bis zu deinen schönen grauen Augen mit drin, Cream Puff. Mir scheint, du hast zwei Möglichkeiten: Du hältst die Klappe und bekommst deinen großen Gehaltsscheck wie versprochen; oder du zeigst mich an, und dein Ruf als Archäologin ist den Bach runter, denn ich werde Kopien des Vertrags an deinen Doktorvater an der Universität von Hawaii schicken. Zuerst wirst du aus dem Doktorandenprogramm fliegen, und dann wirst du auf der schwarzen Liste landen."

Ihr wurde schlecht. „Du hast mich benutzt." Nach dem plötzlichen Tod ihrer Mutter hatte sie ihren Grabungsjob für den Sommer verlassen, nur um herauszufinden, dass ihre Mutter ihre Identität gestohlen und in ihrem Namen einen riesigen Haufen Schulden angehäuft hatte. Dann war Jake aufgetaucht und hatte ihr einen Teufelspakt vorgeschlagen.

„Es war deine Entscheidung, für mich zu arbeiten."

„Ich war verzweifelt." Ihre Worte klangen hohl, und sie konnte ihre Entscheidungen nicht mehr rechtfertigen, nicht einmal vor sich selbst. Als er ihr den Job angeboten hatte, war das Geld zu verlockend gewesen, um wahr zu sein, aber sie hatte ihre Zweifel ignoriert, und jetzt saß die Schuld wie ein Bleigewicht in ihrem Bauch.

„Du brauchtest das Geld. Ich brauchte einen Unterwasserarchäologen, um die Genehmigung zu bekommen. Eine Win-Win-Situation."

In der Archäologie gibt es zwei Tabus, die eine Karriere sofort beenden: Grabschändung und den Kauf, Diebstahl oder Handel mit Artefakten. Sie war davon überzeugt gewesen, dass sie das Tabu umgehen konnte, indem sie für ihre Dissertation über diesen Job schrieb - ein akademischer Versuch, die Kluft zu überbrücken, die Schatzsucher von Unterwasserarchäologen trennte. Ihr Ziel war es gewesen, dafür zu sorgen, dass Jakes Ausgräber archäologische Daten sammelten und nicht nur das Schiff plünderten. Wenn die

Ausgrabungen nach ethischen Grundsätzen durchgeführt würden, so glaubte sie, könnte sie ihren Ruf wahren und das Geld verdienen, das sie dringend für ihr Studium benötigte.

Ihre Fingernägel gruben sich in ihre Handflächen. „Das kannst du nicht tun. Du zerstörst meine Karriere!"

Er nahm ihre geballte Faust, öffnete ihre Finger und legte ihr drei vierhundert Jahre alte spanische Dublonen in die Hand. Er schloss ihre Finger um die Münzen und drückte so fest zu, dass es wehtat. „Nur, wenn du mich dazu zwingst", sagte er mit leiser Stimme. „Wenn du den Mund hältst, wird niemand erfahren, dass du für mich gearbeitet hast." Jake wandte sich ab. Kurz bevor er durch die Luke trat, drehte er sich um und sah sie an. „Die Dublonen sind ein Bonus - als Preis für deine wertvolle Ethik."

Dann war er weg, und sie stand allein auf dem Deck, in der Hand eine beschämende Entschädigung für jede schlechte Entscheidung, die sie je getroffen hatte.

Jetzt, wo es viel zu spät war, erkannte sie, dass, egal wie gut ihre Absichten waren, einen Gehaltsscheck von ihm anzunehmen dasselbe war wie die Dublonen zu akzeptieren. Sie wollte die Münzen in den Ozean werfen, aber die Archäologin in ihr konnte ein Artefakt nicht einfach wegwerfen.

Auf der anderen Seite des türkisfarbenen Wassers war die Küste von Oaxaca nur anderthalb Kilometer entfernt. Eine lange Strecke zu schwimmen, aber bei sorgfältiger Planung durchaus machbar. Wenn sie sich aus dem Staub machte, würde Jake sie wahrscheinlich gehen lassen, aber er würde trotzdem die aztekischen Artefakte verkaufen. Das konnte sie nicht zulassen.

Sie war die meiste Zeit ihres Lebens auf sich allein gestellt gewesen, aber so allein wie jetzt hatte sie sich noch nie gefühlt. Sie stand lange an der Reling, dann spürte sie jemanden hinter sich und drehte sich zu Marco um, der nur wenige Zentimeter von ihr entfernt stand. Seine kalten, dunklen Augen jagten ihr einen Schauer über den Rücken, als sie sie von Kopf bis Fuß scannten. Er machte ihr mehr Angst als jeder andere in der Mannschaft.

Er griff nach dem langen Zopf, den sie trug, um die Hitze zu bekämpfen, und wickelte ihn um seine Faust. „Du bist nicht mehr Jakes Schoßtier, *Puta*.“

Die Angst, die ihr den Magen umdrehte, löschte jede Spur von Selbstmitleid aus. Sie versuchte, sich loszureißen, aber sein fester Griff zerrte an ihren Haarwurzeln. Der Schmerz brannte auf ihrer Kopfhaut.

„Er kann dich nicht beschützen.“

Ihr verzweifelter Blick wanderte über das Deck hinter ihm, auf der Suche nach einer Waffe, nach Hilfe, nach irgendetwas. Sie entdeckte Javier, das einzige Besatzungsmitglied, das sie zu mögen schien. Seine Augen wurden vor Schreck weit. Er drehte sich um, verschwand durch die Luke und ließ sie mit Marco in der glühenden Hitze allein.

Sie ergriff die Hand, die ihren Zopf hielt, und grub ihre Nägel hinein, während sie ihn anfunkelte.

Er schlug ihr auf die Hand. Ein scharfes Brennen fuhr ihren Arm hinauf, und sie ließ seine Hand mit einem krampfhaften Ruck los.

Er lachte. „Du kämpfst wie ein Mädchen.“ Er drehte ihren Zopf fester.

Ihre Augen tränten vor Schmerz.

Jake tauchte durch die Luke auf: „Marco! Lass sie in Ruhe.“

Er ließ ihren Zopf los, und sie ließ sich gegen das Geländer sinken und dankte Gott für Javier – in der Annahme, dass er Jake alarmiert hatte.

Marco drehte sich zu Jake um und blähte sich auf, als wolle er kämpfen. Obwohl Jake größer und muskulöser war, zweifelte sie nicht an Marcos drahtiger Kraft. Kalte Angst schoss durch sie hindurch. Wenn er sich entschloss, mit seinem Boss um das Recht zu kämpfen, sie zu vergewaltigen, war der Ausgang fraglich.

Jake starrte ihn an. „Nimm den Tender und hol die Post ab. Such dir eine verdammte Hure, wenn du es nötig hast, aber lass Erica in Ruhe." Dann richtete er seinen wütenden Blick auf sie und bellte: „Geh in deine Kabine, sofort!"

Sie floh, ihr Herz klopfte, als sie unter Deck rannte. Sie musste verdammt noch mal von diesem Boot runter.

Erica war in ihrer Kabine und packte in aller Ruhe ihre Sachen zusammen, als sie durch das Bullauge sah, wie Marco mit dem Beiboot aus dem Hafen zurückkehrte. Einige Minuten später klopfte er an Jakes Kabinentür. Sie presste ihr Ohr an die Wand und konnte gerade noch seine Worte verstehen.

„... will die aztekischen Artefakte in einem Stammeskasino in Maryland ausstellen."

Oh Gott. Sie hatten bereits einen Käufer.

„Wir müssten Provenienzdokumente fälschen, wenn sie in den USA ausgestellt werden", sagte Jake. „Die Papiere müssten tadellos sein."

Marco lachte. „Du kannst die Papiere fälschen und sagen, dass ein Spanier die Artefakte auf seinem Dachboden gefunden hat. Niemand wird wissen, dass sie von hier stammen."

Erica fühlt Übelkeit aufsteigen. Mit den richtigen Papieren würde niemand wissen, dass das Kasino die Artefakte illegal erworben hatte. Niemand - außer Erica - würde überhaupt wissen, dass ein Verbrechen begangen worden war.

„Wie lautet das Angebot?"

„Er will ein paar heiße Artefakte dagegen eintauschen. Ich habe Fotos."

Sie konnte Bewegungen hören, aber keine Worte. Dann sagte Jake: „Mein Gott! Wir sollen einen Käufer für die hier finden?"

„Mit unseren Verbindungen können wir sie leicht verkaufen. Und wir werden einen besseren Preis für sie erzielen als er."

„Vielleicht."

„Wo die herkommen, gibt es noch mehr. Einen Haufen mehr."

Jake pfiff. „Sag ihm, es ist abgemacht."

Sie lehnte sich auf ihrer Pritsche zurück. Sie hatte nicht mehr viel Zeit, wenn sie die aztekischen Artefakte retten wollte.

E rica wartete, bis Jake nach den Halsketten tauchte, dann schlich sie sich in seine Kabine. Jake hatte kein Internet auf dem Boot. Er war paranoid, weil er befürchtete, dass andere Schatzsucher - oder, wie sie jetzt feststellte, Bundesermittler - seine Datenbank des Geografischen Informationssystems hacken und das Inventar der Artefakte sehen könnten, die sie geborgen hatten und die alle in die Schiffswrackkarte eingezeichnet waren, die sie für ihn erstellt hatte. Jake war in Bezug auf Smartphones ähnlich paranoid. Niemand in der Crew durfte eines haben - nicht, dass sie hier draußen überhaupt Empfang hätten - wenn Marco also Fotos hatte, mussten sie mit der Post gekommen sein.

In Jakes Schreibtisch fand sie einen Umschlag, adressiert an Marco Garcia vom Jachthafen, mit einem Poststempel aus Menanichoch, Maryland. In dem Umschlag befand sich ein dicker Stapel mit Fotos. Sie hielt sich an der Schreibtischkante fest, als sie die Fotos sah. Vor Jahren hatte sie an speziellen Vorträgen und Online-Foren teilgenommen, in denen die katastrophale Kette von Ereignissen erörtert wurde, die zum Verlust all der Artefakte führte, die auf dem Stapel Fotos zu sehen waren.

Jake plante, die aztekischen Artefakte gegen Relikte einzutauschen, die im April 2003 aus dem Irakischen Nationalmuseum geplündert worden waren.

Sie steckte den Umschlag mit dem Poststempel aus Maryland ein und flüchtete zurück in ihre Kabine. Nachdem sie die Tür verriegelt hatte, lehnte sie sich dagegen. Ihre Gedanken rasten; die Angst ließ ihren ganzen Körper zittern.

Wie war ein Stammescasino in Maryland in den Besitz einer großen Menge irakischer Artefakte gekommen? Und schlimmer noch, was würde passieren, wenn Jake sie in die Finger bekam?

Was für ein Narr sie gewesen war, zu glauben, dass Jake Novak nur ein unethischer Schatzsucher war. Er war ein hochrangiger Händler von Schwarzmarkt-Antiquitäten. Ihr Arbeitgeber war ein sehr gefährlicher Mann, und sie saß mit ihm auf einem Boot fest. Schlimmer noch, niemand wusste, wo sie war.

Kapitel Sieben

Juli 2011
Menanichoch, Maryland

Erica hatte vorgehabt, nach Hause zu gehen. Sie war müde und ärgerte sich über ihre Reaktion auf Lees Einladung zum Abendessen. Sie hatte die Recherche und seine Gesellschaft genossen. Er hatte sie zum Lachen gebracht. Zum ersten Mal seit einem Jahr - vielleicht sogar länger - hatte sie sich nicht allein gefühlt. Warum also löste der Gedanke an ein Abendessen solche Angst in ihr aus? Die Antwort war einfach, das Problem komplex. Sie hatte Angst vor seiner Anziehungskraft auf sie.

Das letzte Mal, als sie Anziehungskraft erlaubt hatte, ihr Urteilsvermögen zu trüben, hatte sie das teuer bezahlt.

Sie fuhr, fast ohne nachzudenken, von der Umgehungsstraße. Sie war diese Straße schon so oft gefahren. Es war fast so, als wäre das Casino eine Sirene, die nach ihr rief.

Jeder Raum des Menanichoch Casinos feierte eine andere indigene Kultur. Es gab keinen Aztekensaal, aber ein neuer Saal würde bald eröffnet werden. Sie verwettete all ihre mageren Besitztümer darauf, dass der Raum einem aztekischen Thema folgen würde.

Wenn die aztekischen Artefakte für die ganze Welt ausgestellt würden und es für Sam Riversong - oder wer auch immer sie gekauft hatte - zu spät war, um sie zu verstecken oder zu verändern, würde sie die Fotos, die sie von der Ausgrabung gemacht hatte, benutzen, um zu beweisen, dass sie auf der Galeone in Manila und nicht auf dem Dachboden eines Spaniers gefunden worden waren. In Mexiko würde Jake wegen Diebstahls und Schmuggels angeklagt werden. Sie lächelte und fragte sich, wie es ihm wohl gefallen würde, in einer stinkenden mexikanischen Gefängniszelle eingesperrt zu sein.

Auf dem Parkplatz stützte sie die Arme auf das Lenkrad und starrte auf das stilvolle Kasino. Das Gebäude hatte Präsenz - seine eigene, unkonventionelle Ausstrahlung. Vor ihr stand ein Gebäude aus Glas und Metall, das wie ein Entwurf von Frank Gehry aussah, mit modernisierten Art-déco-Elementen, die eine indianische Ästhetik verkörperten. Auf der digitalen Anzeigetafel stand, dass der progressive Jackpot des Spielautomaten bis zu zehn Millionen Dollar betragen würde. Sie überprüfte den Aschenbecher und fand vierundzwanzig Cent - einen Penny zu wenig, um ihr Glück versuchen zu können. Sie kramte unter dem Beifahrersitz und fand vier weitere Penny.

Es war an der Zeit, einen weiteren Versuch zu unternehmen, herauszufinden, wann die Artefakte ausgestellt werden würden. Sie öffnete einen Knopf an ihrer Bluse und strich ihren Rock glatt, als sie die Eingangshalle betrat. Die kalte Luft schlug ihr in einer eisigen Welle entgegen, und sie atmete tief ein, um sich von der Hitze draußen zu erholen. Lärm und Lichter aus den Spielsälen drangen durch das Foyer und attackierten ihre Sinne.

Das Foyer öffnete sich in drei verschiedene Richtungen:

Links war ein Korridor, der zu den Räumen der Inuit und der Ureinwohner des Großen Beckens führte. Geradeaus befand sich der Pueblo-Saal, und rechts war ein großer Torbogen, der derzeit hinter einer dicken Plane und Plastikfolie verborgen war und den Eingang zu dem neuen Anbau verbarg, von dem sie sicher war, dass er den Azteken gewidmet sein würde.

Wie üblich waren die an der Decke montierten Sicherheitskameras auf die Plane gerichtet, aber es war das erste Mal, dass ein Sicherheitsbeamter an der Öffnung postiert war. Bedeutete der Wachmann, dass sich Artefakte in den Vitrinen befanden? Eines war sicher: Mit einem Wachmann würde sie heute Abend keinen Blick hinter die Leinwand werfen können.

Mit achtundzwanzig Cents in der Tasche machte sie sich auf den Weg zum Pueblo-Saal. Der junge Barkeeper, mit dem sie in den letzten zwei Monaten geflirtet hatte, arbeitete dienstagabends, also machte sie sich auf den Weg zur Bar auf der anderen Seite des Raumes.

„Hallo, meine Schöne", sagte er.

„Hi, Tommy." Sie ließ sich auf einen Barhocker gleiten.

„Ich habe darauf gewartet, dass du auftauchst. Ich habe Neuigkeiten für dich, was den Managerjob angeht."

Schon vor Wochen hatte sie ihm gesagt, dass sie hoffte, die Stelle als Leiterin der archäologischen Sammlungen zu bekommen, die frei werden würde, wenn die derzeitige Leiterin in Mutterschaftsurlaub ging. „Wird die Stelle bald ausgeschrieben?"

„Nein. Es heißt, dass die derzeitige Managerin aufhören wird, sobald ihr Baby geboren ist. Sie suchen nach einem dauerhaften Ersatz." Er legte eine weiße Serviette mit zusätzlichen Limetten vor sie hin, zusammen mit einem großen Mojito. „Geht auf mich."

„Danke. Du bist ein Schatz." Sie versuchte, so viel Flirt in ihr Lächeln zu legen, wie sie konnte, aber der Gedanke, mit ihm für Informationen zu flirten, gab ihr heute Abend ein schäbiges Gefühl.

Doch das Ende war in Sicht. All diese Monate ... Sie konnte nicht zulassen, dass ein Moment der Gewissensbisse alles zerstörte, wofür sie gearbeitet hatte. „Ich hoffe, ich habe die richtige Erfahrung. Ich habe bisher nur mit mesoamerikanischen Sammlungen gearbeitet. Weißt du" - sie hielt inne und beugte sich näher vor - „es wäre hilfreich, wenn ich wüsste, was das Thema des neuen Raumes sein wird. Dann wüsste ich, was ich in meinem Lebenslauf hervorheben kann."

Tommy sah sich um und flüsterte: „Willst du es dir heute Abend ansehen?"

Ihr Herz setzte einen Schlag aus. „Auf jeden Fall."

Er grinste. „Ich habe in fünfzehn Minuten Pause. Wir treffen uns im Korridor, der zum Great Basin Room führt, und ich kann dich durch den Hintereingang reinbringen." Sein Gesichtsausdruck verriet ihr genau, wie hoch der Eintrittspreis sein würde.

Sie hatte sich das selbst eingebrockt, weil sie mit einem jungen Mann geflirtet hatte, an dem sie nicht interessiert war. Das war falsch. Sie hatte einen neuen Tiefpunkt erreicht.

„Riversong, es ist mir egal, wie du mit Nachnamen heißt. Wenn du die Bar für die nächste Schicht wieder nicht auffüllst, bist du gefeuert."

Erica wirbelte herum und sah einen dunkelhäutigen Mann. Sein Namensschild wies ihn als Stammesmitglied und einen der Kasinomanager aus.

„Ich weiß", antwortete Tommy angepisst. Der Manager ging, und Tommy zeigte ihm hinter seinem Rücken den Finger. „Wichser."

„Riversong", murmelte sie. „Bist du mit dem Chairman verwandt?"

„Er ist mein Onkel.“

Sie schaute sich im Raum um, sah die Lichter der Spielautomaten, hörte das Läuten und Bimmeln, aber die Details
waren verschwommen, während sie diese Informationen
verarbeitete.

„Treffen wir uns in fünfzehn Minuten?“, fragte er.

Sie hob ihren Drink auf und rutschte vom Barhocker.
„Ich werde da sein.“

Nachdem sie ihr Kleingeld gegen einen Vierteldollar
eingetauscht hatte, fand sie einen unbesetzten klassischen
Spielautomaten. Sie warf die Münze in den Schlitz. *Wenn ich
gewinne, ist das ein Zeichen, dass ich es durchziehen sollte. Wenn ich
verliere, gehe ich einfach nach Hause.*

Drei Kirschen erschienen auf dem Bildschirm. Sie lehnte
ihren Kopf gegen den Automaten und schloss die Augen. Sie
hatte zwei Dollar und fünfzig Cent gewonnen, aber sie
befürchtete, dass sie ihr letztes Fünkchen Selbstachtung
verloren hatte.

„Ich schätze, wir können doch noch zusammen zu Abend
essen.“

Lee? Sie drehte sich um. „Was zum Teufel machen Sie
hier?“ War er ihr gefolgt? Sie schüttelte den Kopf. Der
Gedanke war lächerlich. Er hatte keinen Grund, ihr zu folgen.
Aber trotzdem konnte sie den Verdacht nicht ganz loslassen.

Er türmte über ihr und legte seine Hand auf den Spielautomaten, wobei er nur allzu lässig und anziehend aussah. Sie
hatte den Tag mit ihm im Archiv mehr genossen als jeden
anderen Arbeitstag, seit sie an Bord der *Andvari* gegangen war.
„Ich habe das Schild für das Kasino von der Umgehungsstraße aus gesehen und dachte, es würde Spaß machen, es
sich anzusehen, besonders nachdem ich gestern den
Chairman getroffen habe. Warum sind *Sie* hier?“

Sie schöpfte ihren Gewinn aus dem Automaten und

nahm ihr Getränk in die Hand. „Das Essen ist billig und die Getränke noch billiger." Sie nahm einen großen Schluck. Flüssiger Mut.

Er berührte ihren Arm, dann nickte er in Richtung Steakhaus. „Lassen Sie uns einen Happen essen gehen."

„Tut mir leid. Ich habe schon etwas vor. Wir sehen uns morgen." Sie ging und flüchtete sich in die Damentoilette. Feige wie sie war, blieb sie dort, bis es Zeit war, Tommy zu treffen.

Sie sah Lee nicht, als sie das Foyer durchquerte und den breiten Korridor betrat, der in den Raum für das Große Becken führte. Sie wartete neben einer Ausstellung von Menanichoch-Artefakten. Die an der Wand befestigten Schilder gaben eine detaillierte Geschichte der Menanichoch-Nation wieder. Sie starrte lange und intensiv auf ein Foto von Senator Joseph Talon mit Sam Riversong.

Tommy war spät dran. Wo war er?

Endlich hörte sie Schritte hinter sich, drehte sich aber nicht um. Sie spürte Hände an ihrer Taille. Tommys Hände. *Schließ die Augen und denk an England.* Lippen drückten sich in ihren Nacken. Sie schloss die Augen, aber sie dachte nicht an England. Stattdessen dachte sie an Lee.

Selbsthass trieb ihr einen Schauder über den Rücken. Wie sie Jake schon vor einem Jahr gesagt hatte, war sie keine Hure. „Ich kann das nicht tun."

„Was tun, Shortcake?"

Sie wirbelte herum und sah Lee an. Sie konnte nicht sprechen. Konnte nicht denken.

„Was tun?", fragte er erneut.

Sie musste *etwas* sagen, aber zuzugeben, dass der Kuss ihres Praktikanten auf eine Weise willkommen war, wie es der von Tommy Riversong nie sein würde, war eine schlechte Idee. Eine sehr schlechte Idee. Sie fand ihre Stimme. „Mich auf das hier einlassen", sagte sie und löste sich aus seinen Armen.

Du bist hier, um die Artefakte zu finden. Lee Scott ist eine Ablenkung, die du dir nicht erlauben kannst.

Sie war schon halb auf dem Flur, als ein Alarm ertönte. *Oh Gott! Sie wissen, warum ich hier bin.* Der Gedanke war ebenso irrational wie die heftige Welle der Angst, die ihn begleitete. Sie war wirklich dabei, den Verstand zu verlieren.

Sie erreichte das Foyer, als vier Sicherheitskräfte aus dem Pueblo-Saal in ihre Richtung liefen. Ohne sie eines Blickes zu würdigen, eilten sie an ihr vorbei durch die Vordertür. Ihre Erleichterung war nur von kurzer Dauer, als Lee neben ihr auftauchte. Seine Hand legte sich auf ihren Rücken. Er lenkte sie auf den Wachmann zu, der vor der verdeckenden Plane stand.

Der Wachmann murmelte etwas in sein Headset, dann hörte er zu.

„Was ist hier los?" fragte Lee ihn.

„Ein Angestellter wurde gerade draußen im Gebüsch gefunden. Sieht aus, als wäre er mit einem Messer angegriffen worden."

Ihr Magen rebellierte, aber sie musste es trotzdem wissen. „Wer ist es?"

„Ein Barkeeper, Tommy Riversong."

„Ist er ... wird er wieder gesund?"

„Er ist tot."

Kapitel Acht

Erica kam zur gewohnten Zeit in den Trainingsraum, entschlossen, zu arbeiten und zu leben, als wäre es ein Tag wie jeder andere. Sie dehnte sich auf die übliche Weise. Trat mit derselben Wut gegen den Sandsack. Hörte die gleiche Musik auf ihrem billigen MP3-Player.

Aber nichts war mehr wie vorher. Sie hatte sich eingeredet, dass ihr Leben zur Normalität zurückkehren würde, sobald sie die Artefakte gefunden und Jake ins Gefängnis gebracht hatte. Aber es gab keinen Weg zurück. Für sie gab es so etwas wie Normalität nicht mehr.

Ein Junge, mit dem sie für Informationen geflirtet hatte, war ermordet worden. Hatte sein Tod etwas mit ihr zu tun? In was für eine Welt war sie da hineingeraten? Sie konnte dieses Leben - oder diese Lügen - nicht länger ertragen.

Sie musste es Janice sagen. Alles. Sie hatte aus Angst geschwiegen. Aus Angst, gefeuert zu werden. Aus Angst vor Jake. Aus Angst vor Marco. Sie war es leid, in Angst zu leben.

Sie trat gegen den Sack, um ihre Entscheidung zu unterstreichen. Sie würde es Janice sagen. Heute. Heute Morgen.

Die Tür öffnete sich und Lee trat ein. Er stand in der Tür,

schweigend, mit fragendem Blick. Er war so groß, so stark. So sehr männlich. Im Thermo-Con-Haus und auch im Archiv hatte er einen schurkischen Charme an den Tag gelegt, den sie furchtbar anziehend fand.

Er war gestern Abend unwissentlich Zeuge ihrer schändlichen Entscheidung geworden. Aber er war auch der Grund, warum sie beschlossen hatte, es nicht durchzuziehen. Sie hatte ihn nicht zurückgewiesen, als er ihren Hals geküsst hatte, und dann war Tommy ... passiert ... und Lees unangemessener Annäherungsversuch erschien ihr belanglos. Die Polizei hatte sie getrennt befragt. Als ihre Befragung beendet war, hatte sie sich aus dem Staub gemacht, anstatt auf Lee zu warten. Sie hatte ihm an dem Abend nicht gegenübertreten wollen, und sie wollte auch jetzt nicht mit ihm reden.

Sie drehte die Lautstärke ihrer Musik auf und wandte sich dem Sack zu. In ihrem peripheren Blickfeld sah sie, wie er zu den freien Gewichten auf der anderen Seite des Raumes ging. Sie drehte sich mit dem Rücken zu ihm und beendete ihr Workout.

Nachdem sie geduscht hatte, erreichte sie das Büro vor Lee, wusste aber, dass er ihr in Kürze folgen würde. Eine seltsame Ruhe überkam sie, als sie Janice' Durchwahl wählte. Bald würde das alles hinter ihr liegen. Der Anrufbeantworter meldete sich, und Janice' aufgezeichnete Nachricht informierte sie darüber, dass ihre Chefin ein Treffen mit einem Kunden in Virginia hatte und erst nach elf Uhr im Büro sein würde, verdammt. Sie hinterließ eine Nachricht, in der sie Janice mitteilte: „Wir müssen reden. Es ist dringend."

Lee kam herein. Sie murmelte: „Guten Morgen", dann drehte sie ihren Stuhl zu ihrem Computer hin. Sie hatte Arbeit zu erledigen.

Sie hörte, wie er seinen Laptop aufstellte und versuchte, ihn aus ihren Gedanken zu verdrängen. Sie öffnete den ersten von mehreren Berichten über Mobilfunkmasten, die sie fertigstellen musste, und machte sich an die Arbeit. Ein Kribbeln in ihrem Nacken machte sie darauf aufmerksam, dass Lee direkt hinter ihr stand. Sehnsucht gemischt mit Angst durchströmte sie, dasselbe Gefühl, das sie gestern Abend empfunden hatte, als ihr klargeworden war, dass nicht Tommy, sondern Lee sie geküsst hatte.

Sie drehte sich um und sah ihn an. Sie konnte es genauso gut hinter sich bringen.

Er setzte sich halb auf den Arbeitstisch, lehnte sich halb dagegen und musterte sie, wobei sein Gesicht seine Besorgnis verriet. „Hast du gut geschlafen?", fragte er schließlich.

Sie räusperte sich wegen einer plötzlichen Enge. „Nein. Du?"

Er schüttelte den Kopf. „Ich habe so gut wie gar nicht geschlafen." Er hielt inne. „Du hast im Flur auf Tommy Riversong gewartet."

Es war eine Feststellung, aber sie wusste, dass er eine Antwort wollte. Sie zuckte mit den Schultern. Gestern Abend hatte sie der Polizei die Wahrheit gesagt - größtenteils - und nachdem sie mit Janice gesprochen hatte, würde es keine Rolle mehr spielen, was sie Lee erzählt hatte. „Er hat mich gebeten, mich mit ihm zu treffen."

„Warum wolltest du dich mit einem zweiundzwanzigjährigen Drogendealer treffen?"

„Er war erst zweiundzwanzig?" Mein Gott, er war noch ein Junge. Und jetzt war er tot.

„Ja. Warum wolltest du ihn treffen?"

„Ich wusste nicht, dass er ein Drogendealer ist." Sie schaute ihn scharf an. „Wer hat dir das gesagt?"

„Meine Familie hat Beziehungen. Sie stellten Fragen und bekamen Antworten. Tommy Riversong war ein unbedeutender Dealer. Er war mehrmals verhaftet worden und hatte sich vor drei Jahren bei einer Drogenanklage schuldig bekannt. Nachdem seine Bewährungszeit abgelaufen war, bekam er den Job im Kasino."

„Aber er hat nicht aufgehört zu dealen", sagte sie.

„Es sieht nicht so aus. Soweit ich weiß, hatte er Drogen bei sich. Er wurde wahrscheinlich bei einem missglückten Deal getötet."

Tommys Tod hatte nichts mit ihr zu tun. Sie wollte das glauben. Unbedingt.

Lee nahm ihre Hände und verschränkte sie mit seinen eigenen. „Warum hast du im Flur auf Tommy gewartet?"

„Ich hatte nicht vor, Drogen von ihm zu kaufen, falls du das wissen willst." Verdammt, sie klang abwehrend und schuldbewusst. Sie ließ ihre Hände aus den seinen gleiten. „Er wollte in die Pause gehen. Wir wollten uns zusammen die archäologischen Ausstellungsstücke ansehen." Das war nahe genug an der Wahrheit und mehr, als ihr Praktikant wissen musste.

Er griff nach ihrem Kinn, aber sie wich zurück. Sie verlor die Kontrolle über ihre Rollen. Sie war Lee Scott keine Antwort schuldig. „Es wird Zeit, dass wir an die Arbeit gehen. Ich möchte, dass du Internetrecherchen über Thermo-Con und Higgins machst."

Der Morgen zog sich in die Länge. Nachdem sie auf den üblichen Internetseiten nachgesehen hatte, ob irgendjemand aztekische Artefakte verkaufte, rief sie erneut auf Janice' Handy an. Sie wollte ihr Geständnis ablegen und es hinter sich bringen, aber ihr Anruf ging direkt auf die Mailbox.

Lee war nutzlos. Jetzt verstand sie, wie er die letzten sieben Jahre am College über die Runden gekommen war: Er wusste, wie man beschäftigt aussah, ohne wirklich zu arbeiten.

Sie drückte auf den Druckknopf für einen Bericht über einen Mobilfunkmast, durchquerte leise den Raum, um sich hinter ihn zu stellen, und verschluckte sich fast an ihrer

Verärgerung. Der Faulpelz spielte Tetris und hatte bereits 428 Reihen geschafft. Offensichtlich spielte er schon eine ganze Weile. Sie legte ihm die Hände auf die Schultern, woraufhin er zusammenzuckte und mit dem Finger auf die falsche Taste tippte. In Sekundenschnelle stapelten sich die Tetris-Würfel übereinander und beendeten sein Spiel.

Ihre Finger krallten sich in seine Schultern, als sie sich zu ihm herunterbeugte und neben seinem Ohr sagte: „Ich wollte dich bitten, Kopien von einem Bericht über einen Mobilfunkmast zu machen, aber wie ich sehe, bist du beschäftigt." Sie marschierte aus dem Zimmer und erwartete - und wollte -, dass er ihr folgte und sich entschuldigte. Aber er tat es nicht.

„Da kann ich lange warten", murmelte sie, als sie die Tür des Kopierraums aufstieß. Sie stieß die Tür zu heftig auf, wie der laute Knall, die wackelnden Wände und vier Männer in Anzügen im Raum zeigten, die sie schockiert anstarrten.

Erschrocken erkannte sie JT Talon zusammen mit Edward Drake, Rob Anderson und einem leitenden Ingenieur namens Arnie Ross. Sie hatte noch nie einen dieser Männer im Kopierraum gesehen, geschweige denn bei dem Versuch, eine Bindemaschine zu bedienen.

„Tut mir leid", sagte sie und beschloss, nicht den Schwanz einzuziehen und wegzulaufen oder sich zu entschuldigen. Verdammt, sie könnte sowieso gefeuert werden, nachdem sie heute mit Janice gesprochen hatte. Sie schnappte sich ihre Papiere aus dem gemeinsamen Laserdrucker und machte sich auf den Weg zum Industriekopierer.

„Wie läuft es mit der Thermo-Con UVP, Erica?" fragte Rob Anderson.

So ein Mist. Sie hatte ihm seit Montagnachmittag kein Update zu dem Projekt geschickt. „Gestern waren wir in den Nationalarchiven und haben einen Namen gefunden: Higgins. Wir müssen nur noch herausfinden, wie dieser Name mit dem Haus zusammenhängt."

„Thermo-Con?", sagte eine ihr unbekannte Stimme, die nur JT gehören konnte.

Sie legte ihre Originale in den Dokumenteneinzug, drückte auf die grüne Taste und wandte sich dann dem Firmenchef zu. „Es ist ein Projekt für den Menanichoch-Stamm." Sie erinnerte sich daran, dass der Mann zu einem Viertel Menanichoch war, und fügte hinzu: „Es gibt ein Haus auf Stammesland - es wurde 1952 auf der Militärbasis gebaut -, das aus einem Beton namens Thermo-Con besteht."

„Ich weiß. Ich liebe dieses verrückte Haus. Ich nerve Sam seit Jahren damit, es reparieren zu lassen."

Die Tür des Kopierraums öffnete sich, und Lee trat ein. „Erica, soll ich etwas kopieren?", fragte er, ohne sich um die Großen Tiere im Raum zu kümmern.

„Mach dir keine Mühe, Lee. Dein Tetris-Spiel spielt sich nicht von selbst."

JT sah Lee an, und ein Flackern von Belustigung trat in seine Augen. Das Grauen, das auf ihrer aktuellen Gefühlsliste nach der Angst an zweiter Stelle stand, stieg an die Spitze der Hitliste. Plötzlich wusste sie mit schrecklicher Gewissheit, dass JTs Chefsekretärin das Praktikum arrangiert hatte, weil JT Lee kannte. Und zwar sehr gut.

„Arnie, Ed, hat einer von euch schon einmal von Thermo-Con gehört?" fragte Rob Anderson.

Als ob sie sich nicht schon beschissen gefühlt hätte, wollte sie sich jetzt selbst in den Hintern treten. Sie hatte nie daran gedacht, einen der beiden Männer nach dem historischen Beton zu fragen, aber beide waren seit der Zeit vor dem späten Paläolithikum Betoningenieure.

Arnie, ein kahlköpfiger Mann, der sich strecken musste, wenn er als 1,70 m durchgehen wollte, sah von der Zeitung auf, in der er gelesen hatte, und verdrehte die Augen, als er Lee sah. „Großer Gott! Es ist Bigfoot!"

Lee lachte und stellte sich dem älteren Betoningenieur vor, dann fragte er den Mann erneut nach Thermo-Con. Arnies wilde silberne Augenbrauen, die aus Dr. Seuss' Feder hätten stammen können, hoben sich in Richtung Decke. „Klingt interessant, aber nein, ich habe noch nie davon gehört. Was ist mit dir, Ed?"

„Nein." Drake sah auf seine Uhr. „Meine Herren, wir haben nur noch zwanzig Minuten, bis der Colonel kommt, und der Kammhalter ist eindeutig kaputt."

JTs Blick kehrte zu ihr zurück. „Erica ... Kesling, richtig?"

„Ja, Mr. Talon." Er kannte ihren Nachnamen. Hatte er ihn von Lee erfahren? Oder schlimmer noch, hatte Sam Riversong ihm von ihrem Treffen am Montag erzählt?

„Wir brauchen Hilfe", sagte er. „Wir müssen fehlerhafte Seiten in einem Angebotspaket ersetzen, aber keiner von uns kann herausfinden, wie man die Bindemaschine bedient." Er hielt ein Heft hoch. Die Löcher im Kammschnitt waren von der Maschine zerfetzt worden, weil sie die Seiten falsch ausgerichtet hatten, als sie versuchten, die Broschüre auseinanderzunehmen.

Die klügsten Köpfe des Unternehmens - diese vier Männer entwarfen Brücken, Wolkenkratzer, Ölpumpen und verwalteten Projekte im Wert von Millionen von Dollar - waren nicht in der Lage, den manuellen Kammordner zu bedienen. Sie lächelte und spürte, wie sich ein Teil ihrer Befürchtungen in Luft auflöste. „Kein Problem." Sie schob JT beiseite und nahm schnell ein Heft auseinander und setzte die Seiten wieder ein.

Die Tür des Kopierraums öffnete sich, und Janice trat ein. „Ich habe Sie schon überall gesucht."

Ericas Magen zog sich zusammen. Sie hatte den ganzen Morgen auf diesen Moment gewartet. In Wahrheit seit dem Moment, als sie bei Talon & Drake angefangen hatte. Aber hier und jetzt konnte sie nicht mit Janice reden. Nicht in

Gegenwart von JT Talon. „Haben Sie meine Nachricht erhalten?“, fragte sie, wobei ihre Stimme beim letzten Wort brach.

„Nachricht? Nein. Mein Handy ist aus.“ Janice hielt ein Stück Papier hoch. „Ich habe gerade eine E-Mail von einem ethnozoologischen Labor erhalten, der eine vorläufige Bewertung für die Thermo-Con UVP anhängt.“

Sie spürte eine Welle der Erleichterung. Darüber konnte sie jetzt reden. „Wow, das Labor war schnell.“

„Ich kann mich nicht erinnern, eine osteologische Analyse für Thermo-Con genehmigt zu haben“, sagte Janice in ihrem seltenen „Ich bin enttäuscht von dir“-Ton. „Erica. Dies ist Ihre erste UVP. Sie müssen jeden Schritt vorher mit mir besprechen.“

„Habe ich vergessen, die Knochen zu erwähnen?“ Trotz ihrer Bemühungen stieß sie ein scharfes, nervöses Lachen aus. „Das war ein Test für einige Knochen, die wir unter dem Pumpensumpf des Thermo-Con-Hauses gefunden haben. Sam Riversong wollte, dass ein Experte bestimmt, ob die Knochen menschlich sind oder nicht.“

Janice schwieg, dann nickte sie. „Das ist genau die Art von Dingen, die Sie mir sagen müssen.“ Dann lächelte sie. „Aber Sie haben gut daran getan, den Knochen sofort einzuschicken. Zumal der Experte glaubt, dass der Knochen menschlich ist. Er muss zwar noch den endgültigen Speziestest durchführen, aber da er unseren engen Zeitplan kennt und weiß, wie heikel der Umgang mit menschlichen Überresten ist, wollte er uns vorwarnen.“

„Riversong hat auch einen C-14-Test genehmigt, damit wir wissen, wie alt die Überreste sind. Wir sollten die Ergebnisse in den nächsten Tagen erhalten.“ Ihre Gedanken rasten. Konnte sie das nutzen, um ein Treffen mit Sam heute Nachmittag zu erzwingen?

Dann wurde sie von der Realität eingeholt. Der Neffe des

Mannes war letzte Nacht ermordet worden. Sie konnte ihn jetzt nicht behelligen. Außerdem würde sie in ein paar Minuten ein Gespräch mit Janice führen, das alles ändern könnte.

Janice legte den E-Mail-Ausdruck auf den Tisch. „Wenn Sie hier fertig sind, kommen Sie in mein Büro."

Nachdem die Korrekturen vorgenommen worden waren, gingen die Männer zu ihrer Besprechung, während Erica und Lee den Bericht über den Mobilfunkmast kopierten. Als sie damit fertig war, ging sie zur Tür und erinnerte sich dann an die E-Mail. „Lee, würdest du bitte die E-Mail für mich holen? Sie liegt neben dem Bindegerät."

„Hier ist nichts."

Sie kehrte an den Tisch zurück. Er hatte recht. „Der Ausdruck muss mit den Antragsunterlagen verwechselt worden sein", sagte sie. „Ich werde Janice bitten, eine weitere Kopie zu drucken."

Auf dem Korridor in Richtung ihres Büros verlangsamte die Unruhe ihren Schritt. Sie war sich nicht sicher, ob sie nervös war wegen ihres bevorstehenden Geständnisses gegenüber Janice oder wegen dem, was sie Lee fragen wollte, aber sie schob ihre Angst beiseite. „Du kennst JT Talon", sagte sie mit lockerer Stimme.

„Wir sind uns schon begegnet."

„Du kennst ihn besser."

Er zuckte mit den Schultern.

Verdammt, sie wollte wissen, wie gut er den Mann kannte. „Haben wir hier noch einen Fall von Vetternwirtschaft?"

„Ist es wirklich Vetternwirtschaft, wenn man den niedrigsten Job mit dem niedrigsten Gehalt bekommt?", fragte er.

„Ich denke schon, vor allem, wenn man dafür bezahlt wird, Tetris zu spielen."

„Die Thermo-Con-Suche war langweilig."

Sie drehte sich auf dem Absatz um und sah ihn an. Er hielt kurz vor dem Zusammenstoß mit ihr inne und sie tätschelte seine Wange. „Armes Baby", sagte sie mit einer sarkastischen Imitation eines mütterlichen Tons. „Es tut mir leid, dass deine Arbeit so anstrengend war. Vielleicht solltest du ein Nickerchen machen, wenn du dein Computerspiel beendet hast."

Er umfasste ihre Hand mit seiner eigenen und rieb ihre Handfläche an den Stoppeln, die er nicht rasiert hatte. Seine grünen Augen fixierten die ihren, und sein Mund verzog sich zu einem verführerischen halben Lächeln. „Nur wenn du dich mit mir zusammen hinlegst."

Sie rollte mit den Augen. Sie hätte ihm Vorwürfe gemacht, weil er sie wieder angemacht hatte, aber sie war diejenige, die sich ihm genähert und ihn berührt hatte. Die Luft verdichtete sich, als sein intensiver Blick sie in seinen Bann zog. Der schwache Praktikant war verschwunden; an seiner Stelle stand ein überzeugender Mann, den sie kennenlernen wollte.

Sie hörte Schritte, die den Bann brachen. Sie versuchte, ihre Hand wegzuziehen, aber Lee packte ihre Finger fester.

„Sieh an, sieh an, sieh an", sagte eine vertraute Stimme. „Wenn das nicht meine Beste ist ... Cream Puff."

Sie riss ihre Hand aus Lees Fingern und wirbelte herum. Das letzte Mal, als sie Jake gesehen hatte, war sie in einer stinkenden mexikanischen Gefängniszelle eingesperrt gewesen.

Kapitel Neun

Ein Jahr zuvor
Oaxaca, Mexiko

Erica saß auf dem schmutzigen Boden der Gefängniszelle. Der Raum hatte kein Fenster, keine Pritsche, keine Sanitäranlagen, und die Luft war heiß und abgestanden. Sie hatte versucht, durch den Mund zu atmen, um dem fauligen Gestank zu entgehen, aber das hatte sie schon vor Stunden aufgegeben. Sie drückte sich gegen die Gitterstäbe und versuchte, es sich an der am wenigsten schmutzigen Stelle bequem zu machen. Frühere Gefangene hatten auf den Boden gepinkelt und mit ihren eigenen Fäkalien spanische und englische Schimpfwörter an die Betonwände geschrieben. Fliegen überzogen die Schimpfwörter und verliehen den Buchstaben sowohl Bewegung als auch Klang. Eine hochkarätige Kunstgalerie würde die Ausstellung vielleicht zu schätzen wissen, aber sie tat es nicht.

Sie musste von hier verschwinden.

Bevor er sie in die Zelle sperrte, zwang der Beamte sie, den Neoprenanzug auszuziehen, den sie über ihren Shorts und ihrem T-Shirt angezogen hatte. Ihre Kleidung war schon längst getrocknet. Das Salz auf ihrer Haut juckte und kratzte, und ihr war vor Angst ganz flau im Magen. Was zum Teufel sollte mit ihr geschehen?

Sie hatte sowohl auf Englisch als auch auf Spanisch darum gebeten, mit jemandem vom *Instituto Nacional de Antropología e Historia* zu sprechen. Sie musste einen INAH-Beamten davon überzeugen, dass Jake vorhatte, die mexikanische Regierung zu bestehlen. Sie war hier nicht die Kriminelle. Sie hatte versucht, die Artefakte zu retten, als sie sie mitgenommen hatte und geflohen war. Aber die Beamten ignorierten sie.

Der Beamte, der sie festgenommen hatte, zog einen Stuhl in den Korridor vor der Zelle. Ein fetter Burrito tropfte Saft auf sein Hosenbein. Der Geruch von Gewürzen und Bohnen überdeckte für einen kurzen Moment den Gestank der Zelle. Sie schätzte, dass es früher Abend war, was bedeutete, dass sie seit etwa vierundzwanzig Stunden nichts mehr gegessen hatte. Sie würde alles für einen Bissen von diesem Burrito geben. „Werden Sie mich jetzt endlich verhören?"

„Nein."

„Sie wissen alles, was sie wissen müssen, Cream Puff." Jake betrat den Korridor mit einem weiteren Burrito. „Lassen Sie uns allein", sagte er zu dem Beamten. Der Mann stand auf und ging.

Scheiße. „Die Polizisten stehen auf deiner Gehaltsliste", sagte sie verbittert.

„Ja, natürlich. Da stehen jede Menge Leute drauf. Aber ich habe ja auch ein sehr hohes Einkommen. Und das setzt du hier aufs Spiel." Er setzte sich auf den freigewordenen Stuhl, aß einen Bissen und tat so, als würde er das Essen genießen. Sein Lächeln war teuflisch. „Hungrig?"

Sie änderte ihre Meinung. Es gab einige Dinge, die sie für

eine Mahlzeit nicht tun würde, und alle hatten mit Jake zu tun.

„Sag mir, wo die Artefakte sind, und ich lasse dich gehen."

„Nein."

„Du kannst nicht gewinnen, Schätzchen."

„Du wirst die Artefakte nie finden. *Du* musst mit *mir* kooperieren."

„Du hast Mumm, das lasse ich dir. Aber das ist alles, was du hast." Er warf das Essen auf den Boden, gerade außerhalb ihrer Reichweite. „Wir sehen uns morgen."

Sie rief den Beamten wiederholt zu, dass sie sich mit INAH in Verbindung setzen sollten. Schließlich betrat ein Polizist den Flur und sagte: „Wenn du nicht die Klappe hältst, geben wir dir kein Wasser mehr."

Also hielt sie den Mund.

Der Schlaf kam nur schwer zustande, aber er war die einzige Möglichkeit, sich die Zeit zu vertreiben, die einzige Möglichkeit, dem Hunger zu entkommen, der in ihrem Inneren nagte.

Jake kam am nächsten Tag zurück. Aus dem schrägen Licht im Flur schätzte sie, dass es Abend war und sie seit etwa sechsunddreißig Stunden in der Zelle saß. Diesmal hatte er ein Steak dabei, das so gut roch, dass ihr die Tränen in die Augen stiegen.

„Du siehst schrecklich aus", sagte er. „Aber keine Sorge, Marco würde dich trotzdem ficken."

Sie drehte sich um und wandte sich den Fliegen an der Wand zu. Die Worte schimmerten, als das schräge Sonnenlicht ihre glänzenden Rücken und flatternden Flügel einfing. Faszinierend, aber grotesk. Genau wie Jake.

Sie hatte sich zu ihm hingezogen gefühlt. Der Gedanke erschien ihr jetzt lächerlich. Aber sie hatte es getan, und dafür schämte sie sich.

„Du musst nur reden, Erica." Er sagte die Worte freundlich, als ob er sich um sie sorgte.

Sie starrte die Fliegen an. „Verschwinde, Jake."

Er ging, und die Polizeibeamten begleiteten ihn. Sie war allein, eingesperrt in einer Zelle ohne Essen, und sie hatten ihr seit Mittag kein Wasser mehr gegeben. Die mexikanische Sommerhitze war unerträglich. Sie kümmerte sich nicht mehr um das Essen. Sie wollte nur noch Wasser.

Es war eine Erleichterung, als Jake am nächsten Abend zurückkam. Sie hatte schon geglaubt, man würde sie dort verrotten lassen. Futter für die Fliegen.

Er gab ihr einen Schluck Wasser. Aber der armselige Schluck war nicht genug.

„Wo sind die Artefakte?", fragte er.

„Im Dschungel. In der Nähe der Stelle, wo mein Auto liegen geblieben ist." Sie war der Freiheit so nahe gewesen, als der Motor aufgab.

„Das wusste ich. Wo im Dschungel?" Er hielt das Wasserglas knapp außerhalb ihrer Reichweite.

„Ich habe sie einfach versteckt und bin abgehauen."

Jake schüttete das Wasser auf den Boden und ging.

Sie floh in den Schlaf und rollte sich auf dem harten, schmutzigen Boden zusammen. In ihren Fieberträumen war ihr heiß, sie hatte Durst und war allein. Der Schlaf bot also doch keine Flucht.

Sie öffnete die Augen und sah ein trübes Licht im Flur. Nach ihrer Schätzung war das Morgenlicht. Wie lange war sie schon hier? Vier Tage ohne Nahrung, zwei ohne Wasser? Mehr? Weniger? Sie konnte sich nicht sicher sein.

Sie driftete wieder in den Schlaf. Diesmal träumte sie von ihrer Mutter. „Warum?", fragte sie ihre Mutter. „Warum?" Aber ihre Mutter war tot und würde es ihr nie erklären.

Sie hatte keine Ahnung, wie viel Zeit vergangen war, als sie Jake sagen hörte: „Cream Puff, ich habe Besuch mitgebracht." War sein letzter Besuch erst einen Tag her gewesen? Es könnte auch mehr gewesen sein. Es kam ihr wie eine Ewigkeit vor.

Sie öffnete ihre Augen. Ihre Sicht war verschwommen, und das schwache Licht des Flurs tat weh. Sie konnte nicht anders, sie stieß ein schmerzhaftes Wimmern aus und hasste die Tatsache, dass Jake wusste, dass er sie besiegt hatte. Ihre Sicht klärte sich allmählich, dunkle Gestalten wurden zu Menschen, und sie erkannte, dass die Besatzung der *Andvari - alle* außer Javier - in dem schmalen Gang vor ihrer Zelle stand. Dass ihr einziger potenzieller Verbündeter abwesend war, verhieß nichts Gutes.

„Deine Wahl ist einfach. Sag mir, wo die Artefakte sind, oder Marco und die anderen vergewaltigen dich abwechselnd." Jakes Stimme klang so beiläufig, als ob er die Optionen für das Mittagessen aufzählen würde. Er warf einen Schlüssel in die Luft und fing ihn auf, dann schob er den Schlüssel in das Zellenschloss.

Die Männer starrten sie mit bösartigem Blick an.

Sie hatte gedacht, die Artefakte zu verstecken würde sie schützen. Sie hatte geglaubt, er würde sie nicht an Dehydrierung oder Hunger sterben lassen, weil er unbedingt die aztekischen Relikte finden wollte, um sie gegen solche aus dem Nahen Osten einzutauschen.

Sie hatte vergessen, dass er sie dazu bringen konnte, zu bereuen, dass sie noch am Leben war.

„Jetzt gehörst du mir, *puta*", sagte Marco.

Ein Besatzungsmitglied packte sie an den Armen. Sie sträubte sich gegen ihn. Sein Griff wurde fester. Schmerzen schossen durch ihre Handgelenke. Ihr wurde schwindlig und übel. Marco packte ihre Shorts und zog an ihrem Bund. Sie bockte und trat nach ihm. Er sprang nach hinten.

„Verdammt! Halt sie fest."

Der Mann, der sie festhielt, riss ihre Arme zurück. Ein

brennender Schmerz brannte in ihren Schultern. Marco zog ihr die Shorts herunter, dann öffnete er den Reißverschluss seiner Hose. Er war hart und bereit.

Der metallische Geschmack der Angst erfüllte ihren Mund. Ihre Kehle krampfte sich zusammen. Sie konnte nicht atmen. Dies geschah wirklich. Sie war kurz davor, von Marco vergewaltigt zu werden. Und dann von den anderen.

„Sag es mir jetzt, Cream Puff. In zehn Sekunden werde ich ihn nicht mehr aufhalten können."

„Geh in den Dschungel, östlich der Stelle, an der mein Auto geparkt war." Ihre Stimme brach, und sie versuchte zu schlucken, aber ihr Mund war zu trocken. „Geh fünfhundert Schritte nach Südosten, fünfzig Schritte nach Osten und dann zweihundert Schritte nach Süden."

„Dort hast du sie vergraben?"

„Nein", röchelte sie. Marco stand mit seinem harten Schwanz in der Hand. Würde er sie trotzdem vergewaltigen? „Wiederhole das Muster dreimal. Es war dunkel, also habe ich kleine Schritte gemacht. Wenn ein Baum den Weg versperrt, gehst du nach links. Die Artefakte sind unter einem umgestürzten Baum begraben."

„Sucht die Artefakte", befahl Jake seiner Mannschaft. „Ich bleibe hier bei Erica. Ruft mich an, wenn ihr sie habt."

Der Griff um ihre Arme lockerte sich. Sie hätte sich erleichtert gefühlt, aber Marco sah wütend und enttäuscht aus. „Und wenn sie lügt?"

„Dann darfst du sie vergewaltigen."

„Wenn sie die Wahrheit sagt, lässt du sie dann gehen?"

Jake antwortete nicht.

Sie krümmte sich und begann zu würgen.

Die Mannschaft ging. Sie zog ihre Shorts hoch und rollte sich dann zu einem Ball zusammen. Nach ein paar Minuten ließ sich Jake neben sie fallen und rollte sie auf den Rücken, dann zog er sie in eine aufrechte Position. Er umfasste ihren

Kopf mit einer Hand und drückte ihr ein kaltes, sauberes, klares Glas Wasser an die Lippen. Sie öffnete den Mund und trank.

Er schob sie so, dass ihr Kopf und ihre Schultern auf seinem Schoß lagen. Sie wollte sich wehren, aber er hatte das Wasser. Jake Novak behielt immer die Kontrolle.

Er streichelte ihre Stirn, dann fuhr er wie ein Liebhaber über ihre Nase und ihre Wangenknochen. Er goss ihr einen weiteren Schluck in den Mund. „Die aztekischen Artefakte existieren nicht, Erica. Niemand weiß von ihnen. Die Polizei hier interessiert sich nur für das Geld, das ich ihnen gezahlt habe. Sie haben keinen Beweis, dass wir die Artefakte ausgegraben haben.“

Er wusste nichts von den Fotos, die sie gemacht hatte. „Welche Artefakte?“, krächzte sie.

„Braves Mädchen.“ Er gab ihr einen weiteren Schluck Wasser und streichelte ihren Kopf.

Sie war sein verdammtes Schoßhündchen geworden.

„Dein Auto ist repariert. Du kannst als freie Frau wegfahren ...“

„Was war denn mit dem Auto los?“ Sie hatte sich tagelang gefragt, warum ihr Auto liegen geblieben war.

„Marco hat die Gasleitung manipuliert, als er zum Yachthafen fuhr, um die Post abzuholen, nur für den Fall, dass du eine Dummheit begehen wolltest.“

Ja, Jake Novak behielt immer die Kontrolle.

„Ich habe es gehasst, dich brechen zu müssen“, sagte er leise. Er stellte das Wasserglas beiseite, dann fuhr er die Linien ihres Halses nach. „Jedes Mal, wenn ich dich ansehe, frage ich mich, wie du nach fünf Wochen auf einem Boot in Mexiko so blasse Haut haben kannst. Aber ich habe dich schon hundertmal dabei beobachtet, wie du Sonnencreme aufgetragen hast. Und hundertmal musste ich mich davon abhalten, mir die verdammte Creme zu schnappen und sie für dich einzureiben. Und dann ist da noch dein Neopren-anzug und die Art, wie du dich hineinsschmiegst. Ich könnte kommen, wenn ich dir nur zusehe. Jedes Mal, wenn ich zuge-sehen habe, habe ich gehofft, dass du deine D-Cup-Titten nicht in den engen Anzug bekommst." Er schob seine Hand unter ihr T-Shirt und drückte ihre Brust.

Um sich selbst zu retten, hatte sie den einzigen Vorteil, den sie hatte, aufgegeben, und nun würde sie immer noch auf dem dreckigen Boden einer stinkenden Gefängniszelle vergewaltigt werden. Mit letzter Kraft stieß sie seine Hand weg.

„Ruhig, Erica. Ich werde nichts tun, was du nicht willst." Er zog sie zurück auf seinen Schoß.

„Dann hör auf."

„Überleg es dir. Du kannst zurück auf das Schiff kommen und meine Kabine mit mir teilen. Ich werde dein Gehalt verdoppeln - du bekommst hundertfünfzig Riesen für zwei Monate Arbeit." Er drückte ihre Hand gegen seine Erektion. „Ich werde dich so hart kommen lassen, dass du die letzten Tage vergessen wirst."

Sie stieß gegen seine Brust. „Du könntest eine Klitoris nicht einmal mit einem Kompass finden."

Er lachte und berührte ihre Brust, ihre Seite und dann ihren Schritt. „Sie ist genau hier. Und wartet. Auf mich." Er ließ seine Hand in ihre Shorts gleiten. „Gib's zu. Du bist genauso erregt wie ich."

Sie erschauderte angesichts dieses Übergriffs. Dieser Albtraum nahm kein Ende.

Dann wusste sie auf einmal, was zu tun war. Der Mann wollte den ultimativen Machttrip - sie gebrochen, geschlagen und mit ihm als seine Gefangene lebend. Er wollte sie besitzen. Als seine Trophäe. Seine Hand in ihren Shorts war abstoßend, aber sie zwang ihren Körper, sich zu entspannen. Sie biss sich auf die Lippe und zwang ihre

Augen, „Ja" zu sagen, während ihr Mund „Nein" aussprach.

Sie rutschte von seinem Schoß, löste sich von seiner Hand und lehnte sich nach hinten gegen das Gitter. „Nein", sagte sie erneut. Diesmal klang ihre Stimme gehaucht, erregt. Sie griff nach unten und berührte ihre Brustwarze, drückte ihre Brust.

Seine Augen weiteten sich, dann lächelte er langsam. „Ich wusste, dass ich dich auf meine Seite bekommen würde."

Sie konnte ihn besiegen.

Er drückte sie gegen das Gitter, während sein Mund den ihren bedeckte. Sie küsste ihn enthusiastisch, als wäre er das Wasser, das ihr entzogen worden war. Er stöhnte, dann hob er ihr Hemd an und zog ihren BH zur Seite. Sein Mund blieb an ihrer Brustwarze hängen.

Sie schnappte sich das vergessene Wasserglas und schlug es gegen die Gitterstäbe, so dass der Rand zerbrach. Er wich zurück, aber sie erwischte ihn mit der gezackten Kante an der Wange.

Er holte aus und schlug ihr die Glasscherbe aus der Hand. Er war zu schnell, sie war zu schwach.

Ihr Handgelenk pochte. Sie zog ihr Hemd herunter und spürte, wie ihr Körper zu zittern begann.

Das Blut hinterließ dunkle Spuren auf seiner Wange und sammelte sich in seiner Halsgrube. „Das wirst du bereuen, Erica."

Er zog sie auf die Beine. Er hielt sie in einem eisernen Griff und rief nach einem Polizisten. Der Mann kam herbeigelaufen, eifrig bemüht, seinen Auftrag zu erfüllen.

„Räum die Glasscherben auf, während ich sie festhalte", sagte er auf Spanisch. Er kickte den schweren zerbrochenen Boden des Glases gegen die Gitterstäbe. „Wenn du damit fertig bist, hol einen Arzt. Ich muss genäht werden."

Sie fragte sich, wie er sie bestrafen würde und wehrte sich

gegen ihn. Seine Arme hätten genauso gut aus Stahl sein können. Der Beamte hob die Glasscherben auf, und Jake ließ sie los. Sie ließ sich auf den Boden fallen.

„Wenn du gelogen hast und die Jungs die Artefakte nicht finden, dann wirst du herausfinden, wie es ist, gleichzeitig in den Mund, den Arsch und die Fotze gefickt zu werden. Ein echter Gruppenfick." Er ging und schloss die Zelle hinter sich ab.

Sie hasste ihn. Sie hasste die Mannschaft. Sie hasste die Polizei, die sich so leicht bestechen ließ. Aber vor allem hasste sie sich selbst.

Viel später kehrte er zurück, mit einem frischen weißen Verband auf der Wange. „Sie haben die Artefakte gefunden." Er schloss die Zelle auf. „Dein Auto ist draußen geparkt, beladen mit allem, was du auf der *Andvari* zurückgelassen hast. Ich gebe dir genug Pesos, um Essen und Benzin für die Heimfahrt zu kaufen."

Sie hielt inne, kaum fähig zu glauben, dass er sie wirklich gehen ließ. Sie wollte ihn fragen, warum, aber das wäre dumm, und sie bemühte sich sehr, es nicht zu sein. Nicht mehr.

Er ließ dieses typische Jack-Grinsen aufblitzen, das so warm, so anziehend war, dass allein die Grübchen sie überzeugt hatten, für ihn zu arbeiten. „Du fragst dich, warum ich dich gehen lasse." Er hob ihr Kinn an und strich ihr mit dem Daumen über die Lippen. „Du gehörst mir. Du hast keine Ahnung, wie hart ich in den letzten fünf Wochen gearbeitet habe, um dich zu beschützen. Es wäre eine Schande, all diese Mühe zu vergeuden, und wenn du noch hier bist, wenn Marco zurückkommt ..." Seine Stimme wurde leiser. „Aber du hast uns bestohlen. Dafür wirst du bezahlen. Du wirst nie wieder als Unterwasserarchäologin arbeiten."

Er hielt ihren Pass und ihre Schlüssel gerade außerhalb ihrer Reichweite. „Wenn du auch nur daran *denkst*, die INAH zu kontaktieren oder irgendjemandem zu erzählen, was hier passiert ist, werde ich dich Marco überlassen. Was dann noch von dir übrig ist, geht an die Crew."

Sie nahm ihren Pass und ihre Schlüssel und wankte zur Tür. Sie konnte kaum laufen, aber verdammt, sie würde die Kraft finden, zu fahren.

Sie war sich einer Sache sicher: Sie würde erst dann sicher sein, wenn Jake und Marco hinter Gittern waren. Das konnte sie erreichen, solange die aztekischen Artefakte nicht in der Privatsammlung eines unbekannten Käufers verschwanden. Wenn sie in dem Stammescasino in Maryland ausgestellt würden, könnte sie ihre Fotos dem FBI zeigen und den Beweis erbringen, dass ein Verbrechen begangen worden war.

Kapitel Zehn

Juli 2011
Bethesda, Maryland

Der metallische Geschmack der Angst erfüllte Ericas Mund, und wieder krampfte ihre Kehle. Das Blut sackte ihr aus Armen und Beinen, und sie schwankte. Jake Novak war hier. Er stand direkt vor ihr. Sie spürte Lees Hände auf ihren Hüften, als er sie stützte. Sie lehnte sich an ihn, den Hinterkopf an seine Brust gelehnt, dankbar, dass er da war.

Jake setzte sein wölfisches Lächeln auf. Seine Augen musterten sie besitzergreifend, und Lee verstärkte seinen Griff um ihre Hüften. Das war falsch. Furchtbar, furchtbar falsch. Sie wollte nicht, dass irgendjemand von ihrer Vergangenheit mit Jake Novak erfuhr, und doch stand sie hier, mit schwachen Knien, Jake auf dem Flur gegenüber, während Lee sie schützend festhielt.

„Erica?" flüsterte Lee ihr ins Ohr.

Wenn Jake ihre Beziehung zu Lee falsch einschätzt, könnte ihr törichter Praktikant in Gefahr sein.

Sie schüttelte sich, löste sich von ihm und fand ihre Stimme. „Tut mir leid. Der ganze Kaffee ohne Essen hat mich wohl eingeholt. Koffein und niedriger Blutzucker passen nicht zusammen." Das Atmen wurde leichter. Nicht natürlich, aber leichter.

„Als ich dich das letzte Mal gesehen habe, warst du auch am Verhungern", sagte Jake. „Du musst wirklich besser auf dich achten."

Weißglühende Wut verdrängte ihre Angst. Sie schob die Schultern zurück und richtete ihren Blick auf die zentimeterlange Narbe auf seiner linken Wange. „Schöne Narbe. Sieht aus, als hätte das ziemlich wehgetan."

„Die Mädels lieben es."

„Warum bist du hier?" Sie hörte die Brüchigkeit in ihrer Stimme und machte sich Sorgen, dass Lee das auch hören könnte.

„Das wollte ich dich auch gerade fragen", sagte Jake.

Was für ein Spiel spielte er da? Er hatte ihr auf die Arbeit gemailt; er wusste über ihren Job Bescheid. Aber da Lee sie beobachtete, musste sie mitspielen. „Ich arbeite hier."

„Wunderbar." Seine Augen waren so kalt wie seine Stimme. „Ich arbeite zusammen mit Talon & Drake an einem Angebot."

„Das Marineprojekt", sagte sie mit tiefem Grauen. Als Rob Anderson zum ersten Mal das Unterwasserbergungsprojekt erwähnte, hatte sie einen Anflug von Panik verspürt, weil sie wusste, dass Talon & Drake mit einem Unterwasserarchäologen zusammenarbeiten würde, der ihre Vergangenheit kannte - sie alle kannten ihre Vergangenheit -, aber sie hatte nie, niemals, das Alptraumszenario in Betracht gezogen, dass Talon & Drake mit Jake zusammenarbeiten würde.

„Genau das."

Lee legte einen Arm um ihre Taille, während er seine

andere Hand ausstreckte. „Wir sind uns noch nicht vorgestellt worden. Ich bin Lee Scott."

Sie sah den stählernen Blick in Lees Augen und spürte die Anspannung in seinem Körper. Er hatte ihre Angst gespürt. So widerwärtig der Gedanke auch war, sie musste mit ihrem alten Chef allein sprechen. Sie trat vorwärts, weg von Lees schützendem Arm, und stieß Jake in die Brust, sodass er zurückwich. „Da drinnen", sagte sie und deutete auf den leeren Konferenzraum auf der anderen Seite des Flurs.

Jake warf einen Blick über seine Schulter zu Lee und legte einen besitzergreifenden Arm um ihre Schultern. Es juckte sie in den Fingern, ihn wegzuschieben, aber erst musste sie Lee loswerden. An der Tür stieß sie Jake mit einem scharfen Stoß ihres Ellbogens ins Zimmer, drehte sich um und sagte: „Tut mir leid, dieses Gespräch ist privat", und schloss die Tür vor Lees Nase.

Sie wirbelte herum und hielt Jake im Blick, denn sie wusste, dass sie ihm nicht lange den Rücken zuwenden konnte. „Was zum Teufel machst du hier?"

„Was? Kein Begrüßungskuss?"

„Du kannst mir den Arsch küssen."

Er lachte. „Ich habe dich vermisst, Cream Puff. Das Leben auf dem Schiff war langweilig, nachdem du weg warst."

„Du kannst nicht mit Talon & Drake zusammenarbeiten."

Er hielt einen Manila-Umschlag hoch. „Und ob. Das ist mein Qualifikationspaket für das Team. Ich hatte gehofft, mit Edward Drake sprechen zu können, aber wie ich höre, ist er in einer Besprechung." Er machte einen Schritt auf sie zu und hob ihr Kinn mit dem Zeigefinger an. „Vermassele mir das nicht, Süße." Er lehnte sich zu ihr. „Ich meine es ernst. An der Westküste stehst du auf der schwarzen Liste. Wenn du irgendjemandem hier auch nur ein Wort über unsere frühere

Verbindung erzählst, werden die Gerüchte über dich endlich nach DC gelangen." Seine Lippen waren nur wenige Zentimeter von ihren entfernt. „Du willst doch, dass Talon & Drake deine Studiengebühren für die Graduate School bezahlt, oder?"

Ihr Magen kribbelte. Sie hatte zu hoffen gewagt. Sie konnte keine Unterwasserarchäologin werden, aber sie hatte immer noch eine Zukunft als Umweltwissenschaftlerin.

Er lächelte. „Du hast keinerlei Beweise für das, was in Mexiko passiert ist. Nichts. Also lass es gut sein. Wenn du jemandem gegenüber auch nur das Wort ‚aztekisch' erwähnst, kannst du dich nicht nur von deinem Studium verabschieden, ich werde dir auch Marco auf einen Besuch vorbeischicken. Hast du verstanden?"

Sie durfte keine Angst oder Schwäche zeigen. Sie hatte trainiert, bis sie blaue Flecken hatte und blutete, weil sie wusste, dass sie ihm eines Tages wieder gegenüberstehen würde. „Ich bin keine Gefangene mehr auf deinem Schiff, und die Polizisten hier können nicht alle auf deiner Gehaltsliste stehen. Lass mich in Ruhe." Sie drehte sich um und griff nach dem Türknauf.

Jake griff über ihre Schulter und hielt die Tür zu. „Hör mir jetzt gut zu, denn dein Leben hängt davon ab. Ich weiß, warum du den Job bei Talon & Drake angenommen hast, und ich sage dir, lass es ruhen. Du hast keine Beweise. Gib mir dein Wort, dass du niemandem von den aztekischen Artefakten erzählen wirst. Dass du niemandem von Marco erzählen wirst."

„Gut", sagte sie.

„Wenn du dein Wort brichst, kann ich dich auf keinen Fall beschützen." Er gab die Tür frei.

Sie riss die Tür ruckartig auf und stand Lee gegenüber. Sie packte ihn am Arm und zerrte ihn in Richtung ihres Büros. „Komm schon", sagte sie schroff. „Wir haben zu arbeiten." So sehr sie sich auch Zeit zum Nachdenken wünschte, sie konnte Lee nicht mit Jake allein lassen.

Nur eine Sache war sicher. Sie konnte Janice nicht die Wahrheit sagen.

Nicht heute.

Nicht irgendwann.

Kapitel Elf

Nachdem er Ericas Reaktion auf den Fremden im Flur gesehen hatte, wusste Lee, dass er endlich einen Durchbruch erzielt hatte. Endlich hatte er etwas Handfestes, dem er nachgehen konnte. Erica sagte kein Wort, als sie ihn in ihr Büro zurückführte, und ihr verwirrter Gesichtsausdruck warf nur noch mehr Fragen auf. Sie schien Angst vor dem geheimnisvollen Mann zu haben, doch sie hatte sich ihm ohne Zögern gestellt und die Situation vollständig unter ihre Kontrolle gebracht. Ihre Angst löste Lees Beschützerinstinkte aus, während ihre stählernen Nerven ihn zutiefst beeindruckten.

Er hatte einem Hinweis zu folgen, einen Code zu knacken. Alles, was er tun musste, war, den Mann zu identifizieren, der Erica Angst gemacht hatte. Er setzte sich vor seinen Computer und durchsuchte das Firmennetz nach Hinweisen auf ein Marineprojekt. Es gab mehrere, aber keines befand sich in der Angebotsphase. JT würde es wissen. Er würde ihn fragen, wenn das Treffen mit dem Colonel beendet war. Auf der anderen Seite des Raumes bewegte sich Erica in ihrem Sessel. Er konnte nicht zulassen, dass sie sah, was er vorhatte. Mit einem Tastendruck rief er das Tetris-Spiel auf und tat so, als würde er spielen.

Er blickte in ihre Richtung. Sie wirkte ruhig. Fast gleich-mütig. „Wer war der Typ?", fragte er.

Sie erschrak und bestätigte, dass ihre Gelassenheit nur eine Fassade war. „Niemand."

„Ich versteh das nicht. Erst wärst du fast in Ohnmacht gefallen, dann hast du so getan, als könntest du ihn nicht ausstehen. Was ist er?"

„Ich bin nicht in Ohnmacht gefallen. Ich war hungrig und überrascht, das ist alles."

„Du magst ihn also nicht."

„Nein, das tue ich nicht," sagte sie mit kurzen Worten.

„Ist er ein Ex-Freund?"

„Gott, nein." Die Worte kamen hart und mit Abscheu heraus.

Die Erleichterung, die er empfand, beunruhigte ihn.

Sie schloss für eine Sekunde die Augen und atmete langsam ein. Dann trafen ihre Augen seinen Blick. „Danke. Dass du mir geholfen hast. Als ich fast ohnmächtig wurde."

„Kein Problem, *Cream Puff*."

Sie stand abrupt auf. Ihr Stuhl krachte gegen den Tisch hinter ihrem Schreibtisch. „Nenn mich *nie wieder* Cream Puff." Sie stürzte aus dem Zimmer.

Er saß in fassungslosem Schweigen da. In den letzten drei Tagen hatte er mehrere Dinge gesagt und getan, die er eigentlich hätte bereuen müssen, aber seine Mission hatte Vorrang. Diesmal jedoch war er zu weit gegangen, indem er ihren aufrichtigen Dank mit einer Stichelei beantwortete.

Er klappte seinen Laptop zu und nahm die Thermo-Con-Akte in die Hand, wobei er sich bewusst war, dass er so aussehen musste, als würde er arbeiten, wenn er sich im Labyrinth der Büros unauffällig bewegen wollte. Im Bethesda-Büro arbeiteten über zweihundert Leute, und bis auf Erica hatte ihn bisher keiner beachtet. Und das war genau das, was er wollte.

Er versuchte, ahnungslos und verloren zu wirken, aber in Wirklichkeit hatte er sich den Grundriss von Talon & Drake eingeprägt. Die Namensschilder an den Türen und Arbeitsnischen halfen ihm, sich zu orientieren, als er nach Erica suchte. Sie war weder im Pausenraum noch in einem der leeren Konferenzräume.

Er näherte sich dem Hauptkonferenzraum, in dem JT und seine Top-Ingenieure zusammenkamen, um einen Vertrag für Arbeiten in Afghanistan auszuarbeiten. Die Tür des Konferenzraums öffnete sich, und Edward Drake trat heraus.

JTs Hauptverdächtiger sah besorgt aus. Lee hielt bei einem Wasserbrunnen inne. Drake ging auf das Treppenhaus zu. Lee folgte ihm. Die Versöhnung mit Erica würde warten müssen.

Drake benutzte seinen Ausweis, um die Tür am oberen Ende der Treppe zu entriegeln. Er betrat den Korridor im neunten Stock und bog nach rechts ab, während die Tür sich schloss.

Oben angekommen, bog Lee nach links ab. Er konnte durch die mittleren Arbeitsnischen zurückgehen, ohne dass es so aussah, als würde er Drake folgen. Er ging zielstrebig und hielt die Akte in der Hand, als ob er eine wichtige Lieferung zu machen hätte. Als er um die Ecke bog, betrat er Drakes Büroflur von der anderen Seite her und blieb an einer der allen zugänglichen Drucker- und Faxstationen stehen. Er blätterte durch die Papiere in der Druckerablage, als ob er nach einem Ausdruck suchte. Am anderen Ende des Flurs betrat Drake sein Eckbüro.

Auf einer der Seiten fielen ihm die Worte „Aufforderung zur Angebotsabgabe der United States Navy" ins Auge. Als er die Seite las, verspürte er einen Anflug von Aufregung. Er hatte das Navy-Projekt gefunden, das Erica dem geheimnisvollen Kerl gegenüber erwähnt hatte.

Die Marine wollte einen Bergungsexperten engagieren, um einen Douglas TBD-1 Devastator Torpedobomber vom Grund der Chesapeake Bay zu bergen. Es musste sich um dasselbe Flugzeugprojekt handeln, nach dem Rob Anderson Erica im Pausenraum gefragt hatte, kurz bevor sie ihren Hintergrund in der Unterwasserarchäologie geleugnet hatte. Er steckte die Ausschreibung in die Thermo-Con-Akte.

Am anderen Ende des Flurs öffnete Drakes Verwaltungsassistent dem Mann die Tür. „Hier ist das Qualifikationspaket, auf das Sie gewartet haben, Ed."

Er konnte die Antwort nicht hören, aber die Tür begann sich zu schließen. Die Stimme der Frau hob sich. „JT hat bereits angerufen-"

„Edward Drake, Leitung eins", sagte eine Empfangsdame über den Lautsprecher. „Edward Drake, Leitung eins."

Drakes Assistentin zeigte auf den Lautsprecher. „Er möchte, dass Sie an der Sitzung teilnehmen."

Lee hörte Drake dieses Mal deutlich. „Rufen Sie ihn an und sagen Sie diesem intervenierenden Arschloch, dass ich in fünf Minuten zurück bin!" Die Tür knallte zu.

Lee wartete noch eine Minute und ging dann auf Drakes Büro zu. Er hielt inne, als er Drakes Assistentin an der Ecke erreichte. „Wo geht es zum Büro von Arnie Ross?", fragte er.

Sie zeigte in die Richtung, in die er gegangen war. „Er ist am Ende des Flurs, in der Nähe des Treppenhauses."

Die Bürotür von Drake öffnete sich einen Spalt. Drake sprach drinnen mit jemandem. „Ich weiß es zu schätzen, dass du auf dem Weg zum Senator vorbeigekommen bist."

„Ich werde mit Joe sprechen, aber ich glaube nicht, dass es einen großen Unterschied machen wird. Nach den Ethikregeln des Senats ist JT der Verantwortliche." Lee erkannte sowohl den Rhythmus als auch die Stimme. Sam Riversong befand sich in Drakes Büro. Drake versuchte, Riversong zu benutzen, um JT zu überstimmen.

Die Tür öffnete sich einen weiteren Zentimeter. Bis jetzt war das Einzige, was für Lee sprach, sein Status als Praktikant, der ihn für die Mächtigen im Büro unsichtbar machte - ein schwieriges Unterfangen für einen 1,95 Meter großen Mann. Aber Riversong hatte ihn *gesehen*. Und er würde Lee jetzt sicherlich bemerken und wahrscheinlich etwas sagen, das Drake aufhorchen lassen würde. Er musste verschwinden. Und zwar schnell.

Lee eilte zum Büro von Arnie Ross und drehte den Türknauf. Die Tür war verschlossen. Verdammt!

Vor einigen Tagen hatte er eine Kopie von JTs Ausweis angefertigt, die jede Bürotür öffnete, aber eine elektronische Spur hinterließ, die nicht gelöscht werden konnte. Er hatte keine andere Wahl. Er schob seine magische Karte in den Schlitz und trat ein. Zum Glück war der Betoningenieur in der Besprechung mit JT.

Er stellte sich an das Fenster, das auf den Flur hinausging. Nachdem er die Thermo-Con-Akte auf ein Regal gelegt hatte, schloss er die Jalousien, hob eine Lamelle einen Bruchteil eines Zolls an und beobachtete, wie Drake und Riversong vorbeigingen.

Welchen von JTs Plänen wollte Drake genau außer Kraft setzen? Und warum hatte JT Lee nicht gesagt, dass er Drake ein bisschen aufrütteln wollte? Hatte JT ihm etwas verheimlicht?

Lee wartete ein paar Minuten, dann öffnete er Arnies Jalousien wieder und schlüpfte in den Korridor. Nachdem er die Tür mit seiner Karte wieder verriegelt hatte, schlenderte er lässig den Korridor entlang.

Er war sicher an seinen Schreibtisch zurückgekehrt und fragte sich, wo Erica war, als ihm einfiel, dass er die Thermo-Con-Akte in Arnies abgeschlossenem Büro vergessen hatte.

Kapitel Zwölf

Erica saß an ihrem Schreibtisch und brütete vor sich hin. Eigentlich sollte sie arbeiten, aber in ihrem Kopf hörte sie Jakes Drohungen, während sie in ihrem Büro Lees unaufhörliche Fragen hörte.

Sie hatte ihm eine Vorlage für eine Umweltverträglichkeitsprüfung gegeben und ihn gebeten, diese für die Erstellung des Thermo-Con-Berichts zu verwenden. Er musste lediglich die Überschriften an dieses spezielle Projekt anpassen und die bereits geschriebenen Abschnitte einfügen. Er kooperierte, indem er sie zu jedem Aspekt der Aufgabe befragte.

„Ich verstehe das nicht", sagte er. „Wenn die Anhänge nicht mit dem Rest des Berichts paginiert sind, wie sollen wir sie dann im Inhaltsverzeichnis anzeigen?"

Sie war zu erschöpft, nachdem sie Jake gesehen hatte. Sie konnte seine Inkompetenz keine Sekunde länger ertragen. Sie knurrte und sagte: „Gib mir die Thermo-Con-Akte. Ich kümmere mich später darum."

„Aber ich muss wissen …"

„Spiel Tetris und lass mich in Ruhe!"

Sie drückte auf die Drucktaste für einen weiteren Funkmastbericht. Der blaue Bildschirm des Todes blinkte auf ihrem Computer. „Neeeiiin!", jammerte sie. Nicht heute. Sie konnte das heute nicht ertragen.

Es dauerte zehn Minuten, bis sie ihren Computer neu gestartet hatte, und als sie wieder in die Datenbank der Mobilfunkmasten einstieg, bestätigte sich ihre schlimmste Befürchtung. Der Absturz hatte die Datei beschädigt. Sogar die Sicherungskopie enthielt die beschädigten Daten. Als ob der heutige Tag nicht schon auf ihrer Top-Ten-Liste der miesesten Tage aller Zeiten stünde.

Sie schaute Lee an und fragte sich, ob er ihr helfen könnte. Aber als sie ihm erklärt hatte, wie man die Bildunterschriften der Thermo-Con-Fotos miteinander vergleicht, hatte er die Fotos versehentlich gelöscht.

Mit Computern konnte er nichts anfangen.

Es sei denn, er spielte Tetris, was er gerade tat. Sie lächelte grimmig. Das war das erste Mal heute, dass er ihre Anweisungen befolgt hatte.

Fluchend und seufzend begann sie, einen Datensatz nach dem anderen zu kopieren und in eine saubere, fehlerfreie Datei einzufügen. Diese Aufgabe würde Stunden dauern. Stunden, in denen sie nicht an Thermo-Con arbeiten würde, aber es war die einzige Möglichkeit, die Datenbank zu retten. Und egal, was passierte, sie musste diesen Job behalten, sie musste ihre nervigen Mobilfunkkunden bei Laune halten.

Sie würde niemals sicher sein. Nicht, solange Jake, Marco und die Crew nicht hinter Gittern waren. Im Laufe des letzten Jahres hatte sie mehrmals erwogen, mit den Fotos der Artefakte zum FBI zu gehen, aber jedes Mal hatte sie gekniffen.

Ohne die tatsächlichen Artefakte waren die Fotos nichtssagend. Die Fotos waren bedeutungslos, solange es keine Aufzeichnungen über die Existenz der Artefakte gab.

Lee verließ das Büro um fünf Uhr, was bei ihr Neid darüber auslöste, dass er für heute nach Hause gehen konnte, und eine überraschende Enttäuschung über seine Abwesenheit. Er mochte als Assistent nutzlos sein, aber sie fühlte sich nicht einsam, wenn er im Raum war. Sie arbeitete bis in die Nacht hinein und hatte Angst, nach Hause zu gehen, weil sie befürchtete, Marco würde auf sie warten.

Sie war mit Jake konfrontiert worden und so ein Weichei gewesen, dass sie fast in Ohnmacht gefallen wäre. Erbärmlich.

Um neun Uhr fünfzehn war sie fertig und schaltete ihren Computer aus. Sie streckte ihren Nacken und ließ ihre verspannten Schultern rollen. Ihr Körper schmerzte vom Sitzen und Starren auf den Bildschirm. Sie griff nach ihrer Handtasche und hörte das Klappern von Antazida-Tabletten.

Manchen Leuten lief beim Geruch von Steak das Wasser im Munde zusammen, aber für sie waren es Antazida, das Einzige, was sie regelmäßig aß. Sie steckte sich zwei in den Mund und nannte es Abendessen. Ihre Erfahrungen in Mexiko hatten sie gelehrt, was wahrer Hunger war. Dies war nichts im Vergleich dazu.

Sie hörte das Klicken einer Tür, die sich im Flur schloss, und sprang auf. Noch jemand, der Überstunden machte? „Ist da jemand?", rief sie.

Schweigen war die einzige Antwort.

Was, wenn Jake noch hier war? Um diese Zeit waren sogar die Reinigungskräfte nach Hause gegangen. Das Gebäude war leer. Ein Schauer lief ihr über den Rücken.

Sie lehnte sich durch ihre offene Tür in den Flur. Das Licht war an. Jemand hatte die Bewegungsmelder ausgelöst. „Hallo? Wer ist da?"

Kalter Schweiß brach ihr auf der Stirn aus. Ein Kollege hätte geantwortet. Sie griff in ihre Handtasche und holte ihr Pfefferspray heraus. Was, wenn sowohl Jake als auch Marco hier waren? Sie spürte, wie ihre Knie zitterten, und legte ihre Hände auf einen Aktenschrank, um sich zu stützen. Verdammt noch mal. Wie konnte sie nur so schwach sein?

Weil Jake meinen Willen mit Dehydrierung, Hunger und der Drohung einer Gruppenvergewaltigung gebrochen hat. Dann hat er mich angegriffen.

Ja, aber was hat er dir in letzter Zeit angetan?

Sie stieß ein kleines, bitteres Lachen aus.

„Was ist so lustig?"

Sie fuhr hoch und wandte sich der Tür zu. JT Talon stand vor ihr, ein schiefes Lächeln auf seinem hübschen Gesicht. „Mein Gott! Sie haben mich zu Tode erschreckt!" Ihre Hand fuhr zu ihrem rasenden Herzen, und ihr wurde bewusst, dass sie immer noch ihr Pfefferspray umklammert hielt. „Sie haben Glück, dass ich das nicht benutzt habe." Sie hielt das Spray hoch, und sie konnten beide sehen, wie sehr ihre Hand zitterte. Er hatte noch mehr Glück, dass sie nicht zu einem Roundhouse-Kick angesetzt hatte.

„Entschuldigung. Ich wusste nicht, dass jemand hier ist."

„Ich habe gerufen."

„Ich muss im Treppenhaus gewesen sein. Ich kam runter, merkte dann, dass ich etwas vergessen hatte und ging wieder hoch."

Sie spürte, wie sich die Spannung langsam löste, und steckte das Pfefferspray in ihre Handtasche. „Tut mir leid, dass ich Sie angeschnauzt habe."

„Sie sollten nicht so spät noch allein hier sein."

„Wenn ich einen besseren Computer hätte, wäre ich schon vor Stunden gegangen."

Er lachte. „Notiert. Bleiben Sie noch lange?"

„Ich bin gerade fertig."

„Ich bringe Sie zu Ihrem Auto."

„Ich fahre mit der Metro."

„Sie fahren so spät noch mit der U-Bahn? Allein?"

Sie zuckte mit den Schultern. „Ich mache das ständig.“

„Heute Abend nicht. Ich brauche fünf Minuten, dann fahre ich Sie nach Hause.“

„Die Metro ist absolut sicher …“

„Wenn Sie mit mir streiten, sind Sie gefeuert.“

Sie lachte, überrascht über die Erleichterung, die sie empfand. Jemand kümmerte sich um sie.

„Ich bin gleich wieder da.“ Er verschwand auf den Flur. Die Tür zum Treppenhaus schloss sich und hallte in dem stillen Gebäude wider, und sie erkannte das Geräusch, das sie vorhin alarmiert hatte. Er hatte die Wahrheit darüber gesagt, dass er im Treppenhaus gewesen war.

Sie schnappte sich ihre Handtasche. Vielleicht konnte sie ihn während der Fahrt dazu bringen, über den neuen Raum im Kasino zu sprechen. Wusste er, dass sie gestern Abend dort gewesen war? Das Letzte, worüber sie reden wollte, war Tommy Riversong.

Er hatte gesagt, er liebe das Thermo-Con-Haus. Das war ein sichereres Thema. Sie griff nach der Projektakte, um das Gespräch in Gang zu bringen, aber der Ordner war nicht da, wo er hingehörte.

Sie durchsuchte ihren Schreibtisch und den von Lee. Die Akte war weg. Könnte Lee sie mit nach Hause genommen haben? Warum sollte Mr. Inkompetent so etwas tun?

„Fertig?“ fragte JT von der Tür aus.

„Ich kann eine Projektdatei nicht finden, an der ich heute Abend arbeiten wollte.“

Er lächelte. „Als Nächstes beantragen Sie wohl auch noch einen besseren Computer für Zuhause.“

„Ein Laptop würde für beides funktionieren.“

„Netter Versuch.“

Sie gab die Akte auf und folgte ihm zur Tür hinaus.

JT fuhr einen leuchtend orangefarbenen, ausländischen und offensichtlich teuren Cabrio-Sportwagen. Der niedrige

Wagen schmiegte sich an die Straße, als sie mit geschlossenem Verdeck über den George Washington Parkway fuhren. Sie wusste, dass ein großer Teil der alleinstehenden Frauen - und sogar ein paar der verheirateten -, die für Talon & Drake arbeiteten, sie in diesem Moment beneiden würden. Der Mann sah in echt noch besser aus als auf seinen Werbefotos, was eigentlich nicht möglich sein sollte. Er war wohlhabend und hatte einen IQ im Geniebereich, und man hatte ihn mehrmals dabei fotografiert, wie er schöne Frauen zu wichtigen Veranstaltungen begleitete. Sie hatte sich darauf eingestellt, ihn nicht zu mögen, aber er wirkte an einer Bindemaschine im Kopierraum recht sympathisch und war so freundlich, eine einfache Angestellte nach Hause zu fahren.

Jung, gutaussehend, reich, erfolgreich und Sohn eines Präsidentschaftskandidaten - JT Talon war das Objekt der Fantasie vieler Frauen. Aber nicht ihrer.

Sie würde sich nie mit jemandem einlassen, der so viel Macht über sie hatte.

Während die Kilometer vorbeizogen, wusste sie, dass sie ihre Chance verpasste, aber sie hatte keine Ahnung, wie sie das Gespräch eröffnen sollte. Endlich kam ihr eine Idee, und sie setzte zu einer Frage an. „Wird Ihr Vater bald seine Ankündigung machen?"

Er lächelte, aber sein Blick blieb auf der Straße. „Ja."

Seine offene Antwort überraschte sie. „Er wird wirklich kandidieren", murmelte sie. Natürlich hatte sie auf einer abstrakten Ebene über die Kandidatur des Senators nachgedacht, aber ihr Blick war im letzten Jahr so eingeengt gewesen, dass sie die breitere Perspektive übersehen hatte. „Er könnte wirklich gewinnen", sagte sie und hörte die Ehrfurcht und Aufregung in ihrer eigenen Stimme.

Sein Griff um das Lenkrad wurde fester. „Ja. Irgendwie verrückt, nicht wahr?"

Hier war ihr Einstieg. „Er hätte einen großen Vorteil,

wenn die Gewinne des Kasinos die Kampagne finanzieren könnten."

Er blickte sie von der Seite an. Sie wusste, dass diese Aussage für ein zwangloses Gespräch seltsam war. *Ich bin eben nicht normal. Finde dich damit ab und sag mir etwas, das ich gebrauchen kann. Bitte.*

„Es ist kompliziert", sagte er schließlich. „Wir sind unsere eigene Nation, also gelten einige Regeln nicht."

„Wird das Glücksspiel der Stämme ein Nachteil für ihn sein? Viele Menschen sind gegen Glücksspiele."

„Das Casino ist ein gemischter Segen", sagte er. „Es wird sicher einige Wähler abschrecken, aber der Senator ist darauf vorbereitet. Und Sam Riversong hat hart gearbeitet, um sicherzustellen, dass unser Kasino besser ist als die anderen. Die Museumskomponente ist der Schlüssel. Wir machen nicht nur Geld mit dem Glücksspiel, sondern bringen den Menschen auch etwas über Stammesangelegenheiten, -geschichte und -vorgeschichte bei. Als Archäologin müssen Sie das zu schätzen wissen."

Sie spürte den festen Schlag ihres Pulses bis in die Fingerspitzen - so wie sie es gestern Abend gespürt hatte, als Tommy angeboten hatte, ihr das Zimmer zu zeigen. Dies war ihre Chance. „Ich weiß. Ich war schon einige Male im Kasino, nur um die Ausstellungsstücke zu sehen. Ich kann es kaum erwarten, den neuen Raum zu sehen. Ich kann es kaum erwarten, zu erfahren, was das Thema sein wird."

Er lächelte. „Es wird Ihnen gefallen."

Das war's? „Kommen Sie schon. Was wird es sein?"

Er schüttelte den Kopf. „Es ist ein Geheimnis."

„Sagen Sie mir wenigstens, wann er geöffnet wird."

„Nope. Ich kann nur sagen, dass die Auslagen erstklassig sein werden. Unglaublich, was Sam alles auftreiben konnte."

Einen transparenten Jadeit-Affen vielleicht? Eine Totenkopf-Halskette aus Gussgold?

Sie beschrieb ihm den Weg zu ihrer Wohnung, und Minuten später hielten sie vor ihrem Haus im Südwesten von DC. Sie kletterte aus dem protzigen Auto und lehnte sich über die geschlossene Beifahrertür, um ihm die Hand zu schütteln. „Danke fürs Mitnehmen."

Er drückte sanft ihre Hand. „Gern geschehen."

Sie wollte sich zurückziehen, aber seine Finger umklammerten ihre auf eine Weise, die alles andere als lässig war. Er blickte zu ihrem Gebäude hinauf. „Wenn Sie mich auf einen Drink einladen, könnten wir darüber sprechen, dass Sie einen neuen Arbeitscomputer brauchen."

Verdammt! Das hatte sie nicht kommen sehen. Wie zum Teufel konnte sie nur immer wieder in diese Situation geraten? Sie räusperte sich und sagte: „Es tut mir leid, aber ich kann nicht."

JT beobachtete Erica Kesling, als sie in ihr Wohnhaus eilte. Sein Anwalt würde ihm den Arsch aufreißen, wenn er wüsste, dass er gerade eine Angestellte angebaggert hatte. Schlimmer noch, er hatte es vermasselt. Aber da er nicht im Geringsten an ihr interessiert war, konnte man kaum von ihm erwarten, dass er Höchstleistungen auf dem Gebiet brachte.

Das Gebäude war schön. Nicht luxuriös, aber mit Concierge und Sicherheitsdienst rund um die Uhr konnte es auch nicht billig sein, und Lees Hacking hatte keine Mitbewohner ergeben. Ein regelmäßiges Einkommen aus dem Artefakthandel war die einzige Möglichkeit, wie sie es sich leisten konnte, hier zu wohnen.

Er hatte die perfekte Gelegenheit gehabt, ihr Vertrauen zu gewinnen, und er hatte es vermasselt, weil er zu lange gewartet hatte und dann zu aufdringlich geworden war. Er hätte sie von dem Moment an anmachen sollen, als sie in sein Auto gestiegen war, aber er hatte sich zurückgehalten. Weil Lee eine Schwäche für sie hatte.

Lee musste die einfache Wahrheit begreifen: Erica war eine Verdächtige oder ein Werkzeug, um an Informationen zu gelangen. Nicht mehr und nicht weniger. JT wusste nicht, ob sein ehemaliger Stiefbruder den Mumm hatte, so manipulativ zu sein, aber er hatte keine solchen Skrupel.

Erica war schon verdächtig gewesen, bevor er beschlossen hatte, Lee zu bitten, verdeckt zu arbeiten. Als Archäologin war sie in einer Schlüsselposition, um die anderen Akteure zu kennen. Dann hatte Lees Hacking ihre schockierend schlechte Kreditgeschichte aufgedeckt, einschließlich Betrugsvorwürfen. Sie rückte näher an die Spitze der Liste, und sie hatten beschlossen, Lee in ihrem Büro unterzubringen. Die Frau hatte ein Motiv und die Mittel. Hatte sie eine Gelegenheit ergriffen?

Er nahm sein Handy in die Hand und rief Lee an. „Bist du noch im Büro?"

„Ja."

„Wenn du die Akte aus Arnies Büro schon geholt hast, musst du sie mit nach Hause nehmen. Erica hat bemerkt, dass sie fehlt."

„Wird gemacht", sagte Lee. „Ich habe gerade meine Ethernet-Buchse neu verkabelt, damit ich mich mit dem geschützten irakischen LAN verbinden kann."

„Du weißt, dass ich keine Ahnung habe, was das bedeutet, oder?"

„Manchmal kann ich nicht glauben, dass du ein Ingenieur bist", sagte Lee.

„Ich muss nicht wissen, wie ein Computer funktioniert, um ihn zu benutzen."

„Kurz gesagt habe ich jetzt Zugang zum sicheren Netzwerk des Irak-Projekts, ohne dass jemand in Bethesda davon weiß.“

Endlich. „Hast du Dominick erreicht?“

„Ich habe gerade mit ihm telefoniert.“

„Was hat er gesagt? Wenn du etwas findest, das wir verwenden können, ist es dann vor Gericht zulässig?“

„Ihm zufolge bin ich kein Agent der Bundespolizei, also brauche ich weder eine Vorladung noch einen Durchsuchungsbefehl. Und da du - der CEO - mir die Erlaubnis erteilt hast, hacke ich rechtlich gesehen nicht. Wir sind also auf sicherem Gebiet.“

JT hatte sich Sorgen gemacht, als Lee mit seinem langjährigen Freund Curt Dominick, dem US-Staatsanwalt für den District of Columbia, über ihre Ermittlungen sprechen wollte. Er wollte nicht, dass das FBI seine eigenen Ermittlungen aufnahm. Um einen Skandal zu vermeiden, wollte JT die Schuldigen ausfindig machen und sie mit einer roten Schleife an das FBI ausliefern - als Zeichen dafür, dass Korruption bei Talon & Drake nicht geduldet wurde. Nachdem sie das Thema eine Woche lang diskutiert hatten, gab er schließlich Lees Bitte nach, sich mit Dominick zu beraten. Sie mussten sicher sein, dass alles, was Lee herausfand, gegen die Bastarde verwendet werden konnte und würde, die *seine* Firma zum Schmuggeln benutzten. „Gut. Jetzt mach dich an die Arbeit und finde mir diese Bastarde. Das dauert zu lange.“

„Ich bin erst seit eineinhalb Tagen im Büro, muss verheimlichen, was ich wirklich tue, und habe eine Vorgesetzte, die von mir erwartet, dass ich an ihren Projekten arbeite.“

„Ich habe dir gesagt, du sollst unfähig tun, damit sie dich aufgibt und die Arbeit selbst macht.“

„Du hast mir gesagt, ich soll so tun, also wäre ich ein inkompetenter, unentschlossener Möchtegern-Indiana Jones“, sagte Lee. „Ich bin der Praktikant aus der Hölle. Ich *hasse* mich.“

JT lachte. „Ich treffe dich in einer halben Stunde in deiner Wohnung.“ Er legte auf, froh, dass Lee das Problem mit dem Netzzugang gelöst hatte. Lee war unerbittlich, wenn es darum ging, ein Problem zu lösen oder eine Aufgabe zu meistern. Deshalb hatte er den schwarzen Gürtel fünften Grades erworben, bevor er dreißig war, konnte mit verbundenen Augen Billard spielen und hatte noch nie ein Computersystem getroffen, das er nicht hacken konnte. Wenn es Hinweise in den Bethesda-Netzwerkdateien gab, würde Lee sie finden.

Das Problem war Erica. JT starrte in die Lobby ihres Gebäudes. Er hatte gesehen, wie Lees Augen ihr im Kopierraum gefolgt waren. Er hatte es in Lees Stimme gehört. Lee mochte sie.

Bedauern machte sich in JTs Bauch breit. Wenn Lees Verliebtheit ihn davon abhielt, jede Spur zu verfolgen, würde JT eingreifen müssen. Es stand zu viel auf dem Spiel, um sich über Lees - oder Ericas - Gefühle Gedanken zu machen.

Kapitel Dreizehn

Lee wollte am Donnerstag unbedingt vor Erica im Fitnessraum sein und trainierte gerade mit dem Sandsack, als sie eintraf.

Sie schüttelte den Kopf. „Willst du mich absichtlich ärgern, oder kommt dir das ganz natürlich?"

„Nimm das Laufband", sagte er, weil er wusste, dass sie das noch mehr ärgern würde.

Sie verdrehte die Augen und wählte stattdessen die freien Gewichte. Bei der Arbeit trug sie ihr Haar immer zu einem dicken Dutt im Nacken aufgesteckt, aber beim Sport band sie ihr Haar immer zu einem Pferdeschwanz zusammen, der ihr bis zum unteren Rücken reichte. Die seidigen dunklen Strähnen verlockten ihn, und er fragte sich, wie ihr Haar wohl locker und offen aussehen würde. Sie hob die Gewichte mit der gleichen Intensität, mit der sie den Sandsack bearbeitete, und trieb sich selbst immer weiter. Der blaue Fleck, den sie sich bei ihrem Sturz am Montag zugezogen hatte, war unter dem Saum ihrer Shorts zu sehen, ein leuchtend violetter Fleck auf ansonsten perfekter Haut, aber er interessierte sich mehr für die Art und Weise, wie ihr enges Tanktop ihre Brust umschloss, als sie sich anspannte und beugte.

„Wenn du nicht trainieren willst, lass mich den Sack benutzen", sagte sie.

Er schüttelte sich und merkte, dass er sie angestarrt hatte. „Willst du Sparren?"

Sie setzte das Handgewicht ab und musterte ihn. „Wir haben keine Polster", sagte sie schließlich.

„Ich werde vorsichtig mit dir umgehen." Er zog die Klettverschlüsse an seinen Boxhandschuhen fest.

Sie grinste und zog ihre Handschuhe aus der Trainingstasche. „Solche Versprechen mache ich nicht."

Sie umkreiste ihn auf der Matte und hatte offensichtlich keine Lust, ihre Zeit mit trivialen Dingen wie Regeln zu verschwenden. Natürlich hatte er sein Bestes getan, um sie zu verärgern, seit sie sich kennengelernt hatten, also hatte er das verdient.

Sie behielt ihn im Auge, täuschte eine Linksdrehung an und zielte dann hoch nach rechts. Er blockte den Tritt und schlug zu, wobei er seinen Schwung kontrollierte, so dass sein Handschuh ihre Schulter nur streifte.

Während sie trat und schlug, errötete ihr Gesicht, und ihre Augen leuchteten. Er hielt sie im Clinch, um einen Schlag abzuwehren, und spürte das Brennen ihrer vibrierenden Energie. Sie trat hoch, und sein Block brachte sie beide aus dem Gleichgewicht. Sie schlugen mit verschränkten Armen und Beinen auf der Matte auf, ihr Körper war unter seinem eingeklemmt. Sie lachte, voll, laut und überschwänglich.

Er stützte sich auf einen Ellbogen, als sein eigenes Lachen verstummte, und sah dann auf sie herab. Sein Atem stockte. Sie war so verdammt schön ... aber es war mehr als das. Es war ihr Verstand, ihr Antrieb, die Art und Weise, wie sie sich einem Mann gestellt hatte, der ihr offensichtlich Angst machte. Und seine Reaktion auf sie war ein Problem. Aber im Moment wünschte er sich einfach, er hätte die verdammten Handschuhe nicht an. Er wollte mit seinen Fingern durch ihr Haar streichen.

Sie drückte gegen seine Brust. „Lass mich aufstehen.“

Erinnere dich sich an deine Rolle. „Wovor hast du Angst?“, fragte er.

„Ich habe keine Angst.“ Sie drängte erneut.

„Lügnerin. Geh mit mir aus. Abendessen, heute Abend.“

„Du bist nicht mein Typ. Ich mag Männer, die in weniger als sieben Jahren einen Abschluss machen können.“

Er unterdrückte ein Grinsen. Sie mochte die Rolle nicht, die er spielte. Damit konnte er leben. Er mochte den Praktikanten auch nicht. „Und ich mag Herausforderungen.“

Als sie diesmal stieß, rollte er zurück, und sie kam auf die Beine. „Dann geh und fordere die Gewichte heraus, Romeo. Wir sind fertig mit dem Sparring. Jetzt bin ich dran.“

Er gluckste und gab ihr, was sie wollte. Nachdem er geduscht und sich angezogen hatte, verließ er den Umkleideraum zeitgleich mit ihr. „Ich wollte mir einen Smoothie holen. Kommst du mit?“

Sie zögerte, dann sagte sie: „Ich kann nicht.“

„Komm schon. Ich lade dich ein.“ Er nahm ihren Arm und zog sie in Richtung der Saftbar. Er kaufte ihr ein Getränk und ein Frühstückssandwich, und sie ließen sich an einem Tisch in der Ecke nieder. „Da ich bezahlt habe, können wir dies als unser erstes Date betrachten.“

Sie schüttelte den Kopf, lächelte und dankte ihm, dann nahm sie einen Bissen von dem Sandwich mit Ei und Käse. Der Ausdruck des Genusses auf ihrem Gesicht stand in keinem Verhältnis zu dem wabbeligen Sandwich.

Das Einzige, was er sie die ganze Woche hatte essen sehen, waren Tabletten gegen Sodbrennen. Er wusste von ihren finanziellen Problemen, weil er sich in ihre Kreditauskunft gehackt hatte. War sie so pleite, dass sie die Mahlzeiten ausließ? Er spürte etwas, das er nicht benennen wollte.

Sie war verdächtig, aber ihre äußere Armut ließ auf Unschuld schließen. War sie wirklich so verarmt, wie sie schien? Er hatte eine Idee, wie er sich ihr auf andere Weise nähern konnte. „Du hast Karate gemacht. Hast du ein Dojo in der Stadt?"

„Nicht mehr. Ich kann es mir nicht leisten. Aber das Firmen-Fitnessstudio ist kostenlos."

„Ich kann dich unterrichten. Ich habe einen schwarzen Gürtel fünften Grades in Kenpo." Es war erfrischend, ihr zur Abwechslung mal die Wahrheit zu sagen.

„Du hast so hart an einer Sache gearbeitet? Du bist nicht zu Yoga und dann zu Tae Kwon Do gewechselt? Du zerstörst meinen Eindruck von dir als Faulpelz."

Er lächelte. Als er zwölf war, war Joe nach einem CIA-Hacking-Vorfall, der Lee fast ins Gefängnis gebracht hätte, entschlossen gewesen, ein sichereres Hobby für den Jungen zu finden. Als gerissener Bastard überredete Joe JT, mit Karate zu beginnen. Privatstunden mit dem Stiefbruder, den er verehrte, waren der einzige Anreiz, den Lee brauchte, um Karate zum Mittelpunkt seiner Teenagerjahre zu machen. Er schüttelte das Gefühl ab, das die Erinnerung in ihm auslöste, und konzentrierte sich auf die Frau, die begonnen hatte, seinen Verstand zu verwirren. „Wann willst du mit dem Privatunterricht anfangen?"

„Niemals. Und ich werde nicht mehr mit dir sparren." Sie setzte ihren Drink ab. „Lee, ich bin deine Vorgesetzte..."

„Und? Wir sind beide erwachsen."

„Wirklich?", sagte sie und neigte den Kopf zur Seite. „Sind wir beide erwachsen?"

Wenn sie nur wüsste. Er hatte seine Rolle als Praktikant noch nie gemocht, aber in diesem Moment hasste er den verwöhnten Mistkerl wirklich. „Es ist ja nicht so, als wäre das ein richtiger Job. Ich bin nur für sechs Wochen hier."

„Das ist das Problem. Für dich ist das kein richtiger Job. Für mich ist es mein ganzes Leben."

„Das ist ... erbärmlich. Wir müssen einen Weg finden, dich außerhalb der Arbeit zu unterhalten." Er grinste. „Ich hab' da eine Idee ..."

Sie lehnte sich in ihrem Stuhl zurück und verschränkte die Arme. „Du bist der anstrengendste ..."

„- charmanteste -"

„Der frustrierendste Mann, den ich je getroffen habe."

Er beugte sich vor, um ihr ins Ohr zu flüstern und atmete ihren berauschenden Duft ein. „Und du bist von mir genauso angetörnt wie ich von dir." Er stand auf und machte sich auf den Weg zum Aufzug, in der Gewissheit, dass sie ihm nachstarrte, wahrscheinlich verärgert über die Wahrheit in seinen Worten.

Er fand die Wahrheit selbst verdammt unangenehm. Er wollte sich nicht zu ihr hingezogen fühlen, aber solange er es tat, würde er es ausnutzen.

Sie gesellte sich zu ihm, als er auf den Aufzug wartete. Ihr Ausdruck war, wie ihr dicht gewelltes Haar, rein geschäftlich. Der Arbeitstag hatte begonnen.

Als sie ihr Büro im achten Stockwerk erreichten, stieß er die Tür auf und hielt abrupt inne. Ihr Büro war durchwühlt worden.

Kapitel Vierzehn

Am nächsten Morgen täuschte Lee Internetrecherchen über Thermo-Con und Higgins vor, während Erica an ihrem Computer saß und leise Flüche über den Raum, den Computer, das Projekt und sich selbst murmelte. Falls er gestern während ihres Sparringstreffens Fortschritte gemacht hatte, so waren diese durch den Vandalismus zunichtegemacht worden, und sie war ihm gegenüber in den letzten vierundzwanzig Stunden eher abweisend gewesen.

Andere Büros waren in der Nacht zum Mittwoch verwüstet worden: Das von Rob Anderson, das eines Chemikers und das der Buchhaltung. Nun fragte er sich, welches Büro das eigentliche Ziel gewesen war.

Seine Ethernet-Neuverkabelung war nicht entdeckt worden - er hatte derzeit ungehinderten Zugang zum irakischen Netzwerk. Aber es könnte andere Gründe geben, das Büro, das er mit Erica teilte, ins Visier zu nehmen. Am Montag hatte er Ericas Login benutzt, um sich in andere sichere Bereiche des Netzwerks zu hacken, um sich mit dem System vertraut zu machen. Hatte er einen Fehler gemacht und Spuren hinterlassen? Hatte es jemand auf ihr Büro abgesehen, weil er es vermasselt und den Verdacht auf Erica gelenkt hatte?

Sie stieß einen Strom von Flüchen aus, der einen Bierkutscher stolz gemacht hätte.

„Was ist los?", fragte er.

Sie lehnte sich in ihrem Stuhl zurück und rieb sich die Schläfen. „Wir haben zweiundsiebzig Stunden, bis die Thermo-Con UVP fällig ist, und wir haben absolut nichts über die Geschichte des Hauses herausgefunden. Wir haben nicht eine einzige Forschungsfrage beantwortet."

Er versuchte, sich etwas Aufmunterndes auszudenken, wurde aber von der Art und Weise abgelenkt, wie sich ihre Bluse über ihren Brüsten spannte und ein Knopf nachzugeben drohte. Himmel, er dachte wie ein verdammter Teenager. Er wandte sich wieder seinem Computer zu.

Er verlor aus den Augen, was wichtig war.

Sie könnte sich dem Handel mit irakischen Artefakten zugewandt haben, weil sie Geld brauchte. Die Theorie war solide. Das einzige Problem war Erica. Er konnte die Frau, die am anderen Ende des Raumes saß, nicht mit diesen Handlungen in Einklang bringen.

Sie war ein Rätsel, das er nicht gebrauchen konnte. Er hatte größere Rätsel zu lösen. Er öffnete die E-Mail, mit der diese törichte Suche begonnen hatte, in der Hoffnung, eine Information zu finden, die er bei den ersten fünfhundert Malen, die er sie gelesen hatte, übersehen hatte.

JT-

Mitarbeiter von Talon & Drake schmuggeln etwas aus dem Irak. Ich weiß nicht genau, was geschmuggelt wird, aber ich vermute Artefakte.

Die Ausrüstung von Talon & Drake wird per Militärtransport in die USA zurückgeschickt. Da das Militär involviert ist, sind die Sicherheitsvorkehrungen streng, und die Transportinformationen sind geheim. Ich weiß nicht, was transportiert wird oder wann es ankommt, aber ich glaube, dass die Schmuggelware in der Ausrüstung versteckt ist, und ein Angestellter des Bethesda-Büros weiß, wie man sie zurückbekommt. Ich sammle Beweise und werde Sie auf dem Laufenden halten.

    -Matt Weber

Oberflächlich betrachtet enthielt die E-Mail wenig Substanz und Details. Es fehlten Namen und Einzelheiten, aber sie war voll von unbegründeten Anschuldigungen und Ausreden für ihre Ungenauigkeit. Es könnte ein Scherz gewesen sein. Lee *wollte, dass* es ein Scherz war. Aber die vernichtende Tatsache war, dass Matt Weber eine Stunde nach Absenden der Nachricht durch eine Sprengfalle getötet worden war. Nur ein weiterer Subunternehmer, der ins Kreuzfeuer geraten war.

JT konnte es nicht glauben, und Lee auch nicht.

Die Anfrage von JT nach einem Inventar und dem Status der Ausrüstung im Irak hatte nichts ergeben. Offiziell hatte Talon & Drake keine Ausrüstung, die per Militärtransport aus dem Irak unterwegs war. JT hatte sich damit aber nicht zufriedengegeben und Lee gebeten, das Netzwerk zu hacken, um herauszufinden, ob die Transportdaten absichtlich unterschlagen worden waren. Lees Aufgabe war es, zu suchen, ohne die Verschwörer aufzuschrecken. JT wollte sie auf frischer Tat ertappen. Er durchsuchte also das interne Netzwerk, um herauszufinden, welche Geräte von Talon & Drake zurückgeschickt wurden, wie sie verschickt wurden, und wann sie ankommen würden. Sobald er eine Spur hatte, würden sie die Informationen nutzen, um die Schmuggler mit Hilfe des FBI auf frischer Tat zu ertappen. Indem er die Bastarde intern aufspürte und ein Exempel an ihnen statuierte, hoffte JT, Joes Kampagne vor einem Skandal zu bewahren.

Aber herauszufinden, wer in Bethesda an dieser Sache beteiligt war, war nicht so einfach. Aufgrund des Sicherheitsbedarfs bei den Verteidigungsverträgen war das Bethesda-Netzwerk bei Talon & Drake extrem sicher, und die für das Irak-Projekt verwendeten Computer verfügten über ein eigenes Netzwerk. Bis Lee am Mittwochabend das Kabel gespaltet hatte, hatte keiner der Computer mit Zugriff auf die Dateien des Irak-Projekts Online-Zugang gehabt. Die einzige Möglichkeit bestand für Lee darin, das System so umzuverdrahten, dass seine Ethernet-Buchse Zugriff auf das interne LAN des Irak-Projekts hatte.

Mit der notwendigen Neuverkabelung, dem Kopieren des kompletten E-Mail-Verkehrs von und an Mitarbeiter von Talon & Drake und dem Aufstellen einer Falle, die jeden Handyanruf innerhalb des Gebäudes aufzeichnete und dann die Handynummern mit den bekannten Nutzern abglich, um alle außer die anonymen Prepaid-Telefone, die von Kriminellen bevorzugt wurden, auszusortieren, war er sehr beschäftigt gewesen, während er vorgab, der ultimative Faulpelz zu sein.

Die Zeit war nicht auf ihrer Seite. In etwas über einer Woche würde Joe offiziell bekannt geben, dass er für das Amt des Präsidenten kandidierte, und Lees Tarnung würde mit Sicherheit auffliegen. Lees Mutter hatte sich vor zwanzig Jahren von dem Senator scheiden lassen. Im Moment interessierte sich niemand für ihre fünfjährige Ehe, und niemand erinnerte sich daran. Als Joe das erste Mal für den Senat kandidierte, war Lee ein zwanzigjähriger Student an der Columbia University gewesen. Da er in New York lebte und mit der Schule beschäftigt war, hatte er nicht an der Kampagne teilgenommen und war nur eine Fußnote in Joes

Biografie. Sechs Jahre später war Joes Wiederwahl ein Spaziergang im Park gewesen, und für Lee hatte es keinen Grund gegeben, sich einzumischen. Aber die Politik des Präsidenten hatte eine andere Dimension, und nachdem Joe seine Ankündigung gemacht hatte, würde die Presse Joes Geschichte durchforsten, und es wäre für Lee unmöglich, seine Identität geheim zu halten. Er brauchte einen Durchbruch. Und zwar bald.

⁂

Am späten Freitagnachmittag saß Erica an ihrem Schreibtisch und blätterte in der Thermo-Con-Akte. Lee machte Gott weiß was an seinem Computer, aber sie würde gutes Geld darauf wetten - wenn sie welches hätte -, dass es nicht die Recherche war, um die sie ihn gebeten hatte.

Sie hätte ihm deshalb den Hintern aufreißen sollen, aber sie hatte nicht die Energie, sich zu streiten. Es war mehr als ein Tag vergangen, seit jemand ihr Büro auseinandergenommen hatte. Jemand. Wem wollte sie etwas vormachen? Es musste Jake gewesen sein. Aber warum? War es eine Warnung? Hatte er nach etwas gesucht? Wenn er von den Fotos wusste, die sie von den Artefakten gemacht hatte ... sie wollte nicht daran denken, wozu er fähig war.

Aber sie konnte nicht aufhören, daran zu denken, wozu Jake fähig war.

Sie könnte sich an das FBI wenden, aber so einfach war das nicht. Der Diebstahl von Artefakten hatte nicht den gleichen Stellenwert wie Drogenhandel oder Mafiaverbrechen. Es war nicht so, dass das FBI sie in das Zeugenschutzprogramm aufnehmen würde. Verdammt, angesichts ihrer Kreditgeschichte würden sie wahrscheinlich annehmen, dass sie in das Programm wollte, um ihren Schulden zu entkommen.

Sie würde niemals vor Jake und Marco sicher sein.

Und jetzt war das Projekt, um das sie gebeten hatte, um mit dem Stamm ins Gespräch zu kommen, ein Reinfall. Der Entwurf der UVP war am Montag fällig, und sie hatte keine neuen Informationen über Thermo-Con, außer dem dürftigen Satz, den sie in den Nationalarchiven gefunden hatten und der den Namen Higgins enthielt. Gestern hatte sie Stunden in der Kongressbibliothek verbracht und war mit leeren Händen zurückgekommen.

Es war ihr gelungen, Lee zurückzulassen, aber heute Morgen hatte Janice ihr eine strenge E-Mail geschickt, in der stand, dass sie nicht ohne ihren Praktikanten auf Forschungsausflüge gehen solle.

Sie studierte die schlechte Fotokopie der Titelseite der Fort Belmont Zeitung, der *Citadel*, von Anfang 1953. Sie hatte den Artikel mehrere Male gelesen. Sie hatte sogar die benachbarten Spalten gelesen, in der Hoffnung, dass sie einen Kern von Informationen enthielten. Eine der Schlagzeilen lautete: FORT BELMONT SOLDAT IN KOREA GEFALLEN, AUFENTHALTSORT DER EHEFRAU UND DES SOHNES NOCH IMMER UNBEKANNT, und handelte von der vermissten Mutter und dem vermissten Sohn, die in dem Artikel erwähnt wurden, den sie im Archiv gelesen hatten.

Aber sie verschwendete Zeit mit der Frage, ob die Guerreros jemals gefunden worden waren. Sie brauchte mehr Informationen über Thermo-Con. Etwas, das die Aufmerksamkeit von Riversong erregen würde. In der Hoffnung, etwas Nützliches herauszufinden, las sie den Artikel über das Thermo-Con-Projekt noch einmal.

NEUER BAUSTOFF STÖSST AUF REGES INTERESSE

Das im November fertig gestellte Prototypenhaus ist eines der interessantesten Projekte in Fort Belmont. Mehrere Generäle, ein Lieutenant

Colonel und sogar ein Bischof aus der Republik Nicaragua haben das Haus besucht.

Was das Gebäude so interessant macht, könnte mit einem Wort beantwortet werden: „Thermo-Con", das neue Baumaterial, das in der Baubranche so viel Aufsehen erregt. Seine Eigenschaften sind fast schon legendär - es schwimmt, kann mit einer gewöhnlichen Zimmermannshandsäge zersägt und von einem handelsüblichen Bohrer durchbohrt werden; es hält Nägel und gewöhnliche Holzschrauben, und seine Hitzebeständigkeit und seine Dämmeigenschaften sind einfach unglaublich.

Gewöhnlicher Zement, Wasser und eine patentierte Formel mineralischen Ursprungs werden in einem „Thermo-Con-Generator" zu einer dicken Paste verschlämmt. Diese Schlämme wird dann durch einen flexiblen Schlauch bis zu einer bestimmten Tiefe in die Gebäudeformen gepumpt. Wenn der Thermo-Con aushärtet, beginnt er sich auszudehnen, bis er nach etwa fünfundvierzig Minuten das endgültige Volumen erreicht hat. Bei näherer Betrachtung zeigt sich, dass das fertige Thermo-Con mit winzigen Zellen imprägniert ist. Dadurch erhält es seine hervorragenden Isoliereigenschaften und sein geringes Gewicht. Durch die Expansion vergrößert sich das Volumen der Masse um das Zweieinhalbfache.

Sie starrte auf die Seite, bis die Schrift vor ihren Augen verschwamm, und hoffte, dass sich etwas von der Information lösen würde.

Und dann geschah es.

Ein Wort. Ein Wort, das sie in den letzten fünf Tagen oft gelesen, aber nie für wichtig gehalten hatte: *patentiert.*

Aufregung blühte auf. Sie sog scharf die Luft ein. Sie wusste nicht, ob es Instinkt oder törichte Hoffnung war, die ihren Bauch flattern ließ. „Lee, ich glaube, ich habe etwas gefunden."

Er schnaubte desinteressiert.

Sie war zu aufgeregt, um sich um seine ausbleibende

Reaktion zu kümmern. „Ich glaube, ich weiß, wo wir Informationen über Thermo-Con finden können."

„Hmmm?"

Sie stand. „Thermo-Con wurde patentiert. Das Patentamt wird Informationen haben, die unsere Forschungsfragen beantworten könnten." Ein Déjà-vu-artiges Gefühl der Gewissheit überkam sie. Sie war auf der richtigen Spur. „Lass es uns Janice sagen."

„Eine Minute", sagte er.

Er wollte wahrscheinlich sein Computerspiel beenden. Faul und inkompetent. Lee Scott trieb sie eindeutig in den Wahnsinn.

„Jetzt, Lee!" Ihre Stimme verströmte eine Wut, die selbst ihm nicht entgangen war. Sie drehte sich um und eilte in den Flur.

„Ich komme", sagte er und klang dabei wie ein bockiger Teenager. Mit seinen langen Beinen holte er sie schnell ein, und gemeinsam stürmten sie in Janice' Büro.

„Ich habe eine großartige Idee", verkündete sie und versuchte, die Aufregung, die sie bei dem Gedanken an das Patentamt verspürt hatte, wiederzufinden. Sie hielt kurz inne. Edward Drake saß auf Janice' Gästestuhl. „Es tut mir leid. Ich wollte nicht stören."

„Kein Problem", sagte Janice. „Ed und ich haben gerade über das Marineflugzeugprojekt gesprochen."

Ihr Magen kribbelte. Verdammt, gerade jetzt, wo sich alles ... *richtig* anfühlte. „Ich dachte, wir hätten beschlossen, uns nicht zu bewerben."

„Wir überlegen noch", sagte Janice. „Und jetzt erzählen Sie mir von dieser Idee, von der Sie so begeistert sind."

Sie beschrieb schnell ihren Plan, und Janice grinste. „Ausgezeichnet. Wie lange ist das Patentamt heute geöffnet?"

„Ich habe es noch nicht überprüft."

„Ich werde nachsehen." Janice drehte sich zu ihrem Computer und startete den Internetbrowser.

Ed Drake stieß einen schweren Seufzer aus. „Wir sind noch nicht fertig, Janice. Jake glaubt, dass wir das Flugzeug für weniger Geld bergen können, als Sie veranschlagt haben, und er ist der Experte. Dieses Projekt ist eine hervorragende Gelegenheit, bei der Marine einen Fuß in die Tür zu bekommen. Admiral Redmond beaufsichtigt es persönlich, und kein anderes Ingenieurbüro in der Gegend verfügt über das entsprechende Fachwissen."

„*Wir* haben nicht das richtige Fachwissen, Ed", sagte Janice. „Hätte ich einen Unterwasserarchäologen im Team, dem ich vertraue, würde ich anders denken. Aber das tue ich nicht. Und offen gesagt, ich habe Bedenken, mit Jake Novak zusammenzuarbeiten. Er ist eher ein Schatzsucher als ein Bergungsexperte, was sich für Sie vielleicht gut anhört, aber in meiner Branche ist das ein dickes, fettes Nein."

„Seine Arbeit ist völlig legal", sagte Drake.

„Er ist kein Bob Ballard. Er ist kein Wissenschaftler. Er ist auf die Beute aus, und zum Teufel mit dem Kontext, zum Teufel mit der Ressource. Geben Sie mir eine Minute, um die Informationen des Patentamtes für Erica nachzuschlagen."

Erica betete, dass Janice standhaft bleiben würde. Wenn Jake es schaffte, sich mit Talon & Drake zusammenzutun, würde sie kündigen, auch wenn das bedeutete, die Graduiertenschule aufzugeben und der Archäologie für immer den Rücken zu kehren.

Janice' Finger tippten auf ihrer Tastatur. Sie starrte auf ihren Monitor und lächelte dann. „Die öffentliche Rechercheeinrichtung des US-Patent- und Markenamts ist bis acht Uhr geöffnet." Sie tippte noch ein paar Mal auf die Tasten. „Ich habe die Adresse und eine Wegbeschreibung ausgedruckt. Es ist in Alexandria, also machen Sie sich besser auf den Weg.

Wenn Sie etwas Neues finden, schreiben Sie übers Wochenende einen Bericht."

Erica war schon fast zur Tür hinaus, als Janice sagte: „Erica, fast hätte ich es vergessen, hier ist der Ausdruck der Knochenanalyse." Sie wedelte mit einem Stück Papier. „Haben Sie Sam Riversong schon wegen der menschlichen Überreste kontaktiert?"

Sie nahm das Blatt von Janice entgegen. „Nein." Jedes Mal, wenn sie zum Telefon griff, kam ihr das Gesicht von Tommy Riversong in den Sinn und ließ sie erstarren. „Ich rufe ihn an, wenn ich die Kohlenstoff-14-Ergebnisse habe." Bevor sie nicht das Kohlenstoffdatum hatte, konnte sie sowieso nichts tun.

„Gut" sagte Janice.

„Können wir jetzt auf diesen Vorschlag zurückkommen, Janice?" fragte Drake. „Ich treffe mich in einer Stunde mit dem Senator, und ich weiß zufällig, dass der Admiral sich vor mir mit Joe trifft. Ich sollte die Möglichkeit haben, mit ihm zu sprechen, wenn er geht."

Verdammt, verdammt, *verdammt*! Drake wollte das Flugzeugprojekt und hatte den Senator benutzt, um ein Treffen durch die Hintertür zu arrangieren. Ihre Tage bei Talon & Drake waren gezählt, es sei denn, sie konnte Jake entlarven, bevor sie den Auftrag erhielten.

Mit einem mulmigen Gefühl verließ sie Janice' Büro mit Lee im Schlepptau. Sie holte die Informationen des Patentamtes aus dem Drucker und eilte dann den Flur entlang. Sie blickte nach unten und sah Rob Anderson erst, als sie fast mit ihm zusammenstieß.

„Sam hat mich wegen der Thermo-Con Sache angerufen", sagte Rob mit einem scharfen Ton in seiner Stimme.

„Wir machen uns gleich auf den Weg zum Patentamt", sagte sie. „Wir werden versuchen, das Thermo-Con-Patent zu finden, in der Hoffnung, dass es uns etwas über den Erfinder verrät."

Er sah sie mit festem Blick an. „Ich möchte die UVP sehen, bevor sie am Montag veröffentlicht wird." Rob machte auf dem Absatz kehrt und verschwand um die Ecke.

„Was hat der für ein Problem?" fragte Lee.

Erica zuckte mit den Schultern. „Er ist normalerweise freundlich. Ich weiß nicht, was ihn an Thermo-Con so nervös macht."

„Vielleicht hat Sam ihm von deiner Drohung erzählt."

Sie beschleunigte ihr Tempo, und ein Teil von ihr wünschte sich, sie könnte ihn in den labyrinthartigen Korridoren abhängen. Dann könnte sie allein zum Patentamt gehen. Zurück in ihrem Büro legte sie den osteologischen Bericht in die langsam dicker werdende Projektakte. Wie konnte sie die Überreste zu ihrem Vorteil nutzen? Sie spielte Schach ohne Brett, Figuren oder Regeln, musste aber trotzdem zehn Züge voraussagen, um ihren nächsten Schritt zu bestimmen.

Sie sammelte alles, was sie brauchte, um am Wochenende von zu Hause aus der Thermo-Con UVP zu arbeiten, und checkte dann ein letztes Mal ihre E-Mails.

Ihr Magen zog sich zusammen. Sie hatte eine E-Mail von Jake. Der Betreff: *Vergiss unsere Abmachung nicht.*

Kapitel Fünfzehn

„Patente werden nicht auf den Namen des Gegenstands ausgestellt, der patentiert wird", sagte der Beamte. „Sie werden auf den Namen des Erfinders ausgestellt."

Lee hatte fast Mitleid mit Erica, als ihre Aufregung förmlich verpuffte. Sie sah niedergeschlagen aus. „Aber ich kenne den Namen des Erfinders nicht."

„Was ist mit Higgins?", fragte er. „Nach allem, was wir wissen, könnte das der Erfinder sein."

„Es ist einen Versuch wert", sagte sie und wandte sich wieder an den Sachbearbeiter. „Das Patent wurde um 1950 erteilt. Hilft das?"

Der Mann runzelte die Stirn. „Es sind noch nicht alle alten Patente in die Datenbank eingescannt worden. Ihre beste Chance ist der Zettelkatalog." Er umrundete den Schalter. „Folgen Sie mir."

Lee blieb hinter Erica und dem Angestellten zurück, als sie eine schmale Treppe hinaufstiegen. Er schalt sich innerlich selbst, weil er nicht aus dieser Forschungsexpedition ausgestiegen war. Das war eine lächerliche Schnitzeljagd. Er hatte Wichtigeres zu tun.

Am oberen Ende der Treppe betraten sie einen Lagerraum, in dem überflüssige Stühle, Tische und Schreibtische aufeinandergestapelt waren und das Licht der kahlen Glühbirnen trübten. Die daraus resultierenden dunklen Flecken verliehen dem muffigen Raum eine unheimliche Atmosphäre. Sie gingen den schmalen Gang nach hinten, wo sich Hunderte von Katalogschubladen an der Wand befanden.

„Diese sind alphabetisch nach dem Nachnamen des Erfinders geordnet. Wenn Sie etwas finden, kopieren Sie die Patentnummer und bringen Sie sie mir." Der Beamte ließ sie allein.

Erica sah sich um. „Dieser Raum ist gruselig."

Lee lächelte. Wenigstens konnte diese Exkursion einem Zweck dienen. Er hatte seine Möglichkeiten, durch Hacken etwas über sie zu erfahren, ausgeschöpft. Um mehr aus ihr heraus zu bekommen, musste er Zeit mit ihr verbringen. Ihr Vertrauen gewinnen. Dies war ein Anfang. „Ich werde dich beschützen", sagte er. „Es sei denn, hier gibt es Spinnen. Ich hasse Spinnen."

Ihre Lippen zuckten. „Mein Held." Sie drehte sich zu den Schrankreihen um. „Mach dich an die Arbeit, Romeo, und finde die Schublade H. Ich werde ‚Thermo-Con' nachschlagen, nur so zum Spaß." Sie zog die Schublade mir der Bezeichnung „Th" auf und begann, die Karten durchzublättern.

Ein paar Minuten später kehrte sie an seine Seite zurück. „Wie sieht's aus?"

„Diese Schublade ist voll mit Patenten, die dem einen oder anderen Higgins erteilt wurden. Noch nichts Konkretes."

Da sie nur einen Namen zu suchen hatten, gingen sie die Karten gemeinsam durch. Da sie über die Schublade gebeugt waren, lag ihr Kopf unter seinem. Er atmete den frischen, sauberen Geruch ihres glänzenden dunklen Haares ein, das -

wie immer - im Nacken zu einem Knoten aufgesteckt war. Er kämpfte gegen den Drang an, die Haarnadeln herauszuzupfen.

Sie legte ihre Hand auf seine, als er begann, eine weitere Karte umzudrehen. „Warte", sagte sie, und ihre Stimme klang aufgeregt.

Er las die Karte erneut. „Amphibienfahrzeug-Antriebssystem. Kein Zement."

„Nein, aber hast du bemerkt, wofür die Patente von Higgins Industries sind?"

Lee blätterte einige der Karten durch. „Amphibische Schiffe, amphibische Fahrzeuge, amphibische Flachwasserfahrzeuge."

„Ganz genau. Genau wie am Dienstag, als ich in den Archiven nachgeschaut habe - eine Akte nach der anderen enthielt detaillierte Informationen über die Arbeit von ERDL an diesem oder jenem Amphibienfahrzeug - man könnte meinen, sie würden Frösche studieren."

„Higgins und ERDL arbeiteten also beide an Amphibienfahrzeugen."

„Ja." Sie hielt ihr Notizbuch hoch. „Lies Forschungsfrage Nummer drei."

Sie spielte die Lehrerin. Er musste zugeben, dass es ihm gefiel. Er las laut vor: „*Wenn die Ingenieure des Forschungs- und Entwicklungslabors für Ingenieure in Fort Belmont das Thermo-Con nicht erfunden haben, warum wurde dann das Haus auf der Basis gebaut?*" Er wusste, worauf sie hinauswollte, aber sie hatte Spaß, also ließ er sie fortfahren. „Und?"

„Angenommen, Higgins Industries hat Thermo-Con erfunden, dann haben ERDL und Higgins Industries vielleicht *gemeinsam* an amphibischen Projekten gearbeitet. Vielleicht beauftragten die ERDL-Ingenieure Higgins mit dem Bau des Hauses, weil sie Thermo-Con aus ihrer gemeinsamen Forschung kannten."

„Oder Higgins Industries wollte den ERDL-Ingenieuren ihre neue Erfindung zeigen." Ihre Begeisterung war ansteckend; er spürte selbst welche, als er über die Möglichkeiten nachdachte. „Es gibt keinen besseren Weg, das Militär zu beeindrucken, als ihre Ingenieure mit dem Prototyp eines selbstaufgehenden Hauses zu beeindrucken."

Sie schnappte nach Luft und packte sein Handgelenk. „Lee, weißt du noch, was in dem Zeitungsartikel über Thermo-Con stand? Es schwimmt!"

„Es könnte also von Higgins für den Bootsbau entwickelt worden sein", sagte er und fand immer mehr Gefallen an ihrer Theorie.

„Genau!"

Gemeinsam und mit bedächtiger Sorgfalt blätterten sie die Higgins-Karten durch und hielten bei jeder Karte inne, um die Patentbeschreibung eingehend zu lesen, bevor sie zur nächsten übergingen. Jedes Mal, wenn das Patent eine andere amphibische Erfindung beschrieb, stieß sie einen leisen Schrei aus. Ericas Aufregung machte ihn definitiv an.

Mit jedem Umdrehen der Karten wuchs die Vorfreude. Schließlich stießen sie auf das Patent Nummer 2.560.871: *Verfahren zum Mischen einer Zementzusammensetzung*. Erica holte scharf Luft, was ihn in einer anderen Situation in den Wahnsinn getrieben hätte.

„Ich glaube es nicht", sagte er. „Wir haben das Thermo-Con-Patent gefunden." In diesem Moment stellte er eine weitere Verbindung her. „Higgins ... Amphibien ... Boote ... Higgins Boote. Natürlich. Es ist so offensichtlich - ich kann nicht glauben, dass ich das übersehen habe."

„Wovon redest du?"

„Das Thermo-Con-Haus wurde von dem Mann gebaut, der die Higgins-Boote erfunden hat."

„Ähm, was sind Higgins Boote?"

Miss Neunmalklug wusste etwas nicht. Er grinste. „Higgins-Boote wurden bei jeder größeren alliierten Invasion im Zweiten Weltkrieg eingesetzt. Die Deutschen glaubten nicht, dass es Boote gab, die unsere Truppen in die Normandie bringen konnten, und so waren die Strände der Normandie weniger gut verteidigt. Ohne die Higgins-Boote hätte der D-Day nicht stattfinden können."

Ihr fiel die Kinnlade herunter. „Woher weißt du das alles?"

Er fühlte sich ausreichend besänftigt, dass er nun, nachdem er die ganze Woche eine faule Nervensäge gespielt hatte, zeigen konnte, dass er kein kompletter Idiot war. „Ich mag Militärgeschichte." Er hielt inne, als ihm klar wurde, dass er eine perfekte Gelegenheit hatte. „Heute Abend sehen wir uns ‚*Der Soldat James Ryan*' an."

„Das ist der Film, der mit dem D-Day beginnt, richtig? Ich habe gehört, dass er ziemlich hart ist."

„Du hast ihn noch nie gesehen?"

„Hatte keine Gelegenheit dazu."

„Dann musst du ihn dir ansehen. Heute Abend." Er hielt inne. „Mit mir."

„Ich muss heute Abend an dem Thermo-Con Bericht arbeiten."

„Deine Freitagabende klingen spannend."

„Einige von uns müssen für ihren Lebensunterhalt arbeiten."

Er setzte sein charmantestes Lächeln auf. „Heute Abend siehst du dir also einen Film an und arbeitest trotzdem."

Sie kaute auf ihrer Unterlippe, dann sagte sie: „Okay. Aber ich habe keinen vernünftigen Fernseher. Wir müssen den Film bei dir anschauen."

Verdammt. Er wollte ihre Wohnung sehen. Zum Glück war er darauf vorbereitet. Gestern hatte er alle Fotos von den Wänden genommen und jeden Raum in seiner Wohnung von allem befreit, was darauf hindeutete, dass es seine

Wohnung war. Er hatte sogar Kleidung in einen Koffer geworfen und die Adresse auf dem Gepäckanhänger geändert. Es war sicher, sie zu sich einzuladen. „Okay."

„Wo wohnst du eigentlich?", fragte sie.

„Ein Freund lässt mich bei sich wohnen."

„Natürlich kostenfrei. Manche Leute haben eben immer Glück." Aber sie sagte es mit einem Lächeln. Vielleicht konnte sie seinem falschen Ich verzeihen, dass er Möglichkeiten hatte, um die sie ihn so offensichtlich beneidete.

Er fragte sich, ob er sie die Rolle, die er gespielt hatte, vergessen lassen konnte. Sich ihren Respekt zu verdienen, würde noch schwieriger sein als ihr Vertrauen zu gewinnen. Sie arbeitete jeden Tag lange, jede Minute war eine Übung in Effizienz und Hingabe. Und er präsentierte eine schlaffe Fassade, die sie beide in den Wahnsinn trieb. Seine Fähigkeit, sich wie ein Schwachkopf zu verhalten, hatte sogar seine eigenen Erwartungen übertroffen.

Es war an der Zeit, dass der Praktikant sich weiterentwickelte. Der heutige Abend war die perfekte Gelegenheit.

Mit der Spitze ihres Fingers streichelte sie die Karteikarte. „Wir müssen zuerst die restlichen Higgins-Karten durchgehen, um zu sehen, ob es noch andere gibt, bei denen es sich um Thermo-Con handeln könnten."

Wieder blätterten sie die Karten durch, jetzt ohne die Vorfreude von vorher, aber in einer kameradschaftlichen Stille. Es fühlte sich seltsam an, wie das Kuscheln nach dem Sex, wenn die Handlungen oft die gleichen waren, aber es war der Ausklang, nicht der Auftakt. Etwa ein Dutzend Karten später berührte er ihre Hand, um sie daran zu hindern, die nächste Karte umzublättern. „Dieses Patent für eine Mischmaschine könnte der Thermo-Con-Generator sein, von dem in dem Zeitungsartikel die Rede war."

Sie hielt inne und studierte die Karte. „Ich glaube, du hast recht."

Nachdem sie die Informationen von den beiden Karten abgeschrieben hatten, kehrten sie zum Informationsschalter zurück. Der Mann, der ihnen zuvor geholfen hatte, grinste breit, als Erica die Patentnummern vorlegte. „Mal sehen, ob wir sie hier haben." Er tippte die Informationen in seinen Computer ein und betrachtete das Ergebnis mit gerunzelter Stirn. „Diese Akten befinden sich in unserem Lager. Ich werde sie für Sie bestellen müssen. Das dürfte ein paar Tage dauern. Füllen Sie dieses Formular aus, und ich rufe Sie an, wenn die Patente eintreffen."

Lee steckte die Thermo-Con-Akte in seine Laptoptasche, während sie das Formular ausfüllte; dann machten sie sich auf den Weg zur U-Bahn-Station. „Lass uns zuerst in deine Wohnung gehen", sagte er, „damit du dir etwas Bequemeres anziehen kannst."

„Macht es dir nichts aus? Diese Schuhe drücken am Ende des Tages schrecklich."

Nein, es machte ihm überhaupt nichts aus.

Nach einer kurzen Fahrt mit der Metro und einem schnellen Fußmarsch betrat er ihre Wohnung im obersten Stockwerk, fünf Blocks südlich der Mall im südwestlichen Teil von DC, und ihm fiel die Kinnlade vor Ehrfurcht über die atemberaubende Aussicht herunter. Die Westwand des Wohnzimmers bestand vollständig aus Fenstern, von der schrägen, zwölf Fuß hohen Decke bis zum Parkettboden. „Dieser Ort ist erstaunlich", sagte er.

„Danke. Mir gefällt es hier sehr gut." Ihre Stimme klang voller Stolz.

Er öffnete die Glasschiebetür zum Balkon. Eine intensive Hitzewand schlug ihm entgegen, als er auf den sonnenüberfluteten weißen, trapezförmigen Balkon trat und über den Potomac River blickte. Direkt im Westen befanden sich das Jefferson Memorial und der riesige Hügel des Arlington National Cemetery. Auf der rechten Seite lag das Pentagon, während auf der linken Seite Flugzeuge auf dem National Airport landeten. Er atmete die schwüle Luft tief ein und genoss den Duft der blühenden Tomatenpflanzen, die den Balkon flankierten.

Sie kam zu ihm nach draußen und reichte ihm eine kalte Flasche Bier. Sie stieß mit ihrer Flasche gegen seine an und sagte: „Einen schönen Freitag. Das Ende der ersten Woche deines Praktikums."

Soweit sie wusste, war er in den letzten Tagen ein fauler Sack gewesen, und jetzt stieß sie mit ihm an, als hätte er einen echten Meilenstein erreicht. Er verdrängte seine Schuldgefühle mit dem Wissen, dass er achtzehn Stunden am Tag gearbeitet hatte. Jede wache Stunde und sogar einige der schlafenden Stunden hatte er damit verbracht, sich in das Netzwerk zu hacken und die Liste der Verdächtigen einzugrenzen.

„Danke", sagte er. Das eisgekühlte Getränk glitt seine Kehle hinunter und belebte den Teil von ihm, der auf dem heißen Spaziergang von der Metro-Station gelitten hatte. „Das ist genau das, was ich gebraucht habe. Diese Hitze bringt mich um." Er beobachtete den Verkehr, der sich langsam über die Brücke der I-395 bewegte.

Er wandte sich von der Aussicht ab und betrachtete ihr großes, schlicht eingerichtetes Wohnzimmer. Ihr Gebäude hatte einen rund um die Uhr besetzten Sicherheitsschalter. Es war zwar keine Luxussiedlung, aber die Miete musste sie doch an den Rand ihrer finanziellen Möglichkeiten bringen, und sie hatte keine Kreditkarte, um darauf zurückzugreifen. War ihr Sicherheit wichtiger als Essen? „Wie um alles in der Welt hast du diese Wohnung gefunden?"

„Diese Eigentumswohnung gehört einer Freundin von Janice. Als sie hörte, dass ich eine Wohnung brauche, hat sie ein paar Anrufe getätigt. Sie übersteigt zwar mein Budget, aber da ich allein lebe, war mir Sicherheit wichtig, und das ist es mir wert." Sie führte ihn zurück in das klimatisierte Zimmer und schloss die Balkontür. „Du hast dich über die Hitze beschwert. Ist es in New York City nicht auch so heiß?"

„Ja. Sobald ich mit der Schule fertig bin, gehe ich."

Sie lächelte. „So schlimm ist es sicher nicht. Immerhin hättest du schon vor drei Jahren fertig sein können."

Er lachte. „Aber dann hätte ich dich nicht kennengelernt."

Ihre Augen leuchteten mit überraschender Wärme, dann drehte sie sich auf dem Absatz um und breitete die Arme aus, um auf den Raum zu deuten. „Also, das ist das Wohnzimmer", sagte sie in einem unverhohlenen Themenwechsel.

Die Couch war schon abgenutzt, aber mit einer sauberen Steppdecke und passenden Wurfkissen drapiert. Er vermutete, dass die Beistelltische aus Pappkartons bestanden, die mit Laken verdeckt waren. Aber am meisten verblüffte ihn ihr Essensbereich: ein ovaler Tisch, umgeben von sechs Stühlen. Die Oberfläche des Tisches aus rotem Holz mit seinen klaren, modernen Linien war glatt und makellos.

Sie könnte den Tisch mit dem Erlös aus dem Verkauf irakischer Artefakte gekauft haben.

„Schöner Tisch", sagte er.

Ihr Gesicht leuchtete. Ehrfürchtig berührte sie einen Stuhl mit Leiterlehne. „Danke. Ich habe ihn gerade gekauft. Ich habe monatelang gespart."

Er betrachtete ihre Arbeitskleidung: sauber, zweckmäßig, angemessen. Ihre schlichten Röcke, Hosen und Blusen waren, einfach gesagt, billig. Aber ihr sparsamer Lebensstil könnte eine Fassade sein. Wenn er sie ausziehen würde, würde er sie dann in Designer-Dessous vorfinden?

Sie war eine kluge Frau, die hart arbeitete. Sie hatte einen Bachelor- und einen Master-Abschluss. Eine schlechte Kreditgeschichte erklärte nicht ganz, warum sie so mittellos erschien oder warum sie so *allein* war.

Er wartete im Wohnzimmer, während sie sich im Schlafzimmer umzog, und überlegte, ob er etwas unternehmen
sollte, um herauszufinden, wie teuer ihre Unterwäsche war.
Sein Instinkt sagte ihm, dass er Vertrauen zwischen ihnen
aufbauen musste, aber ihm fehlte die Zeit. In einer Woche
würde seine Tarnung auffliegen.

Er studierte ein Foto, das sie in voller Tauchausrüstung
mit drei anderen Tauchern unter Wasser zeigte. Ihr Gesicht
war hinter einer Maske und einem Atemregler verborgen,
aber ihre grauen Augen durchdrangen die Glasscheibe und
ließen sie eindeutig als eine der Frauen auf dem Foto erkennen. Die Luftblasen, die die Gruppe umgaben, und das Licht
in ihren Augen ließen ihn darauf schließen, dass sie alle
hinter ihren Atemreglern lachten. Er konnte sich die Erica,
die er kannte, nicht so glücklich vorstellen.

Sie betrat den Raum in Shorts und einem engen T-Shirt
mit V-Ausschnitt, das ihr Dekolleté zeigte und ihre Taille
nicht verdeckte, wenn sie ihre Arme hob. Sie sah sexy und
warm aus und ganz anders als die Frau, mit der er die ganze
Woche gearbeitet hatte. Er konnte nicht anders, als zu hoffen,
dass sie das Outfit wegen ihm ausgesucht hatte. Vielleicht
machte er größere Fortschritte, als er dachte.

Er zeigte auf das Foto. „Du tauchst", sagte er. „Hast du
mal Unterwasserarchäologie betrieben?"

Sie begegnete seinem Blick, ohne mit der Wimper zu
zucken. „Nein, habe ich nicht."

Erica mochte zwar verdammt sexy sein, aber sie war
trotzdem eine Lügnerin.

Kapitel Sechzehn

Das Watergate. Ja, natürlich. Ihr reicher, gutaussehender Praktikant wohnte kostenlos *im Watergate*. Erica wanderte durch das riesige Wohnzimmer und suchte nach Hinweisen auf den Besitzer der Wohnung.

Sie hatte Lees Einladung aus einem einzigen Grund angenommen, und zwar nicht, um einen Film zu sehen oder mehr über Higgins Boote zu erfahren. Sie wollte wissen, ob Lee für Jake arbeiten könnte. Sie waren beide diese Woche in ihrem Leben aufgetaucht. Ihr Büro war verwüstet worden. Und für einen eifrigen Praktikanten zeigte Lee erschreckend wenig Interesse an Archäologie.

Könnte das die Wohnung von Jake sein?

Jake wusste, dass ihr Job bei Talon & Drake - einem Unternehmen, das einem Stammesmitglied der Menanichoch gehörte - kein Zufall war. Er wusste, dass sie nach den Artefakten suchte und dass der neue Kasinoraum bald eröffnet werden sollte. Hatte Jake Lee angeheuert, um sie im Auge zu behalten?

Sie ging im Raum herum. Es war kein einziges Foto in Sicht, nichts, was ihr verriet, wem diese Wohnung gehörte.

Dennoch sah sie bewohnt aus, nicht wie eine Wohnung, die nur Teilzeit genutzt wurde. Das Einzige, was sie mit Sicherheit wusste, war, dass der Besitzer ein Mann war. Die Einrichtung, die Organisation und sogar die Farben wiesen darauf hin, dass die Wohnung von einem Junggesellen bewohnt wurde.

Im Gästebad durchsuchte sie die Hausapotheke nach verschreibungspflichtigen Fläschchen mit dem Namen des Besitzers, obwohl sie wusste, dass diese eher im Hauptbadezimmer zu finden sein würden. Sie war nicht bereit, mit Lee ins Bett zu hüpfen, nur um Zugang zu diesem Zimmer zu bekommen.

Sie kehrte in das Wohnzimmer zurück. Wo war der Besitzer? Warum war er den Sommer über weg? Und warum hatte Lee seinen Namen nicht erwähnt?

Anfangs hatte sie daran gezweifelt, ob es klug war, hierher zu kommen - wenn er wirklich für Jake arbeitete, könnte sie in eine Falle tappen -, aber auf Nummer sicher zu gehen, brachte sie nicht weiter. Und Lee hatte keinen Grund zu glauben, dass sie ihm gegenüber misstrauisch war.

Und dann war da noch die Tatsache, dass sie ihm gegenüber nicht misstrauisch sein *wollte*. Er war frustrierend, unreif und ein totaler Faulpelz, aber er war auch lustig, charmant und, nun ja, verlockend.

Er ging durch den Flur auf sie zu. Er hatte sich Shorts und ein helles Aloha-Shirt angezogen, das mit vertikalen Bändern aus roten Ingwerblüten verziert war. All die Jahre des Karatetrainings hatten seinen extralangen Beinen wohldefinierte Muskeln verliehen. Er bewegte sich mit einer leichten, maskulinen Anmut.

Er ist fünfundzwanzig und ein fauler Karrierestudent, erinnerte sie sich.

Oder vielleicht auch nicht.

Sein Blick musterte sie von Kopf bis Fuß, und seine

Augen leuchteten voller Anerkennung. Sie hatte diesen Blick schon ein Dutzend Mal gesehen, und er verursachte immer noch ein Flattern in ihrem Bauch. Sie räumte ein, dass es noch andere Gründe gab, warum sie mit Lee im Bett landen könnte.

Wenn sie nur sicher sein könnte, dass er nicht für Jake arbeitete.

„Lass uns essen gehen und dann den Film ausleihen", sagte er.

„Ich bin nicht hungrig."

„Es gibt ein tolles Restaurant gleich um die Ecke."

Er ließ sich nicht abwimmeln, und Minuten später saß sie in einem zwanglosen Restaurant mit gemütlichem, romantischem Ambiente. Ein Blick auf die Speisekarte, und sie geriet in Panik. Sie hatte bis zum nächsten Zahltag sechsundachtzig Dollar übrig, und es gab nichts auf der Speisekarte, das weniger als zwanzig Dollar kostete.

Der Kellner kam, und sie wollte Wasser bestellen, aber Lee unterbrach sie. „Wir nehmen eine Flasche Pinot Noir und die Krabbenvorspeise."

Er und der Kellner besprachen die Weinauswahl, während sie einen besorgten Blick auf die Speisekarte warf. Der billigste Pinot Noir kostete vierzig Dollar pro Flasche, die Vorspeise die Hälfte davon. Der Kellner ging.

„Keine Sorge", sagte Lee mit einem überheblichen Lächeln auf seinem hübschen Gesicht. „Ich zahle."

Sie warf ihm einen strengen Blick zu. „Das ist kein Date."

„Doch. Das ist es." Der zuversichtliche Blick in seinen grünen Augen löste ein weiteres Flattern aus, und sie fragte sich, wie es diesem Tetris-Champion gelang, sie in Versuchung zu führen.

Die Antwort lag auf der Hand: Das Abendessen mit Lee machte mehr Spaß als jeder andere Abend, seit sie von dem Verrat ihrer Mutter erfahren hatte. Intelligent, witzig, interessant; wenn man den Faulpelz nicht beachtete, war er das Gesamtpaket. Sie nippte an ihrem Wein und genoss das warme Gefühl von gutem Essen und guter Unterhaltung. Es war schon viel zu lange her, dass sie mit einem Freund zum Essen gegangen war. Dann fragte sie sich, ob Lee ein Freund war, und hatte ehrlich gesagt keine Ahnung.

Aber er machte deutlich, dass er mehr wollte, und sie war gefährlich interessiert. „Nur, weil du bezahlt hast, ist das noch kein Date", beharrte sie, als er den Kreditkartenbeleg unterschrieb.

Er stand auf, trat hinter sie, zog ihren Stuhl zurück und beugte sich so weit vor, dass seine Lippen ihr Ohr berührten, was ihr einen Schauer über den Rücken jagte. „Du weißt schon, dass ‚Danke für das Abendessen, Lee, ich hatte eine wunderbare Zeit' die übliche höfliche Antwort ist."

Sie stand auf und griff nach ihrer Handtasche, wobei sie verblüfft feststellte, dass er sich geschickt hinter ihr positioniert hatte, so dass sie gegen ihn stieß und dann den Hals recken musste, um zu ihm aufzuschauen. „So etwas sagt man, wenn man nach einem Gute-Nacht-Kuss angelt."

„Versuch es später, dann sehen wir, ob es funktioniert."

Oh Gott, sie befürchtete, dass sie genau das tun würde. Stattdessen winkte sie ihm mit einem gekrümmten Finger, sich zu beugen, und flüsterte ihm ins Ohr: „Danke für das Abendessen, Lee, ich hatte eine wunderbare ... Mahlzeit." Der erotische, maskuline Duft seines Aftershave erfüllte sie mit Sehnsucht. Sie wollte in sein Ohrläppchen beißen. „Und nur damit du es weißt, du wirst heute Abend keinen Homerun schaffen. Du bist noch nicht einmal am Schlag."

„Das Abendessen war nur das erste Inning eines Spiels mit neun Runden."

Sie hatte den Fehdehandschuh hingeworfen, und das entschlossene Glitzern in seinen Augen jagte einen Schauer der Erregung durch sie hindurch. Sie sollte diesen gefährlichen Flirt jetzt beenden, aber stattdessen genoss sie das Kribbeln, das durch den leichten Druck seiner Hand auf ihrem Rücken verursacht wurde, als er sie aus dem Restaurant führte.

Als sie sich eine halbe Stunde später auf seiner Couch niederließ, stellte sie sicher, dass sie sich in die Ecke setzte, um ihm so viel Platz wie möglich zu lassen. Er setzte sich natürlich direkt neben sie.

Auf dem Bildschirm landeten die Boote inmitten von Schüssen und Blut. Die Frontplatte des Bootes fiel herunter, und die Insassen hatten keine andere Wahl, als vorwärtszustürmen, das Boot zu verlassen und den Strand hinaufzumarschieren, ohne irgendeine Art von Schutz vor dem Regen von Kugeln und Sprengstoff.

„Das ist ein LCVP. Ein Higgins-Boot."

Sie lächelte. Er interessierte sich nicht für die Akronyme, die ihre tägliche Arbeit bestimmten, aber er kannte das obskure Akronym für ein Boot aus dem Zweiten Weltkrieg. „Wofür steht LCVP?"

„Landing Craft, Vehicle, Personnel. Bedeutet Landungsboot, Fahrzeug, Personal."

„Oh. Natürlich. Das war ja klar."

Durch das Medienecho bei der Erstveröffentlichung von *„Der Soldat James Ryan"* wusste sie, dass die Darstellung der Invasion korrekt war. Sie versuchte, ihre Augen nicht vor dem Gemetzel auf der Leinwand zu verschließen. Es ging nicht um Gewalt um der Gewalt willen. Dies war die Nachstellung eines tatsächlichen historischen Ereignisses. Sie zuckte zusammen, als die Kugeln niederprasselten, und Lee drückte beruhigend ihr Bein.

Die überaktive Klimaanlage und die intensive Action auf dem Bildschirm verursachten ihr eine Gänsehaut. Noch ein Grad kälter, und sie hätte gezittert. Sie kämpfte gegen den

Drang an, ihre Position zu verändern und sich an ihn zu lehnen, um sich zu wärmen.

Er könnte für Jake arbeiten.

Doch sie glaubte es nicht. Jakes Stil war direkt. Bedrohlich. Sein Team war genauso. Lee war nicht wie sie.

Sie schnappte sich ein Kissen und drückte es an ihre Brust. Lee unterbrach den Film und holte eine Decke, die er über sie beide breitete, dann zog er sie an seine Seite.

„Du könntest einfach die Klimaanlage abstellen", sagte sie.

„Machst du Witze? Ich überlege, ob ich sie noch ein paar Grad runterdrehe." Er legte seinen Arm um sie und zog sie fest an sich, dann drückte er ihr einen leichten Kuss auf die Stirn. „Jetzt sei still und sieh dir den Film an."

Die Wärme seines Körpers drang in sie ein, und ein kurzer, scharfer Schmerz durchzuckte sie, als säße sie nach einer Erfrierung neben einem heißen Feuer. Sie hatte diese ungezwungene Intimität vermisst. Zum ersten Mal, seit sie aus dieser schrecklichen Zelle herausgekommen war, fühlte sie sich sicher. Umsorgt.

Als der Film zu Ende war, löste sie sich von seiner Seite, stand auf und streckte sich. Sie bemerkte die Hitze in seinen Augen, als ihr Hemd bis zu den Rippen hochrutschte, und ließ sofort die Arme fallen. Es würde nicht viel Überredungskunst erfordern, sie ins Bett zu bekommen, aber das wäre ein Fehler.

„Ich sollte nach Hause gehen", sagte sie.

Er stand auf und überragte sie. „Ich begleite dich."

In die Erleichterung mischte sich ein Hauch von Enttäuschung. „Danke."

Als sie in die schwüle Nacht hinaustraten, umhüllte die warme Luft sie, bot aber nur einen schlechten Ersatz für Lees Körperwärme. Um elf Uhr nachts waren es mindestens sechsundzwanzig Grad. Sie bezweifelte, dass sie sich jemals an die Sommerhitze der Ostküste gewöhnen würde.

„Wir könnten den langen Weg zu dir nehmen und durch das Roosevelt Memorial gehen", sagte er. Vielleicht lag es an der Ernsthaftigkeit des Films oder an seinem halb im Schatten verborgenen Gesicht, aber er wirkte viel älter auf sie. Und anziehender denn je.

Sie sollte sich weigern und vorschlagen, dass sie die Metro nehmen. Mit jeder Minute, die sie zusammen waren, spielte sie mit dem Feuer. Doch stattdessen rutschte ihr die Wahrheit heraus. „Ich war noch nie nachts am FDR Memorial." Es war ihr peinlich, zuzugeben, dass sie in den Monaten in DC keine Freunde gefunden hatte, mit denen sie nachts in der Stadt etwas unternehmen konnte, und die dunklen Wege rund um das Tidal Basin waren für eine Frau, die allein unterwegs war, nicht sicher.

Er nahm ihre Hand in einer beiläufigen Geste und zog sie in Richtung des Kennedy Centers. Nach ein paar Schritten versuchte sie, ihre Hand wegzuziehen, aber sein Griff wurde fester.

„Halt mich besser fest", sagte er. „Ich habe einen langen Schritt und vergesse, für solche Stöpsel wie dich langsamer zu gehen. Zieh an meiner Hand, wenn ich zu schnell werde."

Er klang vernünftig, aber sie nahm ihm seine Ausrede nicht ab. Sie schwankte, und er drückte beruhigend ihre Hand. Sie entspannte ihre Schultern und genoss das einfache Vergnügen, in der Dunkelheit eine Hand zu halten.

Die Franklin-Delano-Roosevelt-Gedenkstätte war in vier Außenräume unterteilt, einen für jede Amtszeit des Mannes als Präsident. Sie betraten die Gedenkstätte von der

Seite der ersten Amtszeit aus und gingen in chronologischer Reihenfolge durch die Räume. Obwohl es viertel nach elf Uhr nachts war, war der Park voller Besucher. Vielleicht lag es an der Abgeschiedenheit, die die Dunkelheit bot, oder an dem kontrollierten Spiel aus Licht und Schatten, aber was auch immer der Grund war, Lee hatte immer das Gefühl, dass diese Gedenkstätte am besten nach Sonnenuntergang zu besichtigen war.

Er betrachtete Erica im Profil, als sie die Skulptur The Breadline studierte, und sah die rohe Verletzlichkeit, die sie normalerweise hinter einer eisigen Fassade verbarg, eine Erinnerung daran, dass die Dunkelheit ebenso viel enthüllen wie verbergen konnte. Er fragte sich, ob sie nach ihrem Kredit-Albtraum mit Hunger oder Obdachlosigkeit konfrontiert gewesen war, und wollte sie festhalten, sie beschützen. Er verdrängte das Gefühl und unterdrückte es mit dem Misstrauen, das er nicht einfach vergessen durfte.

Er ging vor ihr her in den nächsten Abschnitt der Gedenkstätte und wartete dann, bis sie sich ihm anschloss. Sie schlängelten sich durch, sprachen über die in Stein gemeißelten Zitate und tauschten ihre Reaktionen aus. Als sie den Teil der Ausstellung erreichten, der dem Zweiten Weltkrieg gewidmet war, sprachen sie über den Film, den sie gerade gesehen hatten, über Higgins Boote und Thermo-Con. Wieder einmal dämpfte ihr scharfer Verstand seinen Verdacht. Er *mochte* sie. Und zwar sehr.

Vor der Statue von Eleanor Roosevelt machte sie eine Pause. „Ich finde es großartig, dass sie hier ist." Sie schaute ihn an. „Schnell, wie war Eleanors Mädchenname?"

Sie liebte es, ihn zu testen. „Roosevelt", antwortete er.

„Sehr gut. Die meisten Männer kennen die Geschichte von Eleanor nicht."

„Ich bin ein Geschichtsfan."

„Davon habe ich bei der Arbeit wenig mitbekommen." Sie sagte es neckend.

„Ich will graben, nicht am Schreibtisch sitzen und langweilige Berichte schreiben."

„Es ist mir egal, ob JT Talon dein verloren geglaubter Zwillingsbruder ist, du musst immer noch die Drecksarbeit machen, genau wie der Rest von uns."

Er verschluckte sich fast und war froh, dass sie es nicht zu bemerken schien. Er stellte sich eine Zukunft vor, in der er sie an diesen Moment erinnern könnte, in dem sie der Wahrheit so gefährlich nahegekommen war, aber sein Magen krampfte sich zusammen, als er erkannte, dass Erica ihm seine Lügen niemals verzeihen würde.

Sie ging zu der Statue von FDR. „Willst du wissen, warum ich glaube, dass sie ihn nur ein bisschen größer als lebensgroß gemacht haben?"

„Für mich sieht er groß aus."

„Ja, aber Lincoln, Jefferson - ihre Statuen sind riesig. FDR ist nur ein bisschen größer als er war. Ich glaube, das liegt an der Art und Weise, wie die Menschen ihn in Erinnerung behalten. Er war nahbar. Kamingespräche und so weiter. Er ist keine monolithische Figur. Er war großartig, aber menschlich."

„Du könntest recht haben. Es könnte auch sein, dass diese Gedenkstätte weniger formell ist als die anderen. Hier gibt es keine Säulen."

„Aber auch das ist ein Produkt dessen, was er war. Er würde in einem griechischen Tempel seltsam aussehen."

„Der Hund würde nicht dazu passen", sagte er und deutete auf den schottischen Terrier, der zu Füßen des Präsidenten saß.

Sie kicherte.

Er konnte es nicht glauben. Erica Kesling hatte tatsächlich *gekichert*.

„Nein", sagte sie. „Fala ist nicht würdig für ionische, geschweige denn korinthische Säulen."

Sie wanderten zu einem Bereich, in dem beleuchtete Wasserfälle über glatte Felsen in ein flaches Becken plätscherten. Die schwüle Hitze drückte auf ihn herab, als er das Wasser betrachtete. „Gott, ich würde jetzt so gerne schwimmen gehen.“

Sie grinste. „Es gibt immer noch das Gezeitenbecken.“

Er wandte sich dem Becken zu und lachte. „Nein, danke.“

Wasser spritzte gegen seine Beine, und er drehte sich um, um zu sehen, dass sie ihre Sandalen ausgezogen hatte und auf einem der niedrigen, unter Wasser liegenden Steine stand. Sie trat, und wieder traf ein Spritzer Wasser seine Beine.

Er stürzte sich mit einem großen Schritt auf sie. Ihre Augen weiteten sich, und sie wich zurück und rutschte auf dem nassen Felsen aus. Er packte sie an der Taille und zog sie gegen sich, um ihren Fall zu stoppen. „Das hätte ich nicht tun sollen“, sagte er. „Du würdest in einem nassen T-Shirt verdammt gut aussehen.“

Ihre grauen Augen passten zu dem Wasser, das über die Steine rauschte. Mit einer Hand auf der glatten, nackten Haut ihrer Taille hielt er sie an sich gedrückt, während seine andere Hand ihren Hintern streichelte. „Am Ende des neunten Spielabschnitts und endlich am Schlag“, sagte er und senkte seinen Mund auf ihren.

Er erwartete, dass sie protestieren würde. Sie tat es nicht.

Er erwartete, dass sie sich zurückziehen würde. Sie tat es nicht.

Er strich mit seinen Lippen über die ihren, zunächst sanft, dann schlang sie ihre Arme um seinen Hals und öffnete den Mund, um den Kuss zu vertiefen. Ihre Finger fuhren durch sein Haar, während sich ihre Zunge mit seiner umschlang, und sie stieß ein leises Schnurren aus, das ihn wie Feuer durchfuhr. Er zog sie fest an sich und erforschte langsam ihren Mund. Gründlich. Zum ersten Mal genoss er jede Facette dieses Undercover-Jobs.

„Mami, darf ich auch im Wasser spielen?", fragte eine junge Stimme aufgeregt.

„Nein, Schatz. Sie sind ungezogen", antwortete eine strenge Stimme.

Lee schaffte es, ein Auge zu öffnen und sah die Frau und ihr Kind weggehen.

Erica brach den Kuss ab und drückte ihren Kopf an seine Brust. Er konnte spüren, wie ihr Körper vor Lachen zitterte.

Er flüsterte ihr ins Ohr: „Nicht annähernd so unanständig, wie ich es sein möchte."

Sie sah zu ihm auf, mit einem Lachen in den Augen, die so hell waren, dass sie fast blau schienen. „Und was für eine Mutter ist sie, dass sie ihr Kind so lange aufbleiben lässt?"

„Wir sollten sie dem Jugendamt melden, am besten, bevor sie die Parkpolizei auf uns hetzt."

Sie löste sich aus seinen Armen und sprang zurück auf den festen, trockenen Beton. Er wartete, während sie in ihre Sandalen schlüpfte, dann griff er nach ihrer Hand.

Sie schaute sich um, wobei ihr Blick auf mehreren Touristen verweilte, bevor sie zu ihm zurückkehrte. „Lee, das ist nicht ..."

„Du wirst doch jetzt nicht zur Queen Frostine werden, oder?"

„Queen Frostine?"

Er hielt inne. Woher stammte der Name? Dann erinnerte er sich. „Queen Frostine ist aus dem Spiel Candy Land."

Ihre Augen weiteten sich. „*So* jung bist du jetzt doch nicht, oder?"

„Ich habe es dir gesagt. Ich bin fünfundzwanzig." Er hasste die Lüge. Er überlegte, was er ihr sagen könnte, und beschloss, dass die Wahrheit sicher genug war. „Eine Freundin von mir hat eine fünfjährige Tochter, die Candy

Land liebt. Ich bin ein Experte darin, sie das Spiel gewinnen zu lassen. Queen Frostine ist der Schlüssel."

„Und du hältst mich für Queen Frostine." Sie klang verletzt.

„Nein, ich denke an dich als Shortcake."

„Warum Shortcake?"

„Weil du zu kurz bist ..."

„Ich bin nicht kurz, du bist nur groß."

„- und ich möchte dich mit Erdbeeren und Schlagsahne vernaschen."

Ihr Atem stockte. Das war gut. „Das ist wirklich keine gute Idee", sagte sie.

Er griff erneut nach ihrer Hand, und dieses Mal ließ sie es zu. Sie gingen in der Dunkelheit um das Bassin herum. Es gelang ihr, seine Hand loszulassen, bevor sie das Jefferson Memorial erreichten, und er spürte, wie sie eine Barriere zwischen ihnen aufbaute, bis sie so fest war wie die Marmorsäulen, die die Statue des dritten Präsidenten der Nation umgaben.

Scheiß auf JT. Scheiß auf den Senator. Scheiß auf die Kampagne. Gab es nicht einen besseren Weg? Aber bei jedem Schritt überlegte er, welche Möglichkeiten sich ihm boten. Es gab nur wenige, und keine hatte die gleichen Erfolgsaussichten wie der aktuelle Plan.

„Ich begleite dich nach oben", sagte er, als sie sich ihrem Haus näherten. Er glaubte nicht einen Moment lang, dass sie ihn zum Bleiben einladen würde, aber er wollte noch ein paar Minuten mit ihr verbringen.

Sie erreichten den gesicherten Eingang zu ihrem Wohnhaus. Erica fuchtelte mit ihrem Schlüsselbund vor dem Sensor herum, bis dieser piepste, und öffnete die Tür. Er ging neben ihr her, während sie dem Concierge zunickte, der rief: „Guten Abend, Miss Kesling."

Im Aufzug war die Barriere, die sie errichtet hatte, spürbar. „Warum?", fragte er und durchbrach die angespannte Stille.

„Wir müssen noch fünf Wochen lang zusammenarbeiten. Lass es uns nicht kompliziert machen, okay?"

„Und wenn die fünf Wochen um sind?"

„Du wirst weg sein", sagte sie leise.

Die Fahrstuhltüren öffneten sich, und er folgte ihr durch den schwach beleuchteten Flur. Ein paar Meter vor ihrer Tür blieb sie abrupt stehen. Er lief in sie hinein und sah dann, warum sie stehengeblieben war. Ihre Wohnungstür stand einen Spalt offen. Sie hatten sie geschlossen und verriegelt, als sie vor Stunden gegangen waren.

Er stieß die Tür auf. Der Schrank im Flur stand offen, der Inhalt lag verstreut auf dem Boden des Foyers. Das Wort HURE tropfte in langen roten Strichen auf der gegenüberliegenden Wand.

Kapitel Siebzehn

Es dauerte fast eine Stunde, bis die Polizei Erica und Lee erlaubte, die Wohnung zu betreten. Auf bleiernen Beinen ging sie durch ihre Wohnung und war erstaunt über das Ausmaß der Zerstörung. Ein ekelerregendes Durcheinander von Gerüchen durchzog die Räume, aber sie wurden alle überdeckt von dem Gestank nasser Farbe.

Der Inhalt ihres Kühlschranks war auf dem Küchenboden verschüttet worden. Sie hatte nur wenig zu essen, aber ihre spärlichen Eier, Senf und Würzsauce waren ausgekippt und zertreten worden. Ihre Matratze, Kissen, Polster und Kleidung waren aufgeschlitzt, beschmiert, zerkratzt und zerrissen worden.

„Der Schaden wurde offenbar so angerichtet, um den Lärm so gering wie möglich zu halten, damit die Nachbarn nicht alarmiert wurden, während der Verdächtige noch hier war", sagte ein Polizeibeamter.

Sie nickte wie betäubt. Ihre Wohnung sah aus wie der Schauplatz eines Massakers, die rote Farbe war auf Möbeln, an den Wänden, sie überzog alles. Ihre wenigen Fotos und die wenigen elektronischen Geräte waren in eine Badewanne voller blutrotem Wasser getaucht worden.

Still, aber gründlich.

Der Geruch von frischer Farbe deutete darauf hin, dass es sich bei den roten Spritzern nicht um Blut handelte, aber sie konnte die angedeutete Drohung nicht ignorieren. Jake hatte vor, die Zerstörung ihres Lebens, die er vor einem Jahr begonnen hatte, zu beenden.

Sie schauderte, als Übelkeit, Abscheu und Scham sie durchströmten. Das Einzige, was sie nicht spürte, war Überraschung. Sie hatte erwartet, dass Jake etwas tun würde. Einfach weil er es konnte.

Der Vandale hatte einen riesigen Kanister mit roter Farbe zurückgelassen. „Wie können 4 Liter so viele Oberflächen beschichten?", fragte sie.

„Der Verdächtige ging methodisch vor. Er oder sie vermischte die Farbe mit Wasser in der Badewanne und goss dann die verdünnte Mischung über alles", antwortete der Polizist.

Sie holte tief Luft und atmete den üblen Geruch ein. Ihr Kopf schmerzte.

Beide Polizisten umkreisten den Raum, machten Fotos, schrieben Notizen und suchten nach Fingerabdrücken. Lee stand daneben, beobachtete alles, sagte aber nichts.

Sie würde nicht weinen. Jake war nicht da, um ihren emotionalen Zustand mitzuerleben, aber sie wollte trotzdem nicht, dass er einen weiteren Sieg über sie errang.

Ihr Blick wanderte zu ihrer Essgarnitur - der einzige Ort, den sie bisher gemieden hatte - und in diesem Moment hatte er gewonnen. Er hatte ihre Schwachstelle gefunden und sie weit aufgerissen. Sie ging zum Tisch, fuhr mit den Fingern über die tiefen Furchen, und ein Schluchzen brach aus ihr heraus.

Von hinten schlang Lee seine Arme um sie. Sie drehte

sich um, sackte an ihm zusammen und weinte. „Es wird alles gut", murmelte er. „Das Holz kann abgeschliffen und neu lackiert werden. Ich kann es restaurieren."

Er verstand das nicht. Sie hatte im letzten Jahr versucht, ihr Leben wieder in Ordnung zu bringen. Kein noch so gründliches Schleifen würde ihr die Scham oder die Schuld nehmen.

Selbst wenn die tiefen Rillen weggeschliffen würden, würde sie sich niemals an diesen Tisch setzen können - der ihr ganzer Stolz gewesen war, als sie ihn vor einem Monat in bar bezahlte - ohne die Beleidigung zu sehen, die in seine Oberfläche geätzt war. Sie würde immer an Jake, Mexiko und die Gefängniszelle erinnert werden. Sie würde die Leere in Marcos Augen sehen, wo eine Seele sein sollte, und sich an das Geräusch erinnern, wie er den Reißverschluss seines Hosenstalls öffnete, während er sich anschickte, sie zu vergewaltigen.

Also schüttelte sie den Kopf und weinte in die Ingwerblüten, die Lees Hemd zierten, während er sie festhielt und ein Beamter darauf wartete, sie zu befragen.

Schließlich beruhigte sie sich, und die Befragung begann. „Hegt jemand einen Groll gegen Sie?"

Sie holte tief Luft. „Nein", sagte sie mit so viel Ernsthaftigkeit in ihrer Stimme, wie sie aufbringen konnte. „Ich kann mir niemanden vorstellen, der so etwas tun würde." Sie zog mit Daumen und Zeigefinger an ihrer Unterlippe und erinnerte sich dann daran, dass sie in einem Psychologiebuch gelesen hatte, dass Menschen oft ihr Gesicht berühren, wenn sie logen. Sie ließ ihre Hand sinken.

„Jemand hat diese Woche auch unser Büro verwüstet", sagte Lee.

Der Polizist hob eine Augenbraue.

Sie spürte, wie ihr Gesicht heiß wurde. Sie hätte das der Polizei schon früher sagen sollen. Der Polizist starrte sie abwartend an. Lee zog sie dicht an seine Seite und erklärte dem Beamten die Situation.

„Sie teilen sich das Büro", sagte der Polizist. „Wo waren Sie, Mr. Scott, während die Wohnung von Ms. Kesling zerstört wurde?"

Sie räusperte sich. „Er war mit mir zusammen. Bei einem Date."

Lee hob ihr Kinn an, um ihren Blick aufzufangen. „Ich wusste, dass du es dir mit dem Date nochmal überlegen würdest."

Trotz allem fand sie ein schwaches Lächeln. Er küsste ihre Schläfe.

Nachdem die Polizisten ihre Notizen gemacht hatten, sagten sie ihnen, dass sie aufräumen könnten, und gingen. Sie hob die Decke auf, mit der sie ihre ramponierte Couch zugedeckt hatte. Die Steppdecke war ein besonders glücklicher Fund aus einem Secondhandladen gewesen, aber jetzt war sie Müll. Sie warf den zerfetzten Stoff in eine Ecke und sortierte auf Autopilot die anderen Gegenstände im Wohnzimmer.

Die Miete verschlang den größten Teil ihres Budgets, aber sie bezahlte sie, weil das Gebäude gut gesichert war. Während sie arbeitete, konnte und wollte sie nicht auf den Tisch schauen. Den Tisch, den sie sich nicht leisten konnte, dem sie aber nicht hatte widerstehen können. Sie hatte monatelang gespart, um ihn zu kaufen. Der Tisch, an dem sie gehofft hatte, Freunde zu bewirten und eine Dinnerparty zu veranstalten wie in alten Zeiten, bevor sie den Job von Jake Novak annahm, der nicht nur ihre Karriere beendete, sondern auch dazu führte, dass jeder ihrer Freunde sie wie eine Ausgestoßene behandelte.

Eine Dinnerparty, die ihre leere Wohnung mit Wärme, Liebe und Lachen füllen würde.

Aber das war nur ein weiterer verdammter Wunschtraum.

„Ich glaube, das Kissen ist schon genug zerfetzt worden, oder?" sagte Lee.

Sie blickte auf ihre Hände hinunter und stellte fest, dass sie ein zerrissenes Kissen genommen und es gründlich ausgenommen hatte. Sie wandte sich wieder Lee zu und versuchte, sich etwas einfallen zu lassen. Aber sie war leer. Sie hatte nichts. War nichts.

„Komm schon", sagte er. „Lass uns den Küchenboden putzen, damit das Essen nicht verdirbt. Dann gehen wir. Du bleibst heute Nacht bei mir."

Der unglaubliche Kuss, den sie vorhin geteilt hatten, schoss ihr durch den Kopf, und die Vorstellung, im Sex das Vergessen zu finden, war verlockend. Sie könnte ihre Beine um seine Hüften schlingen, ihn tief in sich aufnehmen und der Realität ihres miesen Lebens entfliehen.

„Du bleibst im Gästezimmer", sagte er, als hätte er ihre Gedanken gelesen. „Ich werde diese Situation jetzt nicht ausnutzen."

Vielleicht würde sie ihn ja ausnutzen.

Kapitel Achtzehn

Lee wachte auf, als die Haustür geschlossen wurde. Es dauerte einige Sekunden, bis seine Augen auf die Uhr blickten. Sieben Uhr morgens. Warum war Erica so früh wach? Sie waren erst nach drei Uhr morgens ins Bett gegangen.

Er schlüpfte aus dem Bett und zog sich eine Jogginghose über den Ständer, den er beim Träumen von ihr bekommen hatte, während sich der Nebel in seinem Kopf zu lichten begann. War sie gegangen? Er spürte einen Anflug von Angst um ihre Sicherheit. Ihre Wohnung war letzte Nacht brutal verwüstet worden. Sie sollte nicht allein rausgehen.

Er betrat den Flur, blieb vor Ericas Tür stehen und öffnete sie leise. Sie lag im Bett und schlief tief und fest.

Verdammt! JT musste angekommen sein. Er rannte ins Wohnzimmer.

Da stand er. „Du bist wach", sagte er, und seine Stimme klang wie ein Brüllen in der stillen Wohnung.

Lee stürzte sich auf JT, aber der redete unbeirrt weiter. „Ich bin gespannt zu hören, was du über Er-".

Er rutschte gegen die Couch und schlug JT gerade noch

rechtzeitig die Hand vor den Mund. „Sei still", zischte er, richtete sich auf und rieb sich das schmerzende Schienbein, das gegen den Couchtisch gestoßen war.

Erica stolperte ins Zimmer, mehr schlafend als wach. „Lee, was ist hier los?"

Bei ihrem Anblick stockte ihm der Atem. Das fadenscheinige T-Shirt, das er ihr geliehen hatte, reichte ihr bis zu den Knien, und jetzt stellte er fest, dass es erschreckend durchsichtig war. Es war verlockender als ein Bodysuit, denn es umspielte ihre vollen Brüste und überließ nichts der Fantasie. Aber am atemberaubendsten war ihr Haar, das in einem zerzausten Vorhang aus schimmerndem Schwarz über ihre Taille fiel.

Sie war eine Vision, die seine Fantasien für Tage, Wochen - wahrscheinlich sogar Jahre - nähren würde. Aber jetzt war nicht die Zeit dafür. Er schnappte sich die Decke, unter die sie sich während des Films gekuschelt hatten, durchquerte den Raum und wickelte sie um sie.

Sie rieb sich die immer noch unscharfen Augen. „Ich habe ein Geräusch gehört. Was ist da los?", fragte sie erneut.

„JT ist hier", sagte er leise.

Schock erhellte ihr Gesicht. Sie warf einen Blick auf die Decke und das T-Shirt, stieß einen Laut aus, der sich teils aus einem Aufschrei, teils aus einem Fluch und teils aus einem gedämpften Stöhnen zusammensetzte, und floh aus dem Zimmer. Ihre Tür schlug zu.

„Verdammt. Ich bin beeindruckt." JT sprach leise, damit seine Stimme nicht zu hören war. „Sie hat mich eiskalt abblitzen lassen."

Er drehte sich zu JT um, wobei er ebenfalls mit leiser Stimme sprach. „Du hast sie angemacht?"

„Sie ist eine Verdächtige. Ich wollte sie kennenlernen."

Lee fuhr sich mit den Fingern durch die Haare. Ein Teil von ihm wollte JT erdrosseln, ein anderer Teil verstand ihn durchaus. Verdammt, er hatte dasselbe getan. „Mach sie nicht wieder an."

„Es ist offensichtlich, dass sie ihre Wahl getroffen hat. Gute Arbeit."

Verdammt, er wollte ihr nachgehen, aber er musste erst mit JT reden. Mit einem Seufzer ließ er sich auf die Couch plumpsen. „Wir müssen unsere Story aufeinander abstimmen."

✳

Erica zog hektisch die Shorts und das T-Shirt an, die sie gestern Abend getragen hatte. Sie verfluchte ihre Eitelkeit, die sie dazu gebracht hatte, für Lee ihr kleinstes, engstes, am meisten Dekolleté zeigendes Shirt mit V-Ausschnitt zu wählen. Was hatte sie sich nur dabei gedacht? Als wäre es nicht schon schlimm genug, dass sie gerade praktisch nackt vor dem Firmenchef aufgetaucht war, musste sie jetzt auch noch in den aufreizendsten Klamotten, die sie besaß, zu ihm gehen und mit ihm reden - und dank Jake war das jetzt die einzige Kleidung, die sie besaß.

Sie drehte ihr Haar zu einem festen Knoten und begann, Haarklammern in die schwere Masse zu rammen. Wenigstens konnte sie ihr Haar professionell aussehen lassen. Sie wollte Lee wehtun. Richtig weh. Er hätte ihr sagen können, dass JT hier sein würde. Mit hochgestecktem Haar griff sie nach der Türklinke und wollte erhobenen Hauptes ins Wohnzimmer marschieren.

Sie zögerte. Was zum Teufel hatte JT hier zu suchen? In welcher Beziehung stand er zu Lee?

Der Mann hatte sie neulich nachts angemacht. Aber es schien wie ein nachträglicher Einfall, als hätte er plötzlich gemerkt, dass er ein Jucken hatte, das sie kratzen konnte.

Er musste denken, dass sie mit Lee geschlafen hatte.

Würde er eifersüchtig sein? Sie glaubte nicht einen Moment lang, dass JT tatsächlich an ihr interessiert war, aber wenn Egos im Spiel waren, war alles möglich.

Eine weitere Sorge kam ihr in den Sinn. Die Firmenpolitik erlaubte es Mitarbeitern, sich zu verabreden, aber Lee war ihr unterstellt. Könnte sie gefeuert werden, weil sie mit ihrem Praktikanten schlief?

Ich habe nicht mit ihm geschlafen.

Aber sie hatte es gewollt. Lee war ein perfekter Gentleman gewesen, gestern Abend, heute Morgen, ja sogar noch vor ein paar Stunden. Er hatte sie ins Bett gebracht, und als sie versuchte, seinen platonischen Gute-Nacht-Kuss in etwas mehr zu verwandeln, hatte er sich zurückgezogen und ihr Gesicht in seine Hände genommen. *„Ich will dich“*, hatte er gesagt. *„Aber nicht so.“* Dann hatte er sie auf die Stirn geküsst und sie allein gelassen.

Sie lehnte sich gegen die geschlossene Tür und kämpfte gegen den Drang an, mit dem Kopf dagegen zu stoßen. Als ob sie nicht schon genug Sorgen hätte. Letzte Nacht hatte Jake alles zerstört, was sie besaß. Sie biss sich auf einen Fingerknöchel, um nicht zu schluchzen.

„Erica?“ sagte Lee von der anderen Seite der Tür.

Sie zuckte zurück, als hätte sie einen elektrischen Schlag erhalten. Sie musste sich zusammenreißen. Sie straffte die Schultern, holte tief Luft und öffnete die Tür.

Lee trat ein, schloss die Tür und lehnte sich dagegen. Sein Blick streifte sie von Kopf bis Fuß, ein schiefes Grinsen wärmte seine markanten Züge.

„Ich wollte gerade rauskommen“, sagte sie heiser. Sie räusperte sich. „Ich denke, du solltest die Tür öffnen.“

„JT ist weg. Er ist Kaffee holen gegangen und wird frühestens in einer Stunde zurück sein.“ Ein Stirnrunzeln verzerrte sein hübsches Gesicht. „Warum hast du dein Haar hochgesteckt?“

Sie ignorierte die Frage. „Wird er mich feuern?"

„Für das Hochstecken deiner Haare? Ich bezweifle es, aber es ist eine Überlegung wert."

Der Knoten in ihrem Bauch zog sich zusammen. „Verdammt, Lee, ich meine es ernst!" Sie holte tief Luft. Sie würde sich professionell verhalten. Würdevoll. Zumindest war es eine Übung für den Fall, dass sie JT gegenüberstand. „Was hast du ihm gesagt?" Sie sprach jede Silbe mit Präzision aus.

„Dein Haar ist wunderschön. Du solltest es offen tragen." Seine Stimme war tief und heiser.

Hitze glitt ihr den Rücken hinunter. „Das hast du ihm nicht gesagt."

„Das brauchte ich nicht. Er müsste blind sein, um es nicht selbst zu bemerken."

Ihre Brustwarzen verhärteten sich. Wie konnte er das bewirken - in dieser Situation - nur mit Worten? Er trug nichts weiter als eine Jogginghose. Sie hielt ihren Blick auf seine Augen gerichtet und zwang sich, seinen muskulösen Oberkörper zu ignorieren. Sie wollte nicht daran denken, wie sehr sie es gestern Abend genossen hatte, sich an ihn zu kuscheln, oder wie sicher sie sich mit diesen starken Armen um sie herum gefühlt hatte.

Er zupfte eine ihrer Haarnadeln heraus, und die schwere Masse lockerte sich, fiel aber nicht herunter. Sie verschränkte die Arme und machte einen Schritt zurück, aber seine Füße bewegten sich vorwärts, synchron mit ihren.

„Ich will wissen, warum JT Talon im Wohnzimmer war", sagte sie, aber ihre Stimme klang heiserer, als sie beabsichtigt hatte. „Und ich will wissen, was du ihm über mich erzählt hast."

„Das ist JTs Wohnung. Er lässt mich während meines Praktikums hier wohnen, weil er nur ab und zu in DC ist. Er wohnt in New York City." Er trat näher an sie heran, seinen Blick auf ihren Mund gerichtet. „Ich habe JT davon überzeugt, dass zwischen uns nichts läuft. Nicht, dass ihn das interessieren würde, aber ich dachte mir, dich schon." Er griff um sie herum und zog sie zu sich heran. Seine andere Hand entfernte eine weitere Haarnadel, und einige Strähnen fielen. „Willst du einen Lügner aus mir machen?"

Albernes Lachen brodelte in ihr auf, und sie lehnte ihren Kopf an seine Brust. Fühlte es sich so an, wenn man am Rande der Hysterie war?

Eine erfreuliche Wahrheit durchdrang ihre verworrenen Gedanken. JT hatte Lee den Job und die Wohnung gegeben. Lee konnte nicht für Jake arbeiten.

Sie stieß ihn weg und trat zurück. „Warum hast du mir nicht gesagt, dass das JTs Wohnung ist?"

„JT und ich wollten nicht, dass jemand weiß, dass wir uns kennen."

„Du wohnst in seiner Wohnung. Ihr seid mehr als bekannt."

„Seine Familie und meine Familie kennen sich schon lange. Er hilft mir nur aus."

„Warum also das große Geheimnis?"

„Ich bin ein Praktikant und muss die Drecksarbeit machen, wie jeder andere auch. Hättest du mich auch so behandelt, wenn du gewusst hättest, dass ich bei JT wohne?"

„Ja."

Er zog eine Augenbraue hoch. „Wirklich?"

Sie zögerte und gestand sich ein, dass sie, wenn sie seine Verbindung zu JT gekannt hätte, versucht hätte, einen Weg zu finden, dies zu ihrem Vorteil zu nutzen. JT war schließlich Menanichoch. „Du hättest mir sagen sollen, dass JT auftauchen würde."

„Ich wusste nicht, dass er herkommen würde. Es tut mir leid."

Sie war leicht besänftigt. „Weiß er, warum ich hier bin?"

„Ja. Er weiß auch, dass wir nur vier Stunden geschlafen

haben." Er nahm sie wieder in seine Arme. „Ich gehe zurück ins Bett. Du kannst mir gerne Gesellschaft leisten."

„Das ist keine gute Idee."

„Das ist eine fantastische Idee." Seine Lippen zeichneten ihren Haaransatz nach, als er die letzten Haarnadeln entfernte. „Ich wusste, ich hätte gestern Abend nicht auf mein Gewissen hören sollen."

Sie stellte sich auf die Zehenspitzen und küsste ihn auf die Wange. „Vielen Dank dafür."

„Nächstes Mal werde ich nicht so edel sein." Seine Finger fuhren durch ihr Haar, dann beugte er sich hinunter und gab ihr einen Kuss auf das Schlüsselbein. Seine Zunge zeichnete die Linie ihres V-Ausschnitts nach, und sie spürte, wie sich eine Gänsehaut bildete.

Sie stieß ihn sanft von sich und kämpfte gegen den rücksichtslosen Drang an, ihn auf das Bett zu ziehen und in einem wilden Rausch von sinnlosem Sex alles zu vergessen. Sie konnte dem wilden Drang nicht nachgeben. Sie kannte ihn erst seit fünf Tagen, und in dieser Zeit war ihr sorgfältig aufgebautes Leben in sich zusammengebrochen.

„JT wird das ganze Wochenende hier sein. Schlaf noch ein bisschen. Später kannst du ihm sagen, dass ich ständig versuche, dich zu verführen. Vielleicht hast du Glück und er feuert mich, weil ich dich sexuell belästigt habe."

„Ich weiß, wie Männer sind - er würde dich wahrscheinlich eine Gehaltsgruppe hochstufen."

„Die Einzige, die mich hoch bringt, Shortcake, bist du." Er verließ den Raum und schloss die Tür hinter sich.

Sie ließ sich auf das Bett fallen und hob sein T-Shirt auf, in dem sie geschlafen hatte. Sie hielt es an ihre Nase, aber es roch nach ihr, nicht nach ihm. Nachdem sie ihre Kleidung ausgezogen und das T-Shirt übergestreift hatte, schlüpfte sie wieder unter die Decke und zählte im Geiste ihre Probleme auf. Jake war wieder da. Ihr Job war in Gefahr. Und sie war scharf auf ihren Praktikanten.

Lee zu wollen, war das geringste ihrer Probleme, aber mit seiner gegenwärtigen Nähe drohte der sexuelle Hunger zwischen ihnen groß und gefährlich zu werden.

Waren vier Jahre ein so großer Altersunterschied? Wahrscheinlich schon. Sie war ein paar Jahre davon entfernt, dass ihre biologische Uhr ablief, und er war kaum alt genug, um ein Auto zu mieten.

Lee brauchte eine kalte Dusche, nachdem er Ericas Zimmer verlassen hatte. Er hatte die Anziehungskraft zwischen Erica und ihm als Mittel benutzt, um sie absichtlich zu verunsichern und zu verwirren, und sein Gewissen plagte ihn. Seine Worte und Taten waren korrekt - verdammt er wollte sie wirklich - aber er hatte sich wie ein brünstiger Narr verhalten, um die Bedeutung von JTs Anwesenheit herunterzuspielen.

Sie durfte seine Beziehung zu JT nicht näher unter die Lupe nehmen. Eine einfache Google-Suche würde die Fakten von Joes Leben aufzeigen, einschließlich der lange zurückliegenden Ehe und der Facebook-Seite seiner Mutter, die Bilder von ihnen allen enthielt.

Er hatte seine Mutter angefleht, die Fotos zu entfernen, aber angesichts von Joes bevorstehendem Wahlkampf wollte sie ihre fünfzehn Minuten im Scheinwerferlicht haben. Er hatte ihre Seite zum Absturz gebracht und sie vertröstet, als sie ihren Sohn, den technischen Zauberkünstler, gebeten hatte, sie zu reparieren. Die Frau hatte ihn verblüfft, indem sie jemanden beauftragt hatte, der ihre Seite innerhalb weniger Tage wiederhergestellt hatte.

Er kehrte in die Küche zurück und sah sich einer weiteren

eklatanten Lüge gegenüber. JT saß am Tisch vor seinem aufgeklappten Laptop. Lee hatte gewusst, dass JT nicht gegangen war. Er hatte gelogen, weil Erica darauf bestanden hätte, mit ihm zu sprechen, und er und JT brauchten mehr Zeit, um herauszufinden, wie sie mit ihrer Anwesenheit in seiner Wohnung umgehen sollte. „Sie geht wieder schlafen."

Er durchsuchte die Wiedergabeliste auf seinem iPod und fand eine Beethoven-Symphonie. Er richtete die Lautsprecher auf den Eingang, dann sprach er leise, von der Musik überdeckt. „Ich glaube, ihre Wohnung wurde meinetwegen zerstört. Vielleicht habe ich eine Falle im Netzwerk ausgelöst."

JT sah ihn nur an.

„Verdammt, JT, am ersten Tag habe ich ihren Ausweis benutzt. Jemand muss es bemerkt haben."

„Du bist zu gut, um erwischt zu werden."

„Das würde ich gerne glauben, aber ich habe noch nie ein so gesichertes Netzwerk gesehen. Wenn jeder so sichere Systeme hätte, hätte ich keine Kunden."

„Du denkst also, du hast es vermasselt und Erica ins Fadenkreuz gebracht?"

„Es ist möglich."

„Das glaube ich nicht. Ich glaube, sie hängt da mit drin. Und du glaubst das auch."

Er schloss die Augen und konnte sehen, wie Erica mit ihren Sehnsüchten und Ängsten kämpfte. Er wusste, wie wichtig seine Aufgabe war. Er verstand, was auf dem Spiel stand.

„Du hast mir schon vor Tagen gesagt, dass sie Angst hat und etwas verheimlicht. Und wir wissen, dass sie dich und Rob Anderson belogen hat. Lee, ich bin mir sicher, dass sie ein großartiger Fick wäre, aber lass dir davon nicht den Kopf verdrehen. Du musst dich jetzt konzentrieren."

„Ich bin konzentriert."

„Ich glaube nicht, dass du dich auf den Auftrag konzentrierst, den ich dir gegeben habe."

Er nahm einen tiefen Atemzug. Das war JT, mit dem er sprach. Mit seinem Bruder, wenn auch nicht durch Blut, so durch alles, was zählte. „Ich bin konzentriert", sagte er wieder. „Ich bin nicht geblendet von Ericas Arsch oder irgendeinem anderen Teil ihrer Anatomie. Ich habe gestern Abend Zeit mit ihr verbracht, um mehr über sie zu erfahren. Ich weiß eines: Sie lebt nicht wie jemand, der eine andere Einkommensquelle hat."

Er rieb sich die Augen. Er fühlte sich wie die Hölle. Vier Stunden Schlaf. Sexuelle Frustration. Und sein engster Freund auf der Welt wollte einer Frau, die einen Beschützerinstinkt in ihm auslöste, wie sonst niemand - *wann zum Teufel war das passiert?* -, Verrat anhängen, und die Theorie hatte etwas für sich.

Er verließ den Raum ohne ein Wort und holte seinen eigenen Laptop heraus, den er auf den Küchentisch gegenüber von JTs Laptop stellte. „Ich glaube, ich weiß, was - oder besser gesagt, wen - wir suchen." Seit Drake den Namen ausgesprochen hatte, wollte er unbedingt nach Jake Novak googeln. Google hatte in 0,26 Sekunden eine Antwort für ihn. An dritter Stelle in der Ergebnisliste stand die Website von Novak Underwater Salvage and Treasure.

Er folgte dem Link. Auf der Homepage war ein Foto von Jake Novak auf dem Deck seines Bootes *Andvari zu* sehen.

„JT, das ist Jake Novak. Er arbeitet zusammen mit Ed Drake an einem Projekt, und Erica hat Angst vor ihm."

Kapitel Neunzehn

Erica stand im Flur, gleich um die Ecke der Küche, und nahm all ihren Mut zusammen. Nachdem sie ein paar Stunden geschlafen hatte, war sie lange in ihrem Zimmer gesessen und hatte sich davor gefürchtet, JT gegenüberzutreten. Sie warf einen Blick auf ihre Kleidung. Das Outfit war figurbetont, aber wenigstens trug sie einen BH und kein durchsichtiges T-Shirt. Sie hätte Lee eine Tracht Prügel verpassen sollen, weil er sie nicht gewarnt hatte, dass JT auftauchen könnte.

Sie holte tief Luft, straffte die Schultern und betrat die Küche. JT saß am Tisch und nippte an seinem Kaffee, während er mit einem roten Stift Papiere markierte. „JT, danke, dass ich letzte Nacht hierbleiben durfte." Sie hatte überlegt, ihn „Mr. Talon" zu nennen, aber da er sie angemacht *und* sie versehentlich fast nackt gesehen hatte, beschloss sie, dass sie sich mit Vornamen anreden sollten.

„Ich bin froh, dass Lee dich hierhergebracht hat, nach dem, was passiert ist."

Sie atmete aus, wollte, dass sich die Anspannung löste, und sah sich im Zimmer um, auf der Suche nach etwas, das sie tun oder sagen konnte, und entdeckte die Kaffeemaschine. JT bemerkte es. Er stand auf, holte eine Tasse aus dem Schrank und schenkte eine Portion ein. „Sahne oder Zucker?", fragte er.

„Sahne, bitte", sagte sie mit einem echten Lächeln. Der Geschäftsführer hatte ihr gerade einen Kaffee gebracht. Sie bedankte sich bei ihm und setzte sich an den Tisch, legte ihre Hände um die warme Tasse und spürte, wie sich die rauen Kanten ihrer Nerven zu glätten begannen. So weit, so gut. Sie atmete den beruhigenden Duft ein. Wenn sie doch nur ihre frühere Begegnung vergessen könnte.

„Das mit deiner Wohnung tut mir leid", sagte er.

„Danke." Sie biss sich auf die Lippe. Sie hatte die erste Hürde genommen und stand vor JT, aber für ihre Wohnung würde sie einen Stabhochsprung machen müssen. Mit einer zwanzig Dollar teuren Luftmatratze und einem Plastikgartenstuhl aus dem Ramschladen konnte sie zwar dort leben, aber sie würde auf Wände starren müssen, die sie in blutroter Farbe als Schlampe und Hure bezeichneten. Es war kein großer Unterschied zu ihrer Zelle in Mexiko, wo sich schillernde Fliegen von fäkalen Schimpfwörtern ernährten. In ihrer Wohnung stank es jetzt wie in der Zelle, aber sie konnte nirgendwo anders hin. Vielleicht sollte sie einfach verschwinden, irgendwo neu anfangen. Würde das überhaupt jemand bemerken?

Nein. Sie würde sich nicht in Selbstmitleid suhlen. Das war der Weg, den ihre Mutter gegangen war.

Sie war hierhergekommen, um Wiedergutmachung zu leisten und ihren Ruf wiederherzustellen. Sie konnte nicht aufgeben. Zum Teufel, gerade jetzt saß sie mit JT Talon zusammen und trank Kaffee. Es mochte ihr zwar nicht gefallen, wie sie hier gelandet war, aber sie konnte diese Wendung der Dinge nutzen. Sie brauchte nur einen Plan.

Sie spürte seinen Blick und merkte, dass sie schon zu

lange in selbstverlorenem Schweigen verharrt hatte. „Tut mir leid", sagte sie. „Ich fühle mich ein wenig überfordert."

„Du brauchst dich nicht zu entschuldigen." Er neigte den Kopf zur Seite. „Eigentlich sollte ich mich bei dir entschuldigen. Neulich Abend …"

Sie unterbrach ihn mit einer Handbewegung. „Das ist kein Problem."

„Ich hätte dich nicht anmachen sollen. Ich habe dich in eine unangenehme Lage gebracht, und das tut mir leid." Er strich sich mit einer fast nervös wirkenden Geste die dichten dunklen Locken aus den Augen, und sie wunderte sich über die Vorstellung, dass *sie ihn* nervös machte. Natürlich fürchtete er einen Prozess, aber dennoch war es ein seltsames Gefühl, auch nur dieses kleine bisschen Macht zu haben.

Er hatte sich nicht rasiert, und die dunklen Bartstoppeln an seinem Kinn in Kombination mit einer Narbe, die eine Augenbraue durchschnitt, verliehen ihm ein sexy, gefährliches Aussehen. Er strahlte Männlichkeit, Kraft und Selbstvertrauen aus.

„Danke", sagte sie. „Entschuldigung angenommen."

Er lächelte und lehnte sich in seinem Stuhl zurück, und sie fragte sich, ob er später ein Häkchen auf einer To-Do-Liste setzen würde. Er sah aus wie ein Mann, der eine To-Do-Liste hatte.

„Du warst in letzter Zeit oft im Bethesda-Büro", sagte sie, in der Hoffnung, den peinlichen Moment hinter sich zu lassen.

„Bethesda hat mehrere Militäraufträge, die ich beaufsichtigen muss."

„Weil Drake mehr an der Kampagne interessiert ist, als die Projekte selbst zu leiten." Sie spürte, wie ihr Gesicht rot wurde und konnte nicht glauben, dass sie das tatsächlich laut gesagt hatte. Immerhin war sie nur eine Stufe über dem Praktikanten. Sie hatte nicht genug Finger, um die verschiedenen

Ebenen des Managements zu zählen, die sie von dem Mann trennten, den sie gerade beleidigt hatte.

Aber JT lachte. „Genau. Ich wusste nicht, dass es so offensichtlich ist."

Ihre Wangen begannen sich zu kühlen. „Es gibt Gerüchte, dass er sich um das Amt des Vizepräsidenten bewirbt."

„Kampagnen sind ... groß." Sein Gesichtsausdruck verriet, dass er wusste, dass dieses Wort völlig unzureichend war. „Und dies ist der größte Preis von allen. Wir sind heutzutage alle vom Wahlkampf des Senators besessen."

Joseph Talon war seit zwölf Jahren im Amt, und sein eigener Sohn nannte ihn nicht „Dad", sondern „der Senator." Hatte die Politik Joseph Talons Identität verschlungen, sogar gegenüber den Menschen, die in seinem Leben am wichtigsten waren?

„Wie geht es Lee? Arbeitet er hart?"

Hätte man ihr diese Frage gestern Morgen gestellt, hätte sie gesagt, er sei eine Verschwendung von Zeit und Geld. Aber jetzt dachte sie anders. Nicht, weil er ihre Welt mit einem knieerweichenden Kuss erschüttert hatte, sondern weil er für sie da gewesen war, als ihr Leben so leicht zerfetzt worden war wie ihre Matratze.

„Er hilft mir mit Thermo-Con und hat eine interessante Spur geliefert." Sie sah einen Ausweg aus der Unterhaltung, und schaute auf ihre Uhr, wobei sie ihre Bestürzung nicht verbarg, als sie sah, dass es bereits Mittag war. „Apropos, ich sollte ins Büro gehen."

„Es ist Samstag", erinnerte er sie.

Sie neigte den Kopf zu den Papieren, die auf dem Tisch lagen. „Du arbeitest."

„Ich arbeite immer. Das liegt in der Natur meines Jobs. Aber deine Wohnung wurde verwüstet. Du hast andere Prioritäten."

Sie zuckte mit den Schultern, so kühl wie es ihr möglich war. Sie konnte ihn nicht wissen lassen, wie viel Angst sie hatte. Er musste glauben, dass es sich um einen zufälligen Gewaltakt handelte. „Meine Wohnung ist ein Totalschaden", sagte sie, und ein Stocken in ihrer Stimme verriet ihnen beiden, dass sie nicht so cool war, wie sie es gerne gewesen wäre. „Ich kann mich noch nicht wirklich damit befassen, aber ich muss am Montag einen Bericht schreiben, also muss ich ins Büro gehen."

Sie spürte Lees Anwesenheit als ein Kribbeln in ihrem Nacken, noch bevor er den Raum betrat, und fragte sich, wann genau sie einen Lee-Radar entwickelt hatte, oder Lee-Dar, wie ihre Freunde an der Uni es genannt hätten.

„Ich dachte, du wolltest dieses Wochenende von zu Hause aus arbeiten", sagte Lee.

„Das wollte ich, bis mein Computer in einer vollen Badewanne gelandet ist."

„Du kannst von hier aus arbeiten", sagte Lee.

Es war ihr unangenehm, dass Lee soeben JTs Wohnung angeboten hatte, und sie schaute den Geschäftsführer an.

Er nickte. „Du kannst so lange hierbleiben, wie nötig."

Sie sah wieder zu Lee, der sich an den Tresen lehnte und immer noch nur eine Jogginghose trug. Er drehte sich um und griff in den Schrank, um einen Kaffeebecher zu holen, und der Stoff spannte sich über seinem perfekten Hintern. Er schenkte sich eine Tasse Kaffee ein und drehte sich dann um, damit sie seine wohlgeformten Bauchmuskeln bewundern konnte. Wie JT hatte auch Lee sich nicht rasiert, und sein Kiefer war mit attraktiven Stoppeln bedeckt. Sie fragte sich, ob er den Raum halb bekleidet betreten hatte, um JT auszustechen. Wenn sie ehrlich war, funktionierte es.

Lee hatte einen spektakulären Körperbau. Sie hatte immer gewusst, dass Lust sie dumm machte, und sie spürte, wie ihr IQ-Punkte entglitten, wenn sie ihn nur ansah. Konnte sie hierbleiben, ohne mit Lee zu schlafen? Solange JT hier war, sicherlich. Aber was war, nachdem JT nach New York zurückgekehrt war und sie allein waren?

Die Wahrheit war, dass sie nirgendwo anders hinkonnte. Sie hatte niemanden.

Dieser halb bekleidete Mann, den sie vor sechs Tagen kennengelernt hatte, war das, was einem Freund in DC am nächsten kam.

Sie richtete ihre Wirbelsäule auf. Sie würde überleben. Das war das Einzige, von dem sie wusste, wie man es machte. Sie wusste auch, wann sie Hilfe annehmen musste. „Danke, ich würde gerne bleiben."

„Gut", sagte JT. „Im Wohnzimmer gibt es einen Desktop-Computer, den du benutzen kannst."

„Ich muss zurück in meine Wohnung, um die Thermo-Con-Akte zu holen. Hoffentlich ist sie nicht zerstört worden. Ich habe gestern Abend nicht daran gedacht, nachzusehen."

„Ich habe vergessen, sie aus meiner Laptoptasche zu nehmen", sagte Lee. „Ich habe die Akte hier."

Wenigstens eine Sache war in den letzten vierundzwanzig Stunden gutgegangen. „Dann sollte ich mich an die Arbeit machen." Sie stand auf.

„Nein", sagten Lee und JT gleichzeitig.

„Du musst erst etwas essen", sagte JT.

Lee holte eine Packung Eier aus dem Kühlschrank. „Ich mache ein mörderisches Spinat-Omelett."

Sie spürte, wie sich ihre Kehle zuschnürte. Diese Männer benahmen sich, als würden sie sich um sie sorgen.

Lee lauschte auf das Geräusch der Dusche und betrat dann wieder die Küche. „Sie kann uns nicht hören."

„Was hast du herausgefunden?" fragte JT.

„Novak ist in erster Linie ein Schatzsucher, obwohl er auch einige Bergungsarbeiten durchführt. Er arbeitet normalerweise von Kalifornien aus. Auf seiner Website hat er eine permanente Stellenanzeige geschaltet. Er möchte einen Unterwasserarchäologen einstellen, damit er von ausländischen Regierungen Genehmigungen für die Bergung von Schiffswracks erhalten kann."

„Und?" fragte JT und lehnte sich in seinem Stuhl zurück.

„Ich habe den Archäologen von der Universität angerufen, mit dem ich letztes Wochenende gesprochen habe, um mich auf den Job vorzubereiten. Er sagte, es sei Karriereselbstmord für jeden Unterwasserarchäologen, für einen Schatzsucher zu arbeiten. Es ist zwar nicht illegal, aber es ist die Art von Sache, die einen stillschweigend auf die Schwarze Liste bringt. Es gäbe zwar nichts Schriftliches, aber es würde sich herumsprechen."

„Der Universitätsarchäologe sagte, Novaks Ausgrabungen seien alles andere als archäologisch - er nehme die Beute und zerstöre die Ressource. Novak hat nie einen Bericht veröffentlicht und liefert keine Daten zu seinen Funden. Das sind die Kardinalsünden der Archäologie."

„Und du glaubst, sie hat für ihn gearbeitet."

„Ja. Das ergibt alles einen Sinn. Ich konnte nichts Offizielles finden. Ich hatte mich schon gewundert, warum sie erst perfekte Noten hatte und dann ihr Studium an der Universität von Hawaii abgebrochen." Das war ihm komisch vorgekommen, seit er festgestellt hatte, dass sie sich für einen anderen Masterstudiengang eingeschrieben hatte. Warum sollte sie einen Studiengang abbrechen und einen anderen beginnen, nachdem sie alle Kurse absolviert hatte? Sie hatte Tausende Dollar Schulden gemacht, um die Studiengebühren für die UH-Kurse zu bezahlen.

Er fuhr fort. „Ich wette, man hat ihr gesagt, dass ihr Zeugnis sauber bleiben würde, wenn sie still und leise geht.

Was die Arbeit angeht, so hat ihr niemand eine Empfehlung gegeben, weder gut noch schlecht. Aber das ist heutzutage gang und gäbe, weil die Unternehmen Angst haben, verklagt zu werden. Ich glaube, sie ist hierhergezogen, weil ihr Ruf im Westen ruiniert war."

„Warum sollte sie überhaupt für einen Mann wie Novak arbeiten?"

Lee zog einen Stuhl heran und setzte sich. „Ich habe dir schon von ihren Kreditproblemen erzählt. Sie ist pleite. Ich vermute, dass Novak ihr das Blaue vom Himmel versprochen hat."

„Was hat sie mit dem Geld gemacht?" fragte JT.

„Ich weiß es nicht. Ich glaube, zwischen den beiden ist etwas Schlimmes passiert."

„Hat er ihre Wohnung verwüstet?"

„Ich glaube, sie denkt, dass er es war ", sagte Lee. Aber sie hatte kein Wort gesagt. Ihr Schweigen gefiel ihm nicht.

„Warum hat sie der Polizei nicht von ihm erzählt?"

„Ich bin kein Gedankenleser."

„Dann müssen wir sie zum Reden bringen. Ist der Computer im Wohnzimmer sicher für sie?"

„Ich habe auf eine leere Festplatte gewechselt, während sie schlief. Und ich habe ein Programm installiert, das jeden Tastenanschlag aufzeichnet."

„Gut. Deine Tarnung aufrechtzuerhalten, während sie hier wohnt, wird schwierig sein, aber es lohnt sich."

„Ich habe es so eingerichtet, dass Anrufe auf dem Festnetz zu meinem Bürotelefon weitergeleitet werden. Das Letzte, was wir brauchen, ist, dass Erica einen Anruf von meiner Mutter oder Joe annimmt. Wenn du mich erreichen musst, ruf auf dem Handy an."

„Ich möchte sie so lange wie möglich hierbehalten." JT hielt inne. „Ihre Wände müssen gestrichen werden; das wird uns ein paar Tage bringen."

Unbehagen machte sich in Lee breit. „Ich werde dafür bezahlen."

„Es wäre vielleicht einfacher, wenn ich sie zu meinem neuen Lieblings-Wohltätigkeitsfall machen würde." JT lehnte sich zurück, mit einem spekulativen Schimmer in den Augen, und Lees Unbehagen wuchs.

„Nein."

„Hör zu, sie hat Geheimnisse. Einer von uns muss ihr Vertrauen gewinnen, wenn wir herausfinden wollen, warum sie Angst vor Novak hat. Ich bin durchaus damit einverstanden, dass du derjenige bist, der sie zum Essen ausführt, aber ich mache mir Sorgen, dass du nicht objektiv bleibst, wenn es um sie geht."

„Ich hab' nein gesagt." Lee setzte sich nach vorne, ohne sich die Mühe zu machen, seinen Ärger zu verbergen. „Soviel wir wissen, hat Novak sie ausgenutzt, als sie verletzlich war. Ich werde nicht zulassen, dass du das Gleiche tust."

JTs Augen bekamen einen kalten Schimmer, ganz der mächtige CEO, der mit Präsidenten und Generälen verhandelte. Vor langer Zeit war dieser Mann sein Bruder gewesen. Er war noch immer sein bester Freund. „Ich werde tun, was immer nötig ist. Jemand benutzt *meine* Firma, um Artefakte aus dem Irak zu schmuggeln. Ich muss herausfinden, wer dahintersteckt, und ihn oder sie mit einer großen roten Schleife an das FBI übergeben, bevor die Presse Wind davon bekommt und der Skandal die Kampagne ruiniert." Seine Stimme wurde härter. „Erica ist entweder aktiv daran beteiligt, oder sie weiß etwas. Ihr Büro und ihr Haus sind verwüstet worden. Und vergiss nicht, was mit Tommy Riversong passiert ist."

„Ich habe es nicht vergessen, aber ich werde nicht zulassen, dass du mit ihren Gefühlen spielst. Wenn du das tust, werde ich ihr alles sagen."

„Das würdest du nicht tun. Du schuldest mir was, Lee."

Die Erinnerung daran war ein Schuss unter die Gürtellinie. Lees Mutter hatte ihre Ehe mit Joseph Talon kurzerhand aufgelöst und Lee durch weitere albtraumhafte Beziehungen geschleppt, bis er alt genug war, sich ein eigenes Zuhause zu suchen. Es gab nicht viele Einundzwanzigjährige, die einem kaputten Sechzehnjährigen, der nicht einmal mehr mit ihm verwandt war, ein Zuhause bieten würden.

„Ich bin nicht dein Spion, weil ich dir oder Joe etwas schulde. Ich tue es, weil ich an Joe glaube. Ich will ihn im Amt sehen, aber nicht um jeden Preis. Ich werde nicht zulassen, dass du sie benutzt. Sie ist eine Person, JT, und sie könnte unschuldig sein. Würdest du mich an den Galgen liefern, wenn du denkst, dass ich eine Belastung für die Kampagne bin?"

„Das ist eine schöne Rede. Aber die Wahrheit ist, dass du dich nur wehrst, weil du sie willst."

Lee verschluckte sich an seiner Antwort.

„Fick sie, wenn du willst, aber versaue nicht deinen Job, weil du mit deinem Schwanz denkst."

„Ich denke nicht mit meinem Schwanz." Aber er hatte Angst, dass er es doch tat.

„Mein Gott. Ich kann es nicht glauben. Du hast dich noch nie verliebt. Warum Erica? Warum jetzt?"

Lee war still. Er erinnerte sich an das warme Licht in Ericas Augen, als er sie am FDR-Denkmal im Arm gehalten hatte. Schließlich sagte er: „Ich weiß es nicht. Was wirst du also tun?"

JT lehnte sich in seinem Stuhl zurück und entspannte sich, als ob ihre Konfrontation keine Rolle spielen würde, während Lee darum kämpfte, seine Ruhe zu bewahren.

Ein verruchtes Grinsen spielte über JTs Züge. „Sie glaubt, du bist fünfundzwanzig und ein fauler Praktikant, richtig?"

Lee nickte.

JT schmunzelte. „Viel Glück, Skippy."

Kapitel Zwanzig

Erica stützte ihren Kopf auf den Schreibtisch. Sie spürte, wie die Uhr die Minuten bis zur Abgabe der Umweltverträglichkeitsprüfung heruntertickte, aber der Bericht wies große Lücken auf. Es war Sonntagnachmittag, und alles, was sie hatte, waren Spekulationen. Sie musste *beweisen*, dass die Firma von Andrew Jackson Higgins das Thermo-Con erfunden hatte.

Wenn ihr das gelänge, würde der historische Wert des Hauses steigen, und deshalb würden die menschlichen Knochen im Keller Sam Riversong mehr beunruhigen. Er konnte es nicht ignorieren; er musste der Sache nachgehen. Das bedeutete, dass er sich wieder mit ihr treffen musste.

Leider war der Name Higgins auf der Patentkarte nicht Andrew Jackson Higgins. Sie las die Buchbeschreibung im Internet noch einmal durch. Bei dem Buch handelte es sich um eine Biografie mit dem Titel *Andrew Jackson Higgins and the Boats that Won World War II*. Sie hatte in jeder Buchhandlung in DC angerufen, aber keine hatte den Titel vorrätig. Gleich morgen früh würde sie den Verlag anrufen. Wenn sie mit dem

Autor sprechen könnte, könnte er vielleicht ihre Theorien über Thermo-Con und Higgins bestätigen.

Sie klickte auf ein Suchmaschinensymbol und folgte dem Link zur Personensuche, fand aber bei der Eingabe des Namens des Autors nichts Verheißungsvolles. Sie studierte ihre Notizen vom Patentamt. Das Patent war unter zwei Namen angemeldet worden: Johnson und Higgins. Aus einer Laune heraus tippte sie den vollen Namen Higgins ein und gab als Bundesstaat Louisiana an, wo Higgins Industries ansässig war.

Sie spürte ein Flattern in ihrem Bauch, als ein Eintrag erschien. Sie schob es beiseite. Das war nicht möglich. Das Patent war über fünfzig Jahre alt.

Sie ging zu dem Bericht zurück und las sich durch, was sie geschrieben hatte. Er war ziemlich gut, aber es wäre besser, wenn all die Vermutungen und Theorien durch Fakten ersetzt werden könnten.

Das Ergebnis der Personensuche kam ihr wieder in den Sinn. Was hatte sie zu verlieren? Sie nahm den Hörer in die Hand und wählte. Ein junger Mann nahm den Anruf entgegen, und sie bat darum, mit dem auf dem Patent genannten Mann zu sprechen.

„Er wohnt nicht mehr hier, aber ich kann Ihnen seine Nummer geben.“

„Vielleicht können Sie mir sagen, ob er die Person ist, nach der ich suche. Ich versuche, einen Mann zu finden, der kurz nach dem Zweiten Weltkrieg für Higgins Industries gearbeitet hat. Er ist auf einem Patent für eine Art von Beton genannt, die ich als Thermo-Con bezeichne.“

„Oh, Sie sprechen von meinem Großvater, er hat bei Higgins Industries gearbeitet. Ich dachte, Sie suchen nach meinem Vater, der den gleichen Namen hat, aber jünger ist. Mein Grandpa hat bei Thermo-Con gearbeitet. Er ist schon vor langer Zeit gestorben, aber Sie können meinen

Vater anrufen. Er kann Ihnen alles über Grandpa erzählen."

Sie konnte ihren Puls in den Fingern spüren, die das Telefon umklammerten. „Sie sagen also, dass Higgins Industries - die Firma, die die Higgins-Boote gebaut hat - eine Art von Beton namens Thermo-Con erfunden hat?"

„Ja. Ja, das ist richtig. Andrew Jackson Higgins - AJ - ist mein Urgroßvater. Mein Großvater hat für ihn im Thermo-Con-Team gearbeitet. Mein Vater weiß alles über AJ und die Firma. Sie sollten ihn anrufen." Er rasselte die Nummer herunter.

Ericas Hände zitterten, als sie die Telefonnummer aufschrieb. Sie bedankte sich bei dem jungen Mann, legte den Hörer auf und stieß einen lauten Aufschrei aus.

Lee kam ins Wohnzimmer gerannt. „Erica? Geht es dir gut?"

Erfreut, jemanden zu haben, mit dem sie ihre Erregung teilen konnte, stürzte sie sich auf ihn. Er fing sie mit einem „Oh" auf, als sie ihre Arme um seinen Hals und ihre Beine um seine Taille schlang.

„Ich habe es geschafft", rief sie aus und küsste ihn mit all dem Überschwang, den sie empfand. Ihre Zunge glitt in seinen Mund, während sie mit den Fingern durch sein Haar fuhr, und er erwiderte ihren Kuss mit der gleichen Begeisterung. Verdammt, er konnte gut küssen.

Sie zog sich zurück und grinste. „Willst du mich nicht fragen, was ich geschafft habe?"

„Es ist mir egal, was du geschafft hast", sagte er und machte einen Schritt auf das überlange Schlafsofa zu.

Sie lachte. Sie wusste nicht, was über sie gekommen war, aber es war ihr auch egal. Sie griff in sein Haar und zog seinen Mund wieder auf ihren. Nach einer weiteren Pause lehnte sie sich zurück und sagte: „Wir haben jetzt keine Zeit für so etwas. Ich muss einen Anruf machen."

„Du hast angefangen", sagte er. Sie hatten das Fußende des Sofabettes erreicht, und er ließ Küsse auf ihren Hals fallen, während sie sich nach hinten beugte, um ihm besseren Zugang zu gewähren.

„Oh Gott, Lee. Ich bin so aufgeregt", sagte sie atemlos. Er riss ihr eine Haarnadel nach der anderen heraus. Ihre Haare fielen ihr den Rücken hinunter.

„Das bin ich auch, Shortcake." Er knabberte an ihrem Hals, während seine Finger durch ihr Haar fuhren.

Sie lachte. „Nein. Nein. Ich bin aufgeregt wegen Thermo-Con."

Er hielt inne. „Du bist die Hölle für mein Ego."

„Du wirst es überleben." Sie küsste ihn erneut und zappelte dann, bis er sie absetzte.

„Was genau - außer mir - versetzt dich in solche Aufregung?"

„Du hattest mit der Verbindung zwischen Higgins Boote und Thermo-Con recht. Ich habe gerade mit dem Urenkel von Andrew Jackson Higgins gesprochen. Er sagte, Higgins Industries habe Thermo-Con erfunden. Wir haben zwar nicht die Patentakte, aber wir haben das Patent gefunden!"

„Das ist großartig", sagte er ohne Begeisterung.

Sie lachte. „Bist du nicht aufgeregt?"

„Ich habe mich darauf gefreut, dich nackt zu sehen."

„Aber wir haben den Erfinder gefunden, und jetzt haben wir eine solide Theorie, warum das Thermo-Con-Haus für ERDL gebaut wurde. Wir können das Haus mit einer echten historischen Persönlichkeit in Verbindung bringen, die direkt an dem Projekt beteiligt war. Wir sprechen von einer Person, die Dwight D. Eisenhower als ‚der Mann, der den Krieg für uns gewonnen hat' bezeichnete." Sie schob Lee von sich weg. „Und jetzt husch. Ich muss den Enkel von AJ anrufen - den Sohn des Mannes, der auf dem Patent genannt ist."

Er zog sie an sich, und sie spürte seine Erregung an ihrem

Bauch. Seine Stimme war tiefer, als er sagte: „Ich denke, wir sollten das zuerst mit Sex feiern." Sein Mund eroberte den ihren in einem Kuss, der ihre früheren Bemühungen über den Haufen warf.

Er hatte ein gutes Argument. Nein. Er hatte harte … Fakten. Ihre Finger wanderten zu den Knöpfen seines Hemdes, während die Matratze gegen ihre Kniekehlen drückte. Sie brauchte sich nur nach hinten zu lehnen, und schon lag sie auf dem Bett, und Lee purzelte auf sie.

Die Haustür öffnete sich und schloss sich dann mit einem Knall. „Schatz, ich bin zu Hause", rief JT.

„Verdammt", murmelte Lee und ließ sie los.

Sie lachte. „Ein andermal vielleicht." Sie griff nach dem Telefon.

⁂

„Nachdem ich mit AJs Enkel telefoniert hatte," sagte Erica, „rief ich seine Tante an. Sie und ich hatten das netteste Schwätzchen." Sie grinste ihre Tischnachbarn an - ihre vorübergehenden Mitbewohner. Sie saßen im Essbereich, aßen das gelieferte chinesische Essen und tranken Wein, den JT zur Feier ihres Erfolgs bei Thermo-Con geöffnet hatte. Sie wusste wenig über Wein, vermutete aber, dass diese Flasche einen dreistelligen Preis hatte.

Sie schwenkte die Flüssigkeit in ihrem Glas, bewunderte die tiefe granatrote Farbe und empfand ein Gefühl der Zufriedenheit sowohl mit der Gesellschaft als auch mit ihren Fortschritten bei dem Bericht. JT griff nach dem Reis. Während er abgelenkt war, warf Lee ihr einen hitzigen Blick zu, der eine sinnliche Flamme in ihr entfachte und ihrer ohnehin schon ausgelassenen Stimmung ein gewisses freches Vergnügen verlieh.

JTs Augen funkelten nachsichtig. „Was hat dir die Tante erzählt?"

Sie schluckte einen Bissen Schweinefleisch hinunter, bevor sie antwortete: „Sie war mit dem Leiter des Thermo-Con-Entwicklungsteams verheiratet. Er ist vor etwa zwanzig Jahren gestorben, aber sie wusste alles über seine Arbeit. Sie hat mir erzählt, wie Higgins versucht hat, Thermo-Con zu vermarkten. Sie weiß nichts über das Haus, das auf Fort Belmont gebaut wurde, aber sie stimmte unserer Theorie zu, dass Higgins versuchte, Thermo-Con an die US-Armee zu verkaufen. Wahrscheinlich ließ er das Haus für ERDL bauen, in der Hoffnung, dass die Ingenieure der Armee es so sehr lieben würden, dass sie Higgins' Thermo-Con-Häuser auf Stützpunkten in der ganzen Welt bauen würden."

Sie fragte sich, ob sie plapperte, und machte sich Sorgen, dass ihre Sozialkompetenzen durch die mangende Nutzung eingerostet waren. JT war immer nur nett zu ihr gewesen und hatte sie wie eine kleine Schwester behandelt, aber trotzdem fühlte sie sich in seiner Nähe unwohl. Der Mann war eine Nummer zu groß für sie. Er war Tennis, wo sie Pingpong war.

Und dann war da noch Lee. Sie wusste nicht, wie oder warum, aber er war ihr unter die Haut gegangen. Sie spürte seine Anwesenheit auf einer zellulären Ebene und sehnte sich nach seiner Gesellschaft wie nach feiner Schokolade. Aber Lee war nicht auf Pingpong-Ebene. Nein, Rugby kam ihr in den Sinn: fremd und ungewohnt, aber rüpelhaft, unter-haltsam und unverhohlen körperlich.

„Und was bedeutet das alles für das Haus?" fragte JT.

„Nun, zum einen haben wir unsere Frist eingehalten. Ich habe den Bericht fertiggestellt. Aber vor allem bedeutet es, dass das Haus historisch bedeutsam ist und als solches geschützt werden sollte. Es sieht so aus, als gäbe es mindestens eine Bestattungsstätte unter dem Keller, und es könnten noch mehr sein, so dass es schwierig werden könnte, die Bestattungen gegenüber dem Haus zu schützen. In den meisten Fällen würden die Bestattungen das historische Anwesen übertrumpfen." Mit Verspätung fiel ihr ein, dass sie mit einem Mann sprach, der zu einem Viertel Menanichoch war. „Das ist auch gut so. Menschliche Überreste sind viel wichtiger als Bauwerke, selbst wenn das Bauwerk mit einer historischen Figur verbunden ist."

JT zuckte mit den Schultern. „Es ist wichtig, ich weiß, aber in dieser Situation leite ich die Firma, die die Arbeit macht, und ich verfolge die Interessen von Talon & Drake, nicht die des Stammes. Wird der Stamm mit deiner Arbeit zufrieden sein?"

„Das Haus ist in einem schlechten Zustand. Es weiter verfallen zu lassen, würde sich nachteilig auf ein eindeutig historisches Objekt auswirken. Die Überreste sind allerdings heikel und erfordern Beratung, Schadensbegrenzung und Management." Diese Gelegenheit war zu gut, um sie verstreichen zu lassen, und sie schenkte dem Big Boss ein süßes Lächeln. „Ich wäre gerne die Ansprechpartnerin für Talon & Drake. Ich kenne die Probleme, ich kenne das Projekt."

JT legte den Kopf schief. „Aber du hast keinen Hochschulabschluss. Nach den Standards des Innenministeriums bist du damit nicht qualifiziert."

Sie bemühte sich, ihr Lächeln beizubehalten. Sie hatte einen sehr guten Masterabschluss, für den sie immer noch bezahlte. „Ich würde natürlich unter Janice' Aufsicht arbeiten."

„Dann bin ich sicher, dass der Stamm zufrieden wäre, wenn du ausgewählt würdest."

Verdammt noch mal. Sie war so qualifiziert wie jeder andere, dieses Projekt zu leiten. In ihrem Leben vor Jake hatte sie mehrere Umweltverträglichkeitsprüfungen verfasst und einige sensible Ausgrabungen an Grabstätten geleitet. „Es könnte eine gute Gelegenheit für Lee sein. Er könnte etwas über den Prozess lernen."

„Eigentlich habe ich andere Pläne für Lee. Ich brauche ihn für die nächste Woche oder so woanders." Er sah Lee an. „Das New Yorker Büro hat Probleme mit einer Datenbank, die du erstellt hast. Da Thermo-Con abgeschlossen ist, kannst du dir eine Pause davon gönnen, Erica zu helfen, und das Problem lösen."

Lees Augen blitzten alarmiert auf.

Sie setzte ihre Stäbchen ab. „Lee hat eine Datenbank für das New Yorker Büro erstellt?"

Die Sorge verblasste, und Lees Gesichtsausdruck wurde leer.

„Ja", sagte JT.

Lee wich nicht zurück oder sah weg. Er starrte Erica nur unverwandt an, ohne JTs Aussage zu bestätigen oder zu dementieren.

Sie sah von Lee zu JT. „Aber er ist inkompetent, wenn es um Computer geht. Vor allem mit Datenbanken."

Überraschung trat auf JTs Gesicht, dann setzte eine Art Verständnis ein. Er holte tief Luft und sagte, als hätte er resigniert. „Er programmiert, seit er ein Kind war."

„Ist das wahr?" Sie wollte Lee mit einem Stäbchen erstechen.

Er nickte, aber seine Miene blieb ausdruckslos.

Auf den Schmerz folgte die Wut. Sie hielt Lees Blick fest, sprach aber zu JT. „Er ist immer noch ein Kind."

Lee neigte zustimmend den Kopf.

„Warum hast du gelogen?"

„Ich arbeite bei Talon & Drake, um etwas über Archäologie zu lernen." Seine Stimme war kalt und fest. „Ich bin nicht dort, um an deiner Mobilfunk-Datenbank zu arbeiten. Ich kenne mich bereits mit Datenbanken aus. Ich bekomme viel mehr als den Mindestlohn, um an Datenbanken zu arbeiten. Es schien mir klug zu lügen."

Die Stunden, die sie mit der Reparatur der verdammten Datenbank verbracht hatte, während er Computerspiele spielte, waren ihm offensichtlich egal. „Aber du hast nicht das geringste Interesse an Archäologie oder an irgendetwas, was wir bei Talon & Drake tun, gezeigt. Das Einzige, woran du bisher mit Hingabe gearbeitet hast, war die Verbesserung deines Tetris-Spielstands." Der Appetit war ihr vergangen, und so stand sie auf und verließ den Raum.

Ericas Tür schlug zu und ließ das Geschirr auf dem Esstisch klappern. Allein mit JT, nahm Lee einen weiteren Schluck Wein und stellte sein Glas mit äußerster Vorsicht ab, entschlossen, seine Wut nicht an dem zerbrechlichen Kristall auszulassen. Nein, er hatte ein besseres Ziel. Er starrte JT an. „Prima gemacht."

„Ich habe versucht, dir einen Nebenjob zu geben, damit du in ihren Augen nicht wie ein Faulpelz dastehst. Ich wusste nicht, dass du gelogen hast, was deine Fähigkeiten betrifft."

„Blödsinniger Zug. Ich habe sie über *alles* angelogen. Du hast mir gesagt, ich soll inkompetent sein. Also bin ich es."

„Ich habe dir gesagt, dass du in Sachen *Archäologie* inkompetent sein sollst. Nicht bei Computern."

„Es ist nicht so, dass wir auf einer Ausgrabung sind. Wir sind im Büro. Die ganze Arbeit läuft über den Computer. Daher war ich ein technologischer Albtraum, der vorgab, alte Computerspiele zu spielen."

JT lächelte leicht. „Verdammt, sie ist stinksauer."

„Du hast keine Ahnung, was sie mit ihrer Mobilfunk-Datenbank durchgemacht hat. Deshalb hat sie am Mittwochabend so lange gearbeitet."

„Aber du hättest es für sie reparieren können."

„Verdammt, ich war derjenige, der es kaputt gemacht hat. Ich hatte die Thermo-Con-Akte in Arnies Büro liegen lassen und konnte sie nicht zurückholen, weil euer Treffen zu Ende war. Ich musste ihr etwas zu tun geben, damit sie das Fehlen der Akte nicht bemerkt."

Wie um alles in der Welt könnte er die Kluft zwischen ihnen überwinden?

Er schloss die Augen und dachte daran, wie sie sich heute in seinen Armen angefühlt hatte. Wild und wollüstig hatte sie ihn geküsst, während ihr dichtes Haar über seinen Arm floss. Alles, was er wollte, war, sie auf das Bett zu werfen und langsam in sie zu gleiten, in ihre warmen grauen Augen zu blicken, während er die Geheimnisse ihres Körpers entdeckte.

Er öffnete seine Augen und ließ die Fantasie los. „Ich muss im Büro eine Menge Anrufe und E-Mails bearbeiten. So zu tun, als ob ich Computerspiele spiele, hat sich abgenutzt. Dein Einfall, mir eine falsche Programmieraufgabe zu geben, war eine gute Idee. Ich wünschte nur, du hättest mich gewarnt. Aber selbst wenn du es getan hättest, war ihre Wut unvermeidlich."

JT nickte. „Wir müssen sie bitten, die Tatsache, dass du für mich arbeitest, geheim zu halten."

„Ich denke, sie wird mitmachen."

„Es sei denn, sie ist involviert. Dann könnte sie erraten, was du tust."

„Sie ist nicht involviert", sagte Lee. Er wusste nicht, woher diese Überzeugung kam, aber er zweifelte nicht daran.

„Finde alles über Novak heraus, was du kannst. Mein Gefühl sagt mir, dass er in den Schmuggel verwickelt ist, und wenn wir etwas Handfestes haben, kann ich Drake davon abhalten, mit ihm zusammenzuarbeiten. Aber wir müssen es so anstellen, dass sie nicht merken, dass wir ihnen auf der Spur sind."

„Ich weiß. Ich kümmere mich darum."

Kapitel Einundzwanzig

JT stand Erica am Frühstückstisch gegenüber. Er musste sich jetzt mit seinem Versagen auseinandersetzen, bevor sie ins Büro ging und die perfekte Tarnung, die er für Lee geschaffen hatte, ruinierte. „Ich muss dich um einen Gefallen bitten.“

Sie neigte den Kopf, um ihn zum Sprechen aufzufordern. Ihr Haar fing die frühe Morgensonne ein. Ihre Schönheit heute war distanziert, zurückhaltend, weit entfernt von der entspannten, warmen Frau, mit der er gestern Abend zu Abend gegessen hatte. Sie war ein Rätsel, und er machte sich Sorgen, dass Lee, der kühlköpfigste und rationalste Mann, den er kannte, damit abgelenkt war, ihr Rätsel zu lösen.

„Ich möchte nicht, dass du jemandem im Büro erzählen, dass Lee in meiner Wohnung wohnt. Und natürlich wäre es am besten, wenn du auch nicht erwähnst, dass du zurzeit hierbleibst.“

„Ich verstehe, was die Leute denken würden, wenn sie von mir wüssten, aber warum Lee?“

„Er muss sich bei Talon & Drake einen eigenen Namen machen.“

„Das schafft er nie", spottete sie.

„Ich weiß, dass du jetzt sauer bist, und ich kann es dir nicht verdenken. Aber er ist ein guter Junge mit einem klugen Verstand - wenn er sich entscheidet, ihn zu benutzen." Er lächelte, weil er wusste, wie sehr seine Worte Lee verletzen würden.

„Warum arbeitet er für Talon & Drake?", fragte sie. „Er hat nicht wirklich ein brennendes Interesse an Archäologie. Jedenfalls nicht, dass ich wüsste."

Mist. Sie hatte genau die Frage gestellt, die sie zu vermeiden gehofft hatten. Warum hatte man Lee nicht mit irgendeinem Idioten arbeiten lassen, der sich einen Dreck darum scherte? Sollten Archäologen nicht eigentlich kristallbefragende Möchtegern-Indianer sein? Als ein Viertel Menanichoch hatte er seinen Anteil an Möchtegern-Indianern getroffen und unter ihren gedankenlosen Fragen und ihrer bizarren Bewunderung für ein genetisches Erbe gelitten, auf das sie keinen Anspruch hatten. Keiner dieser Leute hätte Lees Desinteresse bemerkt.

Er seufzte schwer, aber nicht übertrieben. „Ich wollte ihn bei der technischen Unterstützung unterbringen, aber er weigerte sich. Wir haben uns auf die Archäologie geeinigt."

„Das verstehe ich nicht. Warum hast du ihm überhaupt einen Job gegeben?"

„Seine Mutter hat mich darum gebeten. Sie hofft - und ich auch -, dass die Erfahrung, in einem professionellen Büro zu arbeiten, ihm helfen wird, seinen Fokus zu finden." *Viel Glück dabei, sie nach dem Kommentar ins Bett zu kriegen, Lee.*

Er *versuchte* nicht, Lees Chancen bei der potenziellen Artefaktdiebin zu sabotieren; das war nur ein Nebeneffekt dieser Cover Story. Er räusperte sich und fügte hinzu: „Seine Mutter hat ihm gesagt, wenn er das Praktikum nicht absolviert, wird sie ihm ab Herbst das Studium nicht länger bezahlen."

„Er kann also nicht aufhören."

„Nein, das kann er nicht. Und ich werde ihn nicht feuern." *Also versuch' es erst gar nicht, Schätzchen.* „Es klingt, als wäre er dir keine große Hilfe gewesen, und die Datenbank muss gründlich überarbeitet werden, also wird er in der nächsten Woche daran arbeiten."

„Du willst ihm den Mindestlohn für eine technische Arbeit zahlen, die ein Vielfaches davon wert ist?"

Er lächelte über ihre offensichtliche Freude. „Ganz genau."

„Ich hoffe, es ist eine Aufgabe, die er hasst."

„Keine Sorge, er hasst alles an diesem Job."

Das war die ehrlichste Aussage, was er ihr gegenüber gemacht hatte, seit sie sich kennengelernt hatten.

Erica nahm die Metro zu ihrer Wohnung und holte ihr Auto, das sie dort stehen gelassen hatte, weil sie einen sicheren Tiefgaragenplatz hatte, der in ihrer Monatsmiete enthalten war, und es unmöglich war, am Watergate einen Parkplatz zu finden. Die Fahrt ins Büro war nervenaufreibend, und sie verfluchte den Stop-and-Go-Verkehr, während sie sich die Wisconsin Avenue hinaufquälte. Sie hätte viel lieber die Metro genommen, aber heute brauchte sie das Auto.

Der Verkehr trübte ihre ohnehin schon schlechte Laune noch mehr. Sie schwankte zwischen Wut und Enttäuschung. Die lächerliche Art und Weise, wie sie sich Lee gestern an den Hals geworfen hatte, ärgerte sie. Warum hatte sie ihn so geküsst? Schlimmer noch, sie hatte die halbe Nacht wach gelegen und sich gewünscht, er würde in ihr Zimmer kommen und sich entschuldigen. Und es wiedergutmachen.

Er war ein unverantwortlicher, unreifer Schönling, der

keine Anzeichen für ein Erwachsenwerden zeigte. Bis auf den Rest der Zeit ... da war er das genaue Gegenteil.

Er war eine Ablenkung, die sie weder wollte noch brauchen konnte. Ihre Woche war um, und die Thermo-Con UVP war fällig. Sie würde dem Stamm heute den Bericht vorlegen und hoffentlich eine Ausrede finden, um Riversong zu sehen.

Lee war so vernünftig, sein Morgentraining ausfallen zu lassen. Allein am Sandsack zog sie sich eine neue Schramme am Fuß zu, aber ihre imaginären Jake und Marco waren gebrochene, blutende Wracks, als sie fertig war. Nachdem sie geduscht und die Kleidung angezogen hatte, die sie sich am Samstagabend in einem Secondhandladen besorgt hatte, machte sie sich auf den Weg in ihr Büro. Innerhalb einer Stunde hatte sie die Thermo-Con-UVP poliert und druckfertig gemacht. Sie schickte das Dokument per E-Mail an Rob Anderson mit dem Vermerk zur dringenden Überprüfung.

Was nun? Es war ein seltener Moment, in dem sie Zeit hatte, bevor sie sich dem nächsten Projekt zuwenden musste, und sie konnte den Bericht erst abgeben, nachdem Rob und Janice den Entwurf genehmigt hatten. Sie drehte ihren Stuhl um und beobachtete Lee, der vor einer halben Stunde eingetroffen war. Sie hatten nicht mehr miteinander gesprochen, seit sie gestern Abend den Tisch verlassen hatte.

Er fing ihren Blick auf, und anstatt zerknirscht zu schauen, warf er ihr einen hitzigen Blick zu, wie er sie gestern - vor ihrem Streit - angesehen hatte. Sein Blick streifte sie abschätzend, dann kehrten seine hellgrünen Augen zu den ihren zurück. Seine Augenbraue hob sich auf anzügliche Weise, und sie spürte sofort ein unwillkommenes Verlangen. Verflucht sollte er sein.

„Gib es auf", sagte sie.

„Niemals."

Sie wurde durch ein Klopfen an der offenen Bürotür davon abgehalten, zu antworten. Sie schaute auf und sah Lily Davenport in der Tür stehen. „Ich habe ein FedEx für Sie, Erica", sagte die dralle blonde Chemikerin.

Seit wann lieferten Chemiker FedEx-Pakete aus?

Der Blick der Frau war auf Lee gerichtet, und Erica verstand, warum sie plötzlich Empfangsdame spielen wollte. Lily hatte sich den Hydrologen aus Boston geschnappt, und jetzt wollte sie sich den gutaussehenden Archäologie-Praktikanten ansehen. Sie hatte noch nie einen Fuß in das Archäologielabor gesetzt, aber jetzt stürmte sie in den Raum und legte den Umschlag auf Lees Schreibtisch. Dann setzte sie sich auf den Arbeitstisch und stellte gekonnt ihr Dekolleté, ihren Minirock und ihre Absätze zur Schau, die eher zu einem Freitagabend in der Stadt als zu einem Montagmorgen im Büro passten.

Die Tatsache, dass Lee diese Zurschaustellung zu genießen schien, ärgerte Erica. Sicher, Lily war hübsch - wenn man auf Cougar stand. Das Miauen, das gehässige Kommentare begleitete, ging ihr nicht aus dem Kopf, und sie musste sich eingestehen, dass sie Lee zwar nicht für sich selbst wollte, aber auch nicht gerne zusah, wie er eine andere bewunderte.

„Was ist drin?", fragte sie Lee und lenkte seine Aufmerksamkeit von Lilys Dekolleté ab.

Er riss den Streifen auf dem Pappumschlag ab und zog das einzelne Blatt heraus. „Das ist das Ergebnis des Radiokarbontests für den Knochen aus dem Thermo-Con-Sumpf."

„Wie alt ist der Knochen?"

Er studierte die Seite. „Alter unklar."

„Ich verstehe die meisten technischen Daten auch nicht, aber es gibt immer eine Zeile, die das konventionelle Alter angibt, und eine weitere, die das kalibrierte Alter angibt - das ist die Zeile, in der die Schwankungen des Kohlenstoffs aufgrund von Atomtests oder Ähnlichem berücksichtigt werden. Was ist das kalibrierte Alter?"

„Wie ich schon sagte, es ist unklar."

Sie seufzte und durchquerte den Raum, um über seine Schulter zu schauen. Das konventionelle Alter war -2 ± 3 BP, aber neben dem kalibrierten Alter stand: „Eine gewisse Wahrscheinlichkeit für das 19. oder 20."

„Du hast recht", sagte sie. „Es *ist* unklar."

Er lächelte. „Ja, eine Sache, die ich in all den Jahren auf dem College gelernt habe, ist Lesen. Ich kann auch Zahlen erkennen."

Lily kicherte.

„Klugscheißer", sagte Erica. Sie deutete auf das konventionelle Alter. „Neunzehnhundertfünfzig ist das Basisjahr für alle Radiokarbondaten. Jedes Datum vor der Gegenwart - wofür BP steht - ist eine Berechnung ab 1950 nach Christus. Der unkalibrierte Test zeigte also an, dass die Knochen zwischen 1949 und 1955 datiert wurden. Aber als sie den zusätzlichen Kohlenstoff in der Atmosphäre aufgrund der Atomtests berücksichtigten, konnten sie den Bereich nicht näher als zwei Jahrhunderte begrenzen." Sie warf einen Blick auf Lily. „Hört sich das für Sie richtig an?"

Die Chemikerin zuckte mit den Schultern. „Nicht mein Gebiet."

„Ich muss im Labor anrufen." Sie stolperte fast über Lilys Beine, als sie zurück zu ihrem Schreibtisch ging. „Danke, dass Sie den Umschlag abgegeben haben." Ihre Stimme war höflich, aber abweisend.

„Kein Problem." Sie warf einen Blick auf Lee. „Machst du bald deine Morgenpause?"

„Wir müssen uns darum kümmern", sagte Erica, wedelte mit dem Papier und hasste sich dafür, dass sie sich eingemischt hatte, weil sie nicht wollte, dass Lee eine Pause mit Lily einlegte.

Lees Grinsen war selbstzufrieden. Zu Lily sagte er: „Sie ist der Boss."

„Nun, dann sollte ich gehen." Sie stand auf und strich ihren Rock glatt, so dass sie Lee praktisch mit ihrem Hintern zuwinkte, dann ging sie.

Das Zimmer war eine Minute lang still. Schließlich sagte Erica: „Brauchst du eine kalte Dusche, Romeo?"

„Sie macht mich nicht annähernd so sehr an wie du."

Die Erinnerung daran, wie sehr sie ihn erregt hatte, ließ ihr den Atem stocken.

„Ich liebe es, wenn du dieses Geräusch machst. *Jetzt* brauche ich eine kalte Dusche."

Sie schüttelte den Kopf, griff nach ihrem Telefon und lächelte leicht. Er hatte einen gewissen unerbittlichen Charme.

Zehn Minuten später legte sie aufgeregt den Hörer auf. „Wir haben ein Problem. Wir können nicht mit Sicherheit sagen, ob die Knochen prähistorisch sind oder nicht, und wenn sie nicht prähistorisch sind, müssten wir eine kriminalistische Untersuchung veranlassen."

„Wenn der Knochen wirklich aus dem Jahr 1952 stammt, dann könnte es sich um die Überreste einer Leiche handeln, die dort versteckt war", sagte Lee.

„Höchstwahrscheinlich sind die Knochen prähistorisch, aber wir können die Tatsache nicht ignorieren, dass das Haus 1952 gebaut wurde und der unkalibrierte Test dieses Jahr ergab, plus/minus drei. Ich glaube nicht, dass die Armee das Haus über einem kürzlich angelegten Grab gebaut hat, aber nachdem ich den Bericht abgeliefert habe, werde ich in den Stammesarchiven nachsehen, welche Informationen sie darüber haben, wie das Land vom Militär genutzt wurde, für den Fall, dass es einen Friedhof gab und sie es versäumt haben, ein Grab zu verlegen."

„Wenn das der Fall war, hätten die Knochen dann nicht in einem Sarg liegen müssen?"

„Guter Punkt. Ein weiterer Grund zu glauben, dass das Datum falsch ist und die Knochen prähistorisch sind."

„Ich komme mit dir."

„Du musst für JT arbeiten."

„Deine Arbeit wird schneller gehen, wenn ich dir bei der Suche in den Archiven helfe."

Jetzt war er bereit, tatsächlich zu arbeiten? Sie hatte keine Lust, ihn mitzunehmen. Sie hatte vor, ein Treffen mit Riversong in dieser Angelegenheit zu arrangieren und wollte mit dem Chairman allein sprechen.

Aber vielleicht brauchte sie ihn ja auch. Lee konnte Riversong im Poolbillard mit einem kaputten Queue und einem Arm auf dem Rücken schlagen, und sie wollte, dass der Vorsitzende einen weiteren DNS-Test für diese Knochen genehmigte. Und vor allem wollte sie Sams DNS als Vergleichsprobe.

Kapitel Zweiundzwanzig

Lees Code-Knacker-Programm blinkte auf dem Bildschirm seines Laptops auf. Er hatte endlich die letzte der Irak-Projektdateien entschlüsselt. Er klickte auf das Symbol und die Liste der Dateien wurde geladen. Mehrere Dateien hatten eine unbekannte Dateiendung. Eine schnelle Suche zeigte ihm, dass es sich um Blaupausen handelte. Er öffnete die lesbaren Textdateien und erfuhr, dass es sich um Blaupausen für etwas namens SARAC handelte.

Er fühlte einen Ruck des Wiedererkennens und suchte in seiner Datenbank mit aufgezeichneten Nachrichten nach einer SMS, die er letzten Freitag gelesen hatte. Er fand sie sofort. Es handelte sich um eine Textnachricht, die von einem Prepaid-Handy aus dem Gebäude an ein Prepaid-Handy geschickt worden war, das sich in Menanichoch, Maryland befunden hatte, als die Nachricht empfangen wurde. Die Nachricht war kurz und knapp: *Sara C. wird heute in einer Woche zurück sein.* Er hatte die Nachricht markiert, aber sie hätte unschuldig sein können, denn sie bezog sich auf Sarah Castleberry, eine Bauingenieurin von Talon & Drake, und Talon

& Drake hatte mehrere Stammesprojekte; eine beliebige Anzahl von Mitarbeitern könnte sich im Reservat aufhalten oder mit einem Kunden kommunizieren.

Sara C musste SARAC sein, und woraus auch immer die Ausrüstung bestand, sie wurde zurückgeschickt. Aus dem Irak. Wahrscheinlich mit einer der vielen Abzugstransporte. In Matt Webers E-Mail an JT hatte es geheißen: „*Defekte Ausrüstung von Talon & Drake wird mit einem Militärtransport in die USA zurückgeschickt.*" Lee war sich sicher, dass das, was auch immer geschmuggelt wurde, in SARAC versteckt sein würde.

Aber noch wichtiger war, dass er die Handys von zwei Verschwörern identifiziert hatte.

Lee wollte es JT unbedingt sagen, wusste aber, dass er sich mit Joe traf. Die Kampagne war nur noch wenige Tage davon entfernt, offiziell zu werden.

Eine Stunde später war der Thermo-Con UVP genehmigt, gedruckt und gebunden. Lee hatte JT nicht erreicht, aber als er in Ericas Auto stieg, war er immer noch ganz aufgeregt wegen seiner Entdeckung. Wenn alles gut ging, würde er diesen Spionagejob bis Freitag erledigt haben. Er sah zu Erica hinüber, als sie sich anschnallte. Wenn sie sauber war, konnte er sie zu einem schicken Abendessen ausführen, sie überzeugen, ihm seine Lügen zu verzeihen, und dann mit ihr nach Hause fahren und beweisen, dass er weder faul noch ein Kind war.

Zuerst übergaben sie die UVP an die Umweltbeauftragte, ein etwa sechzigjähriges Stammesmitglied mit einem warmen Lächeln. Sie war begeistert von den Informationen, die Erica über Thermo-Con gesammelt hatte. Das merkwürdige Radiokarbon-Datum machte ihr Sorgen, und sie führte sie sofort in den Raum, in dem alle Landunterlagen, sowohl die militärischen als auch die der Stämme, aufbewahrt wurden.

Sie verbrachten eine Stunde damit, alte Karten und

ethnografische Daten zu studieren und fanden nichts, was darauf hindeutete, dass das Grundstück jemals ein Friedhof oder eine prähistorische Begräbnisstätte gewesen war. „Wir müssen mit Sam Riversong darüber sprechen", sagte Erica.

Lees Stimmung sank in den Keller. Die Radiokarbondatierung rechtfertigte kein Treffen mit dem Chairman. Bestenfalls sollte sie diese Spur mit der Umweltbeauftragten weiter besprechen. Aber Erica trieb die Sache auf die Spitze, und Lee wollte wissen, warum. Er wusste aus dem Bauch heraus, dass sie nicht aus Sorge um die Knochen handelte.

Wieder fanden sie sich im Spielzimmer des glänzenden neuen Stammesgebäudes wieder. Lee ging direkt zum Billardtisch und stieß die Kugeln an. Er würde Erica mit dem Spiel ablenken und versuchen herauszufinden, was sie vorhatte.

Das Problem war, dass sie ihn ablenkte. Jedes Mal, wenn sie sich über den Tisch beugte, verspürte er ein Gefühl in seinem Bauch, das ihm sagte, dass dies keine gewöhnliche Anziehung war. Sie hatte etwas an sich, das ihn auf eine ganz ursprüngliche Weise berührte. Er hatte von Anfang an gewusst, dass er sie wollte, aber was er wollte, machte ihm Angst: Er wollte die Barrikaden durchbrechen, die sie um sich herum errichtet hatte. Er hatte nur flüchtige Eindrücke von ihr gesehen, wie sie entspannt und glücklich war. Er wollte mehr.

Eines war sicher, sie wollte nicht verlieren, und sie konzentrierte sich auf das Spiel, fest entschlossen, keine Fehler zu machen.

Sie beugte sich für einen weiteren Versuch hinunter, und er wünschte sich, sie hätte das enge T-Shirt mit V-Ausschnitt an, das sie das ganze Wochenende über getragen hatte. Sie war am Samstagabend einkaufen gegangen und hatte ein billiges, aber ansehnliches Outfit gefunden, aber die Kleider waren weit und saßen schlecht.

Er beschloss, sie zu verunsichern. Er lehnte sich gegen

ihren Rücken, schob seine Arme an ihren entlang und positionierte ihren Queue neu. „Du bist zu weit links für den Bankshot."

Sie zog den Schläger mit einem schnellen, harten Stoß zurück und rammte ihm das Ende in die Rippen. Der Spielball rollte gegen die Bande, wo er wild abprallte und den gestreiften Ball, der ihr Ziel gewesen war, verfehlte.

Lee rieb sich die Seite. „Verdammt. Du kannst genauso gut mit dem Queue umgehen wie mit dem Sandsack."

„Du kannst dich glücklich schätzen - ich wollte dich nicht verletzen ... zumindest nicht ernsthaft."

Er drückte sie mit dem Rücken gegen den Tisch und senkte seine Stimme, damit sie nicht weiter als bis zu ihren Ohren drang. „Klingt pervers. Wir sollten uns ein Sicherheitswort einfallen lassen." Seine Lippen schwebten über ihren.

Sie kicherte, dann rollte sie mit den Augen, drückte gegen seine Brust und lehnte sich von ihm weg. „Bitte. Dir steht der Ärger ins Gesicht geschrieben. Du bist zu jung, unreif und verwöhnt. Und ein Mangel an Finesse führt zu langweiligem Sex."

Er verschluckte sich an ihrer Behauptung. „Was meinst du mit mangelnder Finesse?"

„College-Jungs sind alle nur am Fummeln und beeilen sich, ohne etwas vom Vorspiel zu verstehen."

„Klingt nach einer Herausforderung."

Ihr Blick musterte ihn von Kopf bis Fuß ab. Beurteilend. Bewundernd. Heiß. Aber sie schüttelte den Kopf. „Du wärst nur eine weitere Enttäuschung." Er konnte an dem Blau ihrer Augen und dem Zucken ihrer Lippen erkennen, dass sie sowohl amüsiert als auch erregt war.

Sie drückte wieder gegen seine Brust.

Er bedeckte ihre Hand mit seiner. „Ich bin entschlossen, deine Meinung über mich zu revidieren. Komm heute Abend in mein Zimmer." Irgendwann in diesem Spiel hatte er aus den Augen verloren, was echt und was gespielt war, aber sein Plädoyer klang wie das eines College-Jungen, also war er wenigstens in seiner Rolle.

„Keine Chance. Wirst du jetzt deine Chance nutzen?"

„Wenn du glaubst, dass ich mit diesem Stock hier gut umgehen kann, warte, bis du siehst ..."

Sie unterbrach ihn. „Schieß, bevor ich mit meinem Stock auf deine Kugeln ziele."

„Autsch, ich hoffe, wir reden noch über das Spiel. Mal sehen, du hast deinen Zug komplett verfehlt, also heißt es Ball-in-Hand für mich."

„Und so wird es auch heute Abend, morgen Abend und die restlichen Nächte heißen, bis du wieder zur Schule gehst - dein Stock, deine Bälle, deine Hand. Allein."

Er lachte, hob den Spielball auf und stieß ihn mit Leichtigkeit in die Ecktasche. „Warum willst du mit Riversong sprechen?"

Sie sah aus, als wollte sie etwas sagen, hielt dann aber inne, und er wusste, dass er sie mit dem Themenwechsel nach der spielerischen Unterhaltung verunsichert hatte.

Er machte seinen Zug und versenkte den letzten Rest seiner Kugeln. Er wusste, dass es nicht möglich sein würde, sie dazu zu bringen, ihm plötzlich ihre Absichten zu gestehen, aber er glaubte, dass sie es ihm sagen *wollte*. Sie wollte ihm vertrauen.

Er hatte Sex nie für etwas anderes benutzt als für das gemeinsame Vergnügen mit jemandem, mit dem er zusammen sein wollte, aber mit Erica zu schlafen als Abkürzung, um ihr Vertrauen zu gewinnen, war noch immer eine Möglichkeit. Er musste wissen, warum Novak im Bethesda-Büro herumgeschnüffelt hatte. Und zwar jetzt.

Er versenkte die Acht. „War es das wert, deinen Stoß zu opfern, um mich mit deinem Queue zu stoßen?"

„Ja. Vergeltung ist besser als ein Sieg."

Riversong betrat den Raum. „Nein, Ms. Kesling. Nichts ist besser, als zu gewinnen." Ein weiterer Mann folgte dem Chairman in den Raum. Riversong wandte sich an den Mann, den Lee schon einmal gesehen hatte. „Meinen Sie nicht auch, Jake?"

Kapitel Dreiundzwanzig

Lee beobachtete mit zusammengekniffenen Augen, wie Novak den Raum durchquerte und vor Erica stehen blieb. Er nahm ihre Hand und führte sie an seine Lippen. „Erica, meine Liebe, es ist schön, dich wiederzusehen."

Ihre Haut war blass, und sie sah einen Moment lang verängstigt aus, bevor ihre Augen den kältesten Grauton annahmen, den er je gesehen hatte. Sie zog ihre Hand zurück, richtete sich auf und wandte sich an den Chairman. „Mr. Riversong, wie ich sehe, sind Sie beschäftigt. Wir können uns später treffen." Sie machte einen Schritt auf die Tür zu.

Novak packte sie am Arm und hielt sie auf. „Erica, wann wirst du lernen, dass Weglaufen nicht funktioniert?"

Adrenalin pulsierte durch Lee. Er wollte die Hand des Mannes von ihr losreißen.

Sie riss ihren Arm aus Novaks Griff. „Ich laufe nicht weg, Jake. Ich halte es nur nicht für angemessen, mit einem Kunden vor einem unbeteiligten Dritten zu verhandeln."

„Oh, aber Schätzchen, ich bin beteiligt. Ich schließe mich

mit Talon & Drake zusammen. Du und ich werden zusammenarbeiten." Novak sah sie besitzergreifend an.

Eifersucht stach Lee. Er kämpfte gegen den Drang an, Novak in seine Schranken zu weisen. Mit Fäusten. Er entschied sich für das beschissene Praktikanten-Äquivalent. „Wäre das nicht ein Spaß?" Er legte ihr einen Arm um die Schultern. „Wir drei, die wir zusammenarbeiten."

„Du bist der Praktikant, richtig? Mach dich nützlich und hol uns Kaffee. Sam, Erica und ich müssen reden."

„Jake, halt den Mund oder geh", sagte Riversong. „Du bist bei diesem Treffen nicht der Boss." Er warf einen Blick auf seine Uhr. „Ich habe nicht viel Zeit. Wie ich höre, gibt es ein Problem mit dem Thermo-Con-Haus." Er sah Erica erwartungsvoll an.

Sie zuckte mit den Schultern, und Lee ließ seinen Arm sinken. Novak hatte sie verunsichert - schon wieder. Sie sammelte ihre Fassung. „Die Knochen, die wir gefunden haben, sind menschlich", sagte sie. „Heute habe ich das Radiokarbondatum erhalten, das nicht eindeutig war. Es ist möglich, dass die Knochen hundertfünfzig Jahre alt sind, aber es ist ebenso wahrscheinlich, dass sie 1952 dort begraben wurden."

Riversong hob eine Augenbraue. „Das Jahr, in dem das Haus gebaut wurde?"

„Ja."

„Interessant." Riversong hielt inne. „Wenn das Radiokarbondatum zeigt, dass die Knochen hundertfünfzig Jahre alt sein könnten, dann ist dies eine Stammesangelegenheit, und Ihr Beitrag ist nicht mehr nötig."

„Aber Ihr BRAC-Abkommen mit der Regierung ..."

„Das geht Sie nichts an", entgegnete Riversong mit scharfer Endgültigkeit. Der Mann war fertig damit, Ericas Spiel mitzuspielen, und ihrem Gesichtsausdruck nach zu urteilen, wusste sie das.

Sie schloss kurz die Augen, und Lee hatte das Gefühl, dass sie ihren Mut zusammennahm. „Wenn menschliche Überreste entdeckt werden, bin ich verpflichtet, die Maryland State Police, die Staatsanwaltschaft und den Maryland Historical Trust zu benachrichtigen, was ich noch nicht getan habe."

Riversongs Mund verzog sich zu einer dünnen Linie, aber Lee hatte genug gelesen, um zu wissen, dass Erica die Wahrheit sagte.

„Angesichts der Unklarheit über das Alter der sterblichen Überreste", fuhr sie mit festerer Stimme fort, „ist es möglich, dass die Staatspolizei oder der Staatsanwalt eine strafrechtliche Untersuchung einleiten wollen, was alle Arbeiten am Thermo-Con-Haus auf unbestimmte Zeit stoppen würde. Aber es gibt einen Test, der zeigen würde, ob das Datum von 1952 falsch war oder nicht. Wenn das der Fall ist, werden sich höchstwahrscheinlich alle Parteien darauf einigen, dass es sich um eine Stammesangelegenheit handelt, und Sie können mit den Überresten umgehen, wie Sie es für richtig halten."

„Welchen Test schlagen Sie vor?"

„Ein vergleichender DNS-Test. Wir können die Knochen mit der DNS der Menanichoch vergleichen. Selbst wenn die Knochen tausend Jahre alt sind, wird es eine Übereinstimmung in der DNS geben, die uns sagt, dass die Knochen von einem Stammesmitglied stammen, das lange vor der Landübernahme durch die Armee und dem Bau von Fort Belmont begraben wurde."

Riversong schreckte sichtlich zurück. „Nein."

„Ich weiß, dass viele Stammesmitglieder über DNS-Tests besorgt sind, weil die genetische Kartierung die Grundlage ihrer Religion untergräbt. Ich verspreche, dass dieser DNS-Test nicht dafür verwendet wird."

„Mein Volk hört seit Jahrhunderten Versprechungen. Wir sind jedes Mal betrogen worden."

Die Spannung zwischen Erica und dem Chairman war groß, während Jake Novak am Billardtisch lehnte und sie mit einem raubtierhaften Grinsen anstarrte. Der Mann genoss diesen Austausch.

„Ich lasse mir die Ergebnisse direkt vom Labor schicken. Unser Vertrag verbietet es, die DNS in eine Datenbank einzugeben. Sie werden nicht einmal wissen, welche ethnische Gruppe kartiert wird."

Lee beschloss, dass seine Rolle als unwissender Praktikant nützlich war. „Warum ist das ein Problem, wo Sie doch letzte Woche die Tests an den Knochen genehmigt haben?"

Riversong schenkte sich ein Glas Wasser ein und nahm einen langen Schluck, bevor er antwortete. „Der erste Test ergab, dass der Knochen menschlich war. Eine genetische Sequenzierung war nicht notwendig. Dieser Test erfordert eine genetische Sequenzierung - das heißt, die DNS von Menanichoch würde isoliert und definiert werden."

„Und das wollen Sie nicht?"

Er stellte das Glas ab. „Nein, das wollen wir nicht. Unsere DNS, unser Erbe, ist alles, was wir noch haben. Pharmakonzerne wollen unsere DNS stehlen. Sie wollen unsere Gene benutzen, um Pillen und Impfstoffe zu entwickeln, die andere vor Krankheiten schützen, gegen die wir von Natur aus immun sind. Sie wollen den Kern unserer Existenz nutzen, um diejenigen zu retten, die uns bestohlen haben, um genau die Menschen zu retten, die uns in Internate geschickt haben, damit wir vergessen, wer wir sind. Andere wollen unsere DNS nutzen, um alles zu zerstören, was uns geblieben ist, indem sie unsere Religion untergraben und unserem Glaubenssystem die Grundlage entziehen, indem sie behaupten, unsere Vorfahren seien aus der Alten Welt eingewandert." Er hielt inne. „Ihr Vorschlag gefällt mir nicht, Ms. Kesling."

„Das ist der schnellste Weg, um festzustellen, ob die Knochen von Menanichoch stammen oder nicht. Wenn die

DNS nicht übereinstimmt, dann wissen wir, dass die Überreste wahrscheinlich von jemandem stammen, der mit dem Armeestützpunkt in Verbindung steht. Denken Sie daran, dass die Polizei aus dem gleichen Grund auf den gleichen Test drängen könnte, ohne die gleiche Garantie für die Privatsphäre der Ergebnisse", sagte sie.

„Das wäre nur dann ein Problem, wenn *ich die* Polizei benachrichtigen würde", sagte Riversong.

Erica wollte etwas erwidern, aber der Chairman hielt eine Hand hoch.

„Sie vergessen, dass Sie sich auf Stammesland befindet. Wir sind unser eigenes Volk, und das bedeutet, dass wir uns nicht immer an die staatlichen Gesetze halten müssen."

Erica straffte die Schultern. „Aber Sie müssen sich an Ihre BRAC-Vereinbarung halten, in der das Protokoll für den Umgang mit unbeabsichtigten Entdeckungen menschlicher Überreste klar umrissen ist."

Riversong verengte seine Augen.

Lee hielt den Atem an und spürte, wie sich Schweiß auf seiner Stirn bildete. Erica hatte Recht mit der BRAC-Vereinbarung, aber trotzdem war sie verrückt, den Mann so in die Ecke zu drängen.

Schließlich traf Riversong eine Entscheidung. „Gut. Machen Sie den Test."

Ihre Augen leuchteten auf. „Ich brauche eine DNS-Probe eines Stammesmitgliedes. Werden Sie sie mir geben?"

„Nein. Suchen Sie sich jemand anderen."

Ihr Kiefer krampfte sich zusammen.

„Viel Glück bei der Suche nach einem Stammesmitglied, das dazu bereit ist, Cream Puff."

Sie warf Novak einen bösen Blick zu und wandte sich dann an den Chairman. „Ich brauche ein weiteres Knochenfragment."

Riversong ging zum Billardtisch hinüber und nahm einen

Queue in die Hand. „Heute Morgen wurde mir gesagt, dass die neue Pumpe ausgefallen ist und einen Kurzschluss im elektrischen System verursacht hat. Der Pumpensumpf wurde für Reparaturen trockengelegt, also sollten Sie kein Problem haben, Ihren Knochen zu bergen." Riversong hielt inne. „Sie haben zwei Tage Zeit, um ein Stammesmitglied zu finden, das Ihnen eine Probe gibt, oder ich erledige das auf meine Weise."

Sie lächelte breit, und Lee fragte sich, ob sie JT fragen würde.

Kapitel Vierundzwanzig

„Macht es dir etwas aus, wenn ich im Auto warte?" fragte Lee Erica, als sie vor dem Thermo-Con-Haus parkte.

„Du willst dich nur vor dem stinkenden Keller drücken."

Er öffnete seinen Laptop. „Ich habe viel Arbeit mit JTs Datenbank zu erledigen." Nach ein paar schnellen Klicks erschien ein Bildschirm voller Codes. Er scrollte in der Liste nach unten und tippte etwas ein, das für sie wie Kauderwelsch aussah, woraufhin sich ein weiteres, kleineres Fenster öffnete, in dem etwas lief, von dem sie annahm, dass es eine Datenbanksimulation sein könnte.

Sie verspürte einen angenehmen Schock der Überraschung. Er arbeitete wirklich. „Ich weiß nicht, warum du die Stelle beim technischen Support abgelehnt hast. Offensichtlich gefällt dir das Programmieren viel besser als die Archäologie."

„Ja, aber dann würde ich mit einem Haufen Computerfreaks zusammenarbeiten und nicht mit einer dunkelhaarigen Schönheit, die mich schon erregt, indem sie nur atmet."

Sie verdrehte die Augen und begann, aus dem Auto zu steigen. Er hielt ihre Hand fest. „Es hat mir nicht gefallen, wie Jake Novak dich angeschaut hat. Wenn er das noch einmal macht, muss ich ihm die Fresse polieren.“

Er klang wie ein Macho, sogar wie ein Neandertaler. Aber es gefiel ihr und sie lächelte. „Ich werde dir helfen.“

Sie schnappte sich eine Plastiktüte und betrat das Thermo-Con-Haus. Sie hätte es nicht für möglich gehalten, aber das Haus roch heute schlimmer als noch vor einer Woche. Oben an der Treppe betätigte sie den Wandschalter, aber nichts geschah. Sie erinnerte sich daran, was Riversong über den Strom gesagt hatte, und ging zu ihrem Auto zurück, um eine Taschenlampe zu holen.

Lee murmelte geistesabwesend etwas und war offensichtlich in seine Arbeit vertieft. Sie glaubte, er würde nicht einmal mitbekommen, wenn sie ihm splitterfasernackt gegenüberstünde. Wer hätte gedacht, dass er ein Computerfreak war?

Als sie wieder im Haus war, hörte sie ein Brummen, das sie vorher nicht bemerkt hatte, und folgte dem Geräusch nach draußen, wo es viel lauter wurde. Sie ging nach hinten und entdeckte einen Generator, der neben einem der beiden schmalen, ebenerdigen Kellerfenster angeschlossen war. Durch das Fenster liefen Stromkabel und ein Schlauch, und sie erkannte, dass die Klempner eine tragbare Pumpe zur Trockenlegung des Kellers aufgestellt haben mussten. Ein kurzer Blick in die Runde verriet ihr, dass die Klempner für heute fertig sein mussten, denn ihr Wagen war nirgends zu sehen.

Sie kehrte zum Treppenhaus zurück, schaltete ihre Taschenlampe ein und stieg in den dunklen, stickigen Raum hinab. Der Geruch von toten Ratten war unbedeutend im Vergleich zu dem starken Geruch von Abgasen und versengter Elektronik. Die neue Pumpe musste die Sicherung durchgebrannt haben.

Die offene Kellertür warf ein wenig Licht auf die oberen Stufen. Die untere Hälfte der Treppe war in Dunkelheit gehüllt. Sie zog eine Grimasse, als sie feststellte, dass der Boden mit einem Zentimeter Wasser bedeckt war. Warum hatte sie ihren Praktikanten nicht mit dieser Aufgabe betraut?

Ihre Schuhe waren nicht wasserdicht, und sie hatte nur wenig Kleidung übrig, also setzte sie sich auf die Treppe, zog ihre Schuhe und Strümpfe aus und krempelte ihre Hose hoch. Durch den Mund atmend, setzte sie ihren Fuß in das trübe Wasser und wiederholte in Gedanken den Satz: *Ich werde einen Weg finden, Sams DNS zu bekommen. Ich werde einen Weg finden ...*

Die Treppe endete in der Mitte des Kellers, und der Sumpf befand sich in einer Nische neben dem Kohlenraum. Schmutz und Sträucher schwächten das Licht aus den beiden schmalen Fenstern, und als sie um die Kurve hinter der Treppe kam, war ihre Taschenlampe die einzige Lichtquelle.

Sie klemmte die Taschenlampe unter ihr Kinn und ging so gut es ging in die Hocke, bevor sie in die schlammige Sickergrube griff. Ihr Arm steckte bis zum Ellbogen drin, und sie kippte fast nach vorne in das Loch, bevor sie ein Stück Knochen spürte. Wieder fragte sie sich, warum sie Lee in dem sauberen Auto mit dem nach Kiefern duftenden Lufterfrischer hatte bleiben lassen.

Sie untersuchte das Knochenfragment im Licht der Taschenlampe. Es war reichlich gesättigtes, schwammiges Knochenmark vorhanden, was das Stück zu einem guten Kandidaten für einen DNS-Test machte. Nachdem sie es eingepackt hatte, griff sie nach einem anderen Knochen, aber ein Kitzeln in ihrem Hals löste einen Hustenanfall aus, und die Taschenlampe rutschte ihr unter dem Kinn weg und fiel in das schlammige Wasser.

„Verdammt!" Hustend und fluchend griff sie nach der Lampe, die schwach leuchtete, als sie im braunen Wasser versank. Das Licht erlosch gerade, als sie die Lampe zu fassen bekam.

Immer noch hustend stand sie auf und hielt sich den nassen Arm vor den Körper, in der Hoffnung, dass sie das einzige arbeitsgerechte Kleidungsstück, das sie besaß, nicht ruiniert hatte.

Sie gab es auf, ein zweites Fragment zu bergen, holte Luft und machte sich dann in der Dunkelheit vorsichtig auf den Weg aus der Nische. Im Hauptraum wies ihr nur der winzige Lichtschimmer der Fenster den Weg zur Treppe. Mit dem Knochenfragment im Plastikbeutel und der kaputten Taschenlampe in einer Hand stieg sie die Treppe hinauf und hob ihre Schuhe auf. Sie war fast raus aus diesem dreckigen, dunklen Höllenloch.

Ein weiterer Hustenanfall überkam sie, als sie bemerkte, dass die Tür geschlossen war. Kein Wunder, dass es so dunkel war. Von einem heftigen Hustenanfall geschüttelt, ließ sie ihre Schuhe fallen und klammerte sich mit einer glitschigen, nassen Hand an das Geländer. Als sie sich endlich erholt hatte, griff sie nach dem Türknauf.

Es rührte sich nicht.

„Lee. Das ist nicht lustig. Mach die Tür auf."

Sie wartete.

„Lee?"

Sie steckte den Knochen in ihre Tasche, stellte die Taschenlampe ab und versuchte mit beiden Händen, den Türknauf zu drehen, aber er klemmte. Eine Welle von Schwindelgefühl durchfuhr sie. Sie holte tief Luft, um sich auf der steilen Treppe zu stabilisieren, und stellte fest, dass der Abgasgeruch kein Überbleibsel des Fiaskos mit der Ölwanne sein konnte, denn der Geruch war noch schlimmer geworden.

Ihr Blick flog zum Fenster. Der kleine Riss im Tageslicht bestätigte ihre schlimmste Befürchtung.

Der Generator spuckte Abgase direkt durch das offene Fenster.

Oh Gott! Sie war in einem Keller gefangen, der sich schnell mit Kohlenmonoxid füllte.

Kapitel Fünfundzwanzig

Sobald Erica im Thermo-Con-Haus verschwunden war, nachdem sie eine Taschenlampe geholt hatte, rief Lee JT an: „Ich habe gerade Jake Novak gesehen."

„Er ist im Büro?"

„Nein. Er war bei Sam Riversong, im Stammesbüro."

„Ich hoffe, Riversong tut nichts, was an der Grenze des Legalen liegt", sagte JT.

„Ich mache mir Sorgen, dass das Ganze vollkommen illegal ist. Das Kasino bietet eine schöne Gelegenheit zur Geldwäsche."

„Scheiße, Novak taucht plötzlich überall auf, und der Zeitpunkt könnte nicht schlechter sein. Bring sie zum Reden."

„Es würde schneller gehen, wenn du uns in Ruhe lassen würdest."

„Hey, ich habe dich gestern Abend in Ruhe gelassen", sagte JT.

„Nachdem du es vermasselt hast und sie sauer auf mich war. Wo bist du eigentlich gestern Abend hingegangen?"

„Ich hab' Alexandra besucht."

„Gott, willst du sie immer noch hinhalten?“

„Sie hat mit mir Schluss gemacht. Und wir sind immer noch Freunde.“

„Mit gelegentlichem Sex?“ fragte Lee.

„Das ist die beste Art von Freundschaft.“

„Eines Tages wird es einem von euch ernst mit jemand anderem, und dem anderen wird das Herz gebrochen.“

„Das wird mein Herz sein, kleiner Bruder. Nur meins.“

„Hör zu, Erica wird bald zurück sein, und ich muss wissen, was SARAC ist.“

„Das ist unser erstklassiger Hightech-Kran.“

„Wofür steht der Name?“

„Stationary Armored Radial Arm Crane - Stationärer gepanzerter Radialarmkran“, antwortete JT. „Sara ist etwas Besonderes, weil sich der Radialarm nicht nur dreht, sondern auch schwenkt. Es ist, als hätte man einen riesigen Roboter, der Baumaterialien hebt und positioniert. Kein anderer Kran auf der Welt kann die Dinge tun, die Sara kann. Sie ist gepanzert, weil wir sie in Kriegsgebieten eingesetzt haben.“

Lee beobachtete die Tür des Thermo-Con-Hauses. Erica konnte jeden Moment zurückkommen. „Ich habe eine SMS abgefangen, die besagt, dass der Kran zurückkommt. Am Freitag.“

JT stieß eine Reihe von Flüchen aus. „Sara sollte nicht zurückkommen. Sie sollte auf dem Weg nach Afghanistan sein.“

„Es sieht so aus, als käme sie in die Staaten. Warum soll sie zurückgeschickt werden?“

„Entweder, weil jemand einen massiven Fehler gemacht hat, oder weil der Mechanismus des Arms kaputtgegangen ist. Das ist vor einem Jahr passiert, und der Arm musste zur Reparatur hierher zurückgeschickt werden. Die Ausrüstung ist urheberrechtlich geschützt, und die Technologie, die Ingenieure, sie sind alle hier.“

„Wie würde der Kran gesendet werden?" fragte Lee.

„Wahrscheinlich per Schiff."

„Wohin würde er gehen, sobald er in den Staaten ist?"

„Menanichoch", sagte JT. „Die Werft hat einen Fünfzigtonnen-Portalkran und einen Tiefwasser-Liegeplatz. Wir haben dort eine Werkstatt mit der nötigen Technik, um Reparaturen durchzuführen. Wenn er kaputt ist und Rob mir nichts gesagt hat, werde ich ihn feuern. Es ist mir egal, wie lange er für Talon & Drake gearbeitet hat. Wir brauchen den Kran in Afghanistan, so schnell wie möglich. Das Dumme ist, dass ich Rob nicht befragen kann, ohne ihm zu verraten, dass ich weiß, dass Sara zurückkommen wird."

„Wir müssen wissen, wie er transportiert wird."

„Es besteht die Möglichkeit, dass Rob dieses Detail gar nicht kennt."

„Warum sollte er das nicht wissen?"

„Um zu verhindern, dass Terroristen die Transportrouten herausfinden oder Bomben in ziviler Ausrüstung verstecken, die auf Militärschiffen oder -flugzeugen transportiert wird, gelten verrückte Geheimhaltungsstufen. Aus diesem Grund versuche ich, Militärtransporte zu vermeiden, aber manchmal ist es notwendig. Ich werde von meiner Seite aus tun, was ich kann, um das herauszufinden. Du hast gesagt, die Nachricht war eine SMS. Kannst du herausfinden, wer sie gesendet und wer sie empfangen hat?"

„Ich arbeite daran. Wegwerfhandys, aber jetzt, wo ich die Nummern habe, kann ich die Signale aufspüren, wenn die Telefone eingeschaltet sind. Im Moment sind beide Telefone ausgeschaltet."

„Endlich haben wir eine Chance." Die Erleichterung in JTs Stimme war deutlich zu hören. „Konzentrier dich darauf. Und auf Erica."

Lee starrte auf das Haus. „Ich frage mich, warum sie so lange braucht?"

„Was macht sie da?“

„Sie hat einen weiteren Deal mit Riversong abgeschlossen und sammelt einige Knochen für DNS-Tests. Ich denke, sie wird dich um eine Vergleichsprobe bitten.“ Er erzählte JT kurz von dem Treffen mit Sam.

„Soll ich ihr die Probe geben?“

„Kommt drauf an. Sam ist strikt dagegen, ihr Menanichoch-DNS zu geben. Machst du dir Sorgen um das DNS-Mapping?“

„Nein. Es ist unvermeidlich. Ehrlich gesagt, bin ich sicher, dass wir bereits gemappt wurden. Anstatt sich dagegen zu wehren, halte ich es für besser, die Kontrolle zu übernehmen. Die Daten selbst in die Hand zu nehmen.“

„Wenn du dir keine Sorgen machst, dann gib es ihr. Wie ich die Vorschriften verstehe, hat Erica recht, dass menschliche Überreste identifiziert werden sollten. Ganz zu schweigen davon, dass es für Talon & Drake nicht gut aussehen würde, wenn der Stamm dank einer verpfuschten UVP eine Grabstätte entweihen würde.“

„Hast du wirklich all diese archäologischen Vorschriften gelesen?“

„Natürlich.“

„Gut. Wenn sie fragt, werde ich ihr die Probe geben.“ JT legte auf.

Lee klappte das Telefon zu und steckte es zurück in seine Tasche. Er starrte auf das Haus und überlegte, ob er hineingehen und ihr helfen sollte. Wahrscheinlich brauchte sie jemanden, der die Taschenlampe hielt, während sie die Probe nahm.

Er wischte die Bedenken beiseite. Sie würde in einer Minute rauskommen, und er musste so tun, als sei er in die Datenbank vertieft.

Erica hämmerte an die Tür. „Hilfe! Lee! Hilfe!"
Eine weitere Welle von Benommenheit überkam sie. Sie klammerte sich an das Geländer und konnte sich kaum auf den Beinen halten. Ihr war übel und schwindlig, und sie wusste, dass sie aus diesem Keller verschwinden musste, bevor sie ohnmächtig wurde, oder sie würde nie wieder aufwachen.

Sie zog den Kragen ihres Hemdes über Mund und Nase und eilte die Treppe hinunter, wobei sie ihre Hose im Wasser hängen ließ, als sie zum Fenster eilte. Bei näherer Betrachtung stellte sie fest, dass es keine Glasscheibe gab - sie konnte das Fenster nicht schließen, um den Abgasstrom zu unterbrechen.

Mit angehaltenem Atem versuchte sie, den Generator zu erreichen, aber sie war zu klein und konnte ihre Finger kaum über den Fenstersims strecken. Sie suchte nach etwas, worauf sie klettern konnte. Vielleicht konnte sie durch dieses oder das andere Fenster entkommen. Aber sie konnte in der Dunkelheit keine vielversprechenden Umrisse erkennen und erinnerte sich nicht daran, letzte Woche hier unten irgendwelche Möbel gesehen zu haben.

„Lee! Hilfe!", rief sie durch das Fenster, aber der Generator übertönte das Geräusch, sogar für ihre eigenen Ohren.

Sie versuchte, so wenig wie möglich zu atmen, während sie sich durch den dunklen Raum bewegte und versuchte, eine Stelle mit atembarer Luft zu finden. In der Kohlenkammer war die Luft etwas besser. Sie atmete mehrmals tief ein und kehrte dann zur Treppe zurück.

Oben angekommen, hämmerte sie gegen die Tür, ohne zu schreien, weil sie sich den Atem sparte. Sie war Sporttaucherin. Sie wusste, wie man Luft sparte. Das Problem war nur, dass ihr das nicht viel Zeit verschaffen würde.

Bitte, Lee. Rette mich.

Warum zum Teufel brauchte Erica so lange?

Lee legte den Laptop auf den Fahrersitz und kletterte aus dem Auto. Er starrte das Haus einen Moment lang an. Das Haus hatte zwei Außentüren, die von dort, wo er im Auto saß, nicht zu sehen waren, und Novak wusste, dass sie nach ihrem Treffen mit Riversong hierherkommen würden. Lee fing an zu joggen und erinnerte sich, dass der Mann Erica mit einem besitzergreifenden Blick bedacht hatte.

Er stieß die Tür auf und trat ein. „Erica?"

„Lee! Hilfe!" Ihre Stimme kam aus dem Keller.

Er rannte durch das Wohnzimmer in die Küche und versuchte, die Kellertür zu öffnen. „Was ist denn hier los?" Der Knauf ließ sich nicht bewegen. Er untersuchte den Mechanismus. Es gab kein Schloss.

„Hilfe! Ich bin gefangen!" In ihrer Stimme schwang Hysterie mit. Sie begann zu husten.

„Keine Sorge, Süße", sagte er und hoffte, sie zu beruhigen. „Der Riegel klemmt, aber ich hole dich da raus." Sie hatte bestimmt Angst, weil sie im Dunkeln gefangen war. Er nahm es ihr nicht übel; der Keller war ranzig.

„Beeil dich! Der Keller ..." Ihre Worte wurden durch heftigeres Husten unterbrochen.

„Ich laufe schnell zum Auto und hole das Werkzeug aus deinem Grabungsset."

„Nein! Geh nicht!", schrie sie zwischen Hustenanfällen. Er konnte hören, wie sie nach Luft schnappte. „Der Keller ist voller Kohlenmonoxid." Ihre Stimme wurde leiser. „Mir ist schlecht und schwindelig."

Adrenalin schoss durch ihn hindurch. „Geh weg von der Tür!"

Er trat einmal, zweimal, dreimal neben den Knauf,

machte dann ein paar Schritte rückwärts und nutzte den Schwung, um seine Ferse mit Macht aufprallen zu lassen.

Das Holz knackte. Ein weiterer Tritt und die halbe Tür schwang über die Treppe hinaus. Die andere Hälfte zersplitterte und fiel herunter.

Erica klammerte sich einige Stufen tiefer an das Geländer, hustete und schützte ihr Gesicht vor den herabfallenden Holzsplittern. Er rannte die Treppe hinunter, nahm sie in die Arme und trug sie dann nach oben und aus dem Haus.

Er ließ sich auf dem Rasen auf die Knie fallen und drückte sie an seine Brust.

Sie sog tief und keuchend Luft ein, lehnte sich dann von ihm weg und erbrach sich.

Er holte sein Handy aus der Tasche und wählte den Notruf.

Kapitel Sechsundzwanzig

Der Krankenwagen fuhr mit heulenden Sirenen davon. Auf dem Landeplatz der Feuerwache wartete ein Hubschrauber, der Erica in ein Krankenhaus in Baltimore bringen sollte, das mit einer Überdruckkammer ausgestattet war. Ein Sanitäter sagte Lee, ihre Prognose sei gut, aber je schneller sie in die Überdruckkammer käme, desto besser seien ihre Chancen auf vollständige Genesung.

Er fragte nicht danach, und der Sanitäter erwähnte es auch nicht, aber er wusste, dass Erica möglicherweise einen bleibenden Hirnschaden davontragen könnte.

Zwanzig Minuten, bevor sie im Keller eingesperrt wurde, hatte Jake Novak sie mit diesem räuberischen Blick angeschaut. Lee hätte den Mann am liebsten mit bloßen Händen ermordet.

Er drehte sich um und sah den Polizeibeamten der Menanichoch an, der den Vorfall untersuchte. Er war ein Stammesmitglied und derselbe Polizist, der ihn in der Nacht, in der Tommy Riversong ermordet wurde, befragt hatte. „Überprüfen Sie Jake Novaks Alibi."

Der Mann legte den Kopf schief. „Sie glauben nicht, dass es ein Unfall war?"

„Nein, natürlich nicht. Jemand hat die Tür blockiert und den Generator so gedreht, dass er durch das Fenster entlüftet wird."

„Die Tür ist alt und könnte einfach nur geklemmt haben, und die Klempner könnten einen Fehler gemacht haben, als sie den Generator positionierten."

Die Klempner wurden gerufen, und der jüngere, den Lee letzte Woche kennen gelernt hatte, kehrte zwanzig Minuten später an den Ort des Geschehens zurück. Der Mann studierte die Position des Generators. „Ich weiß nicht", sagte er schließlich. „Ich glaube nicht, dass wir ihn so aufgestellt hätten, aber ich kann mir nicht sicher sein. Ich habe nicht an den Auspuff gedacht. Ich habe mir mehr Sorgen um den Schlauch gemacht, der kaum lang genug war."

„Was ist mit der Pumpe passiert, die Sie letzte Woche installiert haben?" fragte Lee.

Der Mann blickte von Lee zu dem Polizisten und fragte sich offensichtlich, ob er die Frage beantworten müsse.

Der Polizist zuckte mit den Schultern. „Sagen Sie es uns."

„Wir haben letzte Woche eine gute Installation durchgeführt, aber das elektrische System ist ausgefallen und hat die Pumpe und den Sicherungskasten gleichzeitig durchgeschmort. Die Verkabelung ist alt."

„Warum ist der Keller wieder überflutet worden?" fragte Lee. „Es hat seit über einer Woche nicht mehr geregnet."

„Die Hauptwasserleitung zum Haus war seit Monaten - vielleicht sogar Jahren - abgestellt. Als wir hier waren, haben wir das Ventil geöffnet, um den Rest der Rohrleitungen zu testen. Soweit ich das beurteilen kann, ist Ende letzter Woche ein verdammtes Rohr geplatzt, und das könnte auch die Ursache für den Stromausfall sein."

Kein Wunder, dass er nicht begeistert davon gewesen war,

Lees Fragen zu beantworten. Er konnte sowohl die Überschwemmung als auch den elektrischen Schaden verursacht haben.

„Haben Sie den Generator eingeschaltet, während Sie im Keller waren?", fragte der Polizist.

Der Mann schüttelte den Kopf. „Wir haben uns vergewissert, dass die Pumpe funktioniert, dann sind wir gegangen. Morgen soll ein Elektriker die Verkabelung reparieren, dann werden wir den Pumpensumpf wieder einrichten."

Lee ließ den Polizisten das Gespräch zu Ende führen und ging zurück ins Haus. Er stand am oberen Ende der Treppe und betrachtete die kaputte Tür. Wie war sie verklemmt worden?

Er umrundete die Küche, als ihm etwas auf dem Boden ins Auge fiel. Ein Penny. Der alte Wohnheimstreich kam ihm in den Sinn, und plötzlich verstand er.

„Was zum Teufel machen Sie an meinem Tatort?", fragte der Polizist.

Lee drehte sich zu ihm um. „Ich dachte, Sie gehen nicht von einem Verbrechen aus."

„Ich prüfe jede Möglichkeit. Und jetzt raus mit Ihnen."

Er zeigte auf den Penny. „So wurde die Tür verklemmt. Der Penny war eingeklemmt."

„Was?"

„Pennies wurden in den Rahmen gestopft, bis der Riegel so fest an der Metallplatte anlag, dass er sich nicht mehr zurückziehen ließ."

Der Polizist sah auf den Penny hinunter. „Mit einem Penny?"

„Ich wette, im Keller finden Sie noch mehr. Als ich die Tür eingetreten habe, sind sie wohl verstreut worden."

Er studierte Lee, und seine Augen wurden hart. „Sie haben anscheinend alle Antworten. Ich denke, ich sollte Sie zum Verhör mitnehmen."

„Ich bin derjenige, der sie gerettet hat."

„In der Hoffnung, dass sie ihrem Helden dankbar sein wird?"

„Das ist lächerlich."

„Sie waren in der Nacht, in der Tommy getötet wurde, bei ihr. Waren Sie eifersüchtig auf den armen Jungen?"

Lees Frustration erreichte einen neuen Höhepunkt. Erst wollte der Mann die Sache abschreiben, jetzt hielt er Lee für einen Verdächtigen. „Ich habe keine Zeit für so etwas. Ich fahre ins Krankenhaus. Wenn Sie noch etwas wissen wollen, können Sie mich anrufen."

„Das glaube ich nicht, Mr. Scott. Ich würde Sie gerne auf dem Revier befragen."

Erica erinnerte sich kaum an den Hubschrauberflug zum Krankenhaus. Sie nahm ihre Umgebung erst dann richtig wahr, als sie schon eine ganze Weile in der Überdruckkammer gelegen hatte. Sie spürte Druck in den Ohren, hatte pochende Kopfschmerzen und kämpfte mit Übelkeit, aber die süße, kühle Luft beruhigte ihre rauen und schmerzenden Lungen.

Sie lag in der Kammer, einer langen, sargähnlichen Glasröhre, und versuchte, an ihren Vater zu denken und an eine Zeit, in der ihr Leben einfach und glücklich gewesen war. Es wurde immer schwieriger, sich an sein Gesicht zu erinnern. Aber jedes Mal, wenn sie in den Spiegel schaute, sah sie seine Augen und wusste, dass sie sein Lächeln hatte.

Sie und ihre Mutter hatten ihn beide verehrt, und als er starb, brach ihre Mutter nicht nur zusammen, sie zersprang in tausend Stücke. Es kam zu einem abrupten und erstaunlichen Rollentausch, von dem sich ihre Beziehung nie erholte. Sie hatte ihrer Mutter nie verziehen, dass sie schwach war, und ihre Mutter hatte ihr nie verziehen, dass sie dem Mann, den sie geliebt und verloren hatte, so sehr ähnlich und noch dazu wie aus dem Gesicht geschnitten war.

War das der Grund, warum ihre Mutter ihre Identität gestohlen hatte? Um sie zu bestrafen? Um ihre einzige verbliebene Verbindung zu ihrem Vater zu zerstören, ihr Streben nach einem Doktortitel in Archäologie, genau wie Papa?

Erica hatte auf archäologischen Ausgrabungsstätten laufen und sprechen gelernt. Buchstäblich. Bilder ihrer ersten Schritte zeigten das Yosemite Valley im Hintergrund, und ihr erstes Wort war „Dreck." Ihr Vater schloss seinen Doktortitel zur gleichen Zeit ab, als sie in den Kindergarten kam, und von da an ließ er die akademische Welt hinter sich und gründete sein eigenes Unternehmen in der aufstrebenden Disziplin, die als CRM, kulturelles Ressourcenmanagement, bekannt ist.

Dr. Peter Kesling war ein angesehener Mann auf seinem Gebiet, der vor allem für seine Bemühungen bekannt war, ethische Standards für CRM-Archäologen aufzustellen. Und sie hatte gegen eben diese Ethik verstoßen und den Namen Kesling mit einem schwarzen Fleck versehen.

Eine Krankenschwester kam herein, um nach ihr zu sehen. Die Kammer war mit einer Gegensprechanlage ausgestattet. „Wie lange werde ich noch hier drin sein?" fragte Erica.

„Sie sind zur Hälfte fertig. Sie haben noch etwa zwei Stunden."

Sie nickte und schloss die Augen. Sie hatte viel Zeit zum Nachdenken. Zu viel Zeit.

Jake hatte alles zerstört, wofür sie gearbeitet hatte, und jetzt hatte er versucht, sie zu töten.

Und er war verdammt nah dran gewesen, es zu schaffen.

Lee sah sich das körnige Bildmaterial der Überwachungskamera des Kasinos an. Er erkannte sich leicht wieder, als er einige Minuten vor Tommys Tod aus dem Gebäude trat und sieben Minuten später zurückkehrte. Wahrscheinlich hätte er verlangen sollen, einen Anwalt bei diesem Gespräch dabei zu haben, aber er wollte keine Zeit verlieren. Er musste ins Krankenhaus. „Ich habe Ihnen damals dasselbe gesagt, was ich Ihnen jetzt sage. Ich bin nach draußen gegangen, um zu telefonieren. Es war zu laut im Kasino."

„Wen haben Sie angerufen?"

Lee sah dem Offizier in die Augen. „JT Talon."

Der Mann wirkte leicht verblüfft. Nur zwei Namen waren mächtiger in dieser winzigen Nation innerhalb der Grenzen von Maryland: Joseph Talon und Sam Riversong. „Können Sie das beweisen?"

„Natürlich." Lee zog sein Handy heraus, wählte die Kurzwahlnummer von JT und reichte dem Polizisten das Telefon.

Der Mann stellte JT mehrere Fragen und legte dann auf. „Mr. Talon ist auf dem Weg hierher."

„Das habe ich mir schon gedacht."

Nachdem JT angekommen war, konnte Lee gehen, aber der Beamte war immer noch misstrauisch. „Ich hoffe nur, dass er sich so viel Mühe gibt, Novak für den Mordversuch an Erica festzunageln", sagte Lee zu JT.

„Ich habe auf dem Weg hierher ein paar Anrufe gemacht. Novak hat ein hieb- und stichfestes Alibi."

„Wen?"

„Sam Riversong."

Er fluchte und kletterte in JTs lächerlich teuren Lotus. „Immer noch mit dem Midlife-Crisis-Mobil unterwegs, wie ich sehe."

„Fick dich.“

„Wie viele Tage, nachdem Alexandra die Hochzeit abgesagt hatte, hast du dieses Ding gekauft?“

JTs Mund war eine starre Linie. „Zwei.“

„Kauf dir nächstes Mal einen Welpen. Du wirst genauso viele Frauen aufreißen, aber weniger Strafzettel bekommen.“ Der Sitz war so schmal, dass seine Knie fast bis zu den Ohren reichten. „Bring mich zu Ericas Auto.“

Zehn Minuten später saß er auf dem Fahrersitz von Ericas altem Honda und war endlich auf dem Weg ins Krankenhaus. Er hielt das Lenkrad fest und dachte an die Falte, die sie über der Nase hatte, wenn sie im Stop-and-Go-Verkehr fuhr. Die Frau hatte nicht ein Gramm Geduld.

Sie hätte sterben können.

Eine Quelle der Angst tat sich in ihm auf, die er in den letzten zwei Stunden unter Verschluss gehalten hatte, während er mit den Polizisten zu tun hatte.

Er hatte sich in sie verliebt. Er konnte sich nicht länger etwas vormachen. Irgendwo in dieser lächerlichen Scharade hatte er echte Gefühle entwickelt, um die falschen zu ergänzen, mit denen er sie manipuliert hatte.

Und jetzt hatte er Angst, dass diese Gefühle ihn manipulieren würden.

Als JT ihn für diesen Job rekrutiert hatte, war Erica Kesling nur ein Name gewesen. Er hatte versucht, alles über sie herauszufinden, was er konnte, aber die Lektüre ihres Lebenslaufs und die Einsicht in ihre College-Abschriften und Bewerbungen hatten ihn nicht auf die Frau vorbereitet, die sie war.

Erica, deren Blick inmitten einer sommerlichen Hitzewelle Frost aufblühen lassen konnte. Erica, die einen scharfen Verstand, einen ausgeprägten Sinn für Loyalität und ein verzweifeltes Verlangen nach Zuneigung hatte, das ihn umhaute. Erica, die eine schwüle Schönheit besaß, die sie hinter einer eisigen Fassade versteckte, die in seinen Armen wie Feuer brannte und die einen Beschützerinstinkt weckte, den er nicht spüren wollte.

Nein, kein Wort auf dem Papier, keine Liste von Kursen, Jobs und Erfolgen hätte ihn auf das vorbereiten können, was sie war.

Und er wusste immer noch nicht, ob er ihr vertrauen konnte.

Kapitel Siebenundzwanzig

Das dunkle Krankenhauszimmer wurde langsam klar. Ein Blick auf die Uhr verriet Erica, dass es zwei Uhr morgens war. Sie war in der Überdruckkammer eingeschlafen und erinnerte sich nur vage daran, in dieses Zimmer gebracht worden zu sein.

Sie drehte sich um, und ihr Haar fiel ihr ins Gesicht. Sie erschauderte angesichts des starken Abgasgestanks und strich die losen Strähnen weg von ihrer Nase. Sie brauchte dringend Shampoo.

Eine schattenhafte Gestalt bewegte sich auf dem Stuhl neben ihrem Bett, und sie stieß einen leisen Schrei aus.

„Pssst. Ich wollte dich nicht erschrecken, Shortcake."

Lee. Sie atmete tief durch und ließ sich in ihr Kissen zurückfallen.

Er hob ihre Hand an seine Lippen. „Wie fühlst du dich?"

„Besser." Der Schlaf drückte auf die schweren Augen. Sie drehte ihre Finger und fuhr mit ihnen über seinen Mund. „Danke. Dass du mich gerettet hast."

Sie spürte sein Lächeln. Er küsste ihre Fingerspitzen.

„Du solltest zu Hause sein und schlafen", murmelte sie.

„Nein. Ich bin genau da, wo ich hingehöre."

Sie wollte lächeln, war sich aber nicht sicher, ob es ihr Gesicht erreicht hatte, bevor sie wieder in den Schlaf abdriftete.

Als sie am Morgen aufwachte, war er nicht mehr da. Auf einem Zettel auf dem Nachttisch stand, dass er zur Arbeit gegangen war, und dass sie anrufen sollte, wenn sie entlassen würde. Ihre Autoschlüssel lagen neben der Quittung für das Parkhaus, auf der die Etage und die Nummer des Stellplatzes angegeben waren. Bei einer schnellen Durchsuchung des Kleiderschranks fand sie ihre Shorts und ihr T-Shirt mit V-Ausschnitt sowie ihre Handtasche. Lee hatte an alles gedacht.

In dem Schrank befand sich auch eine große Plastiktüte mit dem Logo des Krankenhauses, in der sich die Kleidung befand, die sie gestern ruiniert hatte. Als sie die Tüte öffnete, strömte ihr der Geruch von Abgasen entgegen, der ihr sofort Kopfschmerzen bereitete. Aus ihrer Hosentasche holte sie die Tüte mit dem Knochensplitter heraus, dessen Bergung sie fast das Leben gekostet hatte, und warf die Kleidung dann in den Müll.

Um acht Uhr morgens wurde ihr ein reichhaltiges Frühstück serviert. Danach nahm sie eine lange, heiße Dusche und wusch sich mehrmals die Haare, bevor sie auf die Visite der Ärztin wartete. Die Untersuchung war kurz. Ericas Sauerstoffgehalt war normal, ihre Prognose gut. Sie konnte gehen, nachdem der letzte Papierkram unterschrieben war.

Sie fühlte sich gut. Seltsam gut. Neue-Chance-auf-Leben-Gut.

Sie wartete immer noch auf den Papierkram, als Jake ihr Zimmer betrat und die Tür schloss. „Dein Lieblings-Praktikant hat den Cops erzählt, dass ich versucht habe, dich zu töten."

„Raus." Sie ging rückwärts zur gegenüberliegenden Seite des Krankenhausbettes und stützte sich mit den Händen darauf ab. Sie würde das schwere Möbelstück in seine Richtung stoßen, wenn er einen Schritt näherkäme.

„Ich möchte wissen, was du ihm gesagt hast."

Sie bekam ihre Atmung unter Kontrolle. „Raus jetzt."

„Du hast ihm besser nichts von den Artefakten erzählt."

Eine stählerne Ruhe überkam sie. Sie richtete sich auf und ging um das Bett herum, wobei sie sich daran erinnerte, dass sie sich jeden Tag des vergangenen Jahres darauf vorbereitet hatte, ihm gegenüberzutreten. Sie brauchte sich nicht hinter dem Bett zu verstecken. Sie blieb zwei Meter vor ihm stehen und verschränkte die Arme. „Was willst du, Jake?"

„Ich habe dich gewarnt, es niemandem zu sagen. Niemals."

„Ich habe ihm nichts gesagt. Ich habe keine Ahnung, warum er dich verdächtigt. Vielleicht weil du dich gestern wie ein Arschloch verhalten hast."

„Was dir im Keller passiert ist, muss ein Unfall gewesen sein. Du musst die Polizisten davon überzeugen."

Der Mordanschlag auf sie war ein Unfall. Die Artefakte existierten nicht. Ihre Mutter hatte ihre Identität nicht gestohlen.

Dies waren die Lügen, die Jake und die Kreditkartenfirma von ihr verlangt hatten. Die Kreditkartenfirma hatte sie gedrängt - und versuchte nun, sie zu zwingen -, Konkurs anzumelden, weil es für ihre Bilanz besser war, die Schulden abzuschreiben, als zuzugeben, dass sie an einem Betrug beteiligt waren, während Jakes Motiv reine, simple Gier war.

Sie wollte seine Lügen nicht wiederholen, aber jetzt war nicht der richtige Zeitpunkt, ihm die Stirn zu bieten. Die Artefakte mussten zuerst ausgestellt werden. „Raus hier."

„Dir gehen die Möglichkeiten aus. Ich habe dich so gut wie möglich beschützt."

Sie lachte ungläubig.

Er trat näher an sie heran. „Das habe ich. Ich habe dich

vor Marco beschützt, seit du das erste Mal mein Boot betreten hast. Wenn er glaubt, dass du irgendjemandem von ihm oder den Ereignissen in Mexiko erzählt hast, wird er hinter dir her sein, und ich werde ihn nicht aufhalten können."

„Richtig. Du bist nichts weiter als sein Boss."

„Ich kann deine Sicherheit nur gewährleisten, wenn du bei mir bist. Nur dann wird Marco darauf vertrauen, dass du deinen Mund hältst."

Jakes Fixierung auf sie ergab keinen Sinn. „Warum, Jake? Warum ich?"

Er machte einen weiteren Schritt auf sie zu und fuhr mit einem Finger an ihrem Gesicht entlang. „Du hast mich von dem Moment an fasziniert, als du meiner Crew beigetreten bist." Er stieß ein spöttisches Lachen aus. „Du mit deiner lächerlichen Moral. Vielleicht liegt es daran, dass du der erste ehrliche Mensch bist, mit dem ich je gearbeitet habe." Er zuckte mit den Schultern. „Ich habe dich an Bord geholt, also war es meine Aufgabe, diese Unschuld vor Leuten wie Marco zu schützen."

Er hörte sich an, als würde er das wirklich glauben.

„Du glaubst, dass du Marco so überlegen bist, aber du bist noch schlimmer. Marco steht zu seiner Schäbigkeit. Er tut nicht so, als ob er ein Held wäre. Von euch beiden bist du derjenige, der mich sexuell belästigt hat."

Er zuckte zurück. „Du wolltest mich."

„Damals nicht. Und jetzt auch nicht. Niemals. Lass mich das klarstellen: Du bist abstoßend."

„Aber trotzdem bin ich deine einzige Hoffnung, am Leben zu bleiben, wenn Marco denkt, du hättest gesungen."

„Du drohst mir ständig mit Marco. Wir wissen beide, wer hier der wahre Teufel ist."

„Das ist keine Drohung, Erica." Er machte auf dem Absatz kehrt und verließ den Raum.

Sie spähte durch die Tür und beobachtete Jake, der den Flur hinunterschlenderte, als ob er sich um nichts in der Welt sorgen würde. Er bog nach links ab, also schnappte sie sich ihre Handtasche und ihre Autoschlüssel und ging nach rechts. Zum Teufel mit dem Papierkram. Sie wollte von hier verschwinden.

Sie eilte an der Schwesternstation vorbei, bog um die Ecke und sah sich dem Polizisten der Menanichoch gegenüber, den sie in der Nacht, in der Tommy getötet wurde, getroffen hatte.

Sein Gesicht zeigte seine Überraschung. „Sie gehen, Ms. Kesling?"

„Ja. Der Arzt hat gesagt, es sei in Ordnung."

„Ich habe ein paar Fragen an Sie."

„Kein Problem. Sie können mich zu meinem Auto begleiten." Jake würde sie nicht im Parkhaus ansprechen, wenn der Beamte bei ihr war.

„Ihr Praktikant glaubt, dass Jake Novak gestern versucht hat, Sie zu töten."

„Jake Novak? Das ist nicht möglich." Sie hatte keine andere Wahl, als Jake zu geben, was er wollte. Trotz ihres Mutes, ihn wegen seines Heldenwahns zur Rede zu stellen, fürchtete sie immer noch, dass Marco hinter ihr her war. „Was im Keller passiert ist, war ein Unfall."

„Novak hegt keinen Groll gegen Sie?"

„Nein, natürlich nicht. Warum sollte er?"

„Wer, glauben Sie, hat Ihr Büro und Ihre Wohnung zerstört?"

Scheisse. „Ich habe keine Ahnung. Ich schätze, ich habe einfach eine schlechte Woche." Sie fand den Aufzug und drückte den Knopf.

„Eine schlechte Woche?" Der Polizist lachte, sah sie aber an, als ob sie verrückt wäre. „Zählen Sie den Mord an Tommy Riversong zu Ihrer ‚schlechten Woche' dazu?"

„Ich würde das als den Startschuss betrachten. Ja."

„Sie haben eine bemerkenswert gleichmütige Einstellung."

Die Fahrstuhltüren öffneten sich, und sie traten ein. Sie drückte den Knopf für ihr Parkdeck. „Alles, was mich im Moment zusammenhält, ist ein seidener Faden. Entweder gleichmütig oder ich breche zusammen."

Der Polizist neigte anerkennend den Kopf. „Sie glauben also, dass Sie zufällig im Keller des Thermo-Con-Hauses gelandet sind?"

Sie sah ihm direkt in die Augen. „Ja." Sie bemerkte, dass ihre Hand zu ihrer Unterlippe gewandert war und ließ sie sinken.

„Haben Sie die Tür am oberen Ende der Treppe geschlossen?"

Es wäre dumm, die wichtigste Lichtquelle in einem stock-dunklen Keller auszuschalten. „Nein. Sie muss zugefallen sein."

„Sie ist erst zugefallen und hat dann geklemmt?"

„Ich habe oben auf der Treppe so stark gehustet, viel-leicht habe ich sie irgendwie verklemmt, als ich nach dem Knauf griff."

Die Fahrstuhltüren öffneten sich, und er begleitete sie zu ihrem Auto. Er zückte eine Karte. „Vielen Dank für Ihre Zeit, Ms. Kesling. Bitte rufen Sie mich an, wenn Ihnen noch etwas einfällt."

„Natürlich."

Der Beamte ging zurück zum Aufzug.

Sie schloss ihre Türen ab, startete den Motor und fuhr zu ihrer Wohnung. Sie musste herausfinden, ob die Kameradis-kette und der Umschlag noch sicher in ihrem Versteck waren.

Erica zögerte vor ihrer Wohnungstür und wappnete sich dafür, sich dem Chaos und den geschmierten Beleidigungen zu stellen. Sie schloss die Tür auf, trat ein und war sofort fassungslos. Die karmesinroten Schimpfwörter zierten noch immer die Wand, aber die Sauerei auf dem Boden war verschwunden.

Am Freitagabend hatten sie und Lee sich nicht die Mühe gemacht, irgendetwas außer den Lebensmitteln, die auf dem Küchenboden verrotten würden, aufzuräumen.

Benommen schlenderte sie ins Wohnzimmer. Ein Quell von Emotionen wirbelte in ihr auf. Der Raum war makellos und von zerstörten Einrichtungsgegenständen befreit. Ihre Sandalen klatschten laut auf den Parkettboden, und ihr Atem hallte von den Wänden in dem großen, leeren Raum wider. Das einzige sichtbare Zeichen der Beschädigung waren die roten Farbspritzer.

In der Mitte des Bodens lag eine Quittung des Reinigungsdienstes, adressiert an Lee Scott und mit dem Vermerk „bezahlt" versehen. Sie lehnte sich an die Wand und atmete mehrere Male tief durch, geschüttelt von einem Ansturm von Gefühlen.

Sie sammelte sich und ging langsam den Flur entlang. Ihr Schlafzimmer war leer, abgesehen von ein paar Kleidungsstücken mit Farbflecken, die für das Training oder die Feldarbeit nützlich sein würden. Das Badezimmer war sauber geschrubbt, keine Farbflecken in der Badewanne. Im Flur öffnete sie den Wäscheschrank und stellte überrascht fest, dass der Vandale diesen Schrank ausgelassen hatte. Sie hatte noch Handtücher und ein paar Decken. Ihre Taucherausrüstung lag auf dem Boden unter den Handtüchern. Sie überprüfte den Schlauch und den Atemregler. Sie waren intakt. Vielleicht könnte sie mit dem Verkauf der Flasche bei eBay ein paar Dollar verdienen und von dem Geld Kleidung kaufen.

Sie schloss die Schranktür. Sie wollte es hinauszögern, konnte es aber nicht länger aufschieben.

Sie ging in die Küche. Ihr Geschirr hatte überlebt, wahrscheinlich, weil das Zerbrechen die Nachbarn alarmiert hätte, aber ihr Toaster und ihre Kaffeemaschine waren in der Badewanne versenkt worden. Ihr Herz schlug heftig und ihr Magen rumorte, als sie nach der unteren Schranktür griff. Es war an der Zeit, herauszufinden, ob Jake und Marco ihr Versteck gefunden hatten.

Sie sprach ein kleines stilles Gebet, schob eine Dose Bohnen und eine Tüte Mehl beiseite und holte tief Luft, als sie die Packung Götterspeise mit Kirschgeschmack sah. Ihre einzige Hoffnung, ein Leben ohne Angst vor Jake und Marco zu führen, war in dieser Schachtel versiegelt.

Sie schloss die Schranktür, stand auf, umklammerte die Schachtel und spürte, wie sich der Knoten in ihrem Magen löste. Das Gewicht fühlte sich richtig an - die Dublonen wogen schwer - und das Klebesiegel auf dem dünnen Karton schien nicht gebrochen zu sein.

Sie schob einen Nagel unter die Pappklappe. Es gab keinen anderen Weg, um sicher zu sein.

„Ich dachte mir, dass ich dich hier finden würde.“

Ihr Herz schlug ihr bis zum Hals, und die Schachtel flog ihr aus den Händen. Abrupt drehte sie sich um und sah Lee in ihrer Küchentür stehen.

„Großer Gott! Du hast mich zu Tode erschreckt!“ Sie legte ihre Hände auf ihr Herz und spürte das rasende Hämmern. Ihre Augen folgten ihm, als er die Wackelpuddingschachtel aufhob, die zu seinen Füßen gelandet war. Sie nahm einen tiefen Atemzug und atmete langsam aus.

„Tut mir leid“, sagte er. „Ich wollte dich nicht erschrecken. Du hast die Haustür weit offengelassen.“

„Habe ich das?" Gott, wie konnte sie nur so unvorsichtig sein? „Ich war überrascht, dass die Wohnung geputzt war. Ich schätze, ich bin reingegangen, ohne aufzupassen."

Er betrachtete die Schachtel einen Moment lang, dann warf er sie in die Luft und fing sie mit derselben Hand auf. „Ich habe mir Sorgen um dich gemacht." Die Schachtel flog wieder nach oben. „Wie geht es dir?" Er fing sie auf und warf sie erneut.

Sie war wie hypnotisiert von der Bewegung. Jede Zelle ihres Wesens schrie danach, die Schachtel im Flug zu ergreifen. Sie verschränkte die Hände hinter dem Rücken und lehnte sich gegen den Tresen, um ihre juckenden Finger einzuklemmen. Es dauerte einen Moment, bis sie seine Worte verstand, so gefangen war sie in dem rhythmischen Spiel. Diese Schachtel enthielt ihre Rettung.

„Mir geht es gut", brachte sie mit trockener Kehle hervor. Himmel, sie war so abgelenkt, dass sie ihm nicht dafür gedankt hatte, dass er im Krankenhaus bei ihr geblieben war oder ihre Wohnung hatte reinigen lassen. „Danke." Sie räusperte sich. „Für alles, was du für mich getan hast. Ich bin überwältigt." Die Schachtel flog wieder hoch, und sie suchte nach etwas, das sie sagen konnte. „Wie viel schulde ich dir?"

Er verfehlte die Schachtel; sie prallte von seinem Arm ab und schlug auf dem Boden auf.

Sie rannte nicht los, um sie zurückzuholen. Sie konnte und wollte nicht zulassen, dass er auch nur den Hauch einer Ahnung von ihrer Bedeutung bekam.

Er sah sie an, seine Augen zeigten eine Mischung aus Wut und Schmerz. „Du schuldest mir gar nichts."

Sie hatte ihn verletzt. Verdammt, so hatte sie sich nicht vorgestellt, ihn zum ersten Mal wiederzusehen, seit er ihr das Leben gerettet und die Nacht an ihrem Bett verbracht hatte. Und sie hatte es sich vorgestellt. Unter der Dusche, auf der langen Fahrt hierher, sogar als sie Jake gegenüberstand, war Lee in ihren Gedanken gewesen.

Aber jetzt lag die Schachtel zu ihren Füßen, vernebelte ihren Verstand, zerstörte ihre Fähigkeit zu sprechen, zu handeln. Hatte sie lange genug gewartet, um sie jetzt beiläufig in die Hand zu nehmen?

Sie bückte sich, aber er kam ihr wieder zuvor.

„Hast du Lust auf mehr Krankenhausessen?", fragte er und reichte ihr die Schachtel.

„Ich habe gerade die Schränke durchgesehen, um zu sehen, was ich noch an Lebensmitteln habe."

Er zog eine Augenbraue hoch und schaute auf die Schränke. Sie erkannte sofort ihren Fehler: Alle Türen waren geschlossen.

„Sie ist abgelaufen." Sie warf die Schachtel in den Müll, dankbar dafür, dass die Tonne mit einer sauberen, leeren Tüte ausgekleidet war.

Sie konzentrierte sich und zog ihn aus der Küche, weg von der Schachtel und den Fragen, die sie nicht beantworten wollte. Sie blieben in der Mitte ihres kahlen Wohnzimmers stehen. „Was machst du also hier?"

„Ich habe mir Sorgen gemacht. Im Krankenhaus hieß es, du seist entlassen worden, aber JT sagte, du seist nicht im Watergate, und du gingst nicht an dein Handy. Ich vermutete, dass du hierhergekommen sein könntest." Sein Mund war ein fester Strich. „Du hättest mich anrufen sollen."

„Es tut mir leid."

Er berührte ihre Wange. „Erschreck mich nicht so."

Sie lehnte sich an ihn, aber er war steif und immer noch wütend. Sie musste seine Gedanken von der Götterspeisepackung ablenken. Sie streckte sich auf den Zehenspitzen, um ein paar Zentimeter an Höhe zu gewinnen, aber es reichte immer noch nicht. Sie ergriff sein Hemd, um ihn herunterzuziehen, damit seine Lippen auf ihre treffen konnten. Alles, um ihn abzulenken, dachte sie und hasste den Grund für diesen verlogenen Kuss, aber sie freute sich trotzdem darauf.

Er zögerte. Seine grünen Augen bohrten sich in ihre, fragend, verletzt, wütend. Verdammt, er konnte sie durchschauen, wusste, dass sie etwas verbarg.

Wegen seiner Größe konnte sie ihn nicht küssen, wenn er sich nicht bücken wollte. Verängstigt, dass er sie so zurücklassen würde, die Lippen zu einem Kuss geschürzt, der nicht kommen würde, ließ sie sich auf die Fersen fallen. Plötzlich legten sich seine Arme um ihre Taille und hielten sie fest, und sein Mund senkte sich auf den ihren.

Der Kuss war pure Hitze. Die Gedanken verschwanden, als das Gefühl sie wie Feuer durchströmte.

Sein Mund verließ ihren, um die Länge ihres Halses zu erforschen. Ihre Augen blieben geschlossen, als jede Berührung Schockwellen des Verlangens durch sie schickte. Er zog sich zurück, und sie öffnete ihre Augen und starrte in seine.

Seine Arme wurden fester, und sein Mund kehrte zurück, aber diesmal sanft, mit Zärtlichkeit zusätzlich zur Leidenschaft.

Seine Finger glitten unter den Bund ihrer Shorts, und ein Schauer der Vorfreude durchlief sie. Seine Hände umfassten ihren Hintern und drückten ihre Hüften gegen seine. Sie wollte ihn - nein *brauchte ihn* - das Verlangen durchströmte sie, und sie stöhnte gegen seinen Mund. Sie hatte damit angefangen, um ihn abzulenken, aber sie war in ihre eigene Falle geraten.

Seine Hand glitt an ihrer Seite hinauf, unter ihr Oberteil, und umfasste ihre Brust. Ihre verhärtete Brustwarze schmerzte, als er das Körbchen ihres BHs beiseite strich. Er beugte sie über seinen Arm, und seine Zähne streiften ihre Brustwarze durch den Stoff ihres T-Shirts, was ihr einen Lustschock versetzte.

Dieser Mann hatte sie vom ersten Moment ihrer Begegnung an verführt. Er war süß und zärtlich, heiß und leiden-schaftlich, albern und sexy gewesen. Er hatte sie getröstet, nachdem ihre Wohnung zerstört worden war, und er hatte ihr das Leben gerettet. Diese Gedanken kombinierten sich, als seine brennenden Küsse sie in eine rasende Erregung trieben.

Sie fühlte sich wild, heißhungrig und tastete nach dem obersten Knopf seines Hemdes. Sie musste seine Haut berühren.

Er ließ sie mit einer Abruptheit los, die sie aus dem Gleichgewicht brachte. Sie stolperte rückwärts, und er fing sie auf, bevor sie gegen die Wand prallte.

„Habe ich etwas falsch gemacht?", flüsterte sie und fühlte sich verletzlich, völlig verloren.

Seine Augen zeigten nichts als Wut. „Einen Fick würde ich jetzt nicht ablehnen, aber ich werde trotzdem nach der Schachtel Götterspeise fragen."

Kapitel Achtundzwanzig

Lee war verblüfft über seine eigene Reaktion. Sein letzter Gedanke, bevor er Erica wegstieß, war gewesen, dass sie mit ihm Sex haben würde, nicht weil sie sich nach ihm sehnte wie er nach ihr, sondern weil sie wollte, dass er vergaß, dass sie eine zu schwere Pappschachtel umklammert hatte, als wäre sie ihr einziger Freund auf der Welt.

Ironischerweise hatte sie nur das getan, was er ihr von Anfang an angetan hatte: die Anziehungskraft zwischen ihnen zu nutzen, um die Aufmerksamkeit umzulenken. Es war seine Strafe, dass er es verabscheute, dass sie die gleiche Technik benutzte, um ihn zu manipulieren.

Ihre Augen verengten sich. Sie richtete ihr Rückgrat auf und verwandelte sich von einer sinnlichen Frau in eine wütende Eiskönigin.

„Gut. Jetzt bist du genauso wütend wie ich", sagte er. „Benutze *niemals* das, was zwischen uns ist, als Waffe." Er legte seine Hände auf ihre Hüften, zog sie an sich und schlang seine Arme um ihre Taille. „Erniedrige das hier - uns - nicht, indem du es zu einem Werkzeug machst." Er war ein

Heuchler der schlimmsten Sorte. Eines Tages würde sie es herausfinden und ihn dafür hassen.

Und dann würde er sie verlieren.

Sie stieß gegen seine Brust. „Ich habe dich nicht benutzt, dieses Wir ...“

„Was hast du dann gemacht?“ Er ließ sie los, und sie stolperte erneut.

„Ich wollte dich küssen. Du hast mir das Leben gerettet, und dafür bin ich dankbar.“

Ihre Worte waren ein Schlag in die Magengrube. „Du hast mich geküsst, weil du *dankbar* bist.“

„Nein. Das kam nicht richtig rüber.“

„Ich habe genug von deinen Lügen“, sagte er.

Sie zuckte zusammen und sah ihm in die Augen. „Was für Lügen?“

„Weißt du, wer deine Wohnung zerstört hat?“

„Nein!“

„Lass es mich anders ausdrücken. Glaubst du, zu wissen, wer deine Wohnung zerstört hat?“

„Nein.“ Ihr Mund war ein schmaler Strich, ganz anders als noch vor einem Moment, als ihre heißen Küsse ihn Sekunden davon entfernt hatten, ihr die Shorts herunterzuziehen.

„Wer, glaubst du, hat versucht, dich zu töten?“, beharrte er.

Sie zuckte mit den Schultern, sagte aber: „Keiner. Ich glaube, es war ein Unfall.“

„Verdammt, Erica, ich will dir helfen!“

Ihr raues, brüchiges Lachen hallte durch den leeren Raum und erfüllte die Luft mit Trauer. „Nein. Du willst mich nur ficken.“

Eine neue Welle der Wut durchflutete ihn. „Das ist nur ein Teil von dem, was ich von dir will“, sagte er, seine Stimme tief und angespannt mit kaum kontrollierter Wut.

Ihre grauen Augen leuchteten mit kalter Verachtung. „Ja, den Rest kenne ich. Du brauchst meine Zustimmung zu deinem Praktikum, sonst zahlt Mami im Herbst kein Schulgeld. Und weil du so schlecht in dem Job bist, versuchst du, dir einen Freifahrtschein zu erschleichen."

Lee brauchte einen Moment, um zu verstehen, dass er inmitten des Streits seine Rolle vergessen hatte. Sie hatte keine Ahnung, wer er war und was er vorhatte. Sie war so sehr auf ihre eigenen Täuschungen konzentriert, dass es ihr nicht in den Sinn kam, dass er seine eigene Agenda hatte.

Als ihre Worte ankamen, kochte seine Wut hoch. Er musste sich über ihre Methoden wundern. Sie hatte es geschafft, den Spieß umzudrehen, indem sie ihm genau dasselbe vorwarf, was er ihr kurz zuvor an den Kopf geworfen hatte. Das Dumme daran war, dass er nicht die Wahrheit von ihr verlangen konnte, ohne ihr zu verraten, dass er mehr als ein untätiger Praktikant war.

„Schuldig", sagte er, wobei seine Stimme zu einem seidenen Ton sank. Er entschied sich, zurückzuschlagen. „Du glaubst nicht, wie erleichtert ich an diesem ersten Tag war, als ich dich sah und wusste, dass es keine lästige Pflicht sein würde, dich zu ficken."

Ein erschrockener Ausdruck huschte über ihre Züge.

Shortcake, das ist die kleinste meiner Lügen. Oder deiner, was das angeht. Verdammt, wenn sie nicht erkennen konnte, dass er sich seit ihrer ersten Begegnung im Fitnessstudio der Firma zu ihr hingezogen fühlte, war das ihr Problem.

Es klopfte an der noch offenen Haustür. JT trat ein, ohne auf eine Antwort zu warten. „Oh, gut", sagte er. „Du bist hier." Lee war sich sicher, dass er die ganze Zeit gelauscht und auf eine Gelegenheit zum Eintreten gewartet hatte.

Mehrere Emotionen - keine davon gut - huschten über Ericas Gesicht, bevor sie sagte: „JT. Ich hatte keine Ahnung, dass du hier bist."

„Ich hab mir Sorgen gemacht, als Lee dich nicht erreichen konnte, also haben wir vereinbart, uns hier zu treffen, bevor wir die Polizei rufen.“

Sie schaute auf den Boden, wischte sich über eine Wange und sah wieder auf. „Es tut mir leid. Ich wollte dich und Lee nicht beunruhigen.“

Weinte sie?

„Entschuldigt mich“, sagte sie und verschwand im Flur.

Er wollte ihr hinterherlaufen.

„Du hast es vermasselt“, sagte JT mit ruhiger Stimme, sobald sie allein waren. „Du hattest sie genau da, wo wir sie haben wollten, und du hast deinem Ego freien Lauf gelassen, anstatt den Deal zu besiegeln.“

„Fick dich.“

„Mach deine verdammte Arbeit.“

„Geh zurück nach New York.“

„Ich reise morgen ab.“

„Gut.“

Eine Minute später kehrte sie mit klaren, trockenen Augen zurück und bot keine Entschuldigung für ihre Flucht. Stattdessen sagte sie: „So wie es aussieht, kann ich hier wieder einziehen. Dank dir, Lee.“

„Die Wände müssen gestrichen werden“, sagte JT.

„Das kann ich mir nicht leisten.“

„Ich zahle“, sagte Lee. „Die Maler fangen morgen an.“

„Du kannst dir die Studiengebühren nicht leisten, aber du kannst den Anstrich meiner Wohnung bezahlen?“

Verdammt noch mal. Die Lügen häuften sich und passten nicht mehr zusammen. Er zuckte mit den Schultern. „Ich habe Geld, nur nicht genug für die Studiengebühren an der Columbia. Ich habe jemand Billiges gefunden, der morgen anfangen kann. Er hat gesagt, dass er nach dem ersten Anstrich noch einen weiteren Auftrag hat, also wird er mindestens eine Woche brauchen, um fertig zu werden.“ Er beglückwünschte sich selbst dazu, dass er schnell gedacht und ihre Anwesenheit in seiner Wohnung für eine weitere Woche gesichert hatte.

Ihre Augen waren unleserlich. Schließlich nickte sie. „Danke. Ich werde mich revanchieren, wenn ich kann." Sie schlang die Arme um sich, als ob ihr kalt wäre oder sie eine Umarmung bräuchte, aber er stand einfach nur da und hasste sich selbst, hasste die Situation.

JT wandte sich an Lee. „Jetzt, wo wir wissen, dass es ihr gut geht, brauche ich dich wieder im Büro. Diese Datenbank ist lebenswichtig, und wir brauchen sie bis Freitag." Er zog seine Brieftasche hervor, nahm zweihundert Dollar heraus und wandte sich dann an Erica. „Du nimmst dir den Rest des Tages frei." Er drückte ihr das Geld in die Hand. „Geh Kleider einkaufen. Wenn du in diesem Outfit ins Büro kommst, wird Skippy hier nie etwas zustande bringen."

Ihr Gesicht rötete sich. „Ich kann das nicht annehmen." Sie hielt JT das Geld hin.

„Du kannst es und wirst es, und es ist kein Kredit." Er ging auf die Tür zu. „Wenn du dir keine anständige Kleidung kaufst, bist du gefeuert." Die Haustür schloss sich, und sie waren wieder allein.

„Ist er böse auf mich?", fragte sie.

„Nein. Er hat es dir nur unmöglich gemacht, abzulehnen."

„Bist du böse auf mich?"

Er sah ihr in die Augen und konnte den Schmerz sehen, den sie so sehr zu verbergen versuchte.

„Ich weiß es nicht", sagte er. Er ging auf die Tür zu, blieb aber am Eingang stehen. Mit dem Rücken zu ihr sagte er: „Geh nirgends hin, ohne mir vorher Bescheid zu sagen. Jemand hat versucht, dich zu töten. Ich kann dich nicht beschützen, wenn ich nicht weiß, wo du bist."

„Okay." Sie hielt inne. „Lee?" Ihre Stimme wurde brüchig.

Er drehte sich um.

„Danke. Dass du mich gerettet hast."

Er ging zu ihr zurück und nahm ihr Gesicht in seine Hände. „Pass auf dich auf. Trage dein Handy immer bei dir und geh direkt zum Watergate, wenn du mit Einkaufen fertig bist." Er küsste sie fest und ging.

Er war schon im Aufzug, als ihm auffiel, dass er vergessen hatte, die Packung Götterspeise aus dem Müll zu holen.

Kapitel Neunundzwanzig

JT blickte vom Fernseher auf, als Erica am nächsten Morgen um viertel nach sechst Lees Küche betrat. Sie umklammerte ihre Sporttasche und trug eines von Lees alten T-Shirts und eine mit Farbe bespritzte Jogginghose. Schatten unter ihren Augen verrieten ihm, dass sie nicht so fröhlich war, wie ihr Lächeln den Anschein zu erwecken versuchte. Er hob eine Hand, um sie am Sprechen zu hindern, denn die Nachrichtensendung, auf die er gewartet hatte, sollte gerade beginnen.

Sie schenkte sich eine Tasse Kaffee ein und lehnte sich dann gegen den Tresen.

Lee betrat den Raum. „Läuft es schon?", fragte er.

„Fängt gerade an", antwortete JT. Es war noch zu früh für die nationalen Morgensendungen. Die Lokalnachrichten mussten reichen.

Die Reporterin stand vor dem Kasino, mit dem Mikrofon in der Hand, und sah eifrig und aufgeregt aus, weil sie wusste, dass der Sender die Geschichte aufgreifen könnte. „Der Menanichoch-Stamm veranstaltet am Samstagabend einen Gala-Empfang zur Eröffnung des neuesten Raums im

Kasino. Quellen zufolge wird Senator Joseph Talon selbst das Band durchschneiden und die Gelegenheit nutzen, eine große Ankündigung zu machen." Sie grinste. „Eine, auf die wir alle gewartet haben." Sie zwinkerte übertrieben und steigerte damit den Cheesy-Faktor noch weiter.

JT schüttelte den Kopf. „Sie hat gerade ihre große Chance beim Sender vergeigt. Jetzt werden sie ihren eigenen politischen Reporter vor das Kasino stellen, um das Gleiche zu sagen, anstatt dieses Material zu verwenden."

„Sie könnten das letzte Stück rausschneiden", schlug Lee vor.

„Nicht, wenn sie diesen letzten Teil mit senden wollen." Er drehte die Lautstärke auf.

„... enthüllt, dass der neue Raum ein aztekisches Thema haben wird. Der Chairman des Stammes, Sam Riversong, verspricht, dass der Raum mit aztekischer Kunst und Geschichte glänzen wird."

Ein Krachen ließ ihn aufschrecken. Erica fluchte, als sie sich bückte, um eine zerbrochene Kaffeetasse aufzuräumen. „Tut mir leid, ich habe den Tresen verpasst."

Er griff nach einem Handtuch und beugte sich vor, um ihr zu helfen, aber sie scheuchte ihn weg. „Hör dir den Beitrag an."

Die Sendung schaltete zu Archivbildern des Kasinos. Kunstwerke und Schilder, die eines Museums würdig waren, umgaben die Spieler, die an den Tischen saßen und nichts von der kulturellen Erfahrung um sie herum mitbekamen, während der fröhliche Reporter die Themen der anderen Räume beschrieb: die Inuit in der Arktis, die Kulturen des Great Basin in Utah und Nevada, die Pueblo im Südwesten, der Stamm der Cherokee im Osten und Südosten. Mindestens dreißig Sekunden der kostbaren Sendezeit wurden darauf verwendet, die Praxis des Casinos zu beschreiben, in jedem Raum einen Tisch aufzustellen, an dem die Spieler ihr Glück bei einem historischen oder prähistorischen Glücksspiel der jeweiligen Kultur versuchen konnten.

Die Indianerspiele waren Joes Idee gewesen. Es hatte Joe immer amüsiert, dass jede Kultur spielte. „Wir könnten Werbung wie die hier nicht mit Geld kaufen. Schade, dass die Reporterin es vermasselt hat, sonst hätten die Sender den ganzen Beitrag wiederholen können, auch den letzten Teil."

„Ist das der Grund, warum der Senator die Ankündigung im Kasino macht?" fragte Lee.

„Ja, und es bindet ihn an sein kulturelles Erbe. Er hat beschlossen, wenn er sich auf sein indianisches Erbe stützt, muss er für alles stehen, auch für das indianische Glücksspiel." Der Beitrag war zu Ende, und er schaltete den Fernseher aus. „Ich fahre zurück nach New York, nachdem ich mich mit Dad getroffen habe." Mist, er hatte vergessen, „*meinem* Dad" zu sagen, und fragte sich nun, ob er den nächsten Teil vor Erica sagen sollte. Aber sie musste herausgefunden haben, dass Lee ein engerer Freund der Familie war, als sie zugegeben hatten. „Lee, er würde dich auch gerne sehen. Old Ebbitt Grill. Ein Uhr."

Erica schaute auf ihre Uhr. „Ich bin auf dem Weg ins Büro. Bist du soweit, Lee?"

„Ich muss mit Lee über die Datenbank sprechen. Geh du schon vor", sagte JT, bevor Lee aufspringen und ihr folgen konnte.

Nachdem sie gegangen war, sagte er: „Ich werde nicht zum Mittagessen kommen. Ich treffe den Senator früher, damit ich zurück nach New York kann. Ich wollte dich vorwarnen, er wird dich bitten, Drake zu ersetzen."

„Drake verlässt Talon & Drake?"

„Selbst wenn er nicht in den Schmuggel verwickelt ist, ist er eine Belastung. Er will Dad benutzen, um mehr Regierungsaufträge zu bekommen, und ich vermute, dass er sich zum Ziel gesetzt hat, eine Schlüsselrolle im Wahlkampfteam zu spielen. Er ist fertig bei T&D."

„Weiß er das?"

„Ich bin sicher, er ahnt es."

Lee nickte. „Deshalb hat er sich mit Riversong getroffen. Deshalb ist er so wütend auf dich." Er begegnete JTs Blick. „Ich will das Büro in Bethesda nicht leiten."

„Ich brauche dich. Du lässt dich nicht von mir einschüchtern und wirst mich nicht drängen, das Unternehmen an die Börse zu bringen, damit du mit Aktienoptionen ein Vermögen machen kannst."

„Ich muss mich um mein eigenes Geschäft kümmern."

„Es wird nicht für immer sein, nur, bis wir die richtige Person für die Nachfolge gefunden haben."

„Hast du Joe erzählt, dass ich undercover in Bethesda arbeite?"

„Nein. Er weiß nicht, dass du überhaupt im Bethesda-Büro bist."

„Ich habe es satt zu lügen, JT."

„Du kannst es ihm nicht sagen. Die Presse wird Vertuschung schreien, falls er über irgendetwas davon Wind bekommt - auch im Nachhinein. Er erfährt nichts, bis die Schmuggler gefasst sind."

„Er bittet mich, genau das Büro zu leiten, das ich ausspioniert habe, und ich soll den Dummen spielen? JT, das ist scheiße."

„Du hast nur noch ein paar Tage Zeit. Sara C. kommt am Freitag zurück, und höchstwahrscheinlich wird deine Tarnung am Samstagabend aufgeflogen sein." JT starrte in seine Kaffeetasse. Die Situation war beschissen. Schlimmer noch, als es Lee bewusst war. „Ich habe keine Ahnung, wie Dad reagieren wird, wenn wir herausfinden, dass Sam in die Schmuggelei verwickelt ist." Sam. Der beste Freund und Mentor seines Vaters.

Lee ließ sich in seinem Stuhl zurückfallen. „Je tiefer ich schaue, desto schlimmer wird es für Sam." Er hielt inne. „Ich glaube, ich habe herausgefunden, wer die SMS erhalten hat."

„Sam?"

„Nein. Es war Sam und Drakes neuer Kumpel, Jake Novak."

Kapitel Dreißig

Joseph Talon stand kurz davor, die größte Ankündigung seiner politischen Karriere zu machen, und das vor aztekischen Artefakten, deren Diebstahl Erica beweisen wollte. Ihr Handeln könnte seinem Ruf und dem seines Stammes schaden. Sie könnte seine Kampagne zerstören, bevor sie richtig begonnen hatte.

Könnte sie das durchziehen?

Entweder sie enthüllte die Artefakte, oder sie lebte in Angst vor dem Tag, an dem Jake aufhören würde, mit ihr zu spielen, und zum Angriff übergehen würde.

Sie musste den Senator treffen. Dann konnte sie entscheiden, was sie tun wollte.

Aber das Timing war entscheidend. Lee hatte gerade das Büro verlassen, um sich mit JT und dem Senator zum Mittagessen zu treffen. Sie hatte vor, zwanzig Minuten zu warten und sich dann zu ihnen zu gesellen. Die Minuten vergingen wie im Flug, während sie überlegte, was sie sagen würde, und betete, dass die beiden ihren Grund für die Störung ihres Mittagessens akzeptieren würden.

Sie wollte gerade gehen, als Janice den Raum betrat. „Wie geht es Ihnen, Erica?“

Sie war so nervös, dass sie einen Moment brauchte, um die Frage ihrer Chefin zu verstehen. Janice war den ganzen Morgen weg gewesen, und sie hatte sie seit Montag nicht mehr gesehen. Oh, ja. Die Sache mit dem Nahtod-Erlebnis.

„Ich fühle mich gut.“

„Ich habe mir solche Sorgen gemacht. Ich habe mit Sam Riversong gesprochen. Er fühlt sich schrecklich wegen dem, was passiert ist, und die Klempner wurden gefeuert. Ich kann nicht glauben, dass jemand so dumm sein kann, einen Generator so aufzustellen, dass die Abgase auf ein offenes Fenster gerichtet sind.“

Die Unfallgeschichte hatte sich also verfestigt. Sie fand das nicht sehr beruhigend. Ihre Kehle fühlte sich trocken an. Sie zwang sich zu einer Antwort. „Der Arzt hat mir gesagt, dass das erschreckend häufig vorkommt.“

Janice zog ein Kartenspiel hervor, das auf der Rückseite mit einer historischen Tafel mit arabischer Schrift verziert war. „Ich muss Ihnen etwas Cooles zeigen.“ Sie legte die Karten offen in verschiedenen Mustern auf den Labortisch.

„Ein Kartentrick?“

„Nein. Ein Spielkartensatz, der für die Truppen im Irak und in Afghanistan vom Programm des Verteidigungsministeriums zur Erhaltung des kulturellen Erbes hergestellt wurde.“

„Wie die Karten, die sie den Soldaten gegeben haben, um die meistgesuchten Personen im Irak zu identifizieren?“

„Ja. Diese Karten zeigen einige der wertvollsten archäologischen Stätten im Irak und in Afghanistan. Sie wurden hergestellt, um die Truppen über den Schutz von Stätten und Artefakten aufzuklären.“ Sie hielt die Kreuzsieben hoch. „Diese hier ist meine Lieblingskarte.“

Auf der Karte war die Ruine eines alten Bogengebäudes abgebildet und mit der Überschrift versehen: *Diese Stätte hat siebzehn Jahrhunderte überlebt. Werden sie und andere auch* Sie *überleben?*

„Das ist brillant", sagte Erica und berührte die Karten. „Ich bin froh, dass das Verteidigungsministerium die Kulturgeschichte des Nahen Ostens ernst nimmt." Sie nahm die Kreuz-Dame in die Hand, auf der das Bild eines Artefakts mit der Aufschrift: *Nicht vergessen! Der Kauf und Verkauf von Antiquitäten ist illegal und wird nach dem Uniform Code of Military Justice bestraft.*

Sie hielt inne, als sie zu der Karo-Neun kam, auf der eine Maske abgebildet war, die aus dem Irak-Museum geplündert worden war, und dachte an die Artefakte, die Jake durch den Handel mit den aztekischen Stücken erworben hatte. „Woher haben Sie das Deck?"

„Ein Freund aus dem Kulturerbeprogramm."

Sie hatte sich ein Jahr lang gefragt, wie Sam Riversong - falls es wirklich Sam war - an die irakischen Artefakte gekommen war, die er Jake angeboten hatte. Die logische Schlussfolgerung war, dass er sie irgendwie über Talon & Drake bezog. Sie hatte so viel wie möglich darüber recherchiert, aber die Sicherheitseinstufungen hatten sie davon abgehalten, zu einem Ergebnis zu kommen.

Janice legte die Karten aus, und Erica sah, dass der Hintergrund jeder Karte, wenn sie richtig angeordnet war, ein größeres Bild ergab, ein Puzzle für jede Farbe. Kreuz war ein berühmtes Denkmal, Karo ein goldenes Artefakt.

„Die sind unglaublich", sagte sie und überlegte, ob sie das FBI überspringen und sich mit ihren Fotos der aztekischen Artefakte direkt an das Verteidigungsministerium wenden sollte. Das Verteidigungsministerium war mit dem Problem der Plünderer vertraut und hatte ein ureigenes Interesse daran, die Situation zu bereinigen. Aber ihr Beweis war aztekisch, nicht irakisch. Sie bezweifelte, dass es ihr gelingen würde, Jake mit den irakischen Artefakten in Verbindung zu bringen. Ihre größte Befürchtung war jedoch, dass sie am Ende zusammen mit Jake und der Crew vor Gericht landen würde. Immerhin stand ihr Name auf der Ausgrabungsgenehmigung.

Janice legte die Karten hin. „Haben Sie einen Kostenvoranschlag für das Angebot an die Marine erstellt?"

Ihr Magen rebellierte. Janice hatte sie am Montag darum gebeten, bevor sie die Thermo-Con UVP abgeliefert hatte. „Ich hatte noch keine Zeit, es mir anzusehen. Ich halte es wirklich für eine schlechte Idee, Janice. Jake Novak kommt mir unethisch vor."

„Mir sind die Hände gebunden. Ed will bieten, und er will mit Jake zusammenarbeiten." Sie schaute auf ihre Uhr. „Haben Sie jetzt Zeit? Ich möchte darüber sprechen, wie wir das Projekt organisieren können."

Der Knoten in ihrem Magen zog sich zusammen, als sie über ein Projekt sprachen, an dem sie nie arbeiten würde, wohl wissend, dass ihre Chance, den Senator zu erwischen, schwand.

Schließlich ging Janice, und Erica steckte die Thermo-Con-Akte in ihre Tasche und machte sich auf den Weg zur Metro-Station, wobei sie hoffte und betete, dass sie nicht zu spät kam.

Joe saß bereits an einem Tisch, als Lee das Restaurant betrat. Er begrüßte seinen ehemaligen Stiefvater mit einem festen Händedruck und einer politisch nützlichen Männerumarmung, wohl wissend, dass Joe im Moment unter ständiger Beobachtung der Medien stand. Lee hatte immer am Rande von Joes innerem Kreis gelebt. Als Erwachsener schätzte er die Anonymität des Lebens am Rande, aber als Kind hatte er es gehasst.

Er ließ sich auf einen Stuhl Joe gegenüber gleiten. Egal, welchen Platz er in Joes öffentlichem Leben einnahm, privat standen sie sich nahe. Lee würde immer dankbar sein für die vielen Male - auch lange nach der Scheidung -, in denen Joe für ihn einsprang und ihm ein Vater war, als beide leiblichen Eltern von Lee kläglich versagten. Er respektierte die Integrität des Mannes, wusste, dass er ein hervorragender Präsident sein würde, und würde alles tun, um ihn in seinem Wahlkampf zu unterstützen. Das hatte er schon damit bewiesen, als er die Rolle des Praktikanten übernommen hatte.

„Es ist eine Weile her, dass ich dich gesehen habe." In Joes Augen lag ein subtiler Tadel.

„Ich war mit einem Kunden beschäftigt." Das war wahr genug.

„Ich hoffe, du bist nicht so beschäftigt, dass du nicht dabei sein wirst, wenn ich meine Ankündigung mache."

„Ich würde es um nichts in der Welt verpassen wollen."

„Gut." Joe hielt inne. „Hat JT erwähnt, warum ich mit dir sprechen wollte?" Der Mann war nie jemand, der Zeit verschwendete.

„Du willst, dass ich das Büro in Bethesda leite."

Joes grimmiges Lächeln erinnerte Lee an die Zeit, als er die computer-synchronisierten Uhren seiner High School auf metrische Zeit umgestellt hatte und Joes Eingreifen Lee vor dem Rauswurf bewahrte.

„Ed ist zu einer Belastung geworden", sagte Joe. „Er wird älter und lässt nach, aber ihm gehört ein Drittel von Talon & Drake, also wird es schwierig werden. Aber Ed will unbedingt für die Kampagne arbeiten, und ich kann ihn beschwichtigen, indem ich ihm einen wichtigen Job gebe, bis der Übergang abgeschlossen ist. Dann werde ich ihn entlassen müssen." Er musterte Lee. „Aber das ist eine heikle Situation. Wir können nicht irgendjemanden mit der Leitung des zweitgrößten Büros von T&D betrauen, während ich als Präsident kandidiere. Wir müssen um einige sehr komplexe Fragen herummanövrieren, von denen die Einhaltung des Ethik-Handbuchs des Senats nicht die geringste ist. Wir brauchen jemanden, dem wir voll und ganz vertrauen können. Ich brauche dich, mein Sohn."

Lee hatte ein Leben lang darauf gewartet, diese Worte von Joe zu hören, und wenn seine Vermutungen zu Ed Drake sich bewahrheiteten, dann mussten sie ihn unbedingt aus dem Unternehmen entfernen.

Aber Lee wollte den Job nicht.

Der Kellner kam. Er bestellte das Spezialgericht und war zu sehr mit sich selbst beschäftigt, als dass er auf das Essen hätte achten können. Wie würde Erica reagieren? Wenn sie das Ausmaß seiner Lügen herausfand, würde sie ihn hassen.

Und wenn er ihr Chef wurde?

Wenn er die Lügen nicht erklären könnte, würde sie ihm nie verzeihen.

Aber wenn er das Büro leiten würde, könnte er Novak loswerden. Er könnte sie beschützen.

„Wie ist ihr Name?"

Lee erschrak. „Was?"

„Du hast den gleichen Blick in den Augen wie mit sechzehn und voller Hormone."

Er lachte und dachte über seine Antwort nach. Die Wahrheit? „Ihr Name ist Erica."

„Ist es ernst?"

„Ich weiß es nicht." Er hielt inne. „Aber ich hoffe es." Die Worte rutschten ihm heraus, ein unkontrollierbares Verlangen, ehrlich zu sein. Joe gegenüber, und auch sich selbst.

„Versprich mir, dass sie nicht noch eine Reporterin ist, die aus deiner Verbindung zu mir Kapital schlagen will."

Verdammt, er hatte gedacht, Joe hätte das vergessen. „Sie ist eine Archäologin. Eigentlich arbeitet sie für Talon & Drake-Bethesda." *Mist, er wird wissen wollen, wie wir uns kennen-*

gelernt haben. „JT hat uns einander vorgestellt." Schweiß bildete sich auf seiner Stirn. JT verkehrte *nie* mit Angestellten. Und Joe wusste das.

„Du wirst ihr Chef sein. Ist das ein Problem?"

„Sie wird ausrasten. Und nicht auf eine gute Art." Das war eine Untertreibung.

„Bieg das hin. Ich möchte, dass du am Montag anfängst."

Typisch Joe. Er hatte sich die Idee in den Kopf gesetzt und sie mit orkanartiger Wucht umgesetzt, ohne auch nur auf Lees Zustimmung zu warten. Der Mann hatte wenig Geduld und absolutes Vertrauen in seine Fähigkeiten. Diese Einstellung führte manchmal zu spektakulären Misserfolgen, aber Joe drückte sich genauso wenig vor seinen Fehlern, wie er seine Erfolge leugnete. Lee hatte im Laufe der Jahre viel von ihm gelernt, und das Eingestehen von Fehlern war die wichtigste Lektion.

„Das mache ich", sagte Lee. „Aber wenn die Kampagne zu Ende ist, bin ich weg."

Joe grinste und lehnte sich auf dem Sitz in der Essnische zurück. „Abgemacht."

Mein Gott, worauf hatte er sich gerade eingelassen? Jetzt wären es *seine* Angestellten, die den Irak bestahlen. Die Beteiligten zu entlassen, wäre einfach, aber Ersatz zu finden, der den Vertrag zu Ende bringt und Joe bei den Wählern gut aussehen ließ, wäre ein Albtraum.

Indem er diesen Job annahm, stellte er sicher, dass er von der Presse genauso gründlich unter die Lupe genommen werden würde wie JT. Alles, was er tat, würde auf Joe zurückfallen und könnte zu einem Wahlkampfthema werden. Und selbst wenn er Erica überreden könnte, ihm zu verzeihen, wäre ihre dunkle Vergangenheit eine Belastung.

Nicht, dass es wichtig gewesen wäre. Die Chancen standen gut, dass sie am Montag nicht mehr miteinander sprechen würden.

Ihr Essen neigte sich dem Ende zu, als die Frau, die seine Fantasien beherrschte, das Restaurant betrat und zielstrebig auf ihn zuging. Er sprang von seinem Platz auf. *Was zum Teufel machte sie hier?*

Erica erreichte ihren Tisch. „Lee, es tut mir leid, dass ich so hereinplatze …"

Er unterbrach sie mit einem heftigen Kuss. Als er sich zurückzog, waren ihre Augen verwirrt und voller rauchiger Leidenschaft. Er spürte einen Ruck männlicher Befriedigung, gefolgt von einem Stich der Schuldgefühle. Der Kuss war die einzige Möglichkeit, sie zum Schweigen zu bringen, bevor sie etwas sagte, das Joe nicht hören sollte.

Ihr Blick klärte sich, und ihr Gesicht wurde langsam rot.

Er war so gut wie erledigt.

Joe rutschte aus der Nische und schenkte Erica ein warmes, erwartungsvolles, ja nachsichtiges Lächeln.

Lee legte ihr einen Arm um die Schultern. „Joe, das ist meine Freundin Erica Kesling."

Es wäre ein Wunder, wenn er die nächsten Minuten überstehen könnte, ohne dass sie ihn auf diese Lüge ansprach und erwähnte, dass er ihr Praktikant war, oder Joe ihn als seinen Stiefsohn enthüllte.

Kapitel Einunddreißig

Kummer, Wut, Lust und Verwirrung kämpften in Ericas rasendem Kopf um eine Position. Lees Kuss war intensiv, hart, erregend und so *öffentlich* gewesen. Und warum zum Teufel hatte er sie seine Freundin genannt? Schlimmer noch, warum hatte sie bei diesem Titel einen kleinen Schwindelanfall bekommen? *Reiß dich zusammen, Mädchen. Es gibt so viel wichtigere Dinge zu tun.*

Er lächelte auf eine Weise, die sie aufforderte, mitzuspielen, und küsste ihre Schläfe. Zur Hölle. Sie hatte keine andere Wahl. Sie war hierhergekommen, um Joseph Talon zu treffen, und wollte sich die Chance nicht entgehen lassen, indem sie darauf hinwies, dass der Mann, der dieses Treffen ermöglichte, ein geschickter Lügner war.

Sie spürte den prüfenden Blick des Senators, als er sie aufforderte, Platz zu nehmen. „Es tut mir leid, dass ich störe, aber ich hatte gehofft, JT zu erwischen." Sie schaute sich im Raum um und fragte sich, wo der Sohn des Senators war.

„JT ist auf dem Weg zurück nach New York", sagte Senator Talon.

Sie zögerte. JT war nicht hier? *Verdammt.* Sie hatte

geplant, JT um eine DNS-Probe zu bitten. Sie lächelte den Senator zaghaft an. Ohne JT war der Senator ihre einzige Hoffnung.

Lee lenkte sie zur Bank, und sie ließ sich auf den Sitz gleiten. Er setzte sich neben sie und legte wieder seinen Arm um sie. „Warum suchst du nach JT?"

Sein glühender Blick ließ ihren Bauch kribbeln. Wenn sie es nicht besser wüsste, hätte sie geglaubt, sie wäre das Zentrum seines Universums. Die Vorstellung erfüllte sie mit Sehnsucht, die sie rücksichtslos beiseiteschob. Sie war schwach und eine Närrin.

Sie holte tief Luft und schloss für einen kurzen Moment die Augen, um sich zu orientieren und sich an ihr Ziel zu erinnern. Sie wollte Joseph Talon treffen, um zu entscheiden, ob sie ihm von den gestohlenen aztekischen Artefakten erzählen sollte, aber zuerst musste sie ihr Eindringen rechtfertigen. Sie griff in ihre Tasche und holte das Set heraus, das sie gestern in einer Apotheke abgeholt hatte. „Ich wollte JT fragen, ob er mir eine DNS-Probe zum Vergleich mit den Knochen aus dem Thermo-Con-Keller gibt. Heute ist mein letzter Tag, um eine Probe zu bekommen. Ich hatte gehofft, ihn noch vor seiner Abreise nach New York zu erwischen."

Sie wollte JT schon gestern fragen, aber er war gestern Abend erst ins Watergate zurückgekehrt, als sie schon geschlafen hatte. Heute Morgen sahen sie dann die Nachrichten, und sie beschloss, dies als Vorwand zu nutzen, um sich in das Mittagessen mit dem Senator zu mogeln, damit sie den Mann kennenlernen konnte. Aber JT war nicht da.

Joseph Talon richtete sich in seinem Sitz gegenüber von ihr auf. „Thermo-Con? Warten Sie mal kurz. Sie sind die Frau, von der Sam mir erzählt hat, die vor ein paar Tagen im Keller eingesperrt war."

Sie nickte.

„Ich kann gar nicht sagen, wie leid es mir tut, was passiert ist. Geht es Ihnen wieder gut?“

„Ja.“ Sie blickte zu dem Mann an ihrer Seite. „Lee hat mich gerettet.“

Der Senator sah Lee neugierig an. „Ich wusste nicht, dass du dort warst.“

Lee zuckte mit den Schultern und nahm das DNS-Sammelkit in die Hand. „Du könntest Erica eine Probe geben.“

Sie wollte ihn küssen, weil er den Vorschlag gemacht hatte. Sie schaute den Senator erwartungsvoll an, aber er musterte Lee. „Ich bin mir nicht sicher, ob ich das tun sollte.“

Lee gab dem Kellner ein Zeichen. Der Mann eilte zum Tisch und fragte nach ihrer Essensbestellung, aber sie lehnte ab. Sie wollte die Freiheit haben, sich aus dem Staub zu machen, falls das Gespräch nicht gut verlaufen würde.

Sie betrachtete Joseph Talon und überlegte, was sie tun sollte. Er war gutaussehend, vielleicht sogar noch besser als JT, der seinem Vater sehr ähnlichsah. Sein dunkler Teint wies nur minimale Falten auf, die sein Alter von über sechzig Jahren verrieten. Er hatte volles dunkles Haar mit nur ein paar grauen Stellen an den Schläfen, was ihm das perfekte Gewicht von Autorität verlieh. Sein Haar und seine Gesichtszüge waren nicht so sehr als indianisch zu bezeichnen, sondern gingen eher in Richtung „ethnisch.“

Sie erinnerte sich daran, dass sie ein Interview mit dem philippinisch-amerikanischen Schauspieler Lou Diamond Phillips gesehen hatte, in dem er darüber sprach, dass er in einer Reihe von verschiedenen ethnischen Rollen besetzt wurde. Sie stellte sich vor, dass Joseph Talon, wenn er sich für die Schauspielerei entschieden hätte, ähnliche Möglichkeiten gehabt hätte.

Sie wollte wissen, wie dieser Mann tickte. Wie würde er

reagieren, wenn sie ihm die Wahrheit sagte? Sam Riversong war sein Freund.

Sie beschloss, den DNS-Test erst einmal ruhen zu lassen und nahm ihren Mut zusammen, um das Gespräch auf den eigentlichen Grund zu lenken, aus dem sie den Senator hatte treffen wollen. „Den Nachrichten zufolge werden Sie Ihre Ankündigung im Kasino machen."

„Ja. Das werde ich."

Lees Hand sank auf ihr Knie. Der Senator konnte die warme Berührung nicht sehen, aber sie war sich seiner bewusst, als würde jedes einzelne Nervenende eine eigene Nachricht an ihr Gehirn senden.

„Sie sind nicht besorgt, dass die Casino-Kulisse Ihrer Kampagne schaden könnte?"

„Jede größere Nachrichtenorganisation wird dort sein. Ich kann mir die Gelegenheit nicht entgehen lassen, kostenlose Werbung für das Kasino zu machen."

„Aber wird die Tatsache, dass Sie in einem Kasino sind, nicht einige Wähler abschrecken?"

„Ich schulde dem Stamm alles, was ich habe und was ich bin. Ich werde nicht vor dem zurückschrecken, was mein Volk braucht, aus Angst, ein paar Stimmen zu verlieren."

Sie hatte ihn immer für seine Offenheit bewundert. Er zeigte eine Integrität, die man bei Politikern nur selten findet, und sie fragte sich, ob er aufrichtig war. „Was, wenn es mehr als ein paar sind?"

„Dieses Risiko bin ich bereit einzugehen. Als ich dreizehn war, brannte mein Internat ab, und ich lief vor dem Sozialarbeiter davon, der entschlossen war, alle Kinder, die in dieser Schule ausgesetzt worden waren, in die Jugendstrafanstalt zu stecken, als ob wir Kriminelle wären, nur weil wir Indianer waren. Ich tauchte in der Stadt außerhalb des damaligen Fort Belmont auf – an dem einzigen Ort, an dem noch ein paar Dutzend Mitglieder des Menanichoch-Stammes lebten. Dort lernte ich Sam Riversong kennen und wurde von ihm aufgenommen."

Erica hatte Fotos von ihm gesehen, die direkt nach dem Brand aufgenommen worden waren. Er war so jung gewesen, hatte so unschuldig ausgesehen, und seine Augen waren voller Traurigkeit und Verlust gewesen. Sie wusste einiges über das Thema Isolation und Verlust im Alter von dreizehn Jahren, aber sie konnte sich trotzdem nicht vorstellen, was Joseph Talon durchgemacht hatte.

„Ich lebte fünf Jahre lang bei Sam, arbeitete im örtlichen Diner und ging zur Schule", fuhr er fort. „Ich erfuhr mehr über mein Erbe als Menanichoch - etwas, das im Internat verboten war. Der Stamm nahm mich an. Als ich an der Universität angenommen wurde, legte die Gemeinschaft ihr Geld zusammen und bezahlte meine Studiengebühren." Sein ausdrucksstarkes Gesicht vermittelte jede seiner Emotionen, als würde er seine Verwandlung noch einmal durchleben, während er seine Geschichte erzählte. Als sie ihm in einem überfüllten Restaurant in Washington gegenübersaß, wurde ihr klar, dass die Nachrichten im Fernsehen nicht einmal die Hälfte der wahren Ausstrahlung dieses Mannes wiedergaben.

„Ich schaue auf meine Leistungen und sehe, wie mein Stamm mich aufrecht hält und mir die Unterstützung gibt, die mich zu dem gemacht hat, was ich bin. Im Gegenzug tue ich alles, was ich kann, für sie. Ich habe mir den Arsch aufgerissen für die staatliche Anerkennung. Danach habe ich mich dafür eingesetzt, dass das Land von Fort Belmont an den Stamm zurückgegeben wird, und dann Geld für den Bau des Kasinos gesammelt. Jetzt tue ich, was ich kann, um es zu fördern. Meine Kandidatur könnte im Sand verlaufen, ich könnte in einem Monat aus dem Rennen sein, aber indem ich meine Ankündigung im Casino mache, wird der Stamm von meiner Kandidatur profitieren."

Sie traf ihre Entscheidung. Sie würde es ihm sagen und

hoffen, dass er ihr glauben würde und ihr helfen würde, die Artefakte zu benutzen, um Jake zu überführen. Sie nahm einen tiefen Atemzug. „Sie können die Ankündigung nicht im Aztekenraum machen. Wenn Sie das tun, werden Sie vor einer Kulisse gestohlener Artefakte abgebildet."

Während sie diese Worte sagte, stand ein Mann in der Nische auf der anderen Seite der hölzernen Trennwand auf und machte großes Aufsehen daraus, die Aufmerksamkeit des Kellners zu erregen. Strategisch platzierte Pflanzen hatten ihn verdeckt, aber jetzt sah sie die seelenlosen braunen Augen, die seit einem Jahr ihre Albträume erfüllten, und kalte, metallische Angst erfüllte ihren Mund und breitete sich in ihrem Körper aus.

Marco Garcia war ihr in das Restaurant gefolgt.

Kapitel Zweiunddreißig

Lees Griff um Ericas Knie wurde fester, als sich Schock und Unglauben in ihm breitmachten. Sie hatte gerade ihr Geheimnis gelüftet. Vor allem aber war er überwältigt. Erica war nicht der Gauner, nach dem er gesucht hatte.

Joes Augen verengten sich. „Wovon reden Sie?"

Sie schrumpfte in ihrem Sitz zusammen und verwandelte sich innerhalb eines Herzschlages. Ihre Augen füllten sich mit der Angst, die immer unter der Oberfläche lauerte. Joes Ton war scharf gewesen, aber ihre Reaktion war extrem.

Sie räusperte sich. „Es tut mir leid, ich habe mich falsch ausgedrückt - oder besser gesagt, ich habe übertrieben. Ich wollte sagen, dass kulturelle Kunst eine Quelle des Gemeinschaftsstolzes ist, und eine Dauerausstellung in einem fremden Land kann sich wie ein Diebstahl der Kultur anfühlen. Manche Menschen glauben, dass jedes Artefakt, das aus seinem Herkunftsland entfernt wird, gestohlen ist - selbst wenn die Artefakte legal erworben wurden. Aztekische Kunst stammt aus Mexiko. Wäre es nicht klüger, Ihre Ankündigung im Pueblo- oder Cherokee-Raum zu machen?"

Ihre Antwort war überzeugend. Joe würde ihr das vielleicht sogar abkaufen, aber Lee nicht.

„Sie sind nicht die erste Person, die sich fragt, ob ich meine Ankündigung in einem ‚amerikanischeren' Rahmen machen sollte, aber ich muss mich nicht in eine amerikanische Flagge hüllen.

„Als die Birther letztes Jahr hinter mir her waren und Beweise dafür verlangten, dass ich Amerikaner bin, weil ich keine Geburtsurkunde habe, habe ich ihnen die Narben gezeigt, die ich in meinem indianischen Internat bekommen habe, als der Schuldirektor versuchte, den Indianer aus mir herauszuprügeln. Ich bin ein amerikanischer Ureinwohner und damit amerikanischer als achtundneunzig Prozent der Bevölkerung dieses Landes. Ich brauche kein Stück Papier, um das zu beweisen, und ich werde mit Stolz vor dem Azteken-Saal stehen. Das Menanichoch-Kasino ist stilvoller als die meisten anderen, die Architektur ist hervorragend, und die Artefakte und historischen Ausstellungsstücke sind atemberaubend. Es ist die perfekte Kulisse für den Start meiner multikulturellen Kampagne."

„Ich glaube immer noch, dass Sie einen Fehler machen."

Joe lächelte. „Sie werden Lee auf Trab halten, was gut ist. Seine letzte Freundin war eine Idiotin."

Sie warf Lee einen Seitenblick zu, doch ihr Versuch eines amüsierten Lächelns wurde durch eine gewisse Vorsicht getrübt, die sie nicht verbergen konnte.

„Ja, also, Idiotin ist das letzte Wort, mit dem ich Erica beschreiben würde", sagte er und drückte ihren Schenkel. Lügnerin wäre seine erste Wahl, gefolgt von verführerisch, schön und dann geheimnisvoll.

„Nachdem Sam mir erzählt hat, was Ihnen im Thermo-Con-Haus passiert ist", sagte Joe, „hatte ich vor, Sie zur Einweihung am Samstag einzuladen - eine kleine Entschuldigung des Stammes und der Firma. Aber das ist perfekt. Sie werden als Lees Date dort sein."

Sie sah Lee fragend an.

Jetzt war es an ihm zu lügen. „Ich wollte es dir heute Abend erzählen, Shortcake."

„Danke", sagte sie zu Joe. „Ich würde gerne gehen."

„Der Dresscode ist ‚black tie'. Mein Sohn soll Ihnen ein Kleid kaufen."

„JT?", fragte sie.

„Er meint die Firma", sagte Lee schnell und fing Joes Blick auf. „Als Angestellte von Talon & Drake musst du glänzen. JT wird den Kauf genehmigen."

Joe lehnte sich gegen das Polster der Nische zurück. „Du hast recht, Lee. In Anbetracht der Veränderungen, die in Bethesda stattfinden, und weil sie deine Verabredung ist, wird ihr Kleid wichtig sein ..." Seine Stimme verstummte. *Gott sei Dank.* Trotzdem schlug Lees Herz schneller.

Er musste dieses höllische Gespräch beenden und sie von Joe wegbringen.

„Sie sind wirklich hübsch", murmelte Joe. „Ihre Arbeit ist faszinierend, sie wirkt geradezu exotisch." Er lächelte auf eine Art und Weise, die Lee verriet, dass er ihren Wert für die Kampagne berechnete, und sie hatte eine hohe Bewertung erhalten. „Sie sind perfekt für die Rolle eines Talon & Drake-Vertreters außerhalb des Managements." Sein Blick traf den von Lee. „Ein Designerklein. Such ihr ein Kleid aus, das in einem Raum voller Pfaue heraussticht. Ich will, dass sie auffällt."

Ericas Augen weiteten sich, sie war sichtlich entsetzt über Joes Erlass. „Ich will nicht auffallen." Ihr Blick huschte von Lee zu Joe, bevor er auf die Trennwand der Sitznische fiel.

„Schade", sagte Joe.

Wenn das Gespräch nicht so anstrengend gewesen wäre, hätte Lee sich darüber amüsiert. Niemand sagte nein, wenn

Joe um etwas bat, und Lee würde dafür sorgen, dass auch Erica keine Ausnahme bildet. Er wollte, dass sie auch auf der Party glänzt.

„Ich gehe mit ihr einkaufen." Er nahm das DNS-Testkit wieder in die Hand und schob es Joe zu. Wenn Erica das bekam, weswegen sie hergekommen war, konnten sie vielleicht von hier verschwinden. „Du solltest ihr eine Probe geben. Der Stamm braucht den Test, um festzustellen, ob die Knochen von Menanichoch stammen oder nicht."

Joe nahm die Schachtel und las das Etikett. „Sie versprechen, dass die DNS der Menanichoch nicht in eine Datenbank für genetische Kartierung aufgenommen wird?"

„Ja", sagte Erica.

„Dafür werde ich sorgen", fügte Lee hinzu. Er würde alles versprechen, um aus diesem Treffen herauszukommen.

„Niemand wird erfahren, dass Sie die Probe zur Verfügung gestellt haben, Senator", fügte Erica hinzu.

Joe zuckte mit den Schultern. „Wenn Talon & Drake und der Stamm diesen Test brauchen, dann soll es so sein." Er öffnete das Set und tupfte die Innenseite seiner Wange ab, dann ließ er den Tupfer in das schützende Plastikfläschchen fallen und gab ihr das Set zurück.

Endlich, der perfekte Moment, um mit Erica zu entkommen. Lee ergriff ihre Hand und schob sich zum Ende der Bank. „Wir haben heute schon genug deiner Zeit in Anspruch genommen, Senator."

Sie verabschiedete sich hastig, während er sie vom Tisch wegzerrte.

„Schön, dich zu sehen, mein Sohn. Und Erica, es hat mich gefreut, Sie kennenzulernen."

Sie klammerte sich an seinen Arm, als sie aus dem Restaurant eilten. Draußen ging er zielstrebig weiter und zog sie mit sich, weg von der Tür, weg von jedem weiteren Kontakt mit Joe. Er ließ eine Hand in seine Tasche gleiten und ballte sie zu einer Faust. Hatte sie das letzte Kommentar gehört? Hatte sie das „mein Sohn" als Redewendung abgetan, oder hatte sie eine Vermutung über ihre Beziehung?

Sie warf mehrmals einen Blick zurück in Richtung des Restaurants.

Was hatte sie erwartet? Er hatte keine Ahnung, was in ihrem schönen Kopf vor sich ging. Alles, was er wusste, war, dass er zum Angriff übergehen musste, bevor sie die Chance hatte, alles in Frage zu stellen, was gerade passiert war. Als sie einen Block entfernt waren, bog er um die Ecke und blieb stehen. „Hat Jake Novak die Artefakte gestohlen, die im Aztekensaal ausgestellt werden sollen?"

Ihr Blick schweifte auf der Straße hin und her, dann zogen sich ihre Augenbrauen zusammen, was nur falsche Verwirrung sein konnte. „Was meinst du?"

Er drückte sie gegen das Gebäude und hielt ihr Kinn in seiner Hand. Trotz all der Wut und des Misstrauens konnte er nicht widerstehen, und sein Mund eroberte den ihren. Sie keuchte leise und schlang ihre Arme um seinen Hals. Für einen Moment verlor er sich selbst, dann kehrte die Vernunft zurück, und er brach den Kuss ab.

Sie ließ ihn los und presste ihre Handflächen flach gegen die Wand, während sie nach Luft schnappte. Ein Dutzend Emotionen wanderten über ihr Gesicht, und in ihren Augen lag eine herzzerreißende Verletzlichkeit. Davon konnte er sich nicht beirren lassen. „Du bist eine so wunderbare Lügnerin. Ich glaube, der Senator hat dir geglaubt. Ich nicht."

Sie riss sich ruckartig von ihm los. Der Verkehr floss auf der belebten Stadtstraße vorbei. Der Lärm des Stroms von Fußgängern und Autos hüllte sie in Anonymität.

Er berührte ihren Arm. „Verdammt, Erica. Wann wirst du mir sagen, was los ist?"

„Hier ist nichts los, Lee. Du hast eine wilde Fantasie, das ist alles."

„Also habe ich mir das nur eingebildet, was mit unserem Büro passiert ist. Mit deiner Wohnung. Mit dir im Keller des Thermo-Con-Hauses.“

Sie antwortete nicht.

„Warum hat Jake Novak deine Wohnung verwüstet? Hat er nach aztekischen Artefakten gesucht?“

„Nein!“

„Wann wirst du zugeben, dass du für ihn gearbeitet hast?“

Alles Blut wich aus ihrem Gesicht. Sie riss ihren Arm weg, drehte sich um und rannte los.

Kapitel Dreiunddreißig

Nachdem sie einige Blocks gelaufen war, verlangsamte Erica ihren Schritt und überquerte die Constitution Avenue, wobei sie sich wünschte, sie könnte in der Menschenmenge verschwinden, die über die National Mall flanierte. Sie suchte die Gesichter sorgfältig ab und sah Marcos drahtige Gestalt nicht zwischen den Touristen umherschleichen. Sie hatte ihn nicht mehr gesehen, nachdem Lee sie aus dem Restaurant gezerrt hatte, aber wenn er ihr gefolgt war, dann hatte sie ihn hoffentlich bei ihrer verrückten Flucht abgehängt.

Lee hatte erraten, dass sie für Jake gearbeitet hatte. Das sollte sie nicht überraschen. Er musste schon vor Tagen gemerkt haben, dass sie etwas verheimlichte. Seit sie sich kennengelernt hatten, benahm sie sich wie ein Freak, und als sie Jake das erste Mal gegenüberstand, war sie fast in Ohnmacht gefallen. Ein Teil von ihr war sich bewusst, dass sie von dem Moment an, als sie gestern vor Lee und JT zu weinen begonnen hatte, verloren war. Und jetzt, nachdem sie Marco gesehen hatte, fühlte sie sich so zerbrechlich, als ob eine starke Brise sie umhauen würde.

Sie wünschte, sie könnte in ihre eigene Wohnung zurückkehren. Doch allein zu sein, machte ihr mehr Angst, als Lee gegenüberzutreten. Sie hatte wirklich keine Wahl. Sie würde seine Fragen beantworten müssen. Später.

Ihr Handy klingelte. Sie ließ die Nachricht auf die Mailbox gehen und hörte sie dann eine Minute später ab. Aber der Anruf war nicht von Lee gekommen. Es war der Sachbearbeiter des Patentamtes gewesen. Die Akten waren angekommen. Wenn sie zum Patentamt ging, würde sie Lee ein paar Stunden lang nicht sehen müssen.

Da sie wusste, dass es in der Promenade ein FedEx-Fach gab, machte sie sich auf den Weg zur Metrostation L'Enfant Plaza. Sie fand eine Bank und holte das DNS-Kit heraus. Nachdem sie den Abstrich und den Knochen eingepackt hatte, nahm sie die Packung Götterspeise aus ihrer Handtasche und holte den leeren Umschlag heraus, den sie aus Jakes Kabine auf der *Andvari* mitgenommen hatte. Der Umschlag, der Fotos von irakischen Artefakten enthalten hatte.

Sie musterte die aufgerissene Klappe. Hatte Sam den Kleber angeleckt, um den Umschlag zu versiegeln?

Sie steckte den Umschlag in die gepolsterte Versandtasche mit den beiden anderen Proben. Die DNS aus dem Umschlag würde mit der DNS des Senators verglichen werden. Von Sam hatte sie zwar keine Probe erhalten, aber zumindest war dies Menanichoch-DNS. Sie würde mit Sicherheit wissen, ob die Person, die den Umschlag angeleckt hatte, ein Stammesmitglied war. Es war ein Anfang.

Später würde sie erneut versuchen, eine Probe von Sam zu bekommen, aber zumindest hatte sie einen Weg gefunden, den Umschlag auf DNS testen zu lassen - und sie musste nicht einmal dafür bezahlen. Der Stamm übernahm die Rechnung. Zum Glück, denn sie hätte sich den Test auf keinen Fall selbst leisten können.

Mit einem grimmigen Lächeln warf sie das Paket in den

FedEx-Briefkasten, betete aus tiefstem Herzen, dass sie die Ergebnisse verwenden könnte, und machte sich dann auf den Weg zum Patentamt.

Dreißig Minuten später öffnete sie den ersten der beiden Patentordner. Ganz oben auf dem dicken Papierstapel lag eine Broschüre mit der Aufschrift: *Higgins Homes stellt Thermo-Con vor.* Obwohl sie ihre Theorien bereits bestätigt hatte, verspürte sie immer noch einen Anflug von Aufregung, als sie die Worte „Thermo-Con" in Verbindung mit Higgins Industries gedruckt sah.

Sie studierte die Broschüre, bevor sie Fotokopien anfertigte, und war stolz darauf, dass sie die Informationen auf eine Weise verknüpft hatte, wie es noch niemand zuvor getan hatte. Sie fand es schade, dass Lee nicht dabei war, um den Moment mit ihr zu genießen. Er war ein wesentlicher Bestandteil des Projekts gewesen; es fühlte sich nicht richtig an, dass er nicht bei ihr war.

Wie sollte sie ihm heute Abend gegenübertreten? Was würde sie sagen?

Wusste Marco, wo sie sich aufhielt, oder war sie im Watergate sicher? Diese Gedanken schwirrten ihr durch den Kopf, als sie Kopien anfertigte.

Trotz seiner Anschuldigungen fühlte sie sich bei Lee sicher. Den Moment, als er die Kellertür eintrat, würde sie nie vergessen. Mit dem Licht im Rücken und von Abgasen umnebelt, war er wie von einem Heiligenschein umgeben gewesen. Ihr eigener persönlicher Retter.

Aber ihre Gefühle für ihn waren weit davon entfernt, heilig zu sein. Sie spürte ein tiefes Brummen, wenn er in der Nähe war. Wenn sie nur an ihn dachte, daran, wie sich sein Mund auf ihrem anfühlte, wurde sie kurzatmig und erregt. Aber sie war eine tickende Zeitbombe. Um sich selbst zu retten, würde sie die Kampagne von Joseph Talon untergraben - möglicherweise sogar zerstören. Wenn Lee die

Wahrheit erfuhr, würde er sich so schnell von ihr distanzieren, dass er einen neuen Geschwindigkeitsrekord aufstellen würde.

Der Kopierer lief reibungslos, während sie sorgfältig ein Dokument nach dem anderen auf das Glas legte. Sie arbeitete methodisch und schenkte den vor ihr liegenden Seiten kaum Beachtung.

Ihr Handy klingelte erneut. Diesmal war es Lee. „Wir müssen reden", sagte er.

„Ich weiß."

„Heute Abend im Watergate. Sechs Uhr."

„Gut" sagte sie und legte auf, wobei sie ein flaues Gefühl im Magen verspürte. Ein Teil von ihr wollte ihm verzweifelt alles erzählen. Der andere Teil war entsetzt.

Sie fuhr mit dem Kopieren der Patentdokumente fort und wechselte dann zu der Akte für die Mischmaschine, bei der es sich, wie Lee vermutet hatte, um den in dem Zeitungsartikel beschriebenen Thermo-Con-Generator handelte. Aus dem Briefkopf ging hervor, dass die Anwaltskanzlei Morton, Fairfield und Lawson in Washington das Patent für Higgins bearbeitet hatte. Existierte die Kanzlei noch? Gab es dort noch Akten für Patente, die sie vor über fünfzig Jahren bearbeitet hatten? Das Patent war erst nach dem Bau des Thermo-Con-Hauses offiziell erteilt worden. Könnte die Anwaltskanzlei spezifische Informationen über den Bau dieses Hauses haben?

Der Entwurf der Umweltverträglichkeitsprüfung war zwar fertig und eingereicht, aber die Knochen bedeuteten, dass das Projekt noch aktiv war, und der Stamm hatte sie gebeten, allen neuen Hinweisen nachzugehen, die die Patentinformationen lieferten. Dies war eine solide Spur, die ihr einen weiteren Grund für ein Treffen mit Sam liefern könnte. Ein Treffen, bei dem sie irgendwie ein Haarfollikel von ihm sichern könnte.

Mein Gott, sie überlegte schon, ob sie einen älteren Mann

anfallen und ihm die Haare ausreißen sollte. Aber was sollte sie sonst tun?

Am Schalter bezahlte sie ihre Kopien und bat um ein Telefonbuch. In wenigen Minuten hatte sie die Telefonnummer von Morton, Fairfield und Lawson in ihr billiges, pay-as-you-go Handy im Blackberry-Stil einprogrammiert. Auf dem Weg zur Metro hinterließ sie eine Nachricht. Sie steckte ihr Telefon in ihre Handtasche und trat auf die Rolltreppe, um in die Station hinunterzufahren, während ein flaues Gefühl sich in ihrem Magen ausbreitete.

Es war an der Zeit, Lee gegenüberzutreten.

Lee hörte den Schlüssel im Schloss und traf Erica an der Tür. Er sagte kein Wort, als er die Tür hinter ihr schloss und den Riegel vorzog. Diesmal würde sie nichts stören.

Bevor sie etwas sagen konnte, küsste er sie. Zuerst war sie steif, fast starr, aber er war entschlossen und vertiefte den Kuss.

Ihre Arme legten sich um seinen Hals, und ihr Körper verschmolz mit seinem, als sie seinen Kuss mit einer Leidenschaft erwiderte, die ihn erschütterte. Er verlor sich in diesem Moment, doch dann erinnerte er sich an sein Ziel. Er hob den Kopf und blickte in ihre grauen Augen, und er zögerte, als er das unverhüllte Verlangen sah.

Sie öffnete ihren Mund, um zu sprechen. Er bedeckte ihre Lippen mit seinen Fingerspitzen. „Sag nichts", sagte er. „Ich will keine Lügen hören." Er küsste sie erneut, drückte sie gegen die geschlossene Tür, versuchte, sich wieder zu verlieren, versuchte, den wahren Grund zu vergessen, warum er sie endlich verführte.

Er zog die allgegenwärtigen Haarnadeln aus dem Knoten in ihrem Nacken und fuhr mit den Fingern durch ihr seidiges

Haar, glättete und trennte die glänzenden Strähnen, die seine Fantasien seit Tagen beflügelt hatten. Er spürte, wie sie zitterte, als er mit Küssen ihren Hals hinauffuhr und an ihrem Ohrläppchen innehielt.

Sie drückte gegen seine Brust. „Wir müssen reden."

Er kehrte zu ihren Lippen zurück und brachte sie zum Schweigen, während er einen Knopf nach dem anderen an ihrer Bluse öffnete. „Das Einzige, worüber ich im Moment bereit bin zu reden, ist Baseball." Er schob ihr das Oberteil über die Schultern und ließ es auf den Boden fallen.

„Baseball?"

„Ich habe anderthalb Wochen gebraucht, um über die erste Basis hinauszukommen, aber heute Abend werde ich einen verdammten Homerun hinlegen - ganz langsam." Seine Finger bearbeiteten den Verschluss ihres BHs. In Sekundenschnelle landete das spitzenbesetzte Kleidungsstück auf ihrem Hemd. Sein Mund umschloss eine Brustwarze, während seine Hand die andere liebkoste.

Sie stieß ein leises Stöhnen aus. Das Geräusch lief wie Strom durch sein System, jeder Nerv stand in Flammen, als er sie näher an sich zog.

Er löste seinen Mund von ihr, hob sie hoch und trug sie vom Eingang in das große Schlafzimmer. Sein Zimmer. Er ließ sie auf sein hohes Himmelbett fallen und vervollständigte das Bild, das er seit Tagen im Kopf hatte.

„Das ist JTs Zimmer. Wir können nicht …"

Er brachte sie mit einem Kuss zum Schweigen und hasste es, dass selbst dies eine Lüge war. „JT ist nicht hier. Ich weigere mich, auf dem Schlafsofa im Arbeitszimmer mit dir zu schlafen, und das Bett in deinem Zimmer ist zu klein für das, was ich vorhabe."

„Lee …"

„Wenn es nicht um Baseball geht, will ich es nicht hören." Sie setzte sich auf und sah sich im Zimmer um. Sie wusste nicht, dass sie zum ersten Mal einen Blick auf seine Welt werfen konnte. Er war plötzlich nervös und fragte sich, was sie von den Bildern dem Bett gegenüber hielt, für die er viel zu viel Geld ausgegeben hatte, weil sie etwas in seiner Seele berührten.

Ihre Schultern entspannten sich, und sie lächelte.

Es war das erotischste, verführerischste Lächeln, das er je gesehen hatte. Sie kroch über das große Bett auf ihn zu. „Warum bist du noch angezogen?"

Verdammt, wenn dieser Moment doch nur ohne Lügen zustande gekommen wäre - von beiden Seiten. Aber er weigerte sich, dieses Bedauern zu hegen und begann, sein Hemd aufzuknöpfen.

Sie zerrte ihm das Hemd aus der Hose. „Da du erst fünfundzwanzig bist, erwarte ich ein Spiel mit vielen Homeruns."

Da war sie, eine weitere Lüge, diesmal seine. „Darauf kannst du dich verlassen." Wenigstens das war wahr.

Sie öffnete seinen Gürtel und griff dann nach seinem Hosenschlitz.

Er holte tief Luft. „Verdammt, du verschwendest keine Zeit, wenn du dich einmal entschieden hast."

Sie küsste ihn, während sie die Konturen seiner Erektion nachzeichnete. Intensives Vergnügen durchströmte ihn. Sie befreite ihn von seiner Hose und seinem Slip und ihre kühlen Finger schlossen sich um seinen harten Penis.

Er schloss die Augen und sog die Luft durch die Zähne ein. Er war so erregt, dass er sich blamieren könnte. Nur ein junger, unerfahrener Mann würde zu diesem Zeitpunkt des Spiels schon zum Zug kommen.

Widerwillig rutschte er vom Bett, und sie ließ ein wildes Stöhnen hören, als sie ihn losließ. Er entledigte sich schnell seiner Kleidung, packte dann ihren Fuß und zog sie an den Rand der Matratze. Er öffnete ihre Hose, streifte sie ab und warf sie über seine Schulter. Übrig blieb nur ihre knappe Unterwäsche.

Sie kniete sich auf die Bettkante. Die längsten Strähnen ihres Haares reichten ihr bis zum Hintern. Mit ihrer glatten Haut, den vollen Brüsten, der schlanken Taille und den kurvigen Hüften übertraf sie seine Fantasien bei weitem. Er umfasste ihren Hintern und drückte sie der Länge nach an sich, während er auf dem Boden stand. Sein Mund bedeckte ihren, und er zwang seinen widerstrebenden Verstand, die Lügen zu vergessen.

Später würde sie erkennen, dass die Liebe nur ein Mittel zum Zweck gewesen war, aber er würde mit ihrer Wut fertig werden, wenn die Zeit gekommen war. Welche Täuschungen auch immer zwischen ihnen lagen, die einzige Wahrheit war, dass er sie wollte. Unbedingt.

Er zerrte an dem dünnen Gummiband ihrer Unterwäsche. „Warum trägst du das immer noch?", murmelte er gegen ihre Lippen, dann riss er das Höschen auseinander.

„Lee! Ich habe nur zehn Kleidungsstücke, inklusive meiner Unterwäsche!"

„Und dann waren es neun." Er riss die andere Seite auseinander und warf den Satinstoff hinter sich. „Ich werde dir mehr kaufen." Er ließ Küsse auf ihren perfekten Körper regnen, während er auf die Knie sank. „Ich werde mich morgen nicht konzentrieren können, wenn ich weiß, dass du ohne Unterwäsche im Büro unterwegs bist." Er küsste ihre Mitte. „Magst du das?" Seine Zunge fand ihre Klitoris.

Sie beugte sich nach hinten und lobte Gott lautstark.

Er nahm das als ein Ja und fuhr fort, sie mit seinem Mund und seinen Händen zu erforschen. Ihre Finger verschränkten sich in seinem Haar, während sie seinen Namen wimmerte. Er schob einen Finger tief in sie hinein, während er sie schmeckte. Gott, sie war großartig, wie sie sich gegen ihn wölbte und ein sexy Maunzen von sich gab, das ihn ebenso erregte wie der Duft und der Geschmack ihrer Erregung.

Was war mit ihm geschehen? So sehr er sich diesen Moment auch wünschte, fürchtete er, dass sie ihm später nicht verzeihen würde, wenn er jetzt mit ihr schlief. Aber er konnte nicht aufhören, selbst wenn er es wollte.

Er brachte sie an den Rand des Orgasmus. „Willst du jetzt kommen?"

„Nein. Ja. Nein." Sie lehnte sich zurück und zupfte an seinen Schultern. „Ich will dich in mir haben."

Er stand auf, lehnte sich gegen sie und kippte sie nach hinten. Neben ihr liegend, zog er sie in seine Arme und küsste sie tief, dann sah er ihr in die Augen. Er hatte sie bis an den Rand gedrängt und dann aufgehört, und sie wand sich gegen ihn, begierig darauf, ihn in sich zu spüren, aber er wollte diesen Moment auskosten. Was noch kommen würde, könnte dafür sorgen, dass dies alles war, was sie jemals haben würden.

Er hatte sich stundenlang gefragt, ob ihre schieferfarbenen Augen bei Erregung mehr Blau annehmen würden. Sein Grinsen kam seinem Herzen gefährlich nahe, als er in die rauchblauen Iris blickte.

„Was?", fragte sie.

„Du bist atemberaubend."

Sie lächelte. „Mache ich dich an?"

Er ließ eine Hand an ihrer Seite hinuntergleiten und legte sie auf ihre üppige Hüfte, während er an einer Brustwarze saugte. „So sehr, dass ich im Moment Schmerzen habe, Shortcake."

„Armes Baby." Sie erhob sich auf alle Viere und küsste ihn, während sie seinen Körper hinunterglitt. Sie blieb stehen, ihr Kopf war auf gleicher Höhe mit seiner Erektion. Sie reizte ihn grausam, leckte und knabberte an den Innenseiten seiner Schenkel, berührte alles außer seinem harten

Schwanz. Schließlich zeigte sie Erbarmen und nahm ihn in den Mund.

Sie war ein erotischer Anblick, als sie sich über ihn kniete und ihren Hintern in die Luft streckte. Ihr schimmerndes Haar legte sich über seine Beine, während sein harter Schwanz in der samtenen Weichheit ihres Mundes verschwand. Die Vorstellung, wie ihr seidiges Haar über seinen Schenkeln hing, hatte ihn um den Schlaf gebracht. Er hatte eine gute, gesunde Vorstellungskraft, aber er hatte dem Moment nicht gerecht werden können.

„Oh Gott. Erica. Hör auf." Er keuchte. „Ich will in dir sein."

Sie massierte ihn mit ihrer Hand. „Wir brauchen ein Kondom."

Er griff nach dem Nachttisch und zog eine Schachtel aus der Schublade. „Das sollte zumindest für heute Nacht reichen."

Sie lachte und griff nach einem Streifen Kondome. Sie riss eines ab, entfernte die Verpackung und zog es über ihn.

Er drehte sie auf den Rücken, legte sich auf sie und ließ sich zwischen ihren Schenkeln nieder. „Du hast einmal etwas über mangelnde Finesse gesagt." Er schob zwei Finger tief in sie hinein. „Du bist jetzt bereit, aber ich bin versucht, dich für diese Worte bezahlen zu lassen, indem ich dich mit einem endlosen Vorspiel quäle."

Sie ergriff seinen Penis und führte ihn zu ihrer Öffnung. „Denk nicht mal dran. Du hast einen Inside-the-Park Homer geschlagen, aber du musst die Bases ablaufen, um zu punkten. Ein übermütiger Walk, und du könntest an der dritten Base gestoppt werden, oder noch schlimmer, du würdest rausgeschmissen werden."

Er drückte sie an sich. „Keine Chance, dass du mich jetzt rausschmeißt." Aber das sollte sie. Wenn sie wüsste, was gut für sie ist, würde sie es tun.

Sie nahm sein Gesicht in ihre Hände. „Ich will dich in mir haben, Lee. Jetzt."

„Dann spielen wir für dasselbe Team, denn wir sind beide dabei, zu punkten." Er glitt in sie hinein.

Ihre Augen schlossen sich, sie atmete scharf ein und drückte ihn fest an sich.

„Öffne deine Augen", sagte er an ihren Lippen.

Sie schüttelte den Kopf.

„Dann werde ich mich nicht bewegen."

Sie spottete. „Als ob du jetzt aufhören könntest."

Er lachte und zog sich langsam zurück, wobei er sich fast aus ihr herauszog.

Ihre Augen flogen auf. Sie schloss ihre Beine fest hinter ihm und packte seinen Hintern.

Er küsste sie und stieß tief zu. Lust durchströmte ihn. „Danke", murmelte er, als ihr die Augen wieder zufielen. „Deine Augen" - er bewegte sich in einem langsamen, gleichmäßigen Rhythmus, während sie sich an ihn klammerte - „sind so verdammt sexy."

Sie gab ein leises Stöhnen von sich. „Oh Gott, Lee. Ich war schon so nah dran ... Ich werde gleich kommen." Sie küsste ihn, ihr Mund schmiegte sich mit der gleichen Heftigkeit an seinen, wie sich ihre Beine um seine Hüften schlossen.

Er wollte langsamer werden, aber sein eigener Orgasmus stürzte auf ihn ein. Er fing ihr Stöhnen mit seinem Mund ein, während ihre Körper zusammen bebten.

Erschöpft ließ er sich auf die Seite rollen und zog sie mit sich. Immer noch in ihr. Ihre Augen flatterten auf, sie lächelte und strich ihm über die Wange.

Sie war entspannt und glücklich. Er hatte ihr diesen Frieden gegeben. Diese Freude.

Er wollte, dass dieser Moment für immer anhielt.

Er küsste sie sanft, als er aus ihrem Körper glitt, dann ließ er ihren Mund los und drückte sie fest an sich. Sie schmiegte sich an ihn und stieß einen glücklichen Seufzer aus.

„Das war eine gute Idee", sagte sie.

Er lachte. „Einer meiner besseren, denke ich."

„Es tut mir leid, dass ich abgehauen bin …"

Er legte einen Finger auf ihre Lippen. „Ich möchte reden. Aber lass mich erst dieses Kondom loswerden."

Sie nickte, und er glitt vom Bett. Er entsorgte das Kondom im Bad, kehrte zurück, streckte sich wieder neben ihr aus und zog sie an seine Brust.

Die Anspannung war in ihren Körper zurückgekehrt, jetzt, da die Zeit zum Reden gekommen war. Hatte sie vor, ihn wieder anzulügen?

Er musste ihr diesen Weg versperren, bevor sie ihn einschlug. Er wollte nicht noch mehr von ihren Lügen hören.

Jake hatte versucht, sie zu töten, und sie hatte den Mistkerl beschützt.

Es gab eine Sache, die er sagen konnte, um ihr unmissverständlich mitzuteilen, dass er sich nicht täuschen lassen würde. Er würde nichts anderes als die Wahrheit akzeptieren. „Also, ist der Beweis, dass die aztekischen Artefakte gestohlen wurden, in der Schachtel mit der Götterspeise?"

Kapitel Vierunddreißig

Schock und Unglauben machten sich in Erica breit. Hatte Lee sie wirklich nach der Packung Götterspeise gefragt? *Jetzt?*

Er schaute sie erwartungsvoll an und wartete auf ihre Antwort.

Entsetzen ersetzte den Schock, und sie stieß sich von ihm weg, wollte aus dem Bett fliehen. Aus dem Zimmer fliehen.

Seine Arme schlossen sich fest um sie. „Wage es nicht, wieder wegzulaufen. Du hast versprochen, dass wir miteinander reden."

Das hatte sie. Aber jetzt ... wusste sie nicht, was sie sagen sollte. „Ich habe meine Meinung geändert."

„Beantworte meine Frage."

Wie konnte sie nur so dumm gewesen sein, jetzt hier zu landen? Sie drückte wieder gegen seine Brust. „Lass mich los."

Er ließ sie los, und sie wich zurück.

Er griff nach ihrer Hüfte. „Bitte, Erica. Bleib. Ich will dir helfen."

Sie wich seiner Hand aus und schaffte es, sich auf die

Knie zu erheben. Sie winkte mit einer Geste, die sowohl ihre nackten Körper als auch die zerknitterte Bettdecke umfasste. „Wie soll das *helfen*? Wenn überhaupt, dann hast du dich an meinem Körper bedient, bevor du mich überrumpelt hast."

Der Schmerz überflutete sie und ließ sie zittern.

Wer war dieser Mann?

Sie verschränkte ihre Arme über ihren nackten Brüsten. „Was willst du von mir?" Ihre Worte klangen wie ein gequältes Flüstern, selbst in ihren eigenen Ohren.

„Was ich schon immer wollte. Die Wahrheit."

Sie wusste nicht einmal mehr, was die Wahrheit war. Würde er sie verurteilen, weil sie gegen ihre eigenen ethischen Grundsätze verstoßen und einen Job von Jake angenommen hatte? Diese Situation war ihr eigenes Verschulden.

Dumme, dumme Erica, weil sie Jake vertraut hat.

Dumme, dumme Tochter, die einen Anflug von bedürftiger Freude verspürte, als ihre Mutter vorschlug, Erica sollte ihre Wohnung als festen Wohnsitz angeben, während sie zur Schule ging. *„Du wirst so viel unterwegs sein, wenn du auf Feldprojekten arbeitest. Ich kann deine Rechnungen für dich übernehmen."*

Dummes, törichtes Kind, das sich so freute, dass seine Mutter endlich so tat, als würde sie es lieben. Sie würde nie erfahren, ob es von Anfang an die Absicht ihrer Mutter gewesen war, sie zu betrügen, oder ob die Mails mit den vorab genehmigten Kreditkarten zu verlockend waren, als dass eine finanziell angeschlagene Trinkerin hätte widerstehen können. Sie spürte das Kribbeln, das den Tränen vorausging, und holte tief Luft. Sie hatte noch nie wegen des Verrats ihrer Mutter geweint und wollte auch jetzt nicht damit anfangen.

Nein. Sie musste mit einem ganz neuen Verrat fertig werden.

Eine dumme, törichte Frau, die ihren Körper und ihren Geist für Lee geöffnet hatte. Er hatte ihr einen unglaublichen

Orgasmus verschafft, ja, aber am Ende war sie sowas von gefickt.

Er sprach, seine Stimme war sanft, aber mit einem Hauch von Wut. „Du bist schon früher abgehauen. Du sagst mir, dein Passwort sei Riversong, und bist aus der Tür, bevor ich eine Frage stellen kann. Ich nenne dich Cream Puff, und du stürmst Hals über Kopf davon. Ich frage dich nach Novak, und du rennst die Straße runter. Ich hatte keine andere Wahl, als zu warten und dich in einem Moment zu fragen, in dem die Flucht nicht einfach ist."

„Was kümmert dich das überhaupt? Du bist ein verdammter Praktikant, um Himmels willen!"

„Was auch immer mit dir los ist, könnte dem Unternehmen und der Kampagne schaden."

„Wie kommst du darauf?"

„Shortcake, seit ich dich kenne, bist du zweimal zu Sam Riversong gegangen. Beim ersten Mal hast du gedroht, eine Sache zu erzwingen, die das Land des Stammes gefährden würde. Als wir uns das zweite Mal mit Riversong trafen, war er in Begleitung von Novak, einem Schatzsucher, vor dem du eine Riesenangst hast, und der ebenfalls versucht, sich mit Talon & Drake zusammenzutun. Ich weiß, dass die Schatzsuche in deinem Metier nichts Gutes bedeutet. Hinzu kommt, dass dein Büro und deine Wohnung verwüstet wurden und jemand versucht hat, dich zu töten. Man muss kein Superhirn sein, um zu erkennen, dass da etwas im Gange ist, und das betrifft dich, die Firma, Novak und den Stamm. Joseph Talons Stamm und Joseph Talons Firma. Du kannst also darauf wetten, dass ich mir Sorgen mache."

Sie war so durchschaubar gewesen, hatte sich mit der Tatsache getröstet, dass er ein Praktikant war, und gehofft, dass er nichts von ihrem unkonventionellen Umgang mit dem Thermo-Con-Projekt mitbekommen würde. Aber er hatte alles gesehen, sich alles zusammengereimt, während er mit ihr flirtete, sie berührte und in sein Bett lockte. „Du hast mich also gefickt, damit du mich ausfragen kannst."

Er kniete sich hin und umfasste ihre Wange mit einer großen Handfläche. Eigentlich sollte sie zurückweichen, aber sie konnte nicht anders und beugte sich seiner Berührung entgegen. Sie war erbärmlich.

Und sie wünschte sich verzweifelt, dass zur Abwechslung mal jemand auf ihrer Seite stand.

Seine Stimme war sanft und verführerisch, als er sagte: „Ich habe mit dir geschlafen, weil ich seit dem ersten Moment, in dem wir uns getroffen haben, nur noch an dich denken konnte." Seine Augen waren ernsthaft. „Ich wollte dich damals. Ich will dich jetzt. Ich kann nicht erklären, warum ich dich so sehr will. Es ist einfach so. Wie das Bedürfnis zu atmen."

Ihr Atem ging stoßweise, ihre Brustwarzen verhärteten sich, und ihr Becken verkrampfte sich. Schmerz. Wut. Begierde. Sie alle kochten in ihr hoch, bis etwas zerbrach. Tränen lösten sich und liefen ihr über die Wangen.

Sie kämpfte gegen die Tränen an und riss sich zusammen, um die Tränen und das Schluchzen zu unterdrücken. Jake hatte sie mit Folter und Drohungen gefügig gemacht. Aber Lee hatte sie mit ihrem eigenen zerbrechlichen Bedürfnis nach Zuneigung gebrochen, mit ihrer unergründlichen, aber nicht zu leugnenden Anziehung zu ihm.

Er schloss sie in seine Arme. „Liebes. Sag mir die Wahrheit. Bitte."

„Ich kann nicht." Er mochte mit den Talons befreundet sein, aber er war immer noch nur ein Praktikant, ein fünfundzwanzigjähriger Karrierestudent. Er konnte sie nicht vor Marco beschützen.

„Du musst mir sagen, was los ist."

Sie begann, unkontrolliert zu zittern. Er hob sie hoch und schlug die Decke zurück. Dann setzte er sie wieder ab, schlüpfte unter die Bettdecke und zog sie in den Kreis seiner Arme. Sie protestierte nicht. Sein Körper war ein warmer Trost, und es war nicht so, dass sie irgendwo anders hingehen konnte.

„Sag mir, warum du für Novak gearbeitet hast." Er streichelte ihren Rücken, dann glitt seine Hand an ihrer Schulter entlang und hinter ihren Kopf, wo er mit seinen Fingern durch ihr Haar fuhr. Hier war endlich die Zuneigung, nach der sie sich gesehnt hatte, die Zärtlichkeit nach dem Sex, die sie verdient hatte.

Sie löste sich von ihm und begegnete seinem Blick. War das Mitgefühl, das sie in seinen Augen sah?

„Sag es mir", flüsterte er.

Sie hatte nicht wirklich eine Wahl. Er wusste von der Packung mit Götterspeise. Sie würde ihm so viel von der Wahrheit erzählen wie möglich. „Vor fünfzehn Monaten war ich an der Universität von Hawaii, um in Unterwasserarchäologie zu promovieren, als meine Mutter starb."

Sie sah Erleichterung und etwas anderes in seinem Gesichtsausdruck. Er umfasste ihr Gesicht und küsste ihre Wangen; dann fanden seine Lippen die ihren, und sie konnte ihm nicht widerstehen. Sie brauchte seinen Trost, seine Zuneigung. Sie musste eine masochistische Ader haben.

Er flüsterte gegen ihre Lippen: „Danke."

Sie atmete tief ein und stellte fest, dass sich die Enge in ihrer Brust gelockert hatte. Die Wahrheit war erstaunlich befreiend. „Ich hatte ein Stipendium, mit dem ich die Beerdigung meiner Mutter bezahlt habe. Es war zu spät, einen Studienkredit zu beantragen, um das Geld zu ersetzen, also beantragte ich einen Verbraucherkredit und war fassungslos, als er abgelehnt wurde. Ich überprüfte meine Kreditauskunft und stellte fest, dass jemand meine Identität gestohlen hatte. Es war leicht herauszufinden, wer es war. Sie hatte nicht einmal versucht zu verbergen, was sie getan hatte. Die Rechnungen waren an ihre

Adresse geschickt worden. Bevor sie starb, hatte meine Mutter über hunderttausend Dollar Schulden in meinem Namen angehäuft. Sie ... sie ..." Sie hielt inne. Sie wollte nicht zugeben, dass ihre eigene Mutter sich einen Dreck um sie geschert hatte.

Lees Arme zogen sich zusammen. Seine Lippen fanden ihre Stirn, dann zeichneten sie ihren Haaransatz nach. „Es tut mir leid."

Sie räusperte sich. „Sie hatte sieben Kreditkarten beantragt und jede einzelne ausgereizt. Ich habe Dutzende von Mahnungen von Inkassobüros gefunden - alle an mich unter ihrer Adresse geschickt. Ich kämpfe immer noch mit den Kreditkartenfirmen. Die Mitarbeiter der Kreditbüros glaubten nicht, dass eine Mutter ihrem Kind so etwas antun würde. Sie sagten, die Unfähigkeit meiner Mutter, sich zu wehren, sei ‚zu bequem'."

„Wie ist deine Mutter gestorben?"

„Sie war betrunken und hat ihr Auto gegen einen Baum gefahren." Sie hielt inne und fügte dann hinzu: „Der Baum tut mir leid."

„Oh, Erica, Darling ..."

Die Art und Weise, wie er sie hielt, verriet ihr, dass er ihre Bitterkeit verstand, und sie fragte sich nach seinem Verhältnis zu seinen Eltern. Sie hatte vor langer Zeit gelernt - als sie ein Teenager war und ihre Mutter noch lebte und sich angeblich immer noch um sie kümmerte -, dass die Menschen das nicht verstanden. Mütter sollten verehrt werden. Der Muttertag war ein heiliger Feiertag, und jede Abweichung von dieser Linie war ein Zeichen dafür, dass sie eine schlechte Tochter und ein schrecklicher Mensch war.

Sie schmiegte sich an seine Wärme und fragte sich, was für einen großen Fehler sie da machte. Aber sie brauchte ihn, sie brauchte das hier. Sie brauchte einen verdammten Menschen, der sich um sie sorgte. Nur einen.

„Hast du Konkurs angemeldet?"

„Das wäre ein Schuldeingeständnis, aber ich bin unschuldig. Ich bin ein Opfer von Betrug, aber weil meine eigene Mutter mich bestohlen hat, soll ich das ausbaden."

„Hast du einen Anwalt?"

„Oh ja, sie stehen geradezu Schlange, um mich auf Kredit zu vertreten." Sie hob ihr Kinn. Sie hasste das Mitleid, das sie in seinen Augen sehen konnte. „Die Schulden sind eingefroren, bis die Ermittlungen abgeschlossen sind. Das Problem ist, dass so viele Dinge von deiner Kreditwürdigkeit abhängen. Ich hätte keinen Mietvertrag bekommen, wenn Janice meine Vermieterin nicht gekannt hätte. Ich kann mir die Wohnung nicht leisten, aber ich hatte keine Wahl - bei meiner Bonität waren die einzigen verfügbaren Wohnungen beängstigend. Ich kann keine Kreditkarte beantragen. Ich kann kein Handy bekommen, das über einen Prepaid-Tarif hinausgeht. Im Moment habe ich noch genau siebenundzwanzig Dollar bis zum nächsten Zahltag - in fünf Tagen. Wenn ich nicht fahre oder esse, schaffe ich es vielleicht."

Er drückte seine Lippen auf ihre Schläfe. „Und deshalb hast du einen Job von Novak angenommen."

„Ich hatte keinen Cent für die Studiengebühren, und mein Studentenkredit wäre fällig geworden, wenn ich das Studium abgebrochen hätte. Der Tod meiner Mutter und das, was sie getan hatte, hatten mich beinahe umgehauen, als Jake - der meine finanzielle Situation kannte - mir einen Job anbot. Für die Arbeit einen Sommer lang würde er mir genug Geld zahlen, um zwei Jahre Schule zu bezahlen. Ich wusste, dass ich damit meinen Ruf riskierte, aber er versprach mir - ich war so verdammt dumm -, dass die Analyse bei der Ausgrabung Vorrang haben würde. Bergung und Profit sollten zweitrangig sein."

„Aber er hat sein Versprechen nicht gehalten. Was ist passiert?"

„Wir hatten eine Meinungsverschiedenheit, und ich habe meinen Vertrag nicht erfüllt, also weigerte er sich, mich zu bezahlen. Er erzählte meinem Professor, dass ich für ihn gearbeitet hatte, und ich wurde höflich aufgefordert, mich von der Schule abzumelden. Innerhalb weniger Wochen konnte ich in Kalifornien keinen Job finden. Innerhalb von ein paar Monaten war die gesamte Westküste für mich tabu. Also zog ich hierher und bekam den Job bei Talon & Drake. Die Gerüchte haben Janice noch nicht erreicht. Seitdem lebe ich jeden Tag in der Angst, dass sie es herausfinden könnte."

„Worum ging es bei deiner Meinungsverschiedenheit mit Jake?"

Wenn sie ihm die Wahrheit sagte, konnte er die Artefakte diskret verschwinden lassen - bevor sie Joes Kampagne schaden konnten - und ohne die Artefakte gab es keine Beweise für ein Verbrechen, das begangen worden war. Es gäbe nichts, was das FBI untersuchen könnte. Sie würde den Rest ihres Lebens in Angst vor Jake und Marco leben. Und der Rest ihres Lebens würde wahrscheinlich nicht sehr lang sein.

Vielleicht würde es nicht so kommen, aber konnte sie das Risiko wirklich eingehen? „Er hat das Schiffswrack geplündert und die Daten zerstört, um an die Artefakte zu kommen."

„Warum hast du Joe vor aztekischen Artefakten gewarnt?"

Einen Moment lang hatte sie gehofft, dass der Senator ihr helfen könnte, aber Marco erinnerte sie daran, dass sie nicht zugeben konnte, Beweise zu haben, ohne sich selbst zu gefährden. Solange die Artefakte nicht öffentlich ausgestellt worden waren, war sie auf sich allein gestellt. „Aus genau dem Grund, den ich ihm auch genannt habe. Es gibt Leute, die der Meinung sind, dass die aztekischen Artefakte dem mexikanischen Volk gehören und nicht irgendeinem Kasino in Maryland."

„Hat Jake Artefakte auf dem Schiffswrack gefunden? Könnte er sie an das Kasino verkauft haben?"

„Ich weiß es nicht. Ich habe das Projekt vorher verlassen." *Bitte lass das Thema fallen.*

„Warum bist du heute vor mir weggelaufen?"

„Ich möchte nicht, dass jemand erfährt, dass ich für Jake gearbeitet habe. Wenn Janice das herausfindet, wird sie mich feuern. Ich hatte Angst. Ich hab immer noch Angst."

„Und die Schachtel Götterspeise?"

Sie durfte nicht zurückschrecken, durfte ihm keinen Grund geben, an ihr zu zweifeln. „Darin habe ich meine Ersparnisse aufbewahrt."

Seine Stimme wurde härter. „Und jetzt die Wahrheit."

„Fick dich, wenn du mir nicht glaubst."

„Das haben wir hinter uns." Seine plötzliche Wut sprach Bände. Dieser Mann - dem Archäologie, Geschichte oder Kultur nicht halb so wichtig waren wie ihr - besaß die Frechheit, sie zu verurteilen.

„Ich gehe jetzt." Es dauerte eine Minute, bis sie sich von der Decke befreien konnte. Sie sammelte ihre Kleider vom Boden auf und hielt inne, als sie ihre zerrissene Unterwäsche fand. Wie viele Minuten war es her, dass er ihr das Höschen vom Leib gerissen hatte? Eine Welle des Schmerzes durchzuckte sie, und sie sank auf die Knie auf dem Teppichboden. „Verdammt", flüsterte sie.

Sie musste verschwinden. Sie drückte die Kleider an ihre Brust und wollte aufstehen, doch sie spürte eine Hand auf ihrer Schulter. Seine Arme legten sich um sie und zogen sie an seine Brust. Seine Lippen berührten sanft ihr Haar. „Wenn du mich nicht wiedersehen willst, würde ich das verstehen."

Da hatte er verdammt recht, sie wollte ihn nie wieder

sehen. Der Mistkerl hatte Sex benutzt, um sie dazu zu bringen, ihre Geheimnisse auszuplaudern - nicht, weil er sich Sorgen um sie machte, sondern weil es ihm um eine Kampagne ging.

„Ich will dir nicht wehtun.“

Sie stieß ein bitteres Lachen aus. „Zu spät.“

„Es tut mir leid.“ Seine Wange ruhte auf ihrem Haar. „Ich bin wütend. Ich dachte, du hättest dich entschieden, mir zu vertrauen. Und dann hast du wieder gelogen.“

„Warum sollte ich dir vertrauen? Ich kenne dich doch gar nicht. Und was ich kenne, mag ich nicht.“ Sie spürte, wie er sich versteifte und wusste, dass ihre Worte ihn verletzt hatten. Das war gut.

„Das habe ich verdient.“ Er drehte sie so, dass sie ihn ansah. Sie sah Schmerz und Wut in seinen tiefgrünen Augen. „Egal, was du von mir denkst, du bist mir wichtig und ich möchte dir helfen.“

Seine Hände fielen weg; sie konnte abhauen, wenn sie wollte. Sie zögerte und fragte sich dann, warum.

„Wir passen gut zusammen, Erica. Wirklich gut.“

Sie zog ihre Hose an und wünschte sich, ihr Hemd läge nicht an der Eingangstür. Sie brauchte Kleidung, Schutz. Sie musste weg von ihm, solange sie noch einen Funken Verstand besaß. „Ich gehe jetzt.“

„Nicht!“ Er griff nach ihr, ließ dann aber seine Hände fallen. „Es tut mir leid. Bitte bleib.“

„Warum?“

„Wenn du jetzt gehst, läufst du weg. Schon wieder. Ich dachte nicht, dass du jemand bist, der so leicht aufgibt.“

„Bitte, da musst du dir schon etwas Besseres einfallen lassen als diesen abgedroschenen Spruch.“

„Wie wäre es mit: ‚Ich will dich; ich bin dabei, mich in dich zu verlieben‘.“

„Nummer Zwei. Drei Klischees und du bist raus." Sie hob sein Hemd auf und zog es an.

Er packte sie an den Schultern. „Verdammt, Erica! Ich bin verrückt nach dir. So verrückt, dass ich wütend bin, dass du mir nicht vertraust - und um mich schlage und dumme Dinge sage. Ich bin so verdammt vernarrt in dich, dass ich dich auf das Bett werfen und mit dir Liebe machen will, bis du nicht mehr denken und nicht mehr gehen kannst." Der Aufruhr in seinen Augen traf sie wie ein Schlag. „Du kannst mich nicht verlassen."

Sie hielt den Atem an. Der Kummer in seiner Stimme war echt. Das war Lee, der ihr sagte, dass er sich um sie sorgte. Dass er sie brauchte. Und sie glaubte ihm.

Sie fand einen letzten Rest Widerstand in sich. „Was willst du diesmal von mir?"

Er küsste sie, dann sprach er gegen ihre Lippen. „Es gibt nichts Schöneres, als dir in die Augen zu sehen, während ich dich zum Kommen bringe, immer wieder." Sein Kuss war heiß, sinnlich, wie eine Droge, und sie wollte noch einen Zug. „Damit du vergisst, was für ein Idiot ich bin."

Sie fuhr mit den Fingern durch sein Haar und traf mit ihrem Mund auf seinen. Sie spürte die Anspannung in seinem Körper, seine Angst, sie würde ihn verlassen. Sie vertiefte ihren Kuss, und er schmolz an ihr dahin, Erleichterung breitete sich in seinem Körper aus.

Sie straffte ihre Finger, zog ihn an den Haaren. „Keine Fragen mehr. Noch ein Strike und du bist raus - aus dem Inning, aus dem Spiel."

Sein sexy Lächeln wurde ihr zum Verhängnis. „Shortcake, ich bin dabei, den Homerun des Jahrhunderts zu machen."

Für sie zählte nur, dass sie heute Abend nicht allein sein würde.

Kapitel Fünfunddreißig

Lee wachte lange vor Erica auf. Er beobachtete sie beim Schlafen und atmete ihren Duft ein. Sex, Shampoo und Ericas eigene persönliche Essenz. Er war süchtig nach diesem Duft. Süchtig nach ihr.

Er war nicht stolz auf die Art und Weise, wie er sie befragt hatte, auf die Wut, die er angesichts ihrer Lügen gezeigt hatte. Sie war einsam und verletzt, und er hatte ihr noch mehr wehgetan.

Danach hatte er Angst gehabt, dass sie ihn verlassen würde. Aber sie hatte es nicht getan, und sie hatten sich geliebt, bis sie beide gesättigt und erschöpft waren. Und dann, weil er nicht genug von ihr bekommen konnte, hatte er in der Dusche noch einmal mit ihr geschlafen. Heißes Wasser lief ihm über den Rücken, sie keuchte seinen Namen, und er kam mit einem gewaltigen, überwältigenden Orgasmus. Dann hatte er ihr in die Augen geschaut und gewusst, dass es kein Zurück mehr gab.

Er gehörte jetzt ihr.

Jetzt, Stunden vor dem Morgengrauen, war er wieder hart und konnte nicht schlafen. Ihr Haar war nach der mitternächtlichen Dusche getrocknet, und die dunklen Strähnen umgaben ihren Kopf und bedeckten ihre beiden Kissen und hüllten ihn in den Duft des Shampoos ein, mit dem er die vollen, seidigen Strähnen eingeschäumt hatte. Er hatte eine pawlowsche Reaktion auf Haarnadeln entwickelt und wusste, dass sie durch ihre Weigerung, ihr Haar offen zu tragen, ausgelöst wurde. Er vermutete, dass der bloße Anblick einer Haarnadel ihm für den Rest seines Lebens einen Ständer verschaffen würde.

Er kletterte aus dem Bett und achtete darauf, sie nicht zu wecken. Zeit, sich bei JT zu melden. Nachdem sie aufgewacht war, würde er keine Sekunde mehr allein sein. Jedenfalls nicht, wenn er es verhindern konnte.

Er verließ das Hauptschlafzimmer mit dem Handy in der Hand. Im Gästebad drehte er den Wasserhahn auf, setzte sich auf die geschlossene Toilette und tätigte den Anruf.

„Du hast besser gute Neuigkeiten." JT klang halb schlafend und dreiviertel mürrisch. Gut.

„Ich glaube, die Artefakte, die Riversong für den Azteken-Saal beschafft hat, wurden aus dem Schiffswrack gestohlen, das Novak geborgen hat."

JT fluchte, dann sagte er: „Kulturgüter. Auf keinen Fall würde die mexikanische Regierung Novak erlauben, die zu behalten. Kannst du das beweisen?"

„Ich glaube, Erica kann es."

„Finde es heraus. Schnell. Hast du das von Erica? Hast du sie endlich ins Bett gekriegt?"

Er sträubte sich, antwortete aber: „Ja."

„Gute Arbeit." JT stieß einen leisen Pfiff aus. „Sie hält dich für jung, unreif und verwöhnt, aber sie hat trotzdem mit dir geschlafen. Du bist ein wahrhaftiger James Bond."

„Halt die Klappe, JT."

Er lachte. „Hab so viel Spaß mit ihr, wie du willst, aber lass dir durch deine Gefühle nicht die Ermittlungen vermasseln. Du musst herausfinden, was es mit den Artefakten auf sich hat und wie Novak in den Irak-Schmuggel verwickelt ist."

„Zuerst muss ich mit Erica einkaufen gehen; sie braucht ein Kleid für Samstagabend. Übrigens - als Strafe für die Hölle, die ich durchgemacht habe, als ich Joe und Erica gleichzeitig belogen habe, bezahlst du das Kleid. Designer, auf Joes Anweisung hin. Sie geht sowohl als mein Date als auch als Mitarbeiterin des Monats."

JT war still. Schließlich sagte er: „Klug von Dad, aber es könnte nach hinten losgehen. Schade, dass wir ihm nicht sagen können, in was sie verwickelt ist."

„Sie ist unschuldig. Novak hat sie in eine heikle Situation gebracht, und sie ist abgehauen. Sie hat alles verloren, weil sie für ihn gearbeitet und nichts dafür bekommen hat."

„Du bist vielleicht auf eine sexy Betrügerin hereingefallen."

„Ich bin ein einfacher Praktikant. Wenn sie eine Betrügerin ist, dann wäre sie hinter dir her."

„Zumindest würde ich meine Gefühle außer vorlassen."

„Sie hat für Novak gearbeitet, aber sie ist nicht in den Irak-Schmuggel verwickelt."

„Ich hoffe, du hast recht. Hör zu, ich dachte mir, es wäre an der Zeit, echte Informationen mit dem FBI zu teilen und habe mit einem Agenten gesprochen, den ich kenne. Die Iraker haben das FBI nicht in die Nähe des Ortes gelassen, an dem Matt Weber getötet wurde, bis der Ort gesäubert war. Sie haben dort nichts zu suchen, aber der Agent sagte, dass sie bereit sein werden, einzugreifen, sobald die Artefakte amerikanischen Boden erreichen. Er stimmte mit deinem Kumpel Curt überein - da ich dein Hacken im Talon & Drake-Netzwerks genehmigt habe, brauchst du keinen Durchsuchungsbefehl, aber sie bräuchten einen, also hat er kein Problem damit, sich zurückzuhalten und dich deinen Job machen zu lassen. Rechtlich gesehen ist alles in Ordnung, solange die Bundespolizei nicht von deinem Handy-Hacking erfährt."

„Welches Handy-Hacking?" fragte Lee unschuldig. Aber die Handys waren noch das geringste Problem. Er könnte für das Hacken, um Informationen über Erica, Drake, Novak und Riversong zu sammeln, ins Gefängnis kommen. Zumindest aber würde er seine Geschäftslizenz verlieren. Joe hatte keine Ahnung, wie weit sie gehen würden, um ihn zu schützen.

„Ja, das habe ich mir gedacht." JT hielt inne. „Das FBI wird SARAC durchsuchen, sobald der Kran eintrifft. Konzentriere dich auf Novak. Sieh zu, dass du in seinen Computer kommst. Wenn der Kerl aztekische Artefakte verkauft, hat er keine Skrupel, irakische zu verkaufen."

„Ich weiß."

„Wir müssen diesen Hurensohn an die Wand nageln", sagte JT.

„Ich glaube, Erica hat Beweise gegen Novak."

„Dann überrede sie, dir die zu übergeben."

„Ihre Beweise könnten Riversong belasten."

JT fluchte. „Das wird Dad nicht gefallen."

Lee fragte sich, ob JT eine Vertuschung in Betracht zog. Der Gedanke machte ihm Bauchschmerzen. „Wenn Riversong wissentlich gestohlene Waren gekauft hat, wird er zusammen mit Drake und Novak untergehen."

„Dad wird sich nie von dem Mann abwenden, der ihm das Leben gerettet hat, als er dreizehn Jahre alt war", sagte JT und legte auf.

Lee kehrte in sein Schlafzimmer zurück. Er kroch ins Bett, zog Erica in seine Arme, ohne sie zu wecken, und fragte sich, warum er das Gefängnis und seine Karriere riskierte und Erica anlog. Wollte er herausfinden, wer Matt Weber ermordet hatte? Wollte er Joe und die Kampagne schützen?

Seine Antwort war weder überraschend noch erfreuend. Zwanzig Jahre nach der Scheidung, die am meisten wehgetan hatte, und fünfzehn Jahre, nachdem er der Versager gewesen war, den Joe immer wieder retten musste, versuchte Lee immer noch, sich zu beweisen.

Wenn Erica beweisen könnte, dass Riversong gestohlene Waren gekauft hatte, müsste Lee zwischen einem Mann, den er fast sein ganzes Leben lang gekannt und verehrt hatte, und der Frau, die sein Herz gestohlen hatte, wählen.

Kapitel Sechsunddreißig

Erica erwachte so abrupt aus einem tiefen Schlaf, als wäre sie am Tauchen und müsste plötzlich nach Luft schnappen. So tief hatte sie seit über einem Jahr nicht mehr geschlafen. Der Mann, der neben ihr schlief, war der Grund dafür, dass sie ihre Wachsamkeit hatte fallen lassen können.

Was für eine Nacht.

Er sah umwerfend sexy aus, mit den Laken um seine Hüften, die seinen wohlgeformten Oberkörper ihren Blicken aussetzten. Sein Haar, das noch feucht gewesen war, als sie schlafen gingen, stand in seltsamen Winkeln ab, und dunkle Stoppeln säumten sein hübsches Kinn.

Vor zwölf Stunden hatte er ihr das Herz herausgerissen.

Jake hatte geglaubt, sie gehöre ihm, aus keinem anderen Grund, als dass er sie wollte. Er hatte behauptet, ihr Beschützer zu sein, dann hatte er sie geküsst und befummelt. Aber es war allein ihre Entscheidung, wem sie ihre Küsse, ihren Körper gab. Sie standen Jake nicht zum Nehmen zur Verfügung. Nicht einmal Lee sollte sie sich einfach nehmen.

Lee mochte glauben, dass er in jener Nacht am FDR-Denkmal den ersten Schritt gemacht hatte, aber sie hatte genau gewusst, was sie tat, als sie auf dem Felsen gestanden hatte. Sie hatte gewollt, dass er sie küsste. In diesem Moment hatte sie ein Stück von sich selbst zurückerobert, das Jake ihr hatte stehlen wollen. Ihren Körper. Ihre Entscheidung. Danach hatte sie die Menge nach Jake abgesucht und sich gefragt, was der Preis dafür sein würde, dass sie sich selbst zurückholte.

Letzte Nacht hatte sie mit Lee geschlafen, weil sie es wollte. Sie hatte *ihn* gewollt. Und wieder war es ihr Körper, ihre Entscheidung. Er hatte nichts von ihr genommen, was sie ihm nicht hatte geben wollen. Nicht einmal die Geschichte über ihre Mutter oder die unvollständige Wahrheit, die sie ihm über Jake erzählt hatte. Und danach hatte sie die Entscheidung getroffen, zu bleiben. Sie wollte seine Zärtlichkeit, wollte seine Leidenschaft.

Bereute sie es, mit ihm geschlafen zu haben? Nein.

Wollte sie hierbleiben und ihm heute Morgen gegenübertreten? Wieder nein.

Leise rutschte sie an den Rand des Bettes. Er ergriff ihr Handgelenk, seine Reflexe waren erstaunlich scharf für jemanden, der scheinbar fest schlief. Er zog sie wieder an sich und stützte sich auf einen Ellbogen, ein verschlafenes, sexy Lächeln auf seinem hübschen Gesicht. „Wo schleichst du dich denn hin?"

„Wir werden" - ihre Stimme brach und sie räusperte sich - „zu spät zur Arbeit kommen."

Er ließ Küsse auf ihre Stirn fallen. „Wir werden heute nicht zur Arbeit gehen."

„Ich kann mir keinen Tag freinehmen."

Er knabberte an ihrem Ohr, und sie fragte sich, warum sie daran gedacht hatte zu fliehen. Letzte Nacht hatten sie atemberaubenden Sex gehabt - und zwar mehrfach. Sie hätte nichts dagegen, das noch einmal zu erleben.

Er fuhr mit seinen Lippen an ihrem Schlüsselbein

entlang. „Nach allem, was passiert ist, brauchst du einen Tag für deine geistige Gesundheit." Sein Mund fand ihren, und er küsste sie innig. „Wir gehen Kleider kaufen." Er rutschte nach unten und saugte ihre Brustwarze in seinen Mund.

Oh Gott. Sie hielt den Atem an. Worüber hatten sie gerade gesprochen? Ach ja. „Willst du einen Mädchentag mit mir verbringen und einkaufen gehen?" Sie versuchte, sich zu konzentrieren. „Sollen wir uns auch die Haare machen lassen?"

„Keine Schere kommt auch nur in die Nähe deiner Haare." Er fuhr mit den Fingern durch die verworrene Masse.

Sie schloss die Augen, als er ihre Kopfhaut massierte.

„Und wir werden dir jede Menge sexy Unterwäsche kaufen." Er drückte sie auf den Rücken und küsste ihren Hals und ihre Brüste, während er sich immer tiefer vorarbeitete. „Es sei denn, du willst ohne Unterwäsche gehen. Das wäre für mich in Ordnung." Er fuhr mit seiner Zunge über ihren Bauchnabel und dann weiter nach Süden.

Sie stellte fest, dass ihr der Wille fehlte, aufzustehen.

„Sag, dass du heute mit mir die Schule schwänzt." Er erreichte den Punkt zwischen ihren Schenkeln. Seine Zunge fand ihre Klitoris, und er demonstrierte ihr, wie viel er während ihrer Marathon-Sexnacht über ihren Körper gelernt hatte.

„Ja", keuchte sie.

„Ja, du schwänzt mit mir? Oder ja, im Sinne von: ‚Das gefällt mir, hör nicht auf'?"

„Hör nicht auf." Sie wölbte ihren Rücken, als er diese Sache machte, die sie fester als eine Geigensaite spannte, bereits am Rande des Orgasmus.

Er hielt inne.

„Okay! Okay! Ich nehme mir den Tag frei." Ihre Entscheidung.

Er ließ seine Zunge über ihre Klitoris gleiten und verschaffte ihr das süße Gefühl, das sie mehr brauchte als Luft. Sie kam zu einem schaudernden Höhepunkt, aber bevor sie fertig war, zog er sich ein Kondom über und drang in sie ein, und das Gefühl seiner dicken Länge verlängerte ihren Orgasmus, dehnte ihn aus, bis sie dachte, sie würde vor lauter Intensität zusammenbrechen. Er wölbte seinen Rücken und stieß einen tiefen, kehligen Laut aus, als er kam, und sie liebte das Gefühl, wie er die Kontrolle über seinen starken, kraftvollen Körper in ihr verlor.

Danach kuschelte sie sich an ihn. „Verdammt, du bist überzeugend", sagte sie.

„Ich war Kapitän des Debattierteams im College."

„War? Sag bloß, du wurdest aus dem Team geworfen, weil du den Professor verführt hast."

Er lachte. „Nein, er war - ist - ein kleiner alter Mann mit einem Napoleon-Komplex."

„Warum bist du dann nicht mehr Kapitän?"

„Ich habe keine Zeit dafür."

Sie stützte sich auf einen Ellbogen und zeichnete mit ihrer Fingerspitze Kreise auf seiner perfekten Brust. Sie war seine Vorgesetzte, aber sie hatte nicht mehr Kontrolle über ihre Reaktion auf ihn als über irgendeinen anderen Aspekt ihres Lebens. Sie wusste so wenig über ihn. „Erzähl mir, was du in der Schule machst. Was hält dich zu sehr auf Trab, um zu debattieren? Hast du einen Job?" Sie hielt inne und zog ihre Hand weg, als ein plötzlicher Gedanke sie frösteln ließ. „Hast du eine Freundin?"

Er ergriff ihre Hand und verschränkte ihre Finger mit seinen. „Nein. Ich habe keine Freundin. Aber ich habe jemanden für die Stelle im Sinn." Er führte ihre Finger zu seinen Lippen und küsste sie einen nach dem anderen.

„Vergiss es."

Schmerz überzog sein Gesicht. „Warum?"

„In ein paar Wochen gehst du wieder zur Schule. Wir leben in verschiedenen Welten und stehen an verschiedenen Stellen in unserem Leben." *Ich habe Angst, dir zu vertrauen.*

„Und? Ich bin verrückt nach dir."

„Das ist nur Sex." *Das muss es auch sein. Ich kann kein gebrochenes Herz zusätzlich zu all dem Mist ertragen.*

Er setzte sich auf und sah zu ihr hinunter. „Erzähl mir nicht so einen Quatsch. Wenn es nur um Sex ginge, hättest du mich schon nach dem ersten Orgasmus rausgeschmissen."

Er überragte sie, also setzte sie sich auf. „College und Fernbeziehungen funktionieren nicht."

„Ich bin kein Studienanfänger, der endlich die Freiheit genießt, und du bist gewiss kein Highschool-Mädchen, das auf seinen College-Jungen wartet. Ich bin ein Mann, der weiß, was er will. Und ich will dich."

„Ein Mann, der ein Praktikum absolvieren muss, damit seine Eltern ihm weiter die Schule bezahlen."

Er versteifte sich und wollte etwas erwidern, dann hielt er inne. Schließlich sagte er: „Du kommst nicht darüber hinweg, nicht wahr? Es tut mir leid, dass deine Mutter ein Arschloch war. Aber ich werde mich nicht dafür entschuldigen, dass meine Eltern mir mit der Schule helfen."

Erstaunt kletterte sie aus dem Bett und machte sich auf den Weg ins Bad.

Er folgte ihr, fasste sie um die Taille und zog sie zurück an seinen nackten Körper. „Es tut mir leid, Erica. Ich habe mich danebenbenommen."

„Nein", murmelte sie. „Du bist sehr scharfsinnig. Du solltest Psychologie als Hauptfach wählen." Sie versuchte, sich loszureißen. „Ich gehe duschen."

„Tu das nicht. Zieh nicht wieder eine Mauer zwischen uns hoch."

Sie wandte sich ihm zu. „Ich muss es tun, Lee. In ein paar

Wochen wirst du weg sein. Bis dahin gibt es zwischen uns nicht mehr als Sex.“

„Du meinst richtig guten Sex.“

Sie stieß ein kurzes, schmerzhaftes Lachen aus. „Spektakulären Sex. Aber das ist auch schon alles. Verdammt, meine biologische Uhr wird bald klingeln. Was würdest du dann tun?“

„Die Kondome wegwerfen.“

Sie konnte dem Vergnügen, das seine Worte auslösten, nicht nachgeben. „Bitte. Du bist fünfundzwanzig und hast noch keine Karriere oder dein Erwachsenenleben begonnen. Du willst doch nicht mit einer älteren Frau zusammen sein, die sich nach Babys sehnt, während du deinen ersten Job mit Mindestlohn annimmst, der dir die Seele aussaugt.“

Er lachte. „Du solltest Personalvermittler in der Wirtschaft werden. Und sag mir nicht, was ich will oder nicht will. Ich weiß, was ich will, und verdammt, ich bin dabei, mich in dich zu verlieben.“

Angst durchströmte sie, und sie stieß ihn von sich. „Das darfst du nicht.“

„Schon wieder sagst du mir, was ich will, was ich fühle. Du bist stur, feindselig, geheimnisvoll. Eine Nervensäge auf voller Linie. Aber trotzdem verliebe ich mich wahnsinnig in dich.“

Sie versuchte, das Flattern in ihrer Brust zu ignorieren, das schmerzende Bedürfnis, dass seine Worte wahr sein sollten. „Was romantische Erklärungen angeht, hättest du es besser treffen können.“

„Wenn ich dir ein Kompliment gemacht hätte, würdest du dich nur streiten und mir sagen, wie ich mich fühle. Aber wie es aussieht, streitest du nicht, nachdem du deine Fehler gehört hast. Jetzt komm her und küsse mich wie eine Frau, der gerade gesagt wurde, dass der Mann ihrer Träume sich in sie verliebt.“

Er bot ihr an, was sie am meisten wollte, was sie am meisten fürchtete. Wenn sie weich wurde und seine Worte erwiderte, würden der Schmerz und die Demütigung, wenn er ging, noch viel schlimmer sein.

Als sie sich nicht bewegte, nahm er ihre Hand und zog sie an sich, bis ihre Handfläche auf seiner Brust lag. Sie konnte das gleichmäßige Schlagen seines Herzens spüren. „Siehst du, genau wie ich gesagt habe. Hartnäckig." Seine Stimme wurde tiefer. „Ich bitte dich nur für heute. Morgen können wir wieder von vorne verhandeln."

„Heute. Ist das alles, was du willst?"

„Ich will verdammt viel mehr. Aber ich nehme den heutigen Tag."

Sie steckte bis über beide Ohren in der Sache drin, aber später, wenn er schon lange weg war und ihr Leben wieder seinen einsamen Lauf nahm, würde sie die Erinnerungen an den heutigen Tag haben, die ihr Halt gaben.

Ihre Entscheidung. „Du kannst heute haben."

Kapitel Siebenunddreißig

Der Kleidereinkauf war für Lee die reinste Folter. Erica probierte ein sexy Kleid nach dem anderen an, und er war gezwungen, sich vor den seriösen Verkäuferinnen zu benehmen, die ihnen überteuerte Kleider andrehen wollten.

Sie war blass geworden, als sie das Preisschild des ersten Kleides sah, das er ihr zur Anprobe geben wollte. Sie zischte ihn an, als die Verkäuferin außer Hörweite war. „Das kostet mehr als meine Miete. So viel geben wir auf keinen Fall für ein Kleid aus.“

„Es ist nicht dein Geld. Es ist das von Talon & Drake.“

„Das ist obszön. Wenn wir schon Geld verschwenden müssen, dann esse ich lieber Steak.“

„Ich lade dich zum Steak ein, aber du probierst erst das Kleid an.“ Er hatte sie in Richtung Umkleidekabine geschoben, aber das Kleid war nicht das richtige für sie. Und das nächste auch nicht, und das danach ebenso wenig. Jedes Mal, wenn sie in einem anderen mega-teuren Designerkleid aus der Umkleidekabine trat, reagierte er augenblicklich. Nein. Sie musste wie ein Starlet in der Oscar-Nacht aussehen.

Am Samstagabend würde sie an seiner Seite stehen und

die Aufmerksamkeit der Presse auf sich ziehen, und er würde ihnen allen unmissverständlich klarmachen, dass sie ihm gehörte. Wenn seine Beziehung zu Joe und seine neue Position im Büro in Bethesda bekannt gegeben wurden, würde sie nie wieder Angst vor Novak haben müssen.

Sie wäre am Boden zerstört durch seine Lügen, aber sie wäre in Sicherheit.

Erica war fest entschlossen, langweilige Kleider anzuprobieren, die Anonymität garantierten. Er nahm ihr ein weiteres Kleid aus den Händen und hängte es auf den Ständer. „Shortcake, du hast einen schrecklichen Geschmack."

„Hab' ich nicht. Ich habe einen praktischen Geschmack."

„Das ist dasselbe. Du brauchst ein Kleid, das dekadent und frivol ist. Umwerfend. So wie du."

„Ich bin *nicht* frivol."

Er zog sie an sich, und seine Lippen schwebten über ihren, als er murmelte: „Ich habe mich auf den umwerfenden Teil bezogen, aber es gab letzte Nacht Zeiten, in denen du *sehr* frivol warst." Er küsste sie, eine tiefe, gemächliche Erkundung. Sie griff in die Vorderseite seines Hemdes, und verdammt, wenn sie nicht gerade in der gehobenen Boutique frivol wurde.

Er brach den Kuss zögernd ab. „Wir brauchen eine Pause. Lass uns essen gehen."

Er nahm sie mit in ein Bistro, und sie saßen draußen in der schwülen Sommerhitze. Erica bestellte ein Steak-Sandwich, und der Ausdruck von Ekstase auf ihrem Gesicht, als sie den ersten Bissen nahm, löste eine Flut von Gefühlen aus, denen er sich nicht stellen wollte.

Verdammt, das hier war aber auch eine Scheißsituation. Er hatte sie vom ersten Moment an belogen, und am Samstagabend würde sie ihn hassen. Aber er konnte den aufkommenden Sturm nicht aufhalten, indem er jetzt beichtete. Sie hatte nicht erklärt, was mit Novak passiert war oder warum sie Joe wirklich vor gestohlenen aztekischen Artefakten gewarnt hatte. Was, wenn sie immer noch für den Schatzsucher arbeitete? Die Angst vor Novak entlastete sie nicht; sie bedeutete nur, dass sie keine Närrin war.

Sie tranken Wein und verschränkten ihre Finger auf dem weißen Tischtuch. Ihre Augen waren von einem satten, warmen Grau, und sie trug ihr Haar offen. Mein Gott, er war wirklich dabei, sich zu verlieben. „Ich muss JT anrufen. Er wird wissen, wo ich ein Kleid finden kann."

„JT ist Experte für Frauenmode?"

„In den Kreisen, in denen er sich bewegt - sowohl in der Politik als auch im Geschäftsleben - braucht er oft eine gut gekleidete Begleiterin am Arm." Er zückte sein Handy. Als JT abnahm, sagte er: „Ich muss wissen, wo Alexandra ihre Kleider kauft, wenn sie dich zu politischen Veranstaltungen begleitet."

„Es ist ein exklusiver Laden - Termine nur auf Empfehlung. Ich rufe an und melde mich bei dir."

„Ich kann nicht glauben, dass JT sich darauf einlässt", sagte Erica, nachdem er aufgelegt hatte. „Die Idee, tausend Dollar für ein Kleid auszugeben, ist lächerlich."

„Es wird viel mehr als tausend Dollar kosten. Tu einfach so, als wärest du Aschenputtel."

„Und du und JT seid meine guten Feen?"

Er lachte. „Ich muss nur mit meiner magischen Kreditkarte winken, und du kannst auf den Ball gehen." Er senkte seine Stimme. „Gestern Abend hast du mich statt *gute Fee* einfach Gott genannt. Wiederholt." Er küsste ihre Finger. Er konnte die Erregung in ihren Augen sehen, als sich ihre Pupillen weiteten und das Grau mehr Farbe annahm.

Sie schob ihm einen Finger in den Mund. Er klemmte ihn zwischen seine Zähne und saugte an der Spitze. Sie bewegte sich in ihrem Sitz, schlug die Beine übereinander und richtete ihre Wirbelsäule auf. Sie war genauso erregt wie er.

„Ich will nicht mehr einkaufen", murmelte sie. „Ich habe eine andere Art von Unterhaltung im Sinn."

„Wir haben noch kein Kleid gefunden."

Sie drückte ihren Fuß gegen seinen Schritt. Die nackten Zehen erkundeten seine Erektion.

„Ja. Ich bin hart. Ich will dich. Aber wir müssen trotzdem noch ein Kleid für dich finden." Oh Gott. Wenn sie die Sache mit ihrem großen Zeh noch einmal machte, könnte er seine Meinung ändern.

Sein Handy klingelte. Es war JT. „Sie hat in fünfzehn Minuten einen Termin."

Er schob seinen Stuhl zurück, und ihr Fuß fiel weg. Er vermisste ihre Wärme an ihm, während er den Namen und die Adresse des Ladens aufschrieb. Wenige Minuten später war die Rechnung bezahlt, und sie waren wieder auf der Straße, auf dem Weg zu der exklusiven Boutique.

Die Inhaberin begrüßte sie wie alte Freunde. Sie musterte Erica von Kopf bis Fuß, dann sagte sie: „Ich habe genau das Richtige", verschwand nach hinten und ließ die beiden allein.

Lee schenkte ihnen beiden Champagner aus dem bereitstehenden Eiskübel ein und reichte Erica ein Glas. Bevor sie einen Schluck nahm, fasste er sie um die Taille, zog sie an sich und küsste sie.

Er lehnte sich zurück und betrachtete ihr gerötetes Gesicht und ihre geschlossenen Augen. Ihre Schönheit erregte ihn, sicher, aber das hier ging tiefer als das. Der Ausdruck entspannten Glücks, den sie trug, ließ ihn fast umfallen, und er spürte einen Anflug von männlichem Stolz. *Er hatte* dieses Lächeln in ihr Gesicht gezaubert. *Er hatte* die sinnliche Frau hervorgelockt, die sich hinter der ängstlichen und angespannten Hülle verbarg.

Er ließ kleine Küsse entlang ihres Kiefers fallen, die an ihrem Ohr endeten, wo er ihr sanft ins Ohrläppchen biss.

„Wenn wir dein Kleid gefunden haben, gehen wir Unterwäsche kaufen", flüsterte er.

„Ich brauche keine Unterwäsche." Sie zog an seinem Hemd. „Ich brauche nur dich." Ihre Lippen waren in der Nähe seines Ohres, ihre Worte ein leises, gehauchtes Flüstern. „In mir."

Großer Gott. Er spürte ein schmerzhaftes Ziehen, als sie ihn erneut mit ihrer verführerischen, wollüstigen Art überraschte. Vielleicht hatte sie sich so lange eingesperrt und konnte nun, da sie frei war, ihre Sexualität nicht mehr zurückhalten. Was auch immer der Grund war, es gefiel ihm. Und zwar sehr.

Die Ladenbesitzerin kehrte zurück, und sie ließ ihn nur widerwillig los. „Das wird wunderbar zu Ms. Keslings blasser Haut und dunklem Haar passen." Sie hielt ein bodenlanges karmesinrotes Seidenabendkleid hoch. An den Schultern befanden sich lediglich dünne Träger aus silbernen Perlen, und das tiefe V-förmige Mieder war vollständig mit roten und silbernen Perlen besetzt. An der Taille verjüngten sich die Perlen zu Spitzen, die zu dünnen, vertikalen Silbersträngen wurden, die nach unten verliefen und in dem unebenen, schaumigen Saum verschwanden.

„Es ist ... wunderschön", sagte Erica und fuhr ehrfürchtig mit den Fingern über die schillernde Perlenstickerei. Ihr Blick verriet ihm, dass sie das Kleid wollte, auch wenn es unpraktisch war, auch wenn es unverschämt teuer war. Sie hatten endlich ein Kleid gefunden, dem die sparsame Erica nicht widerstehen konnte.

„Das ist Escada", sagte die Verkäuferin. „Ein neues Design, das natürlich überall kopiert werden wird, aber das ist ein Original."

Erica zog ihre Hand zurück. „Nein. Ich kann nicht ..."

Lee lächelte. Dies war aller Wahrscheinlichkeit nach das einzige echte Beispiel dafür, dass der Mund Nein sagte, während die Augen Ja riefen. Er legte einen Finger unter ihr Sektglas und neigte es zu ihren Lippen. „Entspann dich. Trink deinen Champagner. Probier' es an."

Sie nahm einen großen Schluck, mit dem sie unmöglich die verschiedenen edlen Noten des Champagners schmecken konnte.

Er nahm Platz, während sie hinter einen Vorhang schlüpfte, um das Kleid anzuziehen. Ein paar Minuten später kam sie in glitzerndem Rot und Silber zurück. Er verschluckte sich an seinem Champagner und bekam einen Hustenanfall, der seine Augen tränen ließ. Das perlenbesetzte Mieder schmiegte sich an ihre Brüste und drohte überzulaufen, so dass alle heterosexuellen männlichen Blicke ihr den ganzen Abend lang folgen würden. Der Seidenstoff schmiegte sich an ihre Hüften; die Linien der silbernen Perlen betonten ihre natürlichen Kurven.

Das Husten ließ nach. „Ich glaube, daher kommt das Wort ,atemberaubend'." Er wandte sich an die Verkäuferin. „Sie braucht Schuhe."

Die Frau öffnete eine Schachtel, die sie bereits in den Händen hielt. „Wie wäre es mit diesen?" Die hohen Absätze hatten dünne Riemchen mit silbernen Perlen, und die rote Seide passte zum Kleid.

„Perfekt" sagte er. Er berührte die zarten Glasperlen und lächelte Erica an. „Das kommt einem Glaspantoffel sehr nahe." Aber um Mitternacht würde seine Identität aufgedeckt werden.

Nachdem sie ihren Einkauf abgeschlossen hatten, verließen sie die Boutique. Lee hielt ihre Hand, als sie zu dem Dessous-Laden die Straße hinauf gingen.

„Wie teuer war es?", fragte sie.

„Das willst du gar nicht wissen." Sie würde ausflippen, wenn sie wüsste, dass das Kleid, die Schuhe und die Abendtasche mehrere tausend Dollar gekostet hatten. Der Preis war übertrieben, aber das Kleid war genau das, was sie für Samstagabend brauchte. Die Party war wichtig. Mehr als sie ahnen konnte. Möglicherweise sogar mehr, als ihm bewusst war. Er hoffte nur, dass die Rüstung eines außergewöhnlichen Kleides sie schützen würde.

✦

Das Einkaufen von Unterwäsche war für Erica die reinste Folter. Sie wollte die ersten Teile kaufen, die sie finden konnte, nach Hause gehen und Lee ins Schlafzimmer zerren. Aber er zwang sie, BHs anzuprobieren. Und Camisoles. Und Negligés.

„Lee, ich brauche nicht so viel Unterwäsche. Was ich brauche, ist Kleidung für die Arbeit."

Seine Augen wurden flüssig und sexy. „Du kannst die hier zur Arbeit tragen. Ich werde verrückt, wenn ich weiß, dass du einen Seiden-Teddy unter deinen unförmigen, langweiligen Outfits trägst."

Sie schnappte sich einen Tanga vom nächstgelegenen Ausstellungstisch und warf ihn nach ihm. Er fing ihn auf und hielt ihn hoch. „Gute Idee. Nimm noch fünf von denen."

Schließlich hatte sie genug Artikel ausgewählt, um ihn zufriedenzustellen. Sie studierte ihn, während er den Kreditkartenbeleg unterschrieb. Sie hatte noch nie einen Mann getroffen, der sich so gut mit der Kleidung einer Frau auskannte. Woher wusste er so viel über Frauenkleidung? „Hast du Schwestern?", fragte sie, als sie den Laden verließen.

„Schwestern? Nein. Warum?"

„Du fühlst dich beim Einkaufen von Frauenkleidern sehr wohl. Aber du bist zu jung, um schon viele langfristige Beziehungen gehabt zu haben."

„Ich habe jung angefangen."

„Hmmm ... Du bist gutaussehend, aber du kennst dich zu gut mit Computern aus, und du musst eine schrecklich unangenehme Phase durchgemacht haben, bis du auf 1,95 m hochgeschossen bist. Dann ist da noch der Debattierclub. Nein. Das glaube ich dir nicht. Du warst ein Highschool-Streber."

Er versuchte, beleidigt auszusehen, aber seine Augen lachten. „Nicht alle Programmierer sind Freaks."

„Nein. Aber die wirklich guten schon. Seien wir mal ehrlich, wenn Nerds Sex haben könnten, würden sie nicht so viel Zeit mit Computerspielen verbringen."

Er schmunzelte. „Ich bin versucht, *Tomb Raider* zu spielen, wenn wir nach Hause kommen, um dir das Gegenteil zu beweisen."

„Wenn du Sex mit einer echten Archäologin haben könntest? Das glaube ich nicht."

„Stimmt." Er ergriff ihre Hand und zog sie. „Geh schneller. Ich habe schon seit Stunden einen Ständer. Ich kann es nicht mehr aushalten."

Sie lachte. Sie fingen an, zügig zu gehen, aber als sie nur noch einen Block vom Watergate entfernt waren, joggten sie. Dann sah er sie an, mit einem teuflischen Funkeln in den Augen, nahm ihre Hand und zog sie zu einem flotten Lauf. Als sie den Aufzug erreichten, war sie atemlos und lachte laut.

Die Fahrstuhltüren öffneten sich auf ihrer Etage, und wieder rannten sie um die Wette zu seiner Wohnung. Drinnen schloss Lee die Tür und lehnte sich dagegen. „Zieh dein Höschen aus, Süße." Er öffnete seinen Gürtel. „Wenn ich mich nicht bald tief in dir vergrabe, werde ich eine Sauerei machen und uns beide enttäuschen."

Sie lachte und half ihm, sich aus seiner Hose zu befreien. Ihre Lippen berührten seine. „Keine Sorge. Ich trage kein Höschen. Das letzte Mal, als ich in der Umkleidekabine war, habe ich es ausgezogen. Du wolltest mich unten ohne, und das sollst du haben."

Er zog ihren Rock hoch und stöhnte auf, als seine Hände die nackte Haut berührten. „Du bist gerade in einem kurzen Rock ohne Unterwäsche durch die Straßen von Georgetown gerannt?"

„Was glaubst du, warum ich so gelacht habe? Ein falscher Schritt, und die Leute hätten eine Show bekommen."

Er ließ seine Hände über ihren Hintern gleiten und drückte sie gegen seine Erektion. „Wand oder Boden?", fragte er gegen ihre Lippen.

„Wand", keuchte sie, als seine Finger in sie glitten.

Kurz bevor seine Hose zu Boden fiel, zog er ein Kondom aus seiner Tasche. Er riss die Folienverpackung auf, rollte das Kondom über und drang mit einem einzigen Vorwärtsstoß in sie ein. „Gott, du bist so feucht", murmelte er.

Mit dem Rücken an die Wand gelehnt, schlang sie ihre Beine um seine Taille und legte ihren Kopf an seinen Hals, um die Verlegenheit zu bekämpfen. War sie zu heiß für ihn? War das ein Zeichen für ihre Bedürftigkeit? Sie wollte nicht, dass er wusste, wie sehr sie ihn brauchte. Das hier brauchte.

Er musste ihre Reaktion gespürt haben, denn er flüsterte ihr ins Ohr: „Sieh mich an."

Sie suchte seinen Blick. Er stieß erneut in sie. Sie schloss ihre Augen.

Seine Zunge glitt in ihren Mund und imitierte den Rhythmus seines Körpers. Er hob seine Lippen. „Öffne deine Augen."

Sie tat, was er verlangte.

Seine Augen brannten sich in ihre. „Du warst heiß und bereit" - er glitt tief in sie hinein, um seine Worte zu unterstreichen - „und du fühlst dich ... unglaublich an. Es gibt nichts Erregenderes, als wenn du schon bereit bist - allein durch den Gedanken an mich - bevor ich dich überhaupt berührt habe. Ich fühle mich im Moment wie ein Gott." Er glitt wieder in sie hinein und schloss dieses Mal selbst die Augen.

„Du bist jetzt ein Gott", sagte sie. *Das ist einfach nur Sex. Heiß, hart, unglaublich, aber Sex und nichts weiter.* Ihre Beine zogen sich um ihn zusammen. „Oh Gott", stöhnte sie, als Schockwellen der Lust sie durchströmten.

Er drückte sie gegen die Wand, während sein Körper vor Erregung bebte. Sie nahm sein Gesicht in ihre Hände und küsste ihn, saugte an seiner Zunge, atmete ihn ein, genoss jeden Augenblick dieses perfekten Augenblicks, dieses perfekten Mannes.

Er löste seinen Mund von ihrem und schaute ihr in die Augen. „Es tut mir leid, Erica. Wie ich dich gestern Abend ausgefragt habe." Er meinte es ernst. Sie konnte es in seinen Augen sehen, in der traurigen Verformung seines Mundes. „Ich habe mich wirklich in dich verliebt."

Ihr Herz pochte. Sie war so verdammt versucht, die Worte zu erwidern. Sie entschied sich für das, was sie sagen konnte. „Ich vergebe dir." Sie meinte es sogar ernst.

Er lächelte, aber seine Augen trübten sich. Würde ihre mangelnde Bereitschaft, ihn zu lieben, ihn vertreiben?

Sie küsste ihn erneut. Vergebung schmeckte pikant, wie eine Soße, die einen bereits vollen Geschmack intensivierte.

Der Rest des Nachmittags und des Abends war ein sinnliches Durcheinander. Alles, was sie ihm geben konnte, alles, was sie nehmen konnte, war heute. Niemand hatte jemals in schweren Zeiten zu ihr gehalten, und sie wusste, dass sie am Samstag sehr schwere Zeiten vor sich hatte.

In den frühen Morgenstunden wachte sie allein im Schlafzimmer auf. „Lee?", rief sie.

Keine Antwort. Sie taumelte aus dem Bett. Er konnte nicht im angrenzenden Badezimmer sein; sie hätte ihn gehört. Sie machte sich auf den Weg in den Flur, immer noch mehr schlafend als wach. Er war auch nicht im Gästebad.

Das Klicken einer Computertastatur gab ihr den ersten Hinweis auf seinen Aufenthaltsort. Sie stapfte zum Arbeitszimmer, lehnte sich gegen den Türrahmen und schloss die Augen, um das helle Deckenlicht auszublenden. „Du spielst besser nicht *Tomb Raider*, sonst fühle ich mich beleidigt."

„Ich wollte dich nicht wecken." Sie hörte, wie er aufstand, dann folgte ein leises Klicken, und das Rot hinter ihren Augenlidern wurde schwarz.

Sie wagte es, ihre Augen zu öffnen. „Danke", murmelte sie in dem dunklen Raum. Seine Arme legten sich um sie, und sie vergrub ihr Gesicht an seiner warmen Brust. „Was machst du da am Computer? Wie spät ist es?"

„Vier. Ich konnte nicht schlafen und habe beschlossen, an JTs Datenbank zu arbeiten. Ich muss einiges aufholen."

„Ich wusste, dass du ein Geek bist. Nur ein Computerfreak wendet sich dem Programmieren zu, wenn er nicht schlafen kann." Er roch wie Lee: ein warmer, voller, maskuliner Duft, der sowohl sexy als auch beruhigend war.

Seine Brust bebte vor Lachen. „Das ist meine Erica. Selbst im Halbschlaf beleidigt sie mich. Ist es da ein Wunder, dass ich in sie verliebt bin?"

Sie schüttelte den Kopf und löste sich von ihm. „Das ist nur Lust. Aber ich bin zu müde, um zu streiten. Kommst du wieder ins Bett?"

„Nein, aber du solltest schlafen. Ich wecke dich um halb sechs Uhr, dann können wir zusammen trainieren." Er küsste sie auf den Kopf, und sie ging, lächelnd bei dem Gedanken, mit ihm zu trainieren.

Sie schlief gerade wieder ein, als sie sich plötzlich aufrichtete. Ein Bild vom Computermonitor hatte sich in ihr Gehirn eingebrannt, aber es war zu kurz gewesen, als dass sie bewusst hätte registrieren können, was sie gesehen hatte, als sie taumelnd im Flur stand.

Lee hatte sich ein Foto des Sockels der Bassetki-Statue von Naram-Sin von Akkad angesehen, die 2003 aus dem irakischen Museum geraubt worden war. Der Name des Kunstwerks hatte sich ebenso unauslöschlich in ihr Gedächtnis eingebrannt wie das Bild auf dem Computerbildschirm. Sie hatte das Artefakt recherchiert, nachdem sie ein Bild davon in Jakes Kabine gefunden hatte. Dasselbe Bild, das Lee sich gerade angesehen hatte - das Bild, das sie mit dem Umschlag gefunden hatte, den sie aus Jakes Kabine mitgenommen hatte.

Dem Umschlag, den sie am Mittwoch an ein DNS-Labor geschickt hatte.

Kapitel Achtunddreißig

Lee hörte, wie die Schlafzimmertür gegen die Wand schlug. Alarm schoss durch ihn hindurch. War Erica in Ordnung? Er rannte in den Flur und fing sie auf, als sie sich aus dem Schlafzimmer in seine Arme stürzte.

„Schatz, was ist passiert?"

Ihre Augen waren vor Angst geweitet. „Woran arbeitest du?"

Eine Welle kalten Grauens durchfuhr ihn. Hatte sie den Computerbildschirm gesehen, als sie ihn vorhin überrascht hatte? Er hatte sich in das Handy gehackt, das die Nachricht über SARAC gesendet hatte, und hatte gelöschte Fotodateien wiederhergestellt, bei denen es sich um jahrealte Schnappschüsse von Artefakten aus dem Nahen Osten handelte. Hatte sie ein Foto erkannt? Könnte sie an dem Schmuggel beteiligt sein?

„Was meinst du? Was ist denn los?"

Sie schüttelte den Kopf und schien sich zu erholen. Etwas von der Angst wich aus ihren Augen. „Ich möchte wissen, woran du für JT arbeitest." Sie holte tief Luft. „Ich habe das Foto der Statuenbasis auf dem Bildschirm gesehen, und ich frage mich, was mesopotamische Artefakte mit JTs Datenbank zu tun haben."

Erleichterung machte sich in ihm breit. Sie hatte die Wahrheit gesagt. Ausnahmsweise. Schade, dass er das nicht auch tun konnte. „Ich habe mir eine Pause gegönnt. Ich habe über das Kartenspiel, das Janice dir gezeigt hat nachgedacht, - die Karten über Plünderungen im Irak - also habe ich das Irak-Museum gegoogelt."

Sie glaubte ihm nicht; er konnte es in ihren Augen sehen. Was er befürchtet hatte, war endlich eingetreten: Sie war ihm gegenüber misstrauisch. Sie schob ihn beiseite und betrat die Höhle. „Zeig es mir."

„Sicher." Mit der Maus rief er seinen Browserverlauf auf und kehrte zu der Webseite zurück, die er *nach der* Wiederherstellung des Handyfotos aufgerufen hatte. Der Bildschirm zeigte das offizielle Museumsfoto des Sockels der Bassetki-Statue und einen Artikel über die aus dem Museum gestohlenen Gegenstände. Die Statue war noch immer als vermisst gemeldet.

„Das ist es, was du dir angesehen hast?" Sie sah verwirrt aus, als würde sie ihm nicht glauben, obwohl sie es wollte.

„Ja. Warum?"

„Ich dachte, ich hätte etwas anderes gesehen."

Verdammt noch mal. Sie hat ihm immer noch etwas vorenthalten. Hatte sie Novak bei diesem Geschäft geholfen? War sie die Fotografin? Gehörte das Wegwerfhandy ihr? Es war am Dienstagnachmittag in Alexandria, Virginia, benutzt worden, als sie allein Kleider einkaufen war. Nachdem das Telefon aktiviert worden war, hatte er sich eingeklinkt und alle Daten von der Speicherkarte heruntergeladen, bevor es wieder abgeschaltet wurde. Jetzt war er dabei, die Daten zu sortieren, in der Hoffnung, den Besitzer zu identifizieren.

Er stand auf und schlang seine Arme um sie. Er war steif, als die Wut ihn durchströmte. Sie vertraute ihm nicht, was schon wahnsinnig genug war. Aber schlimmer war, dass er ihr nicht trauen konnte.

Was tun, wenn beide wissen, dass der andere lügt? Den Anschein aufrechterhalten.

Er zwang sich, die Steifheit abzulegen, und schlang seine Arme um sie. Er massierte ihren Rücken und murmelte: „Du warst im Halbschlaf. Das Licht war grell. Ich bin überrascht, dass du überhaupt etwas gesehen hast."

Langsam, sehr, sehr langsam, entspannte sie sich ich seinem Arm.

Er griff nach unten und fasste ihr an den Hintern. Vielleicht konnte er sie mit Sex ablenken.

Sie reagierte nicht auf seine Berührung. Das war das erste Mal. Und ein Zeichen dafür, dass das Misstrauen immer noch in beide Richtungen ging.

„Du solltest schlafen", sagte er.

Sie nickte und ging auf leisen Sohlen davon. Er schloss die Tür des Wohnzimmers und verriegelte sie. Er hatte verdammt viel zu tun und keine Zeit für weitere Unterbrechungen, weitere Fragen, weitere Lügen.

Mein Gott, vielleicht war er auf eine Diebin hereingefallen.

Sie fuhren mit der Metro zur Arbeit, beide schweigend. Erica war aufgewühlt und fragte sich, wer Lee war, und ob er für Jake arbeitete.

Talon & Drake hatten ein Team von Leuten, die im Irak arbeiteten, und diese Angestellten könnten Artefakte aus dem Land geschmuggelt und sie an Sam Riversong - oder jemand anderen innerhalb des Stammes - weitergegeben haben, der dann Jake kontaktierte und irakische Artefakte, die sie nicht in den Museumsausstellungen des Casinos verwenden konnten, gegen aztekische eintauschte, die ihnen mehr nutzten.

Es war möglich, dass JT darin verwickelt war. Bald würde Jake mit Talon und Drake zusammenarbeiten. Jake könnte JT gewarnt haben, dass sie ausgeschaltet werden musste. War Lee nichts weiter als JTs Methode, mit ihr umzugehen? War sein Schein-Praktikum nur ein Versuch, sie zu kontrollieren?

War ihre gesamte Beziehung ein Schwindel?

Ihr wurde schlecht, als sie erkannte, dass ihre Wohnung vielleicht nur aus dem Grund verwüstet worden war, um sie zu zwingen, mit Lee zusammenzuziehen, um seine Verführung zu erleichtern.

Sie betrachtete seinen kantigen Kiefer, die markanten Wangenknochen und die ausgeprägten Muskeln. Er war ... einfach hinreißend. Ein gutaussehender, verführerischer Mann. Hatte JT ein Vermögen ausgegeben, um dieses männliche Model als Praktikant und Verführer zu engagieren?

Wenn das der Fall war, war er wenigstens JTs Geld wert gewesen. Der Mann war ein fantastischer Liebhaber. Und sie hatte sich in ihn verliebt.

Er lächelte, legte eine Hand auf ihr Knie und drückte es beruhigend. Oder besser gesagt, es wäre tröstlich gewesen, wenn sie nicht geglaubt hätte, dass er mit dem Drecksack unter einer Decke steckte, der ihr Leben zerstört hatte.

Sie packte die Wut und hielt sie fest, massierte sie, benutzte sie, um den Strom des Schmerzes zu unterdrücken, der durch sie hindurchlief und drohte sie über Bord zu reißen, gegen die Felsen zu schlagen und dann ihren leblosen Körper auszuspucken.

Sie glaubte nicht, dass sie einen weiteren Verrat überleben könnte.

Als sie in Bethesda ankamen, gingen sie schweigend die Wisconsin Avenue hinunter zu ihrem Bürohochhaus und begaben sich direkt in den Fitnessraum, der wie immer um halb sieben morgens leer war.

„Willst du Sparren?", fragte er.

Sie hatte ihren Körper und ihren Geist für ihn geöffnet und sich vom ersten Moment an, als sie ihn in diesem Raum sah, in ihn verliebt. Ihr Herz brach ein wenig, und sie sagte „Ja."

Sie wollte ihm in den Hintern treten.

Mit ihrem ersten Tritt zeigte sie ihm, dass dies kein freundschaftliches Sparringsspiel war. Er konnte ihren nächsten Schlag gerade noch rechtzeitig abwehren. Doch dann nahmen seine Augen einen stählernen Glanz an, der ihr sagte, dass er genau wusste, was sie vorhatte.

Selbst im Dunst ihres Zornes erkannte sie, dass er sich zurückhielt; er blockte und verteidigte sich, griff aber nicht an. Falls er sich wehrte, würde sie vielleicht zehn Sekunden mithalten - wenn sie Glück hatte.

Stattdessen ließ er sie ihre einseitige Schlägerei austragen, aber schließlich, als sie erschöpft war, brachte er sie zu Boden und drückte sie auf die Matte. „Was zum Teufel machst du da?" Sein Gesicht war rot, wütend.

„Hat Jake dich engagiert, um mich zu vögeln?" Sie hasste den Schmerz in ihrer Stimme.

Seine Augen verengten sich. „Süße, ich ficke dich umsonst. Verdammt, ich sollte *dich* bezahlen."

Sie schlug ihm auf den Kiefer und verfluchte den Handschuh, der den Schlag abfederte. Es war der erste Schlag, der seine messerscharfen Reflexe überwand, und sie hatte das Gefühl, dass er den Schlag zugelassen, sie sogar dazu angestachelt hatte.

„Willst du mir sagen, *warum* du glaubst, dass ich für Novak arbeite?"

„Du hast dir ein Foto angesehen, das ich in Jakes Kabine

auf seinem Boot gefunden habe. Dieses Foto ist der Grund, warum ich aufgehört habe, für ihn zu arbeiten."

Erleichterung trat in seine Augen; dann änderte sich sein ganzes Verhalten. Er setzte sich auf und zog sie mit sich hoch. „Bist du ganz sicher, dass das Foto von Jake ist? Ich habe versucht, herauszufinden, wer es gemacht hat. Warum hast du wegen des Fotos aufgehört?"

Sie wollte ihm ein Dutzend Fragen stellen, wusste aber, dass sie mehr Informationen erhalten würde, wenn sie seine zuerst beantwortete. „Er hat das Foto nicht gemacht, er hat es bekommen - in Papierformat. Ich fand es in Jakes Kabine und erkannte, dass er ein hochkarätiger Händler von Schwarzmarkt-Antiquitäten war, also floh ich mitten in der Nacht von seinem Boot."

Er lächelte ein blendendes, schillerndes Lächeln, das die Macht hatte, die Rotation der Erde zu verändern. Zumindest ihren Teil davon. „Shortcake, ich wünschte, du hättest mir das früher gesagt." Er küsste sie mit einer Dringlichkeit, einer Leidenschaft, die sie umgehauen hätte, wenn sie nicht selbst so viele Fragen gehabt hätte.

Verdammt, sein Kuss fühlte sich echt an. Seine Inbrunst fühlte sich echt an. Seine Intensität konnte unmöglich vorgetäuscht sein.

Oder doch?

Ihre Gefühlssperre zerbrach und sie küsste ihn zurück. Er musste wahr sein. Wenn ein anderer Mensch ihr ein Stück ihrer Seele nahm, ohne etwas zurückzugeben, würde sie aufhören zu existieren.

Sie beendete den Kuss. „Du bist dran. Warum hast du eine Kopie von Jakes Foto?"

„Er will sich mit Talon & Drake zusammentun, könnte aber schlecht für die Firma sein, und du hast eindeutig Angst vor ihm. Ich bin mir sicher, dass er dahintersteckt, als du im Thermo-Con-Haus eingeschlossen warst, auch wenn er ein

Alibi hat. Also habe ich mich in sein Handy gehackt, um zu sehen, ob ich Textnachrichten finden kann, die den Befehl enthalten, dich in den Keller zu sperren, oder irgendetwas, das ich JT zeigen kann, um ihn zu überzeugen, Drake davon abzuhalten, sich mit Novak zusammenzutun. Aber sein Telefon war leer. Also habe ich mich in das Telefon gehackt, von dem er mehrere Textnachrichten erhalten hat."

Sie schnappte nach Luft. Er hatte sie beschützt? Sie spürte einen schmerzhaften Schmerz in ihrer Brust. „Ich bin nicht überrascht, dass sein Telefon leer war. Jake ist sehr vorsichtig im Umgang mit Technologie. Wir durften weder Internet noch Smartphones auf seinem Boot benutzen." Sie musterte ihn. „Wie hast du sein Telefon gehackt?" Ihre Gedanken begannen zu rasen. Das könnte eine sehr gute Lüge sein, um ihr Vertrauen zurückzugewinnen. „Beweise es. Zeig es mir."

„Nein."

Die Hoffnung, die sich aufgebaut hatte, verpuffte. „Warum nicht?"

„Indem ich mich in sein Telefon gehackt habe, habe ich ein Verbrechen begangen. Ich werde dich nicht da mitreinziehen, und ich werde es nicht hier tun, indem ich das Netzwerk von Talon & Drake benutze."

Sie wollte gerade gegen sein erstes Argument wettern, aber sein zweites ließ sie innehalten. Das Einzige, was sie mit Sicherheit über Lee wusste, war, dass er enge Verbindungen zu JT und dem Senator hatte; er würde wohl kaum eine Klage gegen das Unternehmen riskieren.

Aber er könnte mir helfen, die Person zu finden, die die aztekischen Artefakte gekauft hat.

„Du hast es von JTs Wohnung aus getan."

Sein Mund wurde hart. „Nein."

„Wenn du es mir nicht zeigst, wie soll ich dir dann glauben?"

„Du musst mir einfach vertrauen."

„Ich habe schon lange kein Vertrauen mehr."

„Verdammt, Erica, ich liebe dich, aber ich weigere mich, für das verantwortlich zu sein, was andere dir angetan haben. Du musst mir in diesem Fall einfach glauben." Er drehte sich um, ging davon und knallte die Tür zur Männerumkleide zu.

Lee war schlecht gelaunt, als er eine halbe Stunde später an seinem Schreibtisch saß. Am liebsten wäre er zurück in den Trainingsraum gegangen und hätte auf den Sandsack eingeschlagen, aber er hatte zu arbeiten.

Gestern Nachmittag hatte er ihr nach heißem, hartem Sex in die Augen geschaut und einen Anflug von Stolz und Besitz verspürt. Sie war alles, was er je gewollt hatte, und er wusste, dass sie sich auch in ihn verliebt hatte.

Die Entschuldigung sprudelte nur so aus ihm heraus, unaufgefordert und unwillkommen - nicht, wenn er ihr nicht die Wahrheit sagen konnte, aber er hatte es ernst gemeint. Die Worte waren aus der Tiefe seines Herzens gekommen. Dann hatte sie das Undenkbare getan und seine ungestümen Worte akzeptiert. Sie hatte ihm verziehen.

Das Letzte, was er verdiente, war ihre Vergebung.

Heute nun hatte er sie angelogen und im gleichen Atemzug ihr Vertrauen eingefordert. Wenn sie morgen erfuhr, wer er war, würde sie sich auf eine Art und Weise verraten fühlen, die eine Versöhnung unmöglich machen könnte - unmöglich machen würde.

Und es gab nichts, was er tun konnte, um den kommenden Schlag abzumildern.

Mein Gott, sie brachte ihn um den Verstand. Er hatte sich schwer und schnell verliebt, dabei könnte sie genau die Person sein, die er ausspionierte und deren Daten er hackte, um sie zu identifizieren. Er wollte glauben, dass sie unschuldig war, aber sie hatte ihm nicht alles erzählt - und er konnte ihr nicht vertrauen, bis sie es tat. War er in eine schöne, sexy Kriminelle verliebt?

Er glaubte es nicht.

Aber war das nur, weil er es nicht glauben *wollte*?

Sie saß einen Meter von ihm entfernt an ihrem eigenen Schreibtisch und starrte ihn an, als suchte sie nach Worten, in die Defensive gedrängt. Aber wenn sie wirklich unschuldig war, dann wäre jede Entschuldigung von ihr ein weiterer Nagel in seinem Sarg, wenn sie die Wahrheit erfuhr.

Sein Handy klingelte. Es war JT. „SARAC ist heute früh mit einem Flugzeugträger in Norfolk angekommen. Ich wurde rechtzeitig benachrichtigt, um das FBI zu kontaktieren, das ein Team zur Durchsuchung des Krans schickte, sobald der Flugzeugträger den Hafen erreichte."

„Und?" sagte Lee und spürte, wie sich sein Magen zusammenkrampfte, weil er an JTs Tonfall erkannte, dass ihm das, was jetzt kam, nicht gefallen würde.

„Sie haben nichts gefunden."

Er fluchte. Sie waren wieder am Anfang. „Wie ist das möglich?"

Erica blickte von ihrem Computer auf.

„Ich hatte gehofft, das könntest du mir sagen", sagte JT.

Er stand auf und verließ den Raum. Er hatte nur drei Stunden geschlafen, bevor er aufgestanden war, um die Daten des Telefons zu durchforsten, und sein Gehirn war nicht in der Lage, seine Tarnung vor Erica aufrechtzuerhalten, während er mit JT sprach. Er fand einen leeren Konferenzraum und schloss die Tür. „Okay, ich bin jetzt allein. Was ist passiert?"

„Genau nichts. Sie haben den Kran von oben bis unten durchsucht. Er war sauber."

„Scheiße. Und wo ist dann die Bassetki-Statue?" Er hatte

JT eine E-Mail geschickt, um ihn wissen zu lassen, dass sie möglicherweise nach einem extrem schweren Statuensockel suchten, den Diebe über die Marmorstufen des Irak-Museums geschleppt und dabei alle Stufen zerbrochen hatten.

„Die Statue könnte mit einer früheren Lieferung angekommen sein. Das Foto wurde vor einem Jahr aufgenommen - das könnte der Zeitpunkt sein, an dem der Schmuggel begann." JT hielt inne. „Erica arbeitete vor einem Jahr für Novak und bekam kurz darauf einen Job bei Talon & Drake. Sie ist das Bindeglied."

Er wollte sie verteidigen. Als sie ihm heute Morgen von dem Foto erzählt hatte, hatte er ihre Geschichte als ein Zeichen ihrer Unschuld aufgefasst und sie vor Erleichterung geküsst. Voller Hoffnung. Aber sie wusste mehr, als sie ihm gesagt hatte, ein verdammtes Versäumnis.

Zum Teufel mit seinen Gefühlen, er hatte einen Job zu erledigen. Er dachte über ihre gemeinsame Nacht nach. Der erste Riss in seiner Tarnung war entstanden, als sie um vier Uhr morgens das Foto auf seinem Computer gesehen hatte. „Wann genau ist der Kran durchsucht worden?"

„Sechs Uhr morgens."

Oh Gott. Sie könnte einem Komplizen einen Tipp gegeben haben. Ein anderer Gedanke ließ ihn erschauern. „Weiß Drake, dass der Kran durchsucht wurde? Weiß er, dass du von dem Schmuggel weißt?"

„Das FBI hat still und leise gearbeitet. Bei der Durchsuchung waren nur ein paar Marineoffiziere anwesend. Aber wenn etwas durchsickert, sind wir am Arsch."

Lee legte auf und kehrte in das Büro zurück, das er sich mit Erica teilte. Er war beunruhigter als zuvor, aber er musste sich mit ihr versöhnen, wenn er darauf hoffen wollte, dass sie die Wahrheit vor morgen Abend ausplauderte, wenn seine Tarnung wahrscheinlich auffliegen würde.

Sie musterte ihn misstrauisch.

Er wählte die Offensive. „Du bist mir eine Entschuldigung schuldig." Er schlug selbst die Sargnägel ein. Später würde er sich damit befassen, ob es das wert gewesen war.

Sie zuckte zusammen und biss sich auf die Lippe, sagte aber nichts.

Er durchquerte den Raum und stellte sich direkt vor sie, dann zog er sie auf die Beine. „Ich habe dir mein Zuhause, meinen Körper und mein Herz angeboten. Was brauchst du noch?" Er ärgerte sich über seinen Fehler, von seinem Zuhause gesprochen zu haben.

„Ich weiß es nicht." Sie ließ die Schultern hängen. Sie lehnte ihre Stirn an seine Brust. „Jedes Mal, wenn ich jemandem vertraue, verbrenne ich mich. Ich habe Angst."

Wenn er ein besserer Mensch wäre, würde er sie dazu bringen, ihn noch einmal zu schlagen. Er hätte einen kräftigen linken Haken verdient. Stattdessen vergrub er sein schlechtes Gewissen unter dem Gewicht ihrer wiederholten Lügen.

Sie hob den Kopf. Ihre schieferfarbenen Augen schimmerten wie Wasser. Er strich mit seinem Daumen über ihre Lippen und sagte: „Ich habe auch Angst. Ich habe jedes Mal Angst, wenn ich zugebe, dass ich mich in dich verliebt habe. Aber ich sage die Worte trotzdem, weil ich weiß, dass du sie hören musst."

Das war wahr. Genauso wie es wahr war, dass er ihr sein Zuhause, seinen Körper und sein Herz geschenkt hatte. Ein gewisser Trost lag in der Tatsache, dass er bei diesem Versuch, sie zurückzugewinnen, ehrlich zu seinen Gefühlen stand. Er hatte nicht gelogen, nicht in dieser Sache.

Er würde dem, was zwischen ihnen war, so weit wie möglich treu bleiben.

Er sah ein kurzes Aufblitzen von Schmerz, bevor sie ihre Augen schloss. „Es tut mir leid, Lee. Es tut mir so leid."

Er legte einen Finger unter ihr Kinn und schob ihren Blick sanft nach oben. „Hey. Sieh mich an. Es wird alles gut werden. Ich gehe nirgendwo hin."

Sie öffnete ihre Augen und begegnete seinem Blick. „Vielleicht solltest du das tun."

„Sieh es ein, du hast mich an der Backe. Und ich werde dir so lange sagen, dass ich dich liebe, bis du es glaubst."

Sie schenkte ihm ein schwaches Lächeln. „Du wirst mich also nicht aufgeben?"

Sein Herz schmerzte angesichts des Schmerzes in ihren Worten. „Oh, Erica. Nein. Niemals." Er senkte seinen Mund auf den ihren und küsste sie, lange und intensiv. Als er sie losließ, war sie unsicher auf den Beinen. Sie ließ sich zurück in ihren Stuhl fallen, definitiv benommen, wahrscheinlich verwirrt. Aber wieder ganz sein.

Fürs Erste.

Das musste reichen, denn er hatte einen Job zu erledigen und nur wenig Zeit. Er setzte sich vor seinen Laptop, um die Daten des Telefons zu überprüfen.

Eine Stunde später gab sein Laptop ein leises „Ping" von sich. Sein Herzschlag beschleunigte sich. Das Geräusch, auf das er gewartet hatte und das ihn darauf hinwies, dass Novak sein Telefon benutzte. Er ließ ein Programm laufen, mit dem er Novaks Bildschirm sehen konnte.

Eine Reihe von Textnachrichten traf ein. Eine nach der anderen. Sie waren schon Stunden zuvor verschickt worden, aber erst jetzt hatte Novak sein Telefon eingeschaltet, um sie zu empfangen.

In der ersten SMS stand: *a. 18 440703.* In der zweiten: *a. 4091209.*

Nach Durchsicht mehrerer SMS stellte sich heraus, dass die Nachrichten nach Buchstaben gepaart waren. Er öffnete eine leere Tabellenkalkulation und ordnete die Daten. Fünfzig Textnachrichten, fünfundzwanzig Paare. Jedes Paar begann mit der Zahl achtzehn, gefolgt von einer sechsstelligen Zahl. Die zweite Zahl des Paares war immer siebenstellig. Die sechsstelligen Zahlen reichten von 440703 bis 462956 und die siebenstelligen Zahlen von 4091209 bis 4092208.

Aber was bedeuteten die Zahlen?

Er überprüfte den Absender. Eine neue Nummer, eine, die er noch nie gesehen hatte. Es würde einiges an Hacking erfordern, um herauszufinden, woher die SMS stammten.

Jake antwortete auf die letzte Textnachricht: *729 / 0300 / Zwerg*. Dann war das Handy wieder aus. Lee tippte auf ein paar Tasten und stellte fest, dass Jake sein Telefon nicht einfach ausgeschaltet hatte, sondern den Akku herausgenommen hatte. Ja, Jake Novak war sehr vorsichtig im Umgang mit Technik. Das war verdächtig. Zum Glück war zumindest einer seiner Komplizen nicht so vorsichtig gewesen - die Person hatte über ein Jahr lang dasselbe Wegwerfhandy benutzt und fühlte sich wahrscheinlich sicher, weil sie belastende Fotos gelöscht hatte. Wer auch immer es war, hatte keine Ahnung, dass er unter Verdacht stand, sonst hätte er das Telefon schon vor Monaten weggeschmissen.

Hatte dieser Komplize endlich das Telefon gewechselt, oder war dies ein neuer Verschwörer?

Er starrte auf die Liste der Zahlen und las Jakes SMS erneut. Er suchte nach einem Muster, nach einer Erklärung. Der Text sah einfach aus. Heute war der siebenundzwanzigste Juli. Könnte 729 für den neunundzwanzigsten Juli stehen und 0300 für drei Uhr nachts? Könnte es wirklich so einfach sein? Hatte Novak seinem Komplizen Zeit und Ort für den Austausch von Artefakten gegen Bargeld mitgeteilt? War *Zwerg* der Ort? Ein Autokorrekturfehler für „Werft" vielleicht?

Warum einen ausgefallenen Code verwenden, wenn sie keinen Grund zur Annahme hatten, dass ihnen jemand auf der Spur war?

Jakes SMS-Antwort bewies Ericas Unschuld noch nicht. Sie wusste, dass die alte Nummer kompromittiert war und könnte ein anderes Telefon haben, von dem er nichts wusste. Aber in dieser Situation hätte Jake sicherlich einen komplexeren Code verwendet.

Wer hatte die Artefakte und wer würde sie erhalten? Der Aztekenraum sollte morgen, am Achtundzwanzigsten, eröffnet werden, was bedeutete, dass die aztekischen Artefakte, deren Existenz Erica nicht zugeben wollte, bereits im Kasino sein mussten. Vermittelte Novak den Verkauf irakischer Artefakte am Sonntagmorgen um drei Uhr, nur wenige Stunden nach Eröffnung des Kasinos?

Lees Bauchgefühl sagte ihm, dass etwas auf der SARAC angekommen war und irgendwie an der Inspektion vorbeigekommen und in Novaks Besitz gelangt war.

Kapitel Neununddreißig

Erica wachte am Samstag früh auf und fühlte sich unruhig. Sie sah Lee an, der neben ihr lag und noch schlief. Sie war entschlossen gewesen, Abstand zu halten, distanziert und rational zu bleiben. Aber gestern Abend hatten sie gemeinsam gekocht und bei Kerzenlicht gegessen, während er sie wieder mit Worten, Lachen und seinem intensiven männlichen Charme verführte, dem sie nicht widerstehen konnte. Dann bot er ihr das an, was sie am meisten brauchte: Zärtlichkeit.

Kurz gesagt, der Mistkerl hatte ihre mentalen Barrieren durchbrochen und mit ihr geschlafen. Sie fürchtete, sie würde nie wieder dieselbe sein.

Heute Abend würde sie die Artefakte wiedersehen, und morgen wäre ihr Leben, wie sie es kannte, vorbei. Ihr Handeln würde der Kampagne des Senators schaden, und Lee würde wahrscheinlich nie wieder mit ihr sprechen. Sie spürte bereits den Schmerz des kommenden Liebeskummers. Aber die Artefakte zu enthüllen und zu beweisen, dass sie gestohlen waren, war ihre einzige Möglichkeit, sich vor Jake zu schützen.

Sie wollte im Bett bleiben, zwang sich aber zu einer Dusche. Heißes Wasser strömte über sie, machte ihren Kopf frei, während sie die Augen schloss und versuchte, sich darauf zu konzentrieren, was sie tun würde, wenn sie heute Abend die Artefakte sah. Sie spürte einen Luftzug, öffnete die Augen, und sah Lee, der in die Dusche trat.

Sie griff nach ihm. Er arbeitete nicht für Jake. Das konnte er nicht. Und sie hatten immer noch heute. Zwölf Stunden bis zur Party. Zwölf Stunden, die sie für immer in ihrem Herzen bewahren konnte. Nachdem sie geduscht hatten, machte er Frühstück und bestand darauf, die Mahlzeit im Bett zu servieren. Aber sobald sie wieder im Bett waren, lenkte er sie ab, bis das Essen kalt war und sie eine weitere Dusche brauchte.

Alles in allem war es ein verdammt guter Vormittag.

Am frühen Nachmittag setzte sie sich vor den Desktop-Computer im Arbeitszimmer, um ihre E-Mails zu checken. Eine Tabellenkalkulation war im Vollbildmodus geöffnet. „Lee?", rief sie ihm aus dem anderen Zimmer zu, „kann ich diese Datei schließen?"

„Was ist es?"

„Es sieht aus wie eine Liste von UTMs."

In Sekundenschnelle war er an ihrer Seite. „Was sind UTMs?"

„Es steht für ‚Universal Transverse Mercators' - das sind Koordinaten, die metrische Version von Breiten- und Längengraden. Maryland liegt in Zone 18, was die erste Zahl in jeder Spalte ist. Die sechsstellige Zahl ist die Ost-Koordinate auf der Ost/West-Linie und die siebenstellige Zahl ist die Nord-Koordinate."

„Das sind also die Koordinaten von Maryland?"

„Zone 18 ist größer als Maryland. Warum hast du diese Datei offen, wenn du nicht weißt, was das ist?"

„Das ist etwas, das ich für JT herausfinden wollte. Also, wo sind diese Koordinaten?“

„Das ist leicht nachzuschlagen.“ Sie kopierte die ersten Ziffern, minimierte die Datei und rief eine Website auf, auf der sie die Zahlen in die Suchfelder eintrug. In Sekundenschnelle erschien eine Karte. Sie zoomte heraus, um das gesamte Gebiet zu sehen. „Diese Koordinaten liegen im Atlantischen Ozean, achtzehn Meilen östlich von Virginia Beach.“

Sie konnte eine plötzliche Intensität in Lees Blick erkennen, als er auf den Computerbildschirm starrte. „In der Nähe von Norfolk, aber im Wasser“, murmelte er. „Versuch es mit einem anderen Set.“

Der nächste Koordinatensatz ergab einen Standort, der etwas östlich des ersten lag.

„Und jetzt das letzte Set.“

Die letzten Koordinaten lagen fast zehn Meilen östlich der ersten Koordinaten. Er küsste sie fest auf die Lippen. „Danke für deine Hilfe.“

Sie lächelte. „Gern geschehen.“

„Du hast mir gerade das letzte Teil eines Puzzles gegeben.“ Er zog sie vom Stuhl. „Ich habe das Bedürfnis zu feiern.“

Sie stieß ihn weg und lachte. „Du bist unersättlich.“

„Du machst mich unersättlich. So bin ich noch nie gewesen.“

Sie spürte ein Flattern und sagte sich, dass sie den Gefühlen, die er weckte, nicht nachgeben durfte. „Das liegt daran, dass du deine Highschooljahre mit Cyberfrauen verbracht hast. Echte Frauen machen mehr Spaß.“

Er hob sie hoch und warf sie über seine Schulter, wobei er ihr einen sanften Klaps auf den Hintern gab. „Süße, du wirst dafür bezahlen, dass du mich mit meiner Geek-Vergangenheit verhöhnt hast.“

Sie lachte, als er sie in den Flur trug. „Vergangenheit? Ich sag's dir nur ungern, aber deine Streberzeit liegt noch lange nicht hinter dir.“

Im Hauptschlafzimmer warf er sie aufs Bett. „Dann wird dich dieser Streber für immer für coole Typen ruinieren.“

Sie griff nach seiner Gürtelschnalle und fragte sich, ob seine Worte reine Prahlerei waren, aber sie stellte fest, dass er nicht nur angab. Und sie wusste, dass er die Wahrheit sagte: Er hatte sie für andere Männer ruiniert.

***

Erica steckte zwei der Fotos mit den aztekischen Artefakten zusammen mit den Dublonen in ihre Abendtasche. Ihre Finger zitterten. Es war soweit.

Sie überprüfte ihr Aussehen im bodenlangen Spiegel im Hauptschlafzimmer und atmete dann tief durch, bevor sie Lee im Wohnzimmer gegenübertrat. Der Seidenrock des Kleides umspielte ihre Oberschenkel und Knöchel in einem weichen, sinnlichen Schwung. Sie hatte sich noch nie in ihrem Leben so weiblich, so sexy, so schön gefühlt. So voller Angst.

Lee schaute sie von oben bis unten an, seine Augen zeigten reines fleischliches Wohlgefallen. „Umwerfend. Perfekt. Absolut atemberaubend.“ Er nahm ihre Hand und führte sie an seine Lippen.

„Du siehst auch verdammt heiß aus“, sagte sie. Es stimmte. Er sah herzzerreißend gut in seinem einreihigen schwarzen Smoking aus.

„Mit dir an meiner Seite wird mich niemand bemerken.“ Er berührte die silbernen und roten Perlen, die sie durch ihr Haar gefädelt hatte, bevor er es im Nacken zu einem lockeren Zopf zurückgebunden hatte. „Ich nehme an, du hast die Perlen eingefädelt, damit ich dein Haar in Ruhe lasse?“

Sie lachte. „Wird es funktionieren?"

„Heute Abend? Ja. Wenn wir allein sind? Niemals." Er küsste die Innenseite ihres Handgelenks. „JT wird jeden Moment hier sein."

„Weiß er von uns?", fragte sie. Die Frage hatte ihr zu schaffen gemacht.

„Ja. Er sagte, er hätte es schon aus einer Meile Entfernung kommen sehen."

„War ich so durchschaubar?"

„Nein. Ich allerdings schon."

Die Haustür öffnete sich, und JT trat mit einer umwerfenden Blondine ein, die ebenso aufwendig wie sorgfältig gekleidet war. Als er Erica sah, stieß JT einen leisen Pfiff aus. „Spektakulär, aber es war Zeitverschwendung, dir diese Perlen ins Haar zu stecken. Kein Mann wird höher als dein Dekolleté schauen."

Die Frau an seiner Seite stieß ihm mit dem Ellbogen in die Rippen. „Mein Gott, JT, hast du schon mal etwas von sexueller Belästigung gehört?"

Seine Augen wurden weicher, als er die Blondine ansah. „Ich baggere sie nicht an. Ich stelle nur eine Tatsache fest." Er wandte sich wieder an Erica. „Erica Kesling, das ist Alexandra Vargas, eine alte Freundin, die sich freundlicherweise bereit erklärt hat, heute Abend meinen Arm zu schmücken."

Alexandra klopfte JT auf die Schulter. „Du solltest mich besser nicht jedem so vorstellen, sonst erzähle ich der Presse, dass die Talon-Männer ein Haufen sexistischer Schweine sind."

„Tut mir leid, ich wollte sagen: ‚Das ist Alexandra, die sich bereit erklärt hat, meinen Abend mit geistreichen Scherzen und interessanten Beobachtungen über Kunst, Mathematik und Stringtheorie zu füllen. Dass sie dabei auch noch gut aussieht, ist irrelevant'."

Die Frau lächelte. „Besser. Aber wir müssen noch weiter

daran arbeiten." Sie ergriff Ericas Hand. „Freut mich, dich kennenzulernen." Sie drehte sich zu Lee um und küsste ihn auf die Wange. „Lee, es ist eine Ewigkeit her."

„Du bist umwerfend wie immer. Ich verspüre den Drang, dich daran zu erinnern, dass du es viel besser treffen könntest als JT."

Sie grinste. „Ich weiß. Aber er ist reich. Und sein Vater könnte eines Tages Präsident werden, also behalte ich ihn in der Nähe, falls er nützlich wird."

„Gott, ich habe vergessen, wie ihr beide zusammen seid. Was habe ich mir nur dabei gedacht, uns eine gemeinsame Limousine zu bestellen?" beschwerte sich JT gutgelaunt.

Alexandra kannte Lee. Erica fragte sich, was die Frau ihr über ihren rätselhaften Liebhaber erzählen könnte.

„Erica, JT hat mich gebeten, dir Ohrringe für heute Abend mitzubringen." Aus einem kleinen Schmucksäckchen holte sie ein Paar Diamantohrstecker heraus, die jeweils mindestens ein Karat haben mussten.

„Das könnte ich nicht - ich hätte Angst, sie zu verlieren."

„Wenn du sie verlierst, kauft JT mir ein neues Paar. Stimmt's, Gummibärchen?" Sie sagte „Gummibärchen" mit falscher Süße, so dass die Zärtlichkeit ironisch wirkte. Erica mochte sie mit jeder Sekunde mehr.

„Auf jeden Fall, Muffin." JT sprach in demselben zucker-süßen Ton.

Sie gingen zu der Limousine, die vor dem Watergate geparkt war. Der Geruch von heißem Asphalt hing in der feuchten Luft, und Erica spürte die Blicke völlig Fremder, als sie in das Fahrzeug stieg. Mit den Blicken kam ein seltsam starkes Gefühl. Als ob sie jemand Wichtiges wäre und nicht nur in der Gesellschaft wichtiger Leute. Das Gefühl war ein berauschender Ego-Schub, als sie ihn am meisten brauchte.

Sie umklammerte ihre Abendtasche, in der sich der

Schlüssel zu ihrer Rettung befand. Heute Abend würde man ihr Aufmerksamkeit schenken.

Sie nahm an, dass Senator Talon deshalb wollte, dass sie heute Abend glänzte - um zu zeigen, dass jeder, der mit ihm und seiner Firma zu tun hatte, selbst eine einfache Archäologin, etwas Besonderes war. Schade nur, dass es nach hinten losgehen würde, wenn sie die Wahrheit über die Artefakte enthüllte.

Lee setzte sich neben sie und legte einen Arm um ihre Schultern. JT schenkte Champagner ein und reichte Gläser herum. Sie stießen auf einen erfolgreichen Abend für den Senator und das Casino an.

Sie waren erst ein paar Blocks gefahren, als Alexandra mit den Fingern vor Lees Gesicht schnippte und sagte: „Yo, Lee, komm mal hoch. Du wirst noch Sabber auf dieses spektakuläre Dekolleté verteilen und die Seide verfärben.“

Erica war erstaunt, dass er rot wurde. „Wie peinlich, ich bin eine Spinne, die sich in ihrem eigenen Netz verfangen hat. Ich wollte, dass Erica ein möglichst schillerndes, auffälliges Kleid trägt, um die Männer zu Trotteln zu machen. Aber der einzige Narr hier bin ich.“

„Keine Sorge. JT würde auch sabbern, wenn er nicht wüsste, dass ich ihm dafür in den Arsch treten würde.“

JT lächelte und nippte an seinem Champagner. „Ihr seht beide spektakulär aus. Wir Männer sind nur Sterbliche und zittern vor eurem herrlichen Glanz.“

„Bitte. Knebel mich“, sagte Alexandra. „Was du wirklich meinst, ist, dass wir elegant und doch fickbar aussehen, die perfekte Kombination aus Sexappeal und Klasse.“

Erica lachte und fühlte sich wohl, was sie nicht erwartet hatte. „Alexandra, ich muss einfach fragen, was machst du beruflich?“

„Weißt du noch, was JT über die Stringtheorie gesagt hat? Das war wahr. Ich bin theoretische Physikerin. Wir arbeiten an den Grenzen der bekannten Mathematik, um die Natur, die Bewegung und die Zeit zu beschreiben."

„Sie wäre die ideale Trophäenfrau", sagte JT, „denn sie ist brillant und schön und stellt jeden Mann in den Schatten, mit dem sie zusammen ist. Aber sie ist auch zu erfolgreich, um nur eine Trophäe zu sein, was sie zum größten Preis von allen macht."

„Deshalb stoßen deine Anträge auch auf taube Ohren, Schätzchen."

„Ich glaube, dein Problem, JT", sagte Lee, „ist, dass du bei einer Frau wie Alexandra auf die harte Tour spielen musst, um sie zu bekommen. Sie verbringt ihre Tage mit Wissenschaftsfreaks, die sich jedes Mal, wenn sie den Raum betritt, in blabbernde Idioten verwandeln. Sie ist der Aufmerksamkeit überdrüssig. Sie sehnt sich nach Gleichgültigkeit."

„Ein guter Rat. Das werde ich ausprobieren." JT richtete seine scharfen braunen Augen auf Erica. „Und, hast du nach der Party heute Abend schon was vor?"

Sie spuckte fast ihren Sekt aus. „Du bist auf dich allein gestellt, Boss." Dann lächelte sie, diese Geplänkel fing an, ihr Spaß zu machen. „Ich steige in der Hierarchie nicht auf. Ich bevorzuge Praktikanten, die ich dominieren kann."

„Ohh", quietschte Alexandra. „Dominierspiele machen so viel Spaß. Also dieses eine Mal, habe ich-" JT hielt ihr mit der Hand den Mund zu.

„Muffin, du solltest diese Geschichte wirklich nicht erzählen." Er schüttelte den Kopf in Richtung Erica und Lee. „Wissenschaftler. Keine Sozialkompetenzen."

Dann küsste JT Alexandra, als wären sie allein, und Erica wurde klar, dass er in sie verliebt war.

Sie fragte sich, wie viel an den Sticheleien echt war. Hatte Alexandra wirklich mehrere Anträge abgelehnt? In diesem Moment wurde JT für sie menschlicher. Er war kein

einschüchternder Chef, nicht der Sohn eines Präsidentschaftskandidaten, sondern ein Mann, der hoffnungslos in
eine Frau verliebt war, die ihn zurückwies, und er tat Erica
leid.

Die Fahrt ging weiter, ebenso wie das Lachen und die
Scherze. Wenn JT wegen der bevorstehenden Ankündigung
nervös war, ließ er es sich nicht anmerken. Erica ihrerseits
wurde immer nervöser, je näher sie dem Kasino kamen.

Lees Lippen streichelten ihr Schlüsselbein. „Was beschäftigt dich?", flüsterte er.

„Ich bin nervös."

„Mach dir keine Sorgen. Das Publikum wird heute Abend
freundlich sein - der innere Kreis des Senators."

„Und Hunderte von Reportern."

„Nicht Hunderte. Ein Dutzend oder mehr, vielleicht."

„Danke. Ich fühle mich jetzt viel besser." Sie musterte ihn,
und ihr Herz machte einen Sprung, als sie sein hübsches
Gesicht, seine starke Präsenz, sein besitzergreifendes Lächeln
und seine Körpersprache in sich aufnahm. Jede Bewegung,
jeder Blick, verkündete, dass sie ihm gehörte. Wie würde er
sie ansehen, nachdem der Senator seine Ankündigung vor
den gestohlenen Artefakten gemacht hatte? Was würde er
denken, nachdem sie demselben Dutzend Reporter erzählt
hatte, dass jemand vom Stamm wissentlich gestohlene Artefakte gekauft hatte, um sein Kasino zu schmücken?

Ein Frontalangriff heute Abend, während der Raum mit
Reportern gefüllt war, war ihre beste Hoffnung. Wenn sich die
Reporter für die Geschichte interessierten, wäre das FBI
gezwungen, zuzuhören. Und Marco konnte sie nicht angreifen,
während die Kameras auf sie gerichtet waren. Lee würde wissen,
dass sie den kommenden Skandal hätte verhindern können, sich
aber stattdessen dafür entschieden hatte, ihn zu verursachen.

Sie erreichten das Kasino. Als sie aus dem getönten

Fenster sah, erschrak sie beim Anblick des roten Teppichs, der von Reportern flankiert wurde. Lee hatte sich geirrt. Es waren mindestens zwei Dutzend.

JT stieg als Erster aus der Limousine und drehte sich um, um Alexandra beim Aussteigen zu helfen. Lee folgte und leistete Erica denselben Dienst.

Kameras blitzten auf, und sie konzentrierte sich auf den Teppichstreifen, dem sie folgen musste, um ins Innere zu gelangen, weg von dem surrealen Meer von Gesichtern, die sie hinter den blinkenden Lichtern, Kameras und Mikrofonen anstarrten. Männer und Frauen riefen JT Fragen zu. Dreißig Meter vor Kameras, dann wäre sie sicher beim Empfang, der im Pueblo-Saal stattfand, bevor das Band zur Eröffnung des Azteken-Saals durchschnitten wurde.

Sie legte ihren Arm um Lee, der ihr ins Ohr flüsterte: „Wir werden an der blauen Markierung eine Pause einlegen und für ein paar Fotos lächeln. JT und Alexandra bleiben draußen und kümmern sich um die Presse, aber wir sind Nobodys und dürfen reingehen."

Die Reporter strömten auf JT zu, den einzigen Sohn des Senators. Er lächelte und scherzte mit den Reportern. Auf direkte Fragen zum Wahlkampf sagte er, er werde seinen Vater bei allen Ankündigungen unterstützen, die er an diesem Abend machen wolle.

Sie blieben an ihrem Ziel stehen und lächelten, während ein Dutzend Blitze sie blendeten. Lee küsste sie auf die Wange und flüsterte: „Du machst das toll, Süße." Sie war überrascht, als ein Reporter ihren Namen rief, aber sie verstand die Frage nicht.

Lee versteifte sich, als eine Reporterin seinen Namen rief und etwas über den Sohn des Senators fragte. Er eilte mit Erica die letzten Meter des Teppichs hinunter und in die Vorhalle. Ein Sicherheitsbeamter benutzte einen handgeführten Metalldetektor und winkte sie dann durch. Die Türen schlossen sich hinter ihnen.

Die plötzliche Stille war eine Erleichterung. „Woher kannten sie meinen Namen?", fragte sie.

An Lees Kinnladen erkannte sie, dass ihn etwas verärgert hatte. „Der Senator hat die Gästeliste veröffentlicht, und du wurdest als meine Begleitung genannt."

Habe ich etwas verpasst? Er war doch nur ein Praktikant mit guten Beziehungen, oder? Eine kalte Welle der Besorgnis überkam sie. Warum war sie bis zu diesem Moment nicht auf die Idee gekommen, Lee Scott zu googeln? „Woher wussten sie, wer du bist?"

Er zuckte mit den Schultern. „Die Talons und die Scotts kennen sich schon lange. Komm mit. Lass uns was trinken gehen."

Der Barkeeper im Smoking war einer von mehreren, mit denen sie in den letzten Monaten um Informationen geflirtet hatte. Sie dachte an Tommy, und Säure flutete ihren Magen. Sie wünschte, in ihrer Perlentasche wäre noch Platz für ihre allgegenwärtige Flasche Antazida gewesen, aber sie hatte nur Platz für ihren Lippenstift, ihren Ausweis, ihr Telefon, ihre Schlüssel und die Beweise für ein Verbrechen, das mehrere Menschen und eine Präsidentschaftskampagne zerstören könnte.

Sie nahm ein Glas von der vollen Theke und nickte dem Barkeeper nur kurz zu, dann ging sie um die Mitte des Raumes herum und beobachtete die schnell wachsende Menge. „Kennst du die Leute hier?", fragte sie Lee.

„Der einzige Mensch, der mir hier etwas bedeutet, bist du."

Warum ist er so ausweichend?

„Lee, wer *bist* du?"

„Komm mit", sagte er und zog sie in den leeren Korridor, der zum großen Saal der Kulturen des großen Beckens führte. Sie blieben in der Nähe des Bildschirms stehen, wo sie in der Nacht, in der Tommy getötet worden war, auf ihn gewartet hatte. Sie versuchte, den Gedanken daran zu verdrängen und erinnerte sich stattdessen an das Flattern, das sie verspürt hatte, als sie sich umgedreht und erkannt hatte, dass Lee der Mann war, der sie geküsst hatte. Schon damals war sie in ihn verliebt gewesen.

„Du willst wissen, wer ich bin?", fragte er. Er nahm ihr Sektglas und stellte es neben sein eigenes auf die Fensterbank. „Ich bin ein Mann, der verrückt nach dir ist."

„Wie stehst du zum Senator?"

„Ich bin ein alter Freund der Familie, das ist alles." Er küsste sie, langsam und tief.

Sie fand den Willen, sich zurückzuziehen. „Du bist was - zwölf Jahre jünger als JT? Und doch redet ihr miteinander, als wärt ihr schon ewig befreundet, als wärt ihr gleichberechtigt und nicht CEO und Praktikant."

„Du, meine Liebe, bist ein Snob, wenn du denkst, dass JT nicht mit mir befreundet sein kann, weil ich ein Praktikant bin."

„So meine ich es nicht ..."

Er küsste sie erneut. „Das ist mir egal. Ich liebe dich, auch wenn du ein Snob bist."

„Ich bin kein ..." Aber sein Mund bedeckte wieder ihren und lenkte sie mit Hitze ab. Sie konnte sich nicht mehr erinnern, was sie ihn gefragt hatte. Sekunden später vergaß sie, wo sie war. Sie war gefährlich nahe daran, ihren eigenen Namen zu vergessen.

„Spüre mich, Erica", murmelte er und drückte seine Hüften gegen ihre. „Ich habe in den letzten Tagen unzählige Male mit dir geschlafen, und ich will dich immer noch. Ich kann nicht genug von dir bekommen."

„Das ist nur Lust", sagte sie und versuchte, sich selbst zu überzeugen.

„Nein. Es ist Liebe."

Sie drückte ihre Finger gegen seine Lippen. „Das ist nicht wahr." Jedes Mal, wenn er sagte, dass er sie liebte, zerbrach ein Teil von ihr. Sie wollte, dass das hier echt war. Sie wollte ihn auch lieben. Sie wollte, dass es von Dauer war. Aber das war es nicht, sie konnte es nicht und würde es nicht können.

„Ist es. Ich liebe dich. Ich bin verrückt nach dir. Vergiss das nicht." Die letzten Worte klangen gequält. „Vergiss das nie." Seine Lippen wanderten über ihren Hals. „Alles, was ich habe, alles, was ich bin, gehört dir. Ich will nur eines als Gegenleistung: Sag mir, was du fühlst."

„Nein." Aber sie küsste ihn, in der Hoffnung, dass ihre Handlungen ausreichen würden. Ihr Kuss war hart, voller aufgestauter Gefühle, und er erwiderte ihn.

Seine Lippen verließen ihre, um die Spalte ihres Halses zu erforschen, dann wanderten sie tiefer zu ihrem überquellenden Dekolleté. Hitze durchflutete sie und überwältigte sie. Sie wünschte, sie könnte ihm mit ihrem Körper zeigen, was sie fühlte, denn sie hatte Angst, die Worte auszusprechen.

„Sag es, Erica. Sag es mir."

Sie fühlte sich wild, bereit, ihn weiter in die dunkle Ecke zu zerren, zur Hölle mit ihrem Haar, zur Hölle mit ihrem Kleid, zur Hölle mit der Party, die im Nebenzimmer stattfand.

„Sag es."

Seine Berührung war zu Luft geworden, seine Küsse zu Wasser. Ihr Überleben hing von ihm ab. „Ich …"

„Sag es. *Bitte.*"

Und dann brachen die Worte wie von selbst aus ihr heraus: „Ich liebe dich, Lee."

Und das tat sie, verdammt noch mal. Sie war verrückt nach ihm.

Seine Lippen trafen wieder auf ihre, ein Kuss der Freude, der Zufriedenheit. Anders als die Küsse, die sie zuvor geteilt hatten. Er lehnte seine Stirn an die ihre. „Ich danke dir." Er lächelte triumphierend.

Sie schlug ihn spielerisch gegen die Schulter. „Lass es dir nicht zu Kopf steigen."

Er legte ihre Hand auf seinen Schritt und hielt ihre Finger gegen seine Erektion. „Zu spät." Sie streichelte ihn. Seine Augen schlossen sich, und er stöhnte vor Vergnügen.

„Müssen wir zurück auf die Party gehen?" Sie wollte fliehen, und zwar nicht nur, weil sie mit ihm schlafen wollte. Wenn sie jetzt ging, würde sie die Artefakte nicht sehen. Sie würde diese perfekte Nacht nicht mit Anschuldigungen ruinieren müssen, die sie zu einer Ausgestoßenen machen würden.

Er nahm ihre Hand und führte sie weiter den Korridor entlang zu einer Toilette. „Du musst deinen Lippenstift nachziehen."

Drinnen betrachtete sie sich im Spiegel. In ihrem erröteten Gesicht sah sie eine leichte Ähnlichkeit mit ihrer Mutter - nicht der Frau, die sie in den letzten Jahren ihres Lebens gewesen war, sondern der Frau, die ihre Mutter vor dem Tod von Ericas Vater gewesen war. Der Verlust der Liebe ihres Lebens hatte ihre Mutter zerstört. Erica hatte bereits alles verloren, was ihr wichtig war. Könnte sie den Verlust von Lee überleben?

Wenn sie das nicht könnte, müsste sie Jake mit seinem Verbrechen davonkommen lassen.

Zum ersten Mal seit einem Jahr wollte sie sich nicht rehabilitieren. Sie wollte keine Rache. Erlösung und Rache würden sie das Einzige kosten, was sie mehr wollte: ein Leben, eine Zukunft, eine Chance auf Glück. Lee.

Kapitel Vierzig

Als sie wieder auf die Party kamen, war Erica betrunken, aber nicht vom Champagner. Sie war schwindlig vor Glück. Verrückt vor Liebe. Lee schaute sie mit glühenden Augen an, und die Luft zwischen ihnen knisterte vor Elektrizität, vor der Energie, die mit intensiven Gefühlen einhergeht.

Sie hatte eine Entscheidung getroffen. Sie würde ihre Chance auf Glück heute Abend nicht aufgeben. Ausnahmsweise würde sie den sicheren Weg wählen und keine einsame Schlacht kämpfen. Sie würde schweigen.

Nach der Party würde sie Lee alles erzählen, und gemeinsam würden sie einen Weg finden, sie in Sicherheit zu bringen.

Sie verteilten sich unter den Gästen und sprachen mit Politikern, Experten und Prominenten. Lee stellte sie dem US-Staatsanwalt Curt Dominick vor, den er als einen alten Freund bezeichnete. Ihre Stimmung war so gut, dass nicht einmal Curts eindringlicher Blick den warmen Kokon durchbrechen konnte, der sie umhüllte.

Der Senator, der bereits als Spitzenkandidat für die Nominierung seiner Partei gehandelt wurde, hatte noch keinen Auftritt, aber die Aufregung im Saal zeugte von den Tatsachen seiner Kandidatur: Er war charismatisch, gehörte einer Minderheit an, stammte aus ärmlichen Verhältnissen und hatte genügend Erfahrung, um den idealen Kandidaten abzugeben. Seine Unterstützer hielten ihn für einen sicheren Kandidaten.

Edward Drake kam auf sie zu und drückte ihr die Hand, als wären sie langjährige Freunde. „Erica Kesling", sagte er. „Der Senator hat mir gesagt, dass er Sie eingeladen hat. Ich wusste nicht, dass Sie ihn kennen."

„Durch meine Arbeit an dem Thermo-Con-Projekt wurde er auf mich aufmerksam."

Drake legte den Kopf schief. „Thermo-Con. Ist das das Betonhaus im Reservat? Ich wusste nicht, dass Joe an diesem Projekt interessiert ist." Er sah Lee an und überlegte kurz. „Sie kommen mir bekannt vor. Arbeiten Sie für Talon & Drake?"

Ihr fielen mindestens zwei Fälle ein, in denen Lee im Büro direkt neben Drake gestanden hatte, ohne dass dieser den 1,95 Meter großen Praktikanten bemerkt hatte. Kaum vorstellbar, aber sie nahm Lee auf einer elementaren Ebene wahr und konnte daher seine Wirkung auf andere Menschen nicht zuverlässig einschätzen.

Er streckte seine Hand aus. „Lee Scott."

Ein Blick der Überraschung und des Erkennens ging über Drakes Gesicht. „Oh. Jetzt verstehe ich." Er schmunzelte. „Joes Einladung hatte nichts mit Thermo-Con zu tun, aber Sie können das den Leuten ruhig erzählen, wenn Sie sich dadurch besser fühlen." Er ging weg und ließ Erica verblüfft zurück.

„Was zum Teufel hat er damit gemeint?", fragte sie.

Lee schnappte sich zwei frische Gläser Champagner von

einem vorbeigehenden Kellner. „Es gibt etwas, das ich dir sagen muss."

Nein, ehrlich?!

Ein Mann näherte sich und sagte: „Lee Scott, der Senator möchte mit Ihnen sprechen."

Sie unterdrückte ihr Stöhnen der Frustration. Sie kannte den Mann im biblischen Sinne, hatte aber keine Ahnung, woher jeder hier seinen Namen kannte.

Lee küsste sie auf die Wange. „Ich bin gleich wieder da." Er folgte dem Assistenten.

Verdammt noch mal. Was hatte er ihr sagen wollen? Sie suchte den Raum nach Alexandra ab, vielleicht die einzige Person, die ihr sagen konnte, wie Lee mit der Talon-Familie verbunden war. Angesichts der zugekniffenen Lippen und der vagen Aussagen aller würde sie annehmen, dass er der unehe-liche Sohn des Senators war, aber Lee sah nicht so aus, als hätte er auch nur einen Funken Talon in sich.

Sie nahm die Schultern zurück und begann, den Raum zu umrunden, dann hörte sie einen leisen Pfiff hinter sich. „Cream Puff, du hast dich aber hübsch rausgeputzt."

Sie drehte sich um und sah Jake an. Er war nicht der sonnengebleichte, braungebrannte Schatzsucher, mit dem sie einen Sommer verbracht hatte, sondern ein geschliffener, Armani-tragender Geschäftsmann.

Sie lächelte steif. „Jake. Ich bin überrascht, dass der Senator das Risiko eingeht, dich einzuladen."

„Du bekommst endlich dein Rückgrat zurück. Weißt du, ich habe es wirklich gehasst, dich zu brechen."

„Du hast mich nie gebrochen. Ich bin nur methodisch. Es gibt ein Sprichwort: ‚Rache ist ein Gericht, das man am besten kalt serviert'."

Er packte ihren Arm und drückte ihren Bizeps. „Droh mir nicht, Erica. Du hast die Situation nie richtig verstanden. Ich bin deine einzige Hoffnung."

„Lass mich los, oder ich schreie."

Er ließ ihren Arm augenblicklich fallen. Sie spürte eine Welle der Kraft und dankte im Stillen dem Kleid und Lee dafür, dass sie in diesem Raum voller wichtiger Leute auffallen würde.

„Den Stiefsohn des Senators zu vögeln hat dich übermütig gemacht. Aber bald wirst du sowohl von Scott als auch von Talon & Drake abserviert werden. Dann wirst du mich brauchen."

Er schlenderte davon, und sie starrte ihm fassungslos hinterher. Seine Anspielung hatte sie kalt getroffen, war aber nichts im Vergleich zu dem Schauder, den er ausgelöst hatte, als er Lee den Stiefsohn des Senators genannt hatte.

Erica hatte mehrere Porträts des Senators und seiner Frau im Fernsehen gesehen, und in jedem davon wurde erwähnt, dass die derzeitige Frau des Senators - seine dritte - kinderlos war. Sie war nicht die Mutter von Lee. JTs Mutter war Ehefrau Nummer eins. Lees Mutter musste Ehefrau Nummer zwei sein. Ihr Kopf begann zu pochen. Warum zum Teufel hatte er es ihr nicht gesagt?

Sie sah Alexandra auf der anderen Seite des Raumes. Sie ging auf die temperamentvolle Blondine zu, aber bevor sie drei Schritte gemacht hatte, forderte der Ansager alle auf, die Party in den vorderen Raum zu verlegen. Die Menge setzte sich als eine Masse in Bewegung. Sie hatte keine andere Wahl, als zu folgen.

Sam Riversong trat mit einem Mikrofon in der Hand auf das Podium, das vor dem Azteken-Saal aufgebaut war. „Guten Abend", sagte er. „Willkommen bei der Nation der Menanichoch."

Die Menge applaudierte.

Sie holte tief Luft und versuchte, sich zu beruhigen. Hatte Lee sie *angelogen* oder nur den Teil ausgelassen, dass er der Stiefsohn von Joseph Talon war?

Gab es da einen Unterschied?

„Wir sind alle hier zu einem ganz besonderen Abend versammelt", fuhr Riversong fort, „und ich weiß, dass Sie nicht gekommen sind, um mir zuzuhören, also werde ich die blumigen Worte überspringen und das Mikrofon einfach an den Mann übergeben, den wir alle heute Abend unterstützen wollen. Es ist mir eine große Freude, Ihnen meinen Bruder im Geiste, Stammesmitglied und den besten Senator vorzustellen, den dieses Land je gesehen hat: Joseph Talon."

Der Saal brach in ekstatischen Applaus aus, der einer Sportveranstaltung würdig war, und Joseph Talon ergriff das Mikrofon. Ein Arm legte sich um Ericas Taille, und sie spürte einen leichten Kuss auf ihren Hals. Sie blickte Lee an und spürte, wie sie vor Wut erstarrte.

„Ich muss dir etwas sagen", murmelte er unter dem Lärm der Menge. „Joe hat mir gerade gesagt, dass er mich vorstellen wird …"

„Jake hat es mir erzählt. Wie nett von deinem *Stiefvater*, dich einzubeziehen", sagte sie mit zusammengebissenen Zähnen. In ihr brodelte ein Strom aus rohem, brennendem, wildem Schmerz.

Sein Ausdruck wechselte von misstrauisch zu eindringlich. „Ich liebe dich, Erica. Vergiss das nicht."

„Blödsinn." Wenn er sie lieben würde, hätte er ihr gesagt, wer er war. Ihre Sicht verschwamm. Sie klammerte sich an die Wut. Der Herzschmerz würde sie brechen, aber die Wut würde sie durch die nächsten drei Sekunden, drei Minuten, drei Stunden bringen.

Als sie sich wieder unter Kontrolle hatte, wandte sie ihre Aufmerksamkeit dem Senator zu, der darauf wartete, dass die Menge zur Ruhe kam.

„Ich danke Ihnen", sagte Joseph Talon. „Es ist eine große Freude, heute Abend in diesem Raum zu sein, denn ich sehe hier Familie, Freunde und Kollegen, die meinem Leben und meiner Arbeit einen Sinn geben. Ich möchte noch ein paar Worte sagen, bevor ich das Band durchschneide, um die neueste Erweiterung des Menanichoch Casinos zu eröffnen."

Eine erwartungsvolle Stille senkte sich über die Menge. Aus dem Pressebereich am Rande des Saals gingen Blitzlichter los. „Wie Sie inzwischen alle wissen, bin ich mit nichts aufgewachsen. Ein Niemand, ein Waisenkind, erzogen in einem indianischen Internat. Ich hatte kein Zuhause, keine Familie, nicht einmal Hoffnung. Als meine Schule abbrannte, konnte ich nirgendwo hin. Aber mein guter Freund Sam Riversong gab mir ein Zuhause, die Menschen vom Stamm der Menanichoch wurden meine Familie, und endlich fand ich Hoffnung. Die Menanichoch schickten mich aufs College, wo ich Edward Drake kennenlernte, einen Professor für Ingenieurwesen, der mich unter seine Fittiche nahm und mich ermutigte. Später gründeten Edward und ich ein Unternehmen, ein Ingenieurbüro, Talon & Drake. Ich bin unheimlich stolz auf dieses Unternehmen. Es hat sich im Laufe der Jahre zu einem Multimillionen-Dollar-Unternehmen mit Kunden in der ganzen Welt entwickelt." Er hielt inne. „Nicht schlecht für einen Jungen aus dem Nirgendwo. Nicht schlecht für ‚ein dummes Indianerkind'. Das ist übrigens ein Zitat, dessen sich der Schuldirektor der indianischen Schule oft bediente.

„Als ich in den Senat eintrat, war ich froh, dass mein Sohn JT die Leitung von Talon & Drake übernahm. JT hat mich stolz gemacht, und in den zwölf Jahren, seit er das Unternehmen leitet, hat er die Größe des Unternehmens verdoppelt. Nun zieht sich mein guter Freund und Mentor, Edward Drake, von seiner Position als Leiter des Büros in Bethesda zurück."

Lees Lippen berührten ihr Ohr, als er flüsterte: „Es tut mir leid. Ich werde es später erklären."

Sie riss sich von ihm los und stieß mit einer Frau zu ihrer

Rechten zusammen. Sie murmelte eine Entschuldigung, versteifte ihr Rückgrat und hörte dem Senator zu.

„- genauso wichtig wie für mich", sagte er, „aber bitte seien Sie nachsichtig mit einem stolzen Vater. Vor vielen Jahren war ich mit einer wunderbaren Frau verheiratet, die einen Sohn aus einer früheren Ehe mitbrachte. Ich bin ein Mann mit Fehlern und war es damals noch mehr. Ich war ein lausiger Ehemann und ein noch schlechterer Vater. Ich habe Talon & Drake meine ganze Zeit gewidmet. Die Ehe ging in die Brüche, weil ich es versäumt hatte, Prioritäten zu setzen. Aber mein Stiefsohn hat mein Leben nicht verlassen, als meine Ehe vor zwanzig Jahren zerbrach. Er hat mir meine Fehler und meinen Ehrgeiz verziehen, und obwohl ich seit seinem zwölften Lebensjahr keine rechtlichen Bindungen mehr zu ihm habe, ist er mein Sohn, mein Freund, mein Unterstützer und eine Quelle tiefen Stolzes geblieben. Heute Abend freue ich mich, Ihnen mitteilen zu können, dass mein Stiefsohn Lee Scott sich bereit erklärt hat, nach Eds Pensionierung die Leitung des Bethesda-Büros von Talon & Drake zu übernehmen. Lee, bitte, komm zu uns nach oben. Ich möchte, dass meine ganze Familie bei mir ist, wenn ich mich auf diese nächste große Reise begebe."

Die Aufmerksamkeit des Publikums verlagerte sich in ihre Richtung. Lee schob einen Arm um ihre Taille. Sie wollte sich wieder von ihm losreißen, aber alle sahen in ihre Richtung. Der Mistkerl hatte sie in die Ecke gedrängt. Schon wieder.

Lee machte einen Schritt nach vorne, und sie musste mit ihm gehen oder eine riesige, schreckliche, entsetzliche Szene machen. Sie setzte ein Lächeln auf und ging mit Lee auf das Podium zu. Kälte durchflutete sie. Sie war ein Gletscher, der sich unaufhaltsam vorwärtsbewegte. Lee ahnte nicht, dass sie alles zerstören würde, was sich ihr in den Weg stellte.

„Bei meinem Stiefsohn ist seine Freundin Erica Kesling",

hörte sie den Senator sagen. „Eine ebenso brillante wie liebenswerte Archäologin und die perfekte Ergänzung für die Familien Talon und Talon & Drake."

Oh Gott. Joseph Talon hatte sie gerade *Familie genannt.*

Sie wurde von Meistern manipuliert und musste sich nun der Menge stellen, während sie sich von dem Schlag erholte, der die spärlichen Fakten, die sie über Lee zu wissen geglaubt hatte, zu Staub zerfallen ließ.

Sie spürte die Hitze der Lichter, als sie überschlug, was sie über ihn wusste.

Er war kein Praktikant. Er war kein Karrierestudent.

Sein Name. Das war alles, was sie wusste.

Wie alt war er? Zum Zeitpunkt der Scheidung, die nach Angaben des Senators zwanzig Jahre zurücklag, war er zwölf Jahre alt gewesen. Lee war zweiunddreißig. Drei Jahre älter als sie.

Sie war eine solche Närrin gewesen. Hatte sich so einfach hinters Licht führen lassen. *Natürlich* war er älter als sie. Er hatte den ziellosen Praktikanten grottenschlecht gespielt. Sie war einfach zu überwältigt gewesen, um die Wahrheit zu erkennen. Sie war so sehr damit beschäftigt gewesen, Jake und Sam in die Enge zu treiben, dass sie alle Anzeichen ignoriert hatte.

Der Senator hatte weitergesprochen, und seine Worte drangen schließlich in ihre rasenden Gedanken ein. „Zu Beginn dieses nächsten großen Abenteuers ist es wichtig, sich auf das Fundament zu besinnen, das mich zu dem gemacht hat, was ich bin, und die Gaben zu schätzen, die mir dieses Leben geschenkt hat. Ich bin stolz auf meine Söhne und das Unternehmen, das ich gegründet habe. Talon & Drake leistet einen wichtigen Dienst, hier und in der ganzen Welt. Dies ist eine großartige Nation, die einem jungen indianischen Waisenkind - einem dummen Indianerkind - die Möglichkeit geboten hat, erfolgreich zu sein und diesen Erfolg mit zukünftigen Generationen zu teilen. Ich bin nicht nur deshalb so weit gekommen, weil ich intelligent und engagiert bin. Ich habe es geschafft, weil Menschen an mich geglaubt, mich gefördert und unterstützt haben.

„Als Nation sind wir zersplittert. Wir kämpfen darum, uns als Weltmacht zu behaupten und sind in unseren Überzeugungen und Anliegen gespalten. Das ist nicht der Weg zum Erfolg. Wir müssen zusammenkommen und uns gegenseitig unterstützen. Wir müssen anderen Ländern Hilfe anbieten, um ihnen zu helfen, ihre Bürgerkriege zu beenden. Wir müssen die Armut mit mehr als nur schönen Worten bekämpfen …"

Seine Worte verklangen, als Ericas Konzentration in unzusammenhängende Gedanken zerfiel. Mehrere Male hatte sie nach seiner Vergangenheit gefragt, nach seiner Verbindung zu JT, nur um dann von streichelnden Händen oder Worten der Liebe abgelenkt zu werden. Heute Abend, als sie ihn ganz unverblümt gefragt hatte, wer er sei, hatte er sie gezwungen zu sagen, dass sie ihn liebe.

Vor ein paar Tagen war er wütend auf *sie gewesen*, weil sie ihre Anziehungskraft als Waffe einsetzte, aber sie konnte ihm nicht das Wasser reichen; seine Fähigkeit zur Täuschung übertraf die ihre um Längen.

Lee hielt ihre Hand in einem eisernen Griff. Er drückte seine Lippen auf ihre Schläfe. „Reiß dich zusammen, Erica."

Sie zementierte ihr Lächeln auf dem Gesicht fest und bewegte sich so, dass ihr spitzer Absatz direkt auf seinem Fuß landete.

Er zuckte nicht einmal zusammen. Sie grub den Absatz tief und verlagerte ihr ganzes Gewicht auf ihre Ferse. Er ließ ihre Hand los und bewegte seinen Fuß, wodurch sie schwankte und sich an ihn klammerte, um ihren Sturz zu stoppen.

Er fing sie so sanft, dass sie bezweifelte, dass irgendjemand ihr kleines Handgemenge bemerkt hatte.

„... ich habe einen Plan." Sie konzentrierte sich wieder auf die Rede des Senators. „Und deshalb werde ich für das Amt des Präsidenten kandidieren!"

Die Menge jubelte. Die Kameras blitzten auf. Lee sah auf sie herab und strahlte so viel Wärme aus, dass er die ganze Welt hätte täuschen können. Aber nicht sie. Er würde sie nie wieder täuschen. „Klatschen", flüsterte er.

Sie tat, wie ihr geheißen. Sie war herausgeputzt und auf dem Präsentierteller serviert worden. Sie konnte genauso gut ihre Rolle spielen, bis sie den Aztekensaal betreten und die Artefakte sehen konnte.

Minuten, Stunden, vielleicht sogar Jahre später durchtrennte der Senator endlich das Band, und die Anwesenden strömten in den Raum. Lee hielt sie fest im Arm, als sie den ersten Besuchern über die Schwelle folgten.

Sie hatte ein Jahr lang darauf gewartet, aber vor einer halben Stunde hatte sie beschlossen, ihren Plan zur Erlösung aufzugeben, weil sie verliebt war. Nein. Weil sie eine Närrin war.

Nicht mehr. Sie griff in ihre Abendtasche, in der sich die Fotos befanden, mit denen sie die Behörden davon überzeugen wollte, dass die Herkunftsdokumente der Artefakte gefälscht waren, dass Jake ein Dieb war und Sam ein Käufer von Schwarzmarkt-Antiquitäten. Zum Teufel mit dem Senator. Zum Teufel mit seiner Kampagne. Sie schuldete ihm nicht mehr als ein schickes Kleid.

Sie stolperte fast, als eine Welle des Schmerzes durch ihre Mauer aus Wut brach. Lee hatte sie gedrängt, zuzugeben, dass sie ihn liebte. Eine letzte Demütigung, bevor die Wahrheit ans Licht kam.

Sie spürte einen dumpfen, kalten Schmerz und versuchte, sich von ihm zu lösen. Er ließ sie nicht los.

Das Frösteln in ihrem Inneren strahlte nach außen. Sie sah Lee an, ohne sich die Mühe zu machen, ihre Feindseligkeit zu verbergen. Wen kümmerte es, wenn ein Reporter es sah? Sie hatte diese Situation nicht heraufbeschworen. Das war er gewesen. Er konnte mit den Folgen umgehen. „Wenn du nicht sofort deine Hand von mir nimmst, schreie ich."

Er ließ sie los.

„Du und Jake, ihr seid euch ähnlicher, als ich je gedacht hätte." Sie ging zu einem der aztekischen Ausstellungsstücke, in der Nähe eines Roulette-Rades. Keines der Artefakte stammte von dem Schiffswrack. Sie näherte sich einer anderen Vitrine, in der Nähe der Blackjack-Tische. Lee folgte ihr.

„Du wirst sie nicht finden", sagte er. „Sie sind nicht hier."

Sie machte auf dem Absatz kehrt. „Was werde ich nicht finden?"

„Die Artefakte, die du und Jake geborgen habt, während du für ihn gearbeitet hast."

„Ich habe die aztekischen Artefakte aus dem Schiffswrack nicht geborgen. Ich habe mich geweigert. Wage es nicht, meine Moral mit der von Jake gleichzusetzen. Oder deiner, was das betrifft."

„Ich bin nicht dein Feind, Erica." Der Schmerz in seinen Augen war fast rührend. Wenn sie es nicht besser wüsste, hätte sie geglaubt, dass er Gefühle hatte.

„Mach dir nichts vor, Lee." Ihre Stimme stockte. Sie holte tief Luft und fuhr fort. „Du bist schlimmer, als Jake es je war. Jake hat meinen Namen und meinen Ruf benutzt, um eine Genehmigung von der mexikanischen Regierung zu bekommen, und dann beides in den Schmutz gezogen, nachdem sie ihren Zweck erfüllt hatten. Aber du hast mich gefickt, um mich abzulenken, damit ich nicht herausfinde, wer du bist. Du hast *mich* benutzt."

Er ging zu einer Tür mit der Aufschrift ‚Nur für Mitarbeiter' und zog sie mit sich. „Ich *habe* mit dir geschlafen, weil ich verrückt nach dir bin. Zu verhindern, dass du herausfindest, wer ich bin, war nur ein Nebeneffekt."

Sie suchte in seinem Gesicht nach einem Anzeichen, dass er die Wahrheit sagte. Aber alles, was sie sah, waren dieselben aufrichtigen grünen Augen, die sie in ihren Bann gezogen hatten, als er ihr sagte, er wäre fünfundzwanzig. Als er ihr sagte, dass er sie liebte.

„Das bin ich doch die ganze Zeit gewesen, oder? Ein Nebeneffekt. Du hast deinen kleinen Plan mit JT ausgeheckt, um das Bethesda-Büro zu infiltrieren, damit du alles auskundschaften konntest, bevor Drake kündigte und du eingesetzt wurdest. Ein Homerun auf ganzer Linie bei dem du gleichzeitig Spion spielen und flachgelegt werden konntest."

„Nicht so laut! Reiß dich zusammen!"

„Nein."

„*Bitte*, Erica. Wir müssen das klären. Wenn schon nicht aus anderen Gründen, dann wegen der Tatsache, dass ich jetzt dein Chef bin."

Der Mistkerl war bereits dabei, sich als ihr Boss aufzuführen. „Ich kündige."

Eine Sekunde lang glaubte sie, Angst in seinen Augen zu sehen. „Das kannst du nicht. Du brauchst deinen Job. Du musst mit mir zurechtkommen."

Sie holte tief Luft. „Ich schlafe eher auf der Straße, als dass ich für dich arbeite."

„Ich möchte lieber, dass du mit mir schläfst."

Sie wollte ihn ohrfeigen. Was hielt sie davon ab? Sie hob ihre Hand zum Schlag.

Er ergriff ihr Handgelenk und zog sie durch die Angestelltentür. Er ging zielstrebig einen langen Korridor entlang und zog sie hinter sich her, bis sie eine Bürotür erreichten, wo er eine Nummer in ein Tastenfeld tippte, die Tür öffnete und sie mit sich hineinzog.

Er knallte die Tür zu und zog sie an sich. „Okay. Schlag mich. Wir wissen beide, dass ich es verdient habe."

Sie schlug mit voller Wucht zu, aber ihre Faust streifte nur seinen Wangenknochen. Er hielt sie zu nah. Der Winkel war nicht richtig, um ihn wirklich zu *verletzen*. „Zurück", sagte sie. „Ich will noch einen Versuch."

Er strich sich über Wange. „Nein. Ich denke, das ist genug."

„Das ist bei weitem nicht genug." Sie zielte mit ihrem Knie auf seine Hoden, aber er drückte sie gegen die Wand und zwängte seine Beine zwischen ihre Schenkel. Sie konnte ihn nicht in die Knie zwingen.

„Wir müssen reden."

Sie versuchte, ihn zu kratzen, aber er hielt ihre Handgelenke fest und drückte sie zu beiden Seiten ihres Gesichts an die Wand. Sein Griff war locker genug, dass sie sich nicht gefesselt fühlte, aber sie konnte ihn nicht kratzen oder ihn in die Eier treten. „Es tut mir leid, Erica. Ich -"

„Wage es nicht! *Wage es* nicht, *zu* behaupten, dass du mich liebst."

„Das tue ich ..."

„Alles, was du mir erzählt hast, ist eine Lüge."

„Ich habe gelogen. Ja. Aber ich hatte einen guten Grund."

„Du hattest einen guten Grund, mich zu benutzen?" Roher Schmerz schnitt durch die Wut. Er dachte, er könnte rechtfertigen, was er getan hatte. Genau wie ihre Mutter. Genau wie Jake.

Alle sahen sie als Spielfigur, entbehrlich.

„Ich hatte keine Wahl."

„Du hast immer eine Wahl, Lee."

Er ließ ihre Handgelenke los. „Verdammt, Erica, ich habe einen erbärmlichen Praktikanten abgegeben. Ich konnte nicht die Figur sein, die JT und ich erschaffen haben, denn

ich wollte dich, und du hättest diesem Jungen niemals auch
nur eine Minute zugehört.“

„Du sagst also, es ist *meine Schuld*, dass ich ein Narr bin
und deine Farce nicht durchschaue. Du brauchst es mir nicht
unter die Nase zu reiben. Das habe ich schon herausgefunden, während der Senator seine Rede hielt.“

„Nein. Ich will damit sagen, dass ich verrückt nach dir
bin.“ Er trat von ihr weg. „Es tut mir leid, dass ich dich
verletzt habe.“

Sie rieb sich die Handgelenke. „Hat es Spaß gemacht,
mich zu belügen? Mich zu verführen?“

„Ich habe jede Lüge gehasst.“ Er wirkte aufrichtig, und er
klang aufrichtig.

Aber sie würde sich nicht noch einmal täuschen lassen.
„Blödsinn.“

Er fluchte leise vor sich hin. „Hier geht es nicht um dich
oder mich. Ist dir nicht in den Sinn gekommen, dass ich
einen sehr realen Grund haben könnte, so zu tun, als wäre
ich etwas, das ich nicht bin? Bist du so sehr mit dir selbst
beschäftigt, dass dir nicht einmal der Gedanke gekommen ist,
dass ich hier etwas Wichtigeres tun könnte?“

Sie zuckte zurück. „Sag es mir.“

„Ich kann nicht. Noch nicht.“

Nach allem, was er getan hatte, weigerte er sich immer
noch, ihr zu sagen, warum. Kalter Schmerz erfasste sie. „Du
wirst später keine Gelegenheit dazu haben.“

Seine Augen blitzten alarmiert auf. Als hätte er Angst,
dass sie es ernst meinen könnte. Er holte tief Luft. „Wir
müssen wieder zur Party gehen. Wenn du den Senator auch
nur im Entferntesten respektierst, dann geh bitte dort raus,
lächele und spiel deine Rolle.“

„Als hübsche Begleiterin für den Stiefsohn des Senators.“

„Nein. Du bist keine Dekoration. Du bist alles, was ich
will.“

„Bist du so verzweifelt, dass du zu dieser Art von Täuschung greifen musst, nur um ein Date zu bekommen?"

Er lächelte, sein Mund war schief und traurig. „Nur wenn es um dich geht."

Ihr Kopf pochte. Ihr war übel vor Herzschmerz und Angst. „Wo sind die Artefakte?"

„JT hat mit Riversong gesprochen, der sie, wie ich annehme, entfernt hat."

„Wo sind sie?"

„Ich weiß es nicht. Wahrscheinlich sind sie schon lange verschwunden, damit sie der Kampagne nicht schaden können."

Sie hatte Lee nicht die Wahrheit gesagt, weil sie Angst hatte, die Artefakte würden verschwinden - und genau das war geschehen. Sie hatte nichts gegen Jake in der Hand. Nichts gegen Marco.

Niemand außer ihr selbst und den Leuten, die sie illegal gekauft und verkauft hatten, wusste, dass die Artefakte überhaupt existierten. Deshalb hätte sie sich nie an das FBI wenden können. Keine Artefakte, kein Verbrechen.

Das FBI würde keine Energie aufwenden, um nach Gegenständen zu suchen, die an einem Ort gestohlen wurden, an dem ihre Zuständigkeit nicht galt, wenn es keine stichhaltigen Beweise für die tatsächliche Existenz dieser Gegenstände gab.

Sie würde Jake und seinen Drohungen nie entkommen.

Wut, Schmerz und Angst kämpften in ihrem zerrütteten Geist um die Vorherrschaft. Was zum Teufel sollte sie tun?

Die Logik sagte ihr, dass sie für die nächsten Stunden mit Lee festsaß. Jake war hier. Er kam nicht an sie heran, solange sie mit Lee zusammen war. Sie stieß sich von der Wand ab. „Ich spiele deine Verabredung, dann ist es aus mit uns. Ich will dich nie wiedersehen." Sie wandte sich der Tür zu.

„Ich werde dich nicht kampflos aufgeben, Erica." Seine Stimme war tief und heiser. Voller Schmerz.

Nein, das war wahrscheinlich Wunschdenken ihrerseits.

„Du hast schon verloren." Und er hatte sie mit in den Abgrund gerissen. Die Wut kochte erneut hoch, und sie wirbelte herum, um sich ihm zu stellen. „Als du JT empfohlen hast, die aztekischen Artefakte zu entfernen, hast du eine *Kampagne* über mein Wohlergehen gestellt. Diese Artefakte waren meine einzige Chance, mich vor Jake und Marco zu schützen. *Deshalb* habe ich weder dir noch dem Senator die Wahrheit gesagt. Marco war im Restaurant und hörte jedes Wort, das ich sagte."

Er griff nach ihr, aber sie wich zurück. „Ich werde dich beschützen."

Der Gedanke, sich auf ihn zu verlassen, in seinen Armen Trost zu finden, war verlockend. Aber es war nur eine weitere Lüge. „Vor heute Abend wäre ich auf dieses Angebot eingegangen. Aber du bist nicht der, für den ich dich gehalten habe. Ich würde Jake lieber allein gegenübertreten, als mit dir zusammen zu sein." Sie drehte sich auf dem Absatz um und ging.

Wieder allein. So wie sie es immer gewesen war.

Sie musste sich erst einmal erholen, bevor sie auf die Party zurückkehren konnte, und flüchtete sich in eine Toilette, bevor sie sich auf einen Sessel in dem Vorraum fallen ließ. Ein Schluchzen sprudelte aus ihrer Brust hervor. Sie konnte nicht weinen. Wenn sie sich auch nur eine Träne erlaubte, würde sie von einer großen Welle des Kummers überrollt werden. Mehr als ein Jahr aufgestauter Schmerz und Wut, angefangen mit dem Verrat ihrer Mutter und endend mit dem von Lee, warteten darauf, herausgelassen zu werden. Sie konnte sie jetzt nicht herauslassen.

Einige Minuten später ging die Tür auf, und Alexandra

trat ein. „Erica? Lee sagte, du brauchst vielleicht Gesellschaft.“

„Wie viel weißt du?“

„Nicht viel.“ Alexandra setzte sich neben sie auf das Sofa. „Ich wusste, dass Lee dein Praktikant sein sollte, und ich nicht erwähnen sollte, dass Lee und JT Stiefbrüder sind.“

„Hat es dich gestört?“ fragte Erica und ärgerte sich über die Mitschuld der Frau.

„Ja.“

„Warum hast du dich dann darauf eingelassen?“

„Ich wusste, dass es einen guten Grund geben musste. JT und Lee agieren auf einer anderen Ebene, Erica. Talon & Drake hat große internationale Verträge, und Joe bewirbt sich darum, der mächtigste Mann der Welt zu werden. Es muss etwas sehr Wichtiges im Bethesda-Büro passieren, dass Lee sich als Praktikant ausgibt.“

„Was ist Lee? Außer dem Stiefsohn des Senators, meine ich. Ist er ein Ingenieur?“

„Er ist ein Spezialist für Computer- und Handysicherheit. Einer seiner größten Kunden ist das Verteidigungsministerium. Er ist sehr, sehr gut in seinem Job.“

Sie schloss die Augen. Lee war ein erfolgreicher Geschäftsmann. Das machte so viel mehr Sinn als seine Rolle als fauler Praktikant. Sie war so ein Idiot.

„Er ist vielleicht kein Ingenieur, aber er wird ein hervorragender Manager für das Bethesda-Büro sein“, so Alexandra weiter. „Es war ein genialer Schachzug, ihn anstelle von Drake einzusetzen. So bleibt alles in der Familie, bis die Wahl vorbei ist.“

„Ich habe die Nase voll von Spielen und Strategien“, sagte Erica. „Ich habe es satt, ein Bauer auf ihrem Schachbrett zu sein.“

„Bauern sind mächtiger als man denkt. Bauern, die das Brett sicher überqueren, werden Königin.“

Ihr Kopf pochte. „Ich will nicht Königin werden. Ich wollte nur eine Chance auf Wiedergutmachung, damit ich das Porträt meines Vaters ohne Scham betrachten kann. Damit ich arbeiten kann, ohne Angst zu haben, gefeuert zu werden."

„Dein Freund ist der Leiter deines Büros. Es besteht nicht die geringste Chance, dass du gefeuert wirst."

Endlich eine Gelegenheit, von der Vetternwirtschaft zu profitieren. Bei dem Gedanken wurde ihr übel. „Er ist nicht mein Freund."

„Dann bist du eine Närrin."

Sie zog eine Grimasse. „Das versteht sich von selbst."

„Was hast du wiedergutzumachen?"

Erica seufzte. Sie fühlte sich seltsam, als sie merkte, dass sie frei über ihre Vergangenheit sprechen konnte. „Heute Abend ist ein Mann hier. Sein Name ist Jake Novak. Offiziell ist er Unterwasser-Bergungsexperte, aber in Wirklichkeit ist er ein Dieb und ein Hehler. Ich wurde aus der Archäologie verbannt, weil ich für ihn gearbeitet habe."

„Ich habe ihn getroffen. Er hat JT und mich zu einer Party eingeladen, die er nächstes Wochenende auf seinem Boot veranstaltet."

„Sein Boot?" Sie spürte eine Welle der Aufregung. „Die *Andvari* ist hier? Jetzt schon?" Jakes Geschäft hatte seinen Sitz in Kalifornien. Von Oaxaca nach Maryland zu segeln, wäre enorm teuer gewesen. Die Planung des Marineprojekts ließ genügend Zeit, um das Boot herzubringen, falls Talon & Drake den Zuschlag bekäme, warum also hatte er das Boot bereits jetzt hergebracht?

„Ja, das ist der Name. Ich habe gehört, er arbeitet mit Talon & Drake an einem Angebot. Er plant einen Empfang auf der *Andvari* für das Team."

Ericas Gedanken begannen zu rasen. „Weißt du, wo das Boot liegt?"

„Es ist hier - im Jachthafen von Menanichoch.“

Und plötzlich wusste Erica Bescheid.

Talon & Drake hatte einen Auftrag im Irak, bei dem Nachschublieferungen hin und her gingen. Auf dem Wasserweg. Die Menanichoch-Nation hatte ein Kasino mit großartigen Geldwäschemöglichkeiten. Jemand bei Talon & Drake transportierte Artefakte aus dem Irak, verkaufte sie über Novak und wusch das Geld über das Kasino.

Lee hatte eine Liste mit UTMs, und alle Koordinaten lagen im Atlantik, in der Nähe von Norfolk. Jemand hatte Artefakte aus einer Talon & Drake-Ladung über Bord geworfen und dann die UTM-Koordinaten der Abwurfstellen aufgezeichnet, so dass Jake sein Schatzsucherschiff mit Side-Scan-Sonar und Tauchausrüstung einsetzen konnte, um die Gegenstände aus dem Wasser zu bergen.

War Lee von JT geschickt worden, um die Verbindung innerhalb von Talon & Drake zu finden? Mit einem mulmigen Gefühl verstand sie, dass ihre Vergangenheit mit Jake sie zur wahrscheinlichsten Verdächtigen machte.

Dann kam ihr ein schlimmerer Gedanke. Lee könnte im Büro platziert worden sein, um den Schmuggel zu erleichtern - und nicht zu verhindern. Sie stand auf. „Ich muss gehen.“

„Oh nein, nicht so schnell“, sagte Alexandra. „Du gehst zurück auf die Party. Der Senator hat dich als Teil seiner Familie vorgestellt. Deine Abwesenheit ist wahrscheinlich schon bemerkt worden.“

Das Bedürfnis, Jakes Boot zu finden, überwältigte sie. Hatte er die UTMs bereits benutzt, um die Artefakte zu bergen? Sie musste die *Andvari* durchsuchen.

Sie hatte eine letzte Chance, sich zu retten.

Kapitel Einundvierzig

Erleichterung machte sich in Lee breit, als Erica in den Azteken-Saal zurückkehrte. Er hatte sich schon gefragt, ob sie es geschafft hatte, sich aus dem Gebäude zu schleichen. Sie ging direkt auf ihn zu und nahm bewusst seinen Arm. Sie hatte beschlossen, mitzuspielen.

Sie lächelte freundlich und sagte die richtigen Dinge, während sie sich unter die Gäste mischten, und zeigte keine Anzeichen für die Anspannung, die sie durchströmte, aber Lee konnte die Wut in den Fingern spüren, die ihn umklammerten. Er konnte den Schmerz in ihrem kalten Lächeln sehen. Sie sprach ihn nicht ein einziges Mal direkt an.

Er hasste es, den Schmerz in ihren Augen zu sehen und ihrem frostigen Blick ausgesetzt zu sein. Wenn er ihr doch nur die Wahrheit sagen könnte. Aber das konnte er nicht. Noch nicht. Er hatte keine andere Wahl, als ihre Feindseligkeit zu ertragen.

Er wollte glauben, dass sie unschuldig war, aber sie hatte ihm nie wirklich erzählt, was in Mexiko geschehen war. Es gab Lücken in ihrer Geschichte. Solange er Zweifel hatte, konnte er ihr nichts über den Schmuggel oder den ermordeten Mitarbeiter in Bagdad erzählen.

Er hatte einen Auftrag zu erledigen. Seine Tarnung war aufgeflogen, aber das hatte seine Position nur verbessert. Jetzt hatte er Zugang zu allen Netzwerkdateien und zu allen E-Mails des Unternehmens, ohne dass er sich einhacken oder jemanden täuschen musste.

Dank Erica wusste er, warum SARAC leer war, als der Kran durchsucht worden war. Er wusste sogar, wie die Artefakte geborgen wurden, aber er musste immer noch herausfinden, wo sich die Schmuggler in ein paar Stunden treffen würden. Er musste wissen, was „Zwerg" bedeutete.

„Gib mir Geld", sagte Erica mit kalter Stimme. „Ich will spielen."

Lee lächelte. Die Frau, die er vor zwei Wochen kennengelernt hatte, hätte nie und nimmer Bargeld von ihm verlangt, damit sie spielen konnte. Er griff nach seiner Brieftasche und reichte ihr dreihundert Dollar. „Darf ich deinen Gewinn behalten?"

Ihr Blick schweifte über ihn hinweg. „Ich habe nicht die Absicht zu gewinnen."

Sie saß auf einem rückenfreien Hocker am Roulettetisch, ihre Wirbelsäule war steif. Er sehnte sich danach, ihre Anspannung, ihre Wut wegzumassieren. Er stand ein paar Schritte hinter ihr und beobachtete sie, zufrieden damit, den Anblick ihrer nackten Haut zu genießen. Wenn dies alles war, was er von ihr haben konnte, würde er es nehmen.

Jake Novak trat an den Tisch heran. Lee ging nach vorne, blieb aber stehen und erlaubte Novak, den Platz neben Erica einzunehmen.

Der Mann sah sie fragend an. Sein Blick ruhte auf ihrem Dekolleté. Lees Hände ballten sich zu Fäusten.

Erica hielt ihren Blick auf den Tisch gerichtet. „Sieh mal, was die Kakerlake angeschleppt hat."

„Tss, tss", sagte Jake. „Jetzt, wo ich mit Talon & Drake zusammenarbeite, müssen wir miteinander auskommen. Als einziger Unterwasserarchäologe, den sie haben" - er drehte seinen Kopf und richtete seine Worte an Lee, offensichtlich in der Hoffnung, dass Ericas Hintergrund für ihn neu war - „wirst du mit mir zusammenarbeiten. Eng zusammenarbeiten."

Lee wollte dem Arschloch sagen, dass er sich niemals mit Talon & Drake zusammentun würde, hielt sich aber zurück, weil er neugierig war, wie dieses Gespräch verlaufen würde.

Erica konzentrierte sich weiterhin auf den Tisch, aber Lee bemerkte, wie ihr Finger nervös auf den grünen Stoff tippte. „Ich betreibe keine Unterwasserarchäologie mehr, Jake. Dafür hast du gesorgt."

„Du könntest jederzeit für mich arbeiten." Jake nahm ihre Hand und begann, sie zu massieren.

Sie wandte sich mit einem verführerischen Lächeln an Novak. Lee presste seinen Kiefer so fest zusammen, dass er erwartete, morgen Schmerzen zu haben. Er konnte nicht glauben, dass sie dem Mann erlaubte, sie zu berühren, geschweige denn so zu tun, als würde sie es genießen.

„Ich habe dein Boot geliebt", säuselte sie. „Schmeiß Marco aus dem Team, und ich werde es mir überlegen."

„Ich wünschte, das könnte ich." Jake zog ihre Hand an seine Lippen. „So einfach ist das nicht."

Lee erwartete, dass der Mann ein Auge oder ein anderes nützliches Körperteil verlieren würde, aber sie setzte ihr kokettes Spiel fort. Sie spielte die Schatzjägerin, aber warum? Wollte sie Lee eifersüchtig machen? Er hasste die Tatsache, dass es funktionierte.

„Ich habe gehört, dass die *Andvari* hier ist", sagte sie beiläufig und ließ mit lässiger Gleichgültigkeit einige Chips auf den Roulettetisch fallen.

Lee juckte es in den Fingern, ihren Rücken zu berühren, seinen Anspruch zu signalisieren.

Novak beugte sich zu ihr. „Das ist sie."

„Das ist eine ganz schöne Reise. Bist du in Mexiko fertig?"

„Für den Moment."

„Warum hast du sie hergebracht?" Ihr Fingerklopfen wurde stärker. Es könnte daran liegen, dass sie ihre bisher größte Wette platziert hatte, aber Lee glaubte, dass ihre Unruhe daher rührte, dass sie sich auf die Informationen konzentrierte, die sie von Novak wollte.

Es war auch die Information, die *er* von Novak wollte.

„Ich weitere mein Geschäft auf die Atlantikküste aus. Hier gibt es eine Menge Schiffswracks."

„Du hast die *Andvari* also mitgebracht, bevor du überhaupt ein Projekt in Aussicht hattest?"

Novak zuckte unverbindlich mit den Schultern.

Lee wollte dieses Gespräch weiterführen. Er ging an Ericas Seite. „*Andvari*. Ist das Ihr Boot?"

Jake nickte abwesend und konzentrierte sich auf Erica. Ihm musste plötzlich eingefallen sein, dass Lee jetzt Leiter des Bethesda-Büros war, denn er drehte sich zu ihm um und sagte: „Nächstes Wochenende gebe ich auf der *Andvari* eine Party für das Team, das Ed Drake und ich für den Navy-Vertrag zusammengestellt haben. Ich würde Sie gerne einladen."

„Wir werden es einplanen." Lee konnte sich nicht länger zurückhalten und strich ihr mit einer besitzergreifenden Hand über den Rücken. „Ich bin neugierig, was bedeutet *Andvari*?"

Sie richtete ihren Rücken auf und versuchte, seine Berührung abzuschütteln. Er drückte ihre Schulter. Auf keinen Fall wollte er Novak wissen lassen, dass die Dinge zwischen ihnen nicht perfekt waren.

Sie verstummte und akzeptierte ihn vorerst. „Der Name ist Jakes Version eines Schatzsucher-Witzes", sagte sie. „In der nordischen Mythologie war Andvari ein Zwerg, der die Macht hatte, sich in einen Fisch zu verwandeln. Andvari besaß auch einen magischen Ring namens Andvarinut, der ihm half, Herr über alles Gold im Universum zu werden. Loki fing Andvari in seiner Fischgestalt und zwang ihn, sein Gold und den Andvarinut aufzugeben, woraufhin Andvari den Ring verfluchte, um denjenigen zu vernichten, der ihn besaß."

Andvari war ein Zwerg. Aufregung durchströmte Lee. Die Artefakte waren noch auf dem Schiff! Das Treffen war für drei Uhr morgens angesetzt. Er musste seinem FBI-Kontakt mitteilen, dass er den Ort hatte.

„Ich wusste nicht, dass du die Andvari-Geschichte kennst", sagte Jake.

Sie schenkte ihm ein weiteres falsches - zumindest nahm er an, dass es falsch war - süßes Lächeln. „Andvari zu googeln war das Zweite, was ich nach meiner Rückkehr aus Mexiko tat. Da wurde mir klar, dass der Name deine Art ist, zu sagen, dass jeder, der dir deinen Schatz wegnimmt, leiden wird. *Du bist Andvari.*"

„Es ist nur ein Name, Cream Puff. Ich mag die nordische Mythologie. Ich bin auch ein Fan von Tolkien und Wagner, die beide Anleihen beim Andvari-Mythos gemacht haben."

Erica legte eine weitere Wette auf den Tisch; sie hatte bereits mehr als die Hälfte des Geldes verloren, das Lee ihr gegeben hatte.

„Was hast du als Erstes getan?" fragte Lee.

„Wie bitte?", fragte sie mit einer Unschuldsmiene, die vielleicht Jake, aber nicht Lee getäuscht hätte.

„Als du aus Mexiko zurückkamst. Andvari zu googeln war deine zweite Handlung. Was hast du als Erstes getan?"

Ihre Augen funkelten. „Was jeder Tourist tut, wenn er in

die Staaten zurückkehrt. Ich habe alle Fotos ausgedruckt, die ich im Urlaub gemacht habe."

„Wirklich?" Novaks Augen verengten sich. „Ich würde deine Bilder gern sehen."

„Das würdest du sicher. Ich habe ein paar tolle Fotos von dir und dem Rest der Crew." Jetzt war eine gewisse Schärfe in ihrer Stimme zu hören. Lee spürte, dass das Spiel eskaliert war, und er war sich nicht sicher, ob ihm das gefiel.

Novaks Gesicht verlor jeden Anflug von Flirten. „Ich habe dich nie beim Fotografieren gesehen."

Der Croupier räumte den Tisch ab, und Erica platzierte einen neuen Einsatz, indem sie einen Chip über ihre Schulter warf, ohne den Blickkontakt mit Novak zu unterbrechen. „Weil ich nicht wollte, dass du das tust. Weißt du, ich glaube, der Senator würde sich auch freuen, die Bilder zu sehen."

Auf Novaks Stirn traten Schweißperlen.

Lee musste sie verdammt noch mal von hier wegbringen. Der Mann war gefährlich, und sie provozierte ihn.

Er strich ihr mit der Hand über den Rücken und umfasste ihren Hintern, dann sagte er mit einer Stimme, die gerade so laut war, dass Novak sie hören konnte: „Shortcake, platziere deine letzte Wette, und lass uns hier verschwinden. Ich möchte meinen neuen Job mit dir unter vier Augen feiern."

„Aber sicher, Honigbär." Ihr Tonfall ahmte Alexandras ironische Zärtlichkeiten für JT nach. Sie neigte ihren Kopf für einen Kuss, und er konnte einen Blick in ihre kalten Augen werfen, als seine Lippen die ihren berührten.

Sein Herz schlug heftig. Sie war mehr als verletzt, mehr als wütend. Sie *verabscheute* ihn.

Sie rutschte vom Hocker, ließ hundert Dollar in Chips auf den Tisch fallen und wandte sich ab. „Jake, es hat so viel Spaß gemacht wie immer."

Lee drehte sich um, um ihm zu folgen, blieb dann aber stehen und sah Novak an. „Halten Sie sich von ihr fern."

Novaks Blick verfolgte sie, als sie den Raum verließ. „Erica und ich haben noch ein paar geschäftliche Dinge offen."

„Ihr Geschäft wurde vor einem Jahr beendet."

Der Mund des Mannes verzog sich zu einem schiefen Lächeln. „Sie mag Sie jetzt genießen - sie mochte schon immer Männer mit Geld und Beziehungen -, aber das wird nicht von Dauer sein. Erica braucht mich. Jetzt mehr denn je."

Die Galle stieg ihm in die Kehle. Lee juckte es in den Fingern, den Mann zu verprügeln, aber es war Joes Abend, und den konnte er nicht ruinieren. Stattdessen senkte er seine Stimme auf ein bedrohliches Flüstern. „Es frisst Sie auf, nicht wahr? Sie sind besessen von ihr, aber sie verabscheut Sie."

Novaks Augen verengten sich. Hass und Eifersucht brannten in ihren Tiefen.

Lee hatte einen Volltreffer gelandet. „Wenn Sie ihr noch einmal zu nahe kommen, werden Sie es bereuen." Er drehte sich um und ging.

Novak würde für das, was er Erica angetan hatte, bezahlen, aber dies war weder der richtige Zeitpunkt noch der Ort. Nein, die Zeit und der Ort waren in drei Stunden an Bord der *Andvari*.

Er fand JT und sagte ihm, dass er Erica nach Hause bringen und die Limousine zurückschicken würde, dann verließ er das Kasino. Bevor er zu Erica auf den Rücksitz kletterte, sagte er dem Fahrer, er solle den langen Weg nach Hause nehmen. Er brauchte so viel Zeit mit Erica, wie er bekommen konnte. Sie fuhren vom Bordstein weg, während sie sich so weit wie möglich von Lee entfernte. Mit dem Rücken zu ihm, starrte sie aus dem Fenster.

Die Stille wurde immer unerträglicher. „Was ist in Mexiko passiert?"

Sie musterte ihn und holte dann tief Luft. „Ich habe

versucht, die Artefakte zu beschützen und habe sie mitten in der Nacht gestohlen. Ich schwamm anderthalb Meilen bis zum Ufer und schleppte einen Schwimmsack mit schweren Artefakten aus Stein und Gold. Sie haben auf mich geschossen, aber ich schaffte es zu meinem Auto und fuhr dreißig Meilen in den Dschungel, bevor es kaputt ging." Ihre Stimme war kalt und distanziert, als würde sie eine trockene Liste von Ereignissen rezitieren, die jemand anderem widerfahren waren. „Ich habe die Artefakte im Dschungel versteckt, wurde dann aber von einem Polizisten verhaftet, der auf Jakes Gehaltsliste stand."

Sie verstummte und blickte wieder aus dem Fenster.

Als er merkte, dass sie nicht weiterreden wollte, drängte er sie. „Was dann?"

Sie sah ihn nicht an, aber ihr Tonfall war von der gleichen Gleichgültigkeit geprägt. Das machte ihm mehr Angst, als wenn sie zusammengebrochen wäre. „Sie haben mich ausgehungert. Als das nicht funktionierte, haben sie mir Wasser vorenthalten."

Seine Hände ballten sich zu Fäusten. Fünf Minuten allein mit Novak. Das war alles, was er wollte.

Sie sah ihn an, das Kinn erhoben, mit grimmigem Stolz in den Augen. „Aber ich habe ihnen trotzdem nicht verraten, wo die Artefakte sind."

Aber sie musste es getan haben, irgendwann. Was zum Teufel hatten sie getan, um sie zum Reden zu bringen? „Sag es mir."

Erica wandte sich wieder ab. „Dann hat Jake seinen Leuten befohlen, mich nacheinander zu vergewaltigen."

Ein Schwall von Wut, Angst und Selbsthass traf ihn wie ein Schlag in den Magen. Er hatte Sex benutzt, um ihr Vertrauen zu gewinnen, und dann das, was er erfahren hatte, gegen sie verwendet. Er war nicht besser als Novak. Er war sogar noch schlimmer.

Aber Novak war trotzdem ein toter Mann.

Sie aß mit dem Rücken zu ihm und starrte aus dem Fenster. „Ich habe ihnen das Versteck verraten."

„Haben sie ...?"

„Nein."

Er wollte sie umarmen, aber die starre Haltung ihrer Wirbelsäule verriet ihm, dass es ein Fehler wäre, nach ihr zu greifen. „Warum hast du es mir nicht gesagt?"

„Weil ich wusste, wenn ich es dir sage ..." Ihre Stimme brach, und Lee ging es fast ebenso. „Würdest du es JT erzählen. Ihm wäre es wichtiger, einen Skandal zu vermeiden, als den Diebstahl zu klären, und er würde die Artefakte verschwinden lassen."

„Es tut mir leid." Das tat es auch, aber er wusste nicht, ob er etwas hätte anders machen können, nicht, ohne die ganze Geschichte zu kennen. „Warum brauchtest du die Artefakte? Sind die Fotos, die du gemacht hast, nicht genug?"

„Ohne die Artefakte, ohne die falsche Provenienz, die das Kasinomuseum haben würde, sind die Fotos nutzlos. Ich brauchte konkrete Beweise. Und die habe ich jetzt, dank dir, nicht. Ich werde nie vor Jake und Marco sicher sein." Sie kurbelte das Fenster zwischen dem Vordersitz und dem Beifahrersitz herunter und sagte zu ihrem Chauffeur: „Nehmen Sie den GW Parkway bis zur 395. Ausfahrt Maine Avenue. Ich zeige Ihnen das Gebäude, wenn wir dort sind."

„Ja, Ma'am."

Sie kurbelte das Fenster wieder hoch.

„Erica, ich kann dir helfen. Dich beschützen."

„Ich werde bei Talon & Drake arbeiten, bis ich einen neuen Job gefunden habe. Vielleicht wird Janice mir eine gute Empfehlung schreiben. Wenn nicht, fange ich eben von vorne an. Schon wieder."

„Ich mache mir Sorgen, wenn du allein in deiner Wohnung bist. Bleib im Watergate. Bei mir."

„Ich fange an zu glauben, dass du meine Wohnung verwüstet hast, um mich zu zwingen, bei dir einzuziehen. Soweit ich weiß, hast du mich in dem Keller eingesperrt, nur damit du mich retten kannst."

Sein Blutdruck stieg in die Höhe. Jake hatte sie missbraucht, aber sie beschuldigte *ihn*, ihre Wohnung verwüstet und einen Mordanschlag auf sie verübt zu haben? „Ich war bei dir, als deine Sachen zerstört wurden."

„Dann hast du eben jemand anderen dafür bezahlt."

Er ballte die Faust um den Türgriff, um sich davon abzuhalten, das Fenster zu zerschlagen. Er verdiente ihren Zorn. Er verdiente ihr Misstrauen. Er holte tief Luft und beruhigte sich. Er hatte dieses verdammte Chaos angerichtet; er hatte sogar das bisschen Vertrauen verloren, das sie aufgebaut hatten, als sie ausgerechnet von Novak erfahren hatte, wer er war. Und das, nachdem er sie dazu gedrängt hatte, ihm zu gestehen, dass sie ihn liebte, aus keinem besseren Grund, als dass er die Worte hatte hören müssen.

„Gibt es irgendetwas, das du mir in den letzten zwei Wochen gesagt hast, das wahr ist?", fragte sie.

„Ja", sagte er leise. „Eine Sache."

Sie versteifte sich, dann drückte sie mit der Faust auf den Knopf, um das Fenster herunterzulassen, und gab dem Fahrer die letzten Anweisungen zu ihrem Haus. Sie fuhren schweigend, bis sie vor dem Haus anhielten.

Vielleicht war das auch ganz gut so. Er hatte einen Termin mit einem FBI-Agenten. Er stieg aus, dann half er ihr aus der Limousine.

Sie schob die Schultern zurück und machte einen Schritt auf ihr Gebäude zu. „Wir sehen uns Montag."

Er ergriff ihren Arm und drehte sie zu sich herum. Er schaute auf sie herab, wohl wissend, dass sein Gesicht seine Gefühle verriet, wenn sie es nur sehen wollte.

Die Perlen in ihrem Haar funkelten im Licht der Straßenlaterne, und ihre traurigen grauen Augen brachen ihm das Herz. Er war Hals über Kopf in sie verliebt, doch jede seiner Entscheidungen hatte sie verletzt. Sein Herz schlug schwer. Dies könnte der wichtigste Moment seines Lebens sein - seine einzige Chance, sie zurückzugewinnen. Er räusperte sich. „Wir sind noch nicht fertig."

„Doch, das sind wir."

Er ließ sie gehen, obwohl jeder Muskel in seinem Körper ihn dazu drängte, sie aufzuhalten. Sie betrat das Gebäude und durchquerte die Lobby. Nachdem sie aus seinem Blickfeld verschwunden war, stand er noch minutenlang auf dem Bürgersteig.

Kapitel Zweiundvierzig

Die Artefakte wären im Kasino gewesen, wenn sie nichts unternommen hätte. Hätte sie sich an ihre blöden Funkmast-Bewertungen gehalten und Janice die Thermo-Con UVP schreiben lassen, wären die Artefakte dort gewesen. Wenn sie sich nie mit Sam Riversong getroffen hätte, wenn sie nicht versucht hätte, seine DNS zu bekommen, wenn sie sich nicht mit dem Senator getroffen hätte, hätte Lee nie Verdacht geschöpft, und die Artefakte wären da gewesen.

Hätte sie den Job bei Starbucks angenommen und Lee, JT, Joe oder Sam nie kennengelernt, wären die Artefakte noch da gewesen. Und Starbucks hätte ihr eine bessere Krankenversicherung geboten.

Jede ihrer Handlungen, jede Entscheidung, die sie getroffen hatte, war ein Fehler gewesen.

Wahrscheinlich auch diese.

Sie parkte ihr Auto vor einer heruntergekommenen Fischerhütte, die eine halbe Meile vom Yachthafen der Menanichoch entfernt lag. Es war halb drei morgens. Sie musste die *Andvari* durchsuchen, um das zu finden, was Jake bei Norfolk aus dem Atlantik gezogen hatte. Sie öffnete die Heckklappe und holte ihre Tauchausrüstung heraus; sie würde sich dem Boot vom Wasser aus nähern.

Ihr Magen rumorte. Würde Marco auf dem Boot sein?

Nachdem sie ihre Tauchausrüstung angelegt hatte, stieg sie in die Chesapeake Bay, und ihr Atem stockte, als sie in das dunkle, kalte Wasser eintauchte. Selbst an einem klaren Tag zur Mittagszeit würde sie nur anderthalb Meter weit sehen können, aber jetzt erleuchtete ihre Taschenlampe den Weg vor ihr gerade einmal eine Armeslänge weit. Der Vollmond würde noch stundenlang zu sehen sein, also tauchte sie mehrmals auf, um das Ufer abzusuchen, bis sie die Einfahrt zum Jachthafen erreichte. Dort entdeckte sie Jakes Boot, das am Ende des längsten Stegs festgemacht war, und nahm eine Kompassmessung vor. Bis sie das Boot erreichte, würde sie unter Wasser bleiben und ihre Taschenlampe und den Kompass zur Navigation benutzen.

Sie kam im Schatten der Tauchplattform der *Andvari* hoch. Sie hielt sich am Geländer der Leiter fest und lauschte mehrere Minuten lang, um festzustellen, ob sich jemand an Bord befand. Den Bauch vor Angst verkrampft, setzte sie ihren Fuß auf die erste Sprosse. Ihre nassen, behandschuhten Hände rutschten ab, und sie umklammerte die Stange fester. Ihr ganzer Körper zitterte, als sie das Schiff betrat. Ironischerweise war es gerade fast auf die Woche genau ein Jahr her, dass sie durch einen Sprung von eben dieser Plattform entkommen war.

Sie zog ihre Maske herunter und ließ den schweren Sauerstofftank und die Flossen auf der Plattform liegen. Sie würde sich vergewissern, dass Jake irakische Artefakte hatte, von Bord gehen und dann das FBI anrufen.

Sie betrat den Unterdeckbereich durch eine hintere Luke und lauschte auf Bewegungen, hörte aber nur ihr pochendes Herz und das Plätschern des Wassers am Rumpf.

Vor Jakes Kabine hielt sie inne. Alle Wertsachen würden sich in diesem Raum befinden. Das Ohr gegen die Tür gedrückt, lauschte sie einige Sekunden lang, dann holte sie tief Luft und drehte den Türknauf. Sie benutzte ihre Taschenlampe, um den Raum zu durchsuchen. Schock und Überraschung durchzuckten sie. Dutzende von leuchtend blauen, wasserdichten Tauchsäcken füllten die Kabine.

Sie griff nach der nächstgelegenen Tasche und öffnete sie. *Heilige Scheiße.*

Darin befanden sich ordentlich gestapelte Bündel frischgedruckter, nagelneuer Hundertdollarscheine. Sie zögerte, entschied dann aber, dass ihre Taucherhandschuhe es ihr erlaubten, das Geld anzufassen. Sie hob ein Bündel an und musterte die Scheine. Das Geld sah echt aus, die Zahlen waren fortlaufend. Wie viel Geld lag hier herum?

Einhundert Scheine in einem Bündel bedeuteten, dass jedes Bündel zehntausend Dollar wert war. Zehn Bündel würden hunderttausend Dollar entsprechen. Das Geld war in vier mal fünf Reihen angeordnet: zwanzig Bündel waren auf der obersten Ebene sichtbar. Sie sah zweihunderttausend Dollar pro Schicht.

Sie fuhr mit der Hand an der Seite des Beutels entlang und versuchte abzuschätzen, wie viele Lagen von Bündeln gestapelt waren. Ihre Hände zitterten, und sie verlor die Übersicht. Besser nur raten. Jedes Bündel war etwas mehr als einen Zentimeter dick; der Inhalt der Tasche war etwa einen halben Meter hoch gestapelt. Zwanzig Lagen? Zweihunderttausend mal zwanzig ...

Sie ließ ihre Taschenlampe fallen, hielt den Atem an und fragte sich, ob irgendjemand in der Nähe war, der den leisen Knall hören konnte, der in ihren Ohren widerhallte.

Sie sah sich die anderen Taschen im Raum an und versuchte, sie zu zählen, aber sie konnte sich nicht konzentrieren, da das Adrenalin sie durchströmte. Die eine Tasche, die sie geöffnet hatte, enthielt etwa vier Millionen Dollar. Und auf Jakes Bett und dem Boden waren mindestens zwanzig weitere Taschen gestapelt.

Hier ging es nicht um die Erlöse aus dem Artefaktschmuggel. Das hier war viel größer, viel schlimmer als das. Jake war nun anscheinend im Bargeldschmuggel.

Woher stammte das Geld?

Sie wusste nur, dass sie von diesem Schiff heruntermusste. Sofort.

Sie war wieder an Deck und schloss die Luke, als sie eine Stimme vom Dock hörte. „Sie werden bald hier sein", sagte Jake. Sie fragte sich, mit wem er sprach.

Sie konnte nicht zur Tauchplattform gelangen, ohne die offene Fläche zu überqueren. Sie wartete. Jake betrat den Rumpf durch die Schiebetür an der Seite, aber sein Begleiter blieb draußen.

Sie duckte sich hinter eine Ablagebank auf der Backbordseite und hoffte, dass sie eine Chance haben würde, zur Tauchplattform zu gelangen.

Sekunden später hörte sie einen Schrei, und Jake rannte auf das Deck. „Jemand ist hier gewesen. Da ist Wasser im Flur und in meiner Kabine."

„FBI?"

„Das FBI würde nicht überall herumtröpfeln. Ich tippe auf Erica. Sie hat heute Abend nach dem Boot gefragt."

„Du hättest sie töten sollen. Aber du warst zu geil auf die Schlampe." Erica erkannte Marcos Stimme. *Oh Gott.* Sie hätte nie hierherkommen sollen.

„Wir konnten sie nicht töten, und das weißt du auch. Wenn sie verschwunden wäre, hätten uns die falschen Leute zu viele Fragen gestellt."

Marco rief vom Heck aus: „Sie ist noch hier. Die blöde Schlampe hat ihre Tauchausrüstung hiergelassen."

Sie hörte ein Platschen über dem Klang ihres rasenden Pulses.

„Ohne ihre Taucherflasche kann sie nicht entkommen", sagte Marco. „Wir stecken tief in der Scheiße. Sie hat wahrscheinlich die Bullen gerufen. Steig in das Zodiac."

Das Boot schwankte - war Marco in das kleinere Boot gesprungen? *Bitte lass sie wegfahren.*

„Hol die Heckleine ein", sagte Jake.

Plötzlich flutete Licht über das Deck. Scheinwerfer, die vom Hafenbecken kamen.

„Scheiße!" schrie Marco.

„Jake Novak, hier spricht das FBI ..." Der Rest wurde vom Geräusch eines aufheulenden Außenbordmotors übertönt. Das kleine Zodiac raste auf die Chesapeake hinaus.

Erica hörte Flüche vom Steg aus. Der Scheinwerfer schwenkte von der *Andvari* weg und fand das fliehende Boot.

So ein Mist. Was sollte sie tun? Bleiben und Fragen beantworten? Sie hatte eine Vorgeschichte mit Jake, stand im Ruf, Artefakte zu stehlen, arbeitete für Talon & Drake, und jemand, der für die Firma arbeitete, war in den Schmuggel verwickelt.

Indem sie heute Abend an Bord von *Andvari* gegangen war, hatte sie sich selbst zum Sündenbock gemacht.

Auf dem Steg waren Schritte zu hören. Sie hatte nur eine Chance zu entkommen. Sie hoffte, dass die FBI-Agenten zu sehr auf das fliehende Boot konzentriert waren, um sie zu bemerken. Sie rannte zur Tauchplattform, holte tief Luft und tauchte direkt ab.

Sie trat nach unten, zog an ihrer Maske und verbrauchte kostbare Luft, um sie zu reinigen. Sie schätzte, dass sie etwa sechs Meter tief getaucht war, und hoffte, dass das Licht ihrer Taschenlampe von der Oberfläche aus nicht zu sehen sein würde. Als sie den trüben Grund erreichte, las sie ihren Tiefenmesser ab: etwas über 10 Fuß. Bei dieser Tiefe hätte die Strömung ihre Tauchflasche mehrere Meter in jede beliebige Richtung treiben können. Sie konnte nur knapp einen halben Meter weit vor sich sehen.

Verzweifelt tastete sie den Meeresboden ab. Ihre Lunge brannte. Sie trug keinen Bleigürtel und musste in einem frenetischen Rhythmus treten, um nicht aufzusteigen, wobei sie sowohl mit dem Auftrieb als auch mit ihrem verzweifelten Bedürfnis nach Luft kämpfte.

Sie durfte nicht in Panik geraten.

Sie hatte Hunderte von Stunden unter Wasser verbracht und war darauf trainiert, methodisch zu arbeiten. Sie versuchte, nicht daran zu denken, was auf dem Boot über ihr geschah, und schwamm in einem Kreis, wobei sie den Radius mit jedem Durchgang erweiterte.

Das Brennen in ihrer Lunge wurde unerträglich.

Lee war schon seit einer halben Stunde auf seinem Posten auf einem Nachbarboot, als er eine dunkle Gestalt auf die Tauchplattform von *Andvari* klettern sah. Selbst in einem Neoprenanzug war ihr Körper unverwechselbar. Wahrscheinlich kannte er ihre Gestalt besser als seine eigene, und er spürte, wie ein Ruck des Unglaubens und des Schmerzes bis in sein Innerste drang.

Erica arbeitet immer noch für Novak.

Nein. Er glaubte das einfach nicht. Konnte es nicht glauben.

Der Agent, der ihn begleitete, funkte die anderen Agenten leise an, die auf den Booten im Jachthafen stationiert waren. Lee und der Agent waren wahrscheinlich die Einzigen, die sie gesehen hatten, da die anderen Agenten das Boot aus verschiedenen Blickwinkeln beobachteten.

„Kennen Sie die Frau? Arbeitet sie für Talon & Drake?", fragte der Agent Lee.

Er zögerte nicht. „Ich bin mir nicht sicher, die Maske und die Kapuze haben zu viel verdeckt."

Ericas Auftauchen löste eine lebhafte Diskussion aus, während die Agenten über das weitere Vorgehen berieten. Sie kamen überein, zu warten. Die Frau war die erste Verschwörerin, die eintraf.

Um fast drei Uhr morgens erschien Erica an Deck, gerade als Novak mit einer anderen Person eintraf. Eine Minute später warf der unbekannte Mann ihren Tank ins Wasser.

Das Funkgerät knackte. „Einer der Verdächtigen ist dabei, das Zodiac am Ende des Docks loszubinden."

Der zuständige Agent meldete sich über das Funkgerät. „Shit. Sie werden fliehen. Zugriff!"

„Sie bleiben hier", befahl der Agent Lee und ging.

Allein beobachtete er, wie sich die Szene entwickelte. Sie sprang ins Wasser, während die FBI-Agenten zum Ende des Docks rannten, um das flüchtende Boot zu verfolgen. Er sollte es den Agenten sagen. Stattdessen hielt er den Atem an und fragte sich, was sie ohne ihre Sauerstoffflasche tun würde.

Er beobachtete sie und erinnerte sich daran, dass sie eine Taucherin und Archäologin war. Wenn jemand eine Sauerstoffflasche im trüben Chesapeake finden konnte, dann war es Erica.

Die Agenten stritten sich darüber, ob sich zwei oder drei Personen auf dem fliehenden Zodiac befanden. Ein anderes Boot nahm die Verfolgung auf.

Er konnte die Luft nicht mehr in seinen Lungen halten und atmete schnappend ein.

Es war Zeit, dem FBI zu sagen, dass der Taucher entkommen war.

Er hoffte, dass er ihr genug Zeit zur Flucht gegeben hatte.

Erica musste auftauchen. Sie brauchte Luft.

Sie setzte einen Fuß auf den Boden und stieß sich ab, um schnell nach oben zu kommen. Schmerz schoss ihr Bein hoch.

Ihr Knöchel war gegen etwas gestoßen. Es war Metall.

Ihre Sauerstoffflasche. Eine verzweifelte Sekunde später hatte sie den Atemregler im Mund und atmete langsam und tief ein. Sie fummelte an den Gurten herum, während sie sich zwang, gleichmäßig zu atmen.

Sie prüfte ihren Kompass, orientierte sich und hoffte, dass sie genug Sauerstoff hatte, um zu ihrem Auto zurückzuschwimmen.

Kapitel Dreiundvierzig

Erica lag schlafend auf einem Stapel von Decken und Handtüchern, als es laut an ihrer Wohnungstür hämmerte. Sie sah auf die Uhr: sechs Uhr morgens. Sie hatte eine Stunde geschlafen. Sie musste keine Verwirrung vortäuschen, als sie den beiden FBI-Agenten die Tür öffnete.

Sie verhörten sie stundenlang, fragten sie nach Novak, der *Andvari* und wo sie in der vergangenen Nacht um drei Uhr morgens gewesen war. Sie behauptete, sie wäre um ein Uhr eingeschlafen, war aber bei allem anderen ehrlich. Sie gab ihnen die Kameradiskette und die Abzüge, die bewiesen, dass die aztekischen Artefakte aus dem Schiffswrack stammten, und wie sie erwartet hatte, sagten sie ihr, dass die Fotos allein nichts bewiesen. Sie hatten keine Artefakte, mit denen sie sie vergleichen konnten. Sie erzählte ihnen von dem DNS-Test, den sie verschickt hatte, und von ihrer Hoffnung, dass der Umschlag die DNS von Sam Riversong enthielt. Die Agenten, ein Mann und eine Frau, verdrehten die Augen und sagten ihr, dass der Umschlag ohne einen Beweis, woher er stammte, nutzlos sei.

Sie wollten ihre Taucherausrüstung sehen. Als sie zu

Hause ankam, hatte sie ihren Tauchanzug gespült und im Trockner getrocknet. Sie hätte den Anzug auf dem Heimweg in den Müll geworfen, aber das Reinigungsteam hatte den Anzug vielleicht gesehen, also musste sie die Ausrüstung vorlegen können. Sie zeigte ihnen ihre Sauerstoffflasche und wies auf ein Loch im Schlauch des Atemreglers hin, ein Schaden, der ihrer Meinung nach von Jake verursacht worden war, als er ihre Wohnung verwüstet hatte. Sie glaubte nicht, dass sie ihr die Geschichte abnahmen, aber sie wurde nicht verhaftet, was eine Verbesserung gegenüber dem letzten Mal war, als sie mitten in der Nacht von Jakes Boot geflohen war.

Schließlich gingen die Agenten. Sie schloss die Tür und lehnte sich dagegen. Dann begann sie zu zittern. Sie taumelte in ihr Schlafzimmer, legte sich auf den Stapel von Decken und rollte sich zu einer Kugel zusammen.

Sie wollte gehalten werden.

Verdammt. Sie wollte, dass Lee sie im Arm hielt. Er hatte gesagt, dass er sie liebte. Waren seine Worte nur eine weitere Manipulation gewesen? Sie wollte, dass ein einziger Mensch sich darum kümmerte, was mit ihr geschah.

Irgendwann hatte sie sich verzweifelt und hoffnungslos in ihn verliebt. Sie könnte ihm wahrscheinlich alles verzeihen, wenn er jetzt zu ihr stehen würde. Sie nahm ihr Handy in die Hand und begann, seine Nummer zu wählen, dann hielt sie inne.

Er war der Stiefsohn des Senators, und sie war in einen Skandal verwickelt. Wenn er sie liebte, wenn er sich wirklich um ihr Wohlergehen kümmerte, würde er sich bei ihr melden. Aber wenn nicht, würde er sie um jeden Preis meiden.

Sie klappte das Telefon zu und legte es weg, als das Zittern zu krampfartigen Zuckungen wurde. Sie drückte eine zerfledderte Decke an ihre Brust und versuchte, das Beben zu stoppen, während sie sich wünschte, betete und hoffte, dass ihr Telefon klingeln würde. Das endlose Schütteln löste den Eisblock, an den sie sich geklammert hatte, seit ihre Mutter sie betrogen hatte, und die aufgestauten Tränen von dieser Katastrophe begannen wie Schnee zu schmelzen, bildeten erst einen Strom, dann einen Fluss. Sie weinte, bis sie völlig hohl war, dann fiel sie in einen erschöpften Schlummer.

Sie wachte am frühen Abend auf und zwang sich, ein paar Bissen trockenes Müsli zu essen, aber die magere Mahlzeit drohte wieder hochzukommen. Sie schritt in ihrem leeren Wohnzimmer auf und ab und kämpfte gegen die Übelkeit an.

Ihr Handy war eine billige Blackberry-Nachbildung mit Guthabenkarte, die keinen Internetzugang bot. Sie hatte kein Fernsehen, kein Radio, keinen Computer, keine Ahnung, was in der Welt vor sich ging. Sie wusste nicht, ob Novak gefasst worden war oder ob die Presse von der Razzia im Jachthafen erfahren hatte.

Den ganzen Tag hatte sie sich an Erinnerungen an geflüsterte Worte und intime Küsse geklammert, an Berührungen, die ihr das Gefühl gaben, schön zu sein ... angebetet ... geliebt. Die Sonne war auf- und wieder untergegangen, ohne dass ein Telefonanruf bestätigt hätte, dass diese Liebeserklärungen nicht von einem Mann gemacht worden waren, dessen jedes Wort eine Lüge war.

Sie brach vor Schmerz zusammen.

Ihre tiefste, dunkelste Scham schlüpfte durch die Risse in ihrem Herzen: Etwas war so schrecklich falsch an ihr, dass sogar ihre eigene Mutter sie hasste.

Und jetzt hatte Lee nicht angerufen, weil sie für ihn nicht mehr war als ein Mittel zum Zweck.

Lee hörte auf, hin und her zu tigern, und starrte auf den Fernseher, auf dem den ganzen Tag die Nachrichten gelaufen waren, damit sie über die Ermittlungen im Jachthafen von Menanichoch auf dem Laufenden blieben. „Ich werde sie anrufen."

JT schnappte sich Lees Handy vom Couchtisch. „Du weißt, dass du das nicht kannst. Sieh den Tatsachen ins Auge, Lee, sie war von Anfang an eingeweiht."

Trotz der Beweise, die er in der Nacht zuvor mit eigenen Augen gesehen hatte, konnte und wollte er nicht glauben, dass Erica schuldig war. „Nein." Er streckte seine Hand aus. „Zwing mich nicht, dich zu verprügeln, JT. Ich würde jetzt gerne jemanden verprügeln, und du bist gut genug."

JT fluchte und reichte ihm das Telefon.

Die Worte „Breaking News" flimmerten über den Bildschirm, und ein Moderator, der Seriosität ausstrahlte, blickte in die Kamera. „Wir haben von einer ungenannten Quelle die Bestätigung erhalten, dass das FBI über hundert Millionen Dollar von dem Boot geborgen hat, das gestern Abend im Hafen des Menanichoch-Stammes untersucht wurde. Für diejenigen unter Ihnen, die gerade erst zugeschaltet haben, werden wir noch einmal die Verbindung zwischen dem Boot, das dem Schatzsucher Jake Novak gehört, und dem Senator von Maryland, Joseph Talon, erklären, der gestern Abend seine Kandidatur für das Amt des Präsidenten auf einer Gala-Veranstaltung bekannt gab, die nur eine halbe Meile von dem Jachthafen entfernt stattfand, in dem das Geld gefunden wurde ..."

Der Moderator fuhr fort, die Verbindungen von Jake zu Talon & Drake nachzuvollziehen, angefangen bei dem jüngsten Projektvorschlag bis hin zu Erica, seiner ehemaligen Angestellten, die angeblich eine Artefaktdiebin war. Sie zeigten dasselbe Filmmaterial, das sie den ganzen Tag über ausgestrahlt hatten: Erica, die mit Lees Hilfe nach JT und Alexandra aus der Limousine steigt; Bilder von Erica und ihm auf dem roten Teppich - sie strahlte, während er sie lüstern ansah; sie beide in der Nähe des Senators, während dieser seine Rede hielt.

Die Tatsache, dass Lee verrückt nach ihr war, war ihm in jedem einzelnen Bild deutlich anzusehen, und die Presse machte viel Aufhebens um die Verwicklung des Stiefsohns des Senators mit einer „Person von Interesse" im Zusammenhang mit dem Schmuggel.

„Es scheint", so der Moderator, „aufgrund der Seriennummern der auf Mr. Novaks Boot gefundenen Scheine, dass es sich bei dem Geld um einen Teil der zwölf Milliarden Dollar amerikanischer Gelder handelt, die 2004 in den Irak verschifft wurden und dann im Kriegsgebiet verloren gingen. Wir haben die Bestätigung, dass das FBI gegen Mitarbeiter von Talon & Drake ermittelt, die im Irak arbeiten und möglicherweise einen großen Teil des verschwundenen Geldes gefunden und dann in die USA zurückgeschmuggelt haben. Ein Sprecher des FBI hat eine Erklärung abgegeben, in der es heißt: ,Wir müssen noch herausfinden, wie das Geld in den Besitz von Mr. Novak gelangt ist, aber wir haben eine Theorie, die wir untersuchen'."

Lee wusste genau, wie die Geldsäcke auf Novaks Boot gelandet waren. Sie waren am Donnerstagnachmittag mit dem letzten regulären Müllabwurf vom Flugzeugträger abgeworfen worden. Die Abwurfstelle befand sich weniger als fünfzig Meilen von der Küste entfernt, was näher war, als es die Marinevorschriften erlaubten, und Lee vermutete, dass die Seeleute, die den Müll abwarfen, bestochen worden waren. Die Seeleute hätten mit einem GPS-Gerät die Position jedes Sacks aufgezeichnet, während er abgeworfen wurde, und dann, nachdem der Flugzeugträger im Hafen lag und die Männer das Schiff verlassen hatten, hätte einer von ihnen die Koordinaten an jemanden bei Talon & Drake weitergegeben - Lee vermutete Ed Drake -, der die Informationen dann in einer Reihe von Textnachrichten an Jake übermittelt hätte.

Es würde Lee nicht überraschen, zu erfahren, dass jeder Sack ein Sonarsignal enthielt, das es Novaks Tauchern noch einfacher machte, das Geld zu finden. Am Freitagnachmittag begaben sich Novak und sein Team mit der *Andvari* auf die wahrscheinlich einfachste und erfolgreichste Schatzsuche, die je unternommen worden war. Einhundert Millionen Dollar für einen Tag Arbeit. Diese Zahl nahm Lee fast den Atem. Sie ließ die Artefakte, von denen sie dachten, dass Novak sie geschmuggelt hatte, im Vergleich dazu mickrig erscheinen.

Das Bild von Jake Novak füllte den Fernsehbildschirm. „Mr. Novak und zwei unbekannte Komplizen sind noch auf freiem Fuß."

Jedes Mal, wenn er an die Tatsache dachte, dass Novak entkommen war, wollte er etwas zerbrechen. Nach einer dreißigminütigen Verfolgungsjagd war das Zodiac geborgen worden, ohne Passagiere. Novak und sein Komplize waren vom Boot gesprungen und vermutlich ans Ufer geschwommen.

„Ich hoffe, der Bastard wurde von Haien gefressen", knurrte Lee.

„Und ich hoffe, dass er noch am Leben ist", sagte JT. „Er muss gefasst werden und die Schuld auf sich nehmen, oder Talon & Drake wird das ausbaden. Ich hätte nie gedacht, dass ich den Tag erleben würde, an dem Talon & Drake Halliburton gut dastehen lassen würde."

Einhundert Millionen Dollar. Er erinnerte sich an die Nachrichtenberichte über das Geld, die zu einer Zeit, als der Irak am Rande eines Bürgerkriegs stand, peinlich waren. Zwölf Milliarden US-Dollar, die von der amerikanischen Regierung in den Irak importiert worden waren, waren in diesem Land verloren gegangen und hatten wahrscheinlich den Aufstand finanziert, bei dem so viele amerikanische Soldaten und irakische Zivilisten getötet worden waren.

Zwölf Milliarden Dollar, die zu Hause oder im Ausland für gute Zwecke hätten verwendet werden können, aber jetzt waren sie als Schmuggelware in die USA zurückgekommen, bereit, die Taschen von gierigen Typen wie Jake Novak und machthungrigen Männern wie Edward Drake zu füllen. Das Schlimmste aber war die Möglichkeit, dass das Geld für die Geldwäsche durch das Menanichoch-Casino bestimmt war. Hatte Sam Riversong beabsichtigt, das Geld für Joes Kampagne zu verwenden?

Der Schaden für Joes Ruf könnte sich als unüberwindbar herausstellen. Lee hoffte, dass das FBI schnell handeln und die Schuldigen finden würde, aber im Moment schien es, dass die einzige Person, gegen die sie ermitteln wollten, Erica war.

Er umklammerte sein Telefon fester. Er wollte sie unbedingt anrufen. Aber er sollte sie nicht kontaktieren, während gegen sie ermittelt wurde. Alles, was er ihr sagte, wäre verdächtig, könnte die Ermittlungen beeinflussen, sie sogar schuldiger erscheinen lassen. Er sollte sich von ihr fernhalten, auch wenn das bedeutete, dass sie glauben könnte, er hätte sie im Stich gelassen.

Er begann, ihre Nummer zu wählen.

Ein Klopfen an der Tür unterbrach sie. JT ließ den FBI-Agenten Roger Pratt herein, den Mann, der zugestimmt hatte, sie im Austausch für ihr Schweigen gegenüber der Presse auf dem Laufenden zu halten. Lee starrte den Mann an, unfähig, seine Wut zu verbergen.

„Ich nehme an, Sie haben die Nachrichten gesehen", sagte Pratt.

„Gut zu wissen, dass Anderson Cooper vor mir wusste, was sich auf dem Boot befand", sagte Lee zähneknirschend. „Ich bin derjenige, der das Boot gefunden hat. Ich bin derjenige, der Ihnen die Verhaftung überlassen hat - die Ihr Team vermasselt hat."

„Ich kann Ihren Scheiß jetzt nicht gebrauchen, Scott. Ich habe gerade die letzten vier Stunden damit verbracht, meinen Chef davon zu überzeugen, Ihre Freundin nicht zu verhaften. Ich bin wahrscheinlich die einzige Person in der Abteilung, die glaubt, dass sie unschuldig ist, und wenn Sie sie vor der Verhaftung bewahren wollen, brauche ich Ihre Hilfe."

Er fühlte sich unwohl und fragte sich, ob dies ein Trick war, um ihn dazu zu bringen, zuzugeben, dass er den Taucher als Erica erkannt hatte. „Was wollen Sie?"

„Ein anderer Agent und ich haben Ms. Kesling heute Morgen verhört. Sie war sehr gesprächig. Sie weiß mehr über Novaks Operation als jeder andere, der noch lebt." Lee gefiel es nicht, wie er diesen letzten Punkt betonte. „Sie hat uns sogar Fotos von seiner Crew gegeben. Die Fotos sind ein Glücksfall; sie könnten uns allen den Arsch retten.

„Wir vermuten schon lange, dass Novaks Bergungsgeschäft kaum mehr als eine Tarnung für den Drogenschmuggel ist. Aber die DEA ging jedes Mal leer aus, wenn sie sein Boot durchsuchte - dank Ihnen wissen wir jetzt, dass er das anstellte, indem er die Drogen über Bord warf, um sie später wieder abzuholen - und er betrieb genug echte Schatzsuche, um seriös zu erscheinen. Aber die DEA war bereit, im letzten Sommer zuzuschlagen, als er Ms. Kesling einstellte und es schaffte, eine echte Grabungsgenehmigung vorzulegen."

Kein Wunder, dass Novak mit dem Internet so verdammt vorsichtig war. Er wusste, dass er von der DEA überwacht wurde. Dann wurde ihm das Grauen von Ericas Situation bewusst. Sie hatte einen Sommer mit Drogenschmugglern auf einem Boot verbracht. Novak hatte sich nicht für die Ausgrabung der Manila-Galeone interessiert; das Ganze war ein Vorwand gewesen,

Erica nur seine Tarnung, sein legitimer Grund, sich für längere Zeit in mexikanischen Gewässern aufzuhalten. Als Erica dann etwas Lohnenswertes fand, wurde der Bastard gierig und beschloss, sich das ebenfalls unter den Nagel zu reißen und sie dabei zu zerstören. „Ericas Arbeit war legitim; sie konnte nichts mit der Drogenoperation zu tun haben."

„Ich bin geneigt, ihr zu glauben, und mein Chef kommt langsam auch zu diesem Schluss", sagte Pratt. „Ich glaube nicht, dass sie eine Ahnung von dem Drogenschmuggel hat. Hören Sie, sie sagte, sie habe Novak von den Fotos erzählt, als sie ihn gestern Abend sah. Novak muss sich vor Angst vollgeschissen haben."

„Warum?" fragte JT.

„Einer aus seiner Crew - sie nannte ihn Marco Garcia, aber mit ihrem Foto haben wir ihn als Marco Delgado identifiziert - ist der Bruder eines mexikanischen Drogenbarons. Marco ist ein brutaler Killer, der mindestens ein Dutzend Menschen kaltblütig hingerichtet haben soll, aber wir hatten nie die Beweise, um ihn festzunageln.

„Wir glauben, dass Delgado heute Morgen mit Novak geflohen ist", fuhr Pratt fort. „Wir hatten keine Ahnung, dass Delgado mit Novak zusammenarbeitet, oder besser gesagt, dass Novak für Delgado arbeitet - die Delgados arbeiten für niemanden - oder dass jemand vom Delgado-Kartell überhaupt in den Staaten ist. Wenn wir Marco Delgado schnappen könnten, wäre es eine Al Capone-würdige Ironie, dass Ericas Fotos und ihre Aussage den Bastard wegen Artefaktschmuggels festnageln können - vor allem, wenn man bedenkt, dass die Schatzsuche von Anfang an nur eine Fassade war."

Lee schlug mit der Faust auf den Tisch. „Ein mexikanisches Drogenkartell könnte hinter ihr her sein, und sie ist nicht in Schutzhaft?"

„Ihre Wohnung wird überwacht, und wir haben überall in

ihrem Gebäude verdeckte Ermittler platziert. Sie ist in Sicherheit. Was jetzt wichtig ist, sind die Artefakte. Ms. Kesling sagte, sie glaube, dass Sie Sam Riversong dazu gebracht haben, die Artefakte aus dem Casino zu entfernen, bevor der Azteken-Saal eröffnet wurde. Wir brauchen die Artefakte und die gefälschten Provenienzdokumente, wenn wir beweisen wollen, dass Delgado und Novak sie gestohlen haben."

„Sam Riversong sagte, er habe die Dokumente für echt gehalten", sagte JT. „Er hatte keine Ahnung, dass Jake die Artefakte aus einem Schiffswrack gestohlen hat."

„Wo sind die Artefakte jetzt?"

„In einem Safe im Stammesbüro, bis wir die Herkunft bestätigen können."

„Gut. Jetzt brauche ich Folgendes von Ihnen beiden. Für Delgado ist Kesling eine tickende Zeitbombe. Im Moment können wir ihm nichts bezüglich des Geldes anhängen, aber Kesling und ihre Fotos können ihn mit Novak in Verbindung bringen. Er ist nicht der Typ, der Zeugen zurücklässt, die gegen ihn aussagen können, aber er wird sich nicht in ihre Wohnung trauen. Sie werden ihr an einem öffentlichen Ort auflauern, wo sie sich in der Menge verstecken können. Ich denke, sie werden vor dem Büro auf sie warten. Die Wisconsin Avenue ist sehr belebt und schwer zu sichern ...""

„Deshalb haben Sie sie nicht verhaftet." Kalte Angst erfasste Lee. „Sie wollen sie als Köder benutzen."

„Ja. Und wir brauchen Ihre Hilfe."

Kapitel Vierundvierzig

Am Montagmorgen trug Erica eine dunkle, mit roter Farbe beschmierte Hose und ein zerrissenes, aber geflicktes Oberteil. Alle ihre unbeschädigten Kleider befanden sich noch im Watergate und waren entweder von JT oder Lee bezahlt worden. Sie würde sie nicht anrühren. Ihr derzeitiges Outfit würde zu ihrem neuen Look gehören: obdachlos-aber-sauber. Sie fand eine mit Farbe bespritzte Tragetasche in einem Haufen verwertbarer Gegenstände und warf ihr Handy, ihren Ausweis, ihre Schlüssel und einen gepolsterten Umschlag hinein. Die Farbspritzer passten zu ihrer Hose. Ausnahmsweise passte auch ihre Handtasche zu ihrem Ensemble.

Auf dem Weg zur Metro wurde sie mehrfach neugierig angestarrt und erwiderte die Blicke, ohne mit der Wimper zu zucken. In der Bahn standen die Leute lieber, als sich neben sie zu setzen.

Sie kam in Bethesda an und ging die belebte Wisconsin Avenue entlang in Richtung Büro. Der Tag wirkte wie jeder andere, und doch war nichts mehr so wie es gewesen war. Sie schimpfte mit sich selbst, weil sie nicht früher aufgestanden war, um in den Fitnessraum zu gehen, aber sie fühlte sich lustlos und ausgelaugt. In der Schlacht zwischen dem Sandsack und ihr selbst würde der Sack heute gewinnen.

Sie erreichte die Vorhalle des Aufzugs im achten Stock und wurde von einem Sicherheitsbeamten empfangen. „Erica Kesling", sagte er.

„Ja."

„Ich bin angewiesen worden, Ihnen diese Kiste zu geben, die Ihre persönlichen Sachen enthält. Ihre Dienste werden von Talon & Drake nicht mehr benötigt."

„Sie meinen, ich bin gefeuert." *So viel zum Thema Vetternwirtschaft.*

„Ja."

„Können Sie mir sagen, warum?"

„Das hat man mir nicht gesagt, aber ich habe genug in den Nachrichten gesehen, um es zu erraten."

Es hatte also Schlagzeilen gegeben. Sie hätte zumindest eine Zeitung lesen sollen, um sich vorzubereiten. „Was wurde in den Nachrichten gesagt?"

Der Wachmann zuckte unbehaglich mit den Schultern und streckte die Hand aus. „Bitte geben Sie Ihren Ausweis ab."

„Kann ich meine Chefin, Janice Rabinowitz, sprechen?"

„Ich bin angewiesen worden, Sie am Betreten des Büros zu hindern."

Der Knoten in ihrem Bauch zog sich zusammen. Sie hatte keine andere Wahl. „Ich möchte mit Lee Scott sprechen."

„Es war Mr. Scott, der veranlasst hat, Sie zu entlassen."

Die Worte des Mannes trafen sie mit der Wucht eines heftigen Tritts in den Bauch, und sie taumelte nach hinten. Der Bastard hatte sie gefeuert und hatte nicht einmal den Anstand, ihr dabei ins Gesicht zu sehen.

Sie atmete einige Male flach ein und musste sich eingestehen, dass sie dies im Grunde genommen erwartet hatte. Aber ein Teil von ihr hatte gehofft, dass er sich nicht als so niederträchtig erweisen würde.

Sie gab dem Mann ihren Firmenausweis und nahm die Schachtel mit ihren Habseligkeiten entgegen. Aus der Schachtel nahm sie ihren goldenen Kugelschreiber - ein graviertes Geschenk ihrer Mutter, als sie ihren Master erhalten hatte, bezahlt mit der ersten Kreditkarte, die ihre Mutter auf ihren Namen beantragt hatte, und der einzige Gegenstand, den Erica für ihre massiven Schulden vorweisen konnte. Sie benutzte den Stift, um eine Notiz auf den gepolsterten Umschlag zu kritzeln und übergab ihn dem Sicherheitsbeamten. „Bitte geben Sie das hier Lee Scott.“

Sie wollte den Stift gerade in ihre Tasche stecken, als sie innehielt. „Hier“, sagte sie zu dem Wachmann und hielt ihm das teure Gerät hin. „Ich will das nicht mehr.“

Der Mann sah sie neugierig an.

„Schmelzen Sie ihn ein, verkaufen Sie ihn, es ist mir egal. Nehmen Sie ihn einfach.“

„Danke, Ms. Kesling.“ Er steckte den Stift in seine Tasche. „Und viel Glück.“

Sie drückte den Aufzugsknopf, und die Türen öffneten sich. Sie lehnte sich an die Wand und hatte ein flaues Gefühl im Magen, als sie wieder auf Straßenniveau hinunterfuhr.

Draußen fand sie eine Bank und setzte sich hin. Als sie das Gebäude betrachtete, zählte sie die Stockwerke und blieb bei neun stehen. Das Eckbüro war das von Drake. Gehörte es jetzt Lee? Sie fragte sich, ob er es sich in seinem neuen Refugium gemütlich machte und die Macht seiner neuen Position genoss.

Sie erinnerte sich an den Witz, den er an seinem ersten Tag gemacht hatte, dass er in zwei Wochen ihr Chef sein würde, und sie spürte, wie ihr ein Lachen im Hals stecken blieb. Heute waren es auf den Tag genau zwei Wochen. Na, wer sagt's denn? Eine Sache, die er ihr gesagt hatte, war wirklich wahr.

Der Wachmann musste ihm den Umschlag inzwischen gegeben haben. Sie fragte sich, ob er einen Anflug von Reue verspürte. Nein, er müsste ein Mensch sein, um Reue zu empfinden.

Sie warf einen Blick in die Schachtel, die für ihre sechs Monate bei Talon & Drake stand, und katalogisierte den Inhalt: eine Flasche Antazida, eine Metro SmarTrip-Karte mit ein paar Dollar darauf, ein Dollar dreiundsiebzig in Kleingeld, einen glatten herzförmigen Stein, den sie bei einer Vermessung gefunden und als Briefbeschwerer benutzt hatte, ihr Radio mit Kopfhörern und ihre Lieblings-Marshalltown-Grabungskelle.

Sie hatte ihre Sporttasche am Freitag ins Watergate mitgenommen. Irgendwie würde sie die und auch ihre Handtasche zurückbekommen müssen. Dumme Entscheidung Nummer 963: Sie hatte ihre Kopie des Schlüssels zu JTs - oder, wie sie jetzt vermutete, Lees - Wohnung in den Umschlag für Lee gelegt, bevor sie ihre Habseligkeiten in einer Pappschachtel entgegengenommen hatte.

Sie steckte sich ein Antazidum in den Mund, schaltete das Radio ein und hörte die vertraute Musik des Lokalsenders NPR. Der Reporter ließ die wichtigsten Schlagzeilen durchlaufen. Während sie zuhörte, steckte sie die flache, scharfkantige Grabungskelle in ihre Gesäßtasche und packte alles andere in die Tragetasche.

Sie nahm eine weitere Tablette mit Antazidum, aber selbst das Medikament konnte das Brennen in ihrem Magen nicht dämmen, während sie den Nachrichten zuhörte.

Lee stand am Fenster und sah auf Erica hinunter, die allein auf einer Bank saß. Er wandte sich an Agent Pratt. „Versprechen Sie mir, dass sie beschützt wird."

Der Beamte zeigte auf eine Frau, die auf der anderen Straßenseite einen Schaufensterbummel machte und dabei einen Kinderwagen schob. „In diesem Kinderwagen ist kein Baby. Auf der Wisconsin sind noch andere Agenten, die ihr auf Schritt und Tritt folgen werden. Wenn Delgado sie beobachtet, wird er wissen, dass sie bei Talon & Drake entlassen wurde."

Lee drückte seine Hand gegen die Scheibe und sah zu, wie sie die Kopfhörer aufsetzte. Ihr Computer, ihr Fernseher und ihr Radio waren zerstört worden. Ihr Mobiltelefon hatte keinen Internetzugang. Die Agenten, die sie beobachteten, hatten nicht beobachtet, dass sie in den letzten vierundzwanzig Stunden eine Zeitung gekauft hätte, und sein Hacking hatte ergeben, dass sie ihr Handy seit Freitag weder für einen Anruf noch für eine SMS benutzt hatte. Hatte sie erst jetzt erfahren, was in den Nachrichten über sie berichtet wurde?

„Wir hätten ihr sagen sollen, was los ist und dass wir die Entlassung vortäuschen. Dann wäre sie zwar immer noch der Köder, aber sie wüsste, was auf sie zukommt." Er hasste alles an dieser Sache, angefangen bei Agent Arschloch, der darauf bestanden hatte, dass ein Sicherheitsbeamter sie feuerte, um sicherzustellen, dass Lee es nicht vermasselte, indem er ihr die Wahrheit sagte.

Was er natürlich auch getan hätte.

„Solange wir nicht sicher wissen, dass sie unschuldig ist, können wir dieses Risiko nicht eingehen", sagte der Agent. „Wenn sie unschuldig ist, wird Delgado hinter ihr her sein. Wenn sie schuldig ist, wird sie Novak kontaktieren und mit ihm fliehen, jetzt, da sie keine Unterstützung mehr von Ihnen erwarten kann. So oder so, wir kriegen sie."

Er konnte seinen Blick nicht von ihr abwenden. „Sie ist unschuldig. Und wenn ihr irgendetwas zustößt, Pratt, werde ich ..." Er war nicht so dumm, einem Bundesagenten zu drohen, jedenfalls nicht vor Zeugen.

„Sie wird schon klarkommen", sagte JT. „Erica ist klug."

„Verdammt, wie würdest du dich fühlen, wenn Alexandra der Köder für einen drogenabhängigen Mörder spielen würde?"

„Ich wäre bereit, jemanden zu erwürgen. Aber uns sind die Hände gebunden. Wir haben keine Beweise, dass sie nicht mit Novak zusammenarbeitet. Es ist mir egal, was du behauptest, sie war am Sonntagmorgen auf dem Boot."

Er zuckte zusammen, als er daran erinnert wurde, dass er JT nicht die Wahrheit gesagt hatte. Jeder wusste, dass er log, dass er seine Integrität, seine Selbstachtung riskierte, um sie zu schützen.

Alle Mitarbeiter von Talon & Drake, die derzeit im Irak tätig waren, befanden sich jetzt auf einem Militärtransport, der sie zur Befragung in die Vereinigten Staaten zurückbrachte. Wenn alles gut ging, würden die Schuldigen einen Deal eingehen und die Personen identifizieren, an die sie das Geld in die USA geliefert hatten. Erica würde damit entlastet werden.

Aber elf Milliarden neunhundert Millionen Dollar fehlten noch, und wenn es nach den politischen Gegnern des Senators ginge, würde Talon & Drake die gesamte Schuld in die Schuhe geschoben.

Er warf einen Blick auf die Titelseite der *Washington Post*, auf der ein Foto von ihnen beiden auf dem roten Teppich abgebildet war, während er sie auf die Wange küsste. Die Schlagzeile lautete: SENATORS STIEFSOHN MIT

MUTMASSLICHER TALON & DRAKE-VERSCHWÖ-
RERIN LIIERT.

Wenige Minuten nach der Aufnahme des Fotos hatte er
sich selbst überrascht, indem er sie dazu gezwungen hatte,
ihm ihre Liebe zu gestehen. Das Bedürfnis, sie diese Worte
sagen zu hören, bevor ihnen alles um die Ohren flog, war aus
einem unbekannten Teil seiner Seele gekommen.

Als er sie an Bord der *Andvari* hatte klettern sehen, dachte
er, sie sei in den Artefaktschmuggel verwickelt, aber nur, weil
sie glaubte, dass sie Artefakte beschützte, die im Kriegsgebiet
gestohlen oder zerstört werden sollten. Jetzt, da er wusste,
dass Novak ein Drogenschmuggler war, war er von ihrer
Unschuld überzeugt. „Sie ist nicht auf Geld aus, sie will nur
einen sicheren Job und einen festen Gehaltsscheck. Sie würde
niemals Drogengeld oder das Geld aus dem Irak anrühren.
Sie ist nicht gierig; sie sehnt sich nach Sicherheit."

„Geld bietet Sicherheit", entgegnete JT.

„Sie schätzt ihren Ruf mehr als Geld. Sie wollte ihren
Namen reinwaschen."

„Lee, soweit wir wissen, ist ihr nächster Halt ein Pfand-
haus, um Alexandras Ohrringe zu verpfänden, damit sie sich
Novak anschließen kann. Es könnte sein, dass sie mehrere
Millionen auf einem Schweizer Bankkonto liegen hat und
nur noch einen letzten Coup landen will."

Die Bürotür öffnete sich, und Agent Marie Silver trat ein.
„Ms. Kesling hat das hier dem Sicherheitsbeamten gegeben
und ihn gebeten, es Mr. Scott zu geben." Sie hielt einen
wattierten Umschlag hoch.

Pratt war sofort auf den Beinen und griff nach dem
Umschlag.

Silver ignorierte Pratt und reichte ihn an Lee. „Ich habe
den Inhalt überprüft."

Lee warf Agent Pratt einen bösen Blick zu, dann sah er
die Schrift auf der Außenseite des Umschlags. Ihre sonst so

saubere Handschrift war krakelig; die Worte wirkten wütend, gehetzt. Er las die erste Zeile und wusste nicht, ob er lachen oder weinen sollte. „Sind Sie sicher, dass das für mich ist?"
Agentin Silver nickte mit Mitgefühl in den Augen.

Herzlichen Glückwunsch - du hast einen ganz neuen Tiefpunkt erreicht, gerade als ich dachte, dass es für dich unmöglich wäre, noch tiefer zu sinken.

In diesem Umschlag befinden sich Kopien der Fotos, die ich während meiner Arbeit für Jake gemacht habe. Ich hatte gehofft, du würdest mir helfen, die Artefakte von Riversong zu bekommen, bevor sie für immer auf dem Schwarzmarkt verschwinden, aber da du ein egoistisches Schwein bist, gebe ich auf. Rahmt die Fotos ein oder verbrennt sie, es ist mir scheißegal.

Die Dublonen sind die einzige Bezahlung, die ich jemals von Jake erhalten habe. Bei dem Gedanken, sie zu behalten, wurde mir übel, und ich schäme mich, aber sie zu verkaufen, wäre noch schlimmer gewesen. Da du ein so skrupelloser Bastard bist, ist es nur angemessen, dass du sie bekommst. Sie sollten dir bei eBay etwa 9.000 Dollar einbringen - verwende das Geld, um deinem nächsten Opfer ein neues Kleid zu kaufen.

-Erica

Er öffnete den Umschlag. Neben einem Stapel Fotos und Goldmünzen holte er einen Wohnungsschlüssel und ein perfektes Paar großer Diamantohrringe heraus. Er reichte Alexandras Ohrringe an JT weiter.

„Ich glaube, ich habe sie falsch eingeschätzt", sagte JT. Er hielt die Ohrringe hoch. Sie fingen das Licht ein und funkelten und blitzten. „Rate mal, wie viel die wert sind."

Lee zuckte mit den Schultern und interessierte sich mehr für die Golddublonen als für die Ohrringe. „Ein paar Tausend."

„Fünfzehntausend, um genau zu sein. Ich glaube, sie Erica zu leihen - einer Frau, die sie nie getroffen hat und der sie die Wahrheit nicht anvertrauen sollte - war ein Spiel für Alexandra, um mir zu zeigen, wie wenig ihr meine teuren Geschenke bedeuten."

„Alexandra hat sich nie für Geld interessiert. Es hat sie immer genervt, dass du das nicht sehen konntest." Das Gold erwärmte sich in seiner Hand. Saubere, glatte Kanten bissen in seine Handfläche, als er es zusammendrückte.

„Ich bin dumm, wenn es um Frauen geht."

„Das sage ich dir schon seit Jahren." Lee hielt die Dublonen hoch. „Sie ist so pleite, dass sie Mahlzeiten ausfallen lässt, und doch hatte sie die hier die ganze Zeit. Sie wollte sie nicht verhökern, weil der Verkauf von Artefakten gegen ihre ethischen Grundsätze verstößt."

„Ich habe mich in ihr geirrt." JT legte die Ohrringe auf Lees Schreibtisch und nahm den Stapel mit den Fotos in die Hand. „Welcher von ihnen ist Delgado?", fragte er Pratt.

„Das ist er, er hält eine Halskette hoch."

JT hielt inne, studierte das Bild und begann dann, die Fotos durchzublättern, erst langsam, dann immer schneller. Lee beobachtete, wie sein üblicher olivfarbener Teint blass wurde.

„Was ist los?", fragte er.

„Das sind nicht die Artefakte aus dem Tresor des Stammes. Erica ist da draußen, und spielt ohne Grund den Köder für einen Mörder. Sie können mit diesen Fotos einen Scheiß beweisen."

Kapitel Fünfundvierzig

Erica benutzte die Metrokarte, um die Schranke zur U-Bahn zu passieren. Sie hörte einen Zug kommen, und obwohl sie es nicht eilig hatte, rannte sie aus Gewohnheit die Rolltreppe zum Bahnsteig hinunter und wich den langsam schlurfenden Touristen aus. Sie rannte in den Waggon, und die Türen schlossen sich zischend hinter ihr. Sie setzte sich nach hinten und fragte sich, warum sie sich die Mühe gemacht hatte. Sie wusste ja nicht einmal, wohin sie wollte.

Der morgendliche Berufsverkehr war vorbei, und nur fünf weitere Personen teilten sich das Abteil mit ihr. Normalerweise liebte sie es, mit der Metro zu fahren. Umgeben von einsamen Menschen, die gemeinsam pendelten, verlor sie das Gefühl des Alleinseins. Die Metro war ein Ort, an den sie gehörte. Aber jetzt fragte sie sich, ob die anderen Fahrgäste sie erkennen würden, und versuchte, den Kopf gesenkt zu halten.

Mit dem Kleingeld aus der Pappschachtel hatte sie sich eine Zeitung gekauft und das Bild von Lee und ihr auf der Titelseite studiert. Er war ein verdammt guter Schauspieler. Selbst nachdem sie nun wusste, dass das alles nur gespielt gewesen war, hätte sie schwören wollen, dass der verliebte Ausdruck auf seinem Gesicht echt war.

Sie hatte im Radio gehört, dass Jake noch auf freiem Fuß war. In dem Artikel hieß es, seine Komplizen seien noch unbekannt. Sie fragte sich, ob das FBI vermutete, dass Marco der Mann war, der mit Jake geflohen war. Gestern hatte sie den Agenten gesagt, Marco Garcia sei Jakes erster Offizier, aber da sie nicht zugegeben hatte, auf dem Boot gewesen zu sein, konnte sie ihn nicht weiter identifizieren. Sie fragte sich zum tausendsten Mal, ob es die richtige Entscheidung gewesen war, zu fliehen. Sie wäre jetzt im Gefängnis, aber wenigstens könnte sie die Wahrheit sagen.

Ein kleines afroamerikanisches Mädchen in einem hübschen, mit gestickten Gänseblümchen verzierten Sommerkleid saß mit seiner Mutter gegenüber von Erica. Während der Zug durch den dunklen Tunnel raste, schnitt das Mädchen ihrem Spiegelbild im Fenster gegenüber Grimassen. Erica sah ihr beim Spielen zu und fragte sich, ob diese Sache jemals ein Ende nehmen würde.

Sie konnte sich nicht vorstellen, dass dies irgendwann nur noch ein Ereignis aus ihrer Vergangenheit sein würde. Vorbei und erledigt. Würde sie jemals wieder nur eine weitere anonyme Fahrerin in der Metro sein? Würde sie eines Tages mit ihrer Tochter oder ihrem Sohn das Weiße Haus oder eines der Smithsonian-Museen besuchen? Sie konnte sich nicht vorstellen, wie sie den heutigen Tag überstehen sollte, geschweige denn, dass sie an eine Zukunft glauben konnte.

Der Zug hielt an, und ein Mann stieg ein. Er hielt sich eine Zeitung vors Gesicht, ging den leeren Gang entlang und wählte einen Platz, der ihr die Sicht auf das Mädchen versperrte. Sie ließ ihren Blick auf ihre eigene Zeitung fallen und betrachtete das Bild von Lee und sich selbst, wobei der Herzschmerz wieder hochkam.

„Wie alt ist Ihre Tochter?", hörte sie den Mann fragen,

und ihr Kopf schnellte hoch. „Sie ist wirklich hübsch." Diese Stimme hatte sie in ihren Albträumen heimgesucht. Marco.

„Sechs", sagte die Mutter, und Erica lobte die Frau innerlich für ihren vorsichtigen Ton.

„Bist du in der ersten Klasse, *bonita chica*?" sagte Marco. Seine Augen blickten in Ericas Richtung, und Angst durchfuhr sie.

Das Mädchen schaute verwirrt von ihrer Mutter zu Marco. Die Mutter drückte ihre Tochter schützend an sich. „Ich habe meiner Tochter beigebracht, nicht mit Fremden zu sprechen. Ich bin sicher, Sie haben dafür Verständnis."

„Gute Entscheidung. Sie könnte mit einem Psychopaten reden, der ihr die Kehle aufschlitzt."

Die Frau sprang auf, packte ihre Tochter und versuchte, sie in den Gang zu ziehen, weg von Marco, aber der bewegte sich schnell und blockierte ihren Fluchtweg. Er sah Erica direkt an und sprach auf Spanisch. „Wenn du den Knopf drückst, wird das kleine Mädchen bluten."

Sie ließ ihre Hand vom Notrufknopf sinken und sagte: „Lass' sie in Ruhe."

„Wenn du kooperierst, werde ich ihnen nichts tun." Er sprach jetzt Englisch.

„Was willst du?"

Bei Marcos Lächeln bekam sie eine Gänsehaut. Das war schon immer so gewesen. „Du hast es in Mexiko versaut, und du hast es hier versaut. Jetzt ist es an der Zeit, dass du verschwindest." Ohne Vorwarnung stürzte er sich auf das Mädchen und packte es an der Kehle. Die Mutter schrie.

Zwei der anderen Fahrgäste - ein Mann, der allein am anderen Ende des Wagens saß und Zeitung las, und eine Frau in der mittleren Reihe - sahen zu ihnen herüber, um zu sehen, was los war.

„Keine Bewegung", sagte Marco, „oder ich tue dem Mädchen weh."

Ein schwarzer Teenager mit Kopfhörern, der mit dem Rücken zum Geschehen saß, bewegte seinen Kopf im Takt der Musik, die nur er hören konnte. Marco musste beschlossen haben, dass der junge Mann keine Bedrohung darstellte, denn er wandte sich dem Mädchen zu und streichelte ihr Kinn. „*¿Cómo te llamas, chica?*"

Die Augen des Mädchens waren vor Angst geweitet.

„Wie heißt du?" Er war jetzt wütend; seine Finger krallten sich in ihr Kinn.

Der Mund des Mädchens öffnete sich, aber sie gab keinen Laut von sich.

„Daisy", sagte die Mutter. „Ihr Name ist Daisy."

Der Zugführer kündigte den nächsten Halt an.

„Stehen Sie auf und halten Sie sich an der oberen Reling fest", verkündete Marco. „Keiner steigt aus, sonst stirbt Daisy."

Die Mutter schluchzte laut auf.

Erica schob ihren Arm durch den Halteriemen und griff nach dem Geländer. Der Mann, die Frau und Daisys Mutter taten dasselbe. Der Teenager nickte weiter im Takt der Musik. Marco packte das Mädchen fester und zog sie den Gang hinunter, bis er den Teenager erreichen konnte. Er holte mit einem Arm aus und verpasste dem jungen Mann einen Schlag auf den Hinterkopf.

„Halt das Geländer so, dass ich deine Hände sehen kann!" Er zog eine Pistole und richtete sie auf den Jungen.

Die Augen des Teenagers weiteten sich. Er zog seine Kopfhörer ab und sagte: „Was zum Teufel, Mann?" Aber er stand auf und klammerte sich wie alle anderen an das Geländer, um sie davon zu überzeugen, dass er jedes Wort von Marco gehört hatte. „Das ist AU. Meine Haltestelle. Ich will aussteigen."

„Hier steigt niemand aus. Alle halten sich fest und tun genau das, was ich sage." Marco steckte seine Waffe zurück in die Tasche. Er zog Daisy auf seinen Schoß und setzte sich. Daisys Mutter hielt das Geländer fest, während stille Tränen über ihre Wangen liefen.

Der Zug hielt an. Niemand bewegte sich. Niemand sagte ein Wort.

Jake Novak betrat das Abteil.

Kapitel Sechsundvierzig

Lee lief zum Fenster und schaute auf die Straße. Erica war verschwunden. „Wo ist sie?"

Die Agenten Pratt und Silver sprachen beide leise in ihre Headsets.

„Wo ist sie, verdammt?"

„Sie betritt die Metrostation", antwortete Pratt schließlich.

„Blasen Sie das hier ab. Es gibt keinen Grund, sie als Köder zu benutzen!"

„Sie war am Sonntagmorgen auf dem Boot. Sie kann Marco identifizieren, ihn mit dem Boot in Verbindung bringen und bezeugen, dass er mit Novak geflohen ist."

Er war verzweifelt. Seine Behauptung, er habe den Taucher nicht erkannt, würde sie nicht mehr schützen. „Aber sie hat nie zugegeben, dass sie auf dem Boot war. Sie hat gelogen, also wird ihre Aussage einen Dreck wert sein. Blasen Sie es ab. Nehmen Sie sie in Schutzhaft."

Pratts Augen verengten sich. „Ich wusste, dass Sie gelogen haben, um sie zu schützen. Das ist unsere einzige Chance, ein wichtiges Mitglied der Delgado-Familie festzunageln. Ich werde es jetzt nicht vermasseln.“

Lee holte zu einem Schlag gegen den Agenten aus, aber JT fing ihn ab und zog ihn zurück, bevor seine Faust ihr Ziel traf. „Das wird Erica nicht helfen.“

„Ich gehe ihr nach.“ Er ging zur Tür, aber Agent Silver versperrte ihm den Weg.

„Seien Sie nicht dumm. Delgado wird sich ihr nicht nähern, wenn Sie dabei sind“, sagte sie.

Pratt hob eine Hand, um anzuzeigen, dass er Informationen über sein Headset erhielt. „Sie ist in einem Zug. Verdammt. Der Agent, der ihr gefolgt ist, hat sich zu weit zurückgehalten, und Kesling ist eingestiegen.“

Lee wurde übel. „Der Agent hat den Zug verpasst.“

Agent Silver Augen waren ausdruckslos. „Ja.“

Er wollte etwas kaputt machen. „Sie ist auf sich allein gestellt.“

„Es wird alles gutgehen“, sagte Silver. „Wir wissen, wo sie ist und können einen Agenten an Bord holen. Solange sie sich ihr nicht nähern, während sie im Zug sitzt, haben wir alles im Griff.“

Agent Pratt hörte weiter zu, seine Augen blitzten plötzlich alarmiert auf. „Ein anderer Agent hat Marco Delgado gesichtet. In Bethesda stieg er in einen anderen Waggon desselben Zuges wie Ms. Kesling ein. An der nächsten Haltestelle trat er erst hinaus auf den Bahnsteig und stieg dann in den Wagen, in dem Kesling saß.“

Ericas Hände waren glitschig und schwitzten auf dem Geländer. Jake kam auf sie zu. Sie umklammerte die Stange fester, bis ihre Knöchel schmerzten. Er blieb nur wenige Zentimeter vor ihr stehen und stellte sich mit dem

Rücken zum Rest der Fahrgäste. Er sprach mit leiser Stimme, die nicht weiter als ihre Ohren dringen würde. „Du dummes Mädchen. Du musstest einfach Fotos machen, nicht wahr? Du hättest dir genauso gut eine Pistole an den Kopf halten können. Du hast keine Ahnung, mit wem du es zu tun hast."

„Marco auf ein kleines Mädchen zu hetzen ist abscheulich." Ihre Stimme zitterte vor Angst und Wut.

„Das habe ich nicht", flüsterte er. „Er hat es satt, auf mich zu hören. Er ist ein sadistischer Bastard, der sich von Angst ernährt, und im Moment will er *dir* wehtun." Jake streichelte ihre Wange. „Ich habe dich gewarnt. Ich habe versucht, dich zu beschützen, aber du musstest es vermasseln, indem du nach den Artefakten gesucht hast."

„Schutz. Genau. Du hast meine Wohnung verwüstet und versucht, mich im Thermo-Con-Haus umzubringen."

Jake schüttelte den Kopf. „Das war nicht ich. Ich habe dich auf der *Andvari* beschützt, weil es meine Schuld war, dass du überhaupt dort warst. Aber die Situation geriet außer Kontrolle, als Marco dich mit Tommy Riversong gesehen hat." Er schaute Marco an, dann wieder zu ihr. „Tut mir leid, aber es muss echt aussehen." Jake hob den Arm und schlug ihr mit der flachen Hand ins Gesicht.

Ihr Kopf prallte zurück und sie schmeckte Blut, aber sie hielt sich weiter am Geländer fest. Sie blieb auf ihren Füßen. Gerade noch so.

„Nochmal", sagte Marco.

Jakes schlug beim zweiten Mal härter zu. Ihre Finger rutschten von der Stange, und sie fiel rückwärts gegen die hintere Tür des Waggons. Ihre Ohren klingelten, als sie die Scheibe herunterrutschte.

Jake schwebte über ihr. „Er ist der Boss, Erica. Er war schon immer der Boss." Er ging in die Hocke und brachte sein Gesicht auf eine Höhe mit ihrem.

Sie presste den Handrücken auf ihren pochenden Mund

und fragte: „Warum?"

Seine Stimme war leise. Für Marco und die anderen Fahrgäste würden seine Worte in der Bewegung des Zuges untergehen. „Die DEA war uns auf den Fersen. Ich brauchte einen Archäologen und eine Genehmigung, also habe ich dich angeheuert. Schließlich stimmte Marco zu, dich gehen zu lassen, weil die DEA zuschlagen würde, falls du verschwindest. Aber dann sah er dich mit Tommy und dachte, du hättest es auf ihn abgesehen, weil der Idiot sich über seine Beteiligung an unserer Organisation verplappert hatte. Er hat Tommy getötet, um ihn zum Schweigen zu bringen."

„Jake!" bellte Marco. „Schnapp dir die Schlampe und lass uns gehen."

Jake riss an ihrem Arm und zog sie auf die Beine. Sie kämpfte, um sich aus seinem Griff zu befreien; dann sah sie, wie Marco Daisys Wange streichelte. „Wehre dich nicht gegen Jake."

Sie wollte kotzen. „Lass Daisy gehen. Ich werde kooperieren."

„Wir trauen dir nicht, Cream Puff." Jake nahm ihr Handy aus ihrer Tasche und steckte es in seine Hosentasche; dann schob er Erica in Richtung des Ausgangs, wo Marco mit Daisy auf dem Schoß saß.

Marco wickelte einen der vielen Zöpfe des Mädchens um seine Finger, ähnlich wie er es vor einem Jahr bei Erica getan hatte. Er hielt ihren Blick, während er die dunklen Strähnen fester und fester drehte. „Du wirst genau das tun, was ich sage."

Der Zugführer kündigte die nächste Station an. Sie spürte, wie Jakes Pistole gegen ihr Rückgrat drückte.

„Das ist unsere Haltestelle", sagte Jake.

Sie fragte sich, ob andere im Zug die Waffe gesehen hatten und wussten, dass sie gezwungen worden war. Sie mussten gesehen haben, wie Jake sie schlug, aber das bewies nicht, dass sie keine Komplizin war. Sie hoffte, jemand würde es Lee sagen, und er würde verstehen, dass sie unschuldig war. Sie wollte nicht sterben, während er glaubte, sie wäre schuldig.

Jake schob sie zur Tür.

„Steigen Sie aus?", fragte der Teenager. „Ich will auch in Vann Ness aussteigen. Wegen Ihnen habe ich schon meine Haltestelle verpasst."

„Maul halten", sagte Marco. „Das Mädchen und Erica steigen mit uns aus. Der Rest von euch bleibt im Zug. Wenn jemand redet, wenn jemand hinter uns herkommt, dann ist Daisy eine tote *Chica*."

Erica fing den eindringlichen Blick des Teenagers auf. Er wollte ihr etwas mitteilen. Seine Lippen bewegten sich, fast unmerklich. Sie erkannte, dass er flüsterte. Redete er mit sich selbst?

Verständnis dämmerte auf. Sie sah genau das, was sie bei Lee übersehen hatte: Der Mann war nicht so jung, wie er aussah. Er musste vom FBI sein.

Er hatte zweimal den Namen des Bahnhofs gesagt, als sich der Zug einem Bahnsteig näherte. Hatte er die Informationen an andere Agenten weitergegeben?

Marco stand mit Daisy im Arm da und wartete darauf, dass die Tür geöffnet wurde.

„Du brauchst das Mädchen nicht. Ich werde alles tun, was du willst, wenn du Daisy hierlässt", sagte Erica.

„Sie kommt mit uns", entschied Marco.

Egal, was sie an der nächsten Station erwartete, ihr Leben war verwirkt. Marco hatte vor, sie zu töten, daran hatte sie keinen Zweifel. Wenn Daisy nicht gewesen wäre, hätte sie sich hier und jetzt zur Wehr gesetzt. Aber sie konnte das Leben des Mädchens nicht riskieren. Sie begegnete dem Blick der Mutter. „Ich werde sie beschützen. Ich verspreche es."

„Tun Sie meinem Baby nichts!", schluchzte die Frau.

Die Türen glitten auf, und Jake schob sie auf den Bahnsteig. Da er leer war, fragte sie sich, ob das FBI genug Zeit gehabt hatte, den Bahnhof zu räumen. Sie warf einen Blick über ihre Schulter. Die Türen des Zuges schoben sich zu. Durch das Fenster sah sie, wie der schwarze Mann mit den Kopfhörern zu Daisys Mutter lief. Er sprach eindringlich in seinen Kragen, als der Zug in die dunkle Tunnelmündung einfuhr.

Jake, Marco, Daisy und Erica waren allein in dem riesigen Bahnhof.

Kapitel Siebenundvierzig

„**E**in Agent war am Bahnhof Medical Center postiert", sagte Pratt. „Sobald er hörte, dass Kesling sich auf den Bahnhof Bethesda zubewegte, ging er das Risiko ein und nahm den nächsten Zug. Er saß im letzten Waggon, und wir hatten Glück – Kesling sprang in genau das Abteil, in dem der Agent bereits saß. Als Delgado den Waggon wechselte und Kontakt aufnahm, konnte der Agent nicht funken, ohne seine Tarnung aufzudecken, also schaltete er sein Mikrofon auf laut."

Lee saß an der Tastatur und versuchte verzweifelt, sich in das Sicherheitskamerasystem der Metro zu hacken. „Ist Erica okay?", fragte er.

„Delgado und Novak haben ein Mädchen als Geisel genommen und benutzen das Kind, um Kesling zu kontrollieren." Er hob eine Hand, als er weitere Informationen erhielt. „Sie steigen an der Van Ness aus."

Seine Finger flogen über die Tastatur. In Sekundenschnelle öffnete er die Kameraübertragung der Van Ness Metro Station.

„Ich werde so tun, als hätte ich das nicht gesehen, Scott."

Er ignorierte den Agenten und sah zu, wie ein Zug in den Bahnhof einfuhr. Nur die Türen des hinteren Wagens öffneten sich, was ihm verriet, dass das FBI in Kontakt mit dem Zugführer stand. Drei Personen betraten den Bahnsteig, eine von ihnen trug ein kleines Mädchen.

„Er hält ihr eine Waffe in den Rücken", sagte er und zeigte auf die körnige Szene, in der Novak Erica zur Rolltreppe schob.

„Der Agent an Bord sagte, dass beide Männer bewaffnet sind."

Die Rolltreppe war kaputt. Schweiß trat auf Lees Stirn, als er beobachtete, wie die vier langsam die Treppe hinaufstiegen. Sie hielten inne, und Jake zog etwas aus seiner Tasche und reichte es Erica. Ein Telefon? Sie sprachen einen Moment miteinander, dann hielt sie das Gerät an ihr Ohr.

Ihm wurde flau im Magen, als sein Handy plötzlich klingelte.

***

Daisy weinte und rief nach ihrer Mutter, und Marco schüttelte sie. „Halt die Klappe."

Erica griff nach ihr. „Bitte, lass mich Daisy tragen."

„Nein", sagte Jake und drückte ihr die Pistole in den Rücken. „Beweg dich."

Sie näherte sich der Rolltreppe zum Zwischengeschoss, die kaputt war, und fragte sich, ob sie abgeschaltet worden war, um ihren Weg aus dem Bahnhof zu verlangsamen. Wartete das FBI auf der nächsten Ebene?

Jake hielt ihr das Handy hin. „Ruf deinen Freund an. Sag ihm, er soll dich in zwanzig Minuten im Starbucks am DuPont Circle treffen, mit Bargeld und einem Auto."

„Er wird das nicht tun. Er denkt, ich arbeite für dich."

„Er wird es tun."

„Wie sollen wir in zwanzig Minuten zum DuPont Circle kommen?"

„Ruf an."

Sie wählte, während Jake sie die Treppe hinauf stieß. Wenn das Zwischengeschoss ebenfalls leer war, würde Marco merken, dass der Bahnhof evakuiert worden war, weil das FBI wusste, dass sie Daisy als Geisel genommen hatten.

„Erica?" meldete sich Lee, seine Stimme war ein dringendes Flehen.

Sie blieb stehen und schloss die Augen, während der Klang seiner Stimme sie durchfuhr. „Lee."

„Beweg dich", befahlt Jake.

Sie wagte keinen weiteren Schritt. Sie hatte Angst davor, was Marco tun würde, wenn er entdeckte, dass die nächste Ebene leer war. „Ich bin unschuldig", sagte sie ins Telefon.

„Ich weiß", sagte Lee. „Es tut mir so leid. Ich - " Er räusperte sich. „Hör genau zu, das FBI hat Scharfschützen oben auf den Rolltreppen. Wenn du die Möglichkeit hast, bring dich und das Mädchen aus dem Weg."

Woher wusste er, was vor sich ging?

Jake griff nach dem Telefon: „Stell ihn auf Lautsprecher."

Sie zuckte von ihm weg und sagte ins Telefon: „Ich liebe di ..."

Marco riss ihr das Telefon aus der Hand und sprach mit Lee. „Wir brauchen ein Auto und wir brauchen Geld. Wir treffen uns in zwanzig Minuten vor dem Starbucks am DuPont Circle. Für jede Minute, die Sie zu spät kommen, verliert Erica einen Finger. Wenn Sie jemandem davon erzählen, ist sie tot." Er warf das Telefon auf die leeren Gleise unter ihm. „Das sollte ihn und das FBI beschäftigen. Blöde Wichser."

„Wir fahren nicht zum DuPont Circle?" fragte Erica und hielt sie hin.

Jake schob sie die Treppe hinauf. „Ganz sicher nicht.“

Im Bahnhof war es unheimlich still. Das Hochparterre war leer. Alle Schranken waren weit geöffnet.

„Was zum Teufel?“ sagte Marco und sah sich um. „Wo sind denn alle?“

Jake packte sie an den Haaren und riss ihren Kopf nach hinten. Ihre Kopfhaut brannte vor Schmerz. „Wie zum Teufel hast du das gemacht?“ Er riss ihr das Hemd auf und verdrehte ihr den Arm hinter dem Rücken. „Trägst du ein Mikrofon?“

„Nein.“ Sie konnte nicht anders, sie wimmerte vor Schmerz.

Daisy begann zu kreischen, ihre Schreie hallten in dem riesigen leeren Raum wider.

„Du blödes Arschloch“, knurrte Marco Jake an. „Sie hat uns reingelegt.“

„Woher wussten sie, dass sie die Station evakuieren mussten?“ fragte Jake, während er den Haarknoten in ihrem Nacken verdrehte und seinen Griff um ihren Arm festigte, wodurch der Schmerz langsam und intensiv zunahm.

Sie holte tief Luft und schaffte es, zu sagen: „Der Junge mit den Kopfhörern. Im Zug. Ich glaube, er ist vom FBI.“

Er stieß sie hart von sich.

Ihr Kinn schlug auf den Boden, und sie schmeckte Blut.

„Der Punk muss schon im Zug gewesen sein, als sie einstieg“, sagte Jake.

„Scheiße. Wir sind hier unten gefangen.“

Jake und Marco konnten ihre Hände nicht sehen, als sie auf alle Viere krabbelte, um aufzustehen. Sie zog den herzförmigen Stein aus ihrer Tasche und hielt ihn in ihrer linken Handfläche, damit er für die beiden Männer nicht zu sehen war. Ihr Mittelfinger passte in das V des Herzens und gab ihr einen festen Griff um den glatten Stein.

Jake zerrte sie auf die Beine und zog sie dann zurück an

seine Brust. Er drückte ihr die Waffe an die Schläfe und biss ihr ins Ohrläppchen.

Sie atmete flach, während sie sich auf die lange Rolltreppe zur Straßenebene zubewegten. Sie passierten die offenen Schranken und erreichten die Rolltreppen, die alle angehalten waren.

Eine Stimme ertönte über die Lautsprecheranlage: „Jake Novak, Marco Delgado, Erica Kesling, lassen Sie das Mädchen frei und steigen Sie mit erhobenen Händen die Rolltreppe hinauf. Alle Ausgänge sind blockiert und bewaffnete Agenten befinden sich in den Tunneln."

Jakes Griff um ihre Taille wurde noch fester. „Sie denken, du bist eine von uns, Cream Puff. Deine einzige Hoffnung ist jetzt, mit Marco und mir nach Mexiko zu fliehen."

Sie stieß sich ruckartig von ihm ab. „Nein!"

Er schlug ihr so fest auf die Wange, dass sie sich im Kreis drehte und fast den Stein fallen ließ.

Marco steckte seine Pistole in den Hosenbund und hielt Daisy im beidhändigen Griff an seine Brust. „Wir gehen im Gänsemarsch, die *Chica* an der Spitze."

Der Bastard wollte Daisy als Schutzschild benutzen.

Jake nahm seine Position hinter ihr ein. Er betastete ihre Brüste, dann fuhr er mit dem Lauf der Waffe über ihre Schläfe. Er schob ihr die Waffe in den Mund. „Das wollte ich mit dir machen, seit ich gemerkt habe, dass du Scott vögelst. Ich habe dir in Mexiko das Leben gerettet, aber du hast *ihn* gefickt."

Die Waffe schmeckte nach Blut und Angst, und eine seltsame Akzeptanz legte sich über sie. Der Albtraum war vorbei. Ihre Atmung verlangsamte sich, wurde gleichmäßiger. Sie schloss die Augen und wartete darauf, dass Jake den Abzug drückte.

Sie hoffte, dass Lee gehört hatte, wie sie sagte, dass sie ihn liebte, und wünschte sich, sie hätte die Worte öfter gesagt - zu ihm, zu ihrer Mutter. Hatte sie ihrer Mutter jemals gesagt, dass sie sie liebte? Dass sie sie brauchte? Oder hatte sie diesen Teil von sich weggeschlossen, als ihr Vater starb? Noch etwas, dass sie bereute. Eine Sache unter Tausenden.

Daisy schrie, ein lauter Schrei, der in dem leeren Bahnhof widerhallte, und Erica riss die Augen auf. Marco hielt das Mädchen mit einem groben Griff hoch und versperrte die Sicht auf seinen Kopf, so dass von oben niemand freie Sicht auf ihn hatte, während er die Rolltreppe betrat.

Fast ohne nachzudenken, riss sie ihren Kopf nach hinten, befreite ihre Lippen von dem Pistolenlauf und verpasste Jake einen Kopfstoß auf die Nase. Sie zog ihre Kelle aus der Gesäßtasche und stieß sie hinter sich, wobei sie Jake am Oberschenkel erwischte; dann schob sie sich nach vorne und schlug den herzförmigen Stein in Marcos Schädelbasis.

Jake zerrte an ihrem Arm und wirbelte sie herum. Sie stieß ihm die Kelle tief in den Bauch. Er machte einen Schritt zurück, der Schock stand ihm ins Gesicht geschrieben, und sie drehte sich zu Marco, der nach vorne getaumelt war und Daisy fallen gelassen hatte. Er drehte sich zu ihr um. Sie versetzte ihm einen Tritt gegen den Kopf und nutzte den Schwung der Drehung, um den Stein in Jakes Kiefer zu rammen. Er taumelte, schaffte es aber, sich auf den Beinen zu halten.

Ihr Kopf zuckte gewaltsam zurück. Marcos Finger hatten sich in ihren Dutt gekrallt. Er drehte den Haarknoten. Sie riss die Kelle aus Jakes Bauch und stach über ihre Schulter rückwärts auf Marcos Kopf zu, während sie ihr Gewicht verlagerte und Jake in seinen verwundeten Bauch trat. Kelle und Fuß trafen im selben Moment ihr Ziel.

Schmerzensschreie übertönten Daisys hysterisches Kreischen.

Jake fiel vornüber. Erica drehte sich um und sah, dass sie

Marcos Gesicht vom Auge bis zum Kinn aufgeschnitten hatte. Blut sickerte zwischen seinen Fingern hindurch. Sie schlug ihm den Stein in den Nacken und versuchte, ihn zur Seite zu schieben, um zu Daisy zu gelangen, die schreiend am Fuß der Rolltreppe lag.

Sie konnte ihn nicht aus dem Weg schieben. Stattdessen traf seine Faust ihr Ohr. Sie wankte nach hinten, als der Schmerz in ihrem Schädel explodierte.

Er griff nach der Pistole in seinem Hosenbund.

Sie trat nach ihm und die Waffe flog ihm aus der Hand, bis sie auf den Boden krachte. Die Wucht ihres Schlages schleuderte ihn nach hinten. Daisy schrie noch lauter, als er über ihr schwankte.

Erica ließ die Kelle fallen, packte sein Hemd und fing ihn gerade noch auf, bevor er fiel. Sie zog ihn näher an sich heran und rammte ihm ihr Knie in den Schritt, dann schob sie ihn von der Rolltreppe weg, weg von Daisy.

Daisys Augen weiteten sich, als sie etwas über Ericas Schulter erblickten. Erica drehte sich um. Jakes Gesicht war aschfahl. Mit einer Hand hielt er sich den Bauch, in der anderen hielt er immer noch die Waffe, die er langsam anhob.

Sie stand direkt vor Daisy. Ein Schuss könnte sie beide töten. Sie warf sich zur Seite, um die Waffe von Daisy wegzuleiten. Der Lauf folgte dem Bogen ihres Körpers.

Ein Schuss explodierte durch den hohlen Bahnhof. Das Geräusch hallte mehrere Augenblicke lang nach, dann verklang es in völlige Stille.

Beide Männer stürzten zu Boden.

Es dauerte einen Moment, bis sie merkte, dass zwei Schüsse gleichzeitig von oben gekommen waren.

Sie kroch auf Daisy zu, als Männer und Frauen in kugelsicheren Westen das obere Ende der Rolltreppe überfluteten. Sie umarmte das kleine Mädchen, dessen Schreie ihr die

Kraft gegeben hatten, es mit Jake und Marco aufzunehmen. „Du warst so tapfer. So tapfer", murmelte sie dem Mädchen zu. „Deine Mami wird bald hier sein. Sie wird so stolz auf dich sein."

Wenige Augenblicke später stand eine FBI-Agentin über ihr. Die Frau versuchte, ihr Daisy aus den Armen zu nehmen, aber das Mädchen klammerte sich an sie und weinte noch heftiger.

„Können wir nicht auf ihre Mutter warten?" fragte Erica. Die Agentin nickte.

Einige Minuten später traf Daisys Mutter ein. Sie fiel auf die Knie und umarmte Daisy und Erica gleichzeitig. „Danke. Ich danke Ihnen. Danke, dass sie mein Baby gerettet haben."

Sie übergab Daisy in den festen Griff ihrer Mutter und stellte sich dann dem under-cover FBI-Agenten, der im Zug gewesen war. Sie streckte ihre Hände aus, und wie sie erwartet hatte, legte er ihr Handschellen an.

Kapitel Achtundvierzig

Lee beobachtete schockiert das Geschehen in der Metro Station. Er war erschöpft, ausgelaugt; sein Körper schmerzte, als hätte er zusammen mit ihr gegen die bewaffneten Drogendealer gekämpft. „Ich muss bei ihr sein."

„Sie können nicht mit ihr sprechen, bevor sie nicht befragt wurde", sagte Agent Arschloch.

„Was ist das für eine Scheiße!" rief JT und deutete auf den Monitor. „Man hat ihr Handschellen angelegt."

„Wir haben einen Haftbefehl gegen sie. Wir haben gewartet, bis Novak und Delgado sie kontaktiert haben, um ihn auszuführen."

Lee zögerte nicht. Er drehte sich und verpasste dem Agenten einen Haken, dass dieser zu Boden ging.

Zwischen den Agenten Pratt und Silver ging ein Blick hin und her. Dann lächelte Pratt, offensichtlich froh, dass er einen Zeugen auf seiner Seite hatte. „Das war dumm, Scott."

„Dann verklagen Sie mich. Ich werde dafür sorgen, dass jeder - vor allem die Mutter des Mädchens - erfährt, dass Sie mit Ihren Methoden das Leben aller Passagiere in diesem

Zug riskiert haben, nur weil Sie die DEA schlagen und Novak und Delgado selbst festnehmen wollten."

Pratt richtete sich wieder auf und rieb sich die Wange. „Wenn sie nicht abgehauen wäre, wären zwei Agenten mit ihr im Zug gewesen."

Das Fiasko auf dem Bahnhof war also Ericas Schuld? Er wollte den Mann noch einmal schlagen. Als Novak ihr seine Waffe in den Mund gesteckt hatte, hatte Lee vor Wut und Angst fast den Verstand verloren.

„Ich werde vergessen, dass Sie mich geschlagen haben. Ich werde sogar Ihr illegales Hacking vergessen, weil Sie so nett waren, uns bei dieser Untersuchung zu helfen." Das Lächeln des Mannes war aalglatt und schmierig. „Machen Sie sich keine Sorgen um Ms. Kesling. Sie wird wahrscheinlich nicht angeklagt werden. Sie wird eine Nacht in Gewahrsam verbringen und Fragen beantworten. Keine große Sache."

„Solange sie einen Anwalt dabeihat."

„Nicht, wenn sie keinen Anwalt verlangt." Er ging mit Agent Silver im Schlepptau.

Verdammt noch mal. Sie war pleite. Sie würde sich vor den Kosten für einen Anwalt fürchten und würde auch kaum einen Pflichtverteidiger beantragen. Er könnte fünfzig Anwälte engagieren, um sie zu verteidigen, aber wenn sie nicht die magischen Worte aussprach, würden sie alle vor der Tür warten. Sie würde nicht einmal wissen, dass sie da waren.

JT nahm die Ohrringe wieder in die Hand und musterte sie. „Du liebst sie wirklich, nicht wahr?"

„Das merkst du jetzt erst?"

„Nein. Ich wusste es, als ich euch beide das erste Mal zusammen im Kopierraum gesehen habe. Du konntest deine Augen nicht von ihr lassen. Aber ich dachte, es wäre nur Lust."

Sein Lachen hatte einen rauen Ton. „Das dachte Erica auch.“

„Ich habe eine Idee. Einen Weg, wie wir die öffentliche Meinung zu ihren Gunsten wenden können. Aber ich sage es dir nur unter einer Bedingung.“

„Was willst du?“

„Ich will Trauzeuge sein.“

Er lächelte. „Abgemacht.“

Kapitel Neunundvierzig

Das FBI hielt Erica vierundzwanzig Stunden lang fest. Am späten Dienstagmorgen wurde sie ohne Anklage freigelassen. US-Staatsanwalt Curt Dominick und Agent Roger Pratt begleiteten sie durch das Parkhaus zu einem weniger öffentlichen Ausgang, während der FBI-Direktor drinnen eine Pressekonferenz abhielt.

„Wollen Sie wirklich nicht nach Hause gefahren werden?" fragte Dominick.

Sie ließ ihren Blick über den langsam fließenden Verkehr schweifen, nahm den Geruch von heißem Asphalt in sich auf und lächelte. Schwelender Asphalt, der Geruch von Freiheit. Ihre Tortur war wirklich vorbei. „Ich würde lieber laufen."

„Halten Sie die Augen nach Reportern offen. Sie haben Ihr Gebäude noch nicht observiert, aber sie werden wahrscheinlich nach der Pressekonferenz auftauchen." Dominick lächelte. „Sie sind Breaking News."

Jemand hatte die Sicherheitskameras der Metro gehackt und den Clip von den Ereignissen in der Van Ness Station auf YouTube veröffentlicht. Das Video hatte Millionen von Klicks, bevor es von der Website entfernt wurde. Trotz des gewalttätigen Inhalts hatten mehrere Nachrichtensender das Material ausgestrahlt. Dominick zufolge wurde sie von der Presse als Heldin gefeiert.

Eine Heldin. Sie hätte früher handeln sollen, bevor dieser Psychopath Marco die Chance gehabt hatte, Daisys junge Psyche zu schädigen.

Sie verabschiedete sich von dem FBI-Agenten, der weder seine geprellte Wange erklären noch sagen wollte, wer den Clip veröffentlicht hatte, und der Mann wandte sich wieder dem Gebäude zu.

Agent Pratt hatte ihr viel über Lee und den Grund für seine verdeckte Ermittlung erzählt und die letzten Teile des Puzzles zusammengefügt. Das FBI hatte gedroht, sie zusammen mit Jake und Marco anzuklagen, wenn Lee nicht kooperieren würde. Er war gezwungen gewesen, sie zu entlassen.

Curt Dominick blieb mit ihr in der Garage. „Dominick, können wir inoffiziell reden?"

Er hob eine Augenbraue.

„Sie kennen Lee. Sie seid mit ihm befreundet, oder?"

„Ich kenne ihn, seit er vierzehn ist."

„Trotzdem haben Sie ihn gezwungen, mich als Köder zu benutzen."

Er schüttelte den Kopf. „Nein. Das war das FBI. Ich wusste nichts von der Razzia auf dem Boot, und ich wusste nichts von Novak und Delgado. Ich wurde erst hinzugezogen, als Sie schon in Gewahrsam waren. Es war meine Aufgabe, zu entscheiden, ob wir genug hatten, um Sie anzuklagen." Er fuhr sich mit den Fingern durchs Haar. „Ich wusste, dass Lee und JT etwas im Bethesda-Büro untersuchten - aber Lee deutete an, dass es sich um interne Unterschlagungen handelte, und er wollte wissen, welche Art von Beweisen er brauchte, die vor Gericht verwertbar wären. Wenn er mir gesagt hätte, dass er gegen Novak ermittelt, hätte ich ihm von der Drogenermittlung erzählt. Dann wäre er gewarnt gewesen, mit wem er es zu tun hat."

„Woher wussten Sie das? Von den Drogen?"

Er schnitt eine Grimasse. „Nach Ihrer Ankunft in D.C. wurde ich von der DEA informiert, dass Sie wegen Ihrer Verbindung zu Novak untersucht wurden. Als dann Ihr Name auf der Zeugenliste für den Mord an Tommy Riversong - einem bekannten Dealer - auftauchte, wurde ich erneut informiert."

Sie runzelte die Stirn. „Deshalb haben Sie mich auf der Party auch so misstrauisch betrachtet."

Sein Mund verzog sich zu einem schwachen Lächeln. „Ich sehe jeden so an. Aber ja. Ich war besorgt. Vor allem, weil klar war, dass Lee total verschossen in Sie war."

Sie wandte sich ab. Sie hatte keine Lust, mit diesem Mann über Lee zu diskutieren.

„Erica, Sie sollten wissen, dass ich, wenn ich geahnt hätte, dass Delgado in diese Sache verwickelt ist und dass Sie ihn mit Novak in Verbindung bringen könnten, Sie rund um die Uhr hätte bewachen lassen."

„Und jetzt? Muss ich mir um den Rest der Delgados Gedanken machen?"

„Nein. Sie waren eine Bedrohung für Marco, weil Sie gegen ihn aussagen konnten. Aber er ist tot. Keine Verhandlung. Keine Zeugenaussage. Und Sie wissen nichts über das Delgado Kartell. Sie sind keine Bedrohung für sie. Sie sind eine freie Frau."

Sie dankte ihm und verließ das Parkhaus. Sie ging langsam und gaffte wie eine Touristin, als sie an weltberühmten Sehenswürdigkeiten und Museen vorbeikam. Sie war aus der Not heraus nach DC gezogen, aber jetzt war ihr klar, dass sie bleiben wollte. Sie mochte die Stadt mit der niedrigen Skyline, deren einziger Wirtschaftszweig die Politik war. Sie mochte die stattliche, selbstgefällige Architektur. Sie war jetzt frei von ihrer Vergangenheit. Sie konnte Freunde finden. Sich ein Leben aufbauen.

Sie hoffte verzweifelt, dass Lee an diesem Leben teilhaben würde.

Eine halbe Stunde später betrat sie ihr Gebäude. Der Concierge wurde aufmerksam, als er sie sah, und rief durch die Lobby: „Miss Kesling! Sie sind wieder da! Willkommen zu Hause." Seine Stimme war von einer neuen Freundlichkeit erfüllt. „Wir haben Sie in den Nachrichten gesehen. Sie ... Sie ...", stotterte er. „Sie waren unglaublich."

Der Gebäudemanager eilte aus dem hinteren Büro heraus. „Wir erhalten schon den ganzen Morgen Anrufe und Lieferungen für Sie." Sie wechselte zu ihrer festen Verwalterstimme. „Ich habe die Möbelpacker in Ihre Wohnung gelassen, obwohl Sie den Aufzug nicht für die Lieferung reserviert hatten. Ich konnte heute eine Ausnahme machen, aber bitte vereinbaren Sie künftige Lieferungen mit dem Büro."

Hoffnung blühte in ihrer Brust auf. Sie konnte sich nur eine Person vorstellen, die Möbel für ihre leere Wohnung kaufen würde. „Danke", sagte sie und eilte zum Aufzug.

Sie erreichte ihr Stockwerk und stand vor ihrer Wohnungstür. Sie holte tief Luft, bevor sie eintrat. Ihr Herz begann zu rasen, als sie die Couch sah, die sie in demselben Geschäft zu kaufen gehofft hatte, in dem sie auch ihren ursprünglichen Esstisch gekauft hatte. *Wie konnte er das wissen?* Sie wirbelte herum und zuckte zusammen, als ihr Blick auf die Esszimmergarnitur fiel, eine Nachbildung von der, die Jake zerstört hatte.

In ihrem Schlafzimmer fand sie ein Kingsize-Bett vor. Ein Zettel und eine rote Rose lagen auf einem Kissen.

Erica,

Ich liebe dich. Ich liebe dich. Ich liebe dich.

Ich hoffe, du verstehst jetzt, warum ich vorgegeben habe, jemand zu sein, der ich nicht bin, und kannst mir verzeihen, dass ich dich belogen habe. Ich wollte dich nie verletzen.

So sehr ich auch möchte, dass du bei mir wohnst und mein Leben mit mir teilst, wollte ich auch sicherstellen, dass du eine Wahl hast. Ich habe Möbel gekauft, damit du in deiner Wohnung bleiben kannst, und einen Anwalt beauftragt, deinen Kampf mit den Kreditbüros auszufechten. Deine Kreditwürdigkeit sollte bald wiederhergestellt sein. Wenn du es nicht ertragen kannst, für mich bei Talon & Drake zu arbeiten, sollst du wissen, dass es eine Fülle von Jobangeboten und sogar Buchverträgen gibt. Du wirst sicher keine Probleme haben, deinen Lebensunterhalt zu bestreiten.

Ich bin im Büro, hoffe, bete und warte auf deinen Anruf.

Ich liebe dich. Lee

Sie nahm die Rose in die Hand. Der zarte Duft umwehte sie. Er wollte sie. Während der letzten elenden vierundzwanzig Stunden hatte sie mit der verräterischen Hoffnung gekämpft, dass sie ihm wichtig war, weil sie Angst hatte, dass sie zusammenbrechen würde, falls das nicht der Fall war.

Sie musste ihn sehen. Die Kleider, die sie im Watergate gelassen hatte, hingen in ihrem Schlafzimmerschrank. Sie duschte und zog sich an, Aufregung und Angst durchströmten sie zu gleichen Teilen.

Der Verkehr zog die normalerweise dreißigminütige Fahrt

quälende fünfundvierzig Minuten in die Länge, aber schließlich hielt sie hinter dem Bürohochhaus an und parkte. Als sie sah, dass einige Reporter die Vorderseite des Gebäudes beobachteten, schlüpfte sie durch das Parkhaus und überzeugte einen Wachmann, der sie erkannte, sie durch den gesicherten Eingang zu lassen. Sie nahm den Aufzug in den neunten Stock und nahm an, dass Lee Drakes Büro übernommen hatte. Im Vorraum des Aufzugs hielt sie inne und war überrascht, das Chaos im Empfangsbereich auf der anderen Seite der doppelten Glastüren zu sehen. Der Bereich war überfüllt, Dutzende von Menschen drängten sich in einem Raum, der für zehn Personen ausgelegt war. Niemand schaute in ihre Richtung, und sie begnügte sich damit, das Chaos von außen zu beobachten.

Lee kam aus dem Flur, der zu den Büros der Geschäftsführung führte. Er trug einen maßgeschneiderten Anzug, der Stil, Klasse und Autorität ausstrahlte. Er musste JTs Friseur besucht haben, denn sogar sein Haar war perfekt frisiert. „Okay", hörte sie ihn durch das Glas sagen, „sie sind bereit, Arnie Ross im nördlichen Konferenzraum zu befragen."

Mehrere Leute stöhnten, als sie Arnie passieren ließen.

„Ich weiß, dass Sie den ganzen Morgen gewartet haben", sagte Lee, „aber das FBI muss jeden einzeln befragen."

„Ich brauche eine Akte aus meinem Büro", sagte Lily Davenport.

„Niemand erhält Zugang zu seinem Büro oder seinen Computern, bevor die nicht durchsucht und freigegeben wurden."

Erica studierte ihn. Gutaussehend, geschliffen, jetzt genauso einschüchternd wie JT. Wie hatte er sie jemals davon überzeugen können, dass er ein junger Praktikant war? War sie völlig *blind*? Er war der geborene Anführer. Er hatte sich bereits den Respekt der Hälfte der Angestellten verdient, und wenn sich die Aufregung erst gelegt hatte, würde auch der

Rest ihm aus der Hand fressen. Und sie würde eine davon sein.

Sie öffnete die Tür. Erst bemerkte eine Person sie, dann eine andere. Innerhalb von Sekunden herrschte Stille in der überfüllten Lobby, und ein Weg wurde zwischen ihr und Lee frei. Ihr Magen machte Luftsprünge.

Er lächelte langsam und warm. Seine gemeißelten Gesichtszüge wechselten von gutaussehend zu verheerend. „Ich mag dein Haar."

Sie hatte ihr Haar offen gelassen, weil sie wusste, dass ihm das gefallen würde. „Danke." Ihr Blick blieb an seinem hängen. „Gestern hast du mich gefeuert."

„Das war nicht meine Entscheidung."

„Ich will meinen Job zurück."

„Er gehört dir."

Sie ging auf ihn zu, ohne auf die Kollegen zu achten, die ihren Weg säumten. „Mit einer Gehaltserhöhung."

„Kein Problem."

Sie blieb direkt vor ihm stehen. „Ich habe andere Forderungen."

Er grinste. „Wir können in meinem Büro verhandeln."

Er führte sie in das große Eckbüro von Edward Drake. Dort schloss er die Tür und ließ sich vor ihr auf die Knie fallen.

Ihr Herz schlug heftig.

„Es tut mir so leid, Erica. Es tut mir leid, dass ich dir nicht die Wahrheit gesagt habe, wer ich bin und warum ich hier bin. Es tut mir leid, dass ich dir nicht vertraut habe. Es tut mir leid, dass ich dich für Informationen manipuliert habe. Es tut mir leid, dass ich dich nicht vor Jake beschützt habe."

Sie nahm den Moment in sich auf. Lee, auf den Knien, sagte die Worte, die sie von seinen Lippen hören musste, während sie ihm in die Augen sah. Er war aufrichtig. Bis in seine Seele hinein.

Sie hatten noch viel zu verarbeiten, aber das bestätigte ihre Hoffnung, dass Vergebung möglich ist.

Sie zerrte an seiner Hand, bis er wieder aufstand. Er schloss sie in seine Arme. Sie drückte ihr Gesicht an seine Brust. „Mir tut es auch leid. Ich wünschte, ich hätte dir die ganze Wahrheit anvertraut."

Er streichelte ihr Haar. „Du hattest keinen Grund dazu. Ich war ein Arsch." Er neigte ihren Kopf zurück, bis er ihr in die Augen sehen konnte. „Gestern, als ich dich gegen Novak und Delgado kämpfen sah, war ... " Seine Stimme brach. Er räusperte sich. „Die *Hölle* beschreibt es nicht annähernd."

Seine Arme umschlangen sie wieder und drückten sie an seine Brust. Sie hatte sich von der Sekunde an, in der die Gewalt vorbei war, jemanden gewünscht, der sie festhielt. Stattdessen war sie verhört worden. „Was war das Einzige, was du mir gesagt hast, das wahr war?"

„Dass ich dich liebe, Erica. Ich bin unverbesserlich, unwiderruflich in dich verliebt."

„Hm. Dann bist du wohl *kein* Schwarzgurt fünften Grades?"

Er lachte. „Okay, ich habe dir zwei wahre Dinge erzählt."

Sie lächelte, dann zog sie sein Gesicht zu ihrem und küsste ihn. „Es war auch für mich wahr. Ich bin wahnsinnig in dich verliebt."

Sein Kuss war heftig, leidenschaftlich. Anders. Er zog sich zurück und betrachtete sie mit traurigen Augen. „Ich wollte es dir sagen. Ich habe es mehr als einmal fast getan."

„Wir werden darüber reden." Sie lächelte zu ihm auf. „Aber jetzt gerade würde ich lieber unsere Zukunft planen."

„Ich werde alles tun, überall hingehen, solange ich bei dir bin. Ich habe Joe gesagt, dass ich während des Wahlkampfes bleiben werde, aber wenn du DC verlassen willst, dann gehen wir."

Er hat ihre Wünsche über die von Joe gestellt. Über die von JT. Ein freudiger Schmerz durchflutete sie.

„Ich mag DC." Sie löste sich von ihm und umrundete das Büro, wobei sie mit den Fingern über den Mahagonischreibtisch strich. Sie glaubte nicht, dass die Büroeinrichtung Lees Stil war, aber andererseits gab es so viel über ihn, das sie nicht wusste. „Wird das funktionieren? Dass ich für dich arbeite?"

Er durchquerte den Raum und schob seine Hände um ihre Taille. „Wenn nicht, kannst du kündigen. Ich verdiene mehr als genug, um uns beide zu finanzieren."

Sie schloss ihre Augen und atmete tief durch. Er bot ihr Sicherheit.

„Die Watergate-Wohnung gehört mir. Wir können dort wohnen, oder bei dir. Es ist mir egal. Ich will nur mit dir zusammen sein."

Sie lehnte ihre Stirn an seine Brust. Atmete seinen Geruch ein. Genoss diesen Moment. „Ich soll in ein paar Wochen mit dem Studium an der American University beginnen. Da ich meinen Master in Unterwasserarchäologie nicht gebrauchen kann, habe ich beschlossen, Umweltwissenschaften zu studieren."

„Ich weiß. Ich habe mich in deine Bewerbung gehackt, bevor wir uns getroffen haben."

Sie versteifte sich, dann entspannte sie sich wieder. „Du weißt mehr über mich, als du je zugegeben hast."

„Ich musste wissen, mit wem ich zusammenarbeiten würde, aber nichts hat mich auf dich vorbereitet."

JT trat ein. „Ich habe gehört, dass du hier bist, Erica."

Lees Blick verengte sich. „Warum hast du dann nicht geklopft?"

Sie löste sich aus Lees Armen und wandte sich JT zu.

„Ich wollte nicht, dass Erica wegläuft und sich vor mir versteckt." JT überraschte sie, indem er sie in eine warme

Umarmung zog. „Willkommen zurück. Ich habe mir Sorgen um dich gemacht.“

Sie war steif, aber dann entspannte sie sich in der unerwarteten Umarmung. Er küsste sie liebevoll auf die Stirn und ließ sie los. „Wenn ich dir das Sorgerecht für Lee gebe, musst du versprechen, dich gut um ihn zu kümmern.“

Sie lachte. „Lee ist jetzt also ein Welpe?“

JT verwuschelte Lees Haar und musste dafür weit über seinen eigenen Kopf greifen. „Ich werde es vermissen, Skippy um mich zu haben.“

Lee warf seinem Stiefbruder einen gespielt bösen Blick zu.

„Wir können Besuchsrechte aushandeln“, sagte sie.

„Niedlich“, sagte Lee und küsste ihre Nase. „Ich muss wieder an die Arbeit. Das FBI zerstört das Computersystem, und ich muss tun, was ich kann, um den Schaden zu begrenzen. Du“, sagte er fest zu Erica, „nimmst dir die Woche frei. Geh nach Hause. Geh Möbel oder Klamotten kaufen. Was auch immer du willst.“ Er reichte ihr eine Kreditkarte.

Sie musterte die Karte. Ihr Name war in die Oberfläche eingeprägt. „Wann hast du das bekommen?“

„Ich habe dich zu meinem Konto hinzugefügt, nachdem du mir von deiner Mutter erzählt hattest.“

Tränen brodelten knapp unter der Oberfläche. Sie hörte das Klicken der Tür und wusste, dass JT sie allein gelassen hatte. Lee zog sie an sich und küsste ihr Gesicht. Sie atmete tief durch und versuchte, nicht zusammenzubrechen.

„Ich freue mich darauf, heute Nacht mit dir zu schlafen“, murmelte er. „Wir waren noch nie ohne Lügen zusammen.“ Sein Lächeln war schief. „Heute Nacht werde ich ich selbst sein, ganz ich, nur ich.“

Wärme ersetzte die drohenden Tränen. Seine Methode war effektiv. Sie fuhr mit den Fingern durch seine teure neue

Frisur und küsste ihn. „Komm bald nach Hause", murmelte sie gegen seine Lippen.

„Darauf kannst du dich verlassen."

Sie wandte sich zur Tür und blieb dann stehen. „Lee, das FBI hat mir erzählt, was du getan hast, aber ich verstehe nicht, wer noch beteiligt war. Wer hat mit Jake zusammengearbeitet?"

„Mindestens eine Person hier im Büro hat mit Novak zusammengearbeitet. Wir verdächtigen Ed Drake. Er wurde noch nicht verhaftet, weil das FBI nichts Konkretes gegen ihn in der Hand hat. Das FBI hat ein Handy von Novak sichergestellt - das, mit dem er mit seinem Kontakt bei Talon & Drake kommunizierte. Sie haben die Nummer zu einem Prepaid-Handy zurückverfolgt." Lee hielt inne und zwinkerte ihr zu, und sie wusste, dass dies das Telefon sein musste, von dem er die Fotos wiederhergestellt hatte. „Aber bei der Durchsuchung von Drakes Habseligkeiten wurde das Telefon nicht gefunden. Er hat es wahrscheinlich in der Chesapeake versenkt, als er von der Razzia auf der *Andvari* erfuhr. Im Moment hofft das FBI, dass sie Beweise im Computersystem finden - Drake war nicht annähernd so vorsichtig wie Novak. In der Zwischenzeit distanziert sich der Senator von Drake, in der Hoffnung, den Schaden an seinem Ruf zu begrenzen. Wenn Riversong in die Sache verwickelt ist, wird es brenzlig, aber bisher sieht es so aus, als sei Riversong aus dem Schneider. Es ist wahrscheinlicher, dass Tommy derjenige war, der jemanden aus dem Museumsbüro des Casinos mit Jake und Marco zusammengebracht hat."

Sie nickte. „Tommy wusste alles über die Verwaltung von Sammlungen. Er wollte mir helfen, einen Job zu bekommen, wenn die derzeitige Managerin in Mutterschaftsurlaub ging." Sie legte den Kopf schief. „Aber was du über Drake und den Senator gesagt hast ... die Kampagne ist also nicht vorbei?"

„Nein. Joe hat nichts Falsches getan. Im Moment sieht es

so aus, als ob ein paar verwurmte Äpfel für die Firma gearbeitet haben." Er grinste. „Die Presse hat so viel Zeit damit verbracht, dich mit mir und Joe in Verbindung zu bringen, dass du gestern, als du zur Heldin wurdest, Joes Image um zehn Prozentpunkte verbessert hast."

Jedes Mal, wenn jemand sie als Heldin bezeichnete, erschauderte sie. Der Kampf war brutal, und gewalttätig gewesen und hatte mit dem Tod von zwei Männern und einem lebenslangen psychischen Trauma für ein süßes kleines Kind geendet. „Ich habe Angst, dass das FBI mich immer noch verdächtigt. Jetzt, wo Jake und Marco tot sind, habe ich Angst, dass sie die Verschwörer suchen und auf mich zurückkommen."

Er ließ seine Finger durch ihr Haar gleiten. „Weißt du, ich vermisse die Haarnadeln auf eine seltsame Art und Weise." Er spielte einen Moment lang mit den langen Strähnen. „Warst du ehrlich zum FBI? Hast du ihnen gesagt, dass du am Sonntagmorgen auf dem Boot warst?"

„Du hast gewusst, dass ich da war?"

„Ich habe die Razzia mit vorbereitet. Ich habe dich gesehen."

„Sie wissen alles. Ich habe keine Geheimnisse mehr."

Es klopfte an der Tür, dann sagte JT: „Lee, wir brauchen dich. Jetzt."

„Darf ich in mein Büro zurückkehren?", fragte sie.

„Es wurde durchsucht, und dein Computer wurde beschlagnahmt. Du wurdest befragt. Du bist damit entlastet." Er reichte ihr ihren Firmenausweis.

Sie küsste ihn und ließ ihre Zunge für eine kurze, aber tiefe Liebkosung in seinen Mund gleiten. „Ich sehe dich heute Abend."

Sie ließ ihn mit JT zurück und nahm die Treppe, um in ihr Büro zu gelangen. In den letzten Tagen hatten ihre Gefühle eine wilde Achterbahnfahrt erlebt. Sie musste erst einmal zu Atem kommen. Ihr Gleichgewicht zurückgewinnen. Sie stieß ihre Bürotür auf und ließ sich in ihren Stuhl fallen, erschöpft und ausgelaugt, aber glücklich.

Sie starrte mehrere Minuten lang ins Leere und nahm die ungewöhnliche Stille in sich auf. Die meisten Mitarbeiter waren wohl noch nicht verhört worden, denn die Etage war leer. Nach ein paar Minuten meditativer Stille bemerkte sie die FedEx-Umschläge auf ihrem Schreibtisch. Anhand des gebrochenen Siegels wusste sie, dass das FBI den Inhalt durchsucht hatte.

Der erste Umschlag musste die Ergebnisse des DNS-Tests beinhalten. Der zweite Umschlag überraschte sie - sie hatte ganz vergessen, dass sie bei der Anwaltskanzlei Morton, Fairfield und Lawson um Informationen über Thermo-Con gebeten hatte.

Sie beschloss, das Beste für den Schluss aufzusparen, legte die DNS-Testergebnisse beiseite und öffnete das Paket aus der Anwaltskanzlei. Sie blätterte durch die Seiten, von denen die meisten Informationen enthielten, die sie bereits im Patentamt kopiert hatte. In der Akte fand sie eine bessere Kopie des in der Armeepost veröffentlichten Artikels und einen im Januar 1953 in der *Baltimore Sun* erschienenen Artikel, der den gleichen Text wie der Artikel aus der Citadel enthielt, aber ein Foto des Hauses beim Betonieren zeigte. Mehrere ERDL-Ingenieure, die mit Higgins-Mitarbeitern zusammenarbeiteten, standen im Vordergrund und wurden in der Bildunterschrift namentlich genannt. Verwunderung machte sich in ihr breit, als sie die Augen eines sehr jungen Edward Drake erkannte, der sie auf dem alten Foto anstarrte.

Kapitel Fünfzig

Nach allem, was Edward Drake für Joseph Talon getan hatte, hatte der Mann ihn beim ersten Anzeichen von Ärger fallen gelassen. Wenn man bedachte, dass er sich jemals schuldig gefühlt hatte für das, was er Ricky Guerrero vor all den Jahren angetan hatte. Und was war jetzt aus dem kleinen Ricky geworden. Der Junge würde sein sogenanntes indianisches Erbe bis ins Weiße Haus tragen, ohne zu wissen, dass Ed derjenige war, der seinen Aufstieg zur Macht ermöglicht hatte. Aber Ed konnte ihm auch alles wieder wegnehmen.

Joe wusste nicht, dass er Ricky war. Er wusste nichts über seine Vergangenheit oder wer seine Eltern wirklich waren. Der Mann hatte keine Ahnung, wie sehr er es vermasselt hatte, als er Erica Kesling erlaubte, seine DNS mit der aus den Knochen zu vergleichen, die unter dem Thermo-Con-Sumpf gefunden worden waren. Mein Gott, ausgerechnet von *Joe* hatte sie eine Vergleichsprobe bekommen.

Ihre Nachforschungen könnten Eds Arbeit an dem Thermo-Con-Haus vor all den Jahren ans Licht bringen.

Würde sie dann erkennen, dass er sein Wissen über Thermo-Con verleugnet hatte, weil er nicht wollte, dass jemand ihn mit dem Haus, den Knochen und Regina in Verbindung brachte?

Er erinnerte sich an seinen Schrecken an jenem Novembertag im Jahr 1952, als der leitende Ingenieur den Schacht in der nordöstlichen Ecke anbrachte und nicht in der südwestlichen, wie auf den Plänen angegeben. Er hatte nur ein flaches Grab ausgehoben, in der Erwartung, dass der Betonguss sie für immer verbergen würde. In der Nacht, nachdem der Zement ausgehärtet war, war er zurückgegangen, um den Beton um die Grube herum zu untergraben und ihren Körper in den Boden unter der Platte zu zwängen. Das war das Beste, was er ausrichten konnte.

Das Verschwinden von Regina und Ricky Guerrero hatte zunächst kaum Aufsehen erregt. Eine Person schlug Alarm, aber die Leute wussten, dass Regina vorhatte, Ricky nach Montreal zu ihren Eltern zu bringen. Sie war unzuverlässig und hatte sich nicht verabschiedet. Problem gelöst.

Doch sechs Wochen nach ihrem Verschwinden starb Claudio Guerrero in Korea. Der Colonel versuchte, über ihre Eltern Kontakt mit ihr aufzunehmen, und sie erfuhren, dass niemand wusste, wo sie und Ricky waren.

Die Frau eines anderen Soldaten hatte von seiner Affäre mit Gina erfahren, und er wurde verhört. Zum Glück glaubten die Militärpolizisten, dass Regina ihren Mann verlassen hatte. Die Jahre vergingen, und Ed machte sich keine Sorgen mehr. Aber manchmal, mitten in der Nacht, erinnerte er sich daran, was er getan hatte. Er erinnerte sich an Rickys Augen, als er ihn auf der Treppe vor der Schule allein zurückließ.

Er beschloss, seine Fehler wiedergutzumachen, und machte den Jungen ausfindig. Er erfuhr, dass Joe bei den

Menanichoch lebte und das Community College besuchte. Zu dieser Zeit war Ed Professor an einer Universität in Maryland. Ein Mann, der das Leben anderer Männer gestaltete.

Er rief ein Programm ins Leben, um indianische Kinder für das Ingenieurstudium zu rekrutieren, und organisierte ein Vollstipendium für Joseph Talon, falls der Junge Ingenieurwissenschaften studieren würde. Der Junge war intelligent und hatte großes Potenzial. Von da an wurde Ed Joes Mentor und schließlich auch Geschäftspartner.

Aber Ed hatte Joe nie einen Hinweis auf ihre gemeinsame Vergangenheit gegeben.

Talon & Drake hatte als gleichberechtigte Partnerschaft begonnen, aber schon früh wollte Joe zu Eds großer Belustigung sein indianisches Erbe nutzen, um Aufträge zu erhalten. Um den Status eines Unternehmens im Besitz von Minderheiten zu erhalten, durfte Ed keine fünfzig Prozent des Unternehmens besitzen, also wurde sein Anteil auf ein Drittel reduziert. Ed machte das nichts aus. Er zog es vor, hinter den Kulissen zu arbeiten und Joe das Gesicht des Unternehmens sein zu lassen. Eds Rolle im Hintergrund hatte sich im Laufe der Jahre bewährt, denn Joe gewann an Macht, aber Ed war die Kraft hinter dem Mann, der Puppenspieler.

Bis gestern, als Ed von Joes Sohn aus seiner eigenen Firma ausgeschlossen und dann, was noch beleidigender war, durch Joes Stiefsohn ersetzt worden war - ein Kind, das nichts von Technik verstand. Als ob Eds wichtige Rolle durch irgendjemanden ersetzt werden könnte.

Aber Joe hatte keine Ahnung, wie tief die Fäden verwoben waren; er dachte, er könnte Ed zum Sündenbock machen und seine Kampagne retten. Er irrte sich. Der Senator hatte einen großen Fehler gemacht.

Jetzt musste er sich mit der Schlampe herumschlagen, die den Emporkömmling vögelte, der ihn ersetzt hatte. Wenn er es nur geschafft hätte, sie zu töten, als er sie im Thermo-Con-Keller eingesperrt hatte.

Aber nichts war wie geplant gelaufen. Er hatte die Elektrik des Hauses zerstört, damit die Klempner die Pumpe ausbauen und ihm die Möglichkeit geben konnten, den Rest von Reginas Knochen auszugraben. Aber die Schlampe war aufgetaucht und hatte ihn fast im Keller erwischt. Aus einem Impuls heraus hatte er sie dort eingesperrt. Wäre Erica gestorben, hätte niemand den Knochen weiter Beachtung geschenkt - man hätte sie als altes Begräbnis abgetan und ignoriert, wie er es Sam Riversong eingebläut hatte.

Aber Scott hatte sie gerettet. Ein weiterer Grund, den Bastard zu hassen.

Damals hatte er nicht gewusst, dass sie für Novak gearbeitet hatte und dass der eine so gefährliche Person hatte entkommen lassen. Novak musste gewusst haben, dass sie hinter den Artefakten her war, aber er hatte seinen Partnern nicht gesagt, wer sie war und was sie tat. Er hatte eine Art kranke Besessenheit von ihr. Novak hatte bekommen, was er verdiente.

Aber Erica war immer noch ein Problem. Er hatte ihr Büro in einem Anfall von Wut verwüstet, nachdem er nach der Thermo-Con-Projektakte gesucht und nichts gefunden hatte. Danach musste er andere Büros zerstören, damit niemand erraten würde, welches das wahre Ziel war. Dann hatte sie sich auf die Suche nach dem Patent gemacht, und er hatte methodisch ihre Wohnung verwüstet, um seine Suche nach der Akte dort zu verbergen. Er hatte gehofft, dass die Zerstörung sie ablenken würde, aber die Frau hatte sich mit der Intensität einer läufigen Hündin auf das Projekt gestürzt.

Er war nicht in der Lage gewesen, die Akte zu lesen, bis sie sie schließlich am Freitag in ihrem Büro liegen ließ, als er zu seinem Entsetzen den Artikel über die vermisste Mutter und ihren Sohn las, der auf derselben Seite erschienen war, wie der Thermo-Con-Artikel. Noch schlimmer war, dass er ihre Notizen fand und erfuhr, dass sie den DNS-Test verschickt hatte und die Ergebnisse am Montag erwartet wurden.

Die Lösung war einfach. Er würde die DNS-Ergebnisse abfangen und vernichten. Doch bevor FedEx eintraf, war sie zur Heldin geworden, und das FBI hatte alle Mitarbeiter von Talon & Drake aus dem Büro evakuiert. Erst jetzt ließen sie die Angestellten wieder hinein, aber Ed gehörte nicht zu ihnen. Er war öffentlich als Verdächtiger gebrandmarkt worden und durfte das Büro nicht betreten.

Er wusste genau, dass das FBI nichts hatte, was ihn mit dem Schmuggel in Verbindung bringen konnte. Er war vorsichtig gewesen. Wenn Scott das Wegwerfhandy gehackt hatte, konnte nichts, was er gefunden hatte, gegen ihn verwendet werden. Alle Beweise dort waren durch die illegalen Methoden, die Scott benutzt hatte, null und nichtig.

Nein. Seine Hauptsorge galt dem verdammten DNS-Test. Vor dreißig Minuten hatte er gesehen, wie Erica das Gebäude durch die Garage betreten hatte. Sie könnte jetzt gerade die Testergebnisse lesen. Sie musste zum Schweigen gebracht werden. Es gab keine Verjährungsfrist für Mord. Er würde seinen Lebensabend nicht im Gefängnis verbringen, weil diese verlogene Schlampe Regina sich nach einem wohlverdienten Schlag nicht mehr auf den Beinen halten konnte.

Allerdings musste er die Drecksarbeit nicht selbst erledigen. Nein. Joseph Talon hatte durch Ericas Enthüllungen mehr zu befürchten als jeder andere.

Er hatte vor, dem Senator alles zu erzählen. Selbst nachdem der Mann herausgefunden hatte, dass sein Geschäftspartner seine Mutter getötet hatte, würde er nichts unternehmen, denn Joseph Talon wäre ruiniert, wenn die Welt erfahren würde, dass er in Wirklichkeit Ricky Guerrero war.

Ricky war in Kanada geboren worden. Sein Vater war Kubaner und seine Mutter Frankokanadierin. Ricky war kein gebürtiger Amerikaner. Zum Teufel, er war nicht einmal amerikanischer Staatsbürger.

Nach dem Verfassungsrecht konnte Ricky Guerrero nicht Präsident der Vereinigten Staaten von Amerika werden.

Kapitel Einundfünfzig

Erica betrachtete das Bild von Edward Drake schockiert. Er hätte ihr sagen sollen, dass er an dem Thermo-Con-Projekt gearbeitet hatte. Er hätte ihr stundenlange fruchtlose Nachforschungen ersparen können. Sie überlegte, ob sie Lee das Foto zeigen sollte, hielt sich aber zurück. Es war erst sein zweiter Tag als oberster Mann im Büro, und das FBI trieb sein Unwesen. Das hier konnte warten.

Sie griff nach dem zweiten Umschlag. Seltsam, aber die Ergebnisse des DNS-Tests spielten jetzt kaum noch eine Rolle. Das FBI sammelte seine eigenen Beweise und hatte ihr bereits mitgeteilt, dass sie daran nicht interessiert waren, weil die Ergebnisse vor Gericht nicht zulässig sein würden. Trotzdem würde sie jetzt herausfinden, ob ein Mitglied des Menanichoch-Stammes den Umschlag, den sie auf Jakes Boot gefunden hatte, angeleckt hatte.

Sie brach das Siegel und las den Begleitbrief sorgfältig. Der Labortechniker erklärte ihr eine Anomalie in den Ergebnissen. Bei der Suche nach genetischen Markern der gleichen Abstammung waren erhebliche Überschneidungen festgestellt worden, so dass man einen zweiten Test durchgeführt hatte.

Der zweite Test war schlüssig: Probe A, der Knochen, der im Thermo-Con-Keller gefunden wurde, stimmte mit der DNS von Probe B überein. Sie fühlte sich benommen und hatte seltsame Angst, als sie begriff, dass Probe A von Joseph Talons Mutter stammte.

Probe C war sogar noch beunruhigender. Probe C war eine exakte Übereinstimmung mit Probe B. Die Probe C von dem Umschlag, den sie in Jakes Kabine gefunden hatte, stammte von niemand anderem als Senator Joseph Talon.

Kapitel Zweiundfünfzig

Lee saß in einem Konferenzraum mit zwei FBI-Agenten und sah zu, wie sie das Netzwerk sezierten. Er zeigte auf einen Abschnitt des Codes und forderte den Agenten auf, aufzuhören. „Diese Zeile ist unterbrochen. Neunundneunzig Prozent der Zeit wäre das egal, weil die Zeile normalerweise beim Start nicht ausgeführt wird, aber wenn ein Benutzer das Programm zwingt, diesen Teil des Codes auszuführen, muss das Programm diese ganze Sequenz auslassen." Er wies auf Hunderte von Codezeilen hin, die folgten.

„Was ist die übersprungene Sequenz?"

Er studierte die folgenden Codezeilen. „Netzwerk-Login", sagte er nach einer langen Pause. „Wenn ein Hacker auf diese Zeile zugreifen kann, kann er die Sicherheit umgehen und in das Netzwerk eindringen, ohne dass jemand weiß, dass er dort war."

Der jüngere Agent sah ihn misstrauisch an.

„Ich bin gut in meinem Job", sagte er.

Er blickte auf und sah, wie Erica ihm aus dem Fenster neben der Tür zuwinkte. Er stand auf und ging ihr in den

Flur entgegen, wo er die Tür hinter sich schloss. „Gehst du nach Hause?“

„Ja. Die Dokumente für die Thermo-Con-Nachforschungen sind angekommen, aber das kann warten.“

Sie sah verärgert aus, aber nach allem, was in den letzten Tagen geschehen war, konnte er es ihr nicht verdenken. Er zog sie an sich und hielt sie einen langen Moment lang fest. Er konnte gar nicht glauben, wie verrückt er nach dieser Frau war. „Ich liebe dich. Ich komme nach Hause, so schnell ich kann.“

„Gut“, sagte sie. „Ich brauche dich.“

Das war echt. Die Lügen lagen hinter ihnen.

„Danke“, murmelte sie gegen seine Lippen. „Für alles, was du für mich getan hast.“

„Für uns.“

Sie schaute unsicher, wiederholte aber: „Für uns.“

„Schatz, was ist los?“

Sie schenkte ihm ein melancholisches Lächeln. „Ich bin immer noch dabei, die Dinge zu begreifen, denke ich. Es wird einige Zeit dauern, bis ich alles verarbeitet habe, was passiert ist.“ Sie hielt inne. „Lee, ich bin neugierig: Wusste der Senator, dass du dich als Praktikant ausgegeben hast?“

„Nein. Er hat nichts davon gewusst. Ich habe fast einen Herzinfarkt bekommen, als du in dem Restaurant aufgetaucht bist, in dem Joe und ich zu Mittag gegessen haben. Ich hatte Angst, du würdest mich deinen Praktikanten nennen, deshalb habe ich dich als meine Freundin vorgestellt, damit er dachte, wir hätten uns über JT kennengelernt und nicht im Büro.“

„Warum hast du ihm nicht die Wahrheit gesagt?“

„Wir wollten nicht, dass seine Gegner behaupten, er habe etwas mit dem Geschäft oder den Ermittlungen zu tun. Das Letzte, was Joe gebrauchen kann, ist, beschuldigt zu werden, an einer nicht-existierenden Vertuschung beteiligt zu sein.“

„Du hast ihn beschützt." Sie schenkte ihm ein schiefes Lächeln und schüttelte dann den Kopf.

„Es ist jetzt vorbei."

„Aber niemand aus dem Unternehmen wurde verhaftet."

„Wenn die Mitarbeiter im Irak anfangen zu reden, werden wir wissen, wer daran beteiligt war."

„Lee, hast du die Möglichkeit in Betracht gezogen, dass *Joe* beteiligt sein könnte?"

Ihre Worte trafen ihn wie ein Blitz, und er ließ seine Arme sinken und ließ sie los. Sorge trat auf ihr Gesicht, gefolgt von Schmerz und, was am schlimmsten war, Angst.

„Es tut mir leid", sagte sie. „Ich glaube, ich bin müde. Ich sollte gehen."

„Nein, mir tut es leid. Du hast mich nur überrascht, das ist alles." Er griff nach ihr, aber sie war steif, angespannt und entspannte sich nicht gegen ihn. „Die Antwort ist nein. Ich habe Joe nie als Verdächtigen betrachtet. Er würde sich nie so etwas verwickeln lassen."

„Aber wenn du dachtest, dass Sam Riversong involviert sein könnte, warum nicht auch Joe?"

Er zuckte mit den Schultern. „Ich kenne Joe. Er ist ein integrer Mann. Aber ich kannte Sam nicht." Er sah den erschrockenen Blick in ihren grauen Augen, und ein beunruhigender Gedanke kam ihm in den Sinn. „Erica, du musst vorsichtig sein, wem du solche Dinge erzählst. Es ist natürlich in Ordnung, mit mir zu reden, aber jeder Reporter im Land will dich interviewen. Alles, was du sagst - egal zu wem - könnte von einem Reporter zitiert werden. Du kannst nicht sagen, dass du Joe verdächtigst. Er ist unschuldig, aber dein Verdacht könnte die Kampagne zerstören."

Sie nahm sein Gesicht in ihre Hände. „Ich sollte gehen. Ich liebe dich, Lee." Sie küsste ihn mit überraschender Dringlichkeit. „Vergiss nicht, dass ich dich liebe."

Er sah ihr nach und war beunruhigt. Sie klang, als erwarte sie nicht, ihn noch einmal wiederzusehen.

Erica schlüpfte durch das Parkhaus und schaffte es zu ihrem Auto, ohne dass einer der Reporter sie bemerkte. Sie nahm an, der Umstand, dass sie ihr Haar offen trug, wirkte als eine gewisse Tarnung. Auf der Fahrt nach Hause überlegte sie, was sie tun sollte, überwältigt von dem, was sie entdeckt hatte.

Bevor sie mit Lee sprach, hatte sie die Thermo-Con-Akte durchgesehen und jeden Artikel gelesen, den sie über den vermissten Jungen und seine Mutter finden konnte. Sie war zu einem unausweichlichen Schluss gekommen: Joseph Talon war Ricky Guerrero. Er und seine Mutter verschwanden im November 1952 aus Fort Belmont und wurden einen Tag, bevor das Thermo-Con-Haus gebaut wurde, als vermisst gemeldet. Aus der Biografie des Senators wusste sie, dass dies ungefähr der Zeitpunkt war, an dem der verwaiste Joseph Talon in das Indianer-Internat gekommen war. Niemand kannte das genaue Datum, denn als die Schule abbrannte, gingen alle Unterlagen verloren.

Wichtiger als sein falscher Hintergrund war jedoch die Tatsache, dass Joseph Talon hinter dem Schmuggel steckte. Eine andere Erklärung konnte es nicht geben. Zuerst hatte sie befürchtet, dass Lee involviert war, aber die Logik schloss ihn aus. Ohne Lee hätten sie Novaks Boot nicht untersucht und das Geld gefunden. Und JT hätte Lee niemals mit der Aufgabe betraut, die Schmuggler zu finden, wenn er daran beteiligt gewesen wäre. Er hätte jemanden hingeschickt, der inkompetent war, jemanden, der eine symbolische Untersuchung durchführte, um den Verdacht zu zerstreuen. JT war also auch aus dem Schneider.

Sie wollte Lee alles erzählen, aber seine Reaktion auf ihre Frage war scharf und vehement gewesen. Ohne konkrete Beweise würde er nicht glauben, dass Joe schuldig war.

Der Umschlag würde ihn ebenso wenig überzeugen wie das FBI oder die Geschworenen. Nur sie hatte den Umschlag in Jakes Kabine gesehen; nur sie wusste, dass die Fotos von Artefakten aus dem Irak-Museum darin gewesen waren. Wenn sie Lee ohne handfeste Beweise erzählte, was sie wusste, würde er wütend werden. Ihre Anschuldigungen könnten ein tödlicher Schlag für ihre aufkeimende Beziehung sein. Und Lee war der einzige Mensch auf der Welt, den sie hatte.

Von der Ausfahrt 395 aus konnte sie die Satellitenfahrzeuge sehen, die vor ihrem Gebäude parkten. Die Presse war eingetroffen. Sie fuhr an ihrem Gebäude vorbei, während sie versuchte zu entscheiden, was sie tun sollte, und hielt schließlich drei Blocks entfernt am Straßenrand an.

Sie könnte wahrscheinlich durch das Parkhaus in ihre Wohnung gelangen, ohne gesehen zu werden. Oder sie könnte direkt zur Eingangstür gehen, anhalten und eine Erklärung abgeben. Vielleicht würden sie dann verschwinden. Aber was würde sie sagen? Was für schreckliche Fragen würden die Reporter ihr stellen? *Wie fühlt es sich an, gegen zwei bewaffnete Männer zu kämpfen und dann zuzusehen, wie Scharfschützenkugeln ihnen das Hirn wegpusten?*

Sie starrte auf die großen Antennen auf den Lieferwagen, die vor ihrem Gebäude geparkt waren, und fragte sich, warum jemand die Aufmerksamkeit der Medien suchte. Sie wollte ihre fünfzehn Minuten im Rampenlicht nicht. Sie wollte nicht einmal fünfzehn Sekunden.

Aber der YouTube-Clip ihres Kampfes mit Jake und Marco hatte die Welt davon überzeugt, dass sie nicht die Komplizin der Drogenschmuggler war, und dafür war sie dankbar, denn während das FBI vielleicht irgendwann von ihrer Unschuld hätte überzeugt werden können, wäre der Rest der Welt, der keinen Zugang zu den Beweisen hatte, nicht so nachsichtig gewesen.

Die Leute konnten sich dieselben Beweise ansehen und sich widersprüchliche Meinungen bilden, aber sie vertrauten dem, was sie mit ihren eigenen Augen sahen. So wie sie dem vertraute, was sie wusste, weil sie den Umschlag gefunden hatte.

Eine Idee traf sie mit der Wucht eines Schlages. Sie wollte ihre neue Berühmtheit vielleicht nicht, aber sie könnte die Aufmerksamkeit der Medien nutzen, um dem Senator eine Falle zu stellen.

Die Reporterin nahm Ericas Anruf sofort entgegen und akzeptierte ihr Angebot für ein privates Interview mit überschwänglicher Begeisterung. Erica traf sich mit der Frau vor dem Fischmarkt, der nur wenige Blocks von ihrer Wohnung entfernt lag. Die ehrgeizige Reporterin war noch eifriger als am vergangenen Mittwochmorgen, als sie vor dem Casino gestanden und vom Azteken Saal und Joseph Talon gesprochen hatte.

Erica schilderte, was sie wollte. Die Reporterin rief ihre Produzenten an, und innerhalb weniger Minuten stimmten sie allen Bedingungen zu, so eilig, dass Erica nicht anders konnte, als sich über die schnelle Veränderung ihrer Umstände zu wundern.

Erica Kesling wollte, dass in ihrer Wohnung eine Kamera versteckt wurde, die eine Live-Übertragung ermöglichte?

Kein Problem.

Sie versprach einen Knüller, für den die Sender töten würden?

Ausgezeichnet.

Wie wäre es mit drei versteckten Kameras?

Am Ende einigten sie sich auf zwei.

Dreißig Minuten später fuhren Erica, die Reporterin und ein Kameramann in die Tiefgarage und parkten auf ihrem üblichen Platz. Sie führte sie hinauf in ihre Wohnung im achten Stock. Der Kameramann versteckte eine Kamera in einem Kissen auf dem Sofa und die andere in den Vorhängen des Wohnzimmers.

Alles war perfekt. Die Reporterin und der Kameramann machten sich auf den Weg zu ihrem Überwachungsfahrzeug, das bereits vor dem Gebäude geparkt war. Sie würden mit der Übertragung beginnen, wenn Erica ihnen ein vorher vereinbartes Handzeichen gab.

Mehrere Minuten lang stand sie in ihrem Wohnzimmer und versuchte, den Mut für den nächsten Teil ihres Plans aufzubringen. Schließlich holte sie ihr Handy heraus und wählte das Büro des Senators an. „Hier ist Erica Kesling. Ich muss mit Senator Talon sprechen."

„Beweisen Sie, dass Sie Ms. Kesling sind", sagte der Sekretär.

„Letzte Woche gab mir der Senator eine DNS-Probe. Niemand sonst weiß von dieser Probe."

„Ich werde das mit dem Senator abklären." Sie wurde in die Warteschleife gelegt.

Eine Minute später wurde der Hörer abgenommen. „Erica, meine Liebe, ich bin froh, dass Sie anrufen."

„Senator", sagte sie, „wir müssen reden."

„Geht es Lee gut?" Er klang aufrichtig besorgt.

„Ihm geht es gut. Hören Sie, ich habe etwas erfahren, das Sie wissen sollten. Über Sie und Ihre Eltern. Es ist sehr wichtig."

„Kommen Sie in mein Büro, dann können wir reden."

„Die Reporter stehen vor meinem Gebäude Schlange. Kommen Sie hierher, und Sie werden gute Presse dafür bekommen, dass Sie mich persönlich besucht haben, nach dem, was passiert ist. Dann können wir uns unterhalten. Unter vier Augen." Sie hielt den Atem an.

„Ich bin in zwanzig Minuten da", sagte er schließlich.

„Ich werde Sie erwarten."

Würde Lee sie für das, was sie im Begriff war zu tun, hassen? Wenn das, was sie vermutete, sich als wahr erwies, dann war der Senator schuldig wie die Sünde. Egal, was ihm als Kind zugestoßen war, er hatte seine eigenen Entscheidungen getroffen.

Kapitel Dreiundfünfzig

R icky legte den Hörer auf und starrte Ed mit harten, wütenden Augen an.

Seltsam, nach all diesen Jahren sehe ich ihn immer noch als Ricky.

„Sie weiß es, nicht wahr?" fragte Ed.

Er war gerade damit fertig gewesen, Ricky sein dunkles Geheimnis zu erzählen, als Erica anrief. Der Senator saß hinter seinem beeindruckenden Schreibtisch und sah aus wie der verlorene Vierjährige, den Ed vor all den Jahren auf den Stufen der Schule zurückgelassen hatte.

Langsam, wie betäubt, nickte Ricky.

„Hat sie den Namen Ricky Guerrero erwähnt?" fragte Ed.

„Nein. Sie hat es angedeutet." Seine Stimme verstärkte sich und wurde fester, als Ricky sich auf seinem Stuhl aufrichtete. „Sie will mit mir sprechen. Allein. Ich werde ihr erklären, dass Ricky nicht Präsident sein kann. Sie wird zustimmen, meine Identität geheim zu halten, wenn nicht meinetwegen, dann für Lee." Wieder taxierte er Ed mit einem wütenden Blick. „Schließlich ist es nicht meine Schuld. Ich wusste es ja nicht einmal."

Wenn die Wahrheit ans Licht gebracht werden könnte, ohne seine Chance auf die Präsidentschaft zu ruinieren, so wusste Ed, hätte Ricky bereits die Polizei gerufen. Er lächelte. Er hatte Rickys Mutter umgebracht, aber jetzt würde Ricky helfen, dieses Verbrechen zu vertuschen. „Sie könnte ihre Meinung ändern. Sie könnte alles zerstören."

„Das Risiko muss ich eingehen", sagte Ricky.

„Nein. Ich habe mich darauf vorbereitet, seit sie die Knochen gefunden und angefangen hat, über Thermo-Con zu forschen." Er zog einen Schlüsselbund hervor. „Unter falschem Namen habe ich einen Parkplatz bei einem Bewohner ihres Hauses gemietet. Mit diesem elektronischen Anhänger kommst du in die Garage und in das Gebäude."

Er genoss den überraschten Ausdruck auf Rickys Gesicht. Der Mann hatte keine Ahnung, wie gründlich er die Dinge in den letzten zwölf Jahren gesteuert hatte, denn wie jeder gute Puppenspieler war Ed unsichtbar gewesen.

Jetzt nicht mehr. Senator Joseph Talon hatte gerade herausgefunden, wer der wahre Boss war.

„Der Schlüssel ist für ein Zipcar, das zwei Blocks entfernt geparkt ist. Du fährst zu Ericas Gebäude, fährst in die Südgarage und parkst auf Platz 231. Über die Treppe gelangst du ungesehen in ihr Stockwerk." Er zog sich ein Paar Handschuhe an und holte dann eine Pistole mit Schalldämpfer aus der Tasche zu seinen Füßen. „Benutz diese, wirf sie in den Müllschacht gegenüber ihrer Wohnung und verschwinde aus dem Gebäude."

Lee konnte keine weitere Minute mehr im Büro sitzen. Das FBI mochte das Netzwerk ausschlachten, aber Erica war durch die Hölle gegangen und brauchte ihn. Er zeigte die gleichen verkorksten Prioritäten, die Joe vor zwanzig Jahren an den Tag gelegt hatte und die zu einer weiteren Scheidung geführt hatten. Er würde seine Beziehung zu Erica nicht auf dieselbe Weise vermasseln.

Er verließ das Büro ohne ein Wort an JT oder die FBI-Agenten, mit denen er den ganzen Tag zusammengearbeitet hatte. Der Verkehr war quälend langsam, und mit jeder Minute spürte er, wie die Besorgnis zunahm. Er hätte Erica niemals allein aus dem Büro gehen lassen dürfen, vor allem nicht, wenn sie so aufgebracht schien.

Er sah die Reporter, die vor ihrem Gebäude aufgereiht waren, und traf eine Entscheidung. Er fand einen Parkplatz an der Straße, klemmte sich eine Zeitung unter den Arm und ging mutig auf die Tür zu.

Die Reporter stürmten nach vorne. „Mr. Scott, was können Sie uns über die Ermittlungen sagen?"

„Mr. Scott, wo ist Ms. Kesling?"

„Mr. Scott, befürwortet der Senator Ihre Beziehung zu Erica Kesling?"

Die Fragen kamen alle nacheinander, aber er musste lächeln, als er die letzte hörte. Er wandte sich der Menge zu, und mehrere Mikrofone wurden ihm ins Gesicht gehalten. „Ich bin nicht befugt, über die Ermittlungen zu sprechen. Wenn Erica gewollt hätte, dass Sie wissen, wo sie ist, hätte sie es Ihnen selbst gesagt. Und ich habe Joe nicht gefragt, ob er damit einverstanden ist, denn seine Meinung ist irrelevant."

„Aber in welcher Beziehung stehen Sie zu Frau Kesling?"

Er lächelte. „Lesen Sie denn keine Zeitungen?" Er hielt die gestrige *Post* hoch, auf der ein Farbfoto von ihm zu sehen war, wie er seine eigene Verabredung verklärt anhimmelte. „Ich bin verrückt nach ihr." Er betrat das Gebäude, während weitere Fragen ihm nachhallten, so dass er sich fragte, wie lange die Presse vor ihrer Haustür campieren würde. Er machte sich auf den Weg zum Aufzug, und sein Herzschlag beschleunigte sich. Es kam ihm vor, als hätte er schon ewig auf diese Heimkehr gewartet. Endlich erreichte er die Wohnungstür und klopfte an.

Sie öffnete sofort die Tür und sah ihn fassungslos - nein, niedergeschlagen - an. „Du darfst nicht hier sein."

Ihre Worte trafen ihn unvorstellbar tief. „Warum nicht, Shortcake?" Er hörte die Schärfe in seiner Stimme und verfluchte sie. Immer zeigte er ihr seine Wut, anstatt den Schmerz zu zeigen, der ihn aufwühlte.

Sie packte ihn am Arm, zog ihn hinein und schlug die Tür hinter ihm zu. „Ich kann es nicht erklären. Er wird jeden Moment hier sein."

Ihre Worte ließen ihn zusammenzucken. „Wer ist *er*? Was zum Teufel ist hier los?"

„Du solltest nicht hier sein." Sie rannte ins Wohnzimmer, ihr Gesicht war blass und nervös. „Das wird nicht funktionieren." Sie lief im Zimmer im Kreis herum, blieb dann stehen und neigte den Kopf auf seltsame Weise zu den Vorhängen. „Lee sollte nicht hier sein. das war nicht der Plan. Es ist nicht das, was ich will."

Er spürte, wie ihm das Blut aus dem Körper schoss und wollte auf etwas einschlagen. „Was zum Teufel meinst du damit, dass es nicht das ist, was du willst?"

Es klopfte an der Eingangstür.

Wenn möglich, wurde sie noch blasser. „Du musst dich verstecken. Sofort", flüsterte sie eindringlich. „Geh hinaus auf den Balkon. Wenn die Vorhänge geschlossen sind und die Tür angelehnt bleibt, kannst du zuhören."

Er blieb wie angewurzelt auf der Stelle stehen.

„Bitte, Lee. Du musst dich verstecken. Ich will nicht, dass du verletzt wirst."

Zu spät, aber er tat, was sie verlangte.

Die Vorhänge schwankten noch, als sie die Haustür öffnete. „Danke, dass Sie gekommen sind", hörte er sie sagen.

„Was ist hier los, Erica?"

Lee erkannte Joes Stimme, und seine Welt geriet ins Wanken. Was zum Teufel machte er hier?

Er hörte Schritte, die er für die von Erica hielt. Sie blieb genau auf der anderen Seite des Vorhangs stehen. Ihre Stimme war klar und deutlich. „Ich habe heute die Ergebnisse der DNS-Tests bekommen, die ich letzte Woche abgeschickt habe. Für den Anfang habe ich erfahren, dass Sie weder Joseph Talon noch ein Menanichoch-Indianer sind. Sie sind Ricky Guerrero, der Sohn eines Kubaners, der versuchte, sich die Staatsbürgerschaft zu verdienen, indem er in der Armee diente." Sie machte eine Atempause. „Aber noch wichtiger ist, dass ich erfahren habe, dass Sie die Person sind, die mit Jake Novak irakische Artefakte gegen aztekische getauscht hat." Ihre Stimme wurde härter. „Sie waren von Anfang an an dem Schmuggel beteiligt."

Im Handumdrehen riss Lee den Vorhang auf und stürmte in den Raum.

Joe sah fassungslos aus, als er ihn sah, aber nicht annähernd so überrascht wie Lee, als dieser sah, wie Joe in seine Tasche griff, eine Pistole mit Schalldämpfer herauszog und auf Erica richtete.

Lee stürzte sich auf sie und schob sie hinter sich. „Nimm die Waffe runter, Joe."

Joe starrte ihn an, Schmerz stand deutlich in seinen Augen. Der Lauf senkte sich, dann schwankte er, aber er war nicht ganz unten.

„Warum zum Teufel hast du eine Waffe in der Hand?" Wenn Joe auch nur zuckte, würde Lee eine Kniescheibe verlieren.

„Ich bin hierhergekommen, um sie davon zu überzeugen, über Ricky - über mich zu schweigen."

„Du wusstest es?", fragte er, immer noch bemüht, die Teile zusammenzufügen. Er erinnerte sich an den Namen aus dem alten Zeitungsartikel. Wie zum Teufel hatte Erica Joe mit dieser Geschichte in Verbindung gebracht?

„Nein. Ich wusste nichts davon. Ich habe die Wahrheit vor einer Stunde erfahren."

„Drake muss es ihm gesagt haben", sagte Erica hinter ihm. „Ich glaube, Edward Drake hat Regina Guerrero getötet und Ricky dann im Indianer-Internat abgeladen."

„Eigentlich hat er gesagt, dass er erst mich erst ausgesetzt und dann meine Mutter getötet hat." Joe seufzte, ließ die Waffe aber immer noch nicht ganz sinken. „Erica, Lee, ihr dürft es niemandem erzählen. Ricky Guerrero wurde in Kanada geboren. Seine Eltern waren keine Amerikaner. Er kann nicht Präsident werden, aber Joseph Talon kann es."

„Joseph Talon hat es nicht verdient, Präsident zu werden", sagte Erica. „Joseph Talon ist ein Dieb, der mit Drogenschmugglern zusammengearbeitet hat, um Milliarden von Dollar aus dem Irak über sein Stammescasino zu waschen. Riversong hatte damit überhaupt nichts zu tun, oder? Das waren alles Sie."

Die Waffe hob sich wieder. Joe hielt sie seitlich und versuchte, Erica ins Fadenkreuz tu bekommen. Lee stützte seine Hände um ihre Hüften und drehte sich, um sich zwischen Erica und der Waffe zu halten.

„Sie können nichts beweisen", sagte Joe.

Erica versuchte, sich hinter Lee zu verstecken. „Sie haben Fotos von irakischen Artefakten an Jake geschickt. Sie haben den Umschlag abgeleckt."

„Ein Umschlag beweist gar nichts."

„Erica, bleib hinter mir! Joe wird mich nicht erschießen."

„Der Umschlag war an Marco adressiert. Sagen Sie mir, Senator, warum haben Sie Post an ein Mitglied eines mexikanischen Drogenkartells geschickt?"

„Der Umschlag war an Marco Garcia adressiert. Ich wusste nicht, dass er in Wahrheit Marco Delgado ist."

Der Mann hatte gerade zugegeben, dass er den Umschlag abgeschickt hatte. *Mein Gott, Erica hatte die Wahrheit gesagt.*

Er wollte glauben, dass die Waffe das Ergebnis eines vorübergehenden Wahnsinns von Joe war, als er erfuhr, dass sein ganzes Leben eine Lüge war, aber der Mann, den er fast sein ganzes Leben lang verehrt hatte, war ein Betrüger. Wut und Entsetzen durchfluteten ihn. „Du wolltest, dass Erica mit Novak zusammen untergeht, nicht wahr?"

Joe studierte ihn, und Lee sah in dieselben scharfen, klaren braunen Augen, die er kannte, seit er sechs Jahre alt war. Der Mann war nicht verrückt, und er war nicht dumm. „Ich wusste nicht, dass sie für Novak gearbeitet hat. Novak hat uns alle darüber im Dunkeln gelassen."

Alles, was er erreicht hatte, war von dem Wunsch bestimmt gewesen, sich Joes Respekt zu verdienen. „Warum?" Er verschluckte sich fast an dem Wort.

„Das Geld war im Irak verschwendet. Es war dumm, ihnen so viel Geld zu geben. Ich habe einen Weg gefunden, es so zu verwenden, dass es für alle nützlich ist."

„Um die Präsidentschaft zu kaufen."

„Wir brauchen einen guten Präsidenten. Ich tue der Welt einen Gefallen."

„Du warst schon immer gut darin, deine Handlungen zu rechtfertigen." Lee hörte die Bitterkeit in seiner Stimme und erkannte, dass manche Ressentiments nie verblassten.

„Ich glaube an das, was ich tue", sagte Joe. „Es ist notwendig. Und egal, wie sehr Erica glaubt, dass ihr erbärmlicher Umschlag etwas belegt, es gibt keinen Beweis dafür, dass ich an dem Schmuggel beteiligt war, und es wird ihn auch nie geben. Du und JT habt hervorragende Arbeit geleistet, um mich zu isolieren. Niemand wird jemals auch nur einen Cent von dem Geld in meinen Wahlkampfkassen finden. Aber ich kann nicht zulassen, dass jemand etwas über Ricky Guerrero herausfindet." Er richtete die Waffe auf Lees

Herz. „Es tut mir leid, mein Sohn."

Adrenalin und Angst schossen durch ihn hindurch. Er drückte Erica fester an sich.

Sie sprach in aller Eile. „In diesem Raum sind Fernsehkameras versteckt. Sie werden gerade auf live übertragen."

Joe hielt inne. „Netter Versuch."

„Ich meine es ernst! Schauen Sie auf die Couch und die Vorhänge. Ich habe das so eingerichtet, damit, egal wie viele Millionen Sie in Ihre Kampagne stecken, niemand für Sie stimmen wird."

Lee hörte in der Ferne Sirenen, die immer lauter wurden. Die Waffe schwankte in Joes Hand.

„Die Reporterin hat wahrscheinlich sofort die Polizei gerufen, als Sie die Waffe gezogen haben", sagte sie.

Sie war brillant. Großartig. Wenn Joe nicht in diesem Moment eine Waffe direkt auf sie gerichtet hätte, hätte Lee sie geküsst wie verrückt. „Lass die Waffe fallen, Joe."

Joe bewegte sich und versuchte, einen freien Blick auf Erica zu bekommen. Lee wich aus und blockierte die Sicht.

Die Sirenen kamen direkt vor dem Gebäude zum Stillstand. Erica verschränkte ihre Finger mit seinen und drückte zu. „Wenn Sie abdrücken, sind Sie wegen Mordes dran, Sie lügender, betrügender, stehlender Mistkerl", sagte sie.

Joe sah fassungslos aus. „Mein Gott! Das ist alles Drakes Schuld. Er hat mich reingelegt."

Das Surren eines Hubschraubers wurde immer lauter, bis es so klang, als ob er über dem Gebäude schwebte. Eine verstärkte Stimme rief: „Senator Talon, lassen Sie die Waffe fallen. Das Gebäude ist umstellt."

Lee erkannte den Moment genau, in dem Joes Griff um die Waffe fester wurde. Der Mann hatte nichts mehr zu verlieren und war im Begriff abzudrücken. Die Waffe bewegte sich, aber bevor Joe auf seinen eigenen Kopf oder auf den von Erica zielen konnte, trat Lee zu und traf die Waffe.

Ein lautes Klopfen kam vom Balkon.

Die Waffe flog im selben Moment, als die Fenster hinter ihnen in den Raum hinein explodierten. Er nutzte seinen Griff um Ericas Finger, um sie zur Couch zu ziehen, wo er auf sie fiel und sie abschirmte, während Glas um sie herunterregnete.

Er spürte einen stechenden Schmerz in seinem Arm, während scharfe, nadelartige Stiche seinen Rücken und seine Beine durchbohrten. Er hielt sie fest und konzentrierte sich auf das Gefühl ihres warmen Körpers an seiner Seite. Hinter ihm hörte er Männer, die Joe Befehle zuriefen.

„Mr. Scott, geht es Ihnen gut?", fragte ein Mann.

Er hob den Kopf und betrachtete die Szene. Ein halbes Dutzend Beamte des SWAT-Teams war über den Balkon hereingekommen. Joe kniete auf dem Boden und hielt sich das Handgelenk, das in einem seltsamen Winkel abgewinkelt war. Drei Beamte hatten ihre Pistolen auf ihn gerichtet. Er heulte vor Schmerz, als ein vierter sein gebrochenes und blutendes Handgelenk mit Handschellen fixierte.

Lee bewegte behutsam seine Arme und Beine. Er stand auf. Er hatte sich an mehreren Glasscherben verletzt, aber das war alles. Er nahm Ericas Hand und zog sie auf die Beine. Es ging ihr gut.

Er hielt sie fest und flüsterte ihr ins Ohr: „Es ist vorbei, Schatz. Es ist vorbei."

Sie begegnete seinem Blick mit einem schwachen Lächeln, dann weiteten sich ihre Augen, und sie keuchte.

Die Welt wurde schwarz.

Kapitel Vierundfünfzig

Blut sickerte zwischen Ericas Fingern hindurch, als sie versuchte, die spritzende Wunde in Lees Arm zu stillen. Die Sanitäter trafen Sekunden später ein und schoben sie aus dem Weg. Sie stand in der Nähe, verzweifelt vor Sorge.

„Seine Oberarmarterie wurde angeritzt", sagte einer der beiden und drückte auf die Wunde.

Ihr war schwindelig. Übelkeit rollte durch sie hinweg. „Wird er wieder gesund?"

Die Blutung stoppte, und der Sanitäter wickelte Lees Arm in Mull ein. „Er wird wieder gesund. Wir schließen ihn an eine Infusion an, damit er mehr Flüssigkeit bekommt. Dann wird er wahrscheinlich aufwachen. Wir werden ihn zur Überwachung ins Krankenhaus bringen."

Man hatte Mitleid mit ihr und ließ sie im Krankenwagen mitfahren. Ein Teil von ihr registrierte das Meer von Reportern, die ihren Weg vom Gebäude zum Krankenwagen verfolgten, aber der Rest von ihr konzentrierte sich auf Lees blasses Gesicht.

Er wachte auf, bevor sie in die Seventh Avenue einbogen.

Er sah den Verband an seinem Oberarm und versuchte, sich aufzusetzen. „Wurde ich angeschossen?"

„Eine Glasscherbe hat Ihre Oberarmarterie verletzt", sagte der Sanitäter.

„Ich bin wegen einer Glasscherbe ohnmächtig geworden?" Er legte sich wieder hin und schloss die Augen. „Das ist nicht im Geringsten männlich. JT wird mir das nie verzeihen."

Der Sanitäter gluckste, und selbst Erica musste ein wenig schmunzeln.

Er öffnete die Augen und drückte ihre Hand, dann führte er ihre Finger an seine Lippen. „Du hast ein wunderschönes Lächeln. Ich möchte es öfter sehen."

Sie brach in Tränen aus.

„Hey, Shortcake, ich sagte, ich will, dass du lächelst. Du musst tun, was ich sage; ich bin verwundet."

„Wegen mir. Mein dummer Plan, den Senator in eine Falle zu locken, hätte dich töten können", sagte sie.

„Es hätte *dich* umbringen können. Warum hast du mir das nicht gesagt?"

„Alles, was du getan hast, war für Joe."

„Ich habe mich in ihm getäuscht." Seine Stimme wurde leiser, als er wieder ihre Hand drückte.

Sie küsste ihn und sagte ihm ohne Worte, dass sie für ihn da sein würde, während er mit Joes Verrat fertig werden musste. Diese Wunde, das wusste sie aus eigener Erfahrung, würde vielleicht nie heilen.

Der Krankenwagen kam im Krankenhaus an. Erica wurde angewiesen, zu warten, während Lee untersucht wurde. Eine Stunde später ließ man sie endlich in den Behandlungsraum.

Er lag auf dem Bett, ohne Hemd. Sie betrachtete seinen muskulösen Bizeps, sein hübsches Gesicht, sein schiefes, sexy

Lächeln, und zum ersten Mal, seit er ohnmächtig geworden war, konnte sie wieder tief durchatmen.

„Komm her", sagte er.

Sobald sie in Reichweite war, griff er mit seinem unverbundenen Arm nach ihr und zog sie neben sich auf die Matratze.

Sie quiekte. „Ich will dir nicht wehtun!"

„Es ist nur ein Kratzer. Es geht mir gut. Sie werden mich bald entlassen." Er zog sie an seine Seite. „Ich muss dich im Arm halten."

Sie legte ihre Wange an seine Brust und lauschte seinem starken Herzschlag. „Ich habe im Wartezimmer die Nachrichten gesehen. Das FBI hat Drake verhaftet."

„Gut."

„Und du hast das neue Sofa vollgeblutet."

„Verdammt rücksichtslos von mir." Sie spürte sein Glucksen an ihrer Wange. Er spielte mit ihrem Haar, seine Nägel streiften ihre Kopfhaut.

Sie gab ein übertriebenes Schnurren von sich, woraufhin er laut lachte.

„Ich wünschte, wir hätten uns zu einer anderen Zeit getroffen", sagte er und wurde ernst. „An einem anderen Ort. Ich hätte dich so viel besser behandelt, als ich es als dein verlogener, manipulativer Praktikant getan habe."

Sie zeichnete mit dem Finger Kreise auf seiner Brust. „Ich beschwere mich nicht. Du hast mir den Hintern gerettet. Zweimal."

Er grinste frech. „Nun, du hast einen fantastischen Hintern. Es ist eine Schande, dich darauf fallen zu sehen."

Mit einem Kichern knabberte sie an seiner glatten Haut, dann ließ sie sich wieder auf seiner Brust nieder. „Lee, erzähl mir etwas über dich."

„Was?"

„Alles. Ich weiß fast nichts über dich."

„Ich schätze, wir wurden einander nie richtig vorgestellt.“
Er streichelte ihr Haar. „Mein Name ist Lee Scott. Ich bin
zweiunddreißig, ich bin Berater für Computer- und Handysicherheit, und ich liebe dich. Das sind die wichtigsten
Punkte.“

Sie lächelte. „Ich bin Erica Kesling. Ich bin neunund-
zwanzig. Ich war früher Unterwasserarchäologin, bevor ich
meinen Ruf zerstörte, indem ich für einen Schatzsucher gearbeitet habe, der sich als Drogenschmuggler entpuppte. Ich
bin hoch verschuldet, habe eine schlechte Bonität und habe
gerade das Leben des Mannes zerstört, dem die Firma
gehört, für die ich arbeite. Ich weiß nicht, was ich mit
meinem Leben anfangen soll, aber was auch immer es ist, ich
hoffe, dass ich mit dir zusammen bin, denn ich liebe dich.“

„Das ist alles, was zählt“, sagte er. „Für den Moment.“

Epilog

Einen Monat später
San Diego, Kalifornien

Ein kreischender Wecker riss Erica aus dem Schlaf. Sie richtete sich auf und tastete mit den Händen nach der Uhr auf dem Nachttisch. Sie war nicht da. Die Möbel fühlten sich nicht richtig an. Einen Moment lang war sie panisch desorientiert. Selbst das Dröhnen des Weckers war ihr fremd.

Wo bin ich?

Neben ihr fluchte Lee, und das Geräusch brachte sie wieder zur Besinnung. Es erdete sie.

Ach ja. San Diego. Ferienwohnung.

Offenbar hatten die Vormieter den Wecker auf drei Uhr morgens gestellt - sie riss ein Auge auf und entdeckte die Uhr auf Lees Nachttisch.

„Tut mir leid, Shortcake, ich muss ein Licht anmachen, um herauszufinden, wie man das verdammte Ding ausmacht", sagte Lee.

„Das Licht ist mir egal. Mach es einfach aus." Es war die

schlimmste Art von Wecker, ein hoher Schrei, der jeden in Hörweite in den Wahnsinn treiben sollte.

Das Licht ging an, und einen Moment später herrschte gesegnete Stille. Sie stieß einen Seufzer der Erleichterung aus und ließ sich mit geschlossenen Augen zurück in das Bettzeug fallen.

„Mach es dir nicht zu bequem, das war nur die Schlummertaste.“

Sie konnte sich ein Grinsen nicht verkneifen. „Ist der Wecker zu viel für meinen Technikfreak?“

„Wer immer diese Dinger entwickelt, ist ein Sadist. Sie sind so schon kompliziert und funktionieren trotzdem nicht.“

„Offensichtlich tut es der hier schon.“

„Das wird er nicht, wenn ich damit fertig bin.“ Das Bett bewegte sich, als er ihre Seite verließ. Sie hörte, wie er die Möbel umstellte, um an die Steckdose zu gelangen, damit er den Stecker herausziehen konnte.

„Vergiss nicht die Backup-Batterie“, sagte sie.

„Ich bin schon dabei. Ich brauche nur einen Schraubenzieher.“

Sie öffnete die Augen. Tatsächlich kramte er in seinem Koffer herum und holte ein Etui mit einem halben Dutzend winziger Schraubenzieher zum Öffnen elektronischer Geräte heraus. „Du bist so ein Nerd. Du hast dein Schraubendreherset eingepackt?“

Er grinste. „Man weiß ja nie, wann man diese Dinger mal braucht. Zum Beispiel um drei Uhr morgens, wenn meine Liebste mich braucht, um sie vor einem bösartigen Wecker zu retten.“

„Touché.“

„Eigentlich habe ich sie mitgebracht, falls wir in der Lagerhalle einen Computer finden, den ich auseinandernehmen muss.“

Das konnte sie verstehen, aber sie glaubte nicht, dass ihre

Mutter einen Computer besessen hatte.

Er nahm die Batterie heraus, schaltete das Licht aus und kroch zurück ins Bett. Er zog sie an sich, und sie lächelte, als sie seine wachsende Erektion spürte.

„Jemand ist wach.“

„Es ist sechs Uhr morgens in DC. Normalerweise stehen wir jetzt auf.“

Ihr Flug hatte Verspätung gehabt, und sie hatten erst gegen elf Uhr Ortszeit in der Ferienwohnung eingecheckt. Sie hatten höchstens drei Stunden Schlaf bekommen ... aber jetzt war auch sie wach. Sie ließ eine Hand zwischen ihre Körper gleiten und streichelte seine Erektion, lächelte, als er in ihrer Hand dicker wurde.

Er gab einen kehligen Laut von sich und presste seinen Mund an ihren Hals. Er umfasste ihre Brust und ließ ihre Brustwarze zwischen seinen Fingern kreisen. Seine Hand glitt tiefer, bis zum Punkt zwischen ihren Schenkeln. Er ließ zwei Finger in ihre feuchte Öffnung gleiten und stöhnte erneut auf. „Ich bin nicht der Einzige, der wach ist.“

Sie verschwendete keine Zeit mit Worten und wechselte die Position, um ihn in sich zu dirigieren. Mit einer sanften Bewegung drehte er sie auf den Bauch und glitt tief in sie hinein. Seine großen Hände umfassten ihre Hüften - Gott, sie liebte es, wenn er sie so berührte -, hoben ihren Hintern an und zwangen sie auf die Knie.

Von Null auf Hundert in nur drei Sekunden. Oder vielleicht war sein erster Schlag ein Homerun ...

Sie wusste nur, dass die Liebe mit ihm genau die Flucht war, die sie vor den Ängsten brauchte, die sie auf dieser überstürzten Reise begleitet hatten.

Zum tausendsten Mal erinnerte sie sich daran, dass sie in jedem Job glücklich sein würde, solange sie mit Lee zusammen war, aber die Aussicht, die Karriere, die sie verloren hatte, zurückzuerobern ...

Lee streichelte ihre Klitoris, während er in sie eindrang. Er reizte sie, brachte sie nahe an den Rand und zog sich dann zurück. Sie drückte ihr Gesicht in das Kissen und genoss das Gefühl, ihn in sich zu spüren. Wie er in sie hineinglitt. Das Klatschen seiner Hüften gegen ihre Haut.

Lee. Ihr Lee.

Der sich tief in ihr vergrub. Der sie für sich beanspruchte. Der sie liebte.

Es war kaum zu glauben, dass sie erst seit etwas mehr als einem Monat zusammen waren. Kaum zu glauben, wie intensiv der Sex war, selbst wenn er mitten in der Nacht und mit Jetlag stattfand. Der Akt war rein körperlich, und doch ... nicht. Mit Lee war es nie nur körperlich.

Diese Momente der Verbundenheit schweißten sie enger zusammen und boten ihnen gleichzeitig einen Ausweg aus einem ständigen emotionalen Minenfeld. Sie konnten alles durchstehen, solange sie einander hatten.

Wenn Lee die Auflösung seiner Beziehung zu dem Mann akzeptieren konnte, der viel mehr sein Vater gewesen war, als es sein biologischer Vater je gewesen war, dann konnte sie es sicher auch verkraften, den Lagerraum mit den Habseligkeiten ihrer Mutter zu durchsuchen.

Lees Finger ließen nicht nach und zogen sie wieder zurück in ihren Körper, zurück in den Moment. Ihr Orgasmus kam hart und intensiv. Sie schrie in das Kissen, während sie sich an ihm festklammerte.

Er stieß schneller zu und stieß Zärtlichkeiten aus, als er kam.

Er ließ sich auf sie fallen und achtete darauf, selbst in seiner Glückseligkeit nach dem Orgasmus nicht sein ganzes Gewicht auf sie zu legen, obwohl sie das Gefühl liebte, wie sich sein Körper an ihren presste. Sie liebte es zu wissen, dass er erschöpft und befriedigt war.

Er rollte sich auf die Seite und zog sie mit sich. Er küsste ihren Hals. „Ich liebe dich", murmelte er gegen ihre Haut.

Sie drehte sich in seinen Armen und sah ihn an. „Ich liebe dich auch. Dass du hier bei mir bist ... das bedeutet mir alles. Besonders nachdem ich ...“

Er legte einen Finger auf ihre Lippen. „Ich würde dich nie allein dieser Tortur aussetzen.“

Sie strich ihm eine Haarsträhne aus der Stirn. Seine Stirn war feucht von Schweiß. „Wie hast du mich jemals davon überzeugt, dass du ein fünfundzwanzigjähriger Faulpelz bist?“

„Du warst zu sehr von meinem Körper geblendet, um in die Tiefe zu gehen.“

Sie lachte, obwohl er nicht ganz unrecht hatte. Die Anziehungskraft zwischen ihnen hatte sie von Anfang an aus dem Gleichgewicht gebracht, und er hatte zugegeben, dass er das zu seinem Vorteil nutzte.

Die restliche Wut, die sie darüber empfunden hatte, war verschwunden, als sie verstanden hatte, was auf dem Spiel stand. Sein Grund für die Lüge war größer als sie beide, und die meiste Zeit, in der sie zusammen gewesen waren, war es ihm unmöglich gewesen zu wissen, ob sie unschuldig oder mitschuldig war. Sie hatte ihm verziehen, wusste aber, dass er sich trotzdem schuldig fühlte. Es half auch nicht, dass sie nicht auf seinen Antrag eingegangen war.

Aber sie hatte ihn aus einem anderen Grund abgelehnt.

Sie kuschelte sich an ihn und schloss die Augen. „Ich nehme an, es ist zu früh, um zum Lagerhaus zu fahren.“ Vor einem Jahr hatte sie das billigste Lager gemietet, die sie nach ihrer Flucht aus Mexiko finden konnte. Billig bedeutete, dass sie nicht rund um die Uhr Zugang hatte, was sie nie für ein Problem gehalten hatte. „Was ist, wenn meine Arbeit nicht da ist?“

„Dann fliegen wir nach Hawaii und sorgen dafür, dass die

Uni eine Kopie findet", sagte er. „Sie haben dir den Master verliehen. Sie haben die Dissertation irgendwo in den Akten. Es kann nicht jede einzelne Kopie vernichtet worden sein."

In der Abteilung für Unterwasserarchäologie des Naval History and Heritage Command war eine Stelle frei geworden. Sie war ganz aus dem Häuschen bei dem Gedanken, ihren teuren Abschluss wieder nutzen und in dem Bereich arbeiten zu können, den sie verloren hatte.

Ein Job in der Unterwasserarchäologie in DC. Das wäre die ultimative Erlösung.

Der einzige Haken an der Sache war, dass die Qualifikationen des Innenministeriums für professionelle Archäologen es erforderlich machten, dass das Office of Personnel Management eine Kopie ihrer Dissertation erhielt. Das war in ihrem Fall doppelt wichtig, weil ihre Graduiertenschule sich weigerte, ihr eine Referenz auszustellen.

Es hätte eine einfache Anfrage der Universität sein sollen, aber anscheinend war das Dokument zu dem Zeitpunkt, als die Schule es einscannen und in ihre Online-Bibliothek aufnehmen sollte, verschwunden.

Erica hatte keinen Zweifel daran, dass einer ihrer ehemaligen Freunde die gedruckte Version zusammen mit allen digitalen Kopien vernichtet hatte. Ihre Studienkollegen hatten sich so betrogen gefühlt, und nicht wenige von ihnen hatten das Computerwissen, um das Gesuchte zu finden und zu zerstören.

Sie war auf allen Ebenen auf der schwarzen Liste gelandet.

Erschwerend kam hinzu, dass Edward Drake ihren Computer zerstört hatte, als er ihre Wohnung verwüstete, und sie hatte sich nicht getraut, die Datei auf ihren Arbeitscomputer zu kopieren, da sie Janice ihren Abschluss verschwiegen hatte, weil sie befürchtete, ihre Chefin würde fragen, warum sie den MA und ihre Erfahrung nie erwähnt hatte.

Janice hätte sie vielleicht entlassen, so wie Ericas Arbeitgeber an der Westküste.

Jetzt war sie also wieder in San Diego. Die Lagereinheit, in die sie die Habseligkeiten ihrer Mutter gestopft hatte, war ihre einzige Hoffnung, ihre Doktorarbeit in die Hände zu bekommen, die ihre Erlösung bringen und ihr ihren Traumjob bescheren könnte.

Höchstwahrscheinlich würde sie mit einigen der Leute zusammenarbeiten, die versucht hatten, sie aus dem Beruf zu verdrängen.

„Ich werde deine Dissertation für dich besorgen, Schatz. Ich werde irgendwo im Computersystem der Universität von Hawaii eine Kopie finden."

Sie schüttelte den Kopf und presste ihre Lippen auf seine Kehle. „Ohne hacken. Das ist es nicht wert, dass du deine Geschäftslizenz verlierst oder im Knast landest."

Er zuckte die Achseln. „Ich werde nicht erwischt. Und was sie mit dir gemacht haben, war falsch."

Sie lehnte sich zurück und sah ihm in die Augen. „Ich wünschte, das wäre wahr, aber das ist es nicht. Ich habe es mir selbst angetan. Ich bin diejenige, die den Job bei Jake angenommen hat. Ich kannte die Konsequenzen. Jake und Marco haben eine Menge schrecklicher Dinge getan, aber der erste Schritt war meine Schuld. Sie hätten mir nicht wehtun können, wenn ich Jakes Angebot abgelehnt hätte." Sie drückte ihre Finger an seine Lippen. „Aber ich weiß deine Unterstützung zu schätzen - die emotionale, nicht die hackende Art. Anstatt wegen der verdammten Dissertation auszuflippen, muss ich mir bewusst machen, wie viel Glück ich habe."

„Ich bin der Glückliche." Er knabberte an ihren Fingern.

„Und jetzt versuch zu schlafen. Wenn wir deine Arbeit nicht im Lager finden, werden wir uns etwas einfallen lassen."

I hre Doktorarbeit war nicht da. Nachdem sie stundenlang Kisten sortiert hatte, konnte Lee feststellen, dass Erica sich angesichts der großen Enttäuschung kaum zusammenreißen konnte.

Sie hatten die Reise lächerlich kurzfristig angetreten - er hatte sie damit überrascht, sobald klar war, dass es nicht einfach werden würde, ihre Dissertation zu bekommen. Sie hatten beschlossen, ein paar Tage damit zu verbringen, die Besitztümer ihrer Eltern zu sortieren und die Dinge, die sie behalten wollte, nach DC schicken zu lassen und den Rest zu entsorgen oder zu spenden.

Er hatte gehofft, dass sie Zeit zum Spielen haben würden, wenn sie fertig waren. Er war noch nie in San Diego gewesen, während Erica hierhergezogen war, als sie zwölf war. Er wollte ihre Lieblingsorte sehen, in ihren Lieblingsrestaurants essen, einen Blick auf die Frau werfen, die sie gewesen war, bevor Jake und Marco ihre Welt sabotiert hatten.

Aber jetzt würde er alles dafür geben, sie lächeln zu sehen. Als sie die Sachen ihrer Mutter durchstöberte, wurde ihre trübe Stimmung nur noch schlimmer.

„Vergiss das Aussortieren", sagte er. „Wir werden für ein paar mehr Monate die Miete bezahlen und uns später darum kümmern."

„Da sind noch ein paar Kisten hinten ..."

„Wir werden sie überprüfen. Morgen. Es ist heiß. Wir haben Jetlag, und ich bin am Verhungern. Lass uns eine Pause machen. Uns neu formieren. Ich kann ein paar Anrufe bei der Universität machen."

Ericas Berater hatte sich vor ihren Anrufen gedrückt. Nur

weil sie in den Augen der Medien - und des Gesetzes - rehabilitiert worden war, hieß das noch lange nicht, dass ihre Alma Mater bereit war, sie wieder in die Gemeinschaft aufzunehmen. Aber Lee hatte Freunde in der Regierung, und zwar nicht nur seinen in Ungnade gefallenen Stiefvater. Der US-Staatsanwalt für den District of Columbia könnte bereit sein, etwas Druck bei ihren ehemaligen Professoren zu machen.

Ihr Doktorvater hatte bestimmt irgendwo in seinem Büro oder in der Abteilung einen Ausdruck. Und Lee würde so ziemlich alles tun, um den niedergeschlagenen Blick in ihren Augen zu verscheuchen.

Er hatte gehofft, dass sie auf dieser Reise ihre Meinung über seinen Antrag ändern würde, aber so wie die Dinge liefen, schien das nicht wahrscheinlich.

Sie setzte ein Lächeln auf und nickte.

Er legte einen Arm um sie. „Du musst mir nichts vormachen. Ich weiß, was das für dich bedeutet."

„Ich hätte mir einfach keine Hoffnungen machen dürfen."

„Ich werde alles tun, was nötig ist, um deine Dissertation aufzuspüren. Wenn du den Job nicht bekommst, dann nicht wegen einer solchen Formalität." Er ließ seine Finger durch ihre gleiten. „Egal, was passiert, du bist nicht mehr allein."

Ein Lächeln erhellte ihre Augen. Dieser Mann war der Richtige für sie. Ihre grauen Augen wurden weich, und sie sah ihn an, als wäre er das Zentrum ihres Universums. „Wie kann ich unglücklich sein, wenn der Mann meiner Träume hinter mir steht?"

Er lachte. „Verdammt richtig. Und ich liebe dein Lächeln. Wenn es in dieser Blechbüchse nicht heiß wäre wie im Backofen, würde ich dir zeigen, wie sehr."

Sie schaute sich in der vollen Lagerhalle um. „Wenn wir das Sofa abräumen ..." Ihre langen Wimpern verdeckten ihre Augen und ihre Lippen verzogen sich zu einem sexy Lächeln.

Er lachte. Ihre Stimmung hatte sich aufgehellt, aber das würde nicht so bleiben, wenn sie noch länger hierblieben, selbst wenn sie herummachten. „Auf keinen Fall. Sex in einem Lagerraum ist nicht meine Vorstellung von Urlaub. Das klingt eher nach Highschool."

„Du hast nicht ..."

Er zuckte mit den Schultern. „Na ja, vielleicht im College. Wie du netterweise bemerkt hast, war ich in der High School so etwas wie ein Nerd und habe nur mit Cyber-Frauen rumgehangen."

„*War?*", stichelte sie.

Das war seine Erica, durch und durch. Er küsste sie, lang und tief, und er liebte es, wie sie sich an ihn schmiegte. Gerade als sie heiß, bereit und begierig war, ließ er sie los und sagte: „Lass uns von hier verschwinden."

Sie warf ihm einen verspielten Schmollmund zu, alle Sorge war aus ihren Augen verschwunden. „Ein Mädchen hat Bedürfnisse, Lee."

Er zwinkerte ihr zu. „Aber sie wird die Kuh nicht kaufen, wenn die Milch umsonst ist."

Sie lachte. „Das hast du *nicht* gerade gesagt."

Er grinste, als er zurücktrat und nach dem Griff langte, um das Garagentor zu öffnen. „Ich bin immer und überall für dich da ... nur nicht hier."

Er fuhr ihren Mietwagen, ohne ein Ziel vor Augen zu haben. Auf der rechten Seite war das Bild eines Elefanten-babys auf einem Schild für den San Diego's Wildlife Park zu sehen, der nur einen Block entfernt war. Verdammt, war das Elefantenbaby süß. Es war schwer, sich beim Anblick von Tierbabys niedergeschlagen zu fühlen. Er wechselte die Spur und bog auf den Parkplatz des Wildlife Parks ein.

Ich kann mich nicht erinnern, wann ich das letzte Mal hier war", sagte Erica, als sie sich an den Händen hielten und über die gepflasterten, schattigen Wege schlenderten. Es roch genauso, wie sie es in Erinnerung hatte. Kompost, Blumen, der erdige Geruch von Säugetieren mit Fell in diesem Teil des Parks, und unter all dem eine leichte Schicht von Dung.

Nicht so unangenehm wie eine Toilette, sondern eher so, als wäre man bei einer archäologischen Untersuchung im Wald, nur etwas konzentrierter.

Lee führte sie zu dem Elefantenbaby. Schilder wiesen darauf hin, dass Mbali vor fast sieben Monaten im Rahmen eines Zuchtprogramms für gefährdete Arten im Wildlife Park geboren worden war.

„Ich finde, dieses Elefantenbaby ist das Niedlichste, was ich je in meinem Leben gesehen habe", sagte sie. Sie setzte sich auf eine offene Bank mit Blick auf das Elefantengehege. Mbali ließ sich in eine große Schlammpfütze fallen, die an diesem heißen Tag kühl sein musste.

„Während du den Elefanten bewunderst, werde ich uns ein Eis holen." Er beugte sich zu ihr herunter und küsste sie, dann verließ er ihre Seite.

Sein selbstbewusster Schritt war wahrscheinlich das Einzige, was ihren Blick von dem wahnsinnig niedlichen Elefanten ablenken konnte. Es war unwirklich, mit Lee in San Diego zu sein. Zu Hause. Mehr oder weniger. Eigentlich war DC jetzt ihr Zuhause. Ihr Leben gehörte Lee, zum Teufel mit der Unterwasserarchäologie.

Im Großen und Ganzen war es nicht wichtig, wieder in dem Feld zu arbeiten, nicht, wenn sie so viele andere Dinge hatte, für die sie dankbar sein konnte, angefangen bei dem Mann, der ihr Eis besorgte.

Ihr Handy klingelte, und sie überprüfte die Anrufer-ID.

Janice.

Sie antwortete und fühlte sich schlecht, weil sie Janice nicht hatte erreichen können, um ihr von der Reise zu erzählen, bevor sie in den Flieger stieg.

Janice war im Urlaub gewesen und wahrscheinlich nicht erfreut, als sie ins Büro zurückkehrte und feststellen musste, dass ihre Assistentin für eine Woche weggefahren war.

Bis Rob Anderson die Stelle offiziell annahm, war Lee der Geschäftsführer der Bethesda-Niederlassung von Talon & Drake, so dass keine Gefahr bestand, gefeuert zu werden, weil sie sich unerlaubt Urlaub genommen hatte - danke Vetternwirtschaft -, aber es gefiel ihr nicht, Janice zu enttäuschen. Die Frau hatte ihr eine Chance gegeben, als es sonst niemand getan hatte, und Erica war stolz darauf, dass sie sich zum Dank dafür den Arsch aufgerissen hatte.

„Erica, ich habe gerade mit dem Personalchef des Naval History and Heritage Command telefoniert ...“

„Sie haben Sie schon angerufen? Es tut mir leid, Janice, ich wollte erst mit Ihnen über die offene Stelle sprechen ...“

„Ich war im Urlaub, also hatten Sie keine Möglichkeit dazu. Kein Problem. Ich gebe Ihnen gerne eine Empfehlung, aber ... “

„Ich weiß. Wir haben noch nicht über Jake Novak gesprochen.“ Erica hatte sich nach der Verhaftung von Joseph Talon eine Woche frei genommen. Sie konnte nicht sofort ins Büro zurückkehren. Nur mit Lees Ermutigung war sie überhaupt zurückgekommen. Zu diesem Zeitpunkt hatte ein familiärer Notfall Janice' Aufmerksamkeit in Anspruch genommen, und sie hatten nur beiläufig und immer über Geschäftliches gesprochen. Dann war Janice zu einem geplanten Urlaub aufgebrochen. Sie hatten versprochen, sich zum Mittagessen zusammenzusetzen und wirklich zu reden, wenn sie zurückkam.

Janice lachte. „Keine Unterbrechungen mehr, meine

Liebe."

„Tut mir leid", sagte sie und zuckte zusammen. Sie war eindeutig nicht auf der Liste, Mitarbeiterin des Monats zu werden.

Janice' Stimme war warm, als sie fortfuhr: „Der Personalchef sagte, sie hätten Probleme, Ihre Dissertation aufzuspüren. Ich wollte Sie fragen, ob ich eine Kopie von der machen soll, die ich hier habe, bevor ich sie per Kurier an das Naval History and Heritage Command schicke."

Erica rappelte sich auf, auch wenn ihr der Magen knurrte. „Sie haben eine Kopie meiner Doktorarbeit?"

„Natürlich habe ich die, meine Liebe. Als ich Sie zum ersten Mal für ein Feldprojekt einstellte, erzählte mir eine aus der Crew von Ihrer schmutzigen Vergangenheit. Sie war verärgert, dass ich Sie zur Leitung der Mannschaft gemacht habe und hoffte, ich würde Sie feuern."

Erica wippte auf ihren Absätzen. *Janice hatte die ganze Zeit davon gewusst?*

„Ich halte nichts von Gerüchten", sagte Janice, „aber ich war beunruhigt, als ich erfuhr, dass Sie einen Master-Abschluss von der UH haben, den Sie nicht erwähnt hatten, vor allem, weil das Ihr Gehalt beträchtlich aufgestockt hätte. Niemand wollte Ihnen ein Zeugnis ausstellen, also habe ich die Schule kontaktiert und eine Kopie Ihres Zeugnisses und Ihrer Abschlussarbeit angefordert."

Janice' Bitte könnte der Auslöser dafür gewesen sein, dass jemand alle Kopien an der Universität vernichtet hatte, aber sie konnten nicht verhindern, dass die Kopie verschickt wurde.

„Ihre Dissertation war solide", fuhr Janice fort, „deshalb habe ich beschlossen, Ihnen die Stelle im Büro anzubieten."

Ericas Herz pochte. „Sie haben nie ein Wort davon gesagt."

„Ich habe darauf gewartet, dass Sie es mir selbst sagen."

„Also haben Sie die ganze Zeit erwähnt, dass ich nicht genug Erfahrung habe ... um zu versuchen, mich zu einem Geständnis zu drängen?" Ihre Beine schwankten und sie fühlte sich ein wenig schwindlig. „Und das Gespräch mit Ed Drake über Jake ... Sie wussten es schon damals?"

„Ja. Ich wusste es. Ich hatte gehofft, Sie würden mir einen Grund geben, Ed zu zwingen, den Vorschlag fallen zu lassen - obwohl es jetzt offensichtlich ist, dass ihn nichts davon abgehalten hätte."

„Sie haben mir sogar geholfen, eine Wohnung zu finden. Ohne Ihre Referenz hätte ich nie eine anständige Wohnung gefunden. Ich bin erstaunt, dass Sie das für mich getan haben, wenn man die Gerüchte bedenkt."

„Meine Liebe, ich bin seit fünfunddreißig Jahren Archäologin", Janice' Stimme hatte den liebevollen Ton, den sie oft mit Erica pflegte. „Ich habe Akademiker gekannt, die ihre Jungen fressen würden. Ich konnte mich nicht zurücklehnen und zusehen, wie sie Sie verschlingen. Sie haben einen Fehler gemacht und einen Job bei einem Schatzsucher angenommen. Das war nicht kriminell. Der Job, für den Sie angeheuert wurden, war völlig legal. Und als ich Sie kennenlernte, hatte ich keinen Zweifel daran, dass die Gerüchte über Ihren Diebstahl von Artefakten falsch waren. In den letzten Monaten wollte ich Sie oft bei der Hand nehmen und Ihnen sagen, dass Sie eine Freundin in mir haben."

Erica wischte sich eine Träne weg. „Und tausendmal wollte ich Ihnen alles erzählen, aber ich hatte solche Angst." Lee kam mit zwei Eiswaffeln in der Hand auf sie zu. „Ich weiß nicht, wie ich Ihnen danken soll, Janice."

„Süße, ich freue mich sehr, dass Sie wieder auf eigenen Füßen stehen. Ich werde Sie allerdings vermissen, wenn Sie den Job bei NHHC annehmen. Ich hatte noch nie eine fleißigere Assistentin."

„Nun, der Job ist keine sichere Sache", sagte sie und

zwang ihre Stimme über die Emotionen hinweg, die ihre Kehle verstopften.

Lee erreichte ihre Seite und sah sie fragend an.

Sie schenkte ihm ein breites Lächeln.

„Eigentlich", sagte Janice, „ist es das. Sie haben mir gesagt, dass sie Ihnen den Job anbeten werden, wenn Ihre Dissertation gut ist."

Erica quietschte, ein Geräusch, das mit dem der Elefanten in dreißig Metern Entfernung mithalten konnte.

Janice lachte. „Ich habe sie gebeten, mir zu erlauben, es Ihnen zu sagen."

„Vielen Dank, Janice."

„Gern geschehen. Genießen Sie jetzt Ihre Woche in San Diego mit Lee, denn wenn Sie zurückkommen, haben wir eine Menge Arbeit vor uns, bevor Sie mich für das NHHC verlassen."

Sie lachte. „Das werde ich."

Janice legte auf, Erica steckte ihr Telefon weg und warf ihre Arme um Lee, der sein Bestes tat, um sie zu umarmen, ohne seine Unterarme oder Hände zu bekleckern, die voll mit Eistüten waren.

„Janice hatte die ganze Zeit eine Kopie!" In ihrer überschäumenden Freude verteilte sie Küsse auf seinem Gesicht.

Er presste seinen Mund auf ihren und brachte sie zum Schweigen. Sein Kuss war heiß, tief und zentrierend. Als er seinen Kopf hob, wurde ihr wieder schwindelig, aber aus einem ganz anderen Grund.

„Okay. Langsam, und erzähl mir alles", sagte er.

Er ließ sie los und sie nahm ihr Eis. Sie stand dem liebenswertesten Dickhäuter der Welt gegenüber, als sie von ihrem Gespräch mit Janice erzählte, und ihr Kopf drehte sich angesichts dieser Wendung des Schicksals.

Er lächelte und aß sein Eis. „Ich schätze, wir hätten uns die Reise nach San Diego sparen können."

Sie leckte an ihrer eigenen Tüte. Die kalte, sahnige Konsistenz war in der Nachmittagshitze himmlisch für ihre Kehle. „Wenn du unbedingt zurückwillst, könnten wir heute Abend einen Flug nehmen.“

„Auf keinen Fall. Das ist unser erster gemeinsamer Urlaub.“ Er legte ihr einen Arm um die Schultern, sein halb gegessenes Eis in der anderen Hand, während er sie den Weg hinunterführte. „Und jetzt können wir ihn genießen. Ich glaube mich zu erinnern, dass jemand vorhin davon gesprochen hat, Bedürfnisse zu haben.“

„Du willst dich gleich um diese Bedürfnisse kümmern?“, fragte sie lachend. Sie betrachtete die Straßenbahn, die durch den Park fuhr. „Jederzeit und überall?“

„Ausgenommen heiße Lagerräume und Orte, an denen wir verhaftet werden können. Lass uns zurück zu der Ferienwohnung gehen.“

Kaum waren sie in der Ferienwohnung, fing Erica an, Lee auszuziehen. Da sie es nicht ins Schlafzimmer schafften, liebten sie sich auf der Couch.

Danach kuschelte sie sich an seine Seite. Die breite Fensterfront bot einen Blick aufs Wasser. „Inwiefern unterscheidet sich das von dem, was wir in DC machen würden?“, fragte sie.

Er drehte sich um und drückte sie in die Kissen. „Wir können nicht auf den Ozean schauen, wenn wir in DC Liebe machen.“

„Von meiner Wohnung aus können wir den Potomac sehen.“

„Nicht dasselbe.“ Seine Lippen wanderten an ihrem Hals entlang. „Ich habe über deine Wohnung nachgedacht. Ich würde gerne mein Büro dorthin verlegen.“

Sie fuhr mit den Fingern durch sein Haar. „Hast du Angst, dass ich ausziehe, weil ich deinen Antrag nicht angenommen habe?“

„Nein. Du bist zu verrückt nach mir, um jemals zu gehen.“

Sie lachte. „Stimmt.“ Er wusste, dass sie nicht ja gesagt hatte, weil er Kinder wollte. Was, wenn sie wie ihre Mutter war und ihr der Mutterinstinkt fehlte?

„Der Grund ist einfach: Deine Wohnung ist billiger als mein derzeitiges Büro.“ Er begegnete ihrem Blick, seine Augen waren ernst. „Weißt du, wenn du dich entscheidest, dass du keine Kinder willst, kann ich das akzeptieren. Ich will dich. Punkt. Von jetzt an bis zum Ende der Zeit.“

Sie liebte die Tatsache, dass er nie versuchte, ihre Bedenken, eine schlechte Mutter zu sein, zu zerstreuen. Er spielte sie nicht herunter oder machte ihr falsche Hoffnungen. Er akzeptierte sie einfach. „Wir müssen diese Entscheidung nicht überstürzen“, sagte sie. „Wenn du bereit bist, mir Zeit zu geben.“

„Schatz, du kannst alle Zeit der Welt haben.“

Sie drückte gegen seine Brust, und er ließ sie los, damit sie sich aufsetzen konnte. „Frag mich noch einmal“, sagte sie.

Er lachte. „Du willst, dass ich dir jetzt einen Antrag mache, während wir nackt im Wohnzimmer stehen?“

„Eigentlich habe ich eine bessere Idee.“ Sie rutschte von der Couch und ließ sich vor ihm auf ein Knie sinken.

Seine Augen weiteten sich, dann lehnte er sich mit einem breiten Lächeln gegen das Kissen.

„Lee Scott, von dem Moment an, als du in mein morgendliches Training gestört hast, hast du meine Welt erobert. Ich liebe dich“ - ihre Stimme brach, als die Emotionen sie übermannten - „und ich will nichts anderes, als den Rest meines Lebens mit dir verbringen.“ Sie räusperte sich. „Würdest du mir die Ehre erweisen, mein Ehemann zu werden?“

Er rutschte von der Couch, nahm sie in seine Arme und küsste sie. „Ich dachte, du würdest nie fragen.“

Anmerkung der Autorin

Mehrere reale Ereignisse haben Teile dieses Buches inspiriert. Einige sind den Lesern vielleicht bekannt, andere wahrscheinlich nicht. Viele Leser werden sich wahrscheinlich an die Plünderung des irakischen Nationalmuseums im Jahr 2003 erinnern, aber vielleicht nicht an die zwölf Milliarden US-Dollar, die 2004 im Irak verschwanden. 2007 entwickelte das US-Verteidigungsministerium ein Kartenspiel, um die Truppen über den Schutz kultureller Ressourcen im Nahen Osten aufzuklären. Links zu Artikeln über diese Karten finden Sie auf meiner Website.

Ich habe mich auf ein trauriges Kapitel in der Geschichte unseres Landes bezogen, als ich Joseph Talon in einem Indianer-Internat unterbrachte. Seit den 1870er Jahren zwang die US-Regierung Hunderttausende von indianischen Kindern, Internate außerhalb der Reservate zu besuchen, um die kulturelle Identität der Schüler zu zerstören.

Die politisch motivierten Lügen, die über die Geburtsurkunde von Präsident Barack Obama verbreitet wurden, werden Ihnen bekannt vorkommen, waren aber nicht der Grund für diese Geschichte. Der erste Entwurf dieser

Geschichte wurde 2007 fertiggestellt - noch bevor die ersten Stimmen im Wahlkampf 2008 abgegeben wurden und bevor (meines Wissens) die Medien begannen, die falschen Behauptungen zu wiederholen. Ich war mir nie ganz sicher, wie ich mit dieser Entwicklung umgehen sollte, und ich muss meinem klugen Redakteur dafür danken, dass er einen Weg gefunden hat, das Thema in dieser Geschichte zu behandeln.

Der letzte, aber wichtigste Punkt auf der Liste der echten Inspirationen für *Concrete Evidence*: Thermo-Con ist real. 1998 wurde das Ingenieurbüro, für das ich arbeitete, von der

US-Armee-Garnison Fort Belvoir beauftragt, eine Umweltverträglichkeitsprüfung für ein Haus zu erstellen, das aus einem seltsamen, hefeartigen Beton bestand. Sie wussten nicht, wer das Haus auf der Basis gebaut hatte und warum, und wollten als Teil der Umweltverträglichkeitsprüfung eine detaillierte Geschichte. Wie in der Geschichte ging ich in die Nationalarchive und fand einen Tagebucheintrag, der mir das Baudatum des Hauses und den Namen Higgins nannte. Drei Tage später, nachdem ich einen Artikel aus dem Jahr 1949 in der Zeitung des Armeepostens, *Belvoir Castle*, gelesen hatte, wurde ich inspiriert, das Patent aufzuspüren.

Aus Gründen des Handlungsablaufs habe ich sowohl das Jahr, in dem Thermo-Con entwickelt wurde, als auch den Standort des Hauses geändert. Aber die Informationen über die Beziehung von Thermo-Con zu Andrew Jackson Higgins sind korrekt, und der Zeitungsartikel, den Erica liest, ist fast eine wortgetreue Kopie des Artikels über *Belvoir Castle* (Band VIII, Nr. 43, Freitag, 22. April 1949). Die Gebeine im Keller sind natürlich reine Fiktion.

Als ich 1998 zu Thermo-Con recherchierte, waren Informationen über ältere Patente nur in Karteikästen zu finden, die in einem alten Lagerraum untergebracht waren. Das Patentamt ist inzwischen umgezogen, und ein Großteil der Informationen wurde in eine Online-Datenbank eingescannt, aber ich habe mir eine künstlerische Freiheit genommen und das alte Patentamt und die alten Recherchemethoden beibehalten, weil ich die Art und Weise, wie es wirklich geschah, der Art und Weise vorziehe, wie es jetzt geschehen könnte.

Schließlich, wie in der Geschichte, führte ich am Tag vor der Fälligkeit der Thermo-Con-UVP eine einfache Internet-Personensuche nach den auf der Patentkarte aufgeführten Erfindern durch und landete am Telefon mit dem Urenkel von Andrew Jackson Higgins. Er gab mir die Nummer seines Vaters, der mich wiederum mit der Frau des Mannes in Verbindung brachte, der das Entwicklungsteam von Thermo-Con leitete. Die Namen der Higgins-Familienmitglieder wurden in dieser Geschichte absichtlich nicht genannt, und ich möchte ihnen für ihre Hilfe und ihren Enthusiasmus im Jahr 1998 danken und hoffe, dass sie diesen fiktiven Bericht zu schätzen wissen.

Falls Sie darüber informiert werden möchten, wann mein nächstes Buch veröffentlicht wird, können Sie sich für meine **Deutsche E-Mail-Liste** anmelden oder meine Webseite besuchen (www.rachel-grant.net/deutsche-bucher). Obwohl meine deutschen Newsletter mit Hilfe des Google-Übersetzers geschrieben werden, kann ich Ihnen jedoch versprechen, dass die Bücher professionell übersetzt und überarbeitet wurden!